시녀로
살아남기

# 시녀로 살아남기 1

구름고래비누 장편소설

초판 1쇄 찍은 날 | 2019년 5월 24일
초판 2쇄 펴낸 날 | 2020년 6월 19일

지은이 | 구름고래비누
펴낸이 | 권태완 우천제

편집책임 | 박은정
편집 | 박가연 김효주 천희진 유안진 손혜진

펴낸곳 | (주)케이더블유북스
등록번호 | 제25100-2015-43호
등록일자 | 2015. 5. 4
WFN | 제3-046호

주소 | 서울특별시 구로구 디지털로31길 38-9 에이스테크노타워 1차 401호
전화 | 02-867-4626 팩스 | 02-866-4627
E-mail | cl_production@kwbooks.co.kr

ISBN 979-11-293-3141-0 04810
　　　979-11-293-3140-3 (set)

# 시녀로
# 살아남기

구름고래비누 장편소설

I

위치북

# Contents

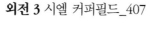

프롤로그

이건 너무 가혹한 거 아닌가.

"왕비님, 왕비님! 정신 차리셔야 합니다!"

"한 번만 더 힘을 주세요! 왕비님!"

"왕비마마! 아기님이 숨을 쉬지 못합니다! 제발!"

처음 보는 여자가 커다란 침대 위에 누워 침대맡에 설치된 봉을 잡고 기를 쓰고, 피 칠갑이 된 침대 아랫부분을 여러 사람이 살피며 수선을 피우고 있었다. 그래, 출산 중인 것 같다. 머리가 보인다고 방금 누군가가 소리까지 쳤다.

믿을 수가 없다. 학교 다닐 때 성교육 시간에 보여줬던 출산 비디오도 보다 말고 잤는데, 이렇게 라이브로 남의 출산 장면을 보게 되다니. 지금이라도 어디서 무전기를 든 사람이 나타나서 일반인 통제구역이라며 나를 내보내 주기를, 그게 아니라면 꿈이기라도 바랐다. 제발 이게 내가 생각하는 그게 아니었으면 좋겠다. 이성적으로 생각했을 때 그거인 것 같은데. 아니, 가만? 이게 그거라고 생각하는 게 과연 이성적인 거냐? 말이 돼?

"아스! 뭐 하는 거니! 가서 뜨거운 물이라도 더 떠 와!"

패닉에 빠져 있을 시간도 없었다. 저 '아스'가 난가? 피가 잔뜩 묻은 천을 끌어안은 시녀가 날 밀쳤고, 어버버 하는 사이에 나는 시녀들 틈에 끼어 커다란 대야로 뜨거운 물을 나르고 있었다. 안타깝게도 손발 모두 내 뜻대로 움직였다. 모든 것이 지나치게 생생했다. 끙끙거리며 비명 한번 제대로 지르지 않는 저 왕비라는 사람의 신음까지 모든 것이. 진통이 얼마나 진행된 건지 모르겠지만 꽤 난산인 듯했다. 왕비 주변에 몰려든 사람들의 얼굴과 목소리는 하나같이 간절했고 언뜻 본 왕비도 온 얼굴이 땀투성이에 볼은 모세혈관이 터져 빨갛게 부어 있었다.

그렇게 사람들 틈에 끼어 몇 번이나 물을 날랐을까. 빈 대야를 들고 돌아서는데 등 뒤에서 사람들의 환호가 들렸다. 몇 번인가 찰싹찰싹 때리는 소리가 들리더니, 곧 캑캑거리는 아기 울음소리도 터져 나왔다.

"왕자 아기씨입니다, 왕비님."

"경하드립니다!"

"경하드립니다!"

출산을 도운 산파와 유모, 지위가 높은 듯한 시녀들이 일제히 소리 높여 감격에 가득 찬 축하 인사를 건네며 몸을 숙였다. 그중 한 명이 탯줄을 자르고 피만 대충 닦아낸 갓난아이를 수건에 싸 방금까지 침대에 누워 안간힘을 쓰던 왕비의 품에 안겨줬다.

나는 그제야 소리 한번 지르지 않던 왕비의 얼굴을 제대로 볼 수 있었다. 출산 직후라 달아오르고 부어 있었지만 꽤 단정해 보이는 얼굴의 젊은 여자였다. 그녀는 산모답지 않은 얼굴로 수건에 감싼 아이를 받아 들었다. 출산에 대해 잘 모르지만, 그 고생을 해서 방금 자신이 낳은 아이를 안은 어머니라고 보기에는 지나치게 감흥이 없고 고요한 얼굴이었다. 피곤 때문일까.

"전하께⋯⋯."

"예, 마마. 전하께 전갈을 보냈으니 곧 보러 오실 겁니다."

"전하께서 오실 때까지 쉬시지요, 왕비님. 피를 많이 흘리셨습니다."

두런두런 대화가 이어지고 시녀장으로 보이는 시녀가 자질구레한 일을 돕던 시녀들을 밖으로 내보내더니 옆방으로 밀어 넣었다. 국왕이 왕자를 보기 전까지는 이곳에서 대기해야 한댔다. 각자 노동에 지친 시녀들이 이리저리 몰려 앉았다.

그사이 나는 거울을 찾아보았다. 당장 내 얼굴을 확인하고 싶었다. 마음은 급한데 거울 비슷한 것도 보이지 않아서 옆에 있던 아무 시녀를 잡고 물어봤다.

"여기 거울 없어?"

"거울? 왜?"

"얼굴이 엉망일 것 같아서."

"그러게. 머리 좀 정리해야겠다. 저쪽 쪽방에 큰 거울이 있을 거야."

고맙다고 인사하고 방 끄트머리에 있어서 눈에 잘 띄지도 않던 문을 열고 들어갔다. 아마 우리를 몰아넣은 이곳은 시녀들의 대기 장소인 것 같았다. 방은 화장실 비슷했는데 거기 거울이 있었다. 그 거울 속에 내가 있었다. 방 밖에 있는 다른 시녀들과 똑같은 디자인인, 절대 내 돈 주고 살 일이 없는 까맣고 소박한 드레스만 뺀다면 낯설지도 않은 나였다. 한 치의 변화도 없는 나였다. 이대로 문을 다시 열고 나가면 내 방은 아니더라도 서울 어딘가의 건물에 서 있을 것만 같은 나였다.

어쩐지 어영부영 일하면서도 손발이 너무 생생한 게 내 몸 같긴 했었다. 이걸 다행이라고 해야 하나? 인생이 내게 너무 가혹한 거 아냐? 그래, 여긴 판타지 월드, 혹은 다른 세계다. 어쨌든 대한민국 서울은 아니다. 왜냐하면 눈앞에서 난생처음 보는 여자의 출산 장면이 벌어졌고, 사방에서 왕비님을 외치고 있었으며, 만화에서 본 것 같은 메이드복을 입은 사람이 천지다. 이게 영화 세트장이 아니고 도통 꿈같지도 않으면 판타지 세계일 수밖에. 괜찮아, 난 쿨해. 아냐, 현실도피하고 싶어! 이게 진짜일 리가 없잖아!

중·고등학교 시절 판타지 소설을 읽으며 이세계로 가고 싶었다. 수험이 거지 같은 것도 있었지만 그냥 떠나고 싶었다. 다른 세계로 가서 넌 이 세계에 꼭 필요한 사람이라는 말을 듣고 싶었던 것 같다. 수능을 봤을 때는 정말 간절하게 어느 골목이든 이세계로 갈 것 같은 구멍이 생기길 바랐다. 하지만 내게는 '모시러 왔습니다'며 찾아오는 미남도 없었고 편지를 입에 물고 날아오는 부엉이도 없었다. 내 인생에 기사도 왕자도 없다는 것을 받아들이고 20대를 모두 보낸 이제야 왜 하필!

"거기다 외모 버프까지 없냐!"

이건 너무 가혹하다.

## 1장
## 라면을 끓이고 있었다

진정하자. 현실도피라도 하고 싶지만 진짜로 골로 가고 싶은 게 아니라면 정신 차려야 한다. 인정하자. 나는 판타지 세계에 왔다. 그렇게 갈구하던 이세계에 드디어 온 것이다. 그것도 일반인 1로.

내가 생각한 이세계 진입은 어디 검은 머리를 우대하는 국가의 신전 연못 같은 곳에서 신비롭게 등장한다거나, 여신의 신탁을 받아 나타나든가, 봉황의 날개를 타고 등장하는 거였지만 지금 나는 아무리 봐도 일반인 1이고, 시녀 1이다. 하다못해 절세미인이 되는 외모 버프라도 받았을까 기대했는데 그렇지도 않았다. 마지막 희망으로 온몸을 다 뒤져봤지만 몸에 표식이 있다거나 하지도 않다. 인정하자. 난 일반인 1이다. 이세계로 가서 널리고 널린 미남들과 썸을 타고 어장관리를 하다 젊은 왕과 진한 연애 끝에 결혼하는 게 십 년을 구축해 온 내 로망이었지만, 난 버프 하나 없는 일반인 1이다.

"아스, 준비해. 전하께서 오신대."

좌절에 빠져 있는데 문이 빼꼼 열리더니 아까 이 방을 알려준 연녹색 눈의 시녀가 나타나 복도로 나가 대기해야 한다고 말해줬다. 인생은 내게 준 게 없어도 너무 없어서 좌절할 시간마저 주질 않는다.

일사불란하게 방을 빠져나간 시녀들이 복도 끝에 줄을 서서 엎드려 있었다. 높으신 분들의 얼굴을 함부로 보면 안 되는 세계인가 보다. 날 데리고 나온 시녀가 먼저 엎드리고 나도 눈치껏 몸을 숙였다. 그제야 나는 이 시녀의 이름도 모른다는 것을 깨달았다. 그나마 조금 전에 누가 나를 '아스'라고 불렀던 것 같은데 그 외엔 아는 게 없다. 이세계 보정이 없을 거면 기억이라도 있어야 뭘 할 수 있지 않을까? 당장 시녀로서 내가 해야 하는 일이 뭔지조차 모르겠다.

스무 명은 되는 사람이 엎드려 있는 복도는 목이 졸릴 만큼 조용했다. 문이 두꺼워서 그런지 왕비가 출산을 마친 방 안에서도 아무 소리도 들리지 않았다. 속으로 수를 15 정도 세었을 때 멀리서 규칙적인 발소리가 들리기 시작했다.

얼핏 본 왕비는 꽤 젊은 얼굴이었다. 젊은 왕비라고 꼭 젊은 왕이랑 결혼한다는 보장은 없지만 막 출산을 마친 아내와 갓 태어난 아기를 보러 오는 왕은 어떻게 생겼고, 나이는 몇 살 정도일까 궁금했다. 하지만 고개를 들었다가 걸리면 큰일이 날 것 같았다. 간신히 눈만 굴려 주변을 살펴봐도 다들 미동도 없이 엎드려 있었다. 조금 지나서야 멀리서 들리던 발걸음 소리가 제법 가까워졌다. 왕의 주변에 시중드는 이들도 따라오는지 가까이 올수록 여러 개의 발소리가 겹쳐져서 어지러웠다. 엎드려 있으니까 소리가 팔과 어깨를 타고 귓가에 둥둥 울린다. 곧 소름 끼칠 정도로 발소리가 가까워졌다.

두 쌍의 발이 나란히 걷고 있었다. 신발이 화려하기는 두 쌍이 모두 비슷했지만, 하나가 다른 신발보다 색깔도 장식도 압도적으로 화려했다. 저런 건 소장 템이지 걷는 템은 아닐 것 같은데.

두 쌍의 발은 비슷한 보폭으로 내 눈앞을 지나갔고 그 뒤는 우리랑 처지가 다르지 않을 시중인들의 발이었다. 앞선 것이 국왕이었던지 시중인들이 지날 때는 엎드려 있던 시녀들이 몸을 일으켰다. 나도 눈치껏 바로 따라 일어나서 국왕의 뒤통수는 볼 수 있었다. 키는 커 보이는데. 그 옆으로는 국왕의 어깨쯤에 금발이 하나 보였다. 아까 나란했던 발이 저거겠지.

"세상에."

옆에 있는 시녀가 중얼거렸다. 이미 국왕과 국왕의 시종은 왕비의 방으로 들어갔다. 아까만큼 경건하지는 않아도 되는지 그녀와 또 다른 푸른 눈의 시녀가 속닥거렸다.

"어떻게 여기까지 데리고 와?"

"미친 것 같아."

"왕자님을 낳자마자 보는 게 저런 거라니, 왕비님이 불쌍해."

나는 잠깐 한숨을 쉬고 천장을 봤다가 그녀들에게 소리 죽여 물었다.

"왜? 뭔데?"

시녀들은 뜨악한 눈으로 날 보고 소리라도 지를 것처럼 입을 벌렸다가 소리 죽여 말했다.

"아스, 미쳤어?"

좋았어. 나는 지금 이곳에서 대단히 상식적인 걸 물어본 거야. 침착하자. 나는 할 수 있다. 세상에 말로 무마하지 못할 일은 아무것도 없어.

"난 못 봤는데. 왜? 뭐 문제 있었어?"

"못 봤다고?"

"어. 전하께서 누굴 데리고 오신 건데?"

눈이 파란 시녀가 말했다.

"유르겔, 그 요물밖에 더 있겠어?"

말이 끝나기 전에 제대로 닫히지 않았던 문이 벌컥 열리고 젊은 남자가 격정적으로 걸어 나왔다. 사방에서 들리는 히익 하는 소리로 미루어 보건대, 그가 국왕인 것 같았다. 모두가 재빠르게 바닥에 무릎을 꿇었다. 아니, 방금 들어간 거 아니었어? 아까는 바닥에 엎드렸는데 배웅의 예는 그것과 다른 건지 다들 무릎 꿇고 고개만 가볍게 숙일 뿐 엎드리지 않았다. 덕분에 은근슬쩍 국왕의 얼굴을 훔쳐볼 수 있었다.

애를 안아보기는 했을까 싶은 속도로 튀어나온 국왕은 왕비만큼이나 젊어 보였다. 허리까지 오는 검은 장발의 미남이긴 한데……. 그보다는 그에게 손목을 붙들린 남자가 더 신경 쓰였다. 한국에서 아이돌로 데뷔했으면 인생 남부럽지 않게 살았을 것 같은 호리호리한 금발 청년이었다. 복장이나 장신구의 화려함이 내가 알고 있던 어떤 화보와도 비교할 수 없을 정도로 넘사벽의 영역에 있었다. 뭐, 왕도 있고 시녀도 있고 그런 나라라면 신관 정도 되나? 국가를 수호하기로 맹세한 드래곤이라든가?

그때, 불안정한 자세로는 성큼성큼 걷는 국왕과 보폭을 맞출 수 없던 그가,

"에반스."

라고 왕을 불렀다.

사람의 청력이 지금보다 한 100배가 된다면 쌍심지가 켜지는 소리가 들렸을 거라고 나는 믿는다. 여태껏 내게 말을 걸어온 시녀는 꽤 순한 얼굴이었는데, 그녀만이 아니라 무릎 꿇고 고개 숙이고 있던 시녀들 전원의 기세가 살벌해졌다.

조금 화가 나 보였던 왕은 유르겔의 손목을 놓고 그의 어깨를 감싸 안으며 '미안'이라고 속삭였다. 문을 박차다시피 나왔던 왕은 다시 처음 올 때와 같은 규칙적인 발걸음으로 왕비의 침실에서 멀어져 갔다.

그들이 잠시 멈춰 선 덕분에 허둥지둥 왕비의 침실을 나오던 시종들이 자세를 정돈하고 다시금 왕의 뒤를 따를 수 있었다. 뒤늦게 방 안에서 울음 비슷한 한 서린 소리가 나왔다.

"불쌍한 왕비님."

"미나."

눈이 파란 시녀가 아까부터 내 옆에 있던 연녹색 눈의 시녀를 미나라고 불렀다. 근처에 시녀장처럼 보이는 사람이 있었다. 말조심하라는 의미로 불렀나 본데 그녀가 주의를 주지 않아도 시녀장이 미나를 힐책할 것 같지는 않았다. 방 안에서 무슨 일이 있었는지 모르지만, 울음소리는 충분히 슬프게 들려왔다. 모든 시녀가 발소리를 죽여 왕비의 침실 앞을 지나갔고 시녀장이 손수 침실 문을 닫았다.

나는 잠깐이지만 문 너머를 볼 수 있었다. 흐트러진 머리카락과 차림을 정돈해 한결 단정해진 왕비가 강보에 싸인 왕자를 안고 있었다. 여전히 그녀에게는 표정이 없었고 아이를 낳은 어머니가 가질 법한 환희는커녕 피곤함도 비치지 않는 인형 같은 얼굴이었다.

"아!"

"왜?"

"아냐. 잠깐 정전기가 일어나서."

어쩌지? 무슨 상황인지 알 것 같은데.

왕비 궁 한쪽에 배정된 시녀들의 거처는 2인 1실이었다. 내 룸메이트가 미나인 게 그나마 버프라면 버프인 것 같았다. 와, 이런 걸 버프라고 우겨야 한다니. 사람은 생각보다 많이 겸손한 존재인가 보다. 아니면 더 겸손해질 수 있는 존재거나.

룸메이트의 손을 잡고 방에 돌아와 열심히 눈치로 미나가 하는 대로 옷장에서 옷을 꺼내 갈아입고 그녀가 앉은 반대편 침대에 앉아 쉴 수 있었다.

"아스, 오늘 좀 이상한 것 같은데 무슨 일 있어?"

"아니. 왜? 뭐가 이상해?"

"말이 너무 없는데, 무슨 기분 나쁜 일이라도 있나 해서."

여기서 '사실 나 기억상실증이야'라고 하면 어떻게 될까? '나는 누구, 여긴 어디?'를 한번 육성으로 말해보고 싶다. 하지만 그런 말을 한다고 계단에서 발을 헛디뎌 머리를 다친 귀한 댁 아가씨한테 하듯이 의사를 불러주지도 않을 테고, 머리에 충격을 받아서 그럴 거라며 금 간 도자기를 대하듯이 애지중지 아껴주고 내 불편을 살펴주지도 않겠지.

"아이를 낳는 걸 본 건 처음이라서 많이 놀랐어."

"어머, 본 적 없어?"

"응. 내가 아주 어렸을 때 말고는 아이를 가진 사람도 본 적이 없었어."

"괜찮아, 아스. 다들 그렇게 태어나는걸."

반대편 침대에 앉아서 틀어 올렸던 머리카락을 풀어 내리던 미나가 손을 내밀어 내 손을 꼬옥 잡아주었다. 착하고 상냥한 사람이다. 내가 '아스'가 아니라는 걸 숨기고 이런 일상적인 대화 속에서 '아스'와 이곳 생활에 대한 정보를 얻어내야 할 텐데, 이 룸메이트를 내가 속일 수 있을까?

"난 오늘 일찍 잘래. 꿈에서 다시 볼까 무섭다, 야."

"아니야, 좋은 꿈을 꿀 거야. 그럼 나는 세브네 가서 얘기나 좀 하고 올게. 먼저 자."

"같이 안 가도 돼?"

"바로 옆방인걸."

"미안해."

아직 이른 시간이었고 무려 왕관을 이어갈 후계자가 태어난 날이었다. 미나는 물론이고 시녀들은 서로 떠들고 싶은 말이 많아 일찍 잠들지 못할 것이다. 나라도 그렇겠다. 이럴 때 미나를 따라 다른 방들을 다니며 이곳에 대해 최대한 많은 것을 듣고 기억해 두며 정보를 모아야겠지만 잠깐이라도 혼자만의 시간이 필요했다. 내가 침대에 누울 때까지 미나는 옆을 지켜주었다. 나중에는 옆방에 세브라는 시녀와 있을 테니 혹시 잠이 안 오거나 기분이 나아지면 언제든 건너오라는 말을 남기곤 방을 나갔다.

저 애가 미나, 내 룸메이트. 아까 몇 번 같이 이야기를 나눴던 눈이 파랬던 시녀는 엘리. 그리고 옆방에 있는 시녀 이름은 세브. 나는 새로 알게 된 이름을 잊지 않도록 입안에서 속삭여 보았다. 미나가 아직 그 방에 있을 때 가보기는 해야 한다. 나는 그냥 잠깐 나만의 시간이 필요하고 머리가 어지러울 뿐이다.

유르겔과 에반스라고 했다. 난 그 이름을 알고 있다. 젊고 강한 왕이 있었고 이 왕이 무조건적으로 사랑하는 젊고 아름다운 남자도 있었다. 둘은 모든 역경과 고난을 이겨내고 한 치의 의심도 없이 서로를 사랑했으며 기꺼이 상대를 위해 가장 귀한 것과 빛나는 것을 내놓았다. 그 세상 모든 보물과 재화도 그들의 사랑보다 귀하지 않았다. 남자는 세계에서 가장 귀하다는 보물보다 왕이 꺾어 주는 꽃을 더 기뻐했고, 왕은 그 어떤 산해진미보다도 남자와 함께 마시는 물 한 모금을 더 맛있게 여겼다. 아주 진실한 사랑이었고 아름다운 사랑이었다. 그들은 오직 서로만을 사랑했다.

그런 소설이 있었다.

제목은 아마 〈탈출기〉로 기억한다. 제목과 내용이 하나도 상관이 없는, 읽은 사람들은 왕과 남자의 티끌 하나 없이 아름다운 사랑에 감동하게 되는 뭐, 그런 흔한 소설 중 하나였다. 단 하나, 그들의 사랑에 장애가 되는 존재가 있다면 아마 왕비가 아니었을까?

왕에게는 당연히 어렸을 때 정혼한 약혼녀가 있었고 왕위를 이어갈 후사도 필요했다. 하지만 왕이 사랑한 유르겔은 남자였기에 왕과 아이를 낳을 수 없었다. 그러니 왕은 사랑하는 남자에게 모든 것을 다 줄 수 있었지만 딱 하나, 정비라는 자리는 줄 수 없었다. 남자는 사랑하는 왕에게 자기 가문이며 인생이며 다 내줬지만 아이만은 줄 수 없다는 걸로 애절물을 찍는 그런 내용이었다.

저런 스토리 안에서 주인공의 아내 역인 여자 캐릭터의 운명과 취급은 정해져 있게 마련이다. 둘의 사랑이 어쩌나 독점적이고 합의하의 배타적인 관계인지 그 사이에 왕비가 낄 건더기는 나노그램만큼도 없었다. 작중에서 그녀의 취급은 뭐랄까, 국왕의 연인의 정원을 예쁘게 꾸미기 위한 인테리어 소품으로 바닥의 먼지 하나까지 탈탈 털리는 그런 느낌이랄까?

일단 그녀는 왕비인데도 결혼식과 대관식 없이 책봉만 받아 궁으로 들어왔다. 왕비 궁이 아름답더라는 유르겔의 한마디에 왕은 왕비를 별궁으로 내치고 왕비 궁을 유르겔에게 하사했다. 대외적인 행사에 왕비가 국왕과 동행하는 것이 부럽다는 말에 그녀의 대외 활동은 전면 금지됐다. 별궁으로 쫓겨나도 조용하게 살았는데 하필 재수 없이 후원에서 유르겔과 산책 중이던 왕과 마주치는 바람에 금족령까지 먹었다. 겨우 아이를 낳은 후에는 아이까지 유르겔에게 빼앗겼다. 뭐였더라, 어머니가 될 수 있는 그녀가 부럽다고 하면서 빼앗아 갔던가? 곱게 입양을 하라고, 입양을.

난 사실 군고구마를 처먹은 왕비가 언제 남자 후궁에게 엿을 먹일까 기대하며 읽었었다. 그게 너무 궁금해서 중, 후반부로 갈수록 왕과 그 연인의 사랑놀이가 눈에 하나도 들어오지 않았다. 그러나 안타깝게도 왕비는 병들어 죽을 때까지 현숙하고 착한 여자였다. 세상에, 내 인생에도 사이다가 없는데 기분 좋자고 읽는 소설에서까지 사이다가 없다니. 아니, 뭐. 왕과 남자 후궁이 펼치는 세기의 로맨스로 보건대, 그녀가 사이다 한 방울 먹이려는 시도만 했었어도 저세상 요단강행은 확정이었을 것이다. 하지만 딱 한 번만은 반격 비스무리한 걸 좀 할 줄 알았지.

그래. 그러니까 이건 아마 책 빙의인 것 같다. 내가 읽던 판타지 소설에 이런 장르도 있었지, 맞아. 그토록 바라던 이세계 진입은 내 청춘이 저물도록 오지 않았고 그 대신에 책에 빙의가 된 모양이다.

그럼 난 뭘 해야 할까. 이세계에서 영영 돌아오고 싶지 않았던 건 수능 성적표 나왔을 때였지 지금이 아니다. 나는 내 세계에서 살고 싶다. 주연인 경우 보통 원작의 스토리 라인을 따라가는 것으로 귀환 미션을 클리어하던데 나 같은 엑스트라는 대체 뭘 어떻게 해야 하는 거냐. 나한테 주어진 미션이 뭔데. 이대로 왕비가 아이 빼앗기고 왕비 궁에서 병들어 죽을 때까지 무사히 살아남기만 하면 되는 건가? 나는 차에 치이지도 않았고 괴한에게 공격을 당해 빈사 상태인 것도 아니다. 기이한 존재랑 계약한 것도 아니고 의미심장하게 잠이 들지도 않았다. 너무나 일상적으로, 라면에 넣을 버섯을 씻다가 고개 들어보니 왕비가 아이를 낳고 있던 것이다. 그러니 분명 돌아갈 방법은 있을 거다. 있어야 한다.

그거 아나? 라면은 꼬들꼬들한 게 최고다. 와르륵 끓기 시작할 때 잘게 뜯은 버섯을 넣고 양파도 썰어 넣으면 국물은 시원해지고, 버섯은 쫄깃하고, 양파는 아삭해서 맛있다. 가끔 사치를 부리고 싶을 때 소시지 몇 개를 더 넣거나 만두 아님 치즈라도 뿌리면 호화로운 라면의 완성이다. 이제 버섯을 넣고 치즈만 뿌리면 되는 찰나였다. 수도꼭지에 손을 내밀면서 눈 한 번 깜빡였더니 빈손으로 이세계의 시녀가 되었다. 내 라면은 어떻게 되었을까?

나는 자리에서 일어나 앉았다. 이대로 누워 잠들었다 깨면 버섯이 널려 있는 싱크대 앞이기를 로또 1등으로 인생 승리하는 것보다 더 간절히 바란다. 하지만 그럴 것 같지가 않으니 시간이 별로 없었다.

시녀의 방은 넓지 않았다. 방은 좌우대칭으로, 중앙에 침대가 있고 침대 옆에 스탠드가 붙은 작은 협탁이 딸려 있었다. 그 옆에 화장대 겸 책상과 의자가 있고 그와 비스듬하게 아까 옷을 벗어 넣어둔 옷장이 있는 심플한 구조였다. 문에 좀 더 가까운 쪽이 미나의 공간이고 그 옆이 '아스'의 공간.

미나가 스탠드를 만지는 모습을 봐뒀었다. 분명 전기를 사용하지는 않을 스탠드는 손가락의 체온에 반응했다. 희미하던 불빛을 밝게 키우고 옷장 문부터 열었다. 행거에 시녀복과 수수한 드레스가 몇 벌 걸려 있는 게 다였고 그 밑에 구두 몇 켤레가 아무렇게나 놓여 있었다. 서랍 안에는 속옷과 자질구레한 소품이 적당히 정리되어 있었다. 혹시나 해서 서랍 맨 아래와 안쪽까지 손을 넣어 만져봐도 별다른 것은 없었다.

괜찮다. 여기에는 뭐가 있을 거라 기대하지도 않았다. 옷장 문을 닫고 이번엔 스탠드가 놓인 협탁 서랍을 열었다. 일본의 좀 유명한 호텔 체인점에 갔을 때 여기에 성경이 들어 있었지. 내가 〈탈출기〉를 대충 읽었긴 한데 여기는 종교가 강한 나라는 아니었다.

그래서인지 그 안에는 성경 같은 것은 없었고 대신 손바닥만 한 상자 두 개가 있었다.

오르골이었다. 무거운 뚜껑을 여니 은은한 음악이 흐르고 동그란 판의 양쪽 끝에 올라서 서로를 향해 손을 내밀고 있는 여자와 남자의 모형이 천천히 돌아간다. 특이하기도 하지. 얼싸안은 남녀 모형이 제일 메이저 아닌가. 아니면 발레리나나. 둘은 마치 원 둘레를 걷는 것처럼 빙글빙글 돌고 있었고 서로를 바라보며 손을 내밀고 있었지만 닿지는 않았다. 둘의 뻗은 손 사이로 손가락을 넣어 둘의 손을 연결해 보았다. 좁은 틈이지만 모형의 사이즈를 생각한다면 이건 먼 거리일까?

뚜껑을 닫자 은은하게 들리던 오르골 소리가 멈췄다. 다른 상자도 오르골이었다. 시계탑 밑에서 사람들이 피크닉을 즐기는 모형이다. 시곗바늘 부분을 돌려보자 사람들이 길을 걷고 춤을 추며 차를 마셨다.

오르골 수집이라……. 나도 오르골을 모은다. 워낙 비싸서 계절에 하나씩 사는 수준이었지만 두 오르골은 내가 샀던 것보다도 정교하고 상당히 고급스러워 보였다. 이런 식으로 공임비가 들어가는 물건은 꽤 비쌀 텐데. 이곳과 내 세계의 물가가 다를 걸 감안해도 결코 싼 물건으로 보이진 않는다. '아스'의 소지품은 가짓수도 적고 수수했는데 이런 걸 살 만한 재력인가? 좀 이상한데.

이제 남은 곳은 화장대 겸 책상뿐이다. 나는 의자에 앉아 거울을 똑바로 보았다. 그리고 숨을 죽이고 잠시 동안 기다렸다. 하지만 거울 위에 의미심장한 그림이 떠오르거나 소용돌이 같은 게 생겨나지는 않았다. 기대했는데. 거울 앞에는 만년필 하나와 화장품처럼 보이는 병이 몇 개 놓여 있었다. 뭐가 스킨이고 뭐가 로션인지도 알 수가 없었다. 작은 단지 안에 들어 있는 붉은 화장품은 입술용인 것 같은데 스틱형도 아니고 붓도 없었다.

내가 진짜 간절히 바라는 건 이대로 잠들고 눈을 떴을 때 집인 거지만, 그게 안 되면 당장 내일 이걸 찍어 발라야 할 텐데, 어떻게 사용하는 건지도 모르겠다. 그리고 정말 솔직하게 말해서, 잠들었다 깨면 일개 근로자로 시녀의 노동을 하러 가게 될 것 같지, 절대 내 집의 내 방은 아닐 것 같단 말이지.

화장품을 내려놓고 제일 먼저 첫 줄 가운데 서랍을 열어보았다. 귀걸이 몇 개와 목걸이 몇 개가 굴러 나왔다. 아무리 봐도 서랍 안에 대충 던져둔 느낌인데, 마음에 들었다. 나도 그러고 산다. 생활 습관이 이상해졌다고 룸메이트한테 꼬투리 잡히진 않겠다. 그 외에는 자질구레한 잡동사니만 나왔다. 딱히 특정한 뭔가를 찾는 건 아니었지만, 예를 들어 일기장이나 일기장이나 일기장 같은 것이 나오길 바랐는데 김샜다. 이 세계나 '아스'에 대해 알 법한 것은 아무것도 없다. 이 방 어디에도 내게 유용한 것은 없어 보인다.

다시 거울을 노려봐도 신비한 미션의 문자가 떠오를 기미는 보이지 않는다. 나는 단지 라면을 끓이고 있었다. 라면 면발이 익는 모양이 어디 이계의 소환진이었을 리도 없고, 곤란해하는 악마나 저승사자 같은 것도 보지 못했으니 악마의 농간이나 우주적 시스템의 착오로 여기 온 것도 아니다. '아스'가 자기 대신 인생 좀 살아달라고 부른 걸까? 그럼 본래의 '아스'는 어딜 간 거지? 왕비의 출산을 돕다가 아기 나오는 모습을 보고 충격받아 심장마비로 죽은 게 아니라면 그녀와 내 몸이 바뀐 걸까? 그녀가 내 영혼을 대신해서 버섯을 씻고 라면을 마저 끓일 수나 있을까?

거울 속에는 낯선 옷을 입은 내 모습이 비쳤다. 한 군데도 낯선 곳이 없는 내 얼굴이었다. 오늘 아침에 일어나 세수하고 본 얼굴 그대로 눈가의 점이나 턱에 난 트러블까지 변함이 없지만 머리카락만 허리까지 긴, 내 얼굴. 우리가 닮아서 지금 여기에 있는 걸까? 왜 하필 〈탈출기〉인지 모르겠다. 내가 읽은 소설이 그것뿐인 것도 아닌데. 〈탈출기〉를 읽을 때 부부 클리닉 사랑과 전쟁을 보는 기분으로 '왕비! 그 첩 놈 머리채라도 잡아당겨! 물어!'를 외치긴 했지만 진지하게 왕비를 동정하거나 그녀 대신에 복수하겠다는 생각을 한 것도 아니었다. 그것보다 훨씬 몰입해서 다음 편과 다음 권을 외치던 작품이 많고도 많았는데 왜 하필이면?

대학 시절이 생각난다. 전공 시험이었는데 문제가 내가 공부한 부분을 깡그리 빗나가서 뭘 쓰려고 해도 쓸 게 없었다. 한 삼십 분을 멍 때린 끝에 내가 자체적으로 문제를 내고 답을 적어 냈던 비참한 2학년 2학기 중간고사. 그건 부분 점수라도 받았는데 이건 대체 답이 없다. 답이 왕비일까? 원작대로 흘러가 무사히 병들어 죽게 만들면 될까, 아니면 남자를 좋아하는 국왕의 성적 지향을 어떻게든 개조해서 유르겔에게서 떼어내 왕비에게 관심을 두게 하면 될까. 그런데 어느 쪽도 사람이 할 것이 아니다. 인생에 답이 없다는 건 이미 충분히 알고 있지만 이것만이라도 답을 알고 싶다.

세상을 떠돌며 수소문하다 보면 나 같은 일을 겪은 사람이 더 있을까? 아무것도 안 하고 가만히 있는 것보다는 어떻게든 어디로라도 움직이는 게 나을지도 모르지. 하지만 알 수 없는 쎄함이 등줄기를 가로지른다. 막차 시간 때 열심히 뛰어 반대 방향으로 환승했을 때와 비슷한 쎄함이다. 무언가 중요한 것을 두고 자리를 떠날 때처럼 예감이 경고하는 느낌. 이곳을 떠나서는 안 된다. 문제 곁에 답이 있게 마련이니 왕비 궁에서 무언가 해답을 얻어야 할 것 같은 그런 기분이 든다.

나는 의자에 등을 기대고 물끄러미 '아스'인 내 얼굴을 들여다보았다. 거울 속의 내 눈이 낯설어질 때까지. 오래 그러고 있을 수는 없었다. 나는 자리에서 일어나 의자에 걸려 있던 숄을 등에 걸치고 방을 나왔다. 미나는 세브가 있는 옆방에 가겠다고 했었다. 우리 방이 복도 제일 끝이라서 옆방이 어디인지 고민할 일은 없었다.

내 룸메이트 이름은 미나, 아까 미나와 이야기를 나누던 눈이 파란 애는 엘리, 내 옆방에는 세브. 아까 한자리에 있던 시녀 중에 누가 세브였을까. 나는 옆방에 노크하고 대답이 들리기 전에 문을 열었다.

"안녕, 세브? 나도 껴도 돼?"

아직 잠들기엔 이른 밤인지라 잠옷을 입고 침대 위에 앉아 있는 사람들이 보였다. 넷…… 다섯 명.

자, 누가 대답을 할까?

## 2장
## 뜻밖의 적성

 놀랍게도, 시녀 일은 내 적성에 맞았다. 와, 나 4년제 대학 왜 다닌 거지? 이력서를 대체 어디에 꽂아야 하나 손발 끝이 마르는 느낌으로 고민했는데, 이거였어? 한국에 있을 땐 몰랐던 적성을 비행기를 타고 날아도 닿을 수 없는 이세계에 와서 알게 되네? 학교 다닐 때 용돈 벌이를 위해 패밀리 레스토랑과 호텔 서빙 알바를 해보긴 했는데 그땐 힘들고 발바닥은 불에 덴 것처럼 아팠었다. 그래서 영 적성에 안 맞는 줄 알았는데, 지금은 당장 서바이벌 생존용 업무라 그런지 시녀일이 몹시 할 만했다.
 내 얕은 상식에 의하면 시녀랑 하녀는 계층이 다르고, 하는 일도 엄연히 다르다. '아스'의 짐을 뒤져본 결과 귀족은 아닌 것 같아서 하녀일 거라 짐작했으나 놀랍게도 '아스'는 시녀가 맞았고 귀족이 아닌 것도 맞았다.
 아무래도 왕이 냉대하는 왕비는 좋은 집안 출신의 시녀들을 부릴 처지도 아니었던 모양이다. 궁 내부 인사부 같은 데서 아예 시녀들을 이쪽으로 보내지 않은 건지, 아니면 시녀의 봉급이 왕비의 사비에서 나가게 되는 건지 나야 알 길이 없는 노릇이지만……. 같이 밥 먹고 수다 떨며 쌓은 인맥 내에서는 귀족 출신은 한 명도 없었다. 또 우리 스스로도 시녀인지 하녀인지 알 수 없는 상태기도 했고. 왜냐면 시녀의 업무와 하녀의 업무를 동시에 하고 있거든.

업무의 내용은 매일같이 바뀌고 있었다. 어느 날은 왕비의 지척을 지키며 대기했고, 어느 날은 빨래했으며, 어느 날은 궁의 구석구석을 돌아다니며 청소했다. 그나마 요리 쪽은 전문 인력을 따로 쓰는 모양이었고 미나와 '아스'를 포함해 몇몇 용모가 단정하거나 손 모양이 거칠지 않은 시녀들은 아주 거친 일에 보내지 않는 게 특별 대우랄까. 난 예쁜 편은 아니지만 손이 부잣집 아가씨처럼 하얗고 포동포동했다. 땡큐 갓. 투자해도 나아질 것 같지 않은 얼굴에는 영양제를 안 발라도 손에는 좋은 것들을 바른 보답이 있도다.

하루하루 시간은 잘도 갔고 아기 왕자가 태어난 지도 보름 가까이가 지났다. 그동안 내게 여신의 신탁 같은 건 찾아오지 않았고, 인류를 위협하는 마왕의 그림자가 생겨나지도 않았으며, 전설의 현자가 남긴 마법서라든가 건국왕이 남긴 보물을 찾게 될 것 같지도 않았다. 세상은 평화로웠고 나는 하찮았다. 그리고 개인적인 의견을 더 말해보라고 한다면, 왕은 개새끼다.

"오늘도 안 오시겠지?"

마른 천으로 설거지가 끝난 식기의 물기를 닦으며 안나에게 물었다. 안나도 험한 일에서 자주 면제를 받는 인원 중의 하나로 우리 중에서 제일 예뻤다.

"오신다고 해도 뭐…… 3분은 보시겠어?"

"그래도 좀 그렇잖아?"

"난 안 오시는 게 더 좋아. 오시면 초비상이지."

사랑 없이도 아이는 태어나고 자란다. 동화 속 세상이 아닌 한 왕가에 사랑하기 때문에 태어나는 아이는 적지 않을까. 하지만 아기 왕자는 사랑하지 않을지언정 원해서 태어난 아이인데도, 왕이 이름조차 지어주지 않고 태어나지 않은 것처럼 행동하는 게 몹시 개새끼스러웠다. 아기 왕자는 태어난 지 보름이 지났는데도 아직 아기님이나 왕자님이라고 불릴 뿐 이름이 없었다.

"찜찜한데."

마른 수건 위에 나이프와 포크를 올리고 꾹꾹 눌러 물기를 짜내던 제시가 말했다.

"뭐가?"

"그 요물 말이야."

남자 후궁, 세상에 존재하는 거의 모든 남자에게 사랑받는 유르젤은 왕비 궁의 시녀들에게서는 요물 내지는 여우라는 별명으로 불렸다. 둘 중에서 더 메이저한 호칭은 요물이었다.

라면 끓이다 말고 여기에 떨어져 어버버 하며 출산 시중을 들고 상황 파악이 안 된 상태에서 경황없이 본 유르젤은 이미 기억에서 많이 흐릿해졌다. 어떻게 생겼더라? 그래도 적당히 호감 가는 느낌의 밝고 맑고 예쁘장한 청년 이미지였던 것 같다.

"마성의 게이지."

"뭐?"

"아냐. 접시가 무겁다고."

소설 속의 유르젤은 사랑받기 위해 태어난 사람이라고나 할까. 사랑과 매혹을 광휘로 두른 천사가 있다면 유르젤일 거였다. 거의 모든 남자가 유르젤을 보면 사랑에 빠졌다. 왕의 소꿉친구도 그랬고 호위 기사가 그랬고 사절로 온 타국의 멀쩡한 왕자가 그랬다. 심지어는 왕비의 친정 남동생까지도 박대받다 병들어 죽은 누이의 원한을 갚겠답시고 유르겔을 납치했다가 결국 그의 발아래 몸을 던지고 사랑을 구걸했다.

왕비가 죽은 후로 그 소설에 사이다는 절대 없으리라는 것은 알았지만, 훗날에라도 왕비의 아들이 원한을 갚아줄까 싶어 계속 읽던 내가 뒷목을 잡고 억! 쓰러진 날이 그날이었다.

"괜찮을까?"

제시가 다시 말했다. 어쩐지 우리 머리 위로 먹구름이라도 몰려온 것 같다.

"우리가 해코지한 건 아니니까……."

왕은 왕자가 태어난 날에 바람처럼 왔다 월급처럼 사라진 것 외에는 다시 들여다보지 않았지만 유르겔은 달랐다. 왕자가 태어나고 일주일 정도 후부터 왕비 궁 앞을 알짱알짱하더라는 말을 왕궁 경비대에 친오빠가 있는 세브가 알려주었다.

그래도 해를 끼치는 건 아니라서 그냥 두었더니 어제는 무려 왕비 궁 안으로까지 들어왔더란다. 후궁이 왕비를 미리 약속도 없고 전령도 없이 찾아온 덕에 시녀들은 소리 없이 난리가 났었다. 그것도 상대가 유르겔이라 더욱. 왜냐면, 다들 그럴 때 어떻게 해야 하는지에 대해 배운 바가 없거든. 피치 못할 사정에 의해 왕비 궁의 시녀 겸 하녀들은 오합지졸이다. 페페였던가? 누군가가 시녀장 언니를 불러오긴 했는데 유르겔은 그사이 혼자 우물대다 돌아갔고 아직까지는 별일이 없는 데도 다들 한없이 찜찜해하고 있는 거다.

"우리는 해코지를 안 했지만 전하께서도 그렇게 생각하시냐 이거지."

"그렇지만 우린 진짜 아무것도 안 했잖아."

"어. 심지어 말도 안 걸었는데."

왜냐면 사랑에 빠진 남자는 원래 말이 안 통하기 때문이다.

"얘들아, 큰일 났어!"

페페가 문을 발로 걷어차며 달려 들어왔다. 역시 어제 시녀장 언니를 부르러 간 게 폐폐가 맞았던 것 같다. 저녁 식사가 막 끝난 참이라 부엌에는 아직 사람이 많이 있었다. 설거지한 그릇을 정리하던 사람들과 내일의 식재료를 다듬고 있던 사람들 모두가 폐폐를 바라보았다.

"전하께서 병사를 끌고 오셨어……!"

애 낳고 아직 산후조리 중인 제 부인의 궁전에 병사를 이끌고 오는 남편이라니, 이런 망할 놈을 봤나. 설마 왕자를 빼앗아 가려고 왔나? 그렇지만 내 기억으로 왕비는 별 저항이나 갈등 없이 고분고분하게 아이를 빼앗겼었다. 이렇게 병사를 끌고 올 일이 아니었을 텐데?

불안감은 이미 부엌 안에 팽배했다. 우리는 도망칠 곳도 없었고 도망쳐야 하는 이유도 알지 못했다. 모두가 폐폐가 들어왔던 유일한 출입구를 바라보며 가까운 사람들끼리 안고 기대며 버텼다. 오래지 않아 철들이 부딪히는 소리가 나고 남자들의 고함과 여자들의 비명이 들렸다. 언제 이곳으로도 병사들이 들이닥칠까 긴장했지만 발소리는 요란했어도 사방을 뒤지고 다니는 느낌은 아니었다. 사람들이 서서히 끌어안고 맞잡았던 손을 풀고 눈치를 보기 시작했다.

아, 기억이 났다. 저건 왕비의 시녀들을 체포하러 온 병사들이었다. 정확히는 왕비의 지적을 지키던 측근 시녀들을 체포하러 왕이 직접 끌고 온 병사들인데, 왕은 왕비에게 너무 관심이 없어서 왕비 궁의 시녀들이 어떤 시스템으로 돌아가는지 알지를 못했다.

술렁대던 사람들이 슬금슬금 문가와 창가로 몰려들기 시작했다. 아직 왕비 궁에 남아 있는 사람들은 어느 정도 이런 상황에 익숙했다. 폐폐와 안나, 제시 그리고 나도 치맛자락을 들고 발소리를 죽여 문가로 나섰다. 왕비 궁의 부엌은 반지하에 위치해 했고 폐폐가 들어오며 문을 활짝 열어둔 덕분에 우리는 한가로운 새끼 쥐처럼 쪼르륵 계단 끝에 매달려 병사들과 끌려가는 시녀들의 다리를 볼 수 있었다.

"있잖아. 저 사람들 어떻게 될까?"

"여태까지 그랬던 거랑 똑같겠지."

"여태까지가 어떤 건데?"

"뭐, 쫓겨나거나 다른 궁의 하녀로 가거나."

"달라지는 게 없네."

"뭐, 그렇지?"

왕은 왕비에게 한결같이 관심이 없었지만 한 번씩 왕비 궁을 뒤엎어놓기는 했다. 왕비에게는 권력과 실권도 없었지만 혹여라도 무심코 넘긴 하나가 그가 사랑하는 유르겔을 위협할까 봐, 혹은 그 여린 마음에 장미 가시처럼 박혀 상처를 입힐까 봐 한 번씩 왕비 궁을 들쑤셔서 왕비의 권위를 손상했고 그녀의 손발을 잘라갔다.

사람의 충성은 무엇으로 만들까. 높은 페이와 후한 복리후생, 함께 일하는 사람들과의 관계, 그리고 장기근속 정도가 아닐까 생각한다. 왕궁의 시녀가 받는 월급이 얼마 정도인지는 모르겠지만 언제 옆에서 일하는 사람이 바뀔지 모르고 자기 스스로도 그 장소에 얼마나 있게 될지 알 수 없는 곳에서 충성심은 생겨나기 어렵다. 우리도 사람이기에 이곳에 있는 동안 왕비가 불쌍하다고 말은 할 수 있을지언정 그녀를 위해 우리의 무언가를 내놓고 충성하기는 힘들다.

잠시 후, 오늘은 바느질 업무를 배정받았던 미나가 슬쩍 눈치를 보다 우리 쪽으로 건너와 똑같이 계단에 엎드려 턱을 괴었다.

제시가 물었다.

"저거 이번엔 뭐 때문이라는지 들었어?"

"응. 그 여우한테 무례를 범했기 때문이래."

"무례?!"

어제 나는 복도 청소를 담당했었기 때문에 유르겔이 와서 주춤주춤하던 모습을 봤었다. 그 어떤 무례도 없었다. 시녀들이 뭐 유르겔에게 찬물을 끼얹은 것도 아니고 '남창 새끼 꺼져!'라고 모욕을 가한 적도 없었다.

"어제 다들 아무것도 안 했잖아?"

어제 왕비의 수발을 들었던 안나가 항의했다. 국왕이 오늘 쳐들어
와서 다행이지 어제 바로 왔다면 끌려가는 사람 중에는 안나도 있었
을 거다.

"그래서래. 무례하게 아~ 무것도 안 했다고."

"뭐야! 설마 아무 말도 안 하고 가만있는 사람한테 어서 옵쇼, 인사
라도 해야 했단 거야?"

페페가 짜증 난 목소리로 외쳤다. 사전 약속 없이 상급자를 찾아온
후궁에게 반갑게 인사하고 무엇을 도와드릴까요 하고 솔 음으로 묻는
시녀의 모습을 잠시 상상해 봤다. 보통 이해가 안 가는 사고 구조이긴
하지만 왕이 바라는 게 아마 그거였던 것 같다. 그래서 난 그렇게 했다.

용돈 벌이를 위해 택시 콜센터 야간 알바를 할 때 받은 교육이 있
었다. 보이지 않더라도 얼굴은 스마일, 목소리는 발랄하고 경쾌한 솔
음으로, 그리고 멘트는 이런 거였다.

"안녕하세요, 유르겔 님~! 무엇을 도와드릴까요~?"

사랑합니다, 고객님. 무엇을 도와드릴까요. 택시 야간 콜센터 손님
은 술에 취할 대로 취한 경우가 많아서, 손님에 따라서는 저 사랑한다
는 멘트에 '진짜 나 사랑해?'라고 물어오기도 해서 거부감이 들었었는
데 이제 상대가 유르겔이 되니까 똑같지만 다른 종류의 거부감이 따
라붙는다. 그때는 난감해서, 지금은 죽을까 봐서. 그래도 난 필사적
으로 웃었다. 표정이 띠꺼웠노라고 유르겔이 말 한마디만 잘못 전해
도 난 죽는다.

유르겔은 내 낯이 간지러울 정도로 나를 한참이나 쳐다봤다. 놀라기라도 한 것처럼 한순간 미소를 잊었던 얼굴에 아주 천천히 굉장히 낯설고 반가운 것을 본 사람 같은 찬란한 기쁨의 미소가 돌아왔다. 왕비 궁에서 이 정도라도 호의적인 사람을 만난 적이 없었나 보다.

"음…… 너 이름이?"

"아스입니다, 유르겔 님."

"아스, 라고…….”

그는 굉장히 기분이 좋아 보였다. 누가 보면 내가 유르겔이 잃어버린 20캐럿짜리 다이아 반지라도 찾아준 사람인 줄 알겠네.

조금 전까지만 해도 다시 찾아와 쭈뼛거리며 서성이는 유르겔 때문에 목이 졸린 얼굴을 했던 시녀 친구들이 지금은 날 홍대입구역 9번 출구에서 옷 다 벗고 물구나무서서 버스킹을 하는 진상 쳐다보듯이 보고 있다. 시녀장 언니도 권력에 빌붙어보겠다고 아첨하는 매국노를 쳐다보는 눈빛이다. 꼭 그 의도가 아예 없다고는 할 수 없지만 반드시 또 그런 의도만이라고도 할 수는 없는 것이, 그게, 난 유르겔이 왜 자꾸 왕비 궁에 와서 치대는지를 알고 있었다.

〈탈출기〉 속의 유르겔은 오로지 사랑받기 위해 태어난 사람이라 남을 미워하거나 증오하는 데 익숙한 인물이 아니었다. 아마도 그는 사랑하는 사람 외의 다른 이들에 대해 무지하거나 무관심했을 뿐이라고 생각한다. 그 증거로 그는 자신이 사랑한 국왕이 다른 여자와의 사이에서 낳은 일종의 배신의 증거인 왕자를 멀리하거나 미워하지 않았다.

난 그것이 놀라웠다. 한 아이의 얼굴에서 자신이 사랑하는 사람의 얼굴과 낯선 여자의 얼굴이 한꺼번에 보일 텐데 어떻게 한순간도 연인에 대한 분노와 불신 없이 사랑할 수 있는지.

"아기님을 보고 싶은데."

유르겔은 왕비가 낳은 아기 왕자가 보고 싶어서 며칠간이나 왕비 궁을 얼쩡거렸던 것이다. 왕비 궁에는 유르겔에게 속 편히 말을 걸 사람이 없었고 유르겔 역시 아기 왕자가 보고 싶어 찾아왔다는 말을 왕비 궁 누구에게 어떻게 해야 할지를 알지 못했다. 그랬기에 왕비 궁에서 누구도 유르겔과 대화를 하지 않았고 그것이 국왕을 분노하게 했다. 아마 내가 말을 건 방식도 궁중 예법에는 굉장히 어긋나 있으리라는 것을 확신하지만.

"시녀장님. 유르겔 님께서 아기님이 뵙고 싶어 찾아오셨다고 합니다."

양옆으로 물결처럼 흘러내린 계단의 제일 위에 시녀장 언니가 무슨 심판의 여신처럼 서 있었다. 나는 쪼렙답게 당당히 무릎 굽혀 인사를 하고 시녀장 언니도 들었을 말을 반복했다. 시녀장 언니는 어디선가 칼이라도 꺼낼 것 같은 얼굴로 나와 유르겔을 보다 무릎을 굽혔다.

"왕비님께 말씀 올리고 오겠습니다."

아이를 낳은 지 얼마 안 된 왕비는 아직 몸이 회복되지 않아서 거동이 불편했다. 시녀장 언니는 손님인 유르겔을 두고 왕비가 있는 안쪽으로 들어갔고 나는 그동안 유르겔에게 필사적으로 웃는 얼굴을 보여주었다.

접객 담당이라고는 하지만 뭘 어떻게 해야 하는 건지 내가 알 리가 없다. 응접실이나 이럴 때 대기하는 방이 있을 것도 같은데! 하지만 워낙에 시녀가 자주 갈리고, 좋은 신분과 좋은 집안의 시녀를 쓰지 못하는 왕비 궁 사정으로 미루어 짐작해 보면 나뿐 아니라 남들도 이럴 때 뭘 어떻게 해야 하는지 모를 것 같았다. 왕비 궁 시녀들의 교육은 당장 필요한 업무에서의 겉모양을 만드는 수준에 머물렀다. 대부분은 전문적인 교육을 받지 못한 견습 시녀 신분이기도 했다. 그랬기에 손이 통통하고 하얗고 깨끗하다는 이유 하나만으로 내가 궁의 얼굴이라 할 수 있는 접객 업무를 보고 있겠지. 거기다 다행히 왕비는 구색을 갖추기 위해 책봉만 했지 실권이 하나도 없어서 방문객도 없는 처지였으니까.

잠시 후에 돌아온 시녀장 언니가 유르겔 앞에 몸을 숙여 예를 표하고 아기 왕자님의 방으로 안내하기 시작했다. 이걸 따라가야 하는 거냐, 여길 지켜야 하는 거냐. 선택의 기로에 서 있는데 앞장서던 시녀장 언니가 날 돌아보며 슥 턱짓을 했다. 저 턱짓의 의미가 네 목을 그어버리겠어는 아니겠지? 후에 병들어 죽은 왕비의 시신 위에 이불을 덮어주는 게 저 언니라는 걸 알고 있어서 그런가? 저 언니 앞에만 서면 나는 작아진다. 몇 년이더라 그게. 저 언니의 세월도 인내와 고난이다.

나는 쪼르르 유르겔의 등 뒤에 붙어서 아기 왕자의 방까지 함께 걸어갔다. 남의 호의만을 받아온 유르겔은 선량하고 착한 사람이었으나 그가 받아보지 못한 감정을 내뿜는 왕비 궁 사람들한테까지 붙임성 있는 사람은 아니다. 그 때문에 가는 길이 하도 조용해서 나는 머리가 터질 것 같았다.

그나저나 자기 연인인지 마음속 본처인지 첩인지 그 모든 것인지 모르겠는 사람은 애를 보러 오는데 정작 애 아빠인 국왕은 왕자가 태어난 날 한 번 들여다봤을 뿐 다시 찾아오질 않는다. 내가 엄마라면 맨날 자는 아기 귀에다 들려줄 것 같다. 네 아빠라는 사람은 네가 태어날 때 네 곁에 없었고 한 번 들여다본 다음에는 찾아오지도 않고 이름도 지어주질 않았노라고. 나 같은 사람 때문에 왕이 왕비에게서 왕자를 빼앗아 간 건지도 모르겠다. 왕비는 그럴 사람이 아닌데.

고귀한 분의 머리 위를 밟고 다닐 수 없다는 이유로 왕비의 침실은 건물 가장 높은 곳에 있었고, 그래서 아기 왕자님의 방은 왕비의 침실에서 한참 떨어진 곳에 있었다. 시녀장 언니가 손수 커다란 문을 열었고 유르겔은 홀로 그 안으로 들어갔다.

옅은 바람이 불었다. 커다란 방 한가운데에 요람이 있는데 미리 연락을 받은 건지 유모와 시녀들이 요람에서 멀찍이 물러서 있었다. 아기 왕자는 순하게 잠들어 색색 숨소리를 내었다. 옅은 바람을 타고 내게도 그 평화롭고 안온한 냄새가 풍겨왔다.

"안녕, 아가야."

그날 유르겔은 사랑하는 남자의 아이를 안아 들었다. 그건 내가 생각해 왔던 광경들과 조금 다른 모습이었다.

"내가 널 얼마나 기다렸는지 넌 모르겠지."

그는 기쁜 듯이 보였다. 달콤한 잠에서 깨어난 아기 왕자는 얼핏 잠투정하며 감동스러울 만큼 작은 손을 휘두르다 유르겔의 손가락을 잡았다. 짧게 칭얼거리며 아기 왕자가 다시 잠들었는데도 유르겔은 한참이나 그 작은 생명을 내려놓지 못했다.

방 안은 공기마저 방 밖과 달랐고 아이를 안은 유르겔은 이 세상의 모든 죄악과 혼탁마저 용서하고 사랑하는 성자처럼 온화하게 빛나고 있었다. 아기 왕자에게 낮은 노래를 불러주는 유르겔의 모습은 마치 성모상처럼 성스럽게까지 보였다. 세상은 얼굴이 다인가 보다. 왕비는 저 얼굴에게 자기가 낳은 아이를 빼앗기게 되겠지.

나랑 내 친구들은 유르겔 같은 사람을 빙그레 웃으면서 사람 엿 먹이는 쌍놈이라고, 줄여서 빙쌍이라고 불렀다. 그러니까 설령 책을 읽으며 생각했던 것과 다른 것을 보게 될지라도 왕은 개새끼고 유르겔은 빙쌍이다. 하늘이 파랗고 여름은 덥고 겨울은 추운 것처럼 내 안에 변하지 않을 진리는 그거다.

나는 슬쩍 시녀장 언니의 얼굴을 올려다봤다. 그녀는 당장에라도 아기 왕자를 채 오고 싶어 하는 얼굴로 유르겔의 그림자를 노려보고 있었다. 숨을 죽이고 있어야겠다. 한 발자국 옆으로 물러나고 싶다. 아직도 옆에 내가 있다는 것을 깨닫는 순간 '감히 이 왕비 궁에서 유르겔에게 친근하게 말을 건 너 유죄!'를 외칠 것만 같은 표정이다.

나는 죄가 없다. 내게 죄가 있다면 살고자 했다는 것뿐. 나는 반드시 왕비 궁에 남아서 살아남아야 한다. 다른 곳에 갈 수도 없고 오직 이곳에서. 가늘고 길게. 이 버프 없는 세상에서 내 인생 목표는 이것이다. 사실은 책 밖의 현실에서도 인생의 목표는 그것이었다.

❦

미남이 왔다. 주인공인 유르겔과 국왕은 원래 논외 캐스팅이고, 그 둘이 아닌 미남이 왔다.

"봤어? 미남이 왔어."

나는 아침 청소 당번이었다. 진짜 이게 내 적성이 아닐까 무서워질 정도로 적응이 잘된 나는 하품을 하며 눈 비비고 정원을 쓸고 있었는데, 그 미남이 지나갔다. 시간과 공간을 멈추는 미인이라는 광고 카피는 몇 번 봤는데 내 인생에서 리얼로 시간이 느려진 것 같은 미남은 처음 봤다. 시공간이 아예 미남 쪽으로 빨려 들어가더만.

나는 대충 보이는 데만 서둘러 치우고 시녀 친구들을 찾아서 미남이 오심을 전했다.

"어디어디? 어디야?"

"누군데? 그 요물은 아니지?"

슬렁슬렁 일하던 친구들의 손이 멈췄다. 이리저리 급한 일을 끝낸 친구들끼리 모여서 내가 본 미남의 자취를 따라 조용히 왕비의 방 근처로 숨어들었다. 왕비의 방문은 활짝 열려 있었고 마침 그 문에서 그 미남이 다시 나오고 있었다.

"엑, 알렉스 경이잖아?"

"아스가 사람 낚았어."

친구들의 맹비난이 떨어졌다. 나는 처음 본 사람인데 다들 이미 알던 사람인가 보다. 그럼 '아스'도 아는 사람이었겠지. 하지만 난 당당하다. 이제 이 정도에 흔들리진 않는다.

"왜? 미남은 미남이잖아."

왜냐면 그는 미남이니까. 갈색 머리카락을 나풀거리는 그는 누가 봐도 보편타당한 미남이었다.

"응…… 미남은 미남이지."

"미남인데……."

"아스가 마치 새로운 미남이 온 것처럼 말했잖아."

그는 왕비랑 닮지 않았다. 왕비도 수수한 미녀 타입이지 보자마자 미녀! 타입은 아니었다. 왕비에겐 나중에 유르겔의 발닦개가 되는 남동생뿐이고 그 남동생 이름은 저런 게 아니었으니까 가족은 아닌데, 누굴까?

"다시 봐도 새롭고 짜릿한 미남이잖아!"

머리를 열심히 굴려야 한다. 시녀들 모두가 알고 있고 '아스'도 알고 있는 사람. 시녀로서의 업무 등은 내가 기억을 못 해도 모두가 그러고 있어서 문제가 될 것이 없었으나 사람은 안 된다. 정말 기억상실에 걸렸다고 미친 척을 하지 않는 이상 무난히 넘어갈 수 없는 문제다. 알렉스 '경'이라고 했던 걸 봐서는 기사다. 그 미남은 왕비의 방을 나온 후 문 옆에 있던 시녀장 언니와 무언가 대화를 나누기 시작했다.

저번에 유르겔이 왔을 때 저 언니는 기어이 유르겔에게 사전에 방문 약속을 잡아야 한다는 걸 주지시켰다. 감히 그 유르겔한테. 할 때는 하는 언니다. 다만 그날 이후로 저 언니가 날 보는 눈빛이 너무 따갑다. 언니, 저 변절자 아니고, 스파이도 아니고요. 그냥 가늘고 길게 묻어가고 싶은 영혼 한 마리예요.

"알렉스 경이 돌아왔으니 이제 업무 구역이 하나 더 늘겠네."

"뭐 어때. 예전에도 딱히 일감이 많은 분은 아니었잖아."

여기 상주하는 미남이었어? 나는 가슴 앞에 손을 모으고 말했다.

"난 저분 전담 시녀라면 좋겠어."

미남도 미남인데 모든 일이 다 적성에 맞는다는 게 슬슬 무서워지고 있어서 다양한 업무로의 로테이션은 그만하고 차라리 한적한 업무 맡아서 내 인생과 살길에 대해 고민을 시작해 보고 싶었다. 그러다 인생이 망한 것 같을 때 미남 얼굴이라도 보면서 잠깐 약 좀 빨고.

"넌 이미 여우 전담이잖아."

기분상으로 뭔가 스펀지에 못을 찔러 넣는 소리가 들린 것 같았다. 스펀지는 내 연약한 멘탈 아니면 현실도피?

유르겔이 처음 다녀간 지 일주일 정도가 지났다. 시녀장 언니의 당부대로 유르겔은 올 때마다 꼬박꼬박 갈 거라는 연락을 넣었고 기분 탓인지 나는 그때마다 접객 담당이었다. 기분 탓이라고 믿고 싶은데 엘리가 저렇게 말하는 걸 보면 기분 탓이 아니었나 보다.

"기분 탓일 거야."

"흐응~"

가늘고 길게 살려면 일단 눈에 띄면 안 되는데 말이다.

그것보다 나는 알렉스 경이 신경 쓰였다. 왕비의 혈족도 아니면서 왕비 궁에 기거하는 관계는 대체 무슨 관계인지 모르겠다. 나는 조심스레 에둘러 묻는 쪽을 선택했다. '아스'의 몸에 들어온 후로 모든 질문은 후퇴할 준비를 하고 던져진다.

"그런데 왜 지금에야 온 거래?"

미남의 정체를 파악한 순간부터 시녀 친구들은 급격히 흥미를 잃었다. 급한 부분만 대충 해결해 두고 여기로 몰려와 있었기 때문에 다들 슬슬 근무지로 돌아가려는 눈치였다. 긴장이 풀려 있는 와중에 슬쩍 물어보니까 제시가 시큰둥하게 대답해 주었다.

"완치돼서 온 거겠지. 명색이 호위인데 덜 나았으면 어디다 써."

그 말을 끝으로 우리는 각자 일터로 돌아갔다.

그렇군, 호위였어. 그러고 보면 여기가 아무리 왕궁 안의 왕궁이라고 해도 경비가 너무 부족했다. 정문 쪽에 있는 경비대가 왕비 궁의 안전과 보안의 전부였다. 아무리 그래도 왕비에게 개인 보디가드인 호위 기사가 붙는 게 당연한데 어째 그런 고급 인력이 그림자도 안 보였던 게 이상한 일이긴 했다.

없는 게 아니었구나. 있었는데 부상으로 재활 중이었어. 근데 그럼 교대 인원이 있어야 하는 거 아냐? 심지어 임신 중인 왕비라면 더더욱 호위할 사람이 필요했을 것 같은데 여기 정말 인력이 부족한 모양이다.

"아스."

급하게 자리를 비우느라고 현관 계단 옆에 숨겨둔 빗자루를 다시 꺼내 슬슬 쓸고 있는데 시녀장 언니가 나를 불렀다. 설마 유르겔이 또 연락도 없이 찾아왔나 긴장했는데 언니 눈빛이 그건 아닌 것 같았다.

"4층 동쪽 끝에 빈방이 하나 있을 거란다. 지금 바로 그 방을 청소하렴. 깨끗하게."

굳이 묻지 않아도 그 방이 알렉스 경의 방이라는 것은 눈치챌 수 있었다. 빗자루를 제자리에 가져다 두고 실내용 청소 도구를 챙겨서 시녀장 언니가 설명해 준 방으로 올라갔다. 왕비의 방을 중심으로 둔다면 서쪽이 왕자의 방, 동쪽이 알렉스 경의 방이었다.

방문을 여는 순간부터 먼지 냄새가 났다. 예민하게 굴려는 건 아니지만 자연스레 기침이 났고 오랫동안 공기가 갇혀 있던 방 특유의 눅눅한 습기가 달라붙었다. 왕비 궁이 진짜 인력이 부족하기는 부족한 게, 주인이 방을 비우더라도 중요 인물의 방이라면 매일같이 청소하지 않나? 빅토리안 메이드가 귀족과 연애하던 만화책을 보면 그럴 것 같았는데 왕비 궁의 현실은 당장의 중요도가 떨어지는 업무는 폐지되기 십상이다.

문가에 청소 도구를 내려놓고 제일 먼저 창문부터 열어젖혔다. 오래 닫혀 있던 커튼이 걷히고 이제 떠오르기 시작한 해가 길게 방 안으로 들어왔다.

알렉스 뮈히터. 이 이름은 기억하고 있었다. 군고구마를 처넣은 왕비의 처우가 눈에 들어오기 전까지만 해도 나는 〈탈출기〉의 문장 하나하나를 머릿속에 담는 열혈 독자였다. 그러니까, 왕비가 아이를 빼앗기기 전까지 말이다.

알렉스 뮈히터는 왕비가 친정에서부터 데리고 들어온 호위 기사로, 과묵하고 진중한 성격이라 왕비가 친정 오빠처럼 기대고 의지하던 사람이었다. 이제는 빼앗긴 왕비 궁의 정원에서 길 잃은 유르겔을 그가 찾아내기 전까지 말이다. 모두에게 사랑받기 위해 태어난 유르겔은 그날 의도하지 않고도 강직하고 진중했던 왕비의 호위 기사를 얼굴 하나로 굴복시켰다. 왕비는 그날 이후로 절대 주변 사람들에게 속내를 보이지 않는다.

그는 이후로도 유르겔에 대한 사랑을 버리지 못하고 번민하고 번민하다…… 나중에 장렬히 산화했던 것 같은데, 맞아? 왕비보다 일찍 죽긴 했는데. 뒷부분은 왕비한테만 관심이 있어서 왕비라는 단어가 안 보이면 그냥 넘겼더니 기억이 아리까리하네. 환생하거나 빙의하는 주인공들이 정신 바싹 차리자마자 지금 있는 시간 이후의 타임 라인에 무엇이 벌어지는지 적는 이유가 이거였나 보다.

나도 초반에 아는 거라도 적어둘까 생각하긴 했었다. 하지만 딱 이즈음부터 왕비만 봐서 이후 전개가 거의 기억이 안 나고 여기 등장인물들은 하나같이 유르겔의 숨은 추종자거나 당당한 추종자거나 그래서 등장인물 정보를 적는 것도 큰 의미가 없을 거였다. 유르겔 자체가 왕비 인생에 도움이 되지 않으니 유르겔을 사랑하는 남자들도 왕비 인생에 보탬이 될 게 없다. 알렉스 경의 위치도 다르지 않을 거다. 유르겔과 국왕의 사랑을 빛내주기 위해 그가 가진 귀한 모든 것을 다 내

놓아야 하는 조연. 우리는 다이아몬드 목걸이를 빛내기 위한 큐빅이거나 합성 금속이다.

그래도 알렉스 경이 길 잃은 유르겔을 찾아내던 부분의 묘사가 꽤 아름답고 두근거렸었는데. 그래서 유르겔의 서브남이 드디어 등장하나 살짝 설레기까지 했었다. 하지만 〈탈출기〉는 유독 에반스가 아닌 다른 남자들이 유르겔에게 반하는 장면을 공을 들여 묘사해서 다른 인물들도 그 정도의 아름다운 계기로 사랑에 빠졌고, 행복한 서브남은 알렉스 경의 역할이 아니었다.

그보다 부럽다. 얼굴 하나로 여러 남자를 자신의 포로로 정복하다니. 나도 그런 인생 한번 살아봐야 하는 건데.

웨얼 이즈 마이 버프.

웬 이즈 마이 버프.

왓 이즈 마이 버프.


시간이 어찌나 빠른지 내가 이곳에 온 지도 한 달이 지났고 이제 프로 하녀 겸 시녀가 다 되었다. 여전히 우리는 하녀의 업무와 시녀의 업무를 구분 못 하고, 업무의 심화 버전에 대해서 이해하거나 응대하지 못하고 있지만 얼추 겉모양은 갖추었다. 업무에 대해 잘 이해하지 못하는 우리는 몸을 쓰는 건 하녀, 몸을 덜 쓰는 건 시녀의 업무라고 대강 구분했다. 업무 로테이션제인 왕비 궁에서는 얼굴이 예쁘거나 손이 깨끗한 사람을 시녀 쪽으로 자주 로테이션 돌리는데 나는 유르겔 때문에 계속 접객 쪽으로 돌다 오랜만에 왕비의 시녀 쪽 일을 받았다. 지밀상궁이 된 기분이다.

이 화창한 날, 아이를 낳은 지 한 달 정도 지난 왕비는 어느 정도 몸을 추스른 모양새로 접견실에서 아기 왕자를 안고 있었다. 그리고 계단 아래 무릎 꿇고 예를 차리는 기사를 내려다보고 있었다.

그렇게 순하다는 아기 왕자님은 잠들었는지 새근새근 조용한 숨소리만 들리고 있었고, 되게 무성의하게 한 번씩 아기 왕자님을 토닥이는 왕비님의 얼굴은 아이를 낳은 어머니답지 않은 우울함이 가득했다. 한국이거나 친하기만 했어도 괜찮은 산후 우울증 상담 병원 리스트를 쫙 뽑아주고 상담을 권하는 건데 여긴 한국도 아니고 왕비랑 나는 친하지도 않다. 신분제 사회니까 괜히 나대다 죽는 수가 있으니 가만히 있어야 한다. 하지만 보는 사람이 같이 우울해지는 얼굴이었다.

"전하께서 보내셨다고 했나요?"

"예, 왕비 전하. 신 미오 조디악, 명예가 남아 있는 한 목숨을 걸고 아기님을 지키겠습니다."

오! 기사의 맹세의 현장이다. 한쪽 무릎을 꿇고 앉아 있던 미오 경이 검을 가슴 앞에 수평으로 들고 나직하게 말했다. 짙은 색 기사복을 입은 미남의 맹세란 당장에라도 카메라로 찍어 남기고 싶은 아름다운 모습이었으나…… 문제는 왕비도 우울하고 저 기사도 꽤 우울한 인상이라는 거였다.

잘생겼긴 한데 수심에 가득 찬, 뭔가 사연 있는 미남의 느낌이랄까. 물론 개인적 취향으로는 저런 사연 있게 생기고 분위기마저 특수성을 노린 미남 쪽을 관상용으로는 더 선호하는 편이지만 호위 기사라면 사정이 좀 다르다. 알렉스 경처럼 저 기사도 왕비 궁에 같이 기거하게 될 것 같은데 왕비랑 쌍으로 우울함을 뿜어내고 있으면 보는 나도 엄청나게 우울해질 것 같다. 우울함은 전염된단 말이다. 물론 저 우울함의 이유를 모르는 건 아니지만.

왕비는 미오 경의 맹세에도 가타부타 말없이 그를 내려다보았고 미오 경은 다시금 처음처럼 반듯하게 한쪽 무릎을 꿇고 왕비의 대답을 기다렸다. 국왕의 명으로 아기 왕자의 기사가 되었으니 사실 왕비의 허락 여부 같은 게 중요한 것은 아니지만 그는 왕비에 대한 예우를 지켰다. 좋은 생각이다. 왕비가 그에게 아무런 반감을 보이지 않는다고 해도 괜히 잘못 보였다간 그의 왕비 궁 생활은 충분히 엿 같아질 수 있다.

늪에 빠져 실시간으로 침몰하고 있는 사람의 얼굴을 한 왕비가 천천히 고개를 숙여 순진한 얼굴로 잠든 왕자를 보다가 고개를 들고 주변을 둘러보는데 떡하니 나랑 눈이 마주쳤다. 아, 선생님들이 질문하려는 타임에 알아서 고개 잘 숙이고 있던 나였는데 방심했다고 스킬 숙련도가 깎였나 보다.

왕비는 날 보며 말없이 품에 안고 있는 아기 왕자를 들어 올렸다. 나? 저요? 전가요? 손가락으로 나 맞냐고 확인하고 싶었는데 그 순간 시녀장 언니가 날카로운 눈으로 눈짓하는 걸 보았다. 아, 닥치고 그냥 아기 왕자를 안아 들어야 하는구나.

주춤주춤 아기를 안아 들기는 했는데 아기는 내 생각보다 가볍고 말랑거렸고 목을 가누지 못해서 무서웠다. 나는 조카도 없는 미혼에 주변에 아기를 낳은 친구도 몇 없어서 아기를 안아본 건 미취학 아동 시절 근성으로 울음을 그치지 않는 사촌을 보던 기억뿐이다. 아기가 순한 건지 내가 제대로 안아 든 건지도 몰라서 숨도 제대로 못 쉬고 있는데 왕비가 말했다.

"아기를 안겨 드려라."

아기한테 애정이 있는지 없는지 모르겠지만 그래도 갓난쟁이를 안아본 적 없을 것 같은 초면의 기사한테 자기 아이를 안겨보겠다는 배짱이 멋있다. 나라면 절대 안 그럴 텐데.

그러나 나는 명령에 살고 명령에 죽는 비정규직 시녀니까 시키는 대로 했다. 조심히 왕비의 뒤에서 걸어 나와 기사 옆에 무릎을 꿇고 그 팔에 아기를 안겨주었다. 다시 아기를 돌려받아야 하니까 반걸음 물러난 곳에 함께 무릎을 꿇고 그의 얼굴을 보았다.

아기 왕자의 얼굴은 그의 손가락 길이도 채 안 되는 크기였고, 그는 크고 단단했다. 자기 딸을 핫도그처럼 들고 다니던 외국 배우만큼은 아니더라도 하얀 강보에 싸여 그의 품에 안긴 아기 왕자는 갓 쪄낸 두부처럼은 보였다. 조심스럽게 아기 왕자를 안은 그의 눈빛이 조금 짙어졌고 한쪽 손은 아기 왕자의 뺨을 만질 듯이 근처의 공기를 어루만지다 강보를 고쳐 안았다.

"아기를 지켜주실 분이니 아기가 안겼을 때 거부감이 없기를 바랐습니다."

미오 경이 아기 왕자를 나에게 넘겨주는 모습을 보며 왕비가 단조롭게 말했다. 다시 아기 왕자를 안아 들고 조심스레 왕비가 앉은 단상 위로 올라갔지만 왕비는 자기 아이에 대한 흥미를 잃은 사람처럼 이쪽을 바라보지도 않아서 나는 조금 조바심이 났다.

다행히 내가 단상을 다 올라오자마자 뒤쪽에 시립하고 있던 유모가 얼른 나서며 아기 왕자를 받아 들고 능숙하게 얼러댔다.

"스사. 아기의 맞은편 방을 미오 경께 준비해 드리렴. 양옆으로 미오 경과 알렉스 경이 있으니 나는 조금 더 안전해지겠구나."

시녀장 언니가 무릎을 숙여 보이며 왕비의 명을 받았다. 그렇구나. 시녀장 언니 이름이 스사였구나. 왕비는 피곤한 듯이 가느다란 손으로 이마를 한번 매만지고 자리에서 일어섰다. 몸을 돌려 몇 발자국 걸어간 그녀는 문득 발을 멈추고 미오 경에게 물었다.

"바로 오시는 건가요?"

"전하께 보고를 올리고 간단히 짐을 챙겨 오겠습니다."

이제 자리에서 일어선 미오 경이 가슴 앞에 손을 짚고 말했다. 기사의 인사와 예는 책을 읽으며 생각했던 대로 고풍스러운 면이 있었다.

왕비는 자신보다 낮은 곳에 서서 고개를 숙인 미오 경의 정수리를 물끄러미 보다 건조하게 말했다.

"이름보다 호위 기사를 먼저 내려주신 전하께 감사 인사를."

와, 저 언니 성격 있었네. 유르겔이 신나게 후려치는 동안에 변변한 항변이나 저항 한번 안 하고 다 따르기에 성격 순한 줄 알았는데 가시 하나 정도는 날릴 줄 아는 사람이었나 보다.

그 말을 남기고 왕비는 접견실을 떠났다. 그 뒷모습을 미오 경은 여전히 짙고 우울한 눈으로 바라보았다. 우울하고 행복하지 않은 사람이라는 공통점이 있어서일까. 내 눈에는 그와 왕비의 생김새가 다른데도 대단히 닮아 보였다. 시녀들이 왕비의 뒤를 따라 접견실을 나가고 있었다. 나도 뒤를 따라야 해서 발을 옮기다 한번 뒤돌아 그를 다시 보았다. 그는 여전히 이미 사라진 왕비의 뒷모습을 보고 있었다. 가까이에서 들여다본다면 일렁이는 무언가를 볼 수 있을 것 같은 짙고 우울한 눈으로.

그렇게 해서 미오 조디악, 유르겔을 사랑해서 어린 왕자의 귀에 왕비를 향한 증오를 흘려 넣게 되는 왕자의 기사가 왕비 궁으로 왔다.


한 남자를 사랑하는 두 남자가 한 건물 한 층의 동쪽과 서쪽에서 살게 되면서 왕비는 양옆으로 유르겔을 사랑하는 두 남자를 두게 되었다. 한 남자가 있고 그의 조강지처와 세컨드가 있는데, 그 세컨드를 사랑하는 두 남자와 조강지처가 한곳에 살게 되는 이 상황에 정신이 혼미했다. 그런데 왕비는 미오 경의 마음을 몰라서 그런지 아무렇지 않은가 보다.

유르겔은 이제 거의 매일 아기 왕자를 보러 왕비 궁에 오고 있다. 그가 아기 왕자를 안고 잔잔히 몸을 흔들며 낮게 노래를 불러주는 게 방문의 정규 코스인 것 같다. 아기 왕자는 어찌나 순하고 손을 덜 가리는지 자길 안고 있는 사람이 생모인지 유모인지 친부의 세컨드인지도 가리지 않고 얌전히 안겨 놀다가 잔다. 하도 자주 오니 이제 시녀장 언니도 유르겔이 오는 날에 굳이 나만 접객 담당에 넣지 않게 되었다. 다행이라면 다행인가.

미오 조디악 경이 온 이후 딱 한 번 유르겔이 오는 날에 내가 접객 담당인 날이 있었다. 그 셋이 한자리에 있는 걸 딱 한 번 보았다. 아기 왕자를 안고 조용한 노래를 불러주는 유르겔과 그걸 바라보고 있는 미오 경. 그리고 벽지 얼룩이 되길 바라는 나까지 하면 3.5명인가.

솔직히 말해 유르겔이 아기 왕자를 안고 노래를 불러주는 모습이 아름답게 보일 때가 있었다. 그는 아름다운 남자다. 가끔 보면 태양은 그를 빛내기 위해 뜨고, 꽃은 그를 찬양하기 위해 피어나며, 바람은 그의 향기를 실어 나르기 위해 부는 것처럼 보일 정도였다. 사랑받기 위해 태어난 유르겔은 온 세계가 그를 축복하고 환영하는 것처럼 보이기까지 했다. 소설을 읽은 내 눈에도 그가 그렇게 보이는데 이미 그를 사랑하는 미오 경의 눈에는 유르겔이 얼마나 아름답게 빛나고 있을까. 어머니, 전 대체 전생에 무슨 죄를 지었기에 이곳에서 저런 차마 두 눈을 뜨고 있을 수 없는 광경을 보고 있어야 하나요.

미오 조디악 경은 유르겔이 들어온 이후로 단 한 번도 유르겔에게서 시선을 떼지 않았다. 유르겔의 얼굴, 유르겔의 머리카락, 유르겔의 어깨, 유르겔의 등, 유르겔의 그림자……. 보고 있는 내가 한숨이 나올 정도로 집요하리만치 강렬한 시선이었다. 하지만 유르겔은 미오 경의 시선을 알아차리기에 지나치게 둔감한 신경인지 아니면 오랜 세월 사랑만 받으며 살아와 그런 시선에 익숙해져 무감각해졌는지 딱히 미오 경에게 신경을 쓰지 않았다.

알렉스 경은 유르겔에게 반하는 과정이 묘사되어 있었다면, 미오 경은 등장하는 순간부터 이미 유르겔을 사랑하고 있었다. 그는 왜 유르겔을 사랑하려나. 그는 유르겔을 보고 나는 그를 보고. 보는 내가 부끄러워지고 저런 게 사랑인가 생각하게 되는 시선이었다.

미오 경의 눈은 어둡고 짙은 녹색이었다. 계속 보고 있어서 순간 녹색을 발견했지만 얼핏 지나쳤다면 발견하기 어려웠을 암녹색 눈동자였다. 만약에 밝은 햇빛 아래에서 저 눈을 들여다보면 다른 색으로 보일지, 아니면 유르겔을 향한 마음이 만들어주는 우울함이 그의 눈을 짙게 만든 건지 궁금해졌다. 알 길은 없겠지만.

제때에 퇴근해 방으로 돌아온 나는 의자를 끌어와 창문 앞에 놓고 앉아 밤하늘을 올려다보았다. 서울의 미세먼지가 가득한 하늘이랑은 비교도 할 수 없이 새카만 하늘에는 별이 가득했고 나는 한숨이 나왔다.

범죄자들이 얼굴에 '제가 범죄자입니다' 써놓지 않는다고 하지만 미오 경의 얼굴을 보고 있으면 나도 좀 우울하고 궁금해진다. 뭐랄까, 빚 보증 잘못 서서 한 12억쯤 되는 빚을 지고 망했는데 어디 사모님에게서 자기 애완 애인이 되면 빚도 탕감해 주고 집안 생활비도 대주겠다는 제의를 받고 고뇌에 빠진, 어린 동생이 4명쯤 달린 미남의 우울함이 느껴진다고나 할까.

어린 왕자의 귀에 '왕자님을 낳은 왕비님은 당신을 사랑하지 않았어요'라고 속삭일 사람으로는 안 보이는데, 대체 사랑이 뭐길래 멀쩡한 사람을 그렇게 만드는 걸까.

늦지 않게 미나도 퇴근해서 돌아왔다.

"왔어? 오늘도 수고."

"넌 왜 그러고 있어?"

"그냥 별이라도 보고 싶어서."

미나는 옷을 갈아입고 하루 종일 핀에 잡혀 당겨져 있던 머리카락을 빼낸 후 의자를 가지고 와 내 옆에 앉았다.

"왜 갑자기 우울하실까?"

그러게, 난 왜 우울할까. 어차피 책 속의 인물에 불과한 미오 경의 타락이 나랑 무슨 상관이라고. 내 인생은 여기에 없으니 집에 돌아가고 싶다.

"글쎄, 사랑이 참 어려운 것 같아."

"오~ 너도 미오 경이야?"

"이 타이밍에 갑자기 왜 미오 경을 찾아?"

"갑자기 나타난 미남에게 다들 관심이 많거든."

며칠간 혼자 근무했던 나와 달리 미나는 다른 시녀들이랑 부대낄 만한 곳에 있었다. 부럽다. 미오 경에 대해 어떤 이야기를 씹고 맛보고 즐겼을까.

"그러는 넌 관심 없고?"

"난 아직 내 남자 잘 만나고 있거든? 아마도?"

"그 아마도는 왜 붙는 건데?"

"여기 규율 미친 것 같아. 석 달에 한 번 외출이 말이 돼?"

"뭐…… 견습 때까지만 그런 거니까."

그래도 왕비 궁인데 인력을 이런 식으로 써도 되는 건지 내가 다 불안해지는 곳이었지만, 그래도 왕궁은 왕궁이라 정말로 사람을 막 쓰지는 않았다. 현재 왕비 궁에 소속된 시녀들은 대부분이 견습 시녀였고 이들이 일 년간의 견습 기간을 거쳐 정식 시녀가 되기까지는 특별한 일이 없는 한 석 달에 한 번의 외출만이 허가되었다.

"한 달이나 더 기다려야 나갈 수 있는데……. 제럴드가 날 기다리고 있을까?"

제럴드가 미나를 기다리고 있을까? 내 라면은 나를 기다리고 있을까? 그건 아무도 알 수 없는 일이다. 창틀 위에 엎드린 미나에게 내가 덮고 있던 숄을 나눠 덮어주었다. 하늘은 높고 별은 많고 달은 밝았다. 나만 우울한가 보다.

"맞다, 아스. 아까 시녀장님이 전해달랬는데 너 내일 유모님한테 가래."

"나? 왜? 나 내일 세탁실인데."

"내일 보모 담당이 원래는 세브였는데 아까 계단에서 굴러서 다리가 부러졌대. 그래서 시녀장님이 한동안 세브는 안 걸어도 되는 일 쪽에 넣으려나 봐."

"어머, 어쩌다 굴렀대. 많이 안 다쳤고?"

"응, 페페가 밀었어. 나이스."

미나는 엄지까지 들어 보였다. 세브랑 미나는 꽤 친해 보였는데. 세브랑 페페도 그렇고.

"어, 저, 페페가 잘못해서 민 거야?"

"아닌데? 아~ 아까 아스는 없어서 모르는구나."

"뭔데?"

창틀에 팔을 괴고 엎드린 미나가 꼬물꼬물 자세를 바꾸고 나를 올려다보았다. 미나의 눈은 희미하게 불을 밝힌 이 밤에도 봄에 새로 움튼 잎사귀처럼 선명한 연두색이었다. 우울함이 걷힌 후에 햇살 아래에서 미오 경의 눈을 바라보면 미나처럼 밝은 빛이려나?

"세브가 페페랑 만나던 남자를 꼬셨대."

"헐, 대박."

"일단 남자부터 응징하고 점심때 돌아오자마자 세브를 확!"

"페페 멋있네~"

세브는 늘씬한 데 비해 페페는 작고 아담한 체형인데 그런 세브를 페페가 계단에서 밀어버렸다고 하니 어쩐지 멋있긴 했다. 세브가 크게 다쳤으면 이런 말도 안 했겠지만 미나가 말하는 걸로 봐서는 크게 다친 것 같지는 않았다.

"한동안 페페랑 세브랑 같은 데 안 있게 해야겠다."

"시녀장님도 그렇게 생각하시더라."

용케 자르지는 않는다 싶었지만 왕비 궁은 인력 구하기가 힘든 곳이었다. 보직이 자꾸 바뀌고 잘못하다가는 다치거나 죽을 수도 있어서 남들이 선호하는 곳은 아니라고 들었다. 다른 사람을 밀어 다치게 한 일이 작은 사고가 아닌데도 시녀장 언니는 그 인력도 아쉬워 사람을 함부로 자를 수 없는 모양이었다.

"페페 남친 꽤 착해 보였는데."

"그래도 바람은 피우네."

"그러니까. 아~ 제럴드는 괜찮겠지?"

사람이 사람을 사랑하고 또 사람이 사랑을 하는데 그 모든 사랑 이야기는 왜 행복하게 끝나지 않는 건지 모르겠다. 유르겔과 국왕의 사랑은 행복하겠지. 이루어질 수 없는 상대에게 마음을 줘버린 알렉스 경과 미오 경과 그 외 다른 사람들도 그저 사랑을 한다는 게 행복할까? 태어날 때부터 몸 어딘가에 이름이 쓰여 있어서 앞으로 이 사람을 사랑하도록 하여라! 땅땅 도장을 찍어줬으면 좋겠다. 그렇다면 인연이 아닌 사람을 사랑할 일은 없을 텐데.

"아…… 술 먹고 싶다."

맥주, 맥주가 먹고 싶다. 마일드한 게 좋다. 톡 쏘는 건 안 좋아. 하지만 뭐든 그냥 차가운 생맥주를 꿀떡꿀떡 마시고 싶다.

"앗, 그러게? 주방에서 훔쳐 올까?"

미나가 반색을 했다. 이 세계에도 맥주는 있나 보다. 하긴 밥 나오는 거 보면 내 세계랑 음식 이름도 거의 비슷했고 크게 다르고 이상한 것은 없어 보였다.

"그러다 걸리면?"

"싼 걸로 훔쳐 오고 걸리면 급여에서 까라고 하지!"

"오~ 멋져, 네 월급에서 까는 거다?"

"갔다 올게. 엘리랑 제시랑 하여튼 있는 애들 다 불러와."

벌떡 일어난 미나는 행동력도 좋아서 재빠르게 머리를 대충 묶고 숄을 두르며 말했다. 하지만 네 월급에서 까라는 내 말은 들은 척도 안 했다. 한 80%쯤 진심이었는데.

"안주도 챙겨 와~"

"애들한테 꿍쳐둔 안주 들고 오라고 해!"

나는 이세계에 조난당했다. 이곳은 바다. 해도 달도 뜨지 않고 구조대는 오지 않는다. 나는 등대가 어느 쪽에 있는지도 모른 채 혼자 바다에 서 있다. 어느 방향으로 노를 저어야 할까, 노 젓는 방향이 맞기는 할까? 두려워서 노를 젓지 못하고 이대로 난파되지 않기만을 바라며 떠 있다. 그러나 폭풍이 머지않았다.

### 3장
### 폭풍

세상에는 개새끼가 너무 많다. 새해마다 욕 안 하기를 굳게 결의하지만 새해 목표는 매년 같은 게 걸린다. 욕이 아니고서는 표현할 수 없는 인간이 너무 많고, 진짜 많아서, 개새끼라고 말해봐도 그 개새끼스러움이 제대로 표현되지 않는 그런 개새끼가 있다. '아스'의 첫날부터 나는 저 국왕이 개새끼라고 생각했었다. 생각은 죄가 아니고 난 늘 그렇게 생각했다. 그러나 피 묻은 몸을 끌어안고 주저앉아 발발 떨고 있는 지금은 설마 그 생각이 죄였을까 무섭다. 권력이 뭐고, 저 개 같은 국왕이 뭐라고 이렇게 쭈글쭈글하게 구겨져서 울며 나 자신을 의심해야 하냐.

"유르겔."

소름 끼칠 만큼 다정하고 따뜻한 목소리였다. 그 목소리에도 나는 등이 저릿할 만큼 떨려서 반사적으로 내 몸 같지도 않은 몸을 뒤로 질질 밀었다.

카랑, 하는 소리를 내며 피 묻은 칼이 바닥을 뒹굴었고 이제 그런 거는 신경도 쓰지 않는다는 듯이 국왕이 유르겔의 뺨을 쓰다듬었다.

"피가 튀었네. 미안하다."

개새끼. 다리가 부러진 세브를 대신해서 유모님을 돕게 되었을 때만 해도 이런 상황은 상상도 해본 적이 없었다.

아기를 돌본 일이 없어서 미지의 공포를 느끼긴 했지만 눈앞에서 누가 피 흘리고 쓰러지는 이 업무 상황은 상상도 하지 못했다. 그랬다면 라면에 넣을 버섯 씻다가 이세계로 날아오는 게 아니라 당고개에 점집 차려놓고 예약 문자 보내다가 날아왔겠지.

아이를 낳아본 적 없는 미혼 시녀들에게 아기를 맡긴다는 발상 자체가 경악스러운 것이었지만 포근해 보이는 유모는 잔심부름 정도만 도와주면 된다고 나를 안심시켰다. 그러면서 안겨준 잠든 아기 왕자는 포근하고 따뜻했고, 내 생각보다 무거워서 또 무서웠다. 시녀 업무 대부분은 무섭도록 적성에 맞았지만 이쪽은 아무래도 아닌 것 같았다. 시녀장 언니한테 가능하면 이쪽으로는 로테이션 돌리지 말아달라고 부탁해야겠다는 생각을 하고 있을 때였다.

그 화창한 날에 유르겔이 국왕과 함께 연락도 없이 찾아왔다. 밖이 소란한가? 생각할 시간도 없었다. 문을 박차다시피 하고 들어온 국왕은 비어 있는 요람 앞에 섰고, 유르겔이 내 품에서 아기를 받아 들었다. 그 뒤로 줄줄이 기사들과 병사들이 들어왔다.

국왕 에반스는 왕비가 아기를 낳은 날 이후로 참 오랜만에 보았다. 그날 뭐에 화가 난 사람처럼 왕비의 방에 들어가자마자 문을 박차고 나온 이후로 그는 왕비 궁 근처에 얼씬도 하지 않았다. 애는 뭐 왕비 혼자 만들었나. 자기 애인데 보러 오지도 않아, 애 이름도 안 지어, 아기 용품도 미리 준비했어도 필요한 것들 천지일 텐데 신경 딱 끄고 살더니만. 그나마 호위 기사로 미오 경을 보내준 게 아버지다운 유일한 일이었다. 하지만 모르지. 에반스가 호위 기사를 보내라고 한 건지 그 아래에 일하는 신하가 튜토리얼대로 보낸 건지. 오히려 유르겔이 매일 출근 도장을 찍는 수준이었다. 그래도 애비랍시고 오긴 왔나 보다. 그런 생각을 했었다.

"카르멘 도나. 맞나? 왕비가 친정에서 데려온 걸로 아는데."

"예, 전하. 왕비님이 아기일 때부터 제가 모셨습니다."

국왕이 그 카리스마 넘치는 잘생긴 얼굴로 눈썹 하나 안 찡그린 채 칼을 꺼내 유모님을 찌르기 전까지 나는 태평한 생각을 했다.

나는 유모님의 등 뒤에 있어서 후두둑 굵게 떨어지는 피만 보았다. 오래전에 본 병원 응급실의 모습이 떠올랐다. 손등에 작은 깔때기 같은 것을 꽂고 링거를 맞고 있던 한 아주머니가 성가시다며 바늘을 뽑았을 때 손등에 꽂은 깔때기 같은 것을 통해 울컥울컥 피가 역류해 응급실 하얀 타일 바닥에 떨어지던 일. 그 피, 그렇게나 많은 타인의 피.

"카르멘 도나. 흑마법사와의 내통 혐의로 널 체포한다."

왕은 칼을 뽑고 다시금 유모님의 몸 어딘가에 찔러 넣었다. 그쯤부터 나와 유모님은 같이 비명을 지르고 있었던 것 같다. 뜨듯하고 후끈한 타인의 피가 내 몸에도 튀었고 나는 진저리를 치며 뒷걸음치다 무너졌다.

나는 이렇게 놀랐는데 왕은 사람 찔러본 게 한두 번이 아닌지 소리 지르며 주저앉은 유모님의 어깨에 발을 올리고 그 몸 어딘가에 꽂힌 칼을 지루한 얼굴로 뽑아냈다. 다시금 피가 사방에 튀었다. 저 칼이 나한테도 올까? 안 돼, 소리 지르지 마. 날 보면 나도 찌를지 몰라. '아스'의 과거 전적 따위 내가 알게 뭐야. 무서워.

"끌고 가."

아득한 곳에서 국왕이 신탁을 내렸다. 몇 시간 같이 있지는 않았지만, 그냥 마음 착한 동네 아줌마 같았던 유모님은 뒷모습까지 순식간에 새빨개졌다. 유모님의 몸은 떨리고 있었는데 경련을 일으킨 건지 아님 내 심장이 떨려서 그렇게 보이는 건지 나도 알 수 없었다.

이런 폭력을 이렇게 가까이서 본 건 처음이다. 사람은 언제나 모니터나 종이 안에서 다치고 죽고 울었고 시시콜콜한 문제는 있었어도 내 주변에서 이런 폭력을 아무런 필터 없이 본 경험은 없었다. 유모님은 비명을 지르며 끌려갔고 나는 내 몸을 감싸 안으며 떨었다. 쥐구멍에 들어갈 수 있으면 좋겠다. 숨어서 안 나타나고 싶다.

개새끼. 멀쩡했던 사람 하나 후벼놓고 유르겔의 얼굴을 어루만지고 있는 국왕이 소름 돋는다. 이런 전제 국가에서 인권을 기대하지도 않았어. 그래서 몸 사리고 살려고 유르겔한테도 붙임성 있게 군 거고 눈에 띄면 해코지당할까 봐 정보를 찾겠다고 돌아다니지도 않았던 거다. 어디에 있든, 무엇을 하든 제일 중요한 건 살아 있는 거니까.

온몸에서 피비린내가 난다. 기절할 것 같다. 유모님이 정말 죄를 지었을 수도 있고 아닐 수도 있다. 유모님께 정말 죄가 있다면 국왕이 한 일은 정당할지도 모르지. 하지만 과연 그럴까? 저 개새끼는 이미 두 번이나 왕비 궁에 병사들을 끌고 들어왔다. 내가 본 것만 두 번이지 그 이전에도 많았겠지.

개새끼야. 그렇게 혹시라도 왕비가 권력을 휘두를까 걱정되는 거였으면 지나가는 황새한테 아기를 물어달라고 물 떠놓고 빌든가, 아님 왕비랑 합의 계약서라도 써놓고 떳떳하게 딜이라도 하든가. 아이는 낳아야 하고 자기 사랑은 포기하기 싫고. 그런데 씨받이가 혹시라도 자기 연인한테 잘못할까 봐 무서우니까 조져야겠고? 그것도 이렇게 폭력적으로? 기억도 못 할 정도로 어리다고는 해도 아이가 보는 앞에서 거침없이 칼질해 가며? 어린 시절에 자기 엄마가 살해되는 광경을 보고 진로가 연쇄살인마로 정해진 사람을 저 앞에 보여줘야 하는 건데.

여전히 아기 왕자를 안고 있는 유르겔은 국왕이 지워낸 게 피가 아니라 꽃잎이라도 되는 것처럼 곱게 웃고 있었다. 그는 이 상황에서 나를 보며 농담처럼 말했다.

"접객 시녀인 줄 알았는데 한동안 안 보여서 숨은 줄 알았잖아."

유르겔은 여전히 화창한 봄처럼 아름다운데 사방에서는 피비린내가 났고 내 몸은 떨림이 멈추지 않았다. 저벅저벅 다가오는 유르겔의 발걸음이 사신의 발걸음보다 더 무섭다. 깨끗한 신발 위에 피가 튀어 있었다. 나는 그 발끝에서 시선을 떼지 못했다. 유르겔이 닦으라고 하거나 핥아서 깨끗하게 만들라고 시켜도 나는 할 수 있었다.

덜덜 떨리는 손으로 앞치마를 당겨보았지만 깨끗한 부분이 없었다. 만화나 드라마를 보면 여주인공들이 위급 상황일 때 어떻게 잘만 잡아 뜯던데, 여기의 직물들은 잡아당긴다고 찢어질 것 같지도 않았다.

"많이 놀랐나 봐."

한 손으로 아기 왕자를 단단히 안아 든 유르겔이 허리를 숙여 손을 내밀었다. 조금 난처해 보이는 미소와 함께.

많이 놀랐나 봐? 내가? 나? 나야? 많이 놀랐냐고? 내가?

"도주의 위험이 있어서 과격하게 제압할 수밖에 없었어. 무서웠지?"

유르겔은 피투성이가 된 내 손을 살포시 잡고 일으켜 세워주었다. 봄처럼 아름다운 유르겔은 보기와 달리 나 정도 되는 여자를 일으켜 세울 만큼의 힘은 있었다. 손을 놔야 하는데, 손이 떨려서 유르겔의 손을 놓을 수가 없었다. 그는 계속 난처해 보이는 얼굴로 웃었다.

유모님은 죽을까? 국왕은 그녀가 흑마법사와 내통을 했다고 말했다. 이 나라는 옆 나라와 아직도 전쟁 중이었는데 그곳의 귀족은 전원이 흑마법사였고, 이 나라에서 흑마법사는 발견되면 재판 없이 즉결 처형을 당한다. 사실인지 아닌지 알 수 없지만 당장은 안 죽어도 곧 죽게 되겠지.

"네가 말한 시녀가 그 아이인가?"

"예, 전하. 이런 곳에 있을 줄 몰랐는데 있더라고요."

너네 둘이 있을 때 내 얘기도 했니? 지나가는 일반인 시녀 1에 불과

한 내 얘길? 뭐라고 말한 건지 나도 좀 알면 안 될까?

국왕이 유르겔의 뺨에 튄 피를 닦아주느라고 바닥에 버리다시피 한 칼은 그의 등 뒤에 있던 기사 중 한 명이 챙겼다. 그는 천 조각으로 피가 묻은 부분을 닦고 역시나 국왕이 던져 버린 칼집에 집어넣었고, 또 다른 기사는 손수건으로 피가 튄 국왕의 손을 닦아내고 있었다. 이미 정신이 혼미한 광경이다.

유르겔의 손을 더 잡고 있다가는 나도 찔릴 것 같아서 억지로 벌려 손을 놓았다. 국왕은 내내 내게서 눈을 떼지 않다가 피가 덜 닦인 손으로 내 얼굴을 잡아 휙휙 돌려보았다.

"너 이름이?"

"아, 아스입니다. 전하."

이 방 안에서 가장 약한 건 나였고 공포에 떨고 있는 이도 나뿐이었다. 문밖에 다른 시녀들이 있을까? 왕비의 방이 아기 왕자의 방이랑 멀지도 않은데 왕비는 왜 나타나지 않는 건지 모르겠다. 국왕이 말한 것처럼 유모님은 왕비의 친정에서부터 따라온 사람이었으니 모르는 사이도 아니고 정이 들었을 텐데.

그런 생각을 하며 나는 국왕의 손에 덜덜 떨리는 내 턱을 맡긴 채 그를 올려다보았다. 국왕의 눈은 잘 닦인 밤 껍질처럼 반드르르한 검은색이었다. 차갑고, 조금 장난기가 어려 있는. 국왕의 입이 천천히 열리는 걸 보고 있는데 왜인지 모르게 예전에 내가 친구한테 물어본 말이 떠올랐다.

*"인생이 망한 걸 언제 느꼈어?"*

"마침 내 아들의 유모가 없어졌는데 말이야."

그리고 그때 친구가 대답했었다.

*"TO가 안 나서 임용고시 원서 접수를 못 넣을 때."*

"네가 하면 되겠군."

왜 갑자기 그 친구가 생각이 났는지 모르겠다. 친구는 여전히 TO가
나지 않아 기간제 교사라도 알아볼까 한다는 전화 통화를 내가 '아스'가
된 날 아침에 했었다.

"제가요? 저는, 제가, 저는 젖이, 안 나오는데요……."

국왕은 내 턱을 놓고 유르겔에게서 아기 왕자를 받아 들었다. 내가
아무리 몰라도 아기를 저렇게 한 손으로 높이 들면 안 된다는 것은 안
다. 온몸이 아직 떨리고 있었지만 반사적으로 아기를 빼앗아 안고 싶
어 몸이 움찔거렸다.

"한 달이면 이제 젖은 떼도 돼."

그렇게 말하며 그는 내 품에 아기 왕자를 안겨주었다. 아기 왕자는
어쩌면 이렇게 순한지 그 난리 속에서도 새근새근 잘도 자고 있었다.
그동안 자길 보살펴 주던 사람이 자기 아버지 손에 칼에 찔리고 비명
을 지르면서 끌려 나갔는데 아무것도 모르고.

이렇게 무서운데 팔 위에 묵직한 무게가 실리자 떨림이 조금씩 잦
아들었다.

"저는 아기 돌보는 법을 모르는……."

"누가 되었든 흑마법사가 내 아들을 돌보는 것보다는 낫지."

이미 내게 흥미가 식은 국왕이 그렇게 말하곤 몸을 돌렸다. 유르겔
은 내게 뭔가 말을 하고 싶어 하는 것 같았지만 국왕이 손깍지를 끼
며 그를 잡아당기자 금세 나를 잊고 국왕과 어깨를 맞대고 걸어가기
시작했다. 기사와 병사들이 아직 깨끗한 바닥에 피를 묻히며 분주히
둘의 뒤를 따랐다. 국왕은 문을 넘으며 잠시 멈칫거린 것처럼 보였지

만 이내 다정히 유르겔의 어깨를 안고 걸었다.

나는 칭얼거리기 시작한 아기 왕자를 어르며 넋이 나간 얼굴로 사방을 둘러보았다. 피를 뒤집어쓴 미오 경이 우울하고 피곤한 얼굴로 얼굴에 묻은 피를 닦아내고 있었다. 잠시 그의 우울한 눈이 나를 응시했지만 곧 그가 보는 게 내가 아님을 눈치챌 수 있었다. 다시 눈을 돌려 국왕이 사라진 문 쪽을 보니까 그곳에 왕비가 있었다. 긴 검은 머리카락을 간단한 장식만 올리고 풀어 내린 왕비는 대리석처럼 단단하고 창백해 보였다. 왕비가 방 안으로 두어 발자국 들어온 채로 멈춰 서 있는 걸 보아하니 국왕이 나가며 본 것이 왕비였던 것 같았다.

"왕비 전하."

나는 왕비에게 아기를 안겨주고 싶었다. 하지만 내가 다가서려 하자 그녀는 손을 들어 나를 멈춰 세웠다. 화려하던 아기 왕자의 방은 왕비가 아는 사람의 피로 참담하게 얼룩져 있었다. 왕비는 차분한 눈으로 그 모든 것을 보고 마지막으로 미오 경을 본 후 방을 나가 버렸다.

툭 하고 무언가가 내 몸을 쳤다. 아기 왕자가 몸을 뒤틀다 손으로 날 친 모양이었다. 누가 내 얼굴에 정조준해서 얼음물을 채운 풍선을 던진 것 같았다. 갑작스러운 충격에 이어서 찬물이 머리부터 온몸으로 흐르는 느낌이었다.

"아스 토케인."

왕비가 사라진 후 시녀장 언니가 나타났다. '아스'의 성은 토케인이었다. 이곳에 떨어진 지 한 달. 이제야 '아스'의 풀네임을 알았다. 그녀는 얼음장 같은 눈으로 피투성이인 나와 방 안을 보다 한숨을 쉬었다. 뭐가 불안해 보였는지 내게서 아기 왕자를 받아 안았다. 내게 안겨 있던 탓에 아기 왕자의 강보도 피가 묻어 있었다. 그녀는 더러운 것을 보듯이 강보를 보았다.

"시녀장님, 저기, 국왕, 국왕 전하께서, 제가 유모래요."

"들었다."

"저는, 저, 아기 돌보는 법도 모르는데."

나를 보는 시녀장 언니의 시선이 낯익다. 내가 어이없는 실수를 했을 때 뒤치다꺼리해 주기 귀찮으니 나가 죽었으면 좋겠다는 말을 했던 사수의 눈빛이랑 똑같았다.

"그래도 이제 유모는 너다. 전하께서 그렇게 말씀하셨으니 죽지 않는 한 어명을 따라야지."

세상 어디를 가도 낙하산은 좋은 소리를 못 듣는 법이다만, 난 억울하다. 이걸 낙하산이라고 할 수 있는 거냐? 내가 뭘 잘못했는데. 나는 라면을 끓이고 있었단 말이다. 무사히 집으로 돌아가고 싶어서 열심히 아무 일 없는 척, '아스'인 척했는데! 남이랑 대화할 때마다 신경을 있는 대로 곤두세우고서 자잘한 정보 하나 흘리지 않으려고 얼마나 스트레스를 받았는데!

"여길 정리해야 하니 오늘은 이만 퇴근하고 내일 일찍 내 방으로 오렴."

그녀는 피에 젖은 내 옷에 시선을 둔 채 그렇게 말했다. 말만이라도 피곤해 보인다, 충격을 받은 모양이다 등등으로 날 위로하지 않았다. 말 그대로 피 냄새 가득한 이곳을 정리해야 하는데 내가 피 젖은 옷을 입고 돌아다니면 방해된다는 뜻을 전했다.

그사이에 소문이 퍼진 게 분명하다. 방으로 가는 길목에 있던 모든 시녀가 날 보면 화다닥 홰를 치는 닭들처럼 흩어지며 눈을 피했다. 소문이 안 퍼졌어도 온몸에 피를 뒤집어쓰고 있는 내 모습은 수군거리기에 딱 좋은 꼬라지일 테니까. 나는 양손으로 치맛자락을 움켜쥐고 방으로 내달렸다. 머리가 뜨거운지 차가운지 모르겠다. 어느 쪽은 얼음을 댄 것처럼 멍하고, 어느 쪽은 욕조에 머리를 처박고 소리라도 지르고 싶게 뜨거웠다.

시녀들의 숙소 근처에는 아무도 없었다. 나는 복도를 달리며 머리카락 속에 손가락을 밀어 넣어 미친년처럼 머리카락을 풀어 헤쳤다. 머리카락에도 피가 말라붙어서 쉽지가 않았다.

방 안으로 들어간 나는 책상 앞에 앉자마자 서랍을 열고 빈 종이들을 손에 닿는 대로 꺼냈다. 나는 〈탈출기〉를 날로 읽었다. 한 문장 한 문장 공들여 읽었던 건 초반부뿐이고 뒤로 갈수록 편집 옵션에서 찾기를 돌리듯이 왕비라는 단어만 찾아 눈을 굴렸다. 그래서 이 세계에 대해 아는 것이 없었다. 빙의물과 회귀물의 주인공이 반드시 해야 하는 타임 라인 작성은 안 한 게 아니라 못 한 거다. 기억하는 게 없으니까!

〈탈출기〉는 사망률이 꽤 높은 소설이었다. 그래서 몸을 사렸지만 한편으로는 거기 이름이 나오지 않는 일반인 1이라서 안전할 거라 생각했다. 그렇잖아. 전쟁이 나지 않는 한 소설 속에서 죽어나가는 건 이름 있는 조연들뿐이다.

종이가 책상 위에 부채처럼 펼쳐졌다. 나는 떨림이 멎지 않은 손으로 책상 한쪽에서 먼지만 쌓여가는 만년필을 들었다. 뚜껑을 열면서 손이라도 흔들었던가. 종이 위에 잉크가 몇 방울 떨어졌다. 색만 빨갰다면 방금 본 유모님의 피같이 보였겠다.

……이상하긴 했다. 〈탈출기〉를 날로 읽기는 했지만 기억나는 게 없지는 않았다. 왕자에 대한 이야기가 나올 때마다 그의 액세서리로 묘사되는 이들은 어두운 눈빛의 미오 조디악 경과 젊은 유모였다. '젊은' 유모. 오며 가며 본 왕자의 유모는 아무리 희대의 카사노바와 플러팅의 귀재가 와도 차마 젊다고 말할 수 없는 아주머니였다. 작가가 블랙 유머라도 쓴 줄 알았지. 그 젊은 유모가 나였다. 나, 아스 토케인. 그러나 여전히 이름 없는 등장인물 1.

만년필의 펜촉이 종이를 긁는 감촉이 섬뜩했다. 종이가 긁히는 소리도 히스테릭하다. 나는 종이 위에 커다랗게 에반스, 국왕의 이름을 적어 넣었다. 왕은 개새끼다. 염치없고 이기적인 개새끼. 끌려 나간 유모가 죄인인 건 맞을 거다, 국왕은 없는 죄를 만들어서까지 왕비를 핍박하지는 않는다. 그저 그녀를 방치하고 그녀의 권위를 존중하지 않을 뿐. 그리고 목적을 갖고 괴롭힐 뿐. 그러나 흑마법사와 내통한 사람을 데리고 있던 왕비와 왕비의 친정은 이 일로 위축되고 수그러들 수밖에 없을 거다. 조용히 몰래 처리할 수도 있는 일이었다. 그는 그걸 왕비 궁에 손수 피를 뿌리는 걸로 해결했다. 이어질 조사에서 누구도 왕비 가문에 호의를 보이지 않을 거고 자비를 두지도 않을 거다. 양심도 없고 염치도 없는 이기적인 개새끼.

국왕의 이름 밑으로 전쟁이라는 단어를 적었다. 소설에서 몇 번인가 전쟁이 있었다. 어디랑 있었더라? 기억이 나지 않는다. 그 소설의 배경으론 늘 전쟁이 있었다.

이즈음에 아마 전쟁에 나갔던 백작 하나가 돌아온다. 출생 콤플렉스에 시달리는 그를 유르겔이 구원해 주고 그 때문에 그 백작이 왕비의 친정을 몰락시키는 데 일조를 했었다. 그리고 이후에도 전쟁은 몇 번 더 있다. 몇 번째 전쟁에선가는 유르겔의 호위 기사인 어느 능력 있는 후작님도 참전했었다. 생사는 기억이 안 난다. 그가 없기 때문에 왕비의 남동생이 유르겔을 납치했다가 발치에 엎드려 사랑을 구걸하는 그 개 같은 스토리가 진행되어서 뒷목 잡느라고 바빴거든.

아니지. 중요한 건 전쟁이 아니다. 나는 새 종이를 꺼내 그 위에 유르겔의 이름을 적었다. 〈탈출기〉에 등장하는 거의 모든 남자 캐릭터는 유르겔에게 정복당했다. 그는 공평한 지배자였고 무자비한 매혹자라 그를 보는 남자 캐릭터들은 그 전에 그들이 사랑했던 사람이 누구였든 간에 유르겔에게 빠지게 되어 있었다. 마성의 유르겔. 슬하에 자녀도 두고 아내랑 잉꼬부부로 알콩달콩 살았던 모 공작님도 유르겔에게 정복당해 가정 파탄을 이루었다.

물론, 그 모든 것이 유르겔의 잘못은 아니다. 그가 사랑하는 건 국왕 에반스뿐이고, 유르겔은 그저 만인에게 공평하게 상냥하고 매력적이었을 뿐이다. 하지만 유르겔 탓이 아니더라도 유르겔 탓이다. 자기가 여러 사람한테 플래그를 꽂고 다닌다는 걸 알고 있으면 국왕이 왕비를 쫓아내고 내준 왕비 궁에서 나가지를 말았어야지.

내 몸에서 나는 피비린내에 몸서리가 쳐진다. 남의 피 때문에 나는 냄새겠지? 아직 어디도 안 다쳤지만 다음에도 그럴까?

왕비에게는 방패막이가 필요하다. 왕자를 안 빼앗길 수 있다면 가장 좋겠지. 그게 안 되면 적어도 국왕이 왕비 궁에서 함부로 칼을 휘두르지 않게 할 수 있는 그런 힘이 필요하다. 국왕이 왕자를 요구했을 때 국왕에게 결사적으로 반대한 대신이 하나만 있었어도 그녀의 인생은 그렇게까지 안 망했다. 이 나라 대신들은 그렇게까지 일을 안 하면서 세금으로 주는 월급을 받아도 양심이 안 아프나? 물론 힘 있는 대신들의 대부분이 유르겔을 사랑하고 있는 상태기는 했다. 이 나라 망해 버려라. 어떻게 전부 다 게이야. 아니, 유르겔에게 반한 남자들은 유르겔에게 반한 거지 남자에게 반한 건 아니니까 게이는 아니고 유르겔형 호모라고 부르는 게 맞을 것도 같다.

나는 만년필을 종이에 찌른 채로, 유르겔과 국왕의 이름이 적힌 종이를 번갈아 보았다. 내가 뭘 적고 있는지 모르겠다. 만년필과 닿은 부분에서 잉크는 계속 번져 나가고 있었다. 아주 잠시 저 뾰족한 펜촉을 내 목에 찔러 넣으면 라면이 끓고 있는 싱크대 옆은 아닐까 하는 망상이 들었다. 내 육감은 괴사 상태인데도 실행하면 백 프로 그냥 죽을 것 같다는 예감이 들었다. 잉크는 계속 번져가고 나는 죽을 것 같아졌다.

"차라리 유르겔한테 빙의했으면……!"

유르겔한테 빙의했으면 내가 이 나라를 정복했다, 진짜로. 의도하지 않아도 거의 모든 남자가 유르겔에게 반해 있으니 대신들이랑 장군

들, 기사들 깡그리 다 작정하고 유혹해서 국왕을 끌어내리고 내가 왕되고 만다.

사실 〈탈출기〉 내에서 유르겔과 국왕의 트루러브가 증명되는 부분이 여기에 있다고 생각한다. 유르겔은 분명 하려면 할 수 있었음에도 불구하고 반역을 일으키거나 대신들을 종용해서 왕비를 끌어내리고 자기가 정궁의 자리를 차지하지는 않았다. 전례에 없는 남자 왕비가 되는 대신에 자존심을 꺾고 남자 후궁이 되어 에반스의 곁에 남았다. 저들의 사랑은 이기적이지 않은데 왜 그들의 주변은 저토록 초토화가되는 걸까.

만년필을 하도 세게 쥐고 있었더니 손에 잉크가 마구 튀어 볼품없어졌다. 한숨과 함께 만년필을 내려놓고 책상에 달린 거울을 보았다. 여전히 내가 있다. 더 곱지도 않고 덜 곱지도 않은 딱 나의 얼굴. 내 라면은 무사할까? 그날이 우리 엄마 머리 염색하는 날이었는데. 집에 가고 싶다. 이 생각을 하면 안 되는데, 안 하려고 했는데 집에 가고 싶다. 조난당한 내 인생에 폭풍우가 몰려왔다. 집에 가서 엄마 옆에 누워 숨어 있고 싶다.

내일 아침이면 나는 왕자의 옆방으로 방을 옮기게 될 것이다. 시녀장 언니도 그래서 아침에 오라고 한 거겠지. 왜냐면 난 '유모'니까.

난 〈탈출기〉를 날로 읽었다. 유르겔과 국왕 에반스의 사랑은 아름답고 진실되어서 그 감정 라인을 그대로 따라갔으면 좋았을 것을 왕비에게 눈을 주었다. 한번 불쌍하다고 생각하니 신경이 쓰였고 그다음부터는 계속 왕비라는 단어가 눈에 밟혔다. 설마 그래서 지금 여기에 내가 있는 걸까? 왕비를 불쌍히 여겼기 때문에 벌을 받은 걸까. 아니면 그녀를 불쌍하게 여겼기 때문에 그녀의 인생을 구해주라고 누군가 여기로 나를 보낸 걸까. 어느 쪽이든 좀 짜증은 난다. 내 인생은 누가 구해줬는데? 자기 인생은 자기가 구원하는 거다. BL 소설의 세계에서 예쁘지도 않고 뒷배도 없는 여자가 살아남으려면 어떻게 해야 할까?

1. 원작에 충실해서 주인공과 친해진다.
2. 원작 파괴를 시도한다.
3. 아무것도 하지 않는다.

왜 전공을 살려 공무원 고시에 올인한다, 전혀 다른 업종으로 이직한다, 백수가 된다. 이 세 가지로 읽히냐. 뭘 생각하든 루트를 잘못 밟았을 때 배드 엔딩의 리스크가 너무 크다. 내가 할 수 있는 일이 없다. 한숨을 쉬고 펜을 놓았다. 온몸이 피로 버석거렸다. 미나가 오기 전에 씻어야겠다. 씻고 종이는 태우고. 갈아입을 옷을 챙겨 욕실로 들어가는데 문득 그런 생각이 들었다. 나는 무려 왕이 임명한 유모잖아? 날 자를 수 있는 사람은 없잖아? 거의 공무원인 셈이잖아? 그럼 미오 경이 할 예정인, 어린 왕자의 귀에 나쁜 말을 해서 세뇌하는 일은 내가 먼저 시작할 수 있는 거 아냐? 니 애비가 개새끼라고.

내 승진과 신분 상승은 이른 새벽에 이루어졌다. 인생에 이 정도 초고속 승진은 다시 없을 거다. 견습 시녀에서 정식 시녀가 되었다. 급료가 올랐다. 계약서도 쓰고 있다. 그리고 나는 준귀족이 되었다.

"왕족의 유모들은 모두 준귀족 신분을 받게 되지. 네 상황은 많이 특수하지만…… 이게 무엇을 의미하는지는 알고 있겠지?"

"네! 결혼 시장에서 제 등급이 올라갔습니다."

저거 안다. 복사기 사용법을 모른다고 했을 때 사수가 날 저렇게 봤었다. 하지만 추정 평민인 '아스'가 준귀족이 되면 배우자 대상자가 기사급까지는 확대가 되니까 결혼 시장에서 등급이 올라간 것도 맞는 소리란 말이다.

준귀족 자체는 상속도 안 되는 단기 자격증에 지나지 않지만 배우자 역시 준귀족 작위를 갖고 있을 때는 자녀에게 준귀족 작위를 상속하는 게 가능해진다. 그래서 물려받을 작위가 없어 아쉬운 차남 이하의 귀족이나 같은 준귀족인 기사 계급에게 인기 있는 신부의 조건이 준귀족인데, 여자가 준귀족이기가 쉽지 않거든. 특히나 '아스'처럼 미혼의 준귀족은 더욱 적다. 이제야 인생이 피나 보다. 젊고 잘생긴 기사들이여, 내게 오라.

"이제 이 계약서에 서명하는 순간부터 나도 네게 존댓말을 써야 하고 넌 아기님의 보육을 전담하게 된다. 그걸 잘 생각해 봤으면 좋겠구나."

"그렇다고 제가 서명을 안 할 수 있는 건 아니잖아요."

승은 상궁이 된 기분이다. 어느 왕이 할 일이 없어서 자기 아들의 유모를 직접 지명할까. 시녀장 언니는 대꾸 없이 그녀가 새로 작성한 계약서를 내 앞에 놓아주었다. 하얀 건 종이고 까만 건 글씨였다. '아스'는 문맹이었다! 아아아아아아아아아아, 더 이상 놀랄 일은 없을 줄 알았어! 어쩐지 방 안에 책이고 글자고 아무것도 없더라. 나는 침착하게 다시 계약서를 노려보았다. 아예 못 읽는 건 아니었다.

……는 ……를 ……으로써 ……일을 ……반드시…….

못 읽는 거네. 신장 사이즈에 가까웠던 내 토익 실력으로 뭐에 미쳐서 뱀파이어 연애소설 원서를 사 봤을 때의 당혹스러운 느낌, 바로 그거였다.

"저어, 시녀장님. 제가 이런 말씀 드리긴 싫지만, 그게요."

"말해보렴."

"저는 글을 모릅니다."

굴욕이다. 나는 그래도 수능 국어 1등급이었다. 문맹률이 한없이 제로에 수렴하는 나라 출신으로서 입이 찢어져도 하고 싶지 않은 말이었지만 나는 겸손하게 고개를 숙이며 말했다. 무릎 위로 손가락만 꼼지락거리는데 머리 위에서는 무거운 침묵이 더 고개를 조아리라고 내 뒷목을 눌러댄다. 지금 시녀장 언니의 얼굴을 보고 싶지 않다. 얼마나 한심하다는 얼굴을 하고 있을까.

"그래, 평민이었으니까. 그래. 그렇지."

말은 '그렇지'라고 하는데 목소리가 절대 안 그렇다. '사람은 그럴 수 있습니다. 하지만 내 사람은 그럴 수 없어!'라면서 날 한 대 후려칠 것 같은 어조였다.

"네가 언제까지 아기님의 유모일지 나도 알 수 없지만……."

저 언니가 하는 말이 내가 언제까지 살아 있을 수 있을지 모르겠다는 의미는 아니길 바란다.

"아기님을 보육하는 데 있어서 부족함이란 있을 수 없지. 아기님이 자라시면 스승이야 따로 붙겠지만 그 전까지는 너 역시 갖출 것은 갖춰야 한다."

"네, 시녀장님."

"글을 가르쳐 줄 선생님을 붙여주마."

대학 졸업장을 받은 지 어언 N년. 이제 와 다시 무언가를 새로 공부하고 싶은 의욕 따위 없지만 내게 선택권은 없었다.

"네, 감사합니다."

"이제 서명하고 나가보렴."

나는 가급적 침착하고 차분한 얼굴로 지참해 온 만년필 뚜껑을 열고 자연스럽게 물었다.

"어디에 하면 될까요?"

시녀장 언니는 굉장히 한심해하는 얼굴로 계약서 하단부를 짚어주었다.

그 이후, 내 방은 새벽부터 아기 왕자의 방에 딸린 곁방으로 옮겨졌다. 같이 짐을 옮겨준 미나와 엘리가 엄지를 들어 의미 모를 파이팅을 해주고 나갔지만 파이팅이 하나도 안 된다. 나는 미혼이지만 결혼과 시집, 친정에 대해 논하는 사이트의 언니들이 인생을 알려줬기 때문이다. 아기가 백일이 될 때까지가 제일 힘들고 미쳐 나가는 때라면서요? 하루 두 시간 수유? 안녕, 내 사생활 안녕. 여기 인간들은 다 미쳤어. 이 갓난쟁이를 뭘 믿고 나한테 맡겨. 이런 건 전문직 쓰라고. 전문직, 그리고 경력직.

뭘 모르는 국왕은 자신 있게 한 달이면 젖을 뗄 때도 되었다는 헛소리를 했지만 그건 아니 될 말이었다. 그래서 아침 일찍부터 왕비가 찾아와 아기 왕자에게 젖을 먹였다. 유모가 있을 때부터도 아기 왕자는 모유와 분유를 같이 먹고 있긴 했었다. 모유는 아침, 점심, 저녁으로 세 번. 그걸로 안 될 것 같은데 아마 왕비가 젖이 풍부한 타입은 아닌 모양이었다.

"전에 네 이름을 들어봤었는데……."

"네, 왕비 전하. 아스라고 합니다."

"그래, 아스."

말은 저래도 왕비가 자기 궁에 딸린 시녀들의 이름을 다 알고 있을 것 같지는 않았지만 공손하게 대답했다.

왕비는 아기 왕자를 오래 안고 있지도 않았다. 어느 정도 배가 찬 것 같자 바로 아기 왕자를 떼어내어 요람 안에 눕혔다. 아기 왕자는 잠깐 칭얼대듯이 손을 휘젓다가 곧 순하게 요람에 달려 있는 모빌을 향해 손을 뻗으며 혼자 잘 놀았다.

"네가 고생이 많겠구나."

아닙니다, 라고 말해야 하는데 차마 입이 떨어지지 않는다. 왕비는 자리에서 일어나 문가에 서 있는 미오 경을 한번 보고 다시 내 머리끝 쪽을 흘깃 보다 몸을 돌렸다.

"점심부터는 제가 아기님과 찾아뵙겠습니다. 첫날이라 서툴러 생각이 짧았던 점 사죄드립니다, 왕비 전하."

왕비는 물끄러미 나를 보았다. 검은 머리카락과 검은 눈의 왕비는 화려하거나 눈에 띄는 미녀는 아니었지만 단아하고 침착한 분위기의 우아한 미인이었다. 고여 있는 물이나 수묵화같이 조용한 분위기를 가진 미인이라 어디서 미모로 아쉬울 사람은 아닌데 상대가 워낙 반짝거리는 유르겔인 게 패착이다. 왕비가 취향을 좀 타는 미인이라면 유르겔은 논란 없는 미인이니까.

"아니, 그럴 필요 없다."

물처럼 담담하게 왕비가 말했다. 왕비와 미오 경은 닮은 곳이 있었다. 둘 다 우울하고 둘 다 불행하다.

"내 방에 아이 냄새가 나는 건 싫으니까."

나는 아이를 낳아보지 않았지만, 아이를 낳은 어머니들의 세계는 아이를 중심으로 다시 짜인다고 알고 있었다. 무조건, 어떤 상황에서도 아이를 사랑하는 어머니라는 건 모성 판타지라고 생각은 해왔지만 그래도 열 달을 조심하고 몸 아파가며 아이를 낳은 어머니가 저토록 행복하지 않은 얼굴을 하는 건 보는 나도 좀 아프다.

왕비는 걸음 소리도 없이 나갔고, 요람 안에서 아기 왕자는 칭얼거렸다. 다 자란 아기 왕자는 오늘 일을 모르겠지. 어쩌면 미오 경이 어린 왕자의 귀에 속삭인 말들이 거짓말은 아닐지도 모른다. 아가야, 네 엄마는 널 사랑하지 않고 네 아빠는 너에게 아무런 관심이 없단다. 넌 사랑 없이 태어났거든. 그렇지만 모든 아이가 사랑 속에서 태어나는 건 아니니까 네가 유별나게 불행한 건 아니야. 묵직한 아기 왕자를 안아 들고 몇 번 등을 토닥여 주니까 금세 다시 조용해진다. 나는 아기를 안 좋아한다. 우는 아기는 성가시고 귀찮기만 하다. 그나마 아기가 얌전하고 순한 게 다행이었다.

바로 어제 피가 흥건했던 곳인데 이미 그 자취를 찾아볼 수가 없다. 피비린내도 안 난다. 청소 담당이었던 누군가가 박박 문질러 닦고 냄새를 지웠겠지. 어제만 해도 저기 웅크리고 앉아서 벌벌 떨고 있었는데 이제 시녀복까지 벗은 내가 유모, 준귀족이 되어 이 자리에 서 있다.

아기 왕자를 안고 몸을 돌려 미오 경을 똑바로 바라보았다. 이제부터 하루 24시간 중에 자고, 씻고, 옷 갈아입는 시간을 제외한 모든 시간을 같이 있게 될 사람이 우울한 눈으로 빈 요람을 바라보고 있었다. 어떤 기분일까. 자기가 사랑하는 남자의 연인의 조강지처가 낳은 아이를 호위하는 기분이. 그것도 이런 복잡한 관계의 들러리가 됨으로써 유르겔은 더 자주 볼 수 있게 된 사람의 기분은 어떤 걸까. 그는 왜 유르겔을 사랑할까.

"안녕하세요, 미오 조디악 경. 아시겠지만 제가 이제 아기님의 유모가 되었답니다. 이름은 아스 토케인이고 아스라고 부르시면 돼요."

조금 무거웠지만 한 손으로 아기 왕자를 지탱하면서 그에게 손을 내밀었다. 미오 경은 우울한 눈으로 내 손바닥을 바라볼 뿐 마주 손을 잡아주지는 않았다. 오래 버티지 못하고 다시 두 손으로 아기 왕자를 안아야 했다. 어린아이의 무게가 무겁다. 그는 아기 왕자를 사랑하지 않는다. 나도 그렇다. 사랑하지 않는 사람 둘이 이 아기를 보살펴야 한다니 이런 개그도 없다.

"저는 미오 경이라고 불러도 될까요?"

그는 처음으로 나를 똑바로 쳐다보았다. 한 발자국만 더 앞으로 나온다면 햇빛에 비친 눈동자를 볼 수 있을 것 같은데 딱 그 한 발자국 모자란 곳에 멈춰 섰다. 그는 짙은 눈으로 나와 내 가슴에 안겨 있는 아기 왕자를 보며 입을 열었다.

"뜻대로."

다행이다. 갈 방향을 이제야 정한 이세계에서 내 뜻대로 되는 일이 하나라도 있어서.

"미오 경."

"아스."

우리는 미국 드라마 속의 주인공들처럼 엄청 어설프고 어색하게 인사를 나눴다. 그래도 갈 길이 먼 것에 비해 시작이 나쁘지는 않다.

안녕, 아가야. 네 애비는 개새끼야. 안녕, 기사님. 당신이 사랑하는 건 빙쌍이세요. 과외로 익힌 반복 학습과 눈높이에 맞춘 주입식 교육의 정수를 내가 보여줄게요.

"세야 료민 남작입니다. 반갑습니다, 아스 양."

그는 연한 레몬색 머리카락에 미나보다 연한 녹색 눈동자를 가진 예쁘장한 청년이었다. 방 안의 문들이 닫혀 있는데도 어디선가 햇빛에 달궈진 여린 풀 냄새가 나고 청량한 바람이 불었다. 색 때문인가? 〈탈출기〉에는 엘프가 없었지만 만약에 있다면 이런 얼굴을 하지 않았을까 싶은 나풀나풀하고 앳된 느낌의 남자가 내게 손을 내밀었다. 내 손보다 부드러울 것 같은 손이었는데 안타깝게도 악수할 손이 없었다.

시녀장 언니의 행동력은 상당히 좋았다. 역시 그 언니 얼굴만 봐도 유능할 줄은 알았다. 어떻게 말 나온 지 하루 만에 글을 가르쳐 줄 사람을 수배해서 보내주냐. 그것도 심지어 젊고 잘생긴 남자를 구해서 보내준 시녀장 언니 만세. 무서운 사람이라고 쫄아서 미안해요. 여전히 무섭다고 생각하긴 하지만 좋은 분이셨군요.

"제가 손이 없네요, 세야…… 경? 세야 님? 아니다, 남작님."

"기사 작위가 있으니 세야 경도 괜찮습니다만 지금은 선생님이 낫겠군요, 아스 양."

다행히 세야는 개의치 않고 풀꽃처럼 웃어주었고, 나는 애매하게 웃으며 아기 왕자에게 젖병을 물릴 수 있었다.

아침에 일어나 눈을 떠서 TV를 틀고, 취업이 멸망을 향해 가고 있음을 확인하는 게 가장 힘들던 시기가 있었다. 오래전도 아니다. 그때는 정신이 힘들었다면 지금은 정신이 없고 몸이 죽을 것 같달까. 그리고 졸린다. 새벽마다 쪽잠을 자며 아기 왕자에게 젖병을 물린 지 딱 하루. 이미 못 해먹겠다.

내가 뭐 많은 걸 기대한 건 아닌데……. 설마 아이를 보면서 공부를 하게 될 줄은 몰랐다. 아침 자율 학습이나 야간 자율 학습도 이렇게까지 가혹하게 하지 않았다. 내가 공부하는 동안에 다른 시녀가 아이를 봐줄 줄 알았지. 설마 시녀들이 업무를 시작하기도 전에, 이렇게 이른 시간에 공부하게 될 줄이야. 그 덕에 미오 경까지 일찍부터 일어나 조선 시대 사관같이 대기 중이다. 아기 왕자나 미오 경이나 나나 사생활이 전멸이다.

"이른 아침이라 많이 피곤하겠지만, 아스 양. 저도 일이 있어 이때밖엔 시간을 낼 수가 없어 미안합니다."

"아닙니다. 이렇게 친절히…… 가르침을 주시는 것만으로도 영광이고 감사합니다."

친절하다 말하면서 슬쩍 눈치를 봤다. 저렇게 길 가다 풀 하나 못 뜯을 얼굴을 하고서 엄청난 스파르타일 수도 있다.

세야는 왕궁 세무부에서 일하는 관료라고 했다. 왕비 궁, 정확히는 시녀장 언니가 동원할 수 있는 인력 중에서 최고가 세야일 거라 장담한다. 늘 인력이 부족한 왕비 궁 시녀들 충원하기도 힘든 상황에서 나 같은 거 하나 교육하겠다고 굉장히 무리한 것 같다. 세야 료민은 〈탈출기>에서 본 기억이 없는 이름이다. 내가 기억을 못 하고 있을 가능성도 있지만 직위도 남작이고 신분이 고만고만하니 나처럼 이름 없는 엑스트라 1일 가능성이 더 크다. 유르겔에게 언제 반할까 무서워할 필요는 없으니 마음이 편해진다.

왕자는 쪽쪽 소리가 나도록 분유를 맛있게 받아 마셨다. 세야는 몹시 사랑스러운 것을 보는 것 같은 부드러운 눈으로 왕자를 보고 있었다. 아이가 있을까?

"결혼하셨어요?"

"아? 아하하하."

저렇게 웃으니 젊은 교생 선생님의 실습 첫날에 첫 경험 얘기 해달라고 조른 짓궂은 여학생이 된 것 같다. 물론 난 그런 적이 없다.

세야가 호탕하게 웃는 동안 나는 젖병을 밀어낸 아기 왕자를 고쳐 안고 툭툭 등을 두드렸다. 아는 만큼, 그리고 주변에서 일러주는 만큼은 하고 있는데 아기의 발달 과정 같은 것은 아무것도 몰라서 걱정이다. 내 생각에 여기에 아기 왕자를 전담으로 볼 의사 하나는 상주하고 있어야 한다. 다시금 말하지만 대체 뭘 믿고 내게만 이런 신생아를 맡겨둔 건지 모르겠다. 국왕에게 숨겨둔 다른 아이가 있으면 또 몰라도 <탈출기>의 끝까지 국왕 소생의 왕자는 내 품 안에 있는 아기 왕자가 유일했다. 왕비와 유르겔밖에 없는 위인이 뭘 배짱인지 모르겠다.

"벌써 결혼하기에는 젊은 나이입니다."

"그러시구나. 그럼 아이들을 좋아하시나 봐요."

"아스 양은 아닌가요?"

절대. 네버. 결코. 하지만 이미 내가 유모인 이상 그런 대답은 할 수가 없어서 알아서 생각하라는 의미로 애매하게 웃었다.

"기본 철자들인데 따라 써볼 수 있겠나요?"

잠시 후 그는 예쁜 글씨가 써진 종이를 꺼내 내 쪽으로 돌려 보여주

없다. 이 세계의 글자는 알파벳과 비슷한 모양을 하고 있었다. 발음과 기능까지 같은지는 모르겠지만 대강은 비슷해 보였고 세야의 필체는 그의 깔끔한 생김과 닮아 있었다.

"필기구는 여기······."

"아닙니다, 제 것을 가져왔어요."

아기가 밥을 먹은 후에는 등을 두드려 트림을 시켜줘야 한다는데 아기 왕자가 좀처럼 트림을 하지 않는다. 밥도 먹었으니 이대로 요람에 뉘면 얼마간은 잠을 잘 테니 수업이 수월해질 텐데.

슬슬 팔이 아프다. 나는 아기 왕자를 반대편 팔로 바꿔 안고 드레스 안쪽에 넣어둔 만년필을 찾아 꺼냈다. 이렇게 예쁜 글자를 앞에 두고 가슴이 아프지만 어쩔 수가 없어서 이로 뚜껑을 물어 열고 한 손으로 세야의 글씨를 따라 그리기 시작했다. 한 손으로 쓰다 보니까 글자는 삐뚤빼뚤 하나도 예쁘지 않게 그려졌다.

"특이하군요."

머리 위에서 세야가 말했다. 듣는 악필 기분 나쁘다. 잘 못 쓰기는 했는데 한 손이고, 첫날이고······ 아니, 그렇게 안 예쁘게 쓰지는 않았는데? 그래도 손에 힘을 주고 조금이라도 더 예쁘게 쓰기 위해 노력한 끝에 글자를 모두 따라 쓰고서 종이를 다시 돌려주었다. 그가 내 글자를 훑어보는 동안 자유로워진 손으로 아기 왕자의 등을 몇 번 두드리자 그제야 아기 왕자가 트림했다. 됐다, 이제 눕힐 수 있어. 가만, 바로 눕혀도 되나? 트림하면 소화가 된 거라고는 하던데. 나는 몇 번 더 아기 왕자를 얼러주고 바로 옆에 있는 요람에 아기 왕자를 뉘었다.

잠시 방 안이 평화로웠다. 창가 쪽에서 작은 소리가 들리더니 부드러운 바람이 밀고 들어와 볼을 만지고 지나갔다. 바람을 좇아 고개를 돌리다 창틀에 앉아 바람에 머리카락을 흩날리는 미오 경을 볼 수 있었다. 눈을 감고 있어서 특유의 우울한 느낌도 많이 옅어지니까 그가 정말 그림 같은 미남이라는 게 새삼 와닿았다. 해가 아직 달처럼 식은 이른 아침이었고, 이곳에는 그와 나와 선생님인 세야 경밖에 없는 평화로운 시간이라서 그럴까. 어제는 종일 서 있거나 벽에 기대는 게 전부였던 미오 경도 조금 마음이 풀어지고 편안해 보였다.

나도 그렇다. 나는 한 손을 요람에 걸쳐두고 의자에 편하게 등을 기대고 앉았다. 등허리가 찌릿하고 아파왔다. 긴장된 근육이 풀리는 아픔에 잠깐 숨을 멈췄다.

"개선의 여지가 있지만 글씨가 나쁘지 않습니다. 기본적인 쓰는 법은 알고 있는 것 같군요."

"네. 아주 조금 진짜 간단한 단어는 읽을 수 있…… 아네요, 그냥 아무것도 모른다고 생각하시는 게 좋을 것 같습니다."

"아기님이 자라시면 학업을 담당해 줄 사람들이 따로 생길 겁니다. 하지만 그때까지는 아스 양이 아기님의 기초 학습을 담당하게 된다고 할 수 있겠죠. 어렵거나 전문적인 부분은 아니더라도 아기님께 동화책을 읽어줄 수 있을 정도를 현재의 학습 목표로 삼도록 할까요?"

"예, 세야 경."

"선생님."

부드럽고 다정하고 나직한 목소리로 세야가 다시 말했다.

"지금은 선생님이라고 부르세요."

지극히 당연한 말인데도 나는 부적절한 말을 들은 것처럼 귀까지 달아올랐다. 인생은 내게 가혹한데 이 몸은 너무 간사하다. 좀 살 만하다고 마음과는 다르게 결혼 적령기의 호르몬이 반응하는 것 같다. 연애를 안 한 지가 너무 오래되었지. 대학 졸업할 때 연애도 같이 졸업했다. 그래서 이런 거다. 남자에 면역력이 너무 떨어져서. 세야는 내가 이곳에서 만난 사람 중에서 가장, 그리고 아직은 신사적인 사람이라 내 붉어진 얼굴을 모르는 체해주었다.

과외는 한 시간 정도, 엄연한 공무원인 세야도 해야 할 일이 있고 해야만 하는 출근이 있어 길게 하지는 못한다.

내 일상은 이제 굉장히 일정한 루틴을 갖고 돌아가기 시작했다. 이른 아침에 공부하고, 아침과 점심, 저녁으로는 젖을 먹이러 왕비가 다녀가고, 점심 이후로는 삼 일에 두 번 정도 유르겔이 다녀간다. 신생아 보육에 딱 맞는 단출한 손님맞이며 일상인데, 이상하다? 왜 시어머니가 두 명인 기분이지?

"안녕하세요, 유르겔 님. 오늘도 날씨가 좋죠?"

유모님이 끌려가던 날을 생각하면 아직도 무섭고 화가 나지만, 분노는 많은 에너지를 요구한다. 나는 그것을 기억해 둘 수는 있지만 오래 유지하고 있을 수는 없었다. 법은 멀고 현실은 가깝고, 폭력은 그보다 훨씬 더 가깝다. 오늘도 콜센터의 솔 음을 유지한 내 인사에 유르겔이 나를 보고 웃었다. 하지만 한동안 나랑 함께 아기 왕자를 담당하게 될 베테랑 영유아 전문 시녀 엘리의 표정은 밝지 않았다. 날 그렇게 보지 마……. 내가 약 먹어서 유르겔에게 친절한 건 아니라는 걸 알아주면 참 좋겠다.

"안녕? 이름이……."

"아스입니다, 유르겔 님."

"맞다. 그런 이름이었지. 시녀복이 아닌 옷도 잘 어울리네."

나는 말없이 웃었다. 아무리 봐도 저건 빙그레 웃는 쌍놈이다. 이런 청교도같이 어둡고 수수한 옷이 잘 어울린다는 말은 내 기준에서는 절대 칭찬이 아니었다.

'아스'는 가난했다. 개인 소지품이 거의 없다시피 한데 오르골이랑 만년필을 갖고 있는 게 대단했다. 아니다. 개인의 취미와 취향은 존중하겠다. 굶더라도 가지고 싶은 건 가져야지. 하지만 그래선지 가지고 있는 옷들은 지나치게 수수했고, 가끔은 촌스러워서 가만히 보면 차라리 시녀의 레이스 달린 앞치마 패션이 더 화려하게 보이기도 했다. 어차피 이세계에 온 거 나도 고래 뼈로 만들어진 패티 코트를 입고 침대 기둥을 부둥켜안고서 코르셋도 조여보고 싶었다. 그리고 각양각색 레이스가 무겁도록 화려한 드레스도 좀 입어보고. 머리도 내렸다가 꼬았다가 땋았다가 리본 달고 레이스 달고 보석 장신구도 달고 화려한 돈 지랄 인형 놀이를 해보는 게 내 로망이었는데.

"우리 아가, 안녕?"

아기 왕자가 태어나는 과정에 유르겔이 기여한 바가 뭐라고 '우리'라는 수식어를 붙인 건지 모르겠으니 상투적으로 붙이는 그냥 그 '우리'였으면 좋겠다. 그는 요람에서 잘 놀고 있던 아기 왕자를 꺼내 안고 햇빛이 잘 드는 창가에서 토닥이기 시작했다.

내 첫 기억은 4살 때 우리 집 마당에서 콩벌레를 손으로 잡고 놀던 거다. 그러니 왕자도 이 시간을 기억하지 못하겠지. 하지만 만약에 어렴풋하게라도 이 시기를 기억한다면 아기 왕자는 가끔 찾아와 자길 안고 노래를 불러주던 유르겔을 기억할까, 아니면 매일 하루 세 번 자기를 안고 젖을 먹여주던 왕비를 기억할까? 그리고 어느 쪽이 더 행복한 기억일까.

아이를 낳지 않은 유르겔은 저렇게 평화롭고 행복한 얼굴인데, 왕비는 세상을 다 산 사람처럼 불행해 보인다. 나는 행복한가? 그리고 미오 경은 행복한가? 아기 왕자의 호위가 되는 일에 미오 경이 자원했다고 알고 있다. 국왕은 실력 있는 몇 명의 기사를 추렸고 그 안에서 지원자를 받았다. 아마도 먼발치에서라도 유르겔을 보길 바랐을 그의 소망은 이렇게 자주, 이렇게 가까이에서 유르겔을 보게 된 지금은 충족되었을까? 나는 유르겔의 어깨 너머로 그의 어두운 눈을 봤다.

우리는 각자의 이유로 항상 불행하다. 그래서 그 불행을 보지 않기 위해 바로 달성이 가능한 작고 가장 가까운 목표를 세우고 고개 숙여 달리다.

내 1차 목표는 아기 왕자의 이름을 지어주는 것이다. 애가 한 달이나 이름이 없다는 게 말이 되냐? 이게 나만 이상한가? 갓난쟁이한테 호위 기사를 붙이기 전에 이름을 먼저 붙이고 주치의를 붙여야 할 거 아냐. 나는 원래 단기 목표에 강했다. 신장 사이즈였던 내 토익 점수도 그다음인 발 사이즈 점수를 목표로 했더라면 분명 달성했을 것이다. 물론 영어 공부하기가 너무 싫었고, 지금 와서 새로운 무언가를 배운다는 건 특히 싫었으며, 그게 영어라는 사실이 진저리 나게 싫었기 때문에 토익 점수를 올리겠다는 목표를 세우는 일 자체가 힘들었겠지만 가능은 했을 것이다.

나는 수십 번 생각하고 수십 번 망설이며, 또 수십 번 나 자신을 세뇌하여 일을 저지른다. 지금처럼.

"유르겔 님은 아기님을 많이 좋아하시는 것 같아요."

"정말? 그렇게 보여?"

"네. 아기님께 계속 노래를 불러주시잖아요."

유르겔은 꽃처럼 웃었다. 엘리가 내 옆에서 한 발자국 멀어졌다. 길에서 개똥을 주워 게걸스레 먹는 사람을 본 얼굴을 하고 있으려나. 괜찮아. 헛소리와 아부는 원래 표정 한 겹 차이밖에 없고, 살려면 못 할 짓이라는 게 없다. 거기다 틀린 소리 한 것도 없었다.

사람이 사람을 얼마나 좋아하느냐에 대한 척도는 얼마만큼 귀찮음을 감수할 수 있느냐라는 말을 본 적이 있었다. 공감했다. 귀찮으면 가끔 삼 일 이상 머리 안 감고 밖에 나가는 나였지만 진짜 좋아하고 소중한 사람을 만나러 갈 때는 급해서 미용실 들러 거금을 내고 샴푸를 하는 한이 있어도 반드시 머리를 감고 나갔었다. 그러니 의도가 뭐가 되었든, 유르겔이 이렇게 아기 왕자를 꾸준히 찾아오는 것도 나는 이해할 수 없는 종류의 사랑이라고 믿는다.

"나는 정말 네가 마음에 들어. 네가 아기님의 유모라서 다행이야."

나도 내가 아기 왕자의 유모라서 다행이라고 생각한다. 〈탈출기〉에는 아기 왕자의 '젊은' 유모가 살해당했다거나 처형당했다는 말은 없었으니까. 서술되지 않았기에 생기는 불확실성을 행운으로 해석하기로 했다. 원작이 보장해 준 생존이다. 아기 왕자의 젊은 유모는 죽지 않았고 '아스'도 죽지 않는다. 그러니 내가 무엇을 하든 죽지는 않을 것이다.

"아까 들었는데, 이름이 뭐라고 했지? 다시 알려줄래?"

난 무해해 보이게 웃었다.

"아스 토케인이라고 합니다, 유르겔 님."

"아스 토케인. 이번에는 기억해 둘게."

"감사합니다."

왕은 개새끼고 유르겔은 쌍놈이다. 그는 내 이름을 최소한 세 번은 들었지만 한 번도 기억하지 않았다. 두 번은 그가 직접 물었고 한 번은 국왕이 물었을 때 그가 바로 옆에 있었다. 그리고 이번이 네 번째.

"아기님이 순하셔서 다행이에요."

"맞아. 성격은 에반스를 닮은 것 같아."

표정 관리가 되지 않는 엘리는 반걸음 더 떨어졌고 유르겔의 목과 어깨의 중간쯤을 보고 있던 미오 경의 시선도 조금 더 위로 올라왔다 다시 내려갔다.

아무도 부르지 않는 국왕 에반스의 이름은 오로지 유르겔만이 부른다. 물론 국왕은 자신의 이름을 유르겔에게 당연히 허락했지만 남들 앞에서는 공대를 갖추는 유르겔이 국왕의 이름을 부를 때마다 듣는 사람들은 위축되고야 만다. 심지어는 국왕마저 긴장했었다. 얼마나 귀한 이름인지 모르겠다.

"유르겔 님과 전하도 아기님을 아기님이라고 부르시나요?"

"안 그러면?"

유르겔이 웃으면서 머리를 한쪽으로 기울이며 되물었다. 햇빛이 반짝이는 호수 옆에 핀 하얀 백합처럼 깨끗하고 아름다운 미소였다.

"실례했습니다, 저희랑 같은 호칭으로 부르시나 궁금했어요."

유르겔은 여전히 아름다운 얼굴이었지만 가슴 한 곳이 뜨끔했다. 생각은 나를 약하게 한다. 생각하면 망설이게 되고 의심하게 된다. 그래서 무언가를 꼭 해야 할 때는 머리가 식기 전에, 생각이라는 것이 돌아가기 전에 돌진하는데 이번에는 성급했나 보다. 들켰을까? 의도가 너무 보였을까?

유르겔의 손끝이 닫혀 있던 창문을 건드렸다. 기다렸다는 듯이 문이 열리고 온기를 품은 바람이 쏟아져 들어왔다. 바람은 유르겔의 금발을 흩날렸다. 그것을 보는 미오 경의 시선과 머리카락도 함께 흩날렸다.

엘리는 펄럭이는 머리 캡의 리본을 잡았고 나도 드레스 치맛자락을 내리눌렀다.

유르겔이 노래하고 있었다. 가슴에 품은 아기 왕자의 귀를 한쪽 손으로 덮고서, 이전에는 목소리를 낮춰 허밍하듯이 아기 왕자에게 불러주던 노래를 이번엔 가사가 들리도록 노래했다. 노래할 때 유르겔의 목소리는 말할 때보다 더 높고 풍부한 울림이 담겨 있었다. 가수나 성악가와 같은 기교는 없고 다듬어지지 않은 목소리였지만, 졸음이 올 때 어깨 위에 덮이는 얇은 이불처럼 고요하고 나른해지는 아름다움을 갖고 있었다. 잔잔한 노래는 단 한 번 높게 솟구쳤다 다시 물결처럼 차츰 잦아들었고 아무런 자취도 남지 않게 되었을 때 유르겔은 아기 왕자의 이마에 입을 맞추고 요람에 눕혀주었다.

"아스."

"네, 유르겔 님."

"아기님을 돌보는 데 필요한 것이 있으면 언제든지 말하렴."

나는 사양을 모르는 여자다.

"아기 왕자님의 이름이랑 의사 선생님이요."

내 의도는 이미 유르겔에게 읽혔다. 발뺌하고 아닌 척하고 다음에 다시 시도할 수도 있겠고, 알맞은 타이밍이라는 것을 기다릴 수도 있겠지만 그걸 기다리는 사이에 내 의지와 용기가 먼저 사라질 거라는 것을 나는 안다. 나는 그렇게나 나약하다.

"그걸 말할 줄은 몰랐는데."

"말해도 된다고 하신 거 아니었어요?"

"정말 말할 수 있을 거란 생각을 안 했거든."

'다시 봤어, 아스'라는 말을 들으며 나는 눈을 내리깔았다. 네, 제가 좀 반전이 있는 여자랍니다. 하도 반전이 많아서 봐도 봐도 매력이 끊이질 않는 버라이어티 예능 같은 그런 여자죠. 그러니 우리 오래 보도록 할까요? 절 죽이지 말고?

"하지만 아기의 이름은 부모의 고유 권한이야. 전하와 왕비님께서 알아서 하실 일이지."

충격받았다! 유르겔의 입에서 이런 상식적인 말이 나오다니? 당연히 아기의 이름은 부모가 함께 짓는 게 보통이긴 한데 유르겔이 끼면 상식은 상식이 아니게 되어버리는 경향이 있어서 그가 그걸 생각하고 있을 줄은 상상도 안 했었다.

"그리고 의사는……."

유르겔은 고개를 숙이고 아기 왕자가 잠든 요람을 내려다보았다. 그 바람에 그의 등 뒤로 떨어져 서 있는 미오 경과 얼핏 시선이 맞았다. 이상한 일이었다. 그는 왜 지금 서글퍼하고 있는 걸까.

"내가 보내는 의사를 왕비님께서 흔쾌히 받으실까?"

놀랐다. 왕비가 자신을 경계하고 싫어할 거라고 생각은 하고 있었다니? 누군가가 자기를 싫어할 수도 있다는 걸 전혀 모르고 사는 타입일 줄 알았는데.

"자기 아이에게 보내는 관심에 기쁘지 않을 어머니는 없습니다."

"어린아이를 둔 어머니들의 경계심은 네가 모르는 모양이야."

유르겔이 손을 뻗어 잠든 아기 왕자의 보드랍고 동그란 뺨을 닿지 않게 쓰다듬었다. 그의 손길은 나긋했고 눈빛도 부드러웠는데, 말 때문인가? 나는 그가 아기 왕자의 뺨을 손톱으로 할퀴기라도 한 듯이 놀랐다. 펄쩍 뛴 나를 그가 의아하게 쳐다보다 고개를 끄덕였다.

"하지만 네 말에도 일리는 있어. 소중한 아기가 별 탈 없이 건강하도록 보살펴 줄 많은 사람이 필요한 법이고 넌…… 아직 많이 젊구나."

나랑 비슷한 연배인 유르겔에게서 저런 말을 들으니 기분이 참 삼삼하다. 이 경우 젊다는 말은 믿음직스럽지 못하다는 말과 통한다고 본다. 반박할 생각은 없다. 유모는 육아 경험이 있는 노련한 귀부인들이 해야 하는 거 아니냐며. 아기 왕자는 아직 목도 못 가눠서 안아 들 때마다 공포스럽다.

사실 국왕이 아무것도 모르는 내게 왕자를 맡겨두고서 혹시라도 뭐가 잘못되면 겸사겸사 나랑 왕비를 처리할 생각인 건 아닌지를 고민할 때도 많았다. 한밤에도 아기 왕자에게 젖병을 물리고 기저귀를 갈아줘야 하니 생각할 시간은 많았고 새벽 3시, 인간이 가장 예민해지는 시간에는 심지어 우울하기까지 했다.

작중의 국왕은 절대 바보가 아니었고 어설프거나 충동적으로 일을 저지르는 사람도 아니었다. 그런 사람이 누가 봐도 각이 안 나오는 나를 유모로 쓴 데에는 이유가 있어야 하지 않을까. 기억을 아무리 더듬어봐도 이 근처의 내용 전개를 잘 모르겠다. 아기 왕자가 태어났다. 아버지 되는 국왕은 아기 왕자에게 무관심했지만 유르겔은 아기 왕자를 귀여워했다. 어떻게 어떻게 해서 전쟁이 끝나 원정을 나갔던 무수히 많은 사람이 귀환했다. 그리고 그 휴전 파티에서 왕자에게 이름이 내려졌다. 아. 도대체 그때까지 얼마를 더 기다려야 하는 거지? 소설을 읽으며 시간의 흐름을 눈여겨보지 않은 것이 한이다. 내가 이 꼴이 날 줄 알았다면 단어 하나하나를 수능 출제 문제 풀듯이 의미를 두고 암기했을 텐데.

나는 슬쩍 주변을 돌아보았다. 엘리는 이미 충분히 멀리 떨어져 있었고 미오 경은 원래부터도 방 안에서 거리를 두고 벽의 꽃처럼 서 있는 사람이었다. 유르겔이 데려오는 호위 기사와 시종들은 아기 왕자의 방 안으로는 못 들어오기 때문에 작게 이야기하면 아무에게도 들리지 않게 이야기할 수 있을 것 같았다. 유르겔 님, 하고 작게 부르자 그가 내 쪽으로 살짝 고개를 숙여주었다.

"정말로 전하와 계실 때도 아기님을 아기님이라고 부르세요?"

말을 들은 유르겔은 반 발자국 내게서 멀어졌다. 그는 검은 눈동자로 찬찬히 나를 바라보았다. 방문은 아직 열려 있었고, 허리에 칼을 찬 유르겔의 호위 기사들이 칼 손잡이 위에 손을 올리고 우리의 일거수일투족을 살피고 있었다. 유르겔은 그중 하나에게 돌아간다는 손짓을 했다. 내 질문에 답을 안 주려나 보다.

"의사는 내가 전하께 말씀드려 볼게. 아기는 연약한 법이니까."

아싸, 의사 득템. 내 앞에 똑바로 선 그는 나보다 시선이 한 뼘, 혹은 그보다 약간 더 높았다. 그는 조금 기분이 좋은 것처럼 보였다. 그동안 나는 그가 항상 온화하고 기분이 좋은 상태를 유지하고 있다고 생각했었는데 이제 보니 미묘하게 달랐다. 약간 즐겁고 약간 들뜬 것 같은 그는 지금 눈동자에도 반질반질 물을 바른 것 같은 윤기가 돌고 있었다.

"비밀을 하나 알려줄게."

좋은 냄새가 다가왔다. 귓가에 타인의 숨이 닿고 진짜 어디 청교도

처럼 목깃이 높이 올라와 덮인 목덜미와 쇄골 위로 유르겔의 머리카락이 간질거리게 닿았다. 정말 비밀 이야기를 하는 사람처럼 목소리를 죽인 유르겔이, 내가 전혀 생각하지 않았던 바를 속삭였다.

"에반스는 사실 이 아이를 많이 좋아해."

4장
쥐구멍에 별을 들게 하기 위해

육아는 헬이다. 남의 아이를 보는 건 더 헬이다.

유르겔이 남긴 알쏭달쏭한 말의 의미를 생각하기도 전에 육아 전쟁이 시작되었다.

국왕은 개새끼다. 물론 그가 언제라고 개새끼가 아니었던 적은 없지만 레알 진심으로 그는 개새끼다. 날 이런 지옥에 던져? 결혼과 시댁과 친정의 고충을 나누는 사이트의 언니들은 친절하게 내게 인생을 알려주셨으니 '인실X'이라는 말이 괜히 있는 게 아니었다. 인생은 실전이 되면 X같다. 낮에는 그나마 괜찮았다. 내게는 만능 육아 요원 엘리가 있었다.

"넌 어떻게 이런 걸 다 아냐?"

유르겔이 진짜 국왕에게 말했는지 국왕은 의사를 보내주었고, 그 의사가 보장해 준 대로 아기 왕자는 굉장히 건강한 아이였다. 하지만 갓난쟁이들은 자잘하게 아프게 마련이었다. 아직 계절이 한참 이른데도 감기 기운이 있는 아기 왕자는 열은 없었지만 코가 막혀 캑캑거리며 짜증을 냈다. 엘리는 아무렇지도 않게 그걸 입으로 빨아냈다. 나라면 못 한다, 절대로.

"우리 집은 동생들이 많았어. 막냇동생은 태어났을 때부터 내가 키웠는걸."

"지금 몇 살인데?"

"죽었어."

"아."

엘리는 손을 힘차게 비벼 따뜻하게 데운 후에야 아기 왕자를 만졌고, 기저귀를 갈았다. 나도 엘리를 따라서 열심히 하고는 있지만 아직 손에 익지를 않아서 엘리만큼 빠르게 기저귀를 갈지 못한다.

"가난은 처참한 거야, 아스. 너도 알겠지만."

"그래도 여기 올 때 불안하지 않았어?"

"아니? 우린 모르고 온 것도 아니잖아."

난 아무것도 모르는 채, 내 의지가 아닌 이유로 이곳에 있다. 엘리의 동생도 아무것도 모르는 채, 그녀의 의지가 아닌 이유로 죽었다. 왜 모든 불행은 닮았는지 모르겠다.

"그래도 죽지는 않잖아. 그게 제일 중요하잖아? 난 아직 살아 있는 동생이 많아."

"맞아. 죽지 않는 게 제일 중요하지."

아기 왕자는 워낙에 순한 아기여서 밥만 제때 먹이고 기저귀만 제때에 갈아주면 투정을 부리는 것도 없었다. 젖을 제대로 못 빠는 아기나 모유랑 맛이 달라서 분유를 안 먹으려고 들어서 애 엄마들을 펑펑 울게 하는 아기도 있다는 눈물의 경험 글을 많이 읽었었는데, 아기 왕자는 그런 것도 없었다. 배고프면 애앵거렸고 젖병을 물려주면 배불리 먹고 순하게 다시 잠들었다.

왕비가 아기 왕자를 조금만 더 사랑하고 신경을 썼더라면 이토록 순한 효자도 없을 거라고 좋아했을 것 같다. 아니, 잘은 모르겠다. 내가 이해할 수 없는 건 이렇게 순하고 울지도 않고 손도 많이 안 가는 아기 왕자를 돌보는 게 어떻게 이렇게 힘들 수가 있느냐는 것이다. 울지도 않는데! 아기가 우는데 도대체 이유를 알 수가 없어서 우는 아기를 부둥켜안고서 한 시간 넘게 같이 엉엉 울었다는 글을 몇 개씩 읽었던 기억이 나는데. 나는 울지도 않는 아기 왕자를 안고 펑펑 울고 싶은 기분이 요 며칠간 거의 두 시간에 한 번씩 들고 있다.

낮에는 그나마 나았다. 엘리는 시간을 재지도 않고 능숙하게 아기 왕자에게 알맞은 온도로 데운 젖병을 물렸고, 아기 왕자가 볼일을 보자마자 기저귀를 갈아주었다. 엘리는 신이거나 최소 초능력자 아닐까? 그녀는 나보다 편안하게 아기 왕자를 안고 트림을 유도했고, 잠투정을 부리기도 전에 끌어안고 가만히 몸을 흔들며 아기 왕자를 재웠다. 그 김에 나도 널브러져 기절할 수 있었다. 그러나 밤에는…… 미안한 얼굴을 해도 엘리는 망설임도 없이 퇴근했고, 나와 도움이 하나도 안 되는 미오 경만이 사생활 확보가 전혀 되지 않는 아기 왕자의 방에 남겨진다.

졸리다. 나는 아직도 기저귀도 제대로 못 갈고 분유 온도도 제대로 못 맞추는데. 아기 왕자님은 아주 성격이 좋고 순한 아기였지만 내가 탄 분유는 별로 좋아하질 않는다. 어젯밤엔 엘리가 새벽에 아기 왕자가 먹을 분유병을 다 준비해 주고 갔는데 그만…… 내가 한 병을 쏟아버려서. 아, 생각만 해도 다시 눈물이…….

"아스 양. 아스 양!"

"……네, 성생님. 저 안 졸았어요!"

"네, 아스 양. 아스 양은 졸지 않았어요. 잤지."

"성생님, 졸려요. 자고 싶어요."

"아스 양, 선생님, 입니다."

졸리다. 그리고 아기 왕자가 슬슬 무거워져서 팔이랑 어깨도 아프고 등줄기도 아프다. 요새 난 내 손을 보면 국왕에 대한 분노가 그렇게 치솟을 수가 없다. 내가 정말 손만은, 얼굴에는 상처가 나도 손에는 상처가 안 나게 어떻게 신경 쓰고 관리를 해왔는데 며칠 아기를 돌봤다고 벌써부터 못나지고 있었다. 우울하다. 인생이 우울하다. 이렇게 우울한 게 어떻게 인생이지? 인생이란 뭘까? 삶은 또 뭐지? 계란?

"아스 양, 잉크가 번지고 있어요."

푸딩이라도 된 것처럼 흘러내리는 몸을 다시 세우고 만년필을 고쳐 잡았다. 이 만년필 잉크는 내가 쓴 게 절반, 지금처럼 졸다가 번져서 버린 게 절반은 되는 것 같다. '아스'가 원래 쓰던 건지 길도 잘 들어 있고 나도 맘에 드는데 잉크 리필이 되는 제품이었으면 좋겠다.

"아스 양, 정신 차리세요."

잠깐 졸았는지 세야가 날 흔들자 정신이 파다닥 들었다. 세야가 한숨을 쉬는데 사과를 해야 하는지 안 졸았다고 발뺌을 해야 하는 건지 순간 분간이 되지 않았다. 머리가 속은 멍하고 바깥은 산발이다. 일주일 전에는 그래도 사람 같아 보이는 꼴로 세야 앞에 앉아 있었던 것 같은데 지금은 천치에 바보가 된 것 같다. 탓할 마음도 들지 않는 건지 세야는 내 받아쓰기 쪽지를 들고 가 체크하기 시작했다.

나는 멍하니 요람 안에 있는 아기 왕자와 저쪽에서 창가에 기대 잠든 미오 경의 초췌한 얼굴을 보았다. 고생은 내가 다 하는데 육아에 보탬은 하나도 안 되는 미오 경이 저렇게 피폐한 얼굴을 하고 꿀잠을 자고 있는 걸 보자니 뭔가 표현할 수 없는 아련함이 몰려온다. 저 양반도 처음 봤을 때는 반짝반짝…… 하기에는 너무 우울했긴 해도 확 눈이 돌아가는 미남이었는데, 저렇게 피폐해지다니. 미남은 피폐해져도 미남이다. 난 지금 사람 꼴이긴 한가?

"아스 양, 교육을 받은 적이 있나요?"

받았지. 대한민국 표준 고등교육을 알뜰하게 잘. 믿기지 않고 알아듣지도 못하겠지만 4년제 대학을 학점 4.0으로 졸업했다.

"그럴 리가요."

"비전문가에게 아주 기초적인 교육을 받았다고 생각되는데요."

"제가요?"

"아스 양은 철자를 쓰는 방법을 알고 있고, 각 글자를 어떻게 읽는지도 알고 있습니다. 잘못 알거나 틀린 부분도 없진 않지만 정말 기초적인 가르침은 받은 것 같은데, 아닌가요?"

미나가 글자를 얼마나 알고 있는지 한번 알아볼 걸 그랬다. 미나랑 룸메이트 사이일 때, 우리 생활에는 글자라는 것이 끼어들 일이 정말 하나도 없어서 나조차도 '아스'가 문맹인 걸 뒤늦게 알고 패닉이었으니까.

"그게 지금 새로 배우는 데 방해가 될까요?"

"아닙니다."

"그럼 다행이네요."

세야는 채점한 시험지를 돌려주었다. 결과표를 보아하니 저 사람도 범상한 사람은 아닌 것 같다. '아스'가 교육을 받은 것 같다고 말하기에 뭐 한없이 백 점에 가까운 점수를 받은 줄 알았다. 시험지에 비가 내린다. 가뭄에 내려야 하는 비가 왜 내 시험지에 내렸냐.

"선생님, 제가 머리가 안 돌아가서 그런데요."

"교육 기간을 생각하면 그렇게 절망적인 점수는……."

세야가 날 섣불리 위로하려고 드니 후회처럼 죄책감이 생겼다. 난 희망적인데 저렇게 반사적으로 대답하니까 선생님인 세야에게 미안해하고 내 머리에 좌절해야 하는 점수였던 것 같잖아.

"아뇨, 선생님. 그게 아니라요. 도움이 필요해서요."

"물론입니다. 저는 최선을 다해 아스 양을 도울 거예요."

"고민 상담이요."

"아, 이런. 네, 아스 양."

"어떤 사람이 하나 있는데요. 누가 봐도 그 사람이 다른 어떤 사람에게 되게 관심 없어 보였거든요. 그런데 또 다른 사람이 말하길 사실 그 사람이 다른 사람을 되게 좋아한대요. 이게 무슨 의미일까요?"

세야는 바람이 한 줄기 불어올 것 같은 미소를 지었다. 못 알아들었군.

"좀 복잡하게 들렸나요?"

"네. 대체 그게 무슨 관계인가요?"

"그러게 말입니다."

머리가 안 돌아간다. 이상하다. 아기 왕자는 정말 순하고 말썽 하나 안 부리고 진짜 착한 아기인데 난 도대체 왜 힘든 거지? 아기가 태어난 지 백일이 가까워지면서 우울증으로 우는 산모들이 그렇게 많다는데. 나는 산모도 아니고 왕자의 백일도 아직 까마득한데 벌써 울고 싶어졌다. 울면 기분이 좀 나아질 것 같은데, 그냥 울까?

어느 순간 갑자기 내 얼굴을 들여다보는 엘리와 눈이 마주쳤다. 세상에. 세야가 언제 어떻게 돌아갔는지 기억도 나지 않았다.

"아스. 내가 진지하게 말하는 건데, 너 좀 쉬어야 돼."

"잠깐잠깐 쉬었어."

"내가 있으니까 방에 들어가서 한두 시간 정도 좀 자다가 와."

"안 돼. 정당한 사유가 없는 근무지 이탈은 처벌로도 이어질 수 있어. 난 오래 살 거야."

"너 지금 되게 이상해 보이고 이상한 소리도 하고 있거든? 내가 아기님 보고 있을 테니까 그럼 벽에 기대서라도 쉬고 있어."

그렇게 말하며 엘리가 가리킨 곳에는 미오 경이 있었다. 미오 경이 처음 왔을 때는 알렉스 경 때와 달리 왕비 궁의 시녀 전원이 미남이 왔다며 설레고 들떠 했던 것이 기억났다. 물론 일거리가 늘어났다는 점은 장점이 아니었지만. 그래도 나이 찬 처녀들이 가득한 왕비 궁 시녀들의 세계에서 어쨌든 미남이 하나 늘어난 것은 좋은 일이었다. 그랬는데 엘리가 미오 경을 마치 실내 인테리어처럼 대하는 걸 보니 그에게나 엘리에게나 참 안타까운 일이다.

느릿느릿 걸어서 미오 경이 벽에 등을 기대고 있는 옆으로 가 바닥에 무릎을 안고 앉았다. 비록 미오 경은 육아에 보탬이 하나도 되지 않지만 나나 그나 24시간 아기 왕자를 살펴야 해서 적립된 피로감이 말로 다 할 수가 없다. 나는 그나마 낮에 엘리에게 맡기고 쉴 수 있는 구석이 있지만 몸이 하나인 미오 경은 육아에 참여하지 않아도 피곤해 보였다. 새벽에 왕자가 울 때마다 무슨 일이 있나 저 복도 반대편에서부터 뛰어오는 게 안 힘들 수가 없다. 우리 모두 교대 근무가 필요하다. 인력을 어쩜 이렇게 생각 없이 쓸 수가 있는 건지 모르겠다.

"미오 경, 살아 계세요?"

"당연히."

피곤해도 미오 경은 잘생겼다. 눈에는 핏발이 서 있고 피부도 푸석푸석해 보이고 제대로 손질하지 못한 머리카락은 부스스해 보일지언정 여전히 잘생겼다. 하지만 그도 한숨이 늘었다. 방 안에 똑바로 서 있기보다는 기대서 있는 시간이 더 많아졌으며, 세야가 와 있을 때는 아예 대놓고 부족한 잠을 보충하고 있다. 잠은 본인 방에서 자지만 일의 특성상 진짜 죽지 않을 만큼만 자고 오는 그도 슬슬 한계인 것 같았다.

"전 잘 때 베개랑 이불이 있고 불만 끄면 그냥 잘 자거든요? 미오 경은요?"

"기사들은 다 어느 정도는 자기 수면 패턴을 조절할 수 있다."

"그래요? 제가 생각을 해봤는데요."

나는 왕자 방에 딸린 쪽방에서 시간마다 일어나 아기 왕자가 잘 자고 있는지 확인하러 나오고, 아기 왕자가 깨기를 기다려 우유를 먹인

후 다시 재웠다가 쪽잠 자고 일어나는 일에 지쳤다. 이렇게 힘든 일을 세상 모든 엄마는 어떻게 했는지 모르겠다. 매일 힘들기만 하다. 생각해 보면 난 어릴 때부터 아기들을 안 좋아했었다. 강아지를 보며 환호한 일은 있어도 아기들을 귀엽다고 생각해 본 일이 단 한 번도 없었다. 나 혹시 모성애란 게 없는 거 아닐까?

"밤에는 아기님을 아예 제 방에서 재워 드릴까 해요. 그러면 아기님이 깨셨을 때 바로 우유를 드릴 수도 있고, 아기님이 어딘가 불편하실 때 바로 울음소리에 반응할 수 있을 것 같아서요. 그래서 말인데, 혹시 타인의 기척에 예민한 편이 아니시라면 미오 경도 한곳에서 주무실래요?"

미오 경은 한동안 말이 없었다. 나도 반은 졸고 반은 그의 머리가 내가 한 말을 해석하고 받아들이기를 기다렸다. 내가 안다. 그는 아마 지금 긴 문장을 이해할 능력이 많이 떨어져 있을 거다.

"남녀가 한방에 기거하는 것은 별로 좋은 생각이 아냐."

"그러니까 밤에 잘 때만요."

"소문이 나면 네게 좋은 일이 없을 거다."

"우리 둘만의 비밀로 하기로 해요."

그는 나를 내려다보았고 나는 그를 올려다보았다. 그가 무슨 생각을 하는지 알 수 있으면 좋겠다. 원래도 사람 속은 알 수 없는 것인데 헬 같은 육아에 시달리며 점점 더 타인의 생각과 기분을 알 수 없게 되어간다. 이러다 진짜 바보가 되는 게 아닐까, 가끔 정신이 맑을 때 무서워지고 있었다.

"그러면 저나 미오 경이나 조금이라도 더 잘 수 있어요."

난 늘 생각을 해야 한다. '아스'와 이 세상에 대한 단서를 포착하도록, 그리고 한국에서의 내가 튀어나오지 않도록 누르면서 무사히 살아남아 집으로 돌아갈 수 있게 숨죽이고 사방을 살펴야 한다.

유르겔은 그날 내게 무언가 단서를 주었다. 나는 그것이 유르겔의 호의인지 아닌지 생각할 정신적 여유가 없다. 그래서는 안 된다. 똑바로 정신을 차리지 못한다면 어느 틈엔가 지뢰를 밟고 말 거다. 그러려면 조금이라도 시간이 필요하다.

"네가 그런 호의와 배려를 베푸는 목적이 뭐지?"

나는 어쩔 수 없이 조금 웃었다. 이 웃음이 그에게는 무해해 보였으면 좋겠다.

"경이 동의하지 않으면 아기님을 제 방에서 재울 수가 없어요. 경도 아기님 곁에 있어야 하잖아요."

어쨌든 그가 나에게 조금이라도 호감을 갖는 게 나으니까.

"대부분의 기사는 타인의 기척에 예민해. 잠들어도 금방 깨도록 훈련받는다."

"잘됐네요. 아기님께 불미스러운 일이 있으면 미오 경이 바로 아실 테니까."

그날 밤 그는 내 안락의자에 앉아 나와 아기 왕자가 자는 모습을 지켜보았다. 내 방에 그가 잘 작은 침대가 놓이기까지는 며칠이 더 걸렸다. 그 새벽에 눈을 떴을 때 그가 침대를 소리 없이 들여놓는 것을 보고 나는 다시 눈을 감고 잠든 아기 왕자의 가슴을 토닥였다.

❦

놀라운 사실을 알았다. 미남은 자다 일어난 얼굴마저 잘생겼다. 인생이 공평하지 않은 거야 초등학교 운동회 때 백 미터 달리기 24초를 끊었을 때부터 눈치채기 시작했지만 얼굴에 끼는 개기름마저 공평하지 않은 건 너무하지 않냐. 나는 아침 개기름이 너무 심해서 요새 일어나자마자 얼굴 닦아낼 요량으로 얇은 수건을 옆에 두고 자는데 미오 경은 보송보송하다.

"저 건의할 게 있습니다, 미오 경."

"뭔가?"

"저희 서로 엇갈려 누워서 자는 게 어떨까요? 저나 미오 경 중 한 명의 침대를 반대로 돌리는 거예요. 몸을 돌리면 저는 미오 경의 발치가 보이고 미오 경은 제 발치가 보이도록."

"우리 침대가 떨어져 있는 간격으로 미루어 보건대 그 경우 일어나자마자 눈이 마주칠 확률이 더 커질 텐데?"

"아…… 날마다 제 인권이 유린당하는 기분인데."

기사는 기척에 예민하다는 말이 사실이었다. 미오 경은 한밤에 내가 아기 왕자에게 젖병을 물리려 일어나거나 아기 왕자가 애앵거리며 칭얼거리기만 해도 발딱발딱 잘도 일어났다. 잠을 조금이라도 더 자기 위한 생존 연대였는데 미오 경은 더 못 자고 있는 건 아닐까 조금 걱정되긴 한다.

안락하던 내 침대는 점점 늪처럼 나를 빨아들이는데, 동이 트기도 전에 일어나 하루를 준비하는 미오 경의 얼굴은 참 잘생겼다. 나는 잠든 사이에 나온 얼굴의 분비물을 수건으로 대충 닦아내면서, 팔을 돌리고 목을 돌리며 스트레칭하는 미오 경의 모습을 감상했다. 내 손에 폰이나 카메라 하나만 들려 있으면 좋겠다. 살짝 나른한 처연한 미남이 침대에 앉아 몸을 푸는 광경은 영구 소장할 만한 가치가 있는데.

"아스."

"네, 미오 경."

"오늘은 내가 세숫물을 가져다줄 테니까 적어도 세수는 하고 머리도 빗는 게 보기 좋을 것 같다."

직접 육아에 함께하지 않아서일까, 아니면 기사의 체력이 나 같은 시녀의 체력보다 월등하기 때문일까. 비슷하게 기절해서 비슷하게 깨어나는 생활에서 그나마 미오 경이 나보다 더 여유가 있었다. 어제는 불쌍해 보였는지 내게 물 적신 수건을 갖다주기에 그걸로 얼굴을 닦고 하루 종일 일을 했는데, 어지간히 놀랐나 보다. 불쌍한 미오 경은 어제 내가 물수건으로 고양이 세수를 한 것을 끝으로 세수를 안 할 줄은 몰랐던 모양이다. 날 과소평가했겠다. 난 지금 잠을 위해서라면 그깟 세수나 그깟 머리 감는 것 정도는 안 하고 넘어갈 수 있는 사람이다.

엘리가 나랑 있을 때 최대한 내가 쉴 수 있게 배려해 주고 있지만 그렇다고 내가 아기 왕자의 곁방인 내 방에서 마음 놓고 쉴 수 있는 것은 아니었다. 비교적 일정하지만 하루 세 번 수유하러 오는 왕비의 존재와 비정기적으로 자주 찾아오는 유르겔의 존재가 나를 쉬지 못하게 해, 낮이고 밤이고 나는 쪽잠이다.

밤에라도 아기 왕자를 계속 재워야 한다. 학교 다닐 때 담임선생님이 자기네는 아기가 백일 정도일 때부터 수면 교육을 시작했다고 했었는데 그거 좀 일찍 시작해도 되지 않을까? 어떻게 했다더라. 저녁때부터 집 안의 불을 다 끄고 TV고 뭐고 다 끄고 잘 분위기를 조성했다고? 아, 정말 결혼과 시집과 친정 사이트 언니들 제 죄를 회개합니다. 언니들의 고난이 제 고난이 될지 모르고 감히 피 같고 금 같으신 글들을 제가 날로 읽었네요. 날이면 날마다 오는 경험담인 줄 알았었죠.

경험 많은 유모님이 있었으면 좋겠다. 근데 난 국왕이 지정한 유모잖아? 안 될 거야. 하다못해 경험담이라든가 노하우라든가 아님 육아 책이라도 좀 읽을 수 있으면 좋겠다.

"미오 경, 여기도 도서관은 있겠죠?"

"정문 쪽에 왕궁 도서관이 있지."

"거기 육아 관련 책도 있을까요?"

평민인 '아스'가 글을 모르는 걸로 봐서는 거의 모든 평민 여자가 글을 모른다고 가정해도 될 것 같다. 귀족 여자들은 글을 안다고 가정을 해도…… 그 여자들이 직접 자기 아기들을 키울 확률은 얼마나 될까.

실전 육아 책보다는 레알 실전과 구전으로 육아 상식이 전해질 것 같지만 이 모든 게 내 편견이고 도서관에 육아 책이 널려 있기를 바란다.

"이거 맛있는데 제 것도 드실래요?"

"많이 먹어라."

"맛은 있는데 제가 안 좋아해서 물어봤어요."

요새 미오 경과 나는 식사를 함께하고 있다. 본래라면 엘리가 돌아오고 난 후에 교대로 식사를 해야 하지만, 과부 사정은 홀아비가 안다는 것처럼 서로가 시간에 쫓겨 음식을 흡입한다는 것을 알고 있어서 어영부영 겸상하게 된 지 일주일째다. 그렇다고 우리가 프랑스 코스 음식 즐기듯이 식사를 할 수 있는 건 아니지만 그래도 씹지 않고 삼키는 상황에서는 벗어났다. 우리는 운명 공동체까지는 아니더라도 생존 공동체 정도는 된 것 같다. 그래도 종종 우울해진다. 주방장 아저씨가 나름대로 갖은 정성을 기울인 플레이팅을 볼 여유도 없이 묵묵히 아기 왕자를 바라보며 부드럽고 촉촉한 빵을 뜯어서 씹고 있으면 뭐랄까…… 말린 굴비 쳐다보면서 식사를 한 자린고비 체험판을 찍는 기분이 들기도 하는 것이다. 굴비는 먹는 거기라도 했지.

"제가요, 많이 먹는 사람은 아니었는데요. 요새 밤만 되면 배가 고프거든요? 식사에 영양분이 부족한 게 아닐까요?"

"그냥 먹는 양이 늘어난 거겠지."

"허기지는 데도 정도가 있지. 어젯밤엔 부엌에 먹을 거 찾으러 갈 뻔했다고요."

"식사 시간 외에는 부엌에 식재료만 있지 조리된 건 없지 않나?"

"사람이 먹을 수 있는 재료면 간단하게 제가 만들 수 있으니까."

"다행이군."

"뭐가요?"

밥 먹다 말고 미오 경이 나를 빤히 바라보았다. 새삼 내가 예뻐 보여서는 아닐 거라 자연스럽게 입 주변을 슥슥 닦았는데 뭐가 묻긴 했지만 구제불능 수준으로 묻은 것도 아니었다.

"아기님 이유식."

여섯 음절의 말이 주먹으로 변해 내 몸을 두들기는 것 같았다.

이유식. 맞아, 그 존재를 잊고 있었다. 하지만 설마? 아니야! 설마 그걸 나보고 하라고 할까? 온갖 업무를 다 로테이션하며 공평하게 나눠 분담하는 왕비 궁 시녀 생활에서도 요리만큼은 외주 줘서 전문가를 썼는데. 다른 것도 아니고 신생아 이유식을 나 같은 아마추어에게 맡길까? 무려 차기 국왕이라고!

"아닐 거라 생각하지만 그럴 수도 있을 것 같단 생각이 드는 게 가장 싫어요."

"기사들에게는 늘 최악을 대비하라고 가르친다."

머릿속에 한 20년 전에 배운 내용이 둥둥 떠다니기 시작했다. 영양분 뭐가 부족하면 뼈가 물렁물렁해지고 뭐가 부족하면 다리가 휘고…….

"죽이랑 비슷하게 만드는데 양념을 안 하면 이유식이라고 했었어요. 소고기랑 브로콜리랑 버섯이랑 당근 정도 넣고 삶으면 될 것 같은데……."

한동안 엎드려서 잘 놀던 아기 왕자가 팔을 휘적거리며 답답해했다. 나는 아기 왕자가 울기 전에 얼른 포크에 돌돌 말은 파스타를 입에 넣어 우물거리면서 왕자를 다시 눕혀주었다.

아기 왕자가 빨리 목을 가눌 수 있게 되었으면 좋겠다. 알아서 혼자 몸을 뒤집을 수 있게 되면 더 좋고. 우리 엄마는 나 머리 모양 예뻐지라고 이리저리 굴리며 키우셨다는데, 엄청 귀찮고 엄청 성가시다. 내가 낳은 내 아이가 아니라서 이 모든 과정이 다 귀찮은 것 같다.

"우리 아기님, 오늘 기분이 엄~ 청 좋으시네요? 아구 좋다, 아구 좋네? 좋아요? 조금 더 있으면 왕비님 오셔서 맛있는 거 주실 거예요. 우리 아기님 좋겠네~ 어, 왕비님 좋아요? 좋아? 이제 조금 더 자라면 우리 아기님 바깥나들이 가요. 꽃도 보고 나비도 보고~ 나비 팔락팔락~ 나비 팔락팔락 아기님 코에 올려줄 거예요~"

처음 이럴 때만 해도 영혼에 얼마 안 남은 서비스 정신을 닥닥 긁어 불태우는 기분이었는데 이 짓도 하다 보니 할 만하다.

미오 경은 빠르게 식사를 끝내고 식기를 정리하기 시작했다. 나는 아직 다섯 숟가락도 채 못 먹었다.

"미오 경, 아기님한테 말 좀 걸어주세요. 혹시 모르니까 눈 맞추고 해주시고요. 저 밥 빨리 먹을게요."

"난 아기님의 호위 기사지 보모가 아니다."

고통 분담 좀 할 생각이었는데, 들켰는걸?

"미오 경이 아기님의 아버지는 아니지만 남자 목소리도 들려주는 게 아기님의 정서 발달에 좋을 거라고 생각해요. 아기님이 바르고 맑고 곱고 건강하게 자라시는 게 이 나라 국민인 우리 모두의 행복과 미래 아닌가요?"

이걸 거절하면 넌 매국노다. 난 최선을 다해 그를 바라보았다. 근본적으로 미오 경은 모진 사람은 못 되었다. 이런 사람이 아직 어린 아이 귀에다가 너네 엄마 너 싫대 소리를 속삭일 수 있다니, 노트에다가 죽일 사람 이름 쓰는 만화에 나오는 사과 좋아하는 사신의 명대사대로 역시 인간은 재밌다.

그는 한숨을 쉬고 서툴게 아기 왕자를 요람에서 안아 들었다. 틈틈이 그에게 아기 왕자를 잠깐잠깐 안겨봤더니 아기 안는 자세가 먹던 밥숟가락을 내려놓게 할 정도로 불안하지는 않았다.

"5분만이다."

"감사합니다. 빨리 먹을게요!"

"그런데…… 무슨 말을 하지?"

"아무 말이나 하세요. 첫사랑 그녀나 이상형 같은 거?"

유르겔 얘기를 해주면 그게 제일 좋고.

나는 파스타에 들어 있는 조개와 버섯을 찍어 먹으며 미오 경이 해주는 이야기를 천천히 같이 들었다. 그도 아기 왕자에게 말을 할 때는 부드럽고 다정하게 들리는 목소리를 하고 있었다.

"저희 집은 바닷가에 있었습니다. 아침이 되면 바닷가에서 소금기 섞인 바다 냄새가 바람을 타고 불어왔고 한낮에는 햇빛을 받아 아름답게 반짝이는 작은 어촌 마을이었습니다. 그 어떤 보석도 제 고향의 정오의 바다만큼 빛나지는 않을 겁니다."

저 목소리 그대로 어린 왕자에게 왕비 욕을 할 걸 상상하니 기분이 좀 이상하다. 작은 어촌 마을이라면 미오 경은 귀족 출신은 아닐 것 같다. 그럼 어디서 유르겔을 만났을까.

"미오 경. 아기님 머리는 심장 소리를 들을 수 있는 위치로 내려주세요."

"식사 끝나려면 멀었나?"

"오늘 토마토가 참 싱싱하네요. 미오 경, 눈도 맞춰주시고요."

미오 경은 고향을 꽤 사랑했던지 그가 묘사하는 소박한 어촌 마을의 풍경은 따스한 구석이 있었다. 언젠가 저 이야기에 유르겔이 등장하는 날이 올까? 어떻게든 그가 유르겔을 덜 사랑하거나, 사랑하더라도 금방 변심하게 되면 좋겠다.

식사를 끝내고 돌아온 엘리에게 아기들 수면 교육이랑 이유식에 대해 물어봤는데 엘리는 모른단다. 자기 동생들은 그냥 애가 씹을 만한 것만 넣고 양념 안 해서 죽 끓이듯이 끓인 거 식혀서 먹였단다. 퇴근 후에 다른 시녀들에게 물어봐 주겠다는 약속은 받았다. 역시 도서관에라도 가서 한번 찾아볼 수 있었으면 좋겠다. 스마트폰엔 모든 것이 다 있었는데 이제는 도서관에 자료가 있을까 없을까 조마조마해야 하는 처지라니 문명의 이기가 그립다.

시간이 필요하다. 나 혼자 자유롭게 움직일 만한 시간이 필요한데 그렇다고 낮에 엘리에게만 아기 왕자를 맡겨둘 수도 없다.

나는 엘리가 있는 동안에 얼른 몸을 씻고 돌아왔다. 퇴근 시간보다 조금 늦었는지 엘리는 다급히 내게 아기 왕자를 넘기고 떠났다. 아기 왕자의 방에는 나와 미오 경의 식사가 준비되어 있었다. 잡무를 보는 시녀들도 밤중엔 당직을 남겨 교대 근무를 하는데!

"미오 경, 솔직히 말해보세요."

"나도 크림 파스타에 크림소스 그라탱은 좀 아닌 것 같다."

요 며칠 그와 친해지겠답시고 온갖 걸로 말을 붙였는데 그중에 음식 비중이 좀 높았나 보다. 물론 나도 크림 파스타에 크림소스 그라탱은 많이 아니라고 생각한다. 이럴 거면 스파클링 음료를 곁들여 주든가. 여기에 우유라니, 누구 아이디어야.

"그게 아니라 아기님의 호위 기사가 되고부터 검 수련하신 적 없죠?"

"개인적인 시간을 전혀 만들 수가 없으니까."

"제가 잘 몰라서 그러는데요, 보통 호위 기사들이 다 이렇게 전일제인가요? 알렉스 경만 해도 상주는 알렉스 경뿐이지만 교대 근무는 하는 것 같던데."

"전하의 뜻이다."

바로 그 전하의 뜻을 모르겠다. 사실은 아들을 사랑한다면서 이름도 안 지어주고, 이렇게 안일하게 호위하고? 아기 왕자가 이름을 받는 시기는 휴전 파티이니 그거야 정치적인 의도가 있겠다 할 수도 있지만 왕자의 호위 기사가 미오 경 한 명뿐인 건 얘기가 다르다. 이건 위험한데. 자기 실력을 갈고닦을 여지도 주지 않은 채로 그의 피로를 감수하면서까지 굳이 미오 경 한 명만을 호위 기사로 붙인 이유를 모르겠다. 우리는 질적인 생활의 향상을 이룰 필요가 있다.

아기 왕자는 재우기 전에 한참을 놀아줬더니 금세 곤하게 잠들었다. 나는 반쯤 마른 머리카락을 질끈 묶으며 미오 경에게 물었다.

"불 켜두면 못 자요?"

"아니, 난 상관없다."

"그럼 어둡게 켜둘게요."

책상에 앉아 스탠드를 약하게 켜고 작게 자른 종이와 깨끗한 새 종이를 함께 꺼냈다. 나는 머릿속으로 대강 쓰고 싶은 글을 정리하면서 눈을 감고 침대에 누운 미오 경의 얼굴을 보았다. 눈을 감고 있는 얼굴도 잘생겼다. 똑바로 누운 모습은 거의 처음 보는 것 같다. 이불은 가슴 끝까지 당겨 덮는구나. 똑바로 누워 자는 타입이었군, 미오 경.

"아스."

"네."

"그렇게 보면 잠을 잘 수가 없다."

미오 경은 자려고 누워서 눈도 감고 있고 신경도 다 풀어져 있을 텐데도 내 시선을 느끼는데, 유르겔은 왜 맨정신일 때도 미오 경의 시선을 못 느끼는 건지 이해가 안 된단 말이다.

그날 밤 나는 졸다 깨다 아기 왕자를 돌보다 글을 썼다. 새벽이 되었을 때는 아기 왕자의 유모가 된 이후로 가장 정신이 너덜거리는 상태였는데 각성제 세 병 정도 원샷을 한 것 같은 기분도 들었다.

아기 왕자의 이름을 지어주고 주치의를 얻는 게 내 목표였다. 이름은 보류 상태지만 주치의는 얻었다. 그럼 다음 단기 목표를 세울 때가 되었다. 인생은 어디로 흘러가는지 알 수 없어도 어디론가 흘러가기는 한다. 난 내 난파선이 어디로 흘러가는지를 알고 싶다. 나는 이제 막 방에 들어서고 있는 세야를 향해 웃으며 밤새 내가 쓴 철자와 문법에 맞지 않는 제안서를 들어 보였다.

"좋은 아침이에요, 선생님. 오늘부터는 저랑 제 제안서를 수정하는 걸 수업하기로 해요."

열릴 때까지 두드려라. 그러면 열릴 것이다.

"오늘도 좋은 아침입니다, 왕비 전하. 알렉스 경."

사람의 아름다움을 묘사하는 방법은 여러 가지가 있다. 유르겔이 아름다운 호수 위에 아침 햇살이 반짝거리는 종류의 아름다움이라면, 왕비는 무겁고 넓게 퍼지는 향기 같은 아름다움이다. 이제 완전히 몸을 회복해서 하얀 드레스로 성장한 왕비는 더는 불행해 보이지 않았다. 하지만 행복해 보이지도 않고 여전히 자기가 낳은 아기 왕자에 대한 애정도 보이지 않았다. 만약 내가 그때 왕비의 출산 장면을 보지 않았다면 왕비야말로 국왕이 다른 데서 낳아 온 아기를 떠맡아 억지로 젖을 물리는 정비인 줄 알았을 것 같다.

어제 잘 때 묶었던 머리 그대로 산발인 나와 달리 왕비는 이른 아침부터도 빈틈없이 완벽한 자태라 어딜 봐도 애 엄마로 보이지 않았다. 왕비나 나나 머리카락을 뒤로 모아 묶고 있는 건 똑같고 심지어는 같은 흑발인데, 그녀는 참 아름다웠다. 국왕은 왜 이런 왕비를 두고…… 웅, 아냐. 성적 취향은 존중해야지. 그래야지. 웅…….

왕비의 어깨 뒤에서 알렉스 경이 미미하게 고개를 끄덕여 내게 인사를 대신해 주었다. 그는 여전히 과묵하고 잘생겼다. 분명 같은 층에 살고 있고 나름대로 자주 보고 있는데도 아직도 알렉스 경의 목소리를 들어본 적이 없다.

왕비는 말없이 방 안으로 들어왔고 미오 경도 교대하듯이 방을 나섰다. 수유해야 하기에 두 기사 모두 방 밖으로 나가 예의를 갖춰야 했다. 둘이 무슨 대화를 하기는 하려나. 나는 눈만 슬쩍 굴려 방 밖을 보았다. 둘 사이에 강이 흐른다. 한 남자를 일방적으로 사랑씩이나 하는 처지에 둘이 친하게 지내면 그것도 이상할 것 같기는 하다.

왕비는 요람 옆에 준비한 안락의자에 앉아 아기 왕자를 품에 안았다. 핏줄이란 참 신비한 것 같다. 하루에 세 번씩 잠깐 보는 생모인데도, 생모랍시고 아기 왕자는 왕비의 방문을 좋아했다.

　"아기님이 기분이 좋으신가 봐요."

　아기 왕자는 그런데 나는 핏줄이 아니라서 그런가? 정기적으로 보고 있는 이 왕비가 많이 어렵다. 국왕은 아기 왕자를 사랑한다는데 왕비는 봐도 모르겠다. 자기 배로 낳은 아이를 사랑하지 않을 리가 없다고 여기면서도 머리 한편으로는 혹시 하는 의문이 계속 생겨난다.

　"아기님께 아직 이름이 없는데…… 왕비님은 뭐라고 부르고 싶으세요?"

　아기 왕자의 이름이 뭐였더라. 전쟁이 끝나고 공표될 아기 왕자의 이름이 왕비가 지은 이름일 수도 있지 않을까.

　"이 아이는 왕위를 이어갈 적통 후계자이니 전하께서 이름을 지으셔야 옳다."

　"그래도 왕비님이 어머니신데 생각하신 게 있으실 거잖아요."

　"이루어지지 않을 생각은 안 하는 게 낫지."

　이상하지. 왕비는 여전히 수묵화처럼 아름다운데도 생기 없고 무기력해 보였다. 의대에 가고 싶다고 삼수를 했다가 세 번 모두 실패하고 행정학과에 간 내 친구처럼. 꿈은 멀고 발은 아직 땅에 있는데 꿈을 꿀 기운까지 다 써버린 사람같이 왕비는 텅 빈 얼굴로 자기 자식이 아닌 것처럼 아기 왕자를 내려다보았다.

　"생각은 누구나 할 수 있는 거잖아요. 생각만은."

　왕비는 병이 들었다. 아이를 낳은 여자들이 모두 걸릴 수 있는 그런 병. 그리고 어쩌면 아이를 낳지 않아도 나도 걸려 있는 것 같은 그런 병.

　왕비는 아기 왕자를 사랑하지 않을지도 모른다. 그래도 그녀의 가슴은 착실히 아기 왕자가 먹을 수 있는 젖을 만들어내고 있었고 손은 열심히 젖을 빨아 먹는 아기 왕자의 가슴을 토닥토닥 두드리고 있었다. 어떤 것들은 힘들어 멈춰 있어도 가야 할 곳이 정해진 것처럼 흘러가 버리곤 한다. 지금처럼.

"남자아이를 낳으면 유진이라고 부르고 싶었어."

"유진. 씩씩하게 자랄 것 같은 이름이네요."

왕비는 희미하게라도 웃지 않았다. 나는 어차피 타인이고 그녀에게 의미 없는 사람이라서 내 어떤 말도 그녀에게 위안이 되지는 않는다.

"젖이 줄어들고 있어."

평소보다 조금 이르게 아기 왕자를 떼어내고 왕비가 말했다.

"곧 젖이 마를 것 같으니 분유의 양을 늘리는 게 좋을 것 같구나."

다시 아기 왕자를 요람에 내려놓은 왕비가 발소리도 안 들리는 우아한 걸음으로 방을 나섰다. 문밖에서 대기하고 있던 알렉스 경이 눈으로만 내게 인사를 건네고 하얀 제비 꼬리 같은 왕비의 뒤를 따른다. 그도 불행해 보인다. 미오 경도 불행하고 왕비도 불행하고 나도 불행하다. 뭐야, 이 궁에는 불행한 사람만 사는가? 하지만 자길 사랑하지 않는 어머니가 자길 사랑하지 않는 사람들 틈에 두고 간 아기 왕자는 어머니 품에 안겨 배부르게 젖을 먹고 만족스럽게 목을 울리고 있었다.

미오 경이 방으로 들어오며 방문을 닫았고 엘리가 닫혔던 커튼을 다시 열었다. 나는 아기 왕자를 요람에서 안아 들고 팔 위에 앉혀 흔들기 시작했다.

"아기님, 어머니 보니까 기분이 좋아졌어요? 배도 부르고 기분이 좋아요? 제가 아무리 아기님 예뻐해도 역시 어머니가 좋으신 거죠? 아…… 나도 엄마 보고 싶다."

미오 경이 말했다.

"집으로 외출할 수 있지 않나?"

"글쎄요……. 일단 지금은 갈 수가 없으니까요."

'아스'는 부모님이 있었을까? '아스'의 부모님은 어떤 분일까. 만약에 내가 그분들을 만난다고 해도 내 엄마, 아빠를 만난 것같이 반가울까? 그럴 리가. 얼굴이 같아도 나는 '아스'가 아니고 '아스'의 것은 내 것이 아니다. 엄마가 보고 싶다. 내 엄마가 보고 싶다. 아니다, 이 생각을 해선 안 된다.

나는 아기 왕자를 엘리에게 넘기고 책상 앞에 앉아 아침에 세야가 첨삭해 준 내 가엾은 제안서를 펼쳤다. 왕비 궁 인력은 이따위로 돌려서는 안 된다. 상황의 특수성은 차고 넘치게 알겠는데 그렇다고 언제까지 이렇게 주먹구구식으로 돌려서는 안 된다! 그걸 건의하기 위한 제안서인데 짧게 훑어본 세야는 색 옅은 눈을 동그랗게 휘며 예쁘게 웃으면서 빨간 펜을 꺼내 들고 눈높이 교사처럼 틀린 부분마다 첨삭을 해주었다.

"아스 양은 c와 k. 그리고 oi와 es를 헷갈리시는 것 같아요. 철자법에 대해 집중적으로 수업해야겠군요."

"제가 원래 되게 고급 인력인데요."

"누구나 익숙지 않은 분야는 시간이 걸리는 법이니 괜찮습니다. 다만 조금만 더 주의하시면 금방 발전할 겁니다."

제안서는 총 세 장인데 세야가 첨삭해 준 것은 반 장 분량이었다. 세야는 자신이 첨삭해 준 부분을 참고해서 나머지 장들에서 틀린 부분을 스스로 수정해 보라는 숙제를 내줬다. 내 전문적인 의견을 말해보자면, 그게 가능했으면 처음부터 했다. 나는 쳐다보기도 싫은 제안서를 보며 한숨을 쉬었다. 제안서를 쓸 때는 좋았지. 이게 숙제가 되니 진짜 하기 싫다. 이 나이에 숙제가 웬 말이냐. 하지만 적어도 세야가 지적해 준 철자들만이라도 찾아서 싹 다 고쳐두지 않으면 아침 과외를 성실히 뛰어주는 세야한테 죄짓는 기분이 들 것 같다.

배부른 아기 왕자는 기분이 좋아 보였고 그 앞에서 엘리는 종알종

알 어린 시절 그녀가 할머니나 어머니에게서 들었을 옛날이야기를 들려주고 있었다. 아기 왕자는 가끔 맞장구처럼 들리는 소리를 내었다. 그때마다 엘리는 목소리랑 표정을 과장해 가며 아기 왕자에게 말을 걸었다.

생각해 보면 왕비 궁의 구조도 나쁜 것은 아닌데, 아기 왕자를 돌보기 위해서는 더 집중적이고 안정적이고 많은 인력이 필요하다. 독박 육아를 하는 어머니들에게는 미안하지만 나와 엘리 둘에게만 육아를 전담하는 건 안 될 말이다. 육아는 전문가가 해야 해. 그리고 나나 엘리나 지고 있는 책임감을 분산할 필요가 있다. 업무 스트레스는 줄일수록 좋다. 물론 내 스트레스에서 큰 부분을 차지하는 것은 따로 있다.

오늘도 찾아온 유르겔을 나는 콜센터 솔 음과 함께 미스코리아의 경련 미소로 맞이했다.

"안녕하세요, 유르겔 님. 오늘 입으신 민트 재킷이 참 잘 어울리시네요. 소화하기 쉽지 않은 컬러인데."

"안녕, 아스. 많이 피곤해 보이는데 괜찮아?"

세 번이나 내 이름을 물었던 유르겔이 놀랍게도 이번에는 내 이름을 기억하고 불러주었다. 국왕을 제외한 거의 모든 사람을 공평하게 대하는 유르겔에게 내가 이름을 기억할 만한 가치가 있는 사람급으로 올라가긴 한 모양이다.

그는 오늘도 눈부시게 아름다웠다. 광택이 자르르 흐르는 라떼 민트색 재킷을 입고 있었는데 어지간히 피부에 자신 있는 사람이 아닌 한 입지 못할 과감한 컬러 선택이었다. 거기다 금발도 평소와는 다른 가르마로 타 이마를 드러내고 한쪽 볼과 귀를 거의 가리듯이 머리카락을 다 넘기고 있는 것이 전체적으로 화사한 이미지였던 그에게 상큼함을 더해놓았다. 좋았어. 나 제법 패션 에디터 같았던 것 같다.

"걱정해 주신 덕분에 죽을 것 같지만 죽지는 않더라고요. 아기님은 방금 잠이 드셨습니다."

그러니까 자는 아기 괜히 안아 들지 말고 노래 불러주지도 말아줄래? 내 마음을 아는 건지 유르겔은 늘 하던 대로 아기를 안고 자장가를 불러주는 대신에 요람 옆에 앉아서 새근새근 소리를 내는 아기 왕자의 숨소리를 들으며 부드럽게 미소 지었다. 그는 잠든 아기 왕자의 얼굴 위로 손바닥을 쫙 펴보더니 웃으며 말했다.

"아기는 정말 금방 자라는구나."

어른들이 아기는 고개만 돌려도 자라 있다고 하는 말을 나도 알 것 같다. 아기 왕자는 하루 전과 비교해 봐도 미묘하게 이목구비가 다르게 느껴질 정도로 빠르게 자라고 있었다.

"아기들은 의외로 기억력이 좋아. 그러니 내 자장가를 기억할 수도 있고 아닐 수도 있겠지. 네 존재는 기억할까? 어떻게 생각해, 아스?"

"기억해 주시면 영광이겠습니다만 저는 아기님이 건강하게 자라주시기만 한다면 더 바랄 게 없겠습니다."

"모범 답안이야."

미오 경은 아기 왕자의 호위 기사가 되어서 유르겔을 더 가까이서 보게 되었다. 보지 못하는 것과 볼 수만 있는 것 중에 어느 게 더 고통스러울까. 미오 경은 유르겔을 볼 수 있지만 여기서 멀지 않은 곳에 있을 알렉스 경은 유르겔을 보지 못한다. 누가 더 고통스럽고 누가 더 불행할까.

미오 경은 유르겔이 와 있을 때는 아무리 피곤해도 벽에 몸을 기대지 않는다. 딱 기사의 표본이라 부를 만한 그 자세로 똑바로 서서 그 짙은 눈으로 유르겔을 보고 있다. 나는 왜 이럴 때만 미오 경의 눈동자 색이 궁금해지는지 모르겠다. 평소 24시간 중 23시간을 붙어 있는 동안에는 그의 눈동자 색 같은 게 궁금하지 않은데, 그가 유르겔을 보고 있을 때면 그가 우울하지 않을 때의 눈 색이 알고 싶어진다.

"한동안 못 올 것 같은데, 그사이에 아기님이 날 잊거나 다시 봤을 때 낯설어하면 많이 아쉬울 것 같아."

"못 오세요? 바쁜 일이 있으신가 봐요. 얼마나 못 오시나요?"

계속 안 왔으면 참 좋겠다. 생각과 다르게 흘러나온 내 말에 잠든 아기 왕자의 손을 끌어당겨 그 살구만 한 작은 주먹에 입을 맞추던 유르겔이 눈을 휘며 웃어 보였다.

"아직 소식 못 들었어?"

"무슨 소식이요?"

유르겔이 사랑스럽게 고개를 갸웃거린다. 손끝까지 아름다운 유르겔은 흔들린 머리카락을 정돈하며 말했다.

"전쟁이 끝났어."

어째서 내 인생이 격변을 맞이하는 순간에 세계는 번개가 치거나 지진이 일어나 함께 용트림하며 그 격변을 드러내지 않는 걸까. 책에 한 줄도 서술되지 않았던 '아스'의 신변 변화와 달리 〈탈출기〉에서 아예 챕터가 달라졌던 그 부분의 시작이었다. 전쟁이 끝났고 사람들이 돌아온다. 만약 내 머릿속에 〈탈출기〉의 책장이 펼쳐져 있었다면 그 순간에 책의 모든 페이지가 몸을 떨며 기뻐하는 소리를 들을 수 있었을 거라고, 멍해진 머리로 생각했다.

왕비는 남자아이의 이름은 유진으로 짓고 싶다고 말했다. 아기 왕자의 이름은 유진이 아니었다. 아기 왕자는 왕비가 생각한 적 없는 이름으로 불리게 될 것이다. 보류되었던 단기 목표 1차가 성사될 날이 다가오고 있었다. 그런데 이상하지. 기쁘지가 않다.

⋆⋆⋆

떠지지도 않는 눈을 포기하고 아예 감은 채 공부할 책상 위에 엎드려서 졸고 있으니 세야가 와서 나를 깨웠다. 생각해 보면 그도 본의 아니게 원래 일어나야 하는 시간보다 훨씬 이른 새벽부터 과외를 해주는 셈이다.

"선생님, 이거 하고 얼마 받으세요?"

"……네, 아스 양. 저도 좋은 아침입니다."

"오늘도 무사히 뵈어서 반갑습니다, 선생님. 그리고 질문은 진짜예요."

내가 수업하는 동안에 하도 미오 경이 졸고 있어서 이제는 창문 앞에 그를 위한 의자도 하나 갖다 두었다. 새벽 공기 쐬면서 잠이라도 깨고 있으면 좋겠다. 사실 공부할 때만이라도 아기 왕자랑 놀아주라고 하고 싶은데 그가 말한 대로 그는 호위 기사지 보모는 아니니 사소한 부탁은 모를까 이런 무리한 요구는 안 하는 게 낫다.

"놀랍게도 무보수랍니다."

"왜요?!"

나는 놀랐는데 세야는 이른 봄에 제일 처음 싹을 틔운 새싹 같은 눈동자로 나를 보더니 손을 내밀었다. 어? 하는 사이에 머리를 묶었던 끈이 풀리고 어깨와 등 뒤로 머리카락이 흘러내렸다.

"스사가 제 사촌 누나거든요. 자, 다시 묶으세요."

그러고 보니 어젯밤에 자기 전에 머리를 묶은 채로 잤고 그다음에 다시 묶지 않았다. 엄청 산발이었나 보다. 사람은 꾸미기를 포기하는 순간 늙는다는데. 매일 보는 사람이라 봐야 세야, 미오 경, 알렉스 경, 왕비님, 엘리 이 정도라 점점 신경을 안 쓰게 된다. 그래도 오늘은 세수도 하고 입술 화장까지는 했다.

머리카락을 돌돌 말아 틀어 올리고 세야가 되돌려 준 머리 끈으로 올린 머리를 대충 고정하며 스사가 누구인지 기억을 뒤지기 시작했다. 요새 뇌세포가 폭죽 터지듯이 죽는지 기억력이 영 예전 같지가 않다.

"스사가 누군데요?"

"여기 시녀장이요."

갑자기 잠이 깼다. 저 봄바람의 엘프 같은 남자랑 북풍한설 같은 시녀장 언니가 사촌 남매라고? 오스트랄로피테쿠스랑 현대인이 두 발로 걷고는 있는 걸 닮았다고 말한다면 저 둘도 닮았다고 말할 수 있는 수준으로 전혀 다른데? 모계 쪽으로 사촌인지 부계 쪽으로 사촌인지 모르겠지만 한쪽의 유전자가 혁명을 일으킨 게 분명하다.

"되게 안 닮으셨네요."

"그런 말 많이 들어요."

"두 분이 음, 눈동자 색깔은 닮은 것 같아요."

"노력 감사합니다만 스사의 눈은 연한 하늘색이랍니다."

역시 세상은 인맥이다. 그 언니가 다른 데도 아니고 왕비 궁에서 시녀장을 하는 걸 봐서는 그렇게 끗발이 좋아 보이지는 않는데 용케 세야 정도의 고급 인력을 물어 왔다 싶더라니만, 모든 것은 인맥과 혈연이었다.

"그런데 두 분이 사촌인데 어떻게 신분이 다를 수 있어요?"

시녀장 언니는 나랑 계약서를 다시 쓸 때 이제 언니도 내게 존댓말을 써야 한다고 말했으니까 평민이다. 세야는 처음 만나서 소개할 때 남작이라고 했다. 그럼 귀족인데 귀족과 평민이 사촌이려면 어떤 드라마 같은 스토리가 있어야 하는지 궁금하다.

"스사와 제 어머니가 자매인데 두 분은 준귀족, 제 어머니는 귀족과 결혼을 하셨고 이모님은 평민과 결혼을 하셨죠."

"전 준귀족은 준귀족끼리만 결혼한다고 생각했었어요."

"뭐, 두 분 다 불타는 연애결혼을 하셨죠. 준귀족은 귀족층에서 선호도가 떨어질 뿐, 귀족가와 결혼이 불가능한 것은 아니니까요."

"이모님은 같은 신분인 기사분들께 인기가 많으셨을 것 같아요."

"이모님은 음, 스사의 어머니라……."

무섭다는 얘기구나. 어쨌든 고무적인 이야기다. 내 결혼 상대자가 귀족으로까지 확대되었다. 그렇다고 정말 결혼을 하고 싶은 마음이 있는 건 아니지만, 결혼 시장에서 프러포즈가 쇄도하는 건 살면서 한번 겪어 보고는 싶다. 여자는 모두 인생에 한 번쯤은 연애 퍼텐셜이 터진다는데 내 퍼텐셜은 난세포 시절에 터졌는지 그날이 와보지를 않았거든.

세야가 첨삭해 준 걸 바탕으로 내 딴에는 열심히 숙제를 마저 해서 다시 써서 제출했는데도 틀린 게 있는지 세야의 빨간 펜이 쉬지를 않는다. 나는 고개를 여전히 책상 위에 붙이고서 한 손으로는 요람 안에 있는 아기 왕자의 배를 문지르며 세야가 제안서에 집중하는 모습을 보고 있었다. 시녀장 언니랑 어디가 닮았으려나? 그 언니가 워낙 분위기가 매서운 눈보라 같아서 저 봄바람 맞고 자란 남작님이랑은 도통 어울리는 분위기가 아니다. 나이는 세야 쪽이 대여섯 살은 더 어려 보이는데, 그럼 둘이 함께 들판을 뛰놀며 자랐을 견적은 아니려나?

"아스 양, 여기 이 단어 뭘 쓰려고 한 건가요?"

"전문성."

"a랑 e도 자주 틀리네요, 아스 양은."

"사람이 살다 보면 그럴 수도 있죠."

"그런 생각을 할수록 노력을 덜하게 되죠."

나는 아마 열심히 살았다. 그리고 여기서도 열심히 살고 있다. 내가 소리 지르지 않기 위해, 울지 않기 위해, 주저앉지 않기 위해 얼마나 열심히 노력하고 있는지 아무도 모른다. 뿌리 뽑혀 전혀 다른 세계에서 바라지 않는 모습으로 표류하며 오지 않는 구조선을 기다리는 게 어떤 기분인지. 가끔은 소리라도 지르는 게 내 정신 건강에 좋지 않을까 생각하기는 한다.

"괜찮아요. 선생님도 열심히 살 테고 저도 열심히 살고 있으니까요."

잠시 채점하던 손을 멈춘 세야가 인자한 선생님처럼, 혹은 자상한 오빠처럼 내 머리를 쓰다듬어 주었다. 오빠? 과연 오빠가 나한테 오빠일까요?

"아스 양의 수업은 읽기 위주로 진행했으니 그걸 생각하면 이 정도 작문을 한 건 준수한 겁니다. 숙제도 착실히 해 오셨고…… 수고하셨습니다."

그렇게 말하는 세야는 많이 피곤해 보였다. 창가에서 미오 경도 아직 졸고 있었다. 이렇게 이른 아침이다. 이 시간이면 시녀들도 아직 안 돌아다닌다. 난 그간 그래도 그가 과외비를 적당히 받는 줄 알았지, 이렇게 수직적 혈연 구조로 인한 무보수 재능 기부인 줄은 몰랐다. 그 얘길 들으니 사람이 다시 보이고 좀 측은해진다. 페이 후려치는 것들이 세상에서 제일 싫었다.

"요새 바쁘신가 봐요."

"예, 갑자기 좀 그러네요."

"어제 유르겔 님이 말해주셨어요. 전쟁이 끝났다고."

유르겔의 이름이 나오는 순간 세야는 미간을 찡그렸다. 나는 〈탈출기〉에 나오는 거의 모든 남캐가 유르겔을 사랑하는 줄 알았는데 아닌 사람도 있는가 보다. 세야는 〈탈출기〉에 등장하는 사람이 아니어서 혹시나 하는 마음과 역시겠지 하는 마음이 반반이었는데, 이 정도 반응은 거의 왕비 궁 시녀들이랑 비슷한 급이라 신선했다.

"그 요, 아니, 그분이 요새도 왕비 궁에 오십니까?"

"선생님, 시녀장님과 친하세요?"

"사촌이니 종종 만납니다만 왜 그러시죠?"

방금 댁이 유르겔을 요물이라고 부르려고 했던 것 같아서요.

"아뇨. 요새도 자주 오셔서 아기님이랑 놀아주거나 자장가를 불러주세요. 아기님을 아끼시는 게 참…… 좋은 분이신 것 같아요."

그런가요, 라며 세야가 미소 지었다. 좋은 사람이다. 아마 유르겔을 별로 좋아하는 것 같지 않지만 그를 좋게 본다는 내 앞에서 굳이 그의 욕을 하지 않는다. 사실 나도 세야와 속을 터놓고 유르겔 이야기를 하고 싶지 않은 건 아니지만 그의 등 뒤에서 졸고 있는 미오 경이 신경 쓰였다.

"그런데 아스 양."

"네?"

"아까부터 아기님 배를 계속 만지고 있던데……."

"아, 아기님이 변비가 좀 있으셔서요. 신경 쓰지 마세요. 그보다, 전쟁이 끝난 거랑 다들 바빠지는 거랑 무슨 상관이 있는 건가요?"

"사람들이 돌아오니까요, 아스 양. 그 사람들의 논공행상을 따져야 하고 군대와 수행 부서들의 재배치도 이루어져야 하고요. 무엇보다…… 이게 승전이 아니니까 사기 문제도 있습니다."

그래서 후계자의 탄생을 아직도 공표하지 않은 건가? 그런 생각이 들었다.

"퍼레이드 같은 것도 할까요? 전 한 번도 본 적이 없어서요."

내 판타지 세계의 로망은 비정규직 노동자 1인 시점에서 아작이 났지만 아직 소소한 로망은 버리지 않았다. 화려한 드레스! 사지는 못해도 입어볼 거고 퍼레이드랑 야시장 같은 데 꼭 가볼 거다. 특히 야시장 가서 꼬치구이는 반드시 먹어볼 거다. 왜냐면 다들 한 번씩 먹어보니까. 그러기 위해서라도 이 제안서는 통과되어야 한다.

자제하려고 했는데도 기대하는 모양새가 역력했는지 세야가 빙긋 웃었다. 어쩐지 내 가슴 쪽에서 처음 듣는 소리가 난 것 같은 미소였다. 처음 만난 날에 그가 선생님이라고 부르라고 했을 때랑 비슷한데 더 빠르게 가슴이 뛰었다.

"승전이 아닌 휴전이라는 것을 가리기 위해 사기 진작으로라도 모든 것이 화려할 거예요, 아스 양. 모든 것이. 국왕 전하께서도 손수 나가 군대를 마중하실 거고요."

그리고 그 자리에 왕비 대신에 유르겔이 있겠지. 유르겔이 한동안 못 올 거라는 말은 이런 의미였나 보다. 왕비가 나가야 할 공식 의전들에 모두 유르겔이 있을 테니 바쁘긴 하겠지. 갑자기 궁금해지는데 왕비는 내정을 다스리는 것마저 유르겔에게 넘겨줬을까?

"퍼레이드 때 일정이 맞는다면 제가 안내를 해드릴까요, 아스 양?"

"네, 선생님! 꼭 보고 싶어요."

제가 나갈 수 있을지 모르겠지만 말입니다. 유모님들이 나이가 지긋한 부인인 건 이런 이유도 있지 않을까? 아직 젊어 혈기와 호기심이 넘치는 나이라면 이런 구경거리가 생길 때 박차고 나가고 싶어서 안달일 테니까. 지금 나처럼. 이런 낙이라도 없으면 이 생활 못 합니다.

"그럼 그날 전까지 이 제안서를 완성하는 걸 목표로 할까요? 아스 양은 글자를 쓰는 방법은 알고 있으니 아름답게 쓰는 것을 연습하는 게 좋을 것 같습니다."

"글자가 엉망이면 시녀장님이 제 제안서를 안 읽으시겠죠?"

"아마…… 그렇겠죠?"

기억을 더듬어봐야 한다. 전쟁이 끝나고 무슨 일이 있었던가. 수많은 사람이 돌아와 다시 유르겔과 얽히고 아기 왕자는 왕자로 책봉되어 왕의 후계자가 되었다. 그리고?

"아스 양, 제가 아기님을 한번 안아봐도 될까요?"

가끔 아기 좋아하는 남자들이 있다던데 세야가 그런 사람인가 보다. 처음 만난 날부터 아기 왕자를 따스하게 바라보던 걸 아직 잊지 않았다. 나는 아기 왕자의 배를 마사지하던 손을 멈추고 달랑 들어 안아 세야의 품에 아기 왕자를 안겨주었다.

"조심히. 아직 목을 잘 못 가누시니까 한 손으로 목을 받쳐주세요."

기사 작위가 있다는 말을 했었는데 그냥 물려받은 건 아니었던지 아기 왕자를 넘겨주느라 닿았던 그의 어깨와 팔이 꽤 단단했다. 이미지가 한들한들해서 아기 왕자를 제대로 못 들고 떨어뜨릴까 봐 아래를 받쳐줄 준비를 하고 있었는데 그는 생각보다 능숙하게 아기 왕자를 안고 얼렀다.

"안녕, 아기님? 세야라고 합니다. 아기님은 낯도 안 가리시고 착하고 의젓하시군요."

세야는 꽤 진심으로 아기 왕자를 귀엽게 보는 것 같았다. 나는 한 번도 아기들을 귀엽다고 생각해 본 적이 없어서 그런 그가 오히려 더 신기했다. 온종일 안아 달래고 있는데도 나는 아기 왕자에게 정이 붙지를 않는데 하루 한 시간 정도 눈으로만 아기 왕자를 본 세야가 어떻게 아기 왕자를 좋아할 수가 있을까.

"사람들은 언제쯤 돌아오게 될까요?"

"보름 정도 걸릴 거예요. 샴페인을 땄을 때 폭죽을 터뜨려야 하니……. 모든 것이 빠르게 진행될 예정입니다."

신경 쓰이는 게 하나 더 있다. 나는 세야가 써준 글씨를 따라 쓰고 있는 내 손을 내려다보았다. 처음에는 나도 몰랐다. '아스'는 문맹이었으니까. 뒤늦게야 그게 이상해졌다. 문맹인 '아스'가 왜 만년필을 가지고 있는 거지? 그것도 이렇게 길이 잘 든 만년필을. 나는 이 세계의 물건을 보는 안목은 없었지만 이게 그저 그런 보급형 물품이 아니라는 것은 보는 순간부터 알았다. 누군가 공들여 만든 고급품이다. 그리고 하나 더. 만년필에는 아름다운 글씨로 이니셜이 새겨져 있었다. 처음엔 무늬라고 생각했지만 글자를 배우고 나니 장식체로 아름답게 새겨진 이니셜이라는 것을 알아보겠다.

C.K.

'아스'의 이름은 아스 토케인. 어느 쪽으로라도 아스의 이니셜은 아니다. C.K가 뭐의 이니셜일까. 속옷 회사? 아니겠지. 누군가에게 선물을 받았거나 선물을 하려고 했는데 줄 수가 없었거나. 어느 쪽이든, 그래서 이 만년필의 주인은 누구였을까?

나에게 꿈이 생겼다. 시녀장 언니에게 제안서를 제출했을 때 까이지 않는 꿈. 내 제안서를 다 읽은 시녀장 언니가 큼직하게 '기각'이라고 쓰지 않는 꿈. 그래도 처음 시녀장 언니에게 제안서를 냈을 때는 '기각'이라는 단어를 제대로 못 읽었었는데, 이제는 읽는다. 인간은 발전하는 존재다. 그러니 내 제안서도 날마다 발전하고는 있을 거다. 아마.

"오늘도 안 된 거야?"

"응, 오늘도."

터덜터덜 걸어 들어온 나를 엘리와 아기 왕자가 반겨주었다. 아기 왕자는 아부아부 하며 손을 흔들면서 엘리의 품을 벗어나 내게 안기고 싶다는 의사를 표해왔다. 엘리가 넘겨주려 했지만 고개를 저어 거절했다. 요즈음 아기 왕자는 주변에 있는 사람들을 구분하는 것처럼 보인다. 소름이 끼친다.

"나도 있고 너도 어느 정도 육아에 적응한 것 같은데, 이대로면 되지 않아?"

"응, 안 돼. 너만 해도 매일매일 이쪽으로 배치받는 거지 전담은 아니잖아."

"그럼 차라리 나만 전속으로 달라고 하지 그래?"

"그러다 너나 나 하나가 아프거나 급한 일 생기잖아? 우린 망하는 거야."

우리 어머니는 내가 하도 어머니만 찾아서 화장실 갈 때도 날 업고 가셨다지. 발 어딘가에 커다란 자석이 달린 끈이 묶여 있는 것 같다. 끈을 찾아서 잘라내야 하는데 발목을 아무리 더듬어도 끈은 없고 무게만 걸리는 그런 기분이다. 발밑은 늪이다. 이대로 끌려 들어갈 수는 없다.

"아, 맞다. 오늘 요물이 온대."

나는 슬쩍 미오 경의 눈치를 보았다. 미오 경이 유르겔을 사랑하는 건 그 혼자만의 비밀이긴 한데 그래도 그의 입장에서는 엘리를 비롯한 시녀들이 유르겔을 요물이나 여우라고 부르는 게 영 거북하지 않을까? 눈만 슬슬 굴려 그를 보는데, 시선이 딱 마주치고야 말았다. 나는 바로 엘리를 보는 척 몸을 돌렸다. 잘했어! 자연스러웠어.

"유르겔 님? 한동안 안 오시긴 했었네."

"그러게 말이야. 좋았는데."

"지금 의장들 준비한다고 바쁘지 않아?"

괜히 몸을 돌려 엘리와 소곤소곤 떠들었다. 왕비 궁은 왕궁 안에서 거의 외딴섬인데, 그중에서도 아기 왕자 담당은 유배 문학의 꽃을 이룬 정약용 형제들이 유배와도 될 만큼 한적하고 한가하며 한산한 동네라 소식이 느리다. 그래도 종전 기념 행사가 며칠간이나 이어질 정도로 대규모로 치러질 거고, 그 때문에 유르겔이 의상과 장신구들을 맞추느라고 엄청나게 바쁘다는 건 알고 있었다.

"그러니까 말이야. 자기가 낳았대? 왜 자꾸 오는 거야?"

으응, 그러게. 나는 괜히 미오 경의 눈치를 더 봤다. 그는 벽에 등을 대고 기댄 채 요람 안에 누워 팔다리를 휘젓는 아기 왕자를 말없이 보고 있었다. 우리 대화에 귀를 기울이는 기색은 아니었지만 왕비 궁은 지나치게 조용한 감이 있어서 우리의 대화가 다 들릴 것 같았다.

"요물이 오면 이번엔 손 잊지 말고. 괜히 일 생길라."

"손이 왜? 한쪽 무릎 꿇고 손끝에 입이라도 맞춰 드려야 해?"

난 진심으로 물어본 건데 엘리가 빵 터졌다. 아니, 진짜로 빈정댄게 아니라 궁금해서 물어본 건데.

"네가 준귀족 신분에 빨리 적응해서 다행인데, 그래도 요물 앞에서는 왼손을 오른손 위에 놔야지. 그쪽이 상위 계급이잖아. 저번에 네가 오른손을 왼손 위에 둔 거 보고 기절할 뻔했잖아. 다행히 요물은 못 본 것 같지만. 아니꼬워도 어쩌겠어. 하위 계급은 상위 계급 앞에서 오른손을 가려야지, 뭐."

그런 예법이 있었구나. 여기가 손님 없는 왕비 궁이 아니라 다른 곳이었으면 큰일이 날 뻔했다. 원래 연기와 설계의 퀄리티는 디테일한 것이 좌우하는 법이다. 나는 속으로 왼손을 외우며 오른손을 눌렀다. 하지만 습관으로는 오른손을 위에 올리게 돼서, 왼손을 위에 두니까 불편하고 어색했다.

"요새 아기님 깨어 있는 시간이 좀 늘어난 것 같지 않아?"

"응. 그리고 전보다 재우는 게 더 까다로워졌어."

나는 아기 왕자를 요람에서 안아 들었다. 자다 깬 지 얼마 안 되었는지 힘이 넘쳐 팔다리를 뻗대며 내 머리카락을 잡으려고 손을 흔드는 아기 왕자를 피해 무게를 가늠해 봤다. 하루가 다르게 무거워지고 있어서 조만간 손목이 나가거나 어깨가 나갈 것 같다. 아기들 무게가 13킬로를 넘어가면 엄마들이 혼자 목욕을 못 시킨댔는데 그게 몇 개월쯤일까.

"미오 경, 아기님 좀 안아볼래요?"

"난 보모가 아니다."

"조만간 제가 아기님을 못 안아 들 것 같은데 그럼 위급 시에 미오 경이 안고 뛰어야 하잖아요."

"아기님이 잠드셨을 때 효과 있는 팔 근력 운동을 알려주지."

운동이라니, 이건 받아치는 수준이 아닌데. 미오 경이 빠르게 진화하고 있어서 예전의 미오 경이 아니다. 분유를 타 온 엘리가 뺨에 젖병을 대 온도를 확인하면서 내게 소리 죽여 물었다.

"둘이 사귀지?"

이번에야말로 기겁해서 엘리의 옆구리를 팔꿈치로 찌르며 목소리를 낮췄다.

"누구 혼삿길 막을 일 있어?!"

"둘이 매일 밥도 같이 먹고 되게 다정한데 왜?"

"미오 경이랑 내가 식사 같이하는 걸 어떻게 알았어?"

"지금 찍어봤는데 정답이었네."

"소문내지 말아줘."

"알았어. 필요할 때 말해. 미오 경의 혼삿길을 막아줄게."

대단히 유혹적인 제안이라는 건 부인할 수 없지만, 미오 경은 이미 유르겔에게 반했다. 그런 상태의 미오 경과 결혼해 봐야 내 인생은 시궁창 플러스 생과부 예약이다.

나는 여전히 아까 그 자세 그대로인 미오 경을 돌아보았다. 이번 이야기는 정말로 그의 귀에 들리지 않았기를 바란다. 그는 처음 왕비 궁에 올 때보다는 덜하지만 아직도 가끔 우울한 눈빛을 한다. 아마 그때 그는 유르겔을 생각하는 것 같다. 유르겔이 나타나면, 어둡거나 우울했던 눈빛이 순간 금빛의 테두리를 두른 것처럼 환하게 빛을 낸 후 다시 어두워지는 것을 나는 본다. 그건 어떤 기분일까. 명절이 되어 사람들이 떠난 동네에서 혼자 놀이터에 서서 연기처럼 번져가는 붉은 석양을 바라보고 있을 때의 기분과 비슷할까. 멈추고 싶은 시간이 섬광처럼 흘러가는 걸 보고만 있는 그런 기분.

한층 더 어둡고 한층 더 매서운 눈빛으로 고개를 돌리는 그의 앞에서, 나는 왕비와 유르겔의 앞에 무릎을 숙여 인사했다.

"인사드립니다, 왕비님. 그리고 유르겔 님."

생각해 보면 용케 이런 날이 단 한 번도 없었다. 아기 왕자의 방과 왕비의 침실이 같은 층에 있음에도 종종 찾아오는 유르겔과 왕비는 한 번도 같은 자리에 있던 적이 없었다. 유르겔이 알아서 왕비와 겹칠 법한 시간대를 피하기도 했고 왕비 역시 유르겔이 방문해 있는 동안은 침실 밖으로 나오지를 않았었다.

유르겔이 물었다.

"기다릴까요, 왕비님?"

"아니. 들어가죠."

재앙이다. 아기를 사이에 두고 퍼스트와 세컨드가 한 공간에 있는 광경을 보게 되었다. 왕비는 요람 옆에 앉아 아기 왕자를 무릎 위에 눕혔고, 유르겔은 그 앞에 서서 은은한 미소를 얼굴에 매달고 있었다. 왕비가 수유하는 동안 방 밖에 있어야 하는 기사들도 모두 방 안으로 들어와 있었다. 미오 경과 알렉스 경 각기 한 명씩이라 유르겔의 호위 기사는 모두가 들어오지는 못하고 한 명만 들어와 문가에 나란히 서 있었다. 옆으로 물러서 있는 우리 옆으로 내가 방금도 만났던 시녀장 언니가 곧게 섰다.

이거 많이 봤다. 후궁 직첩을 받은 후궁이 인사하러 왔을 때 중전이나 대비가 안으로 들이라는 말을 안 해줘서 방문 앞에 하염없이 기다리고 서 있는 후궁 구도.

내 쪽에서는 은은하게 미소 짓는 유르겔의 얼굴과 문가에 시립한 기사 셋의 얼굴이 모두 보였다. 그건 이상하고, 기묘해 보였다. 각기 다른 눈 색을 가진 기사들이 닮은 눈빛을 한 채로 햇빛처럼 찬란한 유르겔만을 보고 있었다. 그 상태가 얼마나 지속되었는지 모르겠다. 내 다리도 아파올 즈음에 미오 경과 내 눈이 마주쳤다. 그는 잠시 나를 보다가 다른 곳으로 시선을 돌렸다.

"참 아름다운 얼굴이군요."

의자에 앉은 후로 내내 유르겔의 미소 띤 얼굴만 보던 왕비가 한참 만에 말했다.

"감사합니다."

"내 손으로 직접 만져보고 싶은 아름다운 얼굴이에요."

"그러시겠습니까?"

"아뇨."

그들은 내가 모르는 종류의 기 싸움을 하는 것같이 보이기도 했고 대화하는 방법을 모르는 어색한 친구들처럼 보이기도 했다.

힘겨울 만큼 시간이 지난 후에 왕비는 아기 왕자를 요람에 돌려놓고 방을 나섰다. 계속 움직이지 못하고 서 있어서 발목이랑 허리까지 아파오고 있을 때였다. 유르겔은 여전히 웃는 얼굴로 왕비를 배웅했지만 왕비는 대답이 없었다.

"아스, 아기님을 안겨줄래?"

이렇게 가까운 거리에서 유르겔이 아기 왕자를 안고 있는 것을 처음 본 미오 경과 유르겔의 호위 기사는 꽤 감격한 얼굴을 했다. 아기 예수를 안고 있는 성모자상 정도로 보이려나. 미오 경의 얼굴이 부드러워지고 희미하게 미소 비슷한 것을 만들어내고 있었다.

"안녕, 아기님. 우리 오랜만에 보죠? 오지 못해서 미안해요. 너무 바빴어요. 그래도 곧 아기님께 선물을 드릴 거예요. 아주 예쁜 선물이요."

나는 직감적으로 그게 아기 왕자의 이름이라는 것을 알았다. 유르겔은 아기 왕자의 볼에 자기 볼을 비볐고, 왕자는 즐겁게 꺄르륵 소리를 내며 웃었다.

"난 널 꽤 귀여워하고 또 감사해하고 있어, 아스. 지금 내 기분도 많이 좋고. 그러니까 선물로 네 소원을 하나 들어줄게. 바라는 걸 말해봐."

그는 마치 목에 리본을 단 고양이를 쓰다듬는 것처럼, 아니면 자기 앞에서 꼬리가 떨어져 나가라 흔들고 있는 강아지를 귀여워하는 것처럼 내게 소원을 물었다. 솔직히 말해 나는 유르겔에게 별 감정이 없었다. 그가 빙썅이라고 생각하는 것과 별개로 나는 그가 좋지도 싫지도 않았고 그저 그와 국왕의 트루러브에 새우 등 터진 왕비를 불쌍하게 생각했을 뿐이다. 그래서 좀 망하길 바라긴 했었지. 그러나 이 순간 내 소원을 묻는 그에게서 오만함을 느꼈다.

"제 소원이요? 라면 불을 끄고 싶어요."

집에 가고 싶어.

엄마 냄새 맡고 싶어.

내 일상에서 잠들고 싶어.

"라면이 뭔데?"

"농담이에요. 왕비 궁 예산이 늘었으면 좋겠네요. 지금. 당장. 바로."

나는 웃었다. 국왕은 개새끼고 유르겔은 빙쌍이다. 행복한 연인들은 영원히 행복할 것이고 왕비는 불우하다. 그래서 생각을 하게 되는 것이다. 바꿀 수 있는 것과 바꿀 수 없는 것들, 그리고 그 사이에서 얻어낼 수 있는 사소한 행복이라는 것들에 대해.

"아스."

"네, 유르겔 님."

돌아가기 전에 유르겔이 나를 불렀다.

"다음에 볼 때는 네가 예뻤으면 좋겠어."

너 지금 뭐랬어? 헛소리한 대가인지 내가 표정 관리를 하기도 전에 유르겔은 발을 헛디뎠다. 앗 하는 사이에 몸은 빠르게 무너졌다. 다행인지 그 몸을 옆에 있던 두 기사가 넘어지지 않게 받쳐주었다. 차라리 그냥 넘어지지. 넘어지다가 어디 긁혀서 저 예쁜 얼굴 어디에 흠집이라도 나면 볼만했을 텐데.

한달음에 달려온 유르겔의 호위 기사들이 어디 장마철에 떠내려가던 고양이를 건져낸 것처럼 우르르 달려들어 부축하고, 옷깃을 정리해 주고, 머리카락 쓸어 넘겨주고, 난리가 났다. 넷 다 깡그리 계단에서 손잡고 굴렀으면 좋겠다.

복도를 지나가는 소란을 들으면서도 난 짜증이 가시질 않았다. 그러다 나는 봤다. 미오 경이 유르겔에게 닿았던 손을 내려다보고 있었다. 그가 웃는 걸 처음 본 것 같았다. 닿은 건 한순간. 온기도 남아 있지 않을 손안에 기나긴 겨울이 지나고 핀 꽃이라도 들려 있는 것처럼 그가 웃고 있었다. 나는 그를 보았고, 나를 보지 않던 그도 곧 나를 발견했다. 나는 알고 있었다. 그도 이제 그걸 알았다.

❦

 밤바람은 시원하고 온화했다. 좋은 계절이다. 나는 이런 계절에 한낮의 동네를 걸어보고 싶었다. 십 년을 살아온 동네라도 버스나 택시를 타고 지나다닐 뿐, 골목 안쪽을 보면 내가 모르는 공간이 있었다. 사이사이에 있을 가게와 생활공간 등을 상상할 때마다 이런 계절에 내가 사는 동네를 혼자서 걸어보고 싶었다.
 반쯤 열어둔 창으로 커튼이 펄럭이며 어깨와 뺨을 쓰다듬고 있었다. 거슬리진 않았는데 미오 경이 테라스로 나오며 얇은 커튼을 걷어버렸다. 얇은 양말까지 모두 벗은 맨발을 테라스 난간 밖으로 더 내밀었다. 발가락 사이와 보드라운 발바닥을 간질이는 바람이 기분 좋았고 모처럼 풀어 내린 머리카락이 흩날리는 것도 유쾌했다. 이곳에 온 뒤로 이만큼이나 가벼운 기분은 처음이다. 이대로 차가운 맥주만 손에 들고 있으면 좋겠다.
 "제가 생각해 봤는데요. 역시 미오 경이 아기님을 더 많이 안아볼 필요가 있어요."
 "계속 말하지만 나는 보모가 아니다."
 "하지만 축제라니까요? 저랑 엘리가 없을 건데요?"
 나는 해냈다. 무려 일주일간의 대장정이었지만 해냈다. 시녀장 언니는 몹시 떨떠름한 얼굴이었지만 엘리와 나에게도 휴가는 필요하고, 만약을 대비한 추가 인력 양성이 필요하다는 것에도 동의했다. 무엇보다 놀라운 것은, 기대도 하지 않았던 축제 기간의 외출 허가가 나왔다! 추가 예산을 축제 기간에 일하는 시녀들의 추가 수당으로 활용해서 1차로 그날 근무할 지원자들을 받고, 그걸로 인력이 충분하지 않을 때는 교대 근무제로 단기 운영을 할 거라고. 휴가냐 돈이냐의 선택인 것 같지만 어쨌든 쉴 수 있다. 축제! 퍼레이드! 야시장! 로망!

"여기 앉으세요. 아기님은 적어도 두 시간은 안 깨실 거예요."

건물 뒤로 나 있는 테라스라서 발아래로 정원이 펼쳐져 있었다. 혹여라도 아래층에서 창문을 열고 고개를 내미는 게 아니라면 누가 발이랑 드레스 속을 볼 일도 없었기에 나는 마음껏 내뻗은 발을 움직였다. 맥주 아니라면 탄산이라도 좋으니까 몸에 나쁜 게 먹고 싶다. 시원한 걸로.

"호위 기사가 모시는 분과 필요 이상으로 가까워질 필요는 없어."

"감정이 섞이니까요?"

영화 보디가드에 저런 대사 있었는데. 미오 경도 내 곁에 편안히 앉아 눈을 감았다. 우리는 근무시간 중에 퇴근은 없지만 휴식은 있다. 바람은 시원하고 달은 머리 위에 있고 나는 이 시간이 좋다.

"하지만 불가피한 상황 때문에 아기님을 안았는데 아기님이 낯설어서 빼액 울면 그것도 난처하잖아요? 만약 조용히 숨어 있어야 하는 상황에서 그러면 큰일이잖아요."

"꼭 그렇게 억지스러운 상황을 상상해서 대비할 필요는 없을 텐데?"

"제가 조심성이 참 많은 성격이라. 오래 살아야 하잖아요."

"정말 오래 살고 싶다면 말을 조심하는 게 제일이지."

바람의 방향이 바뀌었다. 미오 경은 손을 들어서 그의 얼굴 쪽으로 흩날리고 있는 내 머리카락을 거둬내며 농담기도 없는 얼굴로 날 보았다.

"어디가 그렇게 좋아요?"

손을 머리 뒤로 넘겨서 미오 경 쪽으로 날리고 있는 머리카락을 모아 어깨 앞으로 넘겼다. '아스'와 내 얼굴은 거의 같았지만 머리카락 길이만큼은 '아스'가 우월했다. 너무 길어서 관리도 제대로 안 되고 푸석거리는 머리라 차라리 자를까 싶은 생각도 아침마다 들지만, 나는 '아스'의 것은 아무것도 건드리고 싶지 않았다.

"가슴속에 분수가 하나 있는 것 같다. 볼 때마다 생각할 때마다 그 분수에서……."

그는 유르겔에게 닿았던 손바닥을 보며 말했다. 손안에 영원히 지지 않는 꽃이라도 피어 있나 보다. 괜히 물어봤다.

"잘될 가능성도 없는데, 아프진 않아요?"

그는 나를 마주 보며 조용히 웃었다. 달은 우리 등 뒤에 있었고 나는 바람에 나부끼는 머리카락을 다시 놓쳐 버렸다. 머리카락은 온갖 방향으로 흩어지며 내 귓가와 뺨, 그리고 미오 경의 눈썹과 얼굴을 스쳐 돌아다녔다. 테라스로 나온 후로 바람은 계속 멈추질 않았다. 미오 경이 손을 내밀어 내 이마를 쓸어 머리카락을 뒤로 넘겨주고 한동안 머리카락이 눈을 가리지 않도록 잡아주었다. 달은 등 뒤에 있어서 나는 그의 눈을 들여다볼 수 있었다.

"달이 밝나 봐요. 미오 경 눈동자 색깔이 보여요."

# 외전 1
# 미오 조디악

아직 이름도 받지 못한 아기 왕자의 호위 기사가 될 때 미오 조디악은 많은 생각을 하지 않았다. 근위 기사라고는 하지만 국왕의 지근에서 모실 만한 지위는 아니었다. 높지도 낮지도 않은 어중간한 신분이었기 때문에 차라리 왕국의 후계자가 될 아기 왕자의 호위 기사가 된다면 국왕의 연인인 유르겔, 그 아름다운 사람을 전보다 더 자주 볼 수 있지 않을까 하는 생각을 했을 뿐이었다. 바라는 것도 그저 그것이었다. 그러니 그가 평생을 바치게 될 아기 왕자에게도 관심이 없었고 그 아기 왕자를 돌보는 시녀에게는 더더욱 관심이 없었다.

그때 미오 조디악은 아스 토케인이 소리를 지를 거라 생각했다. 갑작스러운 일이었다. 그도 상대가 복종하도록 훈련받은 국왕 에반스가 아니었다면 불경하게도 칼에 손을 댔을지도 모른다.

국왕 에반스가 친히 왕비 궁에 와서 유일한 후계자의 방에서 그 후계자에게 젖을 먹이고 품에 안아 보호하며 키우던 유모를 칼로 찔렀다. 어디를 어떻게 찌른 것인지, 일부러 그런 것이 아닐까 의심될 정도로 주변으로 튄 피가 흥건했다. 보다 더 충격적이고 보다 더 잔인하게 보이도록 한 것은 확실했다. 아마 유모는 오래 살아남지 못했을 것이다. 에반스는 그 방에 불필요하게 많은 피를 쏟아냈다. 그래서 그는 그녀가 비명을 지를 거라 생각했다. 하지만 피를 모두 뒤집어쓴 그녀는 눈에 보일 정도로 부들부들 떨면서도 끝내 비명을 삼켰다. 반쯤 혼이 나간 얼굴이 분명했는데도. 비명을 지르면 에반스가 그녀마저 베어버릴 거라 생각한 걸까. 어쨌든 그때는 조금쯤 대단하다고 생각했던 것 같다.

"안녕하세요, 미오 조디악 경. 아시겠지만 제가 이제 아기님의 유모가 되었답니다. 이름은 아스 토케인이고 아스라고 부르시면 돼요."

기사에게, 그것도 근위 기사에게 그렇게 다가오는 여자는 없었다. 마치 전날에 아무 일도 없던 사람처럼 말을 걸어오는 모습도 좀 대단하게 생각했었다. 그러나 그녀가 내민 손을 그는 잡지 않았다. 호위 기사와 유모. 친해져서 나쁠 것은 없는 관계이지만 알 수 없는 일이라 생각했기 때문이다. 그녀는 아직 젊고 가진 것도 없어 보였다. 이 왕비 궁에서 그녀가 얼마나 살아남을 수 있을까?

그녀는 아무 일도 없는 사람처럼 개의치 않고 그에게 미오 경이라고 불러도 되냐고 물었다. 그때는 조금 감탄스럽기도 했다. 어찌 보면 평범하고 어떻게 보면 담대하고. 어쨌든 이상한 여자였다. 가끔 그녀는 무언가 할 말이 있는 것처럼 그 까만 눈으로 그를 응시하고 있을 때가 있었다. 속에 담은 말이 많아 무엇부터 꺼내야 할지 모르는 사람처럼.

"무슨 일인가?"

"쿠션 더 드릴까요?"

그녀가 그런 식으로 그를 응시하면 덜 말린 옷을 입고 있는 것처럼 어딘지 불편해지곤 했다. 빨리 그 시선을 떼어내고 싶어 먼저 말을 걸면 돌아오는 답이자 질문은 늘 저런 것이었다. 고작 그런 걸 묻고 싶어서 그렇게 사연 있어 보이는 눈으로 쳐다보다니. 어느 것 하나 평범한 구석이 별로 보이지 않는 여자였다.

"……아니. 이만하면 충분하다."

"그럼 담요? 아, 없다. 숄은 있는데 이거 드려요?"

"괜찮다. 신경 쓰지 마라."

냉정하게 들릴 수도 있는 말이었다. 그렇게 들리기를 바라면서 한 말이기도 했다. 하지만 아스 토케인이라는 여자는 그런 걸로 침울해지는 여자가 아니었다.

"신경이 쓰여요."

그렇게 말하며 아스 토케인은 기어이 숄을 꺼내 와서 미오 조디악의 어깨 위에 둘러주었다. 넉넉한 집안의 여자들이 쓰는 것처럼 레이스로 만들어져 한들한들한 숄이 아니라 정말로 추위를 막기 위해서 두툼한 천으로 만들어진 숄이라 어색하지는 않았다. 미오 조디악이 어색한 것은 이런 종류의 배려와 호의였다.

"전 누워 있는데 옆에서 불편하게 앉아 있으면 저만 일 안 하는 것 같잖아요."

미오 조디악은 저 말이 나름으로 그를 배려해서 한 말인지 아닌지 이제 고민하지 않는다. 첫 일주일간은 그녀의 화법에 익숙하지 않았지만 이제는 저런 말들이 그녀의 진심이라는 것을 안다. 사교계 여자들의 '저는 괜찮지만 당신이 불편할까 봐' 화법에 익숙했던 미오 조디악은 아스 토케인의 저런 말들을 처음 겪었을 때도 충격이었지만 그 모든 것이 진심이라는 것을 알았을 때는 더욱 충격적이었다.

"정말 제 옆에 누워서 주무셔도 되는데요. 저 얌전하게 자요. 안 덮칠게요."

안 덮치겠다고 말하는 얼굴이 제법 진지했다. 그 말은 이쪽에서 해야 하는 말 아닌가. 벌써 삼 일째 밤이었지만 미오 조디악은 자신이 왜 여기에 있는지 모르겠고, 여기 있는 것도 한심한 기분이고 해서 손으로 얼굴을 쓸어내렸다.

"아스 토케인."

"미오 경 목소리로 성까지 부르시면 되게 혼나는 기분이 드는 거 아세요?"

"아스. 이 상황이 내게 익숙지 않다는 것을 다시 말하겠다."

기사 가문에서 태어나 기사가 되기 위해 자라났다. 결국 기사가 된 미오 조디악은 많은 여자를 겪어보지 못했지만, 그 모든 여자 중에서도 아스 토케인이라는 여자가 단연 이상한 여자라는 것은 알 수 있었다. 평범한 여자라면 아무리 쾌적한 수면을 위해서라도 자신의 방에 낯선 사람을 끌어들일 생각을 안 할 텐데.

아스 토케인은 미오 조디악을 방에 들이고도 일말의 경계심을 보이지 않았다. 아기 왕자의 유모와 호위 기사라는 사회적 관계를 떠나서 젊은 여자와 젊은 남자의 관계였다. 어떤 불미스러운 일과 말이 생겨날 줄 알고. 하지만 아스 토케인의 초췌하고 퀭하고 잠을 제대로 자지 못해서 퉁퉁 부은 얼굴은 정말 잠이 절실해 보였다.

솔직히 말해 미오 조디악 역시나 그랬다. 아기는 정말 끊임없이 울어댔고 사람들에게 방심과 나태를 허용하지 않았다. 게다가 예정에 없던 유모라서 그런가 아스 토케인은 아기를 잘 돌보지 못했다.

아기가 언제 우는지 왜 우는지 도통 알지 못하는 그녀는 밤마다 여러 번 깨어나 우는 아기를 안고 어쩔 줄 몰라 했다. 아기의 기저귀를 확인하고 젖병을 물려봐도 울음을 그치지 않을 때는 그녀가 울 것처럼 보였다.

미오도 아기가 이렇게 자주 우는 존재인지는 처음 알았다. 그가 처

128 시녀로 살아남기 1

음 아기 왕자의 호위로 자원했을 때 동정 어린 표정을 짓던 근위 기사단 동료들의 반응을 이곳에 와 하루 만에 이해할 수 있었다. 아기는 정말 자주 울었고 이유 없이 울었다.

"우리 아기님, 어머님이 보고 싶으신가 보다. 그런데 어머님이 아기님을 낳으시느라고 너무 애를 쓰셔서 많이 아프세요. 아침까지만 울지 말고 기다려 봐요, 아기님. 응? 네?"

……그리고 그녀는 이상한 소리를 자주 했다. 마치 아기가 왕비를 사랑하는 것처럼, 혹은 왕비가 아기를 사랑하는 것처럼.

왕비는 자신이 낳은 아기를 사랑하지 않았다. 그녀가 말하는 대로 아파서, 우울해서, 너무 힘들어서 온갖 다양한 이유가 있을 수 있겠고 그것들이 사실일 수도 있지만 어쨌든 왕비는 아기를 사랑하지 않는다. 그 어떤 이유보다 확실한 것은 그것이었다. 잘 모르는 미오도 그것은 알았다.

자신이 하는 그런 말들을 그녀는 믿고 있을까? 하지만 아기에게 속삭이고 있는 우울한 얼굴을 보면 그녀 역시도 그 말을 그렇게 믿고 있는 것 같지는 않았다.

아기를 낳은 왕비는 많이 우울해 보였다. 가끔 한밤에 깨어나 우는 아기를 달래는 아스의 얼굴도 그만큼 불행해 보일 때가 있었다. 행복한 얼굴을 상상해 보려고 해도 그녀가 아이를 안고 행복해하는 얼굴을 본 일이 없어서 상상도 되지 않았다.

"미오 경. 오늘 밤의 마지막 기회예요. 진짜 옆에서 안 주무실래요?"

"아스 토케인."

"네네, 알겠습니다."

아스 토케인은 이미 잠옷 차림이었다. 미오 조디악은 결혼 전에 잠옷 차림에 머리까지 풀어 내린 여자를 볼 수 있을 거라 상상도 해본 일이 없었다. 하지만 그런 차림으로도 그녀는 태연했고 아무렇지도 않아 보였다. 믿을 수가 없었다. 처음에는 아스 토케인이 그를 유혹하려는 줄 알았다. 기사와 시녀는 전통적으로 서로 선호하는 혼처였다. 하지만 그러기에 아스 토케인은 지나치게 스스럼이 없었고 미오 조디악을 연애 대상자에 넣지 않는 태도였다.

"미오 경은 이상형이 어떻게 되세요?"

"없다. 하지만 이런 대화를 왜 해야 하는 건지 모르겠군."

"가족 같고 친근한 근무 환경을 위해서요."

"쓸데없는 소리."

"하긴, 가족 같다고 하는 직장치고 제대로 된 곳이 없죠."

뜬금없는 질문과 이상한 말이었다. 평소라면 거기에서 끝났을 대화였다. 미오 조디악은 자기도 알 수 없는 변덕으로 물었다.

"그러는 너는?"

"저요? 저는……."

무슨 말을 하고 싶은지 알 수 없는 얼굴로 아스 토케인이 물끄러미 그를 보았다. 미오 조디악은 그 얼굴이 우울하고 불행해 보인다고 생각했다.

잠시 침묵이 감돌았다. 대답이 나와도 어색할 테지만 무언가 말을 하지 않으면 계속 어색할 것 같았다. 적지 않은 시간이 흐른 후에 아스 토케인은 원래의 질문을 싹 잊은 얼굴로 고개를 돌렸다.

"그럼 내일 봐요, 미오 경. 안녕히 주무세요."

삼 일째 밤이었다. 미오 조디악은 설마 하는 눈으로 아스 토케인을 보며 숫자를 세었다. 하나, 둘, 셋. 그리고 숨소리가 아주 평온하고 고요해졌다. 미오 조디악은 확인차 그녀를 불러보았다.

"아스?"

대답이 없다. 놀랍게도 그녀는 잘 자라는 인사 이후 단 삼 초 만에 잠이 들어버렸다. 세 번째였지만 경이롭고 믿을 수가 없었다. 낮에 아기를 돌보는 시녀가 몇 번이고 아기가 참 순하다는 말도 안 되는 소리를 했었는데, 그 말이 진짜이기라도 한 것처럼 아기는 자기보다 먼저 잠든 유모를 두고 울지도 않고 눈을 깜빡이며 얌전히 누워 있었다. 저러다 설마 우는 건 아니겠지?

긴장해서 지켜보는 가운데 아기는 깜빡깜빡 눈을 떴다 뜨기를 반복했다. 그러더니 기침 같은 소리를 짧게 내면서 울 준비를 하기 시작했다.

그는 아기들을 좋아하지 않았다. 가만히 있는 것 같으면 울고, 그만 울어도 될 것 같은데도 우는 그 존재가 좀처럼 좋아지지가 않았다. 터무니없이 연약한 생명체였다. 왕자를 돌보는 일은 그의 업무 영역이 아니니 모르는 척하고 싶었다.

하지만 그가 알기로 간밤에도 아스 토케인은 거의 잠을 자지 못했다. 낮에도 반쯤 기절한 상태로 앉아 있었는데 지금 깨어나면 많이 힘들 것이다.

그사이에 왕자는 으앵 하며 울 준비를 마치고 첫 울음을 질렀다. 고민할 것이 더 많았던 것 같은데 어느새 그는 침대 옆에 한쪽 무릎을 꿇고 왕자의 가슴을 토닥이고 있었다.

"쉬이, 왕자님. 유모가 겨우 잠들었습니다."

짧은 잠투정이었는지 왕자는 그의 토닥이는 속도대로 커다란 눈을 몇 번 깜빡이더니 어느 순간 더 눈을 뜨지 않았다. 방 안에는 새액새액 잠든 사람 특유의 평화로운 숨소리만 불협화음으로 울리고 있었다. 그걸 들으며 미오 조디악도 안락의자에 깊이 등을 기대고 앉아 잠든 아스 토케인과 아기 왕자를 번갈아 보았다. 이 시간이 여전히 당황스럽긴 하지만 싫지만은 않아졌다. 언젠가 저 평화로운 광경에 그도 함께하게 될까?

　미오 조디악은 아스 토케인이라는 이상한 여자 옆에 침대를 두고 누운 자신의 모습을 상상해 보았다. 바로 고개를 저었다. 아직은 이상한 광경이었다.

## 5장
## 내 생애 봄날이 왔니?

"언제 쉬기로 했어요? 제가 스케줄을 조절해 보겠습니다."

세야가 그 말을 했을 때 나는 거의 자고 있었다. 이러다 돌연사할 수도 있겠다. 여긴 산재도 안 될 텐데. 난 언제까지 힘들까. 어제도 힘들었고 오늘도 힘들고 있으면, 내일도 힘드냐?

내 적립식 피로는 풀어질 줄을 모르는데, 휴전 기념 파티 준비하느라 퇴근이라는 말의 의미를 잊어버렸다는 세야는 어떻게 아직도 생생한지 모르겠다. 나는 날마다 필사적으로 책상에 머리를 박고 졸지 않기 위해 노력을 해야 했다. 노력만. 노력이 꼭 성공하는 건 아니잖아.

"그거 아세요, 선생님? 저희 제안서가 성공했어요."

"그렇겠죠. 축하드립니다. 그리고 아스 양, 선생님입니다."

"엘리가 있는데요, 안나가 있어요."

축제 때 놀게 해달라는 제안서랑 인력 충원 제안서 둘 다 통과가 되었다. 그래서 휴가도 생겼고 육아 동지도 생겼다. 엘리는 이제 거의 이쪽 전담이고 우리 예쁜 안나도 이제 큰일만 없다면 계속 이쪽으로 보내겠다고 시녀장 언니가 약속을 해주었다. 이제 왕자를 지켜보는 눈이 낮에는 셋, 밤에는 하나. 해냈어! 나는 아직도 목이 마르다!!

"그럼 아스 양이 안심할 수 있겠군요. 어느 날인가요?"

뇌를 감싸고 동동 떠다니던 안개가 살짝 후진한 것 같다. 절전 모드 걸린 머리가 서서히 로딩이 걸리다 정신이 확 들었다. 내 비번 날이요? 왜요? 뭘 맞춰?

종전 파티 D-5였다. 그리고 난 세야와 퍼레이드를 같이 보기로 했었다. 아, 나 잠깐 눈물 좀. 사촌 누나라는 시녀장 언니는 찔러도 칼이 안 들어갈 것 같은 강인한 여자인데, 세야는 이렇게 착하고 의리가 흘러넘친다. 날짜를 특정하지 않고 언제 한번 뭘 하자~ 하는 말은 당분간 만나지 말고 알아서 잘 살라는 것을 사교적 용어로 돌려 말한 것 아니었냐고. 순수하고 순진했던 시절에 적립한 '차 한잔 마시자'의 슬픈 추억이 앞을 가린다. 난 믿었어. 믿었다고.

"그날 정말 저랑 놀아주실 거예요?"

과다한 업무로 다소 수척해진 세야가 연녹색 눈동자를 예쁘게 접으며 대답했다.

"그럼요, 아스 양. 재미있을 거예요."

"전 원정군이 입성하는 그날에 쉬기로 했어요."

"그날은 입성식 외에는 큰 이벤트가 없는데 왜 그날로 하셨죠?"

"어지간해서는 첫날이 가장 화려하고 의미 있을 것 같았어요."

"그렇죠. 처음은 의미가 있죠."

우리는 대화할 줄 아는 초식동물처럼 마주 보며 웃었다.

세야가 떠난 후 나는 바쁘게 움직였다. 사실 세야가 있을 때 왓 더 헬이 튀어나올 뻔한 것을 겨우 참았다. 미오 경에게 아기 왕자를 던지듯이 안기고 그의 손 위에 데운 분유병을 쥐여 주며 외쳤다.

"미오 경! 그거 한 통 다 먹이고 안아서 등 두들겨 주고 있으세요!

먹일 때 뭐든 말 거는 거 잊지 마시고! 여기 수건! 어깨에 토할지 모르니까! 많이 보셨죠? 금방 올게요! 혹시 안 오면 다리 쭉쭉이하고 놀아 주고 계세요!"

"잠깐 아스! 이건 직무 유기……."

"아, 좀! 저 급하니까 다녀와서 얘기해요!"

나는 문을 박차고 나와 시녀들의 숙소를 향해 달리기 시작했다. 왕비 궁의 복도는 아직 불도 다 켜지 않아 어두컴컴했고 활보하는 사람도 나밖에 없었다. 새삼 억울하다. 왜 나는 남들 일할 때 일하고, 잠잘 때도 일하고 있지?

하도 급하게 계단을 뛰어내렸더니 코너에서 드리프트가 제대로 걸려 하마터면 벽에 부딪힐 뻔했다. 아슬아슬하게 멈춘 후 나는 목표 지점을 향해 문을 박차고 들어갔다.

"엘리! 안나! 일어나, 나 급해! 얼른!"

엘리와 안나는 정식으로 아기 왕자의 시녀가 되면서 룸메이트가 되었다. 급여도 올랐다지, 아마? 어쨌든 다행이었다. 나는 잔인하고 가차 없이 방의 불을 켰다. 그러곤 둘의 이불을 한 번에 걷어내고 둘을 깨웠다.

"몇 시야…… 다섯 시? 죽일 거야…… 깨우지 마……."

엘리가 도로 이불을 빼앗아 가더니 돌돌 몸을 돌렸다. 안나는 동면하는 노루처럼 누워서 꼼짝도 하지 않았다. 그럼 내 타깃은 너다. 난 손바닥을 쫙 펴서 엘리의 등짝을 두들겨 대기 시작했다.

"급하다고! 일어나, 아 쫌!"

갖은 노력 끝에야 엘리와 안나를 깨울 수 있었다. 눈도 아직 감은 채로 고개를 뒤로 꺾고 침대에 앉아 있을 뿐이지만 내 말이 들리긴 할 거다. 나는 둘의 손을 꼬옥 잡고 말했다. 심정적으로는 고해성사를 하는 느낌에 가까웠다.

"큰일 났어. 나 5일 후에 퍼레이드 보러 가는데…… 옷이 없어."

'아스'는 벗고 돌아다녔나 보다. 이렇게 옷이 없을 수는 없다. 오르골 살 돈으로 좀 예쁘게 나들이할 옷 하나 정도는 사두지. 아니, 취향은 존중한다. 먹을 거 입을 거 바를 거 아껴서 사고 싶은 거 살 수 있지. 갖고 싶은 건 가져야 하는 거니까. 사람마다 가치는 다른 거고. 나는 모든 걸 이해할 수 있다. 하지만 민간인의 옷이 이 정도로 없는 건 너무하잖아.

"지금 입고 있는 거 입고 가."

"맞아. 무난하고 좋네, 뭐."

엘리와 안나가 별거 아니라는 듯이 하품을 하고 다시 침대에 누우려고 한다. 이 아이들이 아직 사태의 심각성을 모른다.

"남자랑 가."

순간 쭈글쭈글하게 엎드리던 둘이 직각으로 일어나 앉았다.

"야야야, 야야, 너 가진 옷 다 갖고 와봐."

"아니야, 기다려! 우리가 직접 봐야 해. 엘리, 짐 챙기자."

"보고 말고 할 게 없는 게, 여태 너희가 본 옷이 내 옷 전부야!"

"넌 장례식 전용 옷 말고는 안 입잖아. 그거 말고 숨겨둔 거, 비장의 승부용 옷! 그거 내봐봐!"

"없어! 진짜 이게 다란 말이야. 도와줘!"

"야, 넌 딸린 식구도 없다면서 급여 받은 걸로 옷도 안 사고 뭐 했니!"

좋은 거 알았다. '아스'는 고아인가 보다. 이런 상황에서 알고 싶던 건 아니었다.

"일단 내 옷장에서…… 는 입을 옷이 없고. 안나, 너는?"

"내 옷은 다 표준 사이즈인데 이게 아스한테 맞을까?"

안 맞겠지. 내 세계에서도 옷을 살 때 프리 사이즈가 제일 싫었다. 프리 사이즈에서 프리의 의미는 너한테는 안 프리하겠지 할 때의 프리이지 내가 입으면 뭘 입든 안 맞았다. 내 몸이 프리하지 않아. 마찬가지로 시녀 친구들의 옷에서도 데이트용으로 입을 만한 디자인이면서 내 몸에 맞는 옷을 찾기 힘들었다. 왜 이곳마저 여자들은 빼빼 마른 건지 모르겠다.

잠이 덜 깬 상태에서도 엘리와 안나는 엄중히 따져가며 나와 체형이 비슷한 시녀들을 추렸다. 뱀파이어가 희생자를 노리듯이 잠이 덜 깬 시녀 친구들의 방을 신속하게 덮쳐서 옷들을 징수해 왔다. 시간이 좀 지나자 어떻게 소문이 난 건지 틈틈이 다른 친구들도 내게 예쁜 리본이라든가 귀걸이나 모자 같은 아이템들 하나씩을 전해왔다.

"잊지 마. 내가 준 거 걸치고 갔다가 잘되면 최소 평민 기사님 한 명이야."

밑창도 닳지 않은 새 구두를 꺼내 온 페페가 그렇게 말했다. 진짜 솔직히 말해서 저건 좀 쫄았다. 소개 안 해줬다가는 저 구두로 내 발등이 뚫리거나 계단에서 저 구두로 등짝을 얻어맞고 구르게 될 것 같았다. 우리에게는 세브라는 실행 예까지 있었다.

소문이 대체 어떻게 난 건지 모르겠다. 왕비 궁 전체가 형제 많은 집안이 가장 타이밍이 맞는 자녀한테 집중투자하듯이 날 푸시해서 좋은 신랑감이나 애인을 얻겠다는 투지로 불타오르고 있었다. 하긴, 왕비 궁이 로맨스를 만들기에 좋은 환경이 아니긴 했다.

얼마 남지 않은 시간 동안 매일같이 밤낮으로 새로운 아이템들이 전달되었다. 나와 엘리와 안나는 최선의 조합을 찾기 위해 동분서주했다. 시간은 잘도 갔다. 그동안에도 세야는 나와 수업을 했고 만날 시간을 조율했다. 난 완벽한 데이트룩을 갖추기 위해 이렇게 동분서주하는데 세야도 그럴까? 안 그럴 것 같아서 좀 억울했다.

"아기님, 저길 잘 봐두십시오. 아기님의 유모가 데이트 준비를 한다고 며칠째 아기님을 잘 보살피지도 않습니다."

"미오 경, 들려요."

"백일도 안 된 아기님을 두고 데이트 나갔다고 아기님 스무 살 때까지 말해 드릴 거다."

아기 왕자를 무릎 위에 앉힌 미오 경이 한 손으로는 아기 왕자의 배를 끌어안고 다른 손으로는 아기 왕자의 밤톨만 한 손을 잡아 손가락질을 하며 나를 놀렸다.

"미오 경도 데이트하시면 제가 물심양면으로 도와드릴 수 있어요. 아하, 근데 미오 경은 교대 근무가 아니라서 안 되겠죠? 제 제안서라도 베껴서 제출해 보실래요?"

아무렇지 않은 척 받아쳤지만 가슴 한구석이 서늘했다. 나중에 당신은 어린 왕자에게 나의 사생활을 말하는 게 아니라 왕비에 대한 거짓말을 하겠지.

최종적으로 결정된 건 제시가 빌려준 주황색 드레스였다. 내가 입었을 때 피부가 좀 어두워 보인다는 문제가 있었지만 팔꿈치까지 오는 소매 끝에 달린 레이스가 귀여워서 결정했다. 좋아하는 옷과 어울리는 옷이 다르다는 건 늘 비극이다. 그걸 알면 잘 어울리는 옷으로 골라야 하는데도 취향을 버리지 못하는 게 가장 비극이다. 드레스 자체는 베이직한 디자인이라 추가적인 꾸밈이 필요했다. 미나가 어깨에 두를 레이스 숄을 빌려주었고, 페페가 아침 일찍 내 머리를 땋아주고 출근했다. 그리고 안나가 혼신의 힘을 다한 메이크업 아티스트의 감성으로 내 얼굴의 가능성을 최대한으로 끌어내 주었다. 세브가 빌려준 작은 물방울 모양 귀찌를 마지막으로 준비는 다 끝났다. 나와 달리 '아스'는 귀를 뚫지 않아서 귀찌 구하기 힘들었다. 거울 앞에 서서 내 모습을 점검해 보니 그렇게 나쁘지는 않았다.

"네가 세야 경을 좋아하는 줄 몰랐다."

"그런 의미로 좋아하는 건 아니죠."

"그렇게 꾸미고서?"

미오 경은 여자랑 연애해 본 적이 없나 보다. 하긴, 그는 유르겔을 사랑했다. 사실 난 〈탈출기〉에 나오는 유르겔을 사랑하는 남자들이 내추럴 본 게이인지 유르겔 한정 게이인지 잘 모르겠다.

"전 모든 가능성에 최선을 다해요."

원판 불변의 법칙이라는 것이 있다. 호박에 줄을 긋는다고 수박이 되지 않고, 닭을 다이어트시킨다고 공작이 되지도 않는다. 빌린 옷은 어색했고, 내 것이 아닌 액세서리들도 몸에 맞지 않아 부담스러웠다. 심지어 구두까지 내 것이 아니었다. 나는 다시 거울을 보았다. 내 세상이라면 이런 식으로 꾸미고 이런 식으로 화장하진 않았겠지. 내게 어울리는 옷을 입고, 내 발에 맞는 신발을 신었을 텐데. 그 생각만 들었다.

"배 나와 보이는 건 아니지?"

"괜찮아. 숄로 가려져."

"없다고 해주면 안 되겠니?"

"미안, 있는 걸 없다고 할 수는 없잖아."

엘리와 안나는 아침부터 날 꾸며주느라고 바빴다. 아기 왕자가 미오 경의 품 안에서 뻗대기 시작하자 얼른 안나가 아기 왕자를 받아 안았다. 하지만 아기 왕자는 오히려 더 발로 그녀를 밀며 버둥거려서 엘리가 다시 안아야 했다. 갑자기 몹시 불안해진다. 물론 엘리는 전능한 육아 요원이지만 내가 안심하고 자리를 비워도 되는 걸까?

"그런데…… 미오 경은 준비 안 하세요?"

걱정하는 내 속도 모르고 왕비 궁 시녀 중에서 제일 예쁜 안나가 그 예쁜 속눈썹을 팔랑이며 미오 경에게 물었다. 그걸 보며 나랑 미오 경 둘 다 같은 표정을 지은 것 같다.

"미오 경은 전일 근무잖아. 기사님들도 교대한대?"

지금 엘리와 안나의 표정만 본다면 마치 내가 '나 사실 유르겔의 친동생이야'라고 고백한 것 같다. 경악과 배신감으로 가득 찬 얼굴의 안나가 심지어는 내게 삿대질까지 하며 외쳤다.

"미오 경이 아냐?! 그럼 너 누구랑 데이트하는데?!"

아, 어쩐지. 나한테 이것저것 아이템 갖다주는 시녀 친구들이 왜 하필 콕 집어서 평민 기사님들을 지목하나 했다. 난 또 야구팀이나 아이돌에 버닝하는 것처럼 여기 시녀들이 단체로 기사들에게 버닝하고 있는 줄 알았네.

그제야 나는 엘리마저도 한 번도 세야를 본 적이 없다는 사실을 깨달았다.

"응, 있어. 친절하고 착하고 의리 있는 남작님."

그치. 너무 의리가 있으셔서 '언제 밥 한번'을 실제로 실행해 주시는 남작님. 나는 이런 정의 구현 사회가 좋다. 지키지도 않을 '언제 밥 한번'을 남발하는 인간들은 반드시 밥 한 끼로 장염이라도 걸려봐야 한다고 믿는다.

세야는 약속 시간 정각에 왔다. 오늘 아침에는 수업이 없어서 이제야 세야를 볼 수 있었다. 연한 푸른색 옷을 차려입고 온 그도 나처럼 평소보다 차림에 더 신경을 쓴 모습이었다. 난 주황색, 그는 연청색이라. 물 빠진 태극기 같은 게 아주 보기 좋을 것 같다.

"오늘 멋있네요, 선생님."

"제가 먼저 말하려고 했는데…… 아스 양도 보기 좋아요."

그는 웃으며 손을 내밀었고, 나도 홀린 듯이 그 위로 손을 올렸다. 우리 사이엔 늘 책상이 있어서 이렇게 가까이에서 본 것은 처음이었다. 그것도 이렇게 밝은 대낮에. 봄바람처럼 부드럽게만 보였던 세야는 의외로 나보다 키가 많이 컸고 손도 단단했다. 기사 작위가 그냥 붙은 게 아닌가 보다.

그는 새싹 같은 눈으로 방 안을 훑었다. 창가에 팔짱을 끼고 앉아 있던 미오 경과는 고개를 끄덕여 인사를 주고받았고 처음 본 엘리와 안나에게도 가슴에 손을 대 말 없는 인사를 보냈다. 무릎을 숙여 예를 갖춘 엘리와 안나가 치맛자락에 손을 숨긴 채 엄지를 들어 보이는 것을 나는 봤다. 그래, 세야는 되게 봄바람 같고 귀족 같은 남자지.

"그럼, 잘 다녀오겠습니다."

"엘리, 안나. 잘 부탁해. 맛있는 거 사 올게~! 미오 경도요."

축제는 5일간이었다. 시녀장 언니가 이 기간에 정상 근무를 하는 시녀들에게는 무려 일급 두 배를 약속해 놔서 휴가 대신 근무를 택한 사람도 많았다. 그런 거 보면 왕비 궁에 예산이 부족한 건 아닌 것 같은데 왜 늘 인력이 부족한 거지? 난 솔직히 상황만 허락된다면 5일 내내 놀고 싶었다. 회사 다니면서 배운 진리는 놀 수 있을 때 놀아야 한다는 거였다.

아직 근무 중인 시녀 친구들이 나와 세야를 보고 눈을 동그랗게 떴다. 아무래도 그녀들이 내게 데이트 아이템들을 협조해 주는 그 기간에 내 데이트 상태가 미오 경이라는 소문이 쫙 돌았던 모양이다. 미오 경 신분이 어떻더라? 평민 기사랑 왕궁 시녀는 전통적으로 서로 선호하는 혼처라던데. 하지만 유르젤이 있었군. 아차, 뚜쟁이질 잘하면 술이 석 잔이요, 잘못하면 뺨이 석 대라는데, 주먹으로 뺨 석 대를 맞을 뻔했잖아.

그 짧은 사이에 세야를 아래위로 스캔하고 발목까지 오는 내 치맛단 아래로 자기가 준 구두가 있는지까지 스캔을 끝낸 페페가 엄지손가락을 들어 보여줬다. 뭐가 됐든 페페한테 소개팅 한 번 주선하지 않으면 다음에 계단에서 구르는 건 내가 될 것 같다.

내가 나오지 못하던 밖은 밝았다. 눈이 부셔서 멈춰 섰다고 생각한 건지 세야가 손을 잡고 나를 밖으로 이끌었다. 그 한 발자국이 참 별거 아니라서 나는 세야의 옆을 걸어가면서도 뒤를 돌아보았다. 햇빛 아래에서 내 발자국 같은 건 남지도 않았다. 나는 세야의 손을 잡고 달리기 시작했다.

"아스 양?"

"숨이 찰 때까지만, 뛰어요."

이대로 뛰어서 왕궁 문을 벗어나고 싶다고 생각했던 것 같다. 그러나 '아스'의 체력은 형편없었다. 두 달간 단순노동 및 육아만 지속했던 이 몸은 근력은 나아졌을지 몰라도 체력은 쭉쭉 깎아먹고 있었다.

나는 왕궁 문 앞에서 헉헉대며 멈춰 섰다. 이 몸은 왜 이렇게 보잘 것없을까. 뭐 하나 버프가 없을 거면 하다못해 체력이라도 좋든가. 갑자기 달린 것만큼 갑자기 멈춰 선 내 옆에 세야도 멈춰 섰다. 봄바람 같이 생겨서는 보이는 것과 다르게 오래가는 건전지보다 튼튼한 사람이다. 나는 허벅지에 손을 대고 몸을 구부려 헉헉대면서 뻗대는 다리를 억지로 움직여 정문에 손을 기대고 터질 것 같은 폐를 달랬다.

"늘, 로망과 현실은, 흐억, 다르네요."

"그럼 오늘은 더는 뛰지 않도록 할까요, 아스 양?"

"네, 그런데 손은 안 잡아주셔도 돼요."

왕궁은 낮은 산 위에 지어져 도시를 내려다보고 있었지만 마차와 말들이 드나드는 길은 잘 닦여 있어서 페페가 빌려준 미개봉 신상 구두를 신고도 어렵지 않게 내려갈 수 있었다. 우리는 성문 근처까지 걸어 내려가기로 했다.

원정군은 사실 이틀 밤 전에 성 밖에 도착했다고 한다. 화려하고 성대한 쇼를 하기 위해 성 밖 멀지 않은 곳에 대기하며 입성식이자 첫 번째 퍼레이드를 준비했단다.

"오늘은 성문에서부터 왕궁까지 행진할 거예요. 내일부터는 왕궁에서 성문으로 가고요."

"그리고 왕궁 앞에 전하랑 유르겔 님이 마중 나와 있고요?"

"뭐…… 오늘만 볼 수 있는 이벤트죠."

"솔직히 말하면 봐드릴게요. 그거 보기 싫으시죠?"

"아하하하하……. 퍼레이드가 아주 길지는 않을 테니까 다 보면 식사나 할까요?"

거리 전체가 월드컵 개최국의 한낮처럼 들떠 있었다. 거리에 나와 본 게 이번이 처음이긴 하지만 한철 장사가 분명한 노점상들이 먹거리를 팔고 있었다. 거리는 꽃과 그림과 온갖 아름다운 것으로 장식되어 있었다. 눈에 닿는 모든 것에 아름다움과 풍요로움이 넘쳤다. 나비 같은 어린아이들은 팔랑팔랑 뛰놀고 있었고, 이제 갓 시작한 듯한 풋풋한 연인들도 어색한 거리감으로 길을 걸어 다니고 있었다. 어린아이를 목 위에 얹고 나온 젊은 아버지도 있었고, 손녀의 손을 잡고 어떻게든 더 잘 보일 자리를 찾는 노인의 모습도 보였다.

마치 출퇴근 시간대 신도림역 같다. 사람이 너무 많아서 최대한 피해 걷는데도 툭툭 치이다 보니 세야보다 몇 걸음이나 멀어져 버렸다. 결국 세야가 흐름을 되돌아와 내 손을 건져 올렸다.

"잡고 있는 게 좋겠죠?"

"네, 잘못하다가는 구경도 못 하고 돌아가겠어요."

"꼭 개선식 같네요."

"알아주셔서 감사합니다. 이렇게 연출하느라고 거의 보름을 고생했거든요. 예산도 많이 썼고요."

안다. 원정대의 입성 날짜가 다가올수록 세야의 피곤은 무게를 더했고, 봄바람 같던 그의 예쁨도 볕에 타서 말라 버린 나뭇잎처럼 변해 갔다. 딱 한 번 그가 수업 중에 자는 모습을 봤는데, 육아 피로에 시달리는 내 모습도 저렇게 푸석푸석할까 봐 공포에 질릴 정도였다. 그리고 미오 경은 정말 슬프게도, 내 상태가 세야보다 더 심각하다고 말했었지. 근데 인정. 왜냐면 내 눈에도 미오 경의 다크서클이 세야보다 심각했었다. 근데 난 그것보다 심할 거잖아? 난 안 될 거야.

"퍼레이드 언제 시작하죠? 햇빛이 강해지는데."

"아마 곧, 지금쯤?"

그때 와아아 하는 함성이 터졌다. 거대한 성문이 열리고 있었다. 길가에 여유 없이 붙어 있던 사람들이 일시에 서로 밀치며 앞으로 뛰쳐나왔다. 그 바람에 우리는 밀려오는 힘을 버텨내지 못하고 인파 속을 흘러다니게 되었다. 내가 몸집이 작거나 힘이 부족한 편은 아닌데도 흥분해서 앞으로 밀고 나가는 사람들 틈새에 있으려니 몇 번이나 밀쳐지고 어깨에 맞고 흔들리면서 도통 정신을 차릴 수가 없어졌다. 심지어 방금 누가 날 팔꿈치로 밀었어!

그때 세야가 내 손을 잡고 어깨를 끌어안았다. 세야의 팔이 내 어깨 주변으로 공간을 만들어내어 치고 밀던 힘이 덜해졌다. 이거 가끔 전철에서 본 포즈인데?

"괜찮은가요, 아스 양?"

나는 잠깐 세야를 올려다보았지만 얼굴과 거리가 지나치게 가까워서 바로 고개를 떨구었다.

"괜찮아요. 별로 안 닿아요."

세야의 팔은 은근 매너 팔이라 내 몸에 별로 닿지도 않았고 그의 팔이 막아주는 덕분에 사람들에게 덜 치였다. 한 11번 밀쳐질 걸 10번 밀쳐지는 정도로?

한동안 나와 세야는 섬처럼 서로에게 기대 있었다. 나는 세야의 가슴을 톡톡 치며 물었다.

"전 아무것도 안 보여요. 뭐가 좀 보여요?"

"네, 저쪽에서…… 선두에 선 기사단의 모습이 보이네요."

"제 눈에는 아직 안 보여요."

"아스 양에게도 곧 보일 겁니다."

당연히 이길 거라 생각하고 참전한 전쟁에서 이 나라는 기대했던 승전보를 올리지 못했다. 유리하지도 불리하지도 않은 조건으로 휴전 협정을 맺었지만 얻은 것이 없는 전쟁이었다. 영토가 유린당한 것은 아니라도 승리하지 못한 전쟁은 사람들의 마음을 불안하게 만들었다. 그걸 막기 위해 국왕과 대신들은 최선을 다해 이 입성식을 축제처럼, 마치 이긴 전쟁처럼 연출했다.

머리 위로 꽃잎이 떨어졌다. 여기저기서 몸이 짓눌리고 함성으로 귀가 먹먹해지는 동안 고개를 들어 올려 하늘을 바라보았다. 시가지 양옆으로 늘어선 건물의 열린 창문에서 사람들이 꽃을 뿌리며 전쟁에서 돌아온 이들을 반기고 있었다. 잠시 내 주변의 모든 소리와 날 안아주고 있는 세야의 체온도 지워지고 떨어지는 꽃잎만이 보였다. 그러다 꽃잎 한 장이 내 이마에 떨어지고 또 한 잎이 내 눈가를 덮은 후.

비처럼 내리는 꽃잎 사이로 높게 솟은 깃발을 볼 수 있었다. 왕국의 깃발과 각각의 사람들이 소속되어 있는 가문, 기사단의 문양이 새겨진 깃발, 그리고 높이 세운 창들이 사람들 머리 사이로 솟아 있었고 그 아래로 말을 탄 장군과 기사들이 모습을 드러냈다. 사람들의 시야로 더 많은 기사와 병사가 들어올 때마다 함성은 커졌다. 그 목소리들이 외치는 것은 이 나라의 이름이기도 했고 누군가의 이름이기도 했다. 발을 맞춘 무거운 군화 소리와 말발굽 소리, 그리고 함성이 어우러져 화음처럼 땅과 귀를 울렸다.

행렬은 어느덧 우리 앞을 지나갔다. 나는 선두에 서 있는 사람의 옆얼굴을 똑똑히 볼 수 있었다. 생각보다 젊은 얼굴이었다.

"와아아! 클라인!"

바로 옆에 있던 사람이 크게 소리 지르는 바람에 흠칫 놀라 세야의 품 안으로 조금 더 파고들었다. 출근 시간대 1호선처럼 사람들이 최대한 좁은 공간에 운집해 있다 보니 아예 내 귀에다 대고 소리를 지르는 격이었다. 더구나 소리를 지르는 게 한두 명이 아니었다.

나는 먹먹한 귀를 긁으며 내 앞을 지나가는 기사의 옆얼굴을 바라보았다. 투구를 깊게 눌러써서 보이는 것은 젊고 매끈한 볼과 새파란 빛이 일렁거리는 푸른 눈동자뿐이었다. 내 시선을 알았는지 세야가 내 귀에 속삭였다.

"클라인 경입니다. 부상당하셨다고 들었는데……."

"되게 멀쩡해 보이시는데요."

"하하. 다 나으셨거나 그렇게 보이도록 만들었겠죠."

나는 그가 누군지 안다. 전쟁이 끝나면 아직 무대에 오르지 않았던 많은 이가 돌아올 거라 생각했다. 그도 그중의 하나였다. 클라인 카펠라. 국왕의 오랜 친우로 이 나라가 자랑하는 최고의 무장이었다. 〈탈출기〉에서 뭐라고 따로 부르는 용어가 있었는데 까먹었다. 대충 소드마스터 정도로 생각하면 되는 급의 기사였다. 지금 이 대륙에 그 급의 기사는 클라인 하나였나 둘이었나. 한 세대에 한 명 존재하는 대마법사급까지는 아니라도 되게 레어템 레벨이었다.

이번 전쟁에 이 나라가 관여하는 것을 극구 반대했지만 강경하게 밀어붙인 국왕 에반스의 의지를 거스르지 못하고 대장군으로 직접 참전했다 이제야 돌아오게 되는 인물이다. 〈탈출기〉 내에서 크게 기여하는 바가 없는 인물이긴 했으나 클라인 카펠라만은 마성의 유르겔에게 함락당하는 일 없이 언제나 우직하고 굳건히 국왕 에반스의 우군으로 남았었다.

유르겔의 추종자 중에 뭘 잘못 먹었는지 유르겔을 왕으로 추대하려는 미친 생각을 하는 인간들이 없지는 않은데, 클라인 카펠라의 존재가 그 추종자들이 함부로 나대거나 사고를 치지 못하게 막는 부분도 있다고 본다. 유르겔의 정신 나간 추종자들이 왜 유르겔에게 왕관을 찬탈해 바치지 않는가에 대한 당위성을 제공하는 역할로 쓰인 셈이다.

물론 공식적인 이유는 유르겔과 에반스가 트루러브이기 때문에 유르겔이 에반스의 왕관을 바라지 않는다는 것이지만, 사랑보다 영원한 건 권력이라는 것을 강하게 주장하는 독자들에게는 다른 이유가 필요했다. 이길 수 없는 대상이 에반스에게 무조건적인 지지와 비호를 보내고 있기 때문에 질 게 뻔해서 시도도 하지 않는다는 그런 논리적인 이유 말이다. 다만 작중 클라인 카펠라에게 애국심이 없다는 아주 작은 문제가 의문을 남기기는 한다. 그래서 직접 서술만 없을 뿐이지 클라인이 유르겔이 아닌 에반스를 사랑한다고 거의 모든 독자가 생각했다. 사실 내가 그랬다. 그는 트루러브였어. 그게 트루러브가 아닐 수는 없어. 그게 사랑이 아니라면 나는 사랑 따윈 몰라.

나는 눈을 돌려 다른 사람을 더 찾아보았다. 많은 사람이 돌아왔다. 내가 기억하는 이들, 기억 못 하는 이들, 때가 되어서야 기억하게 될, 모든 이가. 말을 탄 사람들은 모두 갑주를 입고 투구를 쓰고 있어서 분간이 되지 않았다. 하지만 이번에 같이 돌아오는 대마법사 시엘은 알아볼 수도 있을 것 같은데, 모르겠다. 탈영병인 셈이라 갑옷 입고 보란 듯이 돌아오지는 않겠지만 그래도 같이 오기는 했을 텐데.

대륙의 유일한 대마법사 시엘은 아기 왕자의 명명식 때 국왕과 아기 왕자에게 축언을 보낸다. 전쟁 후 심각한 PTSD에 시달리는 걸 유르겔이 도와주는 파트가 있었으니 이번 전쟁에 참전한 게 맞긴 할 텐데…… 아닌가? 다른 전쟁인가? 책을 워낙 날로 읽었더니 나 자신을 믿지 못하겠다.

그래도 하나는 확실하다. 저들 중에는 왕비의 친정을 몰락시키게 될 세사르 카직 백작도 있을 거다. 아직 유르겔에게 반하지 않은, 그러나 그에게 자신의 심장까지 내어 주게 될 비운의 백작님. 유르겔에 게 구원을 받아 왕비를 파멸시키게 될 그가 무대 위에 오르고 있었다. 하지만 나는 아직 그를 알지 못하니 꽃비를 맞으며 행군하는 사람들 사이에서 그를 찾아내지도 못했다. 당연하지 않은가. 모든 것은 이미 다 정해졌고 나는 아무것도 바꿀 수 없다.

행렬은 느리면서도 빠르게 우리를 지나가 왕궁으로 향해갔다. 그 뒤를 따르는 사람들의 모습이 내 눈에는 티비 속에서 보던 사막의 움직임 같았다. 사람들은 퍼레이드를 따라 함성을 지르며 움직였다. 단언하건대 이 자리에서 한 발자국만 폴짝 위로 뛰어오르면 걷지 않고도 왕성 앞에 도착해 있을 거다.

떨어지면 각기 흘러가 버릴 것 같아서 세야와 나는 서로를 꼬옥 부둥켜안고서 사람들의 흐름을 견뎌냈다. 한참의 시간이 지나 풀려났을 때는 애초에 우리가 서 있던 곳에서도 아득히 떠내려온 다른 곳이었다.

"상당히 멀리 밀려온 것 같군요."

"그죠. 저기 저 탑 보이세요? 그게 왕궁이었어요."

그 짧은 시간에 사람의 힘만으로 이렇게 멀리까지 떠내려올 수 있다니. 우리는 마주 보고 짧게 웃었다. 그 많던 사람이 다 어디로 간 것인지 거리는 한산했고 발아래에 버석거리는 꽃잎의 잔해들만 남았다.

"꽃비가 내릴 때는 그렇게 예뻤는데 다 끝나고 나니까 이거 참 그러네요."

"그러게요. 적당히 나눠 뿌렸으면 좀 나았을 것 같은데 이렇게 무더기로 밟혀서는……."

월드컵 개최국의 축제 분위기라고 생각했더니 그 뒷모습까지도 그런 것 같다. 머리 위로 꽃이 떨어질 때는 그렇게 게임 CG 속에 있는 것 같고 나도 영화의 주인공이 된 것 같은 환상적인 기분이었는데, 퍼레이드가 지나가고 난 자리에는 온통 밟혀서 터지고 지저분해진 잔해만 남아 있었다.

"치우려면 고생이겠네요."

말이 끝나기 무섭게 거리를 정돈하고 있는 사람들이 보였다. 조직적이고 체계적인 움직임이 자원봉사 같은 건 아닌 것 같고 뭐랄까, 지방 축제로 인한 내수 시장 활성화 뭐 그런 말이 생각났다. 어쨌든 휴전이고 종전이었다. 이런 퍼레이드도 국가적인 전략인 모양이다.

"식사하셨나요, 아스 양?"

"아뇨, 기다리고 있었어요."

"그럼 식사부터 하죠. 뭘 좋아하세요?"

만두랑 버섯을 넣은 라면이랑 양념치킨이요. 그리고 떡볶이 국물에 순대 찍어 먹는 걸 좋아해요. 이렇게 이야기해 봤자 이곳에서는 알아듣는 사람이 아무도 없다. 이곳에서 살아남은 지도 두어 달. 내가 음식에 향수를 느끼는 사람이 아니라서 아주 다행이다.

"가리는 것 없이 다 잘 먹어요. 하지만 지금은 조금 매운 게 먹고 싶어요."

다행이네요, 라며 세야가 내 손을 잡으며 웃었다.

"제가 예약해 둔 가게가 매운 음식을 잘하는 곳이에요."

미오 경의 어두운 눈빛과 달리 세야의 눈동자는 봄에 제일 먼저 핀 새싹처럼 연하고 밝은 색이라 그가 이렇게 눈가를 휘며 웃을 때마다 나는 햇빛이 찬란한 공원 나무 그늘 아래 누워 있는 것 같은 기분이 든다. 그는 아마도 사랑받고 자란 사람일 것이다.

손을 놓을 타이밍을 놓쳐서 우리는 계속 손을 잡고 걸었다. 퍼레이드는 아직 끝나지 않았는지 희미한 군악 소리가 들리고 있었지만 그게 아니더라도 거리 곳곳에 음악과 노래가 넘쳐 나고 있었다. 때로는 사람들의 행복한 웃음소리가 노래가 되거나 음악이 되기도 했다. 왕궁에는 저렇게 웃는 사람들이 없었다.

세야는 아닌 척 능숙하게 연기하면서 길을 헤맸지만 오래 헤매지는 않았다. 그가 예약했다는 레스토랑은 외벽과 내부 모두 하얀 칠을 한 곳이었는데 이상하게 바닷가를 연상시켰다. 점원이 우리를 2층 테라스 자리로 안내해 줬고 나는 본격적으로 데이트하는 기분이 들어서 기분이 좀 묘해졌다. 이런 데는 주말에 나오면 예약석이라고 손님도 안 받다가 한참 뒤에 서로 허리 껴안은 연인들이 와서 앉는 그런 자리 아닌가.

"그럼 아스 양, 주문을 부탁할게요."

"왜죠?"

"아스 양이 실전에는 강한 사람이었으면 좋겠습니다."

실전에는 강했으면 좋겠다가 아니라 실전에는 멀쩡했으면 좋겠다로 들렸다. 그리고 실전에는 강했으면 좋겠다는 건 뒤에는 약하다는 뜻이지? 방금 디스당한 건가? 하지만 의자에 편안하게 등을 기댄 세야의 웃는 얼굴은 티 한 점 없어 보였다. 사람은 역시 순하게 생기고 볼 일이다.

해도 뜨지 않은 시간에만 만나서 잘 몰랐는데 세야도 밝은 한낮이 참 잘 어울리는 사람이었다. 왕비 궁에서 보던 그와 밖에서 만난 그는 조금 다른 사람이었다.

"믿어보세요, 제가 원래 좀 고급 인력이거든요."

알리망오를 카다몽에 적셔서 베야즈 필라브를 넣어 구운 칼라마리와 함께 스메타나에 찍어 먹는 음식……. 뭐지, 이 패션 잡지를 읽는 가십걸 같은 글자들은? 잘못 읽고 있는 건 아닌 것 같은데 의미를 모르겠다. 내가 배운 언어랑은 또 다른 곳에 위치한 서브 언어인데?

"음, 선생님은 어떤 음식을 좋아하세요?"

신중해야 한다. 나는 정상적이고 맛이 있는 음식을 좋아하지만 세상에는 초콜릿 퐁듀에 냉면을 찍어 먹는 괴식을 즐기는 사람도 엄연히 존재한다.

"야채보다는 생선, 생선보다는 고기를 좋아합니다."

제일 연한 새싹만 씹어 먹을 것 같았던 세야는 육식주의자였다. 이런 의외성 좋아. 하지만 그림 하나 없는 메뉴판은 좋지 않다.

"저도 선생님이 실전에 강한 사람이면 좋겠어요."

"저희 같은 서민들은 다 실전에 강해야 하지 않습니까?"

세야의 근성은 실전에 강할 수 있겠지만 위장도 실전에 강할지는 모르겠다.

"좋아요, 그럼 레촌에 깡콩을 채운……."

"잠깐, 잠깐만요, 아스 양."

결국 주문은 세야가 했다.

편하고 즐거운 시간이었다. 시녀장 언니는 의외로 나이가 그렇게 많지 않고 세야는 내 예상대로 나보다 어렸다. '아스'는 몇 살인지 모르겠다. 얼굴이랑 외양 자체는 나랑 차이가 없으니 나이까지 똑같을까? 난 24살 때 얼굴이나 26살 때 얼굴이나 똑같던데. 우리 인간적으로 육체노동직이니까 한 살이라도 어리게 나이 버프는 좀…….

내 손을 내려다보았다. 하얀 쌀처럼 상처 하나 없이 매끄럽고 하얗던 내 손은 그간 노동과 육아에 시달리며 살도 약간 빠지고 많이 거칠어졌다. 물일을 하고 나면 꼭꼭 로션을 발라주고 시간이 날 때마다 틈틈이 마사지까지 해줬는데도 어쩔 수가 없었다. 하지만 그럼에도 내 손이었다. 너무나 위화감이 하나도 없는 내가 기억하고 있는 나의 손.

"가끔, 제 손에 상처를 내고 싶다는 생각을 해요."

"대부분 여성분은 피부에 상처 나는 걸 싫어하지 않나요?"

"그래서 못 해요. 하지만 자기 몸에서 가장 자주 보는 건 거울 속 얼굴이 아니라 손이잖아요. 그래서 정신 차리게 손에 상처라도 있었으면 하는 생각을 요새 많이 해요."

"어떤 의미로 정신을 차리고 싶은데요?"

아침에 눈을 떠서 내가 나인지 '아스'인지 분간을 못 하다가 완전히 깨어나면 발작하듯이 손등을 쥐어뜯어 상처를 내고 싶은 충동은 아직도 든다. '아스'의 손등에 내 손에는 있을 리가 없는 크고 깊은 상처라도 있으면 일어나자마자 손등을 확인하고 더는 출근해서 내가 해야 할 일에 대해 생각하지 않게 되지 않을까. 엄마한테 그저께 세탁 바구니에 넣었던 옷을 빨았느냐고 물어볼 생각도 안 하고, 나가는 길에 오늘은 토스트 가게에서 야채 샌드위치를 사 먹을까 햄 샌드위치를 사 먹을까 하는 생각도 안 할 수 있지 않을까.

"오늘도 열심히 살아야겠다는 결심이요?"

나는 아직도 표류 중이니 돌아가야 할 내 일상은 아직 생각하지 말라는 하는 다짐을 할 수 있지 않을까 상상을 했다.

세야가 머리카락을 묶고 있던 끈을 풀었다. 풀린 머리카락이 그의 어깨 위로 떨어져 목덜미와 턱을 감싸고 검은 리본은 내 손목에 묶이는 것을 나는 가만히 지켜봤다. 나비가 되지 못한 검은 매듭이 내 손목 위에 남았다.

"그럼 상처 대신에 이 리본을 보세요."

"선생님이 다정하니까 이상하게 울 것 같은데요."

"아스 양. 지금은 선생님이라고 부르지 마세요."

만약에 세야가 내 세계에서 아이돌이나 연예인이었다면 꽤 많은 사람이 통장에 빨대를 꽂아서 바쳤을 거다. 왜냐면 나부터 바칠 거니까. 내가 1빠야.

가게를 나온 후 우리는 거리를 걸었다. 처음 나와본 거리는 유럽의 거리들과 닮았으면서 상당히 모던한 색감을 자랑하고 있었다. 간판들이 꽤 세련되게 디자인되어 있어서 그런지 메리의 아뜰리에 같은 아기자기한 게임 CG 같기도 했다.

며칠간 진행되는 퍼레이드와 축제는 매일 다양하고 다른 내용으로 꾸며질 거라고 세야가 설명했다. 내일은 조금 더 화려한 복장들로 퍼레이드를 돌 거고 그 시간 전후로 광대와 배우들이 연극을 할 거라고 했다. 내일 나올 걸 그랬다. 나도 연극 참 좋아하는데. 한편으로는 승전도 아닌 전쟁을 끝내고 제대로 쉬지도 못하고 매일 남들 보라고 완전군장에 때때옷 빼입고 행렬할 귀환병들을 생각해 보면 어느 세계의 무슨 직업군이든 정말 남의 돈 벌어먹고 살기 힘든 것 같다. 우리 존재 파이팅.

거리상으로는 얼마 되지 않았는데 맞지 않는 신발을 신고 걸어와 발이 아파왔다. 잠깐 뭘 좀 물어보고 오겠다고 세야가 멀어진 틈에 나는 톡톡 한쪽 발을 다른 쪽 발목에 부딪히며 발의 피로를 풀었다.

카페로 보이는 가게 앞에 세워진 거울 속에 내 모습이 보였다. 이 세계의 문명 수준은 생각보다 높았다. 내 세계에 거울이랑 유리가 언제쯤 발명되었더라? 색유리야 진작부터 발명되었다지만 저렇게 투명도가 높고 선명한 유리랑 거울이 중세에 생산됐던가. 어색하고 낯설었다. '아스'와 난 같은 얼굴일 텐데도 평소에 입지 않는 옷, 하지 않는 종류의 메이크업을 한 내 모습은 대단히 어색했다. 남의 옷을 입고 남의 액세서리를 걸치고 남의 구두를 신은 나. 그리고 남의 몸이기도 하지. 모든 게 어색할 수밖에 없다. 나는 손을 들어 낯설어 보이는 내 뺨을 감쌌다. 거울 손의 내 손도 뺨을 감싼다. 손목에 묶인 검은 리본이 가슴 앞으로 늘어졌다. 그래도 이왕 꾸민 거 좀 예뻤으면 좋았을 것을. 난 한숨을 쉬었다. 어쩜 이렇게 나냐, 그것도 촌스러운 쪽으로.

"아스 양. 저쪽으로 가면 된대요."

어디까지 갔던 건지, 단발머리를 찰랑거리며 뛰어온 세야가 말했다. 아까부터 묘하게 골목을 돈다 싶었더니 역시 길을 잃었던 것 같다. 아무리 생각해도 세야도 꽤 온실 인간이다.

광장 쪽으로 갈수록 사람이 많아졌고 길가에 늘어선 노점도 많아졌다. 수레 가득히 꽃을 파는 사람들도 있었고 이것저것 예쁜 수공예품도 많았다. 생각보다 이곳의 기술 수준은 괜찮은 것 같다. 나는 노점들의 가판을 훑어보았다. 주로 젊은 여자 대상인지 작고 아기자기한 액세서리, 리본이나 레이스, 그리고 군것질거리가 많았다. 광장 한가운데에는 커다란 분수가 있었는데 그 주변에서 어린아이들이 뛰어 놀았고 한창 사이가 좋은 연인들은 분수 안에서 흠뻑 젖어가면서 웃음소리를 나누고 있었다.

가슴속에 분수가 하나 있는 것 같다.

커다란 분수는 힘차게 물을 뿜어냈고 물은 햇빛에 비춰지며 온갖 색으로 빛을 반사하고 있었다. 가슴속에 분수가 있다는 건 어떤 느낌일까. 분수 쪽으로 손을 내밀었지만 물에 내 손가락을 적시지는 않았다.

"남자들은 이럴 때, 이런 곳에서 뭘 사는지 모르겠네요."

"남자나 여자나 다르지 않아요, 아스 양."

바로 옆의 노점상에게 잔돈을 건넨 세야가 내게 작약을 닮은 연분홍색의 꽃을 건네며 말을 이었다.

"행복한 걸 사는 거죠."

아, 진짜 이 남자는 시대와 차원을 잘못 타고났다. 연예인이 되었다면 한류로 세계 통일도 능히 해냈을 통 큰 남자인데 어쩌다 이런 활자 안에 살아서. 나는 이름 모를 꽃을 받아 들었다. 꽃은 아무런 향기도 없었지만 살아 있는 식물 특유의 풋풋한 냄새가 났다. 세야를 닮은 냄새였다.

"저 하나 고백해도 돼요, 세야 경?"

"곤란한 거면 듣고 잊어도 되나요?"

"좀 곤란한 건데 잊으시면 안 돼요."

"말해보세요."

그는 부드러운 손으로 나를 사람들이 덜 지나다니는 한적한 곳으로 당기고 상냥한 눈으로 나를 내려다보았다.

"제가 자주 이런 말을 하는 여자는 아닙니다만……."

좀처럼 하지 않던 말이기도 했다. 나는 내 세계에서 잘나가던 여자였다. 남에게 아쉬운 소리 굳이 할 일도 없었고 내 감정에 대해 솔직하기도 했지만 이런 종류의 말을 굳이 먼저 나서서 하는 사람도 아니었다. 부끄러워서 손으로 얼굴이라도 가리고 싶은 심정이었지만 세야가 워낙 부드럽게 웃고 있어서 용기를 내었다.

"저 사실은 돈을 하나도 안 가지고 나왔어요……."

'아스'는 분명 급여를 받고는 있을 텐데 그걸 어디에 어떻게 보관하고 있는 건지 모르겠다. 미나를 관찰하기도 전에 유모로 임명되어서 방을 옮긴 탓에 나는 아무것도 모른다. 퍼레이드를 보러 나와서는 아무 생각이 없었는데, 방금 식사를 하고 나올 때 처음으로 계산에 생각이 미치면서 걱정으로 속이 타들어갔다.

파하하하, 하고 세야가 웃었다. 나는 진지하다. 왜냐면 내 용건은 끝나지도 않았기 때문이다.

"저 엘리랑 안나 선물도 사 가야 하는데, 세야 경…… 세야 님. 세야 오빠. 제가, 갚을게요. 시녀장 언니한테 말해서."

세야는 계속 웃는데 내 얼굴은 새빨갛게 달아올라서 이미 터질 것 같다. 분위기가 심상치 않았는지 지나다니던 사람들이 이쪽을 보며 왠지 흐뭇하게 웃는다. 아냐, 여러분. 당신들이 생각하는 거 그런 거 아냐. 웃지 마. 그러는 거 아냐. 난 그냥 지금 몹시 삥을 뜯고 있는 거야. 혹은 빈대를 붙거나.

우리 집은 늦은 귀가와 외박에 자유로운 편이었다. 밤 11시든 12시 반이든, 오늘 들어간다, 안 들어간다만 전화로 이야기한다면 내 마음 대로 할 수 있었다. 돌이켜 생각해 보면 가풍은 자유로운 편이었다. 다만 가끔씩 '오늘은 자고 내일 일찍 들어갈게'라고 할 경우가 문제였다. 첫차를 타고 집에 돌아갔는데 거실에 아버지가 서서 기다리고 계실 때 뭐라 말로 표현하기 힘든 감정이 있었다. 뭉클하기도 하고 짜증스럽기도 하고 감사하기도 하고 그 모든 것이기도 한.

그러니 세야와의 퍼레이드 구경을 끝내고 왕비 궁으로 돌아왔을 때 아기님의 방에서 미오 경이 팔짱 끼고 서서 날 기다리고 있는 것을 본 내가 느낄 당혹스러움에 대해 서술하시오.

"저, 미오 경. 엘리랑 안나는요?"

"퇴근 시간이 지났다."

"그렇죠. 혹시나 했었어요."

엘리는 원래부터 퇴근 시간에 얄짤없는 강인한 여인이었고, 안나는 처음 합류했을 때는 퇴근 시간에 미적미적 내 눈치를 보며 불안해하던 사람이었는데 며칠 되지 않아 퇴근 시간에 칼 같은 엘리를 본받기 시작했다. 물론 노동조건과 근무 환경은 스스로가 수호하는 것이긴 한데…… 아니, 늦은 내가 잘못인 건 나도 알아. 그래도 좀 아기를 돌볼 사람이 올 때까지 기다려 줄 수 없었던 걸까. 미오 경의 뭘 믿고 둘만 남겨둘 수가 있지?

"미오 경, 아기님이 계속 울고 계신데요."

왕비 궁은 방마다 워낙에 방음이 잘되어 있어서 방문을 열기 전까지는 몰랐는데, 방문을 열자마자 꽤 오래전부터 울고 있었는지 악을 쓰는 아기 왕자의 울음소리가 들렸다. 아기 왕자는 어지간해서는 울지 않는 편인데 저 정도면 들어본 중에 TOP 10, 아니지 TOP 5 안에

들어가는 울음이다

미오 경은 어쩐지 한숨을 쉬는 듯한 태도로 문에서 비켜서 날 안으로 들였다. 나는 바로 요람으로 가서 아기 왕자를 안아 들었다. 배가 고픈가, 기저귀가 꽉 찼나, 아님 어디가 아픈가. 옷을 살짝 들춰보니까 기저귀가 당첨이다.

"아기님, 이제 개운하세요? 저 오기만 기다리셨죠? 늦어서 죄송해요. 아이고, 우리 아기님 목이 벌써 다 쉬셨네."

남의 옷을 입고 남의 구두를 신고 남의 숄을 걸친 채로 아기 왕자의 기저귀를 갈았다. 아기 똥은 냄새도 안 난다는 사기는 누가 먼저 쳤는지 모르겠다.

"아기님이 이렇게 우시는데 좀 안아주기라도 하지 그러셨어요."

"내 임무는 아기님을 물리적 위협에서 보호하는 거지 양육을 돕는 건 아니다."

"어린 아기들은 이렇게 울다가 경기를 일으키기도 해요."

"그때는 의사를 불렀겠지."

애초에 미오 경에게 아기 왕자의 기저귀를 갈아주는 정도의 성의는 기대하지 않았다. 그의 말이 맞기는 한데 바꿔 말하면 아기 왕자의 상태가 경기를 일으킬 정도로 심각해지지 않는 한 양육에 신경을 쓰지 않겠다는 의미로 들렸다.

"저, 미오 경. 제가 선물로 케이크 사 왔어요. 같이 먹어요."

미오 경이 고개를 돌려 아기 왕자를 요람에 눕히고 있는 나를 보았다. 원래 희로애락이 그렇게 크게 드러나는 사람은 아니었는데 지금은 이상하게도 되게 기분이 안 좋아 보이는 얼굴이었다.

"난 단것 안 먹는데, 몰랐나?"

아니, 그래, 사실 단걸 좋아하게 생긴 얼굴은 아니긴 해. 저 우울한 얼굴로 체리나 딸기가 올라가 있는 예쁜 케이크를 작은 포크로 콕콕 찍어 먹는 건 이미지가 안 맞아서 호러블할지도 몰라. 하지만 사람이 의외성이라는 게 있어야 매력이 있고 공략이 가능하고 뭐 그런 거잖아.

"그럼 미오 경에겐 다음부터는 꽃을 사 올게요."

"아스."

"네, 무슨 꽃 좋아하세요?"

"아무것도 선물 안 해도 된다."

저 뒤에 '너만 있으면 돼'가 붙으면 그래도 내가 한 5년은 키워온 로망 충족인데.

난 오늘 하루 종일 기분이 좋았는데 미오 경은 엄청 기분이 안 좋아 보인다. 사실은 그가 나에게 마음이 있었는데 자각하지 못하고 있다가 내가 세야랑 데이트를 하러 나가서 여전히 영문도 모르고 기분만 나쁜 거면 참 좋겠다. 게이에게 바랄 걸 바라야지. 저 망상이 사실이길 바라는 것보다 차라리 국왕이랑 유르겔이 국가 공익적인 이유로 계약 연애하는 사이라는 망상을 하는 게 더 가능성이 있지.

"그래서, 즐거웠나?"

"퍼레이드가 장관이었어요. 머리 위로 꽃을 뿌리는데 진짜 축제 분위기가 나더라고요. 근데 제 생각보다 노점에서 먹거리 파는 건 없었어요."

미오 경이 짧게 웃으며 아기 왕자가 누워 있는 요람 위에 손을 올렸다. 어떻게 사람이 웃는데도 기분이 나빠 보일 수 있는 건지, 대단하다.

"아기님, 들으셨습니까? 아기님의 유모가 아기님 생각도 안 하고 즐겁게 놀다 왔다는군요."

"아오, 억울하면 미오 경도 교대 근무하고 나가시라고요~!"

말은 그렇게 했지만 그는 대체 인력이 있는 나와는 상황이 달라서 교대 근무를 하려고 해도 많이 까다롭기는 할 거다. 내가 저 마음 다 안다. 인턴 시절에 남들은 다 여름휴가를 가는데 난 인턴이라 연차가 없어서 여름휴가를 못 갔다. 여름휴가 다녀온 사람들이 즐거운 얼굴로 여행지 이야기 할 때 저렇게 짜증이 났었다. 휴가 못 가고 일하고 있는 거 뻔히 알면서 '너도 다녀와~' 할 때는 키보드에 율무차나 미숫가루를 부어버리고 싶었다.

난 조용히 있기로 했다. 그때 방으로 들어가려다가 멈춰 선 미오 경이 물끄러미 내 차림을 위아래로 보았다. 어쩐지 부끄러워서 말없이 치맛자락만 만지작대는데 그가 말했다.

"아침에 말하려다 말았는데, 너 주황색 안 어울린다."

아, 그래요? 좀 빨리 말해주지 그랬어요. 이 옷 한 이틀간은 내 침대 옆에 걸려 있었는데. 하지만 사실 나도 그렇게 생각하긴 했었다.

엘리와 안나는 미오 경과 달리 내가 사 온 케이크를 행복하게 먹어 줬다. 혼자만 놀고 온 게 미안해서 내가 본 것들을 최대한 자세히 이야기해 줬더니 안나도 혹했는지 마지막 날 정도에 휴가를 내볼까 한다고 말했다. 자주 볼 수 있는 구경은 아니었다.

"엘리는 괜찮아?"

"말했잖아. 우리 집은 가난해. 난 돈이 더 중요해."

"그래도 흔치 않을 이벤트인데 아깝지 않아?"

"내게 딸린 입이 많다 보니 당장은 휴가가 사치처럼 느껴져."

안나의 휴가 신청은 꽤 난항을 겪었다. 축제는 5일간이지만 퍼레이드는 3일간이라 오늘 아니면 내일 휴가를 떠나야 하는데 당일 휴가는 당연히 안 되고 내일은 또 왕궁에서 기념 파티가 시작되는 날이었다. 처음 그 말을 들었을 때는 낮에는 퍼레이드랑 사열식을 하고 밤에는 파티까지 참석해야 하는 고위 귀족들을 애도했는데, 그렇게 큰 일정들이 겹쳐서 안나의 휴가가 난항을 겪는 걸 보니 안나를 동정하게 되었다. 내가 남을 동정할 처지인지 잘 모르겠지만.

그래도 내가 누린 좋은 것을 가까이에 있는 다른 사람이 누리지 못하는 것은 나를 불편하게 만든다. 그래서 시녀장 언니를 찾아가서 안나가 아기 왕자를 돌보는 데 큰 도움이 되는 사람이긴 하지만 하루 정도는 엘리와 나 둘이서도 어떻게든 될 거라고 간청할 생각까지 했었다. 유르겔이 전갈을 보내기 전까진 말이다.

엘리와 안나가 거의 퇴근 직전인 시간이었다. 젊은 시절에 순진한 아가씨들 몇 울려봤겠다 싶은 중년 하급 관리가 내 앞에서 예를 갖추고 말했다.

"내일 종전 기념 파티에 아기님이 참석할 준비를 하시라고 분부하셨습니다."

내일이면 아기 왕자의 이름이 전국에 공표가 되고 국왕의 후계자로서 왕자님이라고 불리게 된다. 종전 기념 파티가 3일간 이어지기 때문에 마지막 날인가 했는데, 첫날인 내일인가 보다. 모든 중요한 일은 마지막 날에 하지 않을까 짐작했는데 아니었다.

"어떤 절차로 진행되나요? 아기님의 요람을 옮길 분이 오시나요?"

"요람은 본궁에서 준비할 겁니다. 전통 있는 물건이 있지요."

"그럼 몇 시 정도까지 준비하면 될까요? 아기님이 준비하시는 분과 친해질 시간도 필요할 텐데요."

그 하급 관리는 조금 이상한 얼굴을 했다.

"아스 양이 계시니 아기님이 굳이 낯선 사람의 얼굴을 새로 익힐 필요는 없습니다."

"네?"

"아기님이 아직 어리시니 어딜 가시더라도 유모인 아스 양이 동행하셔야지요."

썸 바디 헬 미. 나는 바보는 아니다. 그 파티에 아기 왕자가 참석하는지, 그냥 이름만 거기서 공표되는 건지는 서술되어 있지 않아서 그 부분을 궁금해하기는 했었다. 그런데도 왜인지 모르게 그 파티에 아기 왕자가 간다면, 잠시 잠깐 누군가가 안아서 다녀오거나 아니면 요람째로 옮겨 갈 거라고 생각했던 것 같다. 잠시 잠깐 안고서 다녀오는 사람이 내가 된다거나, 원 플러스 원 아이템으로 내가 갈 거라는 생각은 추호도 하지 않았다. 아기 왕자는 아직 걸음마는커녕 기어 다니지도 못하는데 너무 막연하게 알아서 잘 다녀오겠거니 하는 생각이 있었던 거다!

말도 안 돼, 나 같은 시녀가? 고작 나 같은 시녀가 그 화려한 사람들이 모여서 하하, 호호하고 궁중 암투를 벌이는 복마전 같은 그곳에 들어가야 한다고? 안 돼요, 싫어요, 하지 마세요, 무서워요!

"그럼 내일 해 질 녘에 모시러 오겠습니다."

나는 패닉인데 그 관리는 다시 멋들어지게 내게 인사를 건넸다.

'아스'는 실제적 문맹인데 난 실질적 문맹인 게 아닐까? 아기 왕자가 종전 기념 파티에서 이름을 받고 후계자가 된다는 걸 알고 있었으면서 왜 왕자의 파티 참석 여부를 고민하지 않았던 거고, 아직 걷지도 못하는 아기 왕자가 파티에 참석하는 과정에 대해서는 생각해 보지 않은 걸까. 지금도 아기 왕자는 절대로 혼자 있지 않고 어딜 가나 나와 미오 경이 따라붙고 있는데, 왜 그 파티에 나도 있을 거라는 생각을…… 안 했지. 책에 안 나왔으니까.

"야, 너 큰일 났어."

아기 왕자를 안은 엘리가 의자에 주저앉아 있는 내 어깨 위에 손을 올리며 말했다.

"너 내일 뭐 입고 가나?"

"……어제 입었던 거?"

"짧잖아."

어제 빌려 입었던 드레스는 바닥에 끌리지 않게 발목 근처까지 오는 드레스로, 아무래도 시중드는 시녀들마저 바닥에 닿는 길이의 드레스를 입는 격식 있는 자리에서 입을 옷은 아니었다. 나는 멍하게 중얼거렸다.

"그러게. 나 뭐 입지?"

어디나 사람 사는 곳은 같다지만 내 세계에 있을 때 매일 밤 하던 생각을 어째 여기에서까지 하고 있다. 나에겐 두 가지의 선택지가 있다. 앞에 있던 장식용 앞치마를 떼어낸 검은 시녀복과 내가 유모가 되면서부터 입고 다니던 청교도 같은 검은 드레스. 어느 쪽이든 장례식장에서 최고의 격식을 갖춘 의상이 될 거라는 데 큰 차이가 없는 의상이다.

"내 옷은 별 상관 없지 않을까? 내가 거기 초대된 것도 아니고……아기님의 움직이는 요람 역으로 불려 가는 거니까?"

"아냐, 아스. 드레스가 이 정도 수준이면 너한테 시선을 안 주려야 안 줄 수가 없을 거야."

좀 욕을 들은 기분이긴 하지만 엘리와 안나는 진지하게 내 옷에 대해 고민해 줬다. 당장 내일이라 옷을 어디서 사 올 수도 없고…… 아니, 사 올 수는 있는데 살 돈이 없다. 웨얼 이즈 마이 빅 머니. 엘리와 안나는 한참을 소곤거리다가 결국 타깃을 내 시녀복으로 잡은 후 어깨를 파고 레이스를 달아야겠다는 결론을 내린 모양이다. 자수와 수선방의 스페셜리스트로 자라나고 있는 세브가 야밤에 소환되었다.

"잘되면 평민 기사님 한 분이야."

저 말 요새 나만 빼고 왕비 궁에 유행 중인가. 이건 뭐 어디 데이트 나가는 것도 아니고 아기 왕자 셔틀로 다녀오는 건데 그 셔틀에 잘되는 게 뭐지? 고정 셔틀 되는 거? 내 생각에는 국왕이 지명해서 유모가 된 시점에서 이미 고정 셔틀인 것 같은데.

완성된 드레스는 어깨까지 옷을 파고 그 위로 레이스를 덮어 쇄골과 어깨선을 가리고 소매 끝과 치맛단 밑에 섬세한 수를 놓아 화려하지는 않아도 단아한 맛이 있었다. 기본 바탕이 시녀복이라고 상상도 할 수 없는 옷이다. 이 정도면 그 드레스도 좋은 인생이었다고 만족할 것 같다. 퇴근 이후 꽤 늦은 시간에 옷감과 주문을 받아 갔는데 이런 압도적인 퀄리티의 완성품을 내놓다니. 괜히 자수와 수선방의 스페셜리스트, 빛이 터지는 초신성 세브라고 불리는 게 아닌가 보다. 왕비 궁에서 시녀 일을 할 게 아니라 나가서 리폼 가게를 열면 건물을 세울 수 있을 텐데 내가 다 안타깝다. 뉴스를 보면서도 참 많이 생각했는데 여기나 저기나 자기 재능을 제대로 살리지 못하는 인재가 너무 많다.

"머리는 역시 올려야 하나?"

"목덜미는 기혼녀만이 드러내는 건데?"

"유모인데 머리를 내리고 있는 것도 이상하지 않을까?"

"그치만 머리를 올렸다가 다들 아스가 유부녀인 줄 알고 접근을 안 하면 어떡하지?"

"하긴…… 일단 아스가 멀쩡하고 좋은 사람을 잡아야 우리 가능성도 커지는 거니까."

나는 진실의 거울 앞에 앉아 엘리와 안나의 대화를 들었다. 나 그래도 적당히 화장하고 아이라인 잘 그려놓으면 그렇게 절망스러운 얼굴은 아닌데. 눈은 원래 내가 긋는 데까지가 눈인 거니까. 그렇지만 이렇게 밝을 때 민낯으로 거울 앞에 한참을 앉아 있으니까 조금 우울해지려고 한다. 미용실 거울 앞에서 중화제 바르고 앉아 있는 것 같아. 내 머리 원래 저렇게 큰 건 아닌데, 하면서.

"나보다 아기님 속싸개랑 겉싸개를 더 신경 써야 하지 않을까? 아기님 데뷔인 셈이잖아."

"본궁 쪽에서 준비했겠지."

"되게 아닐 것 같은데."

"요람도 거기서 준비한댔으니까 싸개 정도도 알아서 준비해야지. 그보다 어쩔래, 아스? 역시 머리는 내리는 게 낫겠지?"

안나는 내 머리를 빗어 올렸다가 내렸다가 반으로 갈라서 왼쪽은 올리고 오른쪽은 땋고 온갖 시도를 하고 있었고, 엘리는 내 액세서리 통을 뒤집으며 그나마 이 차림에 어울릴 아이템들을 쥐어짜 내고 있었다. 햇빛 앞에 선 미오 경만이 아기 왕자의 손가락을 잡아채는 장난을 하며 한가로워 보였다.

"미오 경, 되게 한가해 보이시네요? 준비 안 하세요? 미오 경도 같이 가야 할 텐데요?"

"아니, 난…… 난, 기사는 제복이 있어서……."

내가 대체 어떤 얼굴이었는지 모르겠지만 미오 경은 더듬대다 순순히 내게 잘못했다고 사과를 했다. 사과를 받는 입장에서도 그가 뭘 잘못했는지 모르겠어서 뭘 잘못한 건지 말해보라 하고 싶었는데 그때 엘리가 비장하게 내 얼굴에 분칠을 시작해서 참았다.

오후 늦게 본궁에서 우리를 안내해 갈 사람들이 왔다. 나는 아기 왕자를 안고 복도를 나서며 굳게 닫혀 있는 왕비의 방문을 보았다. 그 앞에 서 있던 알렉스 경이 잘 다녀오라는 듯이 눈인사를 보내주었다. 아마도 왕비는 오늘 이 왕궁에서 아기 왕자의 이름을 가장 늦게 알게 되는 사람이 될 거다. 나는 본궁 시중인의 뒤를 따르며 아기 왕자의 귀에 자그맣게 속삭였다.

"아기님, 그거 아세요? 어머님은 아기님을 유진이라고 부르고 싶어 하셨답니다. 멋진 이름이지요?"

꿈속에서 속삭이는 것처럼 소리 죽인 작은 목소리였지만 가끔 어깨가 스칠 만큼 가까이에 있는 미오 경에게 들렸는지 그가 나를 돌아보는 기척이 느껴졌다. 어머니가 아들을 생각하기는 했다는 그 말을 하면서, 그의 얼굴을 보고 싶지 않아 돌아보지는 않았다.

본궁 사람들은 우리에게 친절하지 않았다. 물 안에 튄 잉크를 살피듯이 천천히 우리를 볼 뿐, 일정 거리 안으로 들어오지도 않았다. 모든 사람이 유르겔을 사랑한다. 〈탈출기〉의 걸출한 남자 캐릭터들이 유르겔을 원했고 그들이 아닌 사람들도 국왕의 연인인 유르겔을, 빛을 머금은 유르겔을 사랑했다. 그들이 사랑과 헌신을 바치는 국왕의 유일한 연인 유르겔과 그 몸을 빌려 태어나지 않은 아기 왕자라. 본궁 사람들의 껄끄러움은 나도 알 것 같다.

연회장 뒤로는 길고 짙은 장막으로 가린 시중인들의 공간이 있었다. 교묘하게 가려져 있어서 귀족들은 이런 곳이 있는지도 모를 것 같은 공간이었다. 연회장이 무대라면 이곳은 무대 뒤 대기실 같은 느낌이었다. 이곳에서 바라보는 연회장은 자기 등장 차례가 되지 않은 앙상블이나 무대 크루들이 주연들의 무대를 바라보는 느낌이랑 비슷하려나?

"유모님과 기사님은 이곳에 계시다가 호명을 하면 안으로 들어가시면 됩니다. 안내해 드리겠습니다."

시중인 한 명이 우리 앞에 고개를 조아렸다. 긴 장막으로 가려진 그 늘진 뒷자리가 우리를 위한 자리였다. 나는 투정 하나 부리지 않는 아기 왕자를 품에 고쳐 안았다. 한 생명이란 이렇게 무겁고 버겁고 아픈데도 안고 있다 보면 따뜻하다. 그렇다고 소름 끼치는 게 변하는 건 아니지만.

"화려하네요."

"음."

"저녁이 되면 샹들리에에 불이 들어오겠죠?"

초대받지 못한 우리는 연회장 안쪽으로 들어갈 수 없었고 장막이 열린 틈으로 아직 준비가 한창인 곳들만 볼 수 있었다. 나는 연회장 안쪽을 상상으로 채울 수 있었다. 꽃잎 같은 드레스를 입은 예쁜 아가씨들이 치맛자락을 컵케이크처럼 부풀리며 춤을 추고, 버드나무 같은 기사들과 손을 맞잡는 광경. 금보다 비싼 술들이 잔에 가득 찰 테고, 먹어도 되는 건지 관상용인지 분간도 안 될 예쁜 디저트들도 벽쪽에 쫙 깔리겠지.

두리번대다 구석진 곳에 앉을 만한 곳을 찾아 앉았다. 신분 높은 사람들은 나중에 나오는 게 이런 파티의 법칙일 텐데 양육하는 우리가 신분 낮고 끗발이 약해서 아기 왕자는 너무 이르게 이곳에 왔다.

"그런 데 앉으면 옷이 더러워져."

"뭐 어때요. 아무도 제 옷엔 신경 안 쓸 텐데."

나는 웃었지만 미오 경은 머뭇거리며 손가락으로 자기 이마를 쓸어내고 말했다.

"네가 며칠 전에 입었던 드레스보다 잘 어울린다."

"아, 그 주황색이요? 제 취향이긴 했는데 피부랑 안 맞긴 했죠."

"……그것도 나쁘진 않았어."

"그날 안 어울린다고 하셨으면서."

장막 밖에서 음악이 들리기 시작했다. 아직은 묵직하고 장엄한 분위기여야 하는 시간인지 바이올린 소리보다는 첼로 소리가 더 많이 들렸다.

미오 경의 행사용 기사복은 짙은 남색이었다. 레이스를 달아 좀 예뻐지긴 했지만 검은 내 시녀복과 남색의 기사복이라. 어디에 있어도 참 눈에 안 띌 조합 같았는데 미오 경은 무엇이 신경 쓰였는지 구석에 주저앉은 내 앞을 가리듯이 서 있었다. 몇 번인가 옷자락을 당겨 옆에 앉으라고 청했지만 그는 꿋꿋하게 내 앞을 지켰다. 마치 기사처럼.

아마도 난 벽에 머리를 기대고 조금 졸았던 것 같다. 몇 번 몽롱했던 순간들이 있는데 그 직후 물끄러미 날 보고 있는 미오 경과 계속 시선이 마주쳐서 깨어나야 했다. 사람이 피곤하면 때와 장소를 안 가리고 좀 졸 수도 있지. 뭐, 왜, 뭐. 기다리는 동안 아기 왕자에게 젖병을 한 병 물렸고 두 번 기저귀를 갈았다. 우리가 마땅찮아도 신분이 깡패라, 우리를 시중들어야 하는 시녀가 알게 모르게 미간을 찌푸렸다. 얼핏 음악이 멈추고 홀의 바닥을 찍는 울림과 커다란 목소리가 들렸지만 졸려서 그런가, 물속에서 들리는 것처럼 소리가 멀었다. 그러다 어느 순간 미오 경의 팔이 나를 일으켜 세웠다.

"이제 갈 시간이다."

장막 뒤의 어둠에서 보는 미오 경의 눈동자는 짙은 녹색이었다. 깊고 깊은 숲속에 들어온 것처럼. 잠이 덜 깨서 눈을 만지려고 손을 내미는데, 때맞춰 들려온 목소리에 정신을 차렸다.

"왕자님입니다!"

우리가 나갈 차례였다. 나는 아까 얼굴을 익힌 시중인의 뒤를 따라 장막을 나섰고, 내 뒤를 미오 경이 지켰다. 방금까지 숨겨지듯이 대기하던 장막 앞에는 옥좌가 있었고 그보다 조금 아래쪽 계단에 처음 보는 요람이 있었다. 딱 봐도 비실용적으로 생겼다. 이렇게 사람이 많고 공기는 탁하고 빛이 너무 밝은 곳에서 왕자가 괜찮을지 모르겠다. 영 낯선 환경인데.

그 현기증 나게 찬란한 빛 속에 잘 차려입은 국왕 에반스가 유르겔의 손을 잡고 서 있었다. 나는 차가운 눈으로 내게 손을 뻗는 국왕의 팔 안에 아기 왕자를 안겨주었다. 유르겔은 국왕이 아기 왕자를 사실 많이 좋아한다고 했었다. 그게 정말일까? 그리고 정말이라고 한들 그게 의미가 있는 걸까? 국왕은 놀랍도록 능숙하고 부드럽게 아기 왕자를 안아 들었고 빛을 밝힌 커다란 샹들리에 밑에서 머리 위로 아기를 들어 올리며 이 나라의 가장 귀한 사람들 앞에서 외쳤다.

"여기 모인 모든 사람과, 함께하지 못한 다른 이들에게 왕국의 후계자가 탄생했음을 알린다. 존재하는 모든 것의 축복과 존재하지 않는 모든 것의 비호 아래 태어난 이 아이가 내 뒤를 이어 왕국을 다스릴 것이니, 나는 내 통치권의 후계자에게 미카엘 반 아펠이라는 이름을 선사한다."

미카엘 반 아펠. 사람들이 잔을 머리 위로 들어 새 왕자의 탄생을 축하했다. 저들 모두가 유르겔의 존재를 알고 있을 테니 왕국의 유일할 후계자의 탄생을 진심으로 축하하는 것처럼 보였다. 국왕은 흡족하게 사람들의 축하와 복종을 내려다보며 웃었고 그 어깨 위에 유르겔이 손을 올리며 곱게 웃었다. 그러다 유르겔은 나와 눈이 마주치자 국왕 에반스에게서 왕자를 넘겨받아 안더니 옥좌 옆에 숨도 안 쉬고 숨어 있는 내게로 걸어와 아기를 안겨주었다. 오늘도 눈부시게 아름다운 그가 다정하게 웃으며 말했다.

"넌 꾸며도 별로 예쁘지가 않네."

나는 살짝 고개를 돌려 내 어깨 뒤에 있을 미오 경을 보았지만 그쪽에는 들린 눈치가 아니었다. 표정이랑 언어가 일치하지 않잖아. 누가 멀리서 보면 왕자의 유모한테 뭐 좋은 덕담이라도 하는 걸로 알 것 같은 곱고 따스한 얼굴로 유르겔은 내게 자존심 상하는 악담을 건넸다.

아니, 뭐. 내가 길 가다가 연예인을 해야만 하는 얼굴이라거나 쩔어주는 미녀라는 말은 못 들어봤지만 어디 가서 못생겼다는 말도 안 들어봤는데, 내 인생에 고난과 생존 위협밖에 준 게 없는 유르겔이 자꾸 외모 지적질이다. 내가 왜, 뭐, 왜? 성형 생각 한 번도 안 하고 살아온 중소기업 면접 프리패스형 얼굴인데!

성격 나쁜 것들이 얼굴은 예쁘더라. 그런 속설은 안 믿지만 유르겔을 보면 그 말을 자꾸 믿고 싶어진다. 분명 〈탈출기〉의 유르겔은 에반스를 제외한 다른 사람들에게 다소 무신경한 경향은 있을지라도 근본은 다정하고 선량한 사람이었는데, 나한테 입을 터는 거 보면 날 타

짓 락 온 해서 샌드백으로 쳐대는 건가 싶다. 계급장 떼고 그냥 맞붙으면…… 남녀의 체급 차이가 있으니까 내가 처맞긴 하겠지만, 머리채라도 쥐어뜯어 주고 싶다. 반지 열 개 정도 왕비 궁 시녀 친구들한테 원조받아서 붙으면 아주 몽땅, 계절 네 개가 지나기 전에는 머리를 풀고 다니거나 모자를 안 쓰고 다닐 수 없게 뽑아버릴 수 있는데.

"유르겔 님이 워낙에 아름다우셔서 저 같은 건 눈에 안 차시나 봐요. 오늘도 아름다우세요."

사는 게 무엇이고 목구멍에 풀칠하는 게 무엇인지 알 수 없지만 내 입이 뇌랑 다른 소리를 잘만 말해줘서 참 고맙다.

"예쁘지 않아서 아쉽긴 하지만 네가 예쁜 짓을 보여줄 테니 오늘은 봐줄게. 널 많이 좋아하고 있기도 하고."

유르겔은 마음에 드는 리본을 목에 묶어준 고양이를 건드리듯이 내 어깨 끝을 톡, 건드리고 감미롭게 웃었다. 의도한 바는 아니었겠지만, 등 뒤에서 미오 경이 내쉰 한숨도 내 머리카락과 어깨를 건드렸다. 그리고 내 주변에 있었을 남자들이 하나같이 아아아 하는 탄식을 터뜨리는 소리도.

난 유르겔에게 최선을 다해 애교 있게 웃어주고 단상을 내려와 요람 안에 아기 왕자를 눕혔다. 천장에서 쏟아져 오는 빛이 눈부신지 아기 왕자는 눈을 찌푸리며 고개를 돌렸다. 그 옆에 서서 손으로 눈가를 가려주었지만, 빛이 너무 밝았고 가릴 수 있는 것도 아니었다.

"미카엘 왕자님."

이제 입에 붙여야 할 이름을 작게 불러봤다. 그게 자기 이름인지 모르는 왕자는 불러도 반응이 없다. 아직 왕비는 이 이름을 모르겠지. 〈탈출기〉 안에도 왕비가 왕자의 이름을 부르는 장면은 없었다. 하지만 〈탈출기〉 자체가 왕비의 일상을 그렇게 세세하게 묘사하지도 않긴 했었다. 이제 왕자로 불릴 수 있게 된 이 아기가 왕비의 곁을 떠나게 되기까지 남은 기간은 3년.

요람 주변으로 무슨 AT필드가 펼쳐진 것 같다. 주변을 둘러싸고 접근을 막는 강한 친구들이 있는 것도 아닌데 정말 일정한 간격을 두고 사람들이 가까이 오지를 않고 있었다. 그러고 있으니 파티 분위기도 오묘해진다. 이런 데는 청춘 남녀들이 춤을 추는 게 정석 아니었나? 아니면 뭐 한국형 재벌 판타지처럼 손에 색깔 예쁜 술잔 들고서 하하, 호호하면서 어느 작가의 화풍이 어쩌고 갤러리에서 낙찰이 어쩌고 하는 이야기를 나누든가. 그러고 보면 난 재벌 판타지도 참 좋아했지만, 내게 뺨을 맞고서 나 같은 여자는 처음이라고 손목 잡아줄 재벌 3, 4세가 없었다.

내 등 뒤로 다섯 발자국 정도 떨어진 단상 위 옥좌에 국왕과 유르겔이 앉아 있다. 유르겔이 전 국민이 다 아는 국왕의 사랑스러운 연인이라고는 하지만 저렇게 대놓고 그냥 왕비 대우를 하는 패기가 이 정도면 좀 감동스럽기까지 하다. 분명 어딘가에는 이 왕자도 신의 은총으로 유르겔이 낳았다고 우기는 사람들이 있겠지. 그게 한 오백 년 정도 지나면 전설이 되거나 야사에 전해질 것 같다. 아, 소름 돌아.

다시 옥좌 뒤에 있는 장막 뒤로 돌아가서 안 보이게 숨어 있어야 하나, 요람 옆에 이대로 있어야 하나 고민하다가 미오 경도 나와 요람의 반대편에 서는 걸 보고 그냥 왕자의 옆에 남았다. 화려하디화려한 요람에서 왕자는 눈이 부시고 시끄럽고 불편한지 이리 뒤척, 저리 뒤척은 하지만 울지는 않았다. 잘됐다. 여기서 왕자가 울기라도 한다면 시선이 집중될 것 같다.

요람 안에는 친절하게도 내가 처음 보는 딸랑이가 있었다. 왕자도 이제 두 달 정도 되었으니까 슬슬 딸랑이를 갖고 놀 시기이긴 하다. 나는 슬쩍 딸랑이를 들고 왕자 옆에서 흔들어보았다. 딸랑딸랑 소리가 나니까 동그란 금색 눈이 따라붙는다. 몇 번인가 더 딸랑이를 흔들어주다가 속싸개를 벗기고 딸랑이를 쥐어 줘봤는데 바로 떨어뜨려서 내가 계속 흔들어야 했다. 여기서 흥미를 안 잃는 게 그나마 다행인가. 그러고 있는데 누가 뒤에서 머리카락을 흔드는 것 같은 속닥거림이 내 귀에까지 들려왔다. 작게, 자기들끼리 속삭이는 것에 가까웠으나…….

"왕자의 유모?"

"왕자의 유모는 흑마법사랑 내통해서 처형당했다지 않나?"

"그 후의 유모겠지. 젊군."

"들은 적 있군. 전하께서 직접 임명하셨다지."

"미혼이거나 미망인 같은데?"

"어쨌든 유일무이한 후계자의 유모다."

"전하께서 직접 임명하셨으니 어쩌면 전하와도 연이 있겠어."

"괜찮군. 지금은 별 볼 일 없지만 차후의 권력은…….."

지금 몹시 더럽고 쎄한 느낌이 드는 게 꼭 내 기분 탓만은 아니겠지. 나는 딸랑이를 놓고 고개를 숙였다. 유르겔이 미오 경의 시선을 느끼지 못하는 게 너무 부당하고 이상한 일로 여겨졌다. 이렇게나 시선들이 강렬하게 온몸을 훑는데 어떻게 그걸 모를 수가 있지?

"가신 중에 적당한 이를…….."

"글쎄, 저 정도로 젊으니 직접 나설 하급 귀족들도 있을…….."

"나쁘지 않은 투자…….."

고개를 돌리는 척 뒤쪽을 보았다. 국왕 에반스는 옥좌에 팔을 괴고서 지루한 듯, 혹은 오만한 듯이 회장을 내려다보고 있었고, 유르겔은 한밤에 홀로 떠 있는 달처럼 온화하고 아름답게 웃으며 나를 보고 있었다. 그리고 그 순간 에반스도 나를 보았고, 그는 피식 웃었다. 다 들린다 이거지. 그리고 비웃는다 이거지. 아, 이거 꽤 짜증 나는데. 면접을 세 차례나 불러놓고는 아쉽지만 희망 연봉이 맘에 안 든다고 날 찼던 그 회사 같아. 이유는 다르겠지만 짜증의 등급이 비슷해.

그때 소곤거리고 있던 무리 중의 한 명이 내 앞으로 나섰다. 짧은 금발의, 마법의 모자를 씌워주면 모자가 머리에 닿기도 전에 '슬리데린!'을 외칠 것 같은 인상의 젊은 남자였다.

"안녕하십니까. 저는 아스나일 테일러 자작입니다. 아가씨의 이름을 알 수 있을까요?"

생각해 보면 난 그리핀도르보다는 슬리데린이 좋았는데. 걔들도 알고 보면 착해. 걔들, 자기들끼리는 엄청 챙길걸? 그리고 어쨌든 목표와 신념이 확고한 것도 참 좋은데, 일단 그래. 해리포터가 말포이를 볼 때 어떤 느낌이었는지는 알겠다. 지금 알겠다.

누굴 귀머거리로 아나? 나는 건방진 사람은 아니지만 그렇다고 해서 간단한 산수도 못 할 정도로 순진한 사람도 아니다. 눈앞에서 사내 내규라는 이름으로 내 연봉이 후려쳐지고 있는 걸 보면서 네네 하며 웃고 있을 바보는 아니란 말이다. 내 몸값은 비싸다.

이 나라의 왕가는 원래부터도 손이 적었는데, 에반스의 선대에서 치열한 후계 다툼이 있어서 에반스를 제외한 다른 왕족이 없다. 만약에 혈통이 멀더라도 아주 방계의 방계라도 왕족이 남아 있었다면 에반스는 양자를 들이는 쪽을 택하지 왕비와의 사이에서 왕자를 낳지 않았을 거다. 국왕의 후계자는 오로지 미카엘 왕자 하나뿐이다. 후계 다툼마저 없을 완벽한 다음 대 왕위 계승자. 그리고 나는 그 왕자가 정서적으로 가장 의지하고 따르며 영향을 받게 될 왕자의 유모다. 별로 대단한 계산기를 돌린 것도 아닌데 각이 나온다. 앞으로 더 대단해질, 지금은 보잘것없는 젊은 미혼의 아가씨라. 얼마나 탐이 날까. 신분은 준귀족밖에 안 되고 가진 것 없는 젊은 여자가 앞으로 이십 년 후에는 권력의 핵심이 될 테니. 얼마나 쉬워 보일까. 신분이 낮아 가진 게 없고 아직 젊어 아는 것이 없으니 원하는 대로 유혹해서 입맛

대로 길들여 써먹을 수 있을 것 같겠지.

고무적인 일이다. 이제 내 결혼 상대는 세습 작위도 있고 권력에 대한 야망이 있는 거의 모든 귀족으로 확대가 되었다. 심지어는 골라잡을 수도 있을 것 같다. 조만간 본궁 시녀라도 하나 꼬셔서 아스 토케인의 남자 취향에 대해 소문내야겠다. 그런데 내 남자 취향이 뭐였지? 명줄이 가늘고 길 것 같은 장남 미만의 빅 앤 리치 앤 핸섬? 영 앤 큐트?

"아스 토케인이라고 합니다. 자작님과 전 이니셜이 같네요."

"그렇군요. 그럼 아스 양과 앞으로 많은 것을 공유하는 사이가 될 수 있다고 기대해 봐도 되겠군요."

이 새끼가 날로 먹으려 드네.

"뭐어, 그럴 만한 가치가 있는 분이라면 그렇게 될 수도 있겠죠?"

"진지한 교제를 위한 나쁜 제안은 아니라고 생각했습니다만?"

"제가 아직은 일개 시녀일 뿐이라서 감당하기가 어렵습니다. 불쾌하게 생각하지는 마시길."

자작은 오래 집적거리지는 않았다. 그저 그가 물러나자마자 다른 남자가 내게 다가왔을 뿐이었다.

"좋은 밤입니다. 이런 밤에 함께 춤추는 영광을 청해도 되겠습니까?"

이 파티의 분위기와 진행이 꽤 묘하다고 생각했는데 어쨌든 춤을 추기는 하는 모양이었다. 나는 그 남자의 뒤로도 내게 흥미 있는 시선을 던지고 있는 여러 무리의 남자를 찾아볼 수 있었다. 여자들도 부채로 입가를 가리고 날 보며 소곤거리고 있었다. 마치 이 밤의 가장 즐거운 여흥거리가 나인 것 같았다.

나는 아직 저들과 동급은 아니다. 그러니 응해도 즐겁고 거절해도 즐거울 여흥거리. 나에게 손을 내민 남자의 번지르르한 얼굴이 그렇게 말을 하고 있었다. 나도 안다. 어울려서 휘둘리면 머저리이고 당황하거나 철벽을 쳐도 얼간이가 되는 건 나다.

"실례지만, 그녀는 왕자 전하의 유모이기에 근처를 떠날 수 없는 몸입니다. 저와 마찬가지로."

어떻게 여지를 남기면서도 기분이 나쁘지 않게 거절할 수 있을까 고민을 하고 있었는데 의외의 도움이 들어왔다. 미오 경이 내 팔을 잡아 자기 등 뒤로 보내며 그 뺀질뺀질한 귀족을 대신 거절해 주었다. 그건 마치 그가 나의 기사 같은, 그가 나를 보호해 준 것 같은 그런 것이었다.

귀족 남자는 싱긋 웃고는 자기 무리에게로 돌아가 뭐라 몇 마디를 하는 것 같았다. 그 뒤로 내 주변은 조금 한산해졌다.

"도와주셔서 감사합니다, 미오 경."

미오 경은 뭔가 하고 싶은 말이 있지만 그것이 무엇인지 찾아내지 못한 사람처럼 나를 보다가 말했다.

"너와 난 생존 공동체니까."

"그럼 미오 경도 맘에 안 드는 귀족 아가씨가 치근덕대면 제게 말하세요."

"네게?"

"네, 미오 경께 숨겨둔 아이가 있다고 소문내 드릴게요."

"그건 도와주는 게 아닌 것 같은데."

"적어도 주변은 싹 정리될 거예요."

"그거 참 고맙군."

미오 경은 아주 희미하게 웃었다. 농담 같았나 보다. 진짠데.

그때 보이지 않는 곳으로 물러나 있던 시중인들이 다시 옥좌 근처로 나와 자세를 가다듬었고, 엄청나게 넓은 회장 안의 사람들은 뭘 아는 것처럼 술렁였다. 시중인이 외쳤다.

"클라인 카펠라 백작님 드셨습니다!"

퍼레이드 행렬의 제일 선두에 있던 사람의 이름이었다. 이 나라 최고의 무장이자 국왕 에반스가 쥐고 있는 가장 강력한 무기. 회장의 분위기가 변했고 앉아 있던 에반스의 얼굴도 변했다. 그는 흡족하게 웃으며 옥좌에서 일어섰다. 그에게 있어 오늘의 본론은 왕자가 후계자로 공표되는 것이 아니라 바로 클라인 카펠라의 존재라는 느낌이 확 생겨났다.

국왕이나 사람들의 집중도가 아까와 달랐다. 국왕이 왕궁 밖으로 나가 맞아들였던 그 기사는 심지어 파티에서 국왕이 자리에서 일어나 반기는 권력자였다. 물론 그는 에반스의 친우이기도 하니까 개인적인 친분 탓도 있겠지만.

"클라인!"

에반스가 기쁨을 감추지 않은 목소리로 그 이름을 불렀다. 바글바글했던 인파가 갈리고 그곳에서 키가 큰 한 남자가 나타났다. 묘한 느낌이었다. 그 많던 사람이 한순간에 모두 그림자로 변해 버린 것 같았다. 한 호흡도 안 되는 짧은 순간이었지만 얇은 천을 두 손바닥으로 내리누르는 것 같은 적막이 생겨났다. 그 그림자와 적막 사이에서 그 남자가 나타났다. 팔다리가 길고 온몸이 단단해 보이는 남자였다. 붉은 머리카락이었다. 한순간 그의 귓가에서 나부끼는, 혼자서만 영원히 타오르는 불꽃 같은 붉은색에 시선을 빼앗겼다. 실제로는 본 적이 없는 선명한 색이었다. 영화 '향수'에서 향수 재료가 된 여자들의 머리 색깔이랑 닮은 것 같다.

"클라인 카펠라, 승리를 거두지 못하고 돌아온 죄를 고합니다."

이번엔 진짜 침묵이 돌았다. 애써 승전이 아닌 휴전을 감추려 며칠간이나 돈을 뿌리고 있었던 건데 그 당사자가 저렇게 말을 해버리니 에반스도 순간 할 말을 잊은 것 같았다.

그 순간 유르겔이 어느 때보다 아름답게 미소 지으며 한쪽 무릎을 꿇고 예를 갖춘 클라인의 손을 양손으로 잡아 일으키며 말했다.

"멀리서도 공의 전공을 들었습니다. 이토록 무사히 돌아와 주신 것이 저희 모두의 승리입니다."

……아마도 지금 사람들은 유르겔의 등 뒤에서 빛으로 만든 날개

라도 보고 있지 않을까. 미오 경의 얼굴만 봐도 확인할 수 있을 것 같은데 굳이 뒤돌아보고 싶지는 않다. 〈탈출기〉의 팬들 사이에서 사실 에반스를 짝사랑하고 있다는 설득력 넘치는 카더라가 돌았던 클라인은 아무 표정 없는 싸늘한 얼굴로 유르겔의 손을 밀어내고 혼자 일어섰다. 책에서 보기는 했지만 정말 놀랍다. 저 유르겔을 거절하다니.

"클라인 카펠라 백작의 공은 크고 그는 내 왕국의 두 번째 가는 보물일 것이니."

에반스는 그렇게 말하며 유르겔의 손가락에 입을 맞췄다. 첫 번째 보물은 그럼 유르겔이냐? 아, 왠지 싫다. 절대적으로 싫다. 아, 쫌!

"내 신뢰와 호의의 증표로 그대를 나의 후계자의 후견인으로 명하고자 한다. 받아들이겠는가?"

"명을 따르겠습니다."

클라인은 가슴 앞에 손을 대고 에반스에게 예를 표했다. 어쨌든 목적한 바를 다 이룬 에반스는 꽤 뿌듯하게 웃으며 드디어 악단에게 음악을 연주할 것을 지시했고, 가장 먼저 유르겔의 손을 잡고 홀의 중앙으로 뛰어나갔다. 아직 젊은 그들은 그렇게 활기차게 사랑을 표현하는 것도 보기 흉하지가 않았다.

에반스와 유르겔이 우당탕탕 나가는 바람에 클라인은 홀로 단상에 남겨졌다. 그는 에반스 쪽을 보다 한숨을 쉬면서 계단을 내려왔다. 그러다 자신의 피후견인이 된 왕자가 있는 쪽으로 고개를 돌렸다. 그는 조금 놀란 얼굴로 입을 벌렸다. 에반스와 유르겔의 뒤를 쫓아 삼삼오오 짝을 맞추어 춤을 추는 귀족들이 나와 그 사이의 공간에서 꽃잎 같은 드레스를 펼쳐내며 춤을 추었고, 내 쪽에서 클라인은 더 보이지 않았다. 하지만 잘못 봤을까? 들리지 않고 보았을 뿐이지만, 그는 분명 나를 향해 '아스'라고 불렀다. 내가 잘못 본 거였으면 좋겠다. 그러나 나쁜 예감은 늘 빗나가는 법이 없는 거라서 불안하다.

나는 미오 경을 곁눈질하면서 클라인이 서 있던 곳에서 눈을 떼지 못했다. 색색의 꽃다발 같은 드레스 자락들이 눈앞에서 계속 새롭게 피었다 지는 그동안에도 그는 계속 그 자리에 있었다. 춤이 좀 얌전해질 때는 그 자리에 있는 모습이 보였고 악단의 반주 소리가 격렬해질 때에도 그 인상 깊은 붉은 머리카락만큼은 옷자락 사이로도 보였다. 아직은 사람들이 에반스와 유르겔의 연애질을 보느라 바빠서 모르는 모양인데 누구 한 명만 클라인에게 시선을 주면 죄 없는 내가 곤란해질 정도로 시선이 노골적이었다. '아스'를 부른 건지 아닌지 모르겠지만 '아스'를 알고 있는 사람인 건 맞는 것 같다. 나 어쩌지? '아스'도 저 사람이랑 아나? 아주 평범하고 평범한 평민인 줄 알았는데 저런 거물급이랑은 뭐 하다 아는 사이인 거지?

"그 손목."

"네?"

신경이 바싹 곤두서 있는데 갑자기 미오 경이 말을 걸어서 튀어 오를 뻔했다. 그는 전방을 주시하면서 고개만 까딱여 가슴 앞에 모으고 있던 내 손목쯤을 턱짓하며 말했다.

"여자 옷은 잘 모르지만 검은 옷에 검은 리본은 이상하지 않나?"

세야가 묶어준 리본은 아직 내 왼쪽 손목에 그대로 묶여 있었다. 그 덕에 매일 아침에 아주 잠깐 혼란스럽던 것이 많이 줄어들었다.

"이거요? 세야 경이 묶어주신 건데 그냥…… 풀고 싶지가 않네요."

"소매가 길어서 눈에 띄는 건 아니지만."

그래서 어울린다는 거야, 안 어울린다는 거야. 나는 괜스레 오른손으로 왼손을 잡아 가렸다. 나중에 분위기 좋을 때 미오 경에게 여성의 복장 지적은 별로 좋지 않은 짓이라는 걸 알려줘야겠다. 일단 나한테 하지 말라고 제일 강조해서 말해야지. 아니, 뭐. 복장 지적할 수는 있긴 한데……. 미오 경도 딱히 센스가 좋아 보이지는 않는데 요새 자꾸 지적하니까 좀 기분이 별로라고 할까.

연회장의 가장 중앙에서 에반스와 유르겔이 누구보다 행복해 보이는 얼굴로 춤을 추고 있었다. 그들은 우아하고 쾌활하고 행복해 보였다. 이따금 에반스는 원래 동작에서 벗어난 장난을 치는 모양이었고 그때마다 유르겔과 주변 사람들은 조금씩 놀라면서도 흐뭇하고 행복하게 웃었다. 〈탈출기〉에서도 그랬다. 유르겔과 에반스의 사랑은 보는 이들까지도 행복하게 만드는 사랑이라서, 유르겔에게 함락되고 매혹된 남자들은 자신과 이루어질 수 없는 유르겔을 사랑해 괴로워하면서도 행복한 그를 보는 것만으로도 충분히 만족해했다. 젊은 연인들답게 그들만의 세상에서 웃음 짓는, 지금 유르겔과 에반스를 보고 있는 사람들처럼 모두가 그랬다.

*"가슴속에 분수가 있는 것 같다."*

다시 미오 경의 말이 떠올랐다. 그때, 마을에 내려갔을 때 그 분수 안에 손을 넣어볼 걸 그랬다. 세야의 손을 잡고 한 손만이라도 담가볼걸. 그랬으면 그게 어떤 기분인지 좀 알 수 있었을까.

자꾸 미오 경을 돌아보고 싶은 고개를 억누르기 위해 천천히 연회장 안을 둘러보았다. 연회의 주인공이 내가 아니긴 했지만 그래도 이런 구경도 자주 할 수 있는 건 아닐 테니까 눈에 새겨놔야 한다. 귀족들은 중앙에서 춤을 추거나 근처에서 서로의 눈동자에 건배할 기세로 우아하게 술잔을 들고 있었고, 기사들은 일정한 간격으로 연회장을 둘러싸듯이 서 있었으며, 그들 사이사이로 시중을 들 시중인과 시녀들이 돌아다니고 있었다. 그중 태반이 각자 할 일을 하면서도 한 번씩 선망 어린 눈으로 유르겔에게 눈길을 던지는 것을 보았다. 어린아이가 팔랑거리며 지나가는 나비를 향해 반사적으로 손을 뻗는 것과 비슷한 시선들이었다.

나는 고개를 들어 연회장 크기만 한 샹들리에를 보았다. 마법이 어느 정도 실생활에 상용화가 된 세계라서 내 세상에서 전기로 쓰던 불들 대부분은 이미 마법으로 전환이 되었는데, 이곳의 샹들리에는 아직도 촛불로 켜져 있었다. 저 촛불을 유지하는 게 마법인지는 모르겠지만 사치스럽다는 건 알겠다. 샹들리에 불빛 아래의 모든 것이 화려했다. 불빛에 반사된 유리잔이나 식기, 그 아래 아름다운 옷차림의 사람들까지 모두. 왠지 영화 '제인 에어'가 생각났다. 그 영화에 이거랑 비슷한 장면이 있었었다. 로체스터가 연 작은 연회에 가정교사였던 제인 에어가 초대되어서 그녀 나름으로는 최대한으로 꾸미고 갔지만 그 자리에서 소외되고 한없이 실내 인테리어가 되었던 장면이 꽤 인상 깊었는데…… 그게 지금 나랑 미오 경 같다. 아니다. 그 영화 속 제인 에어는 나풀나풀한 미녀였다. 입가의 점이 매력 포인트이기까지 했지. 아니, 나도 꿀리지는 않아! 나풀나풀한 연약 미녀가 아니라서 그렇지.

아련한 추억을 떠올리며 샹들리에에서 눈을 떼고 구경하는 재미가 있는 화려한 사람들의 의복이나 구경하기 시작했다. 나는 내 옷이 꽤 화려하게 개량되었다고 생각했는데 여기 와보니 와, 그래요. 제가 시녀라서 주제를 몰랐습니다?

한참을 다른 곳에 정신력을 분산했던 나는 슬쩍 눈동자를 굴려서 아까 클라인이 있던 자리를 보았다. 다행히 그 자리는 이제 비어 있었다. 약간 찜찜하긴 한데 이 정도면 아까의 불안한 예감을 아슬아슬하게 기분 탓이었다고 우겨도 될 것 같아졌다.

그때 갑자기 샹들리에의 불빛이 훅 하고 꺼졌다. 어? 하고 사람들이 놀랐고 연주하던 악단들도 손을 멈췄다. 한참 찬란하게 밝았으니 빛의 잔상이 남을 법도 한데 천을 뒤집어씌운 것처럼 이 넓은 곳이 한꺼번에 새카맣게 변했다. 돌발 사고인가? 와, 여기 연회 준비한 사람 누구냐. 시말서로 해결될 사고인가 이거? 뒤로 물러서 있던 시중인들이 웅성웅성 당황해 앞으로 나서려는 그 찰나에 유난히 또렷한 목소리가 어둠을 갈랐다.

"친애하는 국왕 전하, 늦은 인사를 용서해 주시기 바랍니다."

어느샌가 기척도 없이 검은 로브를 입은 한 사람이 에반스 앞에 허리를 숙이고 있었다. 로브를 쓰고 후드도 눌러쓰고 있어서 얼굴은 볼 수 없었고 어깨 아래로 흘러내린 긴 머리카락만이 보였다. 어둠 속에서도 빛을 반사하는 백금발이었다.

"대마법사."

누군가의 말에 사람들이 술렁거렸다. 내 기억이 맞았나 보다. 〈탈출기〉에 대마법사 시엘이 왕자에게 축복을 내려주는 장면이 있었다. 전쟁에서 같이 돌아오는 줄 알았는데 안 보여서 딴 책이랑 섞어서 기억하나 불안했었는데.

"그대는 탈영했다고 들었는데."

"그 죄를 빌러 왔습니다, 전하."

애초에 이 왕국이 전쟁을 감행하게 된 것은 클라인과 저 대마법사의 존재 탓이 컸다. 대륙의 유일한 대마법사가 참전 의사를 밝혔을 때 왕국은 당연히 승리를 점쳤다. 그러나 기대했던 승리가 아닌 휴전으로 전쟁은 끝이 났다. 왜냐면 대마법사는 유일하고 강력하고 절대적이었으나, 아직 한참 젊어 전쟁을 겪어본 적이 없었기에 처음 나간 전쟁에서 무차별로 사람이 죽어가는 것을 견디지 못하고 탈영을 해버렸으니까. 이론과 실전의 괴리라고나 할까. 대마법사 시엘 커퍼필드의 이탈이 왕국과 전선에 끼친 충격과 공포는 엄청났다.

"오늘은 왕국의 후계자가 공표된 경사스러운 날입니다. 저는 영광을 잃어버린 패잔병이자 탈영병에 지나지 않으나 대륙의 법칙을 정하는 대마법사. 그 대마법사 시엘 커퍼필드의 이름으로 왕자님께 축복을 드리는 것으로 제 죄를 씻고자 합니다."

승전이 아닌 휴전이 유쾌할 리는 없지만 한 세대에 단 한 명 존재하는 대마법사의 축복이다. 에반스는 조금 고민하는 것 같더니 유르겔의 손을 고쳐 잡으며 고개를 끄덕였고, 대마법사는 다시 깊숙이 허리를 숙여 에반스에게 예를 표했다.

대마법사가 어둠을 두르고 요람으로 다가왔다. 미오 경이 내 팔꿈치를 잡고 한 걸음 뒤로 물러섰다. 빛이 사라진 회장 안에서 그에게만 달빛이 닿는 것처럼 흘러내린 백금발이 희미하게 빛이 났는데도 얼굴만은 안개가 낀 것처럼 제대로 보이지 않았다. 나이가 젊은지 젊지 않은지조차 알 수가 없었다. 어두워서 백금발로 보이는 것이지 사실은 백발일 수도 있을 것 같았다. 그는 요람 앞에 서서 조금은 긴 시간 동안 아기 왕자를 응시하더니 아기 왕자의 작은 손을 잡아 들었다. 잠시간 아무 일도 일어나지 않았다. 그래서 나는 그를 아주 수상한 눈으로 봐야 했다. 정황상 대마법사로 보이고 남들도 대마법사라고 하는데 대마법서가 맞긴 하겠지? 이 상황에 저 발언에 대마법사가 아니라면 이자는 신원 미상의 거동 수상자가 되는 거다. 갖고 있는 무기가 없으니 구두라도 벗어 들 준비를 하며 그를 응시했다.

하지만 맞잡은 손에서 천천히 빛이 새어 나오기 시작했다. 주변으로 가루가 뿌려지는 것 같은 황금빛이었다. 왕자는 동그란 눈을 뜨고 대마법사를 보고 있었다. 내게 보이지 않는 얼굴이 그에게는 보이는 것처럼.

"왕국의 새 희망이신 왕자님께, 훗날 당신이 간절히 바라는 것 하나를 정복할 수 있는 권능이 깃들도록 나, 시엘 커퍼필드의 이름과 마력으로 각인을 새기겠습니다."

야, 꺼져. 저거의 어디가 축복이야. 정복이라는 단어 선택은 꾸리꾸리한데 내용은 애매모호하다. 그리고 줄 거면 다 주든가, 왜 하나야? 간절히 바란다의 척도가 뭐지? 왕자가 어릴 때 뭐 간절히 어린 동생이

나 토끼 인형 같은 걸 바랄 수도 있는 거잖아.

처음엔 맞잡은 손 사이로 새어 나오던 빛이 그가 말하는 동안에 밝아지고 커져 그와 요람 주변을 감쌌고 나중에는 눈으로 볼 수조차 없이 날카롭게 빛났다. 그러다 시엘의 말이 끝나는 것과 동시에 그의 심장에서 황금색 불사조 같은 것이 피어올랐다. 광풍 같은 알 수 없는 기운이 그 중심에서 터졌다. 도저히 눈을 뜨고 있을 수가 없어서 질끈 감았다. 몸이 흔들리는 충격과 함께 닫혀 있던 문들이 깨질 듯이 열리며 커다란 소리를 만들었다. 잠깐 지진이 일어난 것 같았다. 눈과 귀가 이상해서 사람들의 비명이 꿈속에서 듣는 것처럼 먹먹하게 들려왔다. 등 뒤로는 공들여 꾸민 머리카락이 모두 풀려 흘러내리는 감촉이 느껴졌다. 강한 빛에 노출된 눈이 너무 시려서 양손으로 눈을 가렸다. 앞을 보지 않고도 이미 내 앞에 대마법사가 없다는 것은 느낄 수 있었다.

"이리로."

혼란스러운 와중에 누군가가 내 손목을 잡아끌었다. 경황이 없는 사이 손목은 더욱 단단히 붙들려서, 왕자를 안아 올리며 단련된 근력으로도 벗어나지 못할 정도였다.

나는 자유로운 한 손으로 거추장스러운 긴 드레스 자락을 들어 올렸다. 그리고 바닥에서 엉뚱한 것을 밟지 않기만을 기도하며 그의 손이 이끄는 대로 달려 나갔다. 몇 발자국 뛰어나가자 눈 시림이 가셔서 눈을 뜰 수 있었다. 이토록 어두운 곳에서도 그의 붉은 머리카락만은 눈에 새겨지듯이 보였다. 클라인 카펠라.

활짝 열린 유리문을 넘어가며 단 한 번 뒤를 돌아보았다. 그렇게나 화려하고 사치스럽던 세계의 모든 불이 다 꺼져 있었다. 서로 혼란 속에 겹쳐지며 꿈틀대는 사람들이 마치 엉킨 그림자처럼 눈에 들어왔다. 그리고 그곳, 내가 떠나온 자리의 요람 곁에 서서 한 손으로 검을 잡은 미오 경이 이쪽을 보고 있었다. 빛이 하나도 남아 있지 않고 오로지 달빛만 남은 그 순간에 미오 경의 얼굴만은 똑똑히 보였다. 그건 참으로 알 수 없는 이상한 일이었다.

낮은 테라스를 넘어가면 바로 정원이 있었다. 정원 내지는 후원이라고 부르는 게 맞을 것 같은 구조인데 어두워서 그럴까, 그 짙은 그늘은 정원보다는 숲이라고 부르고 싶은 상태였다. 길을 알고 있을까. 아무것도 모르고 짐작하지도 못하는 나와 달리 클라인은 그 짙은 어둠 속으로 주저 없이 달렸다. 나는 드레스를 아예 손목에 한 번 감아서 들어 올리고 그를 따라 달렸다. 빌린 구두가 아니라서 다행이다. 드레스가 길어서 어차피 안 보일 거라 늘 신고 다니던 낡고 상한 부츠를 신고 있어서 정말 다행이었다. 더 망가지고 상할 것도 없는 구두 덕분에 나는 마음도 몸도 다치지 않고 달릴 수 있었다.

나는 5분도 전력 질주를 할 수 없는 나약한 현대인인데도 그의 손에 붙들려 한참을 뛰었다. 내 손목을 잡았던 그의 손은 어느 순간부터 나를 부축하는 손이 되어 있었고, 내 목에서는 만두라도 삶고 있는 것 같은 소리가 나오고 있었다. 일단 인간의 숨소리는 아닌 게 확실했다. 쿵쾅거리던 심장이 머리까지 올라간 것처럼 더는 못 버티겠다 싶을 때에야 그가 걸음을 멈췄다. 주저앉아 버릴까? 하지만 그가 멈춰선 곳이 하필 뱀 나올 것같이 생긴 곳이라 무서워서 주저앉을 수도 없었다. 겨우 무릎을 짚으며 헉헉거렸다. 무서워 죽겠는데 목에서는 뱀이 피리 소리로 착각할 것 같은 소리도 나온다.

다짜고짜 끌고 와놓고 그는 오랫동안 나를 기다려 주었다. 벌떡이던 심장이 더는 아프지 않고 대신 가쁘게 호흡을 실어 나르던 목이 아파올 즈음에야 내 숨소리는 겨우 잦아들었고 그제야 다른 소리도 들을 수 있었다.

"왜 이곳에 계시는 겁니까?"

그가 물었다. 당신이 끌고 와서요. 물론 바라는 대답은 이게 아니겠지. 내가 왜 여기에 있냐고? 글쎄다. 하지만 장담하건대, 이 세상 어디를 어떻게 뒤져보더라도 나보다 더 그걸 알고 싶어 하는 사람은 없을 거다. 나는 클라인의 얼굴을 마주 보려 노력했지만 제멋대로 자란 나무들이 달빛을 가려서 그의 표정을 살필 만큼의 빛도 들어오지 않았다. 다만 그의 선명한 붉은 머리카락만 보였다.

대답할 말이 없다. 내가 여기에 왜 있을까. '아스'와 그는 어떤 관계이며 그와 반말로 대화했을까, 존댓말로 대화했을까. 나는 그것조차 모른다. 약 두 달 전 시녀 친구들과 대화할 때 필사적으로 눈치를 살피고 말 한마디에도 온갖 계산과 경우의 수를 따져가며 대화 패턴 시뮬레이션을 돌려 겨우겨우 정보를 긁어모았는데 이제 그걸 클라인을 대상으로 다시 해야 하나 보다.

월급 명세서를 받을 때마다 국가가 내게 해준 게 뭐가 있다고 세금을 이렇게나 떼어 가냐고 오열했는데, '아스'도 마찬가지다. 국가는 내게 국적을 주었지, 넌 내게 해준 게 대체 뭐가 있냐. 시녀 친구들을 상대할 때의 리스크가 '너 오늘 좀 이상하다'였다면 지금은 '넌 누구냐'가 될 수 있다는 게 문제다. 시녀 친구들은 날 죽이지 않겠지. 하지만 클라인은 날 죽이거나 죽을 정도로 곤란하게 만들 수도 있다. 그게 문제다. 나는 사지 멀쩡히 살아 돌아갈 거다.

"제가 여기에 있으면 안 되나요?"

모름지기 최선의 방어는 공격이라고 했으니 도박을 걸어본다. 생각해 보면 주민등록증이 나온 이후로 내 모든 선택과 결정 중 도박이 아니었던 것이 없다. 그때 맞춰 열심히 살았을 뿐 내 인생과 앞날에 확신을 갖고 살아온 게 아니다.

"당신을 걱정했습니다."

다행이다. 존댓말을 쓰는 건 정답이었던 것 같다. 왜 존댓말을 하나고 따지면 지금은 시녀라서 그렇다고 변명하려고 각오하긴 했었는데. 클라인은 내 말투를 탓하는 대신에 보다 더 완벽하게 알 수 없는 대답을 했다. 난 그가 내가 왜 이곳에 있으면 안 되는지에 대해 어떻게든 떠들어주길 바랐건만 동문서답을 한다. 날 걱정해서 이곳에 없기를 바랐다고? 그래, 왕비 궁이 좀 '실전 삶의 현장'을 찍는 동네긴 하다. 그건 촬영 종료 날이라도 있지. 그래도 무려 국왕의 친우씩이나 되는 금수저 오브 금수저가 나를 걱정했단다. 이 세계에서 내 안위를 걱정하는 사람이 나랑 클라인 두 명이나 된다. 감격스러워야 할 것 같다.

'아스'가 사실은 이웃 나라 공주였다거나 클라인의 이복 누이였거나 할 가능성이 있을까? 그랬으면 좋겠다. 신분 버프라도 좀 받고 싶다. 지난 두 달간의 고난을 뒤로하고 이제부터 내 앞길에 꽃길이 깔려 있어서 비단신 신고 사뿐히 지르밟고 걸어갈 수 있으면 좋겠다. 난 아직도 내 로망을 포기하지 않았다. 이세계로 진입하자마자 노비로 굴렀던 어느 소설 속의 여주인공보다야 신세가 나은 편이긴 하지만 왜 나는 무려 이세계로 와서까지 노동자여야만 하는가.

"그가 당신을 쫓아냈습니까?"

머릿속에 저장된 온갖 판타지와 로맨스 소설들의 데이터 시뮬레이션이 돌아갔다. 50%의 확률로 저 대사는 차갑고 이기적인 아버지가 실수로 하녀를 건드려 낳은 딸을 냉대하고 천대하다가 쫓아낸 후 겨우 누이의 행방을 찾아낸 착한 남동생의 대사인데. 드디어 내 인생 첫 번째 버프인가?

"그렇다면 제집으로 모시겠습니다. 부디 당신은 안전한 곳에 계셔 주십시오."

50%의 확률로 아니었구나. 아버지가 쫓아낸 거면 다시 날 집에 데리고 갈 일이 없지. 수능 이후로 써먹을 일이 없어서 까먹었는데 내 찍기 실력은 별로 안 좋았었다. 그걸 잊었네.

"전 이곳이 편합니다."

"위험합니다."

"전하께서 직접 절 왕자님의 유모에 임명하셨답니다."

그가 어떤 얼굴인지 모르겠다. 내게 도움이 될 사람인가? 〈탈출기〉 내에서라면 그의 비중은 크게 두드러지지 않는다. 그는 국왕 에반스의 비호 세력으로서 유르젤의 정신 나간 추종자들이 왜 유르젤에게 왕관을 찬탈해 바치지 않는가에 대한 당위성을 제공하는 역할로 쓰일 뿐이었다. 내가 기대를 갖는 게 바로 그 부분이다. 쓰이지 않았기에 확정되지 않은 가능성.

어디선가 어렴풋하게 물소리가 들려왔다. 오늘은 달이 밝았는데 나뭇가지 사이로 이렇게 빛 한 점 없을 수가 있다니, 본궁의 정원사가 제대로 월급 도둑인 것 같다. 부러운 인생이다. DMZ의 자연도 여기에 비한다면 잘 손질된 정원일 거다.

"당신이 원하신다면 제가 방법을 찾아보겠습니다."

'아스'는 저 사람과 어떤 사이였을까. 어떤 사이였기에 에반스에게 절대복종과 우정을 바치는 저 사람이 '아스'를 위해 존재하지 않을 방법을 찾아온다는 말을 할 수가 있을까.

나는 대답 없이 물소리가 들려오는 방향으로 걸어 나갔다. 유감스럽게도 우리가 뛰어온 방향과는 반대 방향이었지만 물이 흐르고 있는 곳이라면 나무들의 틈이 벌어져서 달빛이 여기보다는 좀 더 들어올 것 같았다.

"아스!"

그는 내게 존댓말을 쓴다. 이곳에서 내게 존댓말을 쓰는 사람은 그와 세야와 시녀장 언니뿐이다. 그는 나를 '아스'라 부르고 세야와 시녀장 언니는 나를 '아스 양'이라 부른다. 그래도 마지막까지 혹시나 했는데 역시나 내가 그의 이복 누이는 아닌가 보다. 인생 한번 피어보나 싫었건만.

"여기 뱀 나올 것 같아요. 조금 밝은 곳으로 가요."

솔직히 말하자면 진짜 뱀 나올 것 같아서 대화에 집중을 하려도 할 수가 없었다. 바람 때문에 풀잎만 바스락거려도 뱀이 기어 오나 싶어서 흠칫흠칫했다.

오래지 않아 물소리가 나던 곳에 닿았다. 계곡 같은 것을 기대했는데 왕궁에 그런 게 있을 리가 없었다. 그래도 왕궁이 산 쪽에 있어서 약간은 기대했었다. 웨딩 홀만 한 호수 주변을 엇갈려 자란 나무들이 둘러싸고 있었다. 낮에 보면 아름다울 것 같은 커다랗고 새카만 호수 위로 거대한 달이 물결치고 있었다. 크고 아름다운 달이다. 물가에 뱀은 없을 것 같았는데 대신에 호수에 이무기 하나쯤은 살고 있을 것 같았다. 본궁의 정원사가 정말 제대로 된 월급 도둑놈이든가, 에반스의 취향이 특이한 것 같다.

이제 그의 얼굴이 보인다. 빛이 비치는 곳에서 봐도 인상적인 붉은 머리카락이다. 퍼레이드 때는 투구 아래에서 새파란 눈을 보았던 것 같은데 빛이 잘못 반사된 것이었나 보다. 이렇게 어두운 곳에서도 그의 눈동자는 밝은 회청색이었다. 〈탈출기〉에서 그가 몇 살이었지? 꽤 젊은 얼굴이다. 젊고, 간절하고, 애절한.

"제가 왕비 궁에서 나가기를 원하시는 건가요?"

"당신이 안전히, 오래, 제 곁에 있어주시길 바라는 겁니다."

"죄송하지만 저도 제 인생이 있어요."

"당신이 안전하길 바라는 게 제 과한 욕심입니까?"

나는 좀 망설였지만 최선의 방어는 공격임을 다시 떠올리며 말했다.

"저희가 그럴 사이인가요?"

클라인은 좀 상처받은 것 같았다. 아냐, 그러지 마. 상처받지 말고 또박또박 나한테 말해봐. 내가 진짜 몰라서 물어본 거야. 그러니까 우리가 어떤 사이인지 말을 하고 날 좀 설득해 주지 않겠어?

밀당이 너무 심했던 것 같았다. 그를 좀 달래줄 생각으로 발을 옮기다가 옷자락을 밟아버렸다. 그 순간에야 내가 긴 드레스를 입고 있다는 사실을 잠깐 망각했다는 것을 깨달았다.

잠깐, 농담이지? 지금 이 타이밍에? 중요한 순간에 헛발질해서 산통 다 깨먹는 놈들을 그렇게 욕을 했는데 그게 나라고?! 하지만 몸을 바로잡을 찰나의 여유도 없이 급격히 몸이 기울어졌다. 안 돼, 이럴 순 없어! 다급하게 팔을 파닥여 봤지만 그걸로 기울어지는 몸을 감당하기엔 내 몸무게가 너무 든든했다. 안 돼, 저 호수 정말로 이무기가 살 것 같단 말이야! 뱀은 싫어! 파충류 무서워!

"당신은 제 소중한⋯⋯."

뭐라 말하던 클라인의 목소리가 끊겼다. 아니, 잠깐. 나 저 대사 어디서 많이 들어봤어! 벚꽃 잎이 좀 휘날리고 있을 것 같은 대산데? 미안해요, 바람 소리 때문에 잘 안 들려요. 제가 좀 근수가 나가서 엄청 빨리 넘어지고 있거든요! 날 좀 구해줘! 간절한 눈으로 클라인을 보고 싶었지만 추락 속도가 LTE였다.

수영이나 다이빙을 안 해봐서 몰랐는데 몸이 물의 표면에 그대로 떨어지는 건 상당히 아팠다. 풍덩이라고 표현하기에는 아까운 사나운 소리가 났고 나는 그대로 호수 바닥으로 추락했다. 호수 밑에는 아무것도 보이지 않았고 내 주변으로 생겨나는 하얀 기포들도 빠르게 멀어져 갔다. 서서히 빼앗기는 숨들이 그렇게 공포스러울 수가 없었다. 어둡고 차갑고 숨을 쉴 수 없이 무서운 곳에서 발버둥을 쳐보았지만 몸이 떠오르지 않았다. 그즈음에 정신을 잃었던 것 같다. 바로 내 눈 앞에서 푸른 물이 든 눈동자가 붉은 머리카락과 함께 일렁이는 것을 본 것도 같았지만 잘 모르겠다. 빛이 닿지 않는 물은 늪과 같아서 내 모든 것이 빨려 들어가는 느낌이었다. 추락은 의외로 안락했다.

다시 눈을 떴을 때는 눈앞에 미오 경이 있었다. 한참 동안을 미오 경을 보고 있으면서도 뭘 보고 있는지 몰랐다. 무언가 대단히 익숙하고 일상적인 소리가 섞이고 있었다. 5교시 수학 시간에 졸다가 깬 것처럼 머리가 멍하고 몽롱했다.

한참의 시간이 지나고서야 그 익숙한 소리 중의 하나가 왕자가 칭얼거리는 소리라는 걸 인식할 수 있었다. 그제야 미오 경의 목소리도 분간할 수 있었다. 반사적으로 몸을 움직이려고 했지만 온몸에 힘이 들어가지 않았다. 그러다 왼쪽 손목에 묶여 있는 검은 리본을 발견하고 억지로 움직이려던 몸의 힘을 빼버렸다. 나는 아직도 〈탈출기〉 속이고, '아스'고, 근래 정신적으로도 육체적으로도 피곤했다. 세야가 묶어준 리본을 확인하고 몸에서 힘을 빼니까 다시 놀라울 정도로 잠이 몰려왔다.

"쉬이, 왕자님. 지금은 우시면 안 됩니다."

그 소리를 듣지 않았다면 잠이 들었을 것 같다. 미오 경이 왕자를 안고 있었다. 칭얼거리는 왕자를 품에 안고 등을 토닥이면서 천천히, 내가 하듯이 물결처럼 몸을 흔들며 아기 왕자를 달래고 있었다. 아직 꿈인가? 머릿속이 멍했다. 내가 왜…… 어떻게 여기에 있는 거지?

"오늘은 좋은 날이었습니다, 미카엘 왕자님. 왕자님의 이름을 부를 수 있게 되어서 기쁩니다. 미카엘은 아름답고 강한 이름이지요. 그 이름대로 자라나실 겁니다."

미오 경은 나직하고 부드러운 목소리로 계속 왕자에게 말을 걸었다. 왕자가 칭얼거리는 소리는 조금씩 작아지다가 미오 경이 하는 말의 대답처럼 작아졌다.

"미오 경……?"

내가 그를 불렀던 것 같다. 아닐 수도 있다. 하지만 그때 미오 경이 나를 돌아보았다. 불 하나 켜지 않은 밤인데도 달이 크고 밝아서 방 안까지 희미하게 비춰주고 있었다. 하얀 셔츠만 입고 머리카락을 옆으로 묶어 내린 미오 경은 잠깐 숨이 멈춰질 만큼 편안해 보이는 얼굴이었다. 달빛이 푸른빛으로 그어낸 그의 옆얼굴이 은은하게 빛나고 있었다.

그는 한 손으로 왕자를 안아 들고 다른 손으로 내 눈 위를 덮어주었다. 미지근한 손가락 사이로 편안한 어둠이 내 눈가에 얹혔다. 낯선 냄새가 난다.

"더 자라. 수건으로 대강 몸을 닦기는 했지만 옷을 갈아입히지 못해서 푹 쉬지 않으면 감기에 걸릴지도 모른다."

그러고 보니 온몸이 축축하고 기분 나쁘게 미지근한 것도 같았다. 창문을 열고 바람을 들인다면 시원할 것 같은데. 얌전히 눈을 감고 있으니까 손이 멀어졌다. 나직하게 미오 경이 노래를 부르기 시작했다. 어디서 들어본 것 같은 낮고 편안한 자장가였다. 잠이 오는지 눈이 무거웠지만 나는 억지로 눈을 떠서 소리가 나는 곳을 바라보았다. 미오 경은 놀랄 만큼 부드러운 목소리로 노래를 불렀다. 깜빡깜빡 끊기는 시선 안에서 왕자도 미오 경의 품 안에서 눈을 깜빡깜빡…… 깜빡. 저렇게 노래를 부를 수 있는 사람이었으면, 평소에도 좀 불러주지…….

⊱⊰✿⊱⊰

아침에 기분 좋게 눈을 뜨고 하루를 시작한 게 언제였는지 이제 기억도 안 난다. 아침마다 기분이 더러웠지만 그래도 내가 썩은 걸레 같다고 느낀 적은 단 한 번도 없었다. 하지만 오늘은 내가 썩은 걸레가 된 것 같다. 왜냐면 몸에서 걸레 썩는 냄새가 나고 있으니까.

"네가 노려봐서 하는 말인데, 나는 죄가 없다."

조용히 검을 닦고 있던 미오 경이 말했다. 검날에 미끄러지다 반사되는 아침 햇빛이 참 싱그럽게도 보인다. 물론 내 몸에서 걸레 썩는 냄새가 나는 데 미오 경의 잘못은 없다. 어제 승천을 앞둔 이무기가 최소 한 마리는 살고 있을 것 같은 물에 빠졌던 것은 나고, 물에 빠져서 정신을 잃은 것도 나다. 그나마 젖어 있는 걸 감기 걸리지 말라고 수건으로 대충이라도 물기를 닦아준 것은 미오 경의 호의였으니까 그에게 감사해야 하는 게 맞다. 맞지만.

"어떻게 물에 젖은 사람을 침대에 그대로 던져놓을 수가 있어요?"

물에 젖어 있는 사람을 제대로 닦지도 않고 젖은 옷 그대로 입힌 채로 침대에서 재우면 어떻게 되는 줄 아나? 나처럼 된다. 안 빤 걸레에 물 뿌려서 방구석에 처박아뒀을 때 나는 냄새를 풍기는 사람이 되는 것이다.

"아니, 던지진 않았는데."

"그러니까 제 말은요, 옷을 갈아입혔어야 한다는 거죠!"

"시녀들이 다 퇴근을 해서 네 옷을 갈아입혀 줄 사람이 없었다."

호의가 반복돼서 권리인 줄 아는 사람이 되고 싶은 건 아니지만 몸에서 걸레 냄새가 나고 있는 사람이라면 누구라도 예민해질 거다.

"맞아요, 아스 양. 미오 경이 아스 양의 옷을 갈아입혀 줄 수는 없잖아요."

기분 탓인가. 세야가 평소보다 더 거리를 두고 앉아 있는 미오 경의 편을 들었다. 상식적으로 미오 경이 내 옷을 벗길 수 없는 건 당연하기도 하고, 만약에 그가 내 옷을 갈아입혔어도 생떼를 부렸겠지만, 난 우기고 싶었다. 왜냐면 나한테서 나는 악취가 너무 심했으니까.

"갈아입힐 수도 있잖아요."

억지라는 건 나도 안다. 세야와 미오 경이 동시에 나를 빤히 바라봤다. 그러다 다 닦은 검을 검집에 넣으며 미오 경이 말했다.

"누구 혼삿길을 막으려고."

"언제부터 그렇게 제 혼삿길 걱정을 해주셨다고!"

"너 말고 내 혼삿길 말이다."

"그렇다네요, 미오 경. 다음번에 아스 양이 또 물에 빠지거든 그땐 갈아입혀 드리시죠."

"선생님이 준 리본까지도 냄새가 난단 말이에요!"

"……아스 양, 그거 다시 빨기는 한 거죠? 설마 마르기도 전에 다시 손목에 묶은 건가요?"

"제 손목이랑 같이 빨았어요."

수업은 오래 하지 못했다. 몸에서 나는 냄새 때문인지 왕자는 내 품에서도 쉽게 안정을 찾지 못하고 이리저리 몸을 틀며 보챘고, 상냥한 목소리로 말을 걸어봐도 울 것 같은 소리를 내며 피했다. 어떻게든 수업의 의지를 불태우던 세야도 결국은 두 손을 다 들고 내일 다시 오겠다며 일찍 수업을 끝냈다. 사실 그도 멀찍이 떨어져 앉았을 때 수업하고자 하는 의욕이 없었을 거라고 생각한다.

"저 어제 어떻게 돌아온 거예요?"

차갑고 새카만 물 밑으로 침몰하며 끊긴 기억 속에서 푸른빛 도는 클라인의 회청색 눈동자를 본 것 같았다. 캄캄한 물속에서 새파란 잉크를 부은 것처럼 선명하던 그 눈동자와 꺼지지 않는 불꽃 같던 머리카락. 그리고 그 머리카락 너머로 후광처럼 번져 있던 수면의 달빛.

하지만 이후의 기억이 아무것도 없어서 내가 어떻게 왕비 궁까지 돌아올 수 있었는지 모르겠다. 내가 클라인의 눈이라고 생각한 게 설마 이무기 비늘은 아닐 테고, 물어볼 사람이 미오 경밖에 없다.

"그보다 카펠라 백작과 무슨 관계지?"

미오 경이 물었다. 그러게. 나부터가 궁금한데 대답할 말이 없다. 저 대답을 먼저 하지 않으면 미오 경도 대답을 안 할 것 같으니 어젯밤 내가 어떻게 왕비 궁까지 돌아왔는지는 영영 알 수 없는 일이 되려

나 보다. 나는 조용해졌고 미오 경은 내가 말을 걸지 않으면 원래 조용한 사람이다.

오래지 않아 아침이 완전히 밝아왔고, 왕비 궁도 조금씩 불이 켜지며 사람들이 돌아다니는 소리가 났다. 또 하루의 시작이다.

아침에 출근한 엘리와 안나의 도움을 받아 입욕제를 잔뜩 푼 물에 목욕하고 나니까 냄새가 좀 빠졌다. 하루 종일 우울할 뻔했는데 다행이다. 하지만 아직도 물에 젖어 있는 침대를 생각하면 다시 우울해진다. 차라리 바닥에 내려놓지……. 매트리스가 푹 젖어 있어서 햇볕에 내놓기는 했는데 깨끗하게 마르려나 모르겠다. 반쯤 사망한 내 매트리스 걱정을 하면서 왕자 다리 길어지라고 다리 쭉쭉이를 해주고 있는데 누가 문을 두드리고 들어왔다. 젊은 기사 세 명이었다. 그중에 제일 훈훈하게 생긴 기사가 붙임성 있게 인사를 했다.

"아스 토케인 님. 그리고 미오 조디악 경 되십니까?"

고개를 끄덕이자 기사들이 환히 웃으며 가슴 앞에 손을 대고 내게 인사를 했다.

"오늘부로 미카엘 왕자님의 호위 기사로 임명받았습니다. 전 리카르 젠드, 이쪽은 휴 드렌트, 크리스 코닥입니다. 잘 부탁드리겠습니다."

나는 닭백숙 다리 잡듯이 왕자의 다리를 잡은 채로 굳었다. 갑자기 이 날벼락은 뭐지?

"전 들은 바가 없는데요."

"전하의 명령이십니다."

"저도 그런데 대단한 우연이네요."

국왕 에반스의 취미 생활은 어느 날 갑자기 날벼락처럼 낙하선 인사를 단행하는 거였나 보다. 미오 경은 그래도 자원해서 왔다고 들었는데, 그를 빼면 여기 전원이 낙하산이다.

나는 왕자의 다리를 놓고 겉싸개로 대충 덮어준 후 천천히 의자에 앉았다. 왕자랑 놀아주는 동안 흐트러진 머리카락도 다듬고 사람 좋아 보이게 웃었다. 첫 만남이다. 첫인상이 중요하다.

"반갑습니다. 아스 토케인입니다. 그럼 미오 경과는 교대로 일하게 되시는 건가요?"

"언젠가는 그렇게 되겠지만…… 저희가 아직 호위 업무에는 익숙하지 않아 한동안은 여전히 미오 경이 수고해 주셔야 합니다."

"어머, 원래 호위 기사가 아니셨나 봐요?"

"예, 저와 크리스 경은 수도 기사단 출신이고, 휴 경은 왕궁 2기사단 출신입니다."

휴는 애매하지만 크리스와 리카르는 평민 출신일 가능성이 크다. 수도 기사단은 어지간해서는 평민 기사들로 충당하는 곳이라 그곳에 귀족 출신이 배정되는 일은 극히 드물다고 들었다. 가만 있어 보자, 평민 기사라……. 내가 빚이 얼마더라.

아무래도 어제 왕자를 후계자로 공표하고 나서 울타리를 보다 단단히 만들어줄 호위 기사의 숫자를 늘린 모양이다. 당장 오늘 사람이 늘어난 거 봐서는 며칠 전부터 준비한 걸 텐데 근무지 공유하고 있는 나한테 귀띔이라도 해주면 안 되는 노릇이었을까? 아니, 그리고, 신분과 실력이 꼭 비례하는 건 아니지만 이렇게 보란 듯이 평민 출신에 젊은 기사들을 호위 기사랍시고 붙여주다니. 좀 속이 보인다고 해야 하나, 마냥 반갑지만은 않다. 왕자의 유년기를 함께할 기사들이니 나이 차이를 고려해서 붙인 것일 수도 있지만…….

〈탈출기〉에 왕자의 호위 기사가 몇 명이더라? 〈탈출기〉는 꽤 사망률이 높은 소설이었고, 그건 왕자의 주변도 예외는 아니었다.

나는 천천히 세 명의 기사를 둘러보았다. 모든 대화를 담당하고 있는 리카르는 붙임성이 아주 좋아 보였고, 휴는 귀족일 가능성이 좀 있으며 얼굴은 귀여운 편이고, 크리스는 몸이 문짝만 한 근육 미남인 게 이곳에서 헬스장 차리면 대박 터뜨리게 생겼다. 다들 누님들이 참 많이 좋아하게 생겨서 나도 참 마음에 드는군. 그럼 이제 본격적인 호구 조사를 시작해야겠다.

"그러시구나. 그럼 다들…… 여자친구는 있어요?"

왕비 궁에 왕자 관련 인물의 수가 점점 늘어난다. 왕자가 나이가 어려 왕자 궁으로 따로 독립하는 것은 불가능한데 앞으로도 왕자에게 필요한 인력이 점점 늘어날 것이다. 그 모든 것을 원래는 별궁이라 작은 이 왕비 궁에서 감당하기는 어렵다. 하다못해 층이라도 따로 분리하는 게 좋을 텐데.

왕자의 호위 기사가 넷으로 늘어났다는 것을 시녀장 언니는 별로 좋아하지 않았다. 국왕이 낙하산을 셋이나 꽂으면서 나는 물론이고 왕비 쪽에도 아무런 언질이 없었다는 것에 나는 놀라지도 않았다. 〈탈출기〉에 꼭 그렇다고 쓰여 있던 건 아니었지만 저 시녀장 언니가 왕자를 별로 좋아하진 않았던 것 같은 느낌을 받았었는데, 이래서였나 보다. 왕자는 태어난 것 외에는 아무런 죄도 짓지 않았지만, 원래 모든 죄는 연좌제다.

시녀장 언니에게 세 기사의 입주를 알리고 돌아오니까 방 한쪽에서 미오 경이 셋에게 뭔가 조용조용히 일러주고 있었다. 훈훈한 멘토, 멘티 광경 같다. 훈훈해야 하는데 내 기분이 훈훈하지 않구나. 나는 아기 왕자의 기저귀를 갈아주고 있는 엘리에게 작게 속삭였다.

"우선권 줄게. 누구 할래. 셋 다 자유의 몸이라잖아."

"난 연하 취향이야."

"안나 너는?"

"난 잘생기고 돈 많고 몸 좋은 사람이 좋아."

리치 앤 핸섬. 몸 좋은 건 뭐지? 헬시? 힘든 조건이다. 그런 남자 있으면 일단 나부터 만나고 싶다. 내 선에서 해결될 조건이 아니다. 하지만 생각해 보니 안나는 한 번도 나한테 남자 소개해 달라는 말을 안 했었다. 자력갱생하려나 보다.

"페페나 세브한테 먼저 물어보는 게 맞겠지?"

"누구한테 먼저 물어보게? 공헌도는 세브가 더 높지 않아?"

"응, 근데 무섭기는 페페가 무서워. 걘 진짜 계단에서 날 밀어버릴 것 같단 말이야."

"그치. 이미 세브를 밀었는데 두 번째는 더 쉽게 밀어버리겠지."

응. 페페다. 페페한테 먼저 셋 중에 누가 맘에 드는지 물어봐야겠다.

한가할 때마다 클라인을 생각하려 했지만 쉽지가 않았다. 그는 내게 정중했지만 어느 정도 거리가 있었고, 예의를 지켰지만 그것도 좀 미묘했다. 분명 '아스'와 클라인 사이에는 내가 알 수 없는 어떤 과거가 있다. 그는 '아스'를 보호하고 싶어 했고 소중히 여기는 것 같았지만…… 그래서 '당신은 소중한' 다음 말은 뭐였을까? 내 발목은 왜 하필 그 순간에 삐사리를 내서.

처음엔 '아스'가 이복 누이가 아닐까 기대했지만 말을 나누다 보니 혈연의 느낌은 아니었다. 그럼 친구? 그 느낌은 또 아닌데다가 '아스'를 쫓아냈다는 사람은 누구지? 반추하면 반추할수록 어제 대화에는 이상한 점이 많았다. 날 물에서 건져준 건 정황상 클라인이겠지? 다음에 만나면 차라리 나는 누구, 여긴 어디를 시전하고 기억상실증이라고 뻥을 치는 게 나을 수도 있겠다.

미오 경의 노하우 전수가 끝났는지 기사 셋이 자기들끼리 무슨 순번을 정하는 걸 창가에 기대앉아서 지켜보았다. 엘리는 젖병을 소독하러 갔고 안나는 왕자의 옷을 정리하고 있었다. 미오 경도 물러나 해가 비치는 창가에 서서 햇병아리 같은 기사들을 바라보고 있었다. 묘하게 한가로운 풍경이었다.

"좋으시겠어요."

"별로."

"사람이 늘면 일거리는 줄어들게 되어 있어요."

"사람이 많아져서 생기는 문제도 있잖아."

"우리 당장의 즐거움만 보기로 해요."

"그래. 검을 연습할 시간은 늘어나겠지."

그렇게 말은 했지만 미오 경은 꽤 기분이 좋아 보였다. 다행이다. 요 며칠 그가 너무 기분이 안 좋아 보여서 같이 일하기 너무 피곤했었다.

같이 일하는 회사 사람 중에도 그런 기분파가 하나 있었다. 애인이랑 싸우기만 하면 그렇게 있는 티 없는 티를 다 내면서 우울해하고 까칠하게 굴어서 일을 해먹을 수가 없었다. 그러면서 싸우기는 오죽 자주 싸워야지.

"미오 경도 이제 쉴 수 있겠네요."

종일 근무는 나나 그나 마찬가지였지만 나는 엘리와 안나가 있는 낮은 좀 쉴 수가 있어서 가끔 미오 경에게 눈치가 보였었다. 더군다나 며칠 전에 휴식 시간을 얻어서 세야와 외출을 다녀온 이후로는 더욱. 이 동네 인사관리가 망했다. 근무 강도는 내 쪽이 더 하드코어인데 어째서 쉬는 데 이렇게 죄책감을 느끼는 구조로 만들어놨냐 말이다.

미오 경이 아주 짧게 날 보며 웃은 것 같다. 웃었나? 할 때는 이미 웃음이고 뭐고 흔적도 남아 있지 않았지만.

"이 김에 나도 휴가나 신청해 볼까."

"그것도 좋죠. 블랙 회사에서 일하면 쉴 수 있을 때 쉬어야 해요."

할 때는 하는 남자 미오 경은 그날로 휴가를 신청해서 바로 다음 날, 축제 마지막 날 휴가를 얻어 왔다. 마지막 날 휴가를 노리던 시녀들이 가을 낙엽 지듯이 우수수 반려를 당했다던데. 안나만 해도 마지막 날을 노리다가 반려당해서 결국 급여로 받기로 했었다. 상부에서도 퇴근 없는 노동을 하는 미오 경을 좀 안타깝게 본 모양이다.

왕비 궁에 들어온 이래로 단 한 번도 외출해 보지 못하고 리얼 기사 감금물을 찍던 미오 경이 아침 일찍부터 왕비 궁을 나가는 걸 창가에서 지켜보니까 왠지 눈물이 날 것만 같아졌다. 은둔족 외톨이의 재활 훈련을 보는 감동이었다. 그 감동은 저녁때 돌아온 미오 경이 날 붙잡고 데리고 나가기 전까지 지속되었다.

"아스, 잘 다녀와. 파이팅!"

"나랑 엘리가 왕자님 잘 보고 있을게. 미오 경도 파이팅이요!"

그 파이팅의 의미가 뭔지 내게 설명 좀 해주면 참 좋겠다. 사전에 둘이랑은 약속된 거였는지 엘리와 안나는 태연하게 미오 경과 인사를 나눴고…… 나는 보았다. 방문을 나서기 직전에 미오 경이 둘의 손바닥 위에 은화 몇 개를 쥐여 주는 것을.

⚜

터널을 빠져나오니 그곳은 설국 대신 야시장이었다. 밤의 도시는 낮이랑 다른 활기가 있었다. 새카만 거리에 불빛이 가득했고 본 적 없는 규모로 사람들이 돌아다니고 있었다. 갑작스레 끌려 나와서 얼떨떨한 와중에도 살짝 설레기 시작한다. 밤거리는 원래도 설렌다.

축제의 첫날과 마지막 날을 거리에서 보내는 셈이다. 첫날 낮에도 사람은 많았지만 밤은 더 들뜨고 축제 같은 분위기였다. 거리는 꽃과 불빛으로 장식되어 있었고 사람들이 아주 많았다. 어디서 누가 불어올린 것인지 비눗방울도 머리 위로 퍼져 나갔다.

"미오 경. 저기요, 저기."

"뛰지 마라, 어차피 인파가 많아서 못 뛰어."

"저기 보여요? 제가 못 찾아도 미오 경이 찾아가셔야 해요?"

"가도 별거 없을 것 같은데."

"뭘 모르시네. 그 별거 없는 걸 보는 게 야시장이에요."

비눗방울이 올라오는 주변으로는 이미 사람이 많이 몰려 있어서 그렇게 멀지 않은 거리인데도 다가가는 데 많은 시간과 노력이 필요했다.

색이 화려한 새를 어깨에 얹고 있는 아저씨 하나가 비눗방울을 불고 있었고 다가온 사람 중에 어린아이들이 보이면 기꺼이 아이들에게도 방울을 불 수 있게 해주었다. 한 번 숨을 불 때마다 크고 작은 방울들이 하늘로 날아올라 갔다. 별생각 없이 날아가는 비눗방울을 향해 손을 내밀어봤지만 내 손에서는 한참이나 멀어서 닿지를 않았다. 미오 경이 대신 손을 내밀어 내가 잡으려던 비눗방울을 잡았지만, 닿자마자 터져 버렸다. 무안해하려나. 슬쩍 얼굴을 돌아봤지만 알 만한 표정 변화는 없었다. 좀 무안해하면 놀리려고 그랬는데.

"미오 경, 명색이 야시장인데 여긴 뭐 노예시장 같은 건 없어요?"

"종전을 기리는 축제인데 그런 불법적인 것이 있을 것 같나."

"그럼 뭐, 지하 세계 경매 같은 건?"

"넌 야시장에 이상한 환상이 있어."

야시장에서 도망치는 노예랑 부딪히는 바람에 잡혀 버린 노예가 노예상에게 처맞는 걸 보고 불쌍해서 사 왔더니 신비의 이종족이었다거나, 경매에서 저걸 사야 해! 하는 지름신이 내려서 산 물건이 사실 고대 세계의 마법의 아티팩트였다거나 하면 재미있을 텐데. 이 세계는 너무 건전하다.

어디선가 흥겨운 음악이 들려오고 있었고 사람들의 표정도 모두 밝았다. 노점과 가판대에서 내가 처음 보는 종류의 음식들을 팔고 있었다. 며칠 전에 보았던 낮보다 다양한 종류였다. 마법사로 보이는 사람이 스노볼 같은 것을 팔기도 했는데 스노볼 안에는 작은 반딧불 같은 것이 떠다녔다.

좀 고민되네. 어차피 미오 경이 이미 엘리랑 안나한테 뇌물을 먹였는데 내가 따로 엘리랑 안나 선물을 사 가야 하나? 저번에 디저트류를 사 갔기 때문에 이번에 뭘 산다면 먹을거리가 아닌 걸로 사야 하는데 아이디어가 노 아이디어다.

"낮에는 뭐 하셨어요?"

"구경. 그리고 생각."

"무슨 생각이요?"

이런 거 구경하는 데는 취미가 없어 보이는 미오 경인데. 아, 그래도 알렉스 경보다는 좀 낫나? 그래도 대단하다. 기사 감금 두 달이면 취향이 개조가 된다. 시간이 나면 혼자서 검이나 수련할 것 같은 기사를 두 달간 아가랑 같이 감금해 두니까 자유 시간이 주어지자마자 나와서 축제 구경을 했단다.

"네가 왜 이런 걸 보고 싶어 했는지 모르겠다는 생각."

"존중하세요. 취향이에요."

하긴 야시장은 좀 아기자기한 취향에 맞아 보이긴 했다. 낮에 세야랑 돌아다닐 때는 투창이랑 사격 비슷한 역동적인 가게도 있었는데 야시장은 먹을거리나 반짝이는 종류 정도밖에 눈에 들어오지 않는다.

"그래도 절 데리러 돌아오신 거 보면 혼자 구경하는 게 재미가 없었던 거죠. 그런 거죠? 한 달 동안 육아를 함께하며 미오 경도 저한테 정이 듬뿍 드신 것 같은데, 전 인기 많은 몸입니다."

"하긴, 그날 보니 인기 많더군. 그래 봐야 생존 공동체는 너랑 나일 텐데."

사람이 함께 살면 이렇게 뻔뻔해지는구나. 미오 경은 놀리는 기색도 없이 야시장에 사람이 많고 어디서 고기 굽는 냄새가 참 좋다는 말을 하듯이 생존 공동체라는 말을 입에 올렸다. 대단하다. 지난 시간 동안 내가 내내 그에게 읊어준 말이 그건데. 우기면 통한다.

내가 어렸을 때 살던 동네에서는 봄마다 벚꽃 축제가 열렸었다. 뭐 대단한 것을 파는 건 아니었지만 큰길 양옆으로 온갖 가게가 늘어서 있고 벚나무마다 전선을 연결해서 불을 밝힌 게 되게 예뻐 보였었다. 바자회 같은 공간도 있었고 무엇보다 사람이 많았다. 그 밤에 낮과는 다른 불이 켜지고 사람들이 낮보다 더 북적이는 것이 신나서 부모님의 손을 놓고 뛰어다니던 기억이 났다.

그것과 크게 다를 게 없을 텐데도 이곳에서 워낙에 재미없이 살고 있어서 그런지 점점 기분이 좋아졌다. 미오 경이 몇 번이나 뛰지 말라고 주의를 주었지만 나는 가게에서 가게로 넘어갈 때마다 뛰는 것과 크게 다르지 않은 속도로 돌아다니고 있었다.

"아스, 그렇게 뛰면……."

그가 한숨 같은 목소리로 주의를 줄 때도 난 뭔가 반짝이는 것을 파는 가게를 보고 반색해서 뛰어가고 있었다. 사람이 너무 많았고, 나는 빨리 뛰어가고 싶었고, 그러다 보니 인파에 치여서 내 속도에 내가 넘어져 버렸다. 어라? 하고 휘청하는 찰나 뒤에서 미오 경이 내 허리에 팔을 감아 안았다.

"그렇게 뛰면 넘어진다고 아까부터 계속 말했잖아."

가까이서 보는 미오 경의 눈동자는 평소보다 녹색이 많이 보이는 암녹색이었다. 나는 감사의 의미로 미오 경의 손등을 톡톡 두드린 후 팔을 풀어내며 말했다.

"있잖아요. 오늘 불꽃놀이도 한대요. 저쪽에서 하는 말 들었어요."

"남의 말을 엿들었다고?"

"들렸어요. 전 귀가 좋으니까요."

전생에 난 분명히 까마귀였다. 반짝이는 것들을 보면 그냥 지나가지를 못하겠다.

"그래, 불꽃놀이 같은 거 좋아할 것 같았다."

"어? 못 들었어요. 뭐라고 하셨어요?"

잠깐 장신구들 보느라고 미오 경의 말을 흘려들어서 되물었지만 그는 다시 대답해 주지는 않았다. 워낙에 호불호를 알 수 없는 양반이긴 한데, 그래도 여기 나와 있는 게 왕자랑 같이 왕궁에 있는 것보다는 훨씬 기분 좋아 보였다.

"마음에 드는 게 없나?"

지나가다 반짝이는 게 보일 때마다 멈춰 서서 구경하고 다시 가다 멈춰 서서 구경하고를 반복했더니 몇 번째인가에 미오 경이 물었다.

"아뇨. 다 예뻐요. 특이한 것도 있고."

"사지는 않는 것 같은데."

네, 제가 돈이 없거든요.

내 급여를 어디에 보관하고 있는 건지 시녀장 언니에게 물어보긴 해야 하는데 요 며칠 시녀장 언니의 기분이 극도로 안 좋다. 그전에도 그 언니 기분이 좋았던 적이야 없지만 예전엔 커피였다면 지금은 TOP급이다.

"이런 데서는 기념할 만한 건 안 사는 거예요. 어차피 상자 안에 두고 다신 꺼내 보지도 않을 테니까요."

'아스'의 서랍 속에 있던 오르골도 그런 거였을까. '아스'의 급여로는 꽤 고가였을 텐데, '아스'의 목적도 단순 수집이었을까. 공산품이 거의 없을 이 세계에서.

"그런가? 그렇다면 나도 아무것도 사지 않는 편이 낫겠군."

내가 반짝이는 것을 구경하는 동안 미오 경의 눈도 가판대 위를 살피고 있었다. 그는 이미 고를 물건을 정해놓은 사람처럼 반짝이고 예쁜 것들을 훑었고 어디에서도 그가 바라는 완벽한 것을 찾아내지 못했다. 당연했다. 세상 그 어떤 보물도 유르젤이 걸쳤을 때 빛바래지 않을 것은 없을 것이다. 왜냐면 그가 유르젤을 사랑하기 때문에.

"여기에 있는 물건 중에는 그분께 어울리는 건 없을 거예요."

"그래."

하지만 그는 짧게 무언가를 생각하더니 가판 위에 놓여 있던 팔찌 하나를 들어 계산을 마쳤다. 그건 유르겔을 생각하기에 지나치게 초라하고 조잡한 물건이었다. 하기야 설령 아름답고 귀한 것이라고 해도 그가 유르겔에게 선물을 할 수 있을 리가 만무하다. 하지만 선물하지 못할 것을 사는 그의 마음이 내게도 조금 아프게 느껴졌다.

나는 아직도 그가 유르겔에게 반한 이유를 알지 못한다. 사랑에 빠지는 데는 이유가 필요 없을지도 모르지만 나는 그가 하필이면 유르겔을 사랑하는 이유를 알고 싶다.

미오 경의 손을 잡고 노점들이 펼쳐진 구역을 빠져나왔다. 근처에서 여자아이가 솜사탕 같은 것을 들고 뛰다가 바닥에 넘어졌다. 한 뼘 정도 그 아이보다 키가 큰 남자아이가 와서 일으켜 주고 옷을 털어주더니 손을 잡고 어디론가 달려갔다. 그 끝에는 부모로 보이는 사람들이 기다리고 있었다. 연인처럼 보이는 젊은 사람들은 손을 잡고 걷고 있었고 친구로 보이는 사람들도 야시장의 이곳저곳을 가리키며 웃었다.

〈탈출기〉에 언급되지 않은 수많은 삶이다. 순간 프랑스 뮤지컬 '로미오와 줄리엣'이 생각났다. 로미오와 줄리엣이 아니라서 관객들이 알 만한 이름이 없는 배역들도 스포트라이트가 없는 곳에서 각자 다른 춤을 추고 각자 그들만의 인생을 살고 있는 게 프랑스 뮤지컬의 특징이라고 생각했는데, 프랑스 뮤지컬이 아니더라도 어디에서든 사람은 평범하게 본인의 인생을 산다.

"배 안 고프세요? 전 고파요. 많이."

미오 경은 저녁 식사 직전에 날 끌고 나왔다. 따라서 그가 내 허기를 책임져야 한다. 물론 이 모든 것은 내가 가진 돈이 없기 때문이다. 미오 경은 피식 웃으며 뭘 먹고 싶냐고 물었고 나는 아까부터 좋은 냄새를 솔솔 풍기고 있던 고기 꼬치랑 과일 꼬치를 선택했다.

"이게 맛있나?"

"다들 먹더라고요, 다들."

고기 꼬치는 서울의 경복궁이랑 비슷한 일종의 상징이었다. 서울에 가면 으레 경복궁 한 번은 찍어줘야 하는 것처럼 이세계에 가면 반드시 먹어야 할 것 같은 음식이었다.

"슬슬 불꽃놀이를 할 시간이다."

길거리에서 음식을 안 먹게 생긴 미오 경이었는데 그는 의외로 나랑 나란히 걸으면서 고기 꼬치를 자연스레 먹었다. 바닷가 작은 마을 이야기를 한 걸 봐서는 그도 딱히 높은 신분은 아닌 것 같긴 하다.

"그거 다 보면 우린 돌아가야겠죠?"

"그렇지. 저쪽으로 좀 돌아가면 여기보다 편하게 구경할 수 있는 곳이 있어."

"그럼 가요."

나는 다 먹은 과일 꼬치를 대충 버리고 옷에 손을 닦은 후 미오 경의 손을 잡고 걸었다. 아무 생각 없이 앞으로 걸었는데 생각해 보니 길을 안내해야 하는 건 미오 경이었다. 주춤 멈춰 서니까 그가 내 손을 놓고 앞으로 걸어 나갔다.

멀지 않은 곳에 버려진 성벽이 있었다. 인구가 늘어나면서 왕성도 확장 공사를 여러 번 했는데 그 와중에 무너지고 버려진 아주 옛날의 흔적 같았다. 드문드문 이곳까지 와서 휴식을 취하는 사람들이 있었지만 거리보다는 훨씬 한산하기도 했고 시야가 뻥 뚫려 있어서 불꽃놀이를 한다면 잘 보일 것 같은 위치였다. 잘도 이런 데를 찾은 게 뿌듯해서 나는 성벽에 앉은 후 치맛자락을 최대한 끌어 옆자리에 덮었다.

"앉으세요."

굉장한 호의였는데 미오 경은 내 드레스 자락을 잡아서 휙, 치우고 맨돌벽 위에 앉았다. 내 호의를! 옷에 흙 묻지 말라고 내 드레스를 희생해 줬거늘!

곧 우리의 눈앞으로 색색별로 모양을 이룬 불꽃이 터져 나갔다. 축포처럼 쏴지는 불꽃이 연속적으로 꽃 모양을 그렸다. 동그란 모양으로 터진 불꽃이 불똥이 사그라들기 전에 다시 한번 다른 색으로 터지며 아름다운 색을 밤하늘 위에 더했다. 사람들의 환호와 즐거운 웃음소리가 내 귀에도 들렸지만, 나는 불꽃이 터질 때마다 움찔거릴 수밖에 없었다.

내 세계에서도 불꽃놀이는 멀리서 무슨 이벤트가 있을 때 내 방 창문을 열고 본 게 다였다. 이렇게 가까이에서 터지는 불꽃은 생각보다 소리가 너무 컸고, 충분히 안전거리를 확보하고 있으리라는 것을 알면서도 설마 내 머리 위로 불이 떨어지지 않을까 움츠리게 하기에 충분했다.

"아스."

"네?"

"저거 멀리서 터지는 거다."

"네."

"아스."

"네."

"안전해."

"네."

"……구겨지게만 잡지 말아다오."

나는 배시시 웃으며 한 손은 미오 경의 팔뚝 옷자락을 잡고 다른 손으로 이제는 다 식어버린 고기 꼬치를 마저 입에 넣었다. 머리 위에서는 아직 불꽃이 터지고 있었고 나는 충분히 안심하지는 못했다. 그가 물었다.

"야시장 구경하고 싶어 했잖아. 어땠나?"

"어땠냐면요."

사람이 너무 많았고 〈탈출기〉 안의 세상에 〈탈출기〉에 언급되지 않은 사람들의 삶이 너무 많았다. '아스나 미오 경의 생활도 그 서술 밖에 있었고 그 서술 밖에서도 사람들은 살았다.

불꽃놀이는 내가 보아왔던 것보다 화려하지 않았지만 상상했던 것보다 무서웠다. 모든 이세계 진입자가 먹던 꼬치구이는 무슨 고기를 썼는지 모르겠지만, 지금 내가 먹는 고기 꼬치는 너무 오래 구워서 질기고 군데군데 타서 내 세계에서 먹던 닭꼬치보다 낫지 않았다.

"……즐거웠어요."

꼭 모든 거짓말이 나쁜 것은 아니라서 나는 웃으며 그렇게 말할 수 있었다.

⬥❈⬥

늦은 저녁에 찾아왔던 손님이 몇 시간이나 움직이지 않던 자세를 풀고 창밖을 바라보았다. 숨도 제대로 못 쉬고 자리를 지키고 있던 왕자의 젊은 보모 시녀와 호위 기사들도 긴 숨을 내쉬며 손님이 시선을 돌린 곳을 향해 고개를 돌릴 수 있었다.

축제 마지막 날의 불꽃놀이가 시작되고 있었다. 노랗고 하얗게 터지는 빛들이 불도 제대로 켜지지 않은 방 안을 밝히며 클라인 카펠라의 선명한 붉은 머리카락을 비춰주었다.

오래 기다렸지만 그도 이제 왕궁을 떠나야 할 시간이었다. 클라인 카펠라는 자리에서 일어나 문으로 몇 걸음 걸어갔다. 그를 배웅하기 위해 치맛자락을 잡던 보모 시녀들은 그가 갑자기 걸음을 멈추자 고개를 숙이려다가 겨우겨우 곁눈질을 했다. 클라인 카펠라는 다시 돌아와 그가 들고 왔던 수선화 꽃다발을 탁자에서 들어 올렸다. 아직 물기를 머금고 있는 아름다운 꽃을 그는 얼마간 내려다보고 있었다.

"엉망이군."

그 말을 남긴 그는 꽃다발을 다시 탁자에 던지듯이 내려놓고 문을 열고 나갔다. 그가 사라진 후에야 보모 시녀와 호위 기사들은 길고 큰 한숨을 쉬며 가슴을 쓸어내렸다.

## 외전 2
### 세야 료민

"아스 토케인이라는 그 새 유모 말이야. 예뻐?"

새벽마다 왕비 궁에 드나드는 것을 굳이 감추지 않았으니 누군가 물어보려면 물어볼 수 있는 사항이라 생각했었다. 하지만 별로 친하지 않은 선배가 이런 걸 물어볼 줄은 예상하지 못했다. 세야는 침착하게 방금 계산을 다 끝낸 서류들을 정리했다.

"글쎄요."

"글쎄요는 예쁘다는 거야, 안 예쁘다는 거야?"

"선배님이 제일 먼저 물어보시는 말이 그런 것일 줄은 몰랐습니다."

"그럼 뭘 물어볼 것 같았는데?"

굳이 말하자면 멍청하냐 똑똑하냐, 이용하기 쉬운 성격이냐 아니냐 정도를 물어봤으면 놀라지는 않았을 것 같았다. 이 선배는 하급 귀족 출신으로 세야가 처음 세무부에 들어왔을 때부터 사람을 쓸모에 따라 나눠 상대하기로 유명한 사람이었다. 한 번도 중앙 귀족이었던 적이 없던 가문 때문일까, 노골적으로 출세 지향적인 사람이었다. 그런 모습을 나쁘다고 할 마음은 없지만 가끔은 곤란하게 느껴질 때도 있었다.

"그래서? 예뻐?"

"그녀는⋯⋯."

예쁘던가? 글쎄. 세야의 머릿속에는 늘 피로로 지쳐 있는 모습만 남아 있었다. 가장 많이 본 모습이 얼굴이 아니라 책상에 엎드린 뒤통수이기 때문일까. 눈가는 늘 시커멓게 그늘이 져 있고 머리카락은 부스스하며 얼굴과 손이 수면 부족으로 퉁퉁 부어 있었다.

수업 첫날에 봤던 모습은 조금 달랐던 것 같지만 그새 시일이 지났다고 기억이 나지 않았다. 그동안 세야가 봐온 아스 토케인이라는 여자의 모습은 늘 피곤했고 피곤할 얼굴이었다.

"귀엽습니다."

"미인은 아니라는 소리군."

그게 그렇게 연결이 되나. 하도 본 지 오래되어 기억이 많이 희미해지긴 했지만 첫 만남에서도 아스 토케인은 그다지 미인이라는 인상은 아니었다. 그냥 평범했다. 지금도 미인상은 아니라고 생각한다. 다만 그녀는 다소 예의 없는 말과 특이한 면모들이 불쾌하게 느껴지지 않는 사람이었고, 지금 있는 위치에서 할 수 있는 일들과 할 수 있을 일들을 열심히 하는 사람이었다. 세야가 아직 알 수 없는 무언가를 언제나 노력 중인 사람이기도 했다. 홀로 열심이라 어딘가 가엾은 그런 모습을 세야는 귀엽다는 말로 표현했다.

"그녀가 미인인 게 선배님께 중요한 일은 아니잖습니까?"

"중요하지. 장래 내 배우자가 될지도 모르는 사람이잖아."

세야는 4초간 웃는 얼굴을 유지했다.

"배우자요? 얼굴도 모르는 사이시면서?"

"그녀는 지금 모든 비주류 귀족 남자들의 로망이지. 너도 그렇잖아?"

부서 내에 선배를 싫어하는 이는 많았지만 세야는 그에게 별반 싫은 감정을 갖지는 않았다. 하지만 이럴 때는 다른 사람들이 왜 그를 싫어하는지 알 것 같은 기분이 들었다.

중앙 정계에 들어가 본 적이 없는 하급 귀족으로 태어나 출세를 지향하는 건 어쩌면 당연한 일이다. 너무 노골적이라서 속물이라고 손가락질을 당하긴 해도 이 선배는 두드러지게 불법을 저지르면서까지 출세에 눈이 벌게져 있는 것은 아니었다. 하지만 이런 식으로 자신의 욕망을 정당화하기 위해 '너도 그렇잖아?', '너도 그렇게 생각하지?'라며 같은 수준으로 끌어내리는 게 썩 유쾌하지는 않았다.

"유모라는 게 실질적인 권력과 힘이 있는 위치는 아니지 않습니까."

"하지만 젊고 고아잖아."

그렇군, 고아였군. 왕비 궁 시녀들의 출신은 주로 고아 아니면 책임져야 하는 식솔이 많은 대가족으로 이루어져 있었다. 아스 토케인은 고아 쪽이었나 보다. 흔한 경우였다.

"저만큼 젊고 건강하니 왕자님이 왕관을 쓰셨을 때까지 살아 있을 테고 고아니까 아직 자기 파벌이나 정치색도 없겠지. 어디서나 끌어들일 수 있겠어."

그 본인에게 대단한 정치적인 감각이 있는 게 아닌 한 국왕의 유모라는 위치는 국왕과 정서적인 친분이 있는 사람 정도에 그칠 뿐이지만, 늘 그렇듯이 국왕도 일개 사람이기 때문에 어린 시절부터 쌓여온 그런 친분 관계에서 자유롭지 못했다. 더군다나 지금은 상황이 더욱 애매했다. 왕비가 왕자의 훈육에 전혀 영향을 끼치지 못할 상황에서 그녀는 어쩌면 차기 국왕의 정치색을 결정지을 수 있는 사람일 수도 있었다. 아직 젊어 가진 것 없고 아는 것도 없는, 미래의 중요한 열쇠일 수 있는 사람.

세야는 잠시 자신의 학생을 떠올려 보았다. 소원이 무엇이냐고 물어보면 잠을 더 자는 것이라고 말할 것 같은 피곤한 얼굴의 그녀는 이런 식으로 남에게 자신의 가치가 매겨지는 것을 어떻게 받아들일까.

*"제가 원래 좀 고급 인력이거든요."*

의외로 흔쾌히 좋아할 수도 있을 것 같았다.

"하나 더. 거기 호위랑 밀접한 사이라는데, 어때?"

"그런 건 대체 어떻게 아시는 겁니까?"

"시녀들."

고질적인 인력난 탓으로 직무 교육이 제대로 이루어지지 않은 왕비궁의 시녀들이 다른 궁 소속 시녀들보다 입이 싼 것은 사실이긴 했으나 세야의 이 선배도 상당히 가십을 좋아하는 사람이었다. 이 짧은 대화로 인하여 세야는 새삼 이 선배가 싫은 이유들을 차곡차곡 분석할 기회를 갖게 되었다.

"전 모릅니다."

"진짜 호위 기사랑 사귀는 것 같아? 나한테 기회가 없을까?"

글쎄. 어떨까.

그게 어제의 이야기였다. 세야는 팔짱을 끼고 아스의 뒤통수를 바라보았다.

"아스 양, 일어나세요."

어깨가 꿈틀거릴 뿐 반응이 없었다. 움직임이 없다. 죽은 것 같다. 물론 그럴 리 없으니 농담이지만.

세야는 해초처럼 검은 머리카락을 풀어 헤친 여자의 뒤통수를 보았다. 매일 격무에 시달리며 익숙지 않은 노동을 하는 여자는 본인의 의지나 열정과 상관없이 매일 아침마다 죽을 것 같다 했다. 사실 그도 죽을 것 같기는 했다. 궁을 움직이는 시중인들도 아직 출근을 안 했을 시간에 이런 과외학습을 하는 건 그에게도 벅찬 일이었다.

거절하려고 했지만 왕비 궁의 시녀장이기도 한 사촌 누이 스사가 '거절해도 좋아'라고 말하는 순간 그는 저도 모르게 '맡겨주셔서 영광입니다'란 절대로 마음에 없는 소리를 해버리고 말았던 것이다. 스사는 무섭다. 누가 뭐라고 말해도 그건 중요했다.

"아스 양……."

그런 의미에서, 이 젊고 서툰 새 유모와의 수업이 예정대로 잘 진행되지 않는다는 사실을 안다면 스사가 그와 아스를 가만두지 않을 거라는 것도 알고 있었다. 그러니 엎드려 졸고 있는 뒤통수가 아무리 안쓰러워도 깨워야 한다. 깨워야 하는데. 아스 본인도 최선을 다해 깨어나려고 하지만 몸이 따라주지 않았다. 세야가 부를 때마다 어깨와 뒤통수만 움찔거렸다. 세야는 그 미약한 움찔거림에서 최선을 다해 깨어나고자 하는 아스의 의지를 읽을 수 있었다. 하지만 모든 노력이 결과를 맺는 것이 아닌 게 유감인 거다.

저런 부분이 안쓰러우면서 귀여운 것이다. 본인 힘으로도 의지로도 안 되는 일을 놓아버리지 못하고 어떻게든 하려고 발버둥 치는 모습이.

세야 료민은 가난하고 영락한 귀족이었으나 신사였다. 그러니 어쩌면 좋을까. 신사의 도리를 잠시 내려놓고 잠든 여인의 몸에 손을 대서 깨워야 할까 고민을 하고 있는데 아스의 등 뒤에 있는 듯 없는 듯 가만히 앉아 있던 미오 조디악이 아스를 불렀다.

"아스. 아기님이 울려고 하는데."

마법의 단어였다. 세야는 아스 토케인이 거의 바로, 직각으로 몸을 일으켜 세우는 기적을 볼 수 있었다. 그녀는 본능처럼 요람에 손을 넣어 아기 왕자를 안아 들고 잠꼬대처럼 말을 걸었다.

"아기님, 무슨 일이 있으세요. 기저귀? 배? 는 방금 드셨으니 아닐 테고 졸려요? 방금까지 잤는데?"

숨도 안 쉬고 한 번의 레퍼토리를 끝내고 아스는 품 안에 안긴 아기 왕자가 몹시 얌전히 잘 자고 있다는 것을 확인할 수 있었다. 그녀는 홱 소리가 나도록 미오 조디악을 돌아보았다.

"아, 진짜 이런다 이거죠."

"어제의 복수다."

"어제는 진짜 아기님이 침대에서 떨어지기 직전이었거든요? 다치시면 안 되잖아요."

"육아와 훈육을 담당해야 하는 건 너지 내가 아니다."

"안전을 책임져야 하는 건 미오 경이고요."

세야는 웃으면서, 모든 것을 이해하는 척 혹은 알아듣지 못하는 척 앉아 있었다. 아스가 아기 왕자를 요람에 내려놓았다. 그때까지 잘 자고 있던 왕자는 요람에 내려놓는 바람에 잠에서 깨어났지만 젊은 유모는 알지 못하는 것 같았다.

어머니도 아버지도 닮지 않은 아기 왕자는 허공에 몇 번 손을 휘젓다가 세야를 발견해 냈다. 눈이 마주치자 웃는다. 아기들은 몇 개월부터 주변 사람들을 구분하더라? 세야는 웃으면서 왕자를 요람에서 안아 들었다. 정신이 희미한 이른 아침이라서 그럴까 아기에게서는 연한 난초 냄새가 났다.

그는 아스 토케인이라는 이 약간 특이하고 젊고 서툰 유모를 꽤 좋아하는 편이었는데, 그녀는 어떤 면에서는 참 눈치가 빠른데 어떤 면에서는 놀라우리만치 무신경해서 꼼꼼하거나 철저하지는 못했다. 그런 식으로 둘 사이가 돈독하게 친하다는 것을 티를 내면 안 될 텐데.

세야는 포동포동한 아기 왕자를 안고 아스의 어깨 너머로 실로 오랜만에 깨어 있는 미오 조디악의 제대로 된 얼굴을 보았다. 수업을 시작하던 초기에는 그도 의관을 정제하고 벽에 기대서 있었다. 그러다 어느 순간 창가 앞에 자리가 마련되더니 세야도 미오 조디악이 깨어 있는 것을 마지막으로 본 것이 언제인지 생각이 나지 않았다. 그래도 초기에는 수업 시작 전에 눈인사 비슷한 것을 하기는 했던 것 같은데. 사람이란 변하게 마련이라고는 해도 그는 참 변할 것 같지 않았던 사람이라 사실 충격적이기까지 했었다.

그랬던 그가 지금은 잠기운이라고는 하나도 없는 얼굴로 세야를 감시하듯이 바라보고 있었다. 이유는 안다. 이른 아침, 늘 이르게 왔던 세야는 오늘따라 더 이르게 왕자 방에 도착했고 평소에는 보지 못했던 것을 보게 되었다. 아스의 방인 곁방에서 미오 조디악이 나오는 광경이었다. 설마 밀회는 아니었겠지. 하지만 증거는 없어도 의혹은 남는 법이다. 아스는 거의 왈왈거릴 기세로 세야는 알지 못할 어젯밤의 이야기를 미오 경과 하고 있었다. 그 모습을 가만히 지켜보다 세야가 말했다.

"아스 양. 방 안을 봐도 되겠습니까? 필기구를 뭘 갖추고 있는지 보고 싶군요."

아스 토케인은 상당히 특이한 부분을 많이 갖고 있었는데, 그것은 단순히 성격적인 특이함만은 아니었다. 평민 출신이니만큼 달리 교육받은 것을 기대하지 않았건만 그녀는 첫날부터 개인 필기구를 지참해 왔고, 그런 것치고 처참하게 아는 게 없었다. 철자법에 대해 하나도 모르면서 '글을 쓰는 법' 자체에 대해 알고 있던 것은 정말 특이한 모습이었다. 그게 어떤 글자인지, 어떻게 읽는지 알지도 못하면서 쓰는 순서는 거의 맞게 글자를 써내었다. 교육을 받은 흔적은 있는데 체계적으로 받지는 못한 모양이고 본인도 그걸 별로 자각하고 있는 것 같지가 않았다. 남이 글을 쓰는 걸 계속 지켜봤던 걸까?

"여성의 사적인 내실을 보는 것은 정당하지 못하다!"

"앗! 그러게요, 선생님. 제 방 너무 더러워요!"

곱절로 완강한 저항이 돌아왔다. 사실 세야도 별로 기대하지는 않았기에 실망하지 않았다.

"아스랑 미오 경 겸상하는 것 같다던데?"
"엑? 설마. 기사님이랑 시녀가 어떻게 겸상을 해."
"아냐. 식사 당번인 애들이 그러는데 그릇을 각자 방에서 따로 내놓기는 한데 그릇이 섞여 있거나 식기가 몰려 있거나 한대."
"확실히 식사 시간에도 미오 경이 나가는 것 같지는 않긴 했는데 진짜로?"

사촌 누이이자 왕비 궁의 시녀장인 스사를 만나러 낮에 왔을 때 우연히 듣게 된 시녀들의 대화의 단서를 조금 확인할 수 있지 않을까 시도를 해봤을 뿐이다. 세야는 아스의 얼굴을 바라보았다. 그의 유일한 제자는 생각보다 뻔뻔하게 거짓말을 할 수 있는 사람이었다. 어쨌든 둘이 강력하게 저항을 하는 것을 보면 생활권이 어느 정도 겹치는 게 확실하기는 한 것 같았다. 그리고.

"그렇군요. 그런데 아스 양."

슬슬 수업 시간이 끝났다. 세야는 책을 덮고 일어서면서 아스의 귀로 고개를 숙여 작게 속삭였다.

"블라우스를 갈아입으시는 게 좋을 겁니다. 목깃에 기사단의 문양이 들어가 있거든요."

그의 제자는 뻔뻔하기는 했지만 철두철미하지는 못했다. 아스가 확 고개를 돌려 처음부터 알고 있었지만 지적하지 않은 미오 경에게 짜증을 내는 소리를 들으며 세야는 책상을 정리하고 일어섰다.

"아, 진짜. 제가 옷 섞어두지 말라고 몇 번을 말해요!"
"방이 좁아서. 입을 때 잘 보고 입으라고 했잖나."
"각자 생활공간은 침해하지 말자고요, 우리."

"생활공간이라고 할 만한 넓이가 되긴 하나?"

"그럼 나가든가!!"

"하! 들어오라고 할 때는 언제고? 내가 나가면 너도 손해일 텐데?"

둘이 함께 생활하기는 하는 모양이다. 문을 닫고 나오기 전에 세야는 피식 웃었다. 이 특이하고 흥미로운 제자를 세야는 꽤 좋아하고 있었다.

## 6장
## 내 자리가 아닌 곳

"저 고민이 있어요, 선생님."

"저도요, 아스 양."

내 시험지에 줄을 좍좍 긋고 있던 세야가 반색했다. 그의 고민이랑 내 고민은 절대 같지 않을 것 같아서 그가 다시 입을 열기 전에 먼저 내 고민을 털어놨다.

"제가 본의는 아니었는데 어느 귀족분을 바람맞힌 것 같아요."

미오 경과 야시장을 보고 돌아왔더니 책상 위에 내가 나가기 전까지만 해도 없던 수선화 다발이 있었다. 처음에는 하얀 백합으로 잘못 보고 누가 결투장을 보냈나 깜짝 놀랐는데, 엘리가 말해주길 클라인 카펠라가 다녀갔다고.

온 나라를 울리는 그의 명성은 엘리와 안나랑 신입 호위 기사들도 다 알고 있어서 그날 난리도 아니었다. 요새 클라인의 인기는 내 체감 상으로는 알파고와의 대결 이후 그분의 인기랑 비슷하다. 아니면 종달 새가 비상한 이후의 그분이라거나.

"아스 양이 그분께 별 매력을 못 느꼈다면 그건 그쪽의 잘못이지 아스 양의 잘못이 아니에요."

"……아니, 선생님 그게 아니라요. 제가 그분을 만나기는 해야 할 것 같은데요."

"밀당 중인 거예요?"

"카펠라 백작님이 오셨는데 그날 제가 휴가를 받아서 못 뵈었어요."

대화가 산으로 갈 것 같아서 바로 클라인의 이름을 대었다. 세야는 흠 하는 소리를 내며 팔짱을 끼고 무언가를 좀 생각하고는 입을 열었다.

"아스 양은 왕자님의 유모니까 왕자님의 후견인이 되신 카펠라 백작님과 제대로 인사를 못 한 것도 좀 그렇긴 하겠네요. 그럼 정식으로 카펠라 백작님께 초청장을 보내는 건 어때요?"

어머나. 클라인과의 자연스러운 만남을 어떻게 만들어야 할지 도통 갈피를 잡지 못하고 있었는데 공식적으로 나는 왕자의 유모고 그는 왕자의 후견인이다. 좋았어, 이 정도면 자연스럽다.

"그런 의미에서 아스 양. 그 초청장을 아스 양이 직접 써보도록 할까요?"

세야가 방긋 웃으며 20점이 적힌 내 시험지를 돌려주었다. 왜 내 철자법은 시간이 흘러도 흘러도 나아지지를 않는 거며 세야의 교육은 왜 자꾸 이런 생활 밀접형 실전이 되는 걸까. 세야는 그토록 친절하고 마음 약해 보이는 얼굴을 하고서 이번 초청장만큼은 절대 도와주지 않았다. 틀린 데만 체크해 주었을 뿐. 그래도 클라인이 들고 왔다던 수선화가 시들기 전에 그에게 초청장을 무사히 보낼 수 있었다. 언제라도 기쁜 마음으로 환대할 테니 편할 때에 방문해 달라는 내 초청장에 날짜와 시간을 정한 답장은 그다음 날 바로 돌아왔다. 종이에서 좋은 냄새가 나고 있었다.

클라인이 지정한 날짜는 답장이 돌아온 이틀 후의 늦은 오후였다. 초청장을 보낼 때는 별생각이 없었는데 답장을 확인하니까 면접일이 잡힌 것처럼 긴장이 되어서 토할 것 같아졌다.

그날 밤이 차라리 나았다. 서로의 표정을 볼 수 없는 곳에서 그도 나도 돌발 상황에 놀라 많은 것을 살필 여력이 없었다. 하지만 이제 밝은 낮에 얼굴을 마주할 텐데 클라인이 내 이상함을 눈치채지 못할 수가 있을까……?

이복 누이급의 혈연관계는 아니라도 그에게 '아스'는 의미 없는 사람은 아니다. 의미 없는 사람에게 꽃을 들고 방문할 리가. 그럼 혹시 헤어진 옛 여자친구? 그 어떤 상황을 가정해 봐도 토할 것 같은 기분만 더 강해진다. 클라인의 입에서 '넌 누구냐' 소리가 나오는 걸 시뮬레이션을 돌려보면 더 답이 없다. 흑마법사가 신분을 위장한 거 아니냐고 끌려 나가서 고문 후 처형 루트, 타국의 첩자라고 고문 후 처형 루트 등등…….

그날 클라인을 잘 취조했어야 했다. 정신을 더 똑바로 차리고, 그도 당황해 있을 때 어떻게 해서든 그냥 '아스'의 관계를 알아냈어야 했다. 그러고서 피할지 튈지를 결정했어야 했어. 한데 내 발목이 웬수였지. 이젠 그가 전혀 당황하지 않을까 걱정된다. 내가 온갖 상황의 시뮬레이션을 돌렸던 것처럼 그에게도 '아스'의 시뮬레이션을 돌릴 시간이 충분했다. 마음의 준비를 한 그와 아무 정보도 없는 내가 만나면 누가 더 불리할까. 이 나라는 왜 왕비 궁의 시녀씩이나를 뽑으면서 이력서를 안 받니. '아스 토케인'에 대한 정보를 얻을 루트가 단 한 군데도 없더라.

"근데 엘리, 너 입술이 너무 빨갛지 않니?"

클라인이 오기로 한 날, 평소에는 왕자를 안아줘야 한다고 화장도 잘 안 하는 엘리가 몹시 인상적인 레드 립을 바르고 왔고, 안나의 화장도 평소보다 업그레이드되어서 예쁜 안나는 많이 예쁜 안나가 되어 있었다.

"어? 어어? 어머, 아스. 오호호호…… 그래도 백작님인데 혹시 모르는 거잖아."

"휘하에 괜찮은 기사님한테 우릴 소개해 주실지도 모르고. 연애는 노력이 필요해."

"아니더라도 잘생기셨는데 그 앞에서 좀 예쁘게 있고 싶잖아."

"맞아. 그 백작님 잘생겼더라. 좀 무섭긴 했지만."

어떤 식으로 어떻게 무서웠는지 나한테 자세히 설명해 주지 않겠어? 혹시 그 백작 사람 죽이는 취미가 있다거나, 거짓말을 하면 가죽을 벗겨 버릴 것 같은 인상은 아니던? 그가 '아스'에게 위화감을 느끼면 어떻게 변명을 해야 할지 아직도 답을 찾지 못했다. 정말로 기억상실증이라고 질러 버릴까?

입안이 바싹바싹 빠르게 말라가는데 시간은 천천히 흘러서 오후가 되었다. 어린 왕자의 여우는 왕자가 도착하기 전부터 그를 기다리며 행복하다는데 나는 클라인이 오기로 한 시간이 가까워질수록 신경이 예민해져 가는 게 느껴진다.

마침내 조금 이른 시간에, 그가 왔다.

"왕자님은 오늘도 주무십니까?"

오늘도 붉은 머리카락이 강렬한 클라인은 하얀 카네이션을 들고 왔다. 이번에야말로 하얀 국화인 줄 알고 흠칫했다. 내 장례식에 쓰라고 들고 온 건 아닐 테고 이 남자 꽃 취향이 하얀 꽃인가 보다. 하하, 백작님 청순한 여자 좋아하시나 보다. 왕비 궁에 그런 여자 없어. 돌아가.

"예, 백작님. 방금 잠드신 통에……."

안나가 재빨리 무릎을 굽히며 대답했다. 저번에 왔을 때도 왕자가 자고 있었나 보다. 엘리와 안나는 두 번이나 백작이 헛걸음하게 된 셈이라 어쩔 줄 몰라 하고 있었고 나는 막상 불러놓고 보니 단둘이 이야기할 만한 공간이 이곳 어디에도 없다는 것을 깨닫고 어쩔 줄 몰라 하고 있었다. 이 직장이 사생활 보장이 전혀 안 되는 곳이라는 걸 익숙해져서 잊고 있었다. 남들 다 듣는 이곳에서 제가 사실 기억상실증이라며 핫핫 할 수는 없는데.

내 방이 곁방으로 딸려 있기는 하지만 거기엔 미오 경이 자는 침대
도 같이 있었다. 아무리 급해도 내 혼삿길을 이곳에서 그런 식으로 막
을 수는 없다.

"그럼 아스, 왕자님이 깨실 때까지 함께 산책하겠습니까?"

클라인이 손을 내밀며 말했다.

그건 꽤 이상한 느낌이었다. 라식 수술을 하고 마취가 덜 풀렸을 때
의 시야처럼, 그의 손을 중심으로 주변이 어둡게 일그러져서 그의 손
이 아닌 곳에 시선을 주려고 하면 눈이 너무 시리고 아파지는 그런 느
낌이 재현되었다.

머뭇거리며 손을 올리자 그가 단단하게 손을 잡아왔다. 그 순간 지
금까지 했던 고민들과 완전히 다른 생각이 들었다. 떨고 싶지도 않고
무서워하고 싶지도 않다는, 그런 생각. 나중에 후회하게 될지 몰라도
지금 당장은 내 마음이 시키는 대로 하고 후에 그 뒷감당을 하고 싶어
졌다. 불안하게 날뛰던 심장이 천천히 제 리듬을 찾아가기 시작했다.
나는 클라인의 손을 잡으며 짧게 한숨을 쉬었다. 나가기 전 그는 미오
경에게 시선을 두었다. 미오 경도 클라인의 시선을 피하지 않았다. 내
가 클라인의 손을 당기지 않았다면 계속 둘이 노려보고 있을 것처럼.

왕비 궁은 정말 한가했다. 권력과 국왕 에반스의 사랑 등 모든 것이
유르겔에게 있어서 왕비 궁까지 눈도장 찍으러 오는 사람은 아무도 없
었기 때문에, 가끔 일하기 위해 고개 숙이고 지나다니는 시녀들을 제
외한다면 정말 아무도 없었다.

후원으로 갈수록 사람은 더 없어졌다. 장담하건대 지금 이 후원에
는 나와 클라인뿐이다. 적당한 곳, 정확히는 적당한 시간이 흘렀을 때
클라인이 에스코트하던 내 손을 놓고 한 걸음 반 정도 뒤로 물러섰다.
그는 나를 보았고 나는 그를 보았다. 잘못한 것도 없는데 심판의 날이

라는 말이 떠오른다.

"그날은…… 제가 정신이 없었는데 백작님께서 구해주신 건가요? 감사합니다."

무난한 주제로 시작했다.

"예전에는 그렇게 부르지 않으셨습니다."

무난한 주제에 지뢰가 박혀 있었다! 괜찮아, 난 사회생활을 한 여자다. 이 정도 임기응변은 발휘할 수 있다.

"그때랑 지금은 상황이 다르니까요."

"달라진 건 아무것도 없습니다."

"많은 것이 달라요. 백작님, 받아들이세요."

그의 얼굴을 보고 있노라면 꼭 내가 약한 사람을 괴롭히고 있는 것 같아서 기분이 좋지 않다. 이 세계에서는 아무것도 모르는 내가 약자인데, 왜 영웅으로 칭송받는 그가 괴롭힘당한 사람 같은 얼굴을 할까?

"왜 이곳에 계신 건지 아직 대답하지 않으셨습니다."

"글쎄요. 인생이 흘러가는 대로 오다 보니 이곳에 닿았다고밖에는 드릴 말씀이 없네요."

그는 '아스'와 어떤 관계일까. '아스'는 그를 어떻게 생각했을까. 문맹인 아스가 갖고 있던 만년필에 새겨진 이니셜 C.K가 그일까? 고민은 많았고 난 많은 생각을 했다. 하지만 내가 구할 수 있는 곳에 답은 없었고, 풀리지 않는 문제는 그냥 버리고 다음 문제로 넘어가라고 고3 담임선생님이 누누이 말했었다.

클라인 카펠라는 왕비의 적도 아니고 그렇다고 아군도 아니며 〈탈출기〉에 그가 영향을 끼칠 만한 비중도 없었다. '아스'의 인생에 그가 있는지 없는지 나는 알 수 없지만 한 가지만은 분명했다. 내 인생에는 그가 없다. 그러니 이제 그가 누구인지 알고 싶지 않다.

"전 왕자님의 유모고 백작님은 왕자님의 후견인이죠. 좋든 싫든 자주 마주치게 될 것 같은데…… 전 애매모호한 걸 원하지 않습니다. 여기 이 곳에서 끝내고 싶어요. 앞으로 더는 이거에 대해서 이야기하지 않고 왕자님의 유모와 후견인으로 그렇게 지내고 싶어요. 기분 나쁘신가요?"

좋은 비즈니스 관계가 되자는 말을 하며 나는 패밀리 레스토랑 서빙 알바를 할 때처럼 웃었다. 이전 관계를 끊자는 말을 할지언정 고객님의 심기를 건드리면 안 된다.

"저는 그럴 수 없습니다."

"백작님."

"제게 당신이 그런 것처럼 당신께 저도 그런 줄 알았는데, 그게 아니게 된 모양이군요. 그렇다고 해도 나는 당신을 놓을 수 없습니다."

푸른빛이 도는 청회색 눈동자는 투구 아래에 감춰져 있을 때부터 차가워 보인다고 생각했는데 지금 나를 보는 그의 눈은 그의 머리카락 색깔처럼 활활 탈 것만 같다. 그 열기에 놀라 나도 모르게 한 발자국 뒤로 물러났다.

어머나…… 심봤다. 이거 설마 내가 원하던 그건가? '아스'랑 클라인의 관계가 설마 숨겨진 애인 사이인 거야? 대박일세. '아스'의 신분은 평민이었을 텐데 그렇게 용감무쌍한 관계라고? 입이 찢어질 것 같다. 하지만 나는 양심상 한 번 더 팅겨보기로 했다.

"백작님. 이러지 마세요. 저희 다시 예전처럼 돌아가요. 아주 예전처럼. 처음 만난 사람처럼요."

솔직히 말해 왕비 궁을 떠날 마음은 조금도 없긴 한데, 그래도 마음이 지진 난 것처럼 흔들리고는 있었다.

내 이세계 진입의 최대 로망은 사랑이었다. 그것도 트루러브. 클라인은 이 나라의 영웅이면서 네임드 무장이고 대륙 최강자였다. 아직은 백작이지만 곧 공작으로 고속 승진해야만 하는 몸이시며, 좀 내 타입은 아니긴 했지만 미남이기까지 했고, 그가 하는 절절한 고백들은 여심을 정조준해서 난사를 날리는 종류의 것이었다. 내 인생 어디 가서 저 정도 고백을 받아볼까.

"그럴 수 없습니다. 당신은 이제 하나뿐인, 제 소중한 유품입니다."

……뭐? I'm pardon? 내가 지금 뭘 잘못 들었나? 유품? 너 다시 말해볼래? 내 인생에, 여자로 안 보인다고 차여본 적은 있었지만 낫 닝겐 클래스까지 내려가게 될 줄은 상상도 못 했다.

내 정신이 신비의 세계로 날아갈 것만 같다. 요술씩이나 부리는 유리와 혜리도 신비의 세계로 날아가기 위해서는 쌍둥이 자매가 필요했고, 둘이 새끼손가락을 마주 걸어야 했는데 난 그딴 거 하나 없이도 신비의 세계로 날아갈 것 같다. 굉장하다. 걔들은 요술 소녀인데도 절차가 필요했는데 난 그딴 거 없어도 할 수 있을 것 같잖아.

"유품, 이라고요?"

"아니면 같은 사람을 그리워하는 미망인이라고 할까요. 의미는 같습니다. 저도 당신도 그녀의 유품이고, 그녀를 추억하는 미망인입니다."

더 안 좋아졌다. 일단 미망인이라는 별로 유쾌하지 않은 의미의 단어가 싫다. '아스'는 미혼일 텐데 왜 미망인이죠? 어쨌든 유품에 이어 미망인 소리까지 들으니 내 정신 건강에 심히 좋지가 않다. 그래도 고무적인 일이다. 나는 '그녀의 유품'인 모양이다. 그래서 그 그녀가 누군데? 일단 어머니는 아니겠고……. 나이 차이 많이 나는 누나? 아버지의 후처였던 첫사랑?

이 나라에 정보 길드나 흥신소 같은 게 있었으면 좋겠다. 어디에 보관 중인지 모를 내 월급을 모두 탈탈 털어서라도 클라인의 그녀가 누구인지 알아내 달라고 의뢰하고 싶다. 미지의 '그녀'가 내 지뢰가 될 것 같은 예감이 든다. 이럴 것 같아서 진작에 클라인을 끊어내려고 한 건데, 난 방어에 실패하고야 말았다. 이렇게 된 이상 어떻게든 '그녀'의 정체를 알아내야 한다. 차라리 진작에 '제가 사실은 기억상실증인데요

~'를 시전할 걸 그랬다.

"저도 그녀가 그리워요. 하지만 지금 저는 왕자님의 유모입니다. 어린 왕자님은 지금 저밖에 의지하실 곳이 없어요."

"미카엘 왕자가 소중해지신 겁니까?"

인생의 언니들이 결혼에 딸린 제반 사항들을 토로하는 사이트에서 말하길, 출산의 고통으로 소리 지르고 울부짖고 혼절 직전까지 가는 와중에도 가장 무서운 건 내 몸이 잘못되는가 하는 게 아니라 내 아이가 잘못되지 않을까 하는 걱정이라고 했다. 매일같이 우는 아이가 밉고 괴물 같다가도 자기 일부 같아 끌어안고 같이 울게 된다고 했다. 세상은 전쟁터고 인생은 시궁창에 박혀 있음에도 내 아이 발에 시궁창의 진흙이 묻을까 봐 그 진창 속에 엎드려 등 위로 아이의 발을 올려두는 게 모정이라고 했다.

나는 그런 감정을 모른다. 내가 낳지도 않은 왕자는 어느 날 갑자기 내게 맡겨진 짐덩어리일 뿐이다. 울면 짜증 나고, 큰일을 봐도 짜증 나고, 제때 우유를 먹지 않아도 짜증 나고, 잠투정하며 안 자면 던져 버리고 싶은 왕자를 내가 사랑하게 되는 일은 절대 없을 거다. 하지만 어쩌면, 이 세계에 살아남아 있으면, 왕자를 사랑하게 되는 일은 없을지라도 소중해지는 날은 올지도 모른다.

"전 왕자님의 유모랍니다, 백작님."

클라인의 푸른빛 도는 청회색 눈동자에 은빛이 일렁였다. 아마도 그건 짧은 시간의 일이었을 텐데도 나는 뺨을 스치고 지나가는 바람이 머뭇거리고 옅은 바람에 흔들리는 나뭇잎이 느려지는 모습을 보았다. 그가 말했다.

"그럼 제가 왕자와 당신을 지키겠습니다."

왜? 〈탈출기〉에는 당신이 없었는데. 왕비가 아기를 빼앗기고 친정의 몰락을 지켜보다 병들어 죽을 때까지 그 긴 시간 동안 당신은 그녀를 위해 구원의 손을 내민 적이 없었는데.

"제 레이디는 황혼 속에 스러졌으니 당신께 레이디의 맹세를 바치지는 않겠습니다. 하지만 기사의 명예를 걸고 약속드리겠습니다. 받아주시겠습니까?"

원작이 바뀔 수도 있을까?

"지킬 수 있으세요?"

"전 이미 당신을 위해 전쟁에 나갔습니다."

"지켜질까요?"

"명예는 왕자를 위해, 생명은 당신을 위해 쓰겠습니다."

클라인이 무릎을 꿇고 내게 손을 내밀었다. 이제 왕비 궁이 된 별궁은 아름다운 녹음에 둘러싸여 있었다. 그 아래에서 하얀 예장을 입은 붉은 머리카락의 기사가 내 앞에 무릎을 꿇고 있는 건 마치 그간 내 인생에 존재하지 않던 기사가 강림한 것 같은 모습이었다. 모든 것이 잘될 거라고. 바다 위에서 한없이 흘러가고 있던 조난선의 선미에 어디선가 흘러들어 온 유리병의 편지가 도착한 것 같은.

나는 망설이며 손가락만 움찔거리고 있었다. 그런데 그때 바스락거리는 소리가 들려왔다. 흠칫 놀라 망설이며 꿈틀거리던 손가락을 접었다. 바스락거리며 마른 풀을 밟는 소리가 점점 가까워지고 있었다. 엘리나 안나가 왕자가 깨어났다고 우리를 찾으러 온 걸까? 하지만 곧 모습을 드러낸 사람은 유르겔이었다.

"안녕하세요, 카펠라 백작. 이런, 그만 일어나세요. 하얀 옷에 풀물이 들겠어요."

감미롭게 웃으며 다가온 그는 내밀었던 손을 아직 거두지 않은 클라인의 손을 덥석 잡아 일으키는 시늉을 했다. 호리호리한 유르겔의 몸으로는 클라인을 부축하는 시늉도 못 했지만 그는 웃으며 클라인을 재촉했다. 그 성화에 클라인은 몸을 일으키더니 유르겔의 손을 놓고 한 걸음 크게 뒤로 물러났다. 조금 아쉽다. 유르겔이 지금 타이밍에 오지 않았더라면 클라인의 약속을 더 생각해 볼 수 있었을 것 같은데, 우리 대화는 이렇게 끝이 났다.

그의 맹세뿐 아니라 클라인의 그녀, 레이디에 대해 조심스럽게 더 캐내보고 싶었다. 하지만 대화의 진전 속도상 지금 같은 기회는 다시 오지 않을 것 같았다. 그는 이제 완전히 진정했다. 머릿속으로 계산이 분주한 내게도 유르겔이 인사를 건넸다.

"미카엘 왕자님을 보러 왔는데 아스 네가 없더라고. 이곳에 있다기에 널 찾으러 왔지."

"자리를 비웠는데 일부러 찾아와 주시고 감사합니다, 유르겔 님."

한동안 그의 존재를 잊었다. 축제 기간 전후해서 찾아오지를 않아서 잠시 잊었더니 이렇게 그가 기습을 해온다.

한쪽엔 클라인, 한쪽엔 유르겔. 어마어마하다. 내 스트레스가 어마어마하다. 클라인이 유르겔을 싫어하는 건 확실히 보였다. 유르겔이 등장한 이후로 그는 유르겔을 쳐다보지도 않고 혹시나 또 손을 잡을까 싶어서인지 바로 팔짱을 끼고 물러나 있었다.

유르겔은 클라인이랑 별로 친하지는 않은 건지 몇 번 보지도 않은 나도 아는 반응을 눈치채지 못한 사람처럼 클라인에게 다정하게 웃어 보였다.

"에반스가 카펠라 백작을 보고 싶어 해요. 카펠라 백작의 무위라면 걱정할 게 하나도 없었을 텐데 전쟁 내내 걱정하고 그랬거든요."

"전하께 심려를 끼쳐 드렸군요."

"에반스가 경의 귀환을 얼마나 기뻐하고 있는지 모르실 겁니다."

"예."

"지금 제 궁에 있으신데 함께 가보시겠어요?"

유르겔이 사랑스러운 얼굴로 청했다. 그 궁이라는 게 원래 왕비 궁이었다가 유르겔이 궁이 참 예쁘다는 말 한마디로 빼앗아 간 궁을 말하는 거겠지. 클라인은 후, 하고 짧은 한숨을 쉬더니 내게 말했다.

"이만 가봐야겠습니다, 아스. 다음에 뵙기까지 부디 건강하시길."

"아, 네. 백작님도 건강하게, 다음에 뵙겠습니다."

대화 맥락상 나는 클라인이 유르겔이랑 함께 유르겔의 궁으로 갈 줄 알았다. 그런데 클라인은 유르겔에게는 아무 인사도 없이 그대로 등을 돌리고 잘 손질된 숲길 사이를 척척 헤치며 빠르게 사라져 갔다. 혼자서. 유르겔이 무시를 당했어. 이대로 고개를 돌려 유르겔이 어떤 표정을 하고 있는지 확인하고 싶은 마음이 반, 나는 아무것도 못 보고 못 들었소이다 하고 바닥을 기어 왕비 궁으로 돌아가고 싶은 마음이 반이다.

"너 인기 많더라?"

차마 고개를 들지 못하고 있는데 유르겔이 가벼운 어조로 말을 걸어주었다. 다행이다. 기분이 그렇게 많이 상하지는 않았나 보다.

"아, 뭐. 저는 유르겔 님처럼 아름다우신 분과 달리 만만하니까요."

"응, 그렇지."

괜찮아, 이 정도로 자존심이 상하지는 않아. 유르겔이 예쁜 건 사실이고 시녀 겸 유모인 내 포지션이 그냥 한 번씩 찔러보기에 좋은 것도 사실이니까.

"그날 네가 갑자기 사라져서 유감이었어. 더 재미있는 모습을 보여줄 줄 알았는데."

"어머, 절 찾으셨어요?"

"응. 그날 최고의 구경거리가 너였잖아."

유르겔은 웃으면서 그만 후원을 나가자며 손짓을 했다. 왕자를 보러 왔다고는 했으니까 그쪽으로 돌아가는 것 같은데…… 엔간하면 유르겔이 이미 왕자를 보고 난 후에 날 찾으러 온 거였으면 좋겠다. 내

바람은 거의 안 이루어지지만.

"소란 통이라…… 다음에는 기대에 부응해 드리도록 할게요."

"그래야지. 유모인 네가 없어서 미오 경이 혼자 미카엘을 데리고 나가는데 안쓰러웠거든."

"아…… 미카엘, 왕자님이요?"

"응. 미카엘."

"아, 네."

"너랑 전하 앞에서만 이렇게 부를 거니까 둘만의 비밀로 해줄 거지?"

유르겔은 에반스의 후궁이고 왕자는 에반스의 후계자인 왕자다. 내가 알기로 왕자의 신분이 유르겔보다 높을 텐데, 이렇게 격의 없이 이름만 부르니까 당황스럽다. 하지만 얼굴이 예뻐서 그런가, 유르겔은 그래도 무례하거나 경박스럽게 느껴지지가 않는다.

그는 말이 안 되는 짓을 해도 천진하고 악의 없어 보일 거다. 가끔 생각하는데 유르겔의 진정한 마성은 남자들을 정복하는 매력에 있는 게 아니라 바로 저렇게 아무런 악의 없이 느껴지게 하는 게 아닐까.

"그보다 대단한데, 아스?"

"저요? 제가 원래 좀 대단하긴 한데 이번엔 뭐가요?"

"클라인 카펠라."

유르겔이 우리 대화를 어디부터 들었는지 모르겠다. 처음 들린 바스락거리는 소리는 꽤 멀리 있었지만, 그의 소리가 우리에게 들렸다면 우리의 소리도 그에게 들릴 수 있는 거리라는 건데. 우리 대화가 뭐, 역적모의라거나 남들이 있는 곳에서는 절대 소리 내서 말할 수 없는 음란 마귀가 여럿 씐 대화는 아니었지만 나와 왕자를 지키겠다는 클라인의 말은 오해의 소지가 없다고도 말하기가 힘들다.

"신기하단 말이야."

후원의 끄트머리에서 앞서 걸어가던 유르겔이 멈춰 서서 나를 돌아보았다.

내 인생이 다큐라면 그의 인생은 CF나 영화급은 되는 것 같다. 어쩜 멈춰 서는 자리 하나까지 위치 선정이 대단한지 그가 멈춰 선 곳 위로 키가 큰 나무들이 서 있었고 그 사이로 햇빛이 쏟아지고 있었다. 나뭇잎을 거친 햇빛은 새하얀 후광처럼 그의 금빛 머리카락을 비췄고 그는 당장 무릎을 꿇고 싶을 만큼 아름다웠다.

〈탈출기〉의 작가는 태업했던 것 같다. 유르겔의 마성에 정복당하지 않는 사람이 없지만 작가는 너무 BL이란 장르를 의식해서 남자 쪽에 치중하게 그의 마성을 묘사했다. 유르겔의 아름다움은 남녀를 가리지 않을 거다. 내 눈에도 그는 아름다웠으니까. 아름다운 유르겔은 빛을 듬뿍 담은 미소를 지으며 손톱 끝까지 아름다운 손으로 내 턱을 들어 올렸다. 그의 눈이 내 얼굴 곳곳에 닿는다.

"넌 예쁘지도 않은데 어떻게 카펠라 백작의 관심을 끌었는지 모르겠어. 아무래도 보고 있으면 재미있기는 한데 못난 데는 없지만 예쁜 데도 없고, 개성도 없고, 매력도 없는데."

어라, 이것 보게? 애 자꾸 내 자존감을 후려치려고 드네? 너 이 자식, 그런 말을 그렇게 상냥한 어조로 말하지 말아줄래?

"저도 그렇게 못나지는 않았는데요, 유르겔 님."

"그건 알아. 차라리 못났으면 못난 대로 수요가 있을 텐데 넌……."

"근데 오해세요. 저흰 뭐 딱히…… 뭐가 있던 건 아닌데."

"그렇겠지."

그쯤에서 유르겔은 내 턱을 놓아주고 검지로 턱 아래를 먼지를 털어주듯이 톡톡, 쳤다.

"아까 설마 카펠라 백작이 너한테 청혼한 건 아니지?"

우리의 대화를 돌아보았다. 오해의 여지가 없는 건 아니지만 그래도 청혼이라고 묻는 거 봐서는 못 들은 모양이다. 나는 고개를 끄덕였고 유르겔은 날 꽤 귀여워하는 태도로 내 머리를 쓰다듬었다. 내가 키우던 개를 이렇게 만졌는데.

머리가 복잡하다. 클라인의 '그녀'는 누구일까. 클라인의 레이디이기도 한 것 같은데 단지 그뿐? 그렇다고 쳐도 그 레이디랑 '아스'랑은 무슨 관계일까. 그리고 원작은 바뀔 수 있는 것인가. 기록되지 않았기에 생기는 가능성에 매달려 있기는 했었다. 하지만 〈탈출기〉에 클라인 카펠라의 개입은 없었다. 그가 정말로, 왕비의 구원자가 될 수 있을까?

⚜

"아스, 준비해."

나는 힐을 좋아했다. 6㎝ 이하로는 신고 뛸 수 있다. 이 세계에서 그런 종류의 힐은 좀 산다 하는 사람들의 물건이라 나나 시녀 친구들 같은 이들은 기동성 좋은 부츠를 신어서 다행이다.

엘리의 말을 들으며 부츠의 끈을 꽉 졸라맸다. 제한 시간은 한 시간 반. 여기서 도착지까지 전속력으로 달렸을 때 삼십 분 거리다. 꽤 아슬아슬하지만 나는 도전해야만 한다.

"걱정 마, 우리 두 시간까지는 가능하니까. 꼭…… 잘 다녀와."

우리는 이제 한계에 처해 있었다. 만능 육아 재능꾼 엘리의 전폭적인 도움에도 불구하고 상대는 왕자였고 우리는 모든 것을 조심해야 했기에 도움이 필요했다. 엘리의 경험에만 의존하기에 왕자는 왕자라서 조금이라도 잘못하거나 대강 넘겼다가는 다 같이 죽을 것만 같았다. 하지만 경험 많은 프로 엘리트 유모님이 새로 와주실 것 같진 않고 우리끼리 자력갱생을 해야 한다. 그러기 위해서는 하다못해 육아 서적이라도 필요했다.

세야가 도서관 대출증을 구해주었고 며칠간 우리는 치열하게 왕자의 생활 패턴을 분석했다. 지금 우유를 먹이고 좀 놀아주다 재우면 된다. 하지만 모험을 할 수는 없었다. 왕자가 요새 불안하게도 잠이 짧아졌다. 우유를 먹는 동안은 안 울 테고 엘리와 안나가 몸 바쳐 놀아주면 몇 분 정도 더 벌 수 있을지 모르지만 놀아주는 동안 왕자가 나의 부재를 눈치채고 울 수도 있다. 왕자는 대체로 대단히 순해서 손이 많이 가지 않지만 근래 사람의 얼굴을 알아보기 시작한 것 같다. 안나가 안아 들면 불편한 것처럼 고개를 저었고 내가 오래 보이지 않아도 불안해하다가 울었다.

왕자에게 우유병을 물리고 있는 안나의 격려와 함께 엘리가 모래시계를 뒤집었다. 나는 득템을 향해 전속력으로 땅을 박차며 뛰어나갔다.

제한 시간 한 시간 반. 왕궁 도서관까지 그 시간 안에 다녀와야 한다. 백일쯤 되면 2시간 정도는 통잠 자는 거 아니었나? 그렇게 자는 날이 없는 건 아니지만 요새 왕자는 평균 2시간이면 깨어나서 빼애앵 운다. 지금보다 더 신생아에 가까웠을 때는 자다 깨도 잘 안 울었는데 요새는 깨면 울어서 환장하겠다. 발도 뻗을 자리를 보고 뻗는다고, 그때는 울어도 안 돌봐줄 것 같았는데 요새는 엘리가 헌신적으로 잘 돌봐서 그런가.

계단이 부서질 것만 같은 소리를 내며 뛰어내리는 내 몸무게를 감당해 낸다. 아냐, 나 그렇게 안 무거워. 부츠 굽 때문에 나는 소리야. 놀란 눈으로 날 보는 시녀 친구들을 아는 체할 시간도 없이 나는 왕비 궁을 박차고 나가 왕궁 도서관으로 전력 질주를 시작했다.

시뮬레이션 속의 나는 왕궁 도서관까지 쉬지 않고 달렸지만 나약하고 나태한 현대인의 체력과 폐활량은 왕비 궁의 정문을 통과하는 시점에서 거의 끝이 났다. 대형견이 헐떡이는 소리가 내 목구멍에서 났고 폐는 터질 것 같다. 늘 5분간 전력 질주할 수 있는 체력을 원했는데, 5분이 뭐야. 나는 왕비 궁 정문에서 한 30미터 떨어진 지점에서 무릎을 짚고 헉헉거렸다.

미오 경이 30분 거리랬는데, 그거 역에서 아파트까지 10분 거리라고 쓰여 있는데 체감상 마라토너가 10분간 숨도 안 쉬고 전력 질주했을 때 10분인 신축 아파트 분양 광고 같은 거리인가 보다. 그 말을 믿는 게 아니었다. 사실 미오 경에게 이 외출을 부탁하려고 했었는데 그는 마치 내가 걸레를 삶아서 고기라고 우기고 있는 걸 보는 사람처럼 고개를 돌렸다.

왜, 뭐, 왜? 뭐가 문젠지 말을 해보라고. 인생은 원래 쨤밥이라 새로 온 호위 기사들 셋한테 타깃을 돌려봤는데 그들의 반응도 마찬가지였다. 왜, 기사들은 글을 못 읽는다던? 어떻게 된 게 인력이 늘어도 도움이 안 된다. 난 담배도 안 피우는데 왜 폐활량이 이거밖에 안 되는지 모르겠다. 적당히 숨을 덜 헐떡거리기 시작했을 때부터 다시 달리기 시작했다.

긴 드레스 자락은 이미 양손으로 무릎까지 걷어 올렸고 최대한 직선거리로, 미안하지만 화단은 밟았고 계단이나 낮은 담 같은 건 그냥 뛰어내렸다. 오로지 최단 거리를 찾는 하이에나처럼 달려댔다. 영웅은 원래 우회 따윈 하지 않는다네~ 높은 데서 뛰어내릴 때마다 부츠 높이 때문에 발목이랑 무릎에 충격이 왔지만 이 저질 체력으로 시간 안에 도서관을 찍으려면 방법이 없었다.

사바나의 얼룩말처럼 언덕길을 뛰어 화단의 끝에서 폴짝 뛰어내렸는데 어머나 세상에, 눈대중으로는 내 허벅지 높이 정도로 보였는데 뛰고 보니 너무 높다! 화단 주제에 페이크를 썼어! 나동그라질 것을 예상하고 눈을 감았다. 순간 예상했던 충격이 엉덩이가 아니라 등허리랑 다리 쪽으로, 왔다?

"다치실 뻔하셨습니다."

"백작님."

"괜찮으십니까?"

눈앞에 되게 그윽하게 날 보는 클라인이 있었고 나는 전설의 공주님 안기 상태였다.

하늘님, 감사합니다. 한때 광야를 헤매는 양처럼 헤맸지만 그 불신의 나날을 거쳐 지금 여기에 제가 있네요. 조상님, 감사합니다. 제가비록 명절에는 튀었지만 그래도 제사 때마다 전을 얼마나 열심히 부쳤는지 알고 계시죠? 감사합니다. 감사합니다. 부처님, 예수님, 알라신그 외 모든 신님 다 감사드려요. 이 각박한 세상에 제 로망이 그래도이루어지기는 하네요. 공주님 안기라니, 그거 요새 드라마에서도 잘안 나오더라고요? 그래도 포기하지 않길 잘했죠. 감사합니다.

바닥에 나동그라지지는 않았지만 그렇다고 안 아픈 것은 아니었다.위에서 떨어지던 속도랑 중력이 있어서 클라인의 팔에 안긴 몸이 다아팠다. 하지만 땅바닥에 그대로 처박히는 것보다는 나았고, 무엇보다 기분이 좋았다.

"네, 덕분에. 감사합니다."

"어딜 가시는 중이셨습니까?"

"도서관엘 좀. 저, 백작님. 그만 내려주셔도 되는데요."

"이대로 모셔다 드리겠습니다."

"내려주세요."

정색할 뻔했다. 공주님 안기는 유년기에 우리 아버지도 안 해주시던 내 근원적 로망이지만, 그래도 로망은 로망이고 현실은 현실이다.왜냐면 이대로 더 안겨 있으면, 클라인이 내 몸무게를 알 것 같아서.그거 국가 기밀이야. 알려고 하지 마. 날 받아내느라고 팔의 통각이마비된 사이 얼른 내려와야 한다.

곧 짧은 시간 동안 가혹하게 혹사당한 발이 다시금 땅을 디뎠다. 난 참 알차게 뛰었나 보다. 잠시 그 중력을 벗어나 있었다고 다시 땅을 밟으니까 발이 아프다.

"백작님은 어딜 가시던 중이셨어요?"

"왕비 궁으로."

"미카엘 왕자님은 곧 잠드실지도 몰라요. 빨리 가셔야 할 거예요."

"그럼 내일 뵙도록 하죠."

클라인은 내 얼굴이 달아오를 정도로 부드럽게 웃으며 내 손등에 입을 맞추는 시늉을 했다. 손에 바로 하는 것도 아니고 손을 잡고 있는 그의 손가락 위로 키스를 하는 건데도 이상하게 달달하고 부끄러워졌다. 그가 예상하지 못한 순간에 훅 치고 들어오니까 심장 방어가 되지를 않는다.

"제가 급해서 그럼 여기서 실례할게요."

그에게 다시 사바나의 얼룩말처럼 달리는 모습을 보여주고 싶지 않지만 늘 그렇듯이 이상은 멀고 현실은 가깝다. 그나마 몇 발자국은 조신하게 걷는 척을 했지만 이내 걸음은 뜀박질이 되었고 그에게서 충분히 멀어지기 전부터 나는 다시 전속력으로 달렸다.

우당탕탕 뛰어 들어온 나를 도서관 사서는 별로 좋아하지 않았다. 나라도 안 좋아하겠다. 그를 이해한다.

"영유아, 발, 달 단, 계에 관한 책…… 흐어어…… 어디예, 요? 후욱."

"S-3 구역에 가보세요."

"감사합니다, 후욱. 근데 거기가 어디예요?"

사서는 말없이 손을 뻗어 벽 쪽을 가리켰고 내가 그쪽으로 고개를 돌리니까 손가락으로 크게 원을 그려줬다. S가 side의 S냐.

"유모님?"

"네?"

난 유명인이었나 보다. 초면의 사서가 날 유모님이라고 부른다. 이 왕궁에 검은 머리 시녀가 나 하나만도 아닐 텐데 어떻게 나를 아는지 모르겠지만 그는 싱그럽게, 뒤끝이 느껴지게 웃었다.

"조용히 다녀주세요."

네…… 너무 급해서 제가 좀 사고를 쳤네요. 잘못했어요. 반성할게요. 도서관에서까지 뛸 정도로 양심이 없지 않았던 나는 뒷굽을 들고 빠르게 책장으로 걸어갔다.

얼마나 시간이 지났는지 모르겠다. 뛰어오는 데 30분보다는 덜 걸렸다는 건 알겠다. 처음 온 도서관이라 서가 정렬 기준을 알지 못해서 한참을 살핀 끝에야 S-3 구역을 찾을 수 있었다. 어찌나 사람들이 안 찾는 구역인지 책들이 하나같이 새것 같았고 책을 찾아 돌아다니는 사람도 하나 없었다.

도서관마다 이런 구역이 한 군데씩 있다. 우리 동네 도서관은 철학서 주변이 이랬고 다니던 대학 도서관은 시문학 쪽이 전멸이었다. 어찌나 사람이 없고 조용한지, 거기는 엎드려서 자는 사람밖에 없었다. 지금 여기처럼. 나는 일하는데 너는 남들 열심히 일해야 하는 이 시간에 자냐? 머리 위로 모자를 얹어두고 엎드려 자는 사람이 하나 있어서 배알이 뒤틀리려고 한다. 아냐, 남들 눈에는 내 팔자도 좋아 보일지도 모른다. 저 사람도 사정이 있겠지.

자는 사람에게서 신경을 끄고 내가 원하는 책을 찾기 위해 빨리 눈을 굴렸다. 내 대출증은 세야가 만들어줬는데 임시 발급증이라서 한 번에 두 권까지밖에 대출이 안 된단다. 영유아의 발달단계나 3개월 미만 영유아 관련 책이 있으면 좋겠는데.

더듬더듬 엉망진창인 내 철자법으로 제목들을 찾아가는데 마침 괜찮아 보이는 책이 눈에 들어왔다. 백일 된 영유아의 감각 발달 어쩌고 하는 책이었다. 하지만 공교롭게도 책상에 엎드려 자고 있는 사람의 등 뒤에 있었다. 보통이라면 문제가 될 게 없겠는데 이 도서관의 특색이 그런 건지 이 사람이 책상을 당긴 건지, 의자랑 책장의 책이 거의 닿아 있었다. 다행인 건 내가 원하는 책이 의자 바로 뒤에 있는 게 아니라 그 위에 있다는 거였다. 잘만 하면 안 닿고 꺼낼 수 있을 것 같은데 잘못하면 등에 책 모서리가 닿을 것 같다.

어쩌지? 초면인데 깨우나? 조심해서 잘 꺼내면 이 사람은 잘 자고 난 책 대출해서 가져가고 해피엔딩일 것 같은데……. 잘못해서 깨우면 되게 뻘쭘할 것 같단 말이다.

나는 그 사람의 주변을 괜히 서성거리고 알짱대기도 하다가 그가 엎드린 곳 근처를 톡톡 두드려 보기도 했는데 도통 깨어날 기미가 보이지 않았다. 저 정도면 어쩌면 책 꺼내다 닿아도 모르고 잘 수도 있겠다. 그랬으면 좋겠다.

슬쩍, 내가 원하는 책에 손가락을 걸고 당겨보았다. 지나치게 가깝기는 한데…… 잘만 하면……. 하지만 알고 있었다. 나쁜 예감은 늘 빗나가는 법이 없지. 조심해서 잘만 하면 되겠다 싶은 일은 원래 망하게 되어 있다. 적어도 나는 그런 일에서 운이 좋았던 적이 한 번도 없으니까.

지나치게 조용한 도서관 탓에 들리지도 않을 소리가 귀에 들렸다. 조심히 꺼내던 책의 모서리가 툭, 하고 엎드려 자고 있는 사람의 등에 닿았고 다음 순간 나는 컥, 하고 목이 졸려 있었다. 아니다, 목이 졸린 것보다 성대가 터져 나갈 것 같은 고통이 먼저인가? 아니면 책과 의자가 바닥으로 넘어지는 게 먼저였나? 엎드려 자고 있던 사람은 괴물 같은 속도로 몸을 일으키더니 내 목을 팔꿈치로 밀어 누르며 나를 책장으로 밀었다. 뭔가 일어나는 것 같기는 했는데 움직임을 제대로 보지도 못했다. 칵, 하는 소리를 냈던 것도 같다. 닭 모가지를 비틀 때 이런 소리가 났을까?

갑작스러운 움직임에 놀라고 무서웠다. 아주 잠깐, 내 등에 부딪힌 책장이 왜 안 무너질까 생각했다. 애니메이션이나 영화에서 보면 항상 무너지던데. 짓눌린 목과 등이 너무 아팠다. 엉겁결에 얻어맞은 셈이 된 목도 너무 고통스러웠고, 짓눌리며 숨을 제대로 쉬지 못해서 괴로웠다. 하지만 무엇보다 내 눈앞에 들이민 짐승 같은 보라색 눈동자가 가장 무서웠다. 나는 단 한 번도 미친 사람의 눈을 본 적이 없다. 그러나 그 눈을 본 순간 저것이 미친 사람의 눈이라는 것을 알 수 있었다. 흉포한 그 보라색 눈 안에는 겁에 질리고 고통스러워하는 내 얼굴이 비치고 있었다.

나는 착하게 살았다. 악독하게 살려면 그만한 패기와 용기가 필요하다. 나는 용기가 없어서 착하게 살아왔다. 그러니 인생이 아무리 가혹해도 내가 여기서 이렇게 초면인 사람에게 책을 뽑다가 목을 졸릴 이유는 없었다. 애 좀 잘 키워보려고 발악한 게 죄인가? 쉬는 날도 없이 일하면서도 어떻게든 내가 낳지도 않은 아기를 좀 잘 키워보겠다고 없는 시간 쪼개서 겨우 외출 시간을 만들었는데.

컥컥 숨이 막힌다. 눈앞도 노랗게 빛이 바래면서 누가 종이를 집게로 집어서 돌리는 것처럼 시커멓게 뱅글뱅글 돌아가기 시작한다. 소리라도 질러서 도움을 구하고 싶은데 상대가 내 성대를 팔뚝으로 짓누르고 있어서 컥컥거리는 소리가 고작이었다.

죽을지도 모른다. 죽을 것 같다. 필사적으로 온몸을 버둥대면서 목을 조르고 있는 손을 쥐어뜯었다. 사는 동안 여자와 남자의 체격 차나 완력 차를 느낄 일이 별로 없었다. 하지만 지금 내 목을 누르는 팔은 너무나 단단했고 내가 할 수 있는 일은 고작해야 그 팔뚝을 손톱으로 할퀴는 정도였다. 완력 차란 이런 건가. 너무 억울해서 눈물이 나올 정도다. 이대로는 악 소리도 못 지르고 죽을 것 같아서 한쪽 다리에 모든 체중과 힘을 실어 남자를 향해 내질렀다. 어디에 맞은 건지 모르겠지만 타격이 제대로 들어갔다. 바로 목을 죄고 있던 팔에 힘이 **빠졌다**.

남자를 밀치고 옆으로 굴러 나와 기침과 함께 겨우 숨을 쉬기 시작했다. 공기가 목을 긁듯이 들어왔다. 갑자기 산소가 공급된 머리가 뻐근하게 아파서 숨이 코로 들어가나 입으로 들어가나 모르겠다.

돌아온 숨을 삼키면서 남자에게서 눈을 떼지 못했다. 숨 쉬는 게 급선무라 남자를 경계하면서 도망칠 타이밍을 잡아야 했다.

어느새 남자는 아까와 다른 사람인 것처럼 살벌한 눈빛이 사라져 있었고 당황한 듯이 보이기도 했다. 손을 올렸다가 내렸다가 주먹을 쥐었다가 폈다가 정서 불안인 사람같이 굴었다. 그래 봐야 저 손이 내 목을 졸랐다.

"아, 전…… 저는…… 죄송합니다!"

그러고서 남자는 튀었다!

남의 목을 졸라놓고 죄송하면 다냐! 안 죽었으면 그만이라는 거냐! 이 신종 변태 플레이는 뭔지 모르겠다. 쫓아가고 싶었지만 남자가 이미 흰 금발 끄트머리만 보일 정도로 멀리 간 상태였고 내 몸은 뛰어오느라 벌집처럼 부어오른 발을 포함해 아직 놀란 것이 진정된 게 아니라서 그러지 못했다. 정직하게 말하자면 무서웠다.

남자가 도망가자마자 다리에 힘이 풀려서 바닥에 주저앉았다. 애초에 내가 꺼내려고 했던 문제의 책도 나처럼 바닥에 나뒹굴고 있었다. 괜히 발끝으로 책을 툭 쳐본다. 책은 죄가 없다. 그러면 나는 죄가 있었냐. 안 울려고 최선을 다해 참고 있는데 사방이 울어라, 울어라 고사를 지내는 것 같다.

한참이 지난 후에야 대출 장부에 책을 적고 밖으로 나왔다. 사서에게 도서관 구석에 사람 목 조르는 변태가 있더라는 말을 해줘야 하나 고민하다가 관뒀다. 변태에게 걸렸다고 주목받고 싶지 않았고 그냥 생각을 안 하고 잊고 싶었다.

밖은 아직도 한낮이었다. 그렇겠지. 목을 뭐 한두 시간 동안 졸리고 있었던 것도 아니고. 손을 이마 위로 올려 햇빛을 가리고 하늘을 보다 포옥 한숨을 쉬었다. 이러고 있다고 모래시계의 모래는 멈추지 않는다. 발목을 돌리며 발끝으로 땅을 차봤다. 발바닥이 찡하긴 하지만 달리는 데는 문제가 없다. 책을 옆구리에 끼고 다시 전력 질주를 시작했다.

"한 시간 반. 칼 같네, 아스."

마지막 모래를 털어버리고 있는 모래시계를 들어 보이며 안나가 말했다. 나는 바닥에 약 먹은 가물치처럼 널브러져서 숨만 쉬기 시작했다. 인간은 원래 사족 보행하는 동물이었다는데 이렇게 편한 사족 보행을 버리고 왜 이족 보행으로 진화했는지 모르겠다. 이왕 진화하는 김에 사족 보행하고 물건 들 수 있게 팔이 하나나 둘 정도만 날개처럼 여분으로 붙어 있었으면 좋겠다.

왜 왕자의 방은 무려 4층씩에나 있어야 할까. 1층 절반 정도는 그래도 품위를 지키려 노력했는데 거길 지나고부터는 품위고 뭐고 일단 살고 봐야겠어서 네 발로 뛰었다.

"안 돼, 안 돼. 갔다 오는 왕복만 한 시간 반이야."

엘리가 뭔가 되게 근성 있어 보이게 웃었다. 다음번 육아 정보가 필요할 때 너는 다시 뛰게 되리라. 뭐 그런 자막 달아주고 싶다.

엘리는 내가 옆에 대충 던져둔 책을 들고 앞뒤로 돌려 보다가 책상 위에 그냥 던져두었다. 엘리나 안나나 예전의 '아스'처럼 문맹이라 결국 저 책을 읽으며 공부해야 하는 건 나였다. 세야에게 같이 읽어달라고 해야겠다.

잠깐, 좋은 아이디어가 떠오른다. 같이 책을 읽으며 공부하다 보면 모르고 싶어도 세야도 육아 정보를 얻게 되겠지? 원래 배우는 사람보다 가르치는 사람이 더 잘 알게 되는 법이니까. 그럼 세야에게도 가끔 왕자를 돌보는 일을 맡길 수 있게 되지 않을까? 물론 그는 공무원이

고 본인 일 하기에도 충분히 바쁘겠지만 가끔, 단 삼십 분이라도,

"근데 아스, 너 목이 빨갛다? 멍드는 것 같은데?"

나는 누운 채로 목을 쓰다듬었다. 그 남자가 손이 아니라 팔뚝으로 목을 졸라서 짓눌러 댄 자국이 남았나 보다. 아픈가? 목 쪽은 워낙에 살갗이 얇아서 모르겠다.

바닥에 누운 채로 눈이 닿는 모든 곳을 바라보았다. 오늘 경호 담당은 휴인가 보다. 페페가 낙찰해 간 휴는 사교성은 없는 모양인지 우리랑 별로 어울리지를 않는다.

저 끝에는 우리를 지켜보는 휴와 그를 지켜보고 있는 미오 경이 있었고, 내 옆에는 날 살피는 엘리가, 그리고 미카엘 왕자를 안고 이쪽으로 오는 안나가 보였다. 맥락 없지만, 뭔가 오리들이 오종종 움직이는 분위기다. 내 공간이다. 처음 가봐서 아는 사람이 한 명도 없던 도서관과 달리 내 사람들로만 가득 차 있는 내 공간에서 나는 안전하다.

남자가 도망갔어도 목이 졸렸던 온몸이 아팠다. 누군가에게 말하고 싶었다. '저기요, 제가 방금 미친놈에게 공격을 당했어요!' 그런데 그 말을 하는 순간 다음 반응이 상상이 안 갔다. '저런. 큰일 겪으셨네요, 다치신 데는 없어요?'일지 '어떻게 생긴 사람이죠? 가만히 있는데 공격하던가요?'일지.

"있잖아. 나 도서관에서 변태 만났어."

"뭐어? 신성한 도서관에 변태가 나왔다고?!"

"그 목, 변태가 때린 거야? 이리 와봐, 약 바르자! 아니, 소독부터 하고!"

말이 끝나기도 전에 엘리와 안나가 소리를 지르며 날 일으켜 앉히고서 이곳저곳을 살폈다. 엘리와 안나가 어미 닭처럼 푸다닥거리는 걸 보니까 가슴 한구석에 보슬보슬한 꽃이 피는 것처럼 보드랍게 간지러워졌다.

"아스! 웃을 때가 아냐. 목 말고 다친 데는 없어? 안나, 우리 놀랐을

때 먹는 약 없나?"

"없어. 여기 구급상자고 뭐고 아무것도 없네. 아스, 네 방에 뭐 없어?"

"잠깐! 내가, 내 방에 좋은 약이 있다. 흉터 안 남는 약. 누가 같이 찾아주지 않겠나?"

"오. 좋네요, 미오 경. 안나, 갔다 올래?"

"알았어. 아스한테 물이라도 먹이고 있어."

안나가 내 방에 들어가려고 해서 소리 지를 뻔했다. 미오 경의 유인 대로 안나는 내게 왕자를 안겨주고 그를 따라 쫄랑쫄랑 나갔다. 내가 알기로 미오 경은 이제 원래 본인 방을 옷 갈아입는 용도 정도로밖에 안 쓰고 있는데 그 방에 뭐가 있기는 한가 모르겠다.

왕자는 아부부부 비슷한 소리를 내며 힘 조절도 잘 안 되는 손을 휘둘러 댔다. 작은 아기는 따뜻하고 말랑거리고 우유 냄새가 나서, 나는 왕자를 끌어안았다. 기분 탓인지 멍들어가는 목도 안 아픈 것 같았다. 사실은 엄마한테 말하고 싶었다. 엄마, 나 이런 일이 있어서 다쳤어. 나 아파. 무서워.

❦❧

엘리가 싸매준 붕대는 밤에 미오 경의 손에 의해 풀렸다. 사실 너무 둘둘 말아놔서 숨쉬기가 힘들 지경이긴 했는데 둘의 성의가 있어서 차마 말하지 못하고 있었다. 붕대가 풀릴수록 목이 통풍돼서 살 것 같아졌다. 붕대를 다 풀어낸 미오 경이 쯧, 하고 혀를 찼다.

"시커멓게 멍이 들었다."

"그건 말 안 해주셔도 제 눈으로 보여요."

거울 앞에 앉아 있어서 내 눈에도 목에 멍이 시퍼렇게 들어 있는 게 보였다. 말이 시퍼렇다지, 가장자리 정도만 파랗고 중심으로 갈수록 그냥 까맸다. 거울을 보며 가만히 고개를 한쪽으로 돌렸다가 다시 반대쪽으로 돌리며 멍의 크기를 살펴보았다. 어지간해서는 가려질 크기와 색깔이 아니었다.

"한동안 목깃이 있는 걸 입어야겠네요."

"스카프로 가리든가 붕대를 다시 매."

"그, 멍 없애는 약 없어요? 기사님들 많이 맞으셔서 자주 멍 든다던데."

"나 정도 실력의 기사들한테는 그런 약이 필요 없어. 내일 리카르 같은 애들한테 물어보겠다."

자뻑인 듯 자뻑 아닌 자뻑 같은 말인데, 사실이긴 할 거다. 공평한 말은 아니겠지만 어쨌든 새로 온 기사들이 2군쯤인 기사들이라면 미오 경은 친위 기사랬나 호위 기사랬나 하여튼 1군쯤이랬다. 애초에 왕족들의 호위를 위해 실력이 좋은 기사들만 모은 곳 출신이었다.

"전 미오 경이 왕비 궁 시녀 중 한 명이랑 결혼했으면 좋겠어요."

"왜?"

"생각해 보면 일등 신랑감이니까요."

괜찮은 남자가 내가 좋아하는 사람 중에 하나랑 결혼하면 좋을 것 같다. 그렇게 생각했다가 문득 미오 경이 유르겔을 좋아하는 걸 기억해 냈다. 빨리 미오 경에게 유르겔이 빙쌍인 걸 세뇌를 시켜야 하는데 살기 바빠서 자꾸 까먹는다. 유르겔이 미오 경이 생각하는 것처럼 마냥 상냥하고 착하기만 한 사람이 아니라는 걸 반복 학습시키면 그 콩깍지 좀 떨어질까?

멍이 든 목을 만졌다. 아프다. 이 멍이 목이 아니라 손등이었으면 차라리 좋았겠다. 하지만 거울 속 내 손목에는 아직 세야가 묶어줬던 검은 리본이 있다. 이 리본을 묶은 후로 아침이 명쾌해지긴 했다. 그래, 왕자를 돌보면서 많이 거칠어지긴 했지만 내 손은 아직 소중하니까 상처 내지 말고 리본으로 만족해야지.

"미오 경, 클라인 카펠라 백작님 아시죠?"

"전 국민의 영웅이자 모든 기사의 우상이지."

"그럼 그분한테 레이디가 있었다는 것도 아세요?"

붕대를 둘둘 감아 치우던 미오 경이 미간을 찌푸리며 말했다.

"어디서 뭘 들었는지 모르겠지만 클라인 경에게 레이디가 있다는 말은 못 들었다. 다른 사람도 아니고 그분께 레이디가 계셨다면 전국에 널리 알려져 있겠지."

그러면 그렇지. 세상살이 너무 쉽게 가려고 했다. 클라인의 레이디에 대해 알면 그와 '아스'의 관계에 대해 금방 알 수 있을 것 같은데, 내가 진짜 뭐 어디 흥신소에 의뢰할 수 있는 것도 아니고 생각할수록 머리가 복잡해진다. 클라인은 믿을 수 있는 존재일까. 그렇다고 내가 그의 믿음을 얻어야만 하는 걸까. 원작의 그는 왕비에게 도움이 되는 사람이 아니었다. 그가 〈왕성의 핫한 백작님의 이중생활.avi〉를 찍으면서 암흑가를 주름잡는 큰손이 아니고서야 뭐. 아니다. 암흑가의 보스라도 큰 도움은 안 될 것 같다.

창문을 열고 바람이 부는 창가 앞에 서서 틀어 올리고 있던 머리카락을 풀어 내렸다. 바람이 머리카락 사이사이로 파고드는 게 시원하다. 나는 손목에 감긴 리본을 보았다. '아스'가 아니라면 클라인이 날 지켜줄 이유가 없다. 만약 기억이 온전하지 않은 '아스'라면 지켜주려나? 그리고 신경 쓰이는 게 하나 더 있었다.

내가 제대로 짚은 거라면, 도서관에서 노숙자처럼 자고 있던 그 남자는 대마법사 시엘 커퍼필드다. 처음엔 노숙자 같은 모습에 신경을 안 썼고 그다음엔 제정신이 아닌 보라색 눈동자만 찌르듯이 인상에 새겨졌다. 하지만 시간이 흐르자 도망치던 그의 뒷모습에서 백금발을 본 것이 생각났다. 보라색 눈동자에 백금발이 이 세계관에서 딱 한 사람만 존재하는 것은 아니겠지만 〈탈출기〉에서 비중 있게 다뤄진 사람은 한 사람뿐이다. 이 시간대에 왕궁에 있을 만한 보라색 눈동자에 백금발 젊은 남자는 시엘 커퍼필드밖에 없다.

온실 속 화초는 아니었지만 어쨌든 마탑에 갇혀 대마법사로 길러진 그가 처음 온실에서 벗어나 간 곳이 전쟁터였다. 그곳에서 극심한 PTSD를 얻어 돌아온 그를 유르겔이 치유해 준다는 것이 〈탈출기〉 속 시엘 커퍼필드의 서사로, 유르겔의 치명적인 매력을 강조하기 위한 캐릭터가 그였다. 그래서 무려 대마법사 타이틀씩이나 단 캐릭터를 유르겔의 매력을 증명하는 도구로 쓴 작가의 패기에 다들 감탄했었다. 나라면 대마법사씩이나 되면 좀 다르게 쓰거나 더 많이 쓰고 싶을 텐데 시엘 커퍼필드는 유르겔의 대단한 추종자 1이라는 단역밖에 할당받지를 못했던 것이다.

도서관의 그 남자가 대마법사가 맞다면……. 원초적이고 실없는 호기심이 생겼다. 클라인이랑 대마법사가 붙으면 누가 이길까?

<br>

"선생님, 안녕하세요."

잠에 취한 내 인사는 내 귀로 듣기에도 '안녕하세요'보다는 '아녀나세효' 정도로 들렸다.

"혹시 어제 늦게 주무셨습니까?"

"그건 아니고 일찍 일어났어요."

아까운 짓을 했지. 출근하는 날 출근 시간보다 일찍 일어나다니. 오늘 이른 아침, 나는 미오 경이 리카르한테 삥을 뜯는 소리에 잠이 깼다.

"……단 줘봐."

"하지만 이건 지급품이 아니란 말입니다."

"대신에 약 같은 게 필요 없을 정도로 단련시켜 주도록 하지."

"싫습니다."

"그럼 오늘 안에 그거 다 쓰게 만들어줄까?"

뭔가 소외감이 들었다. 나는 아기 왕자 키우느라고 사람도 못 만나고 정신도 없어서 아직 새로 온 호위 기사들이랑 친해지지도 못했는데, 미오 경은 어느새 저만큼이나 친해져서 격의 없이 이야기를 나눈다. 동종 업계 선후배 관계라 그런가? 아주 돈독하고 친하고……. 부럽다. 친구 비슷한 사람들도 있고. 됐어, 나도 엘리랑 안나 있다, 뭐.

"아스 양."

"선생님, 안녕하세요."

세야에게 두 번째 인사를 건넸지만 잠이 도저히 깨지 않는다. 난 일어날 시간 되면 알람 듣고 발딱발딱 잘 일어나던 사람이었는데, 피곤이 쌓이고 생활 패턴이 한번 무너지니까 답이 없다.

어제 왕자가 도통 잠을 자질 않았다. 이럴 것 같아서 낮에는 엔간하면 안 재우려고 하고 있지만 어제 도서관을 가느라고 어쩔 수가 없었다. 아니, 그게 아니더라도 요샌 엘리랑 안나도 왕자를 자꾸 낮에 재우려고 해…….

둔한 타조처럼 책상에 머리를 박고 어떻게든 일어나고 싶어 몸부림을 쳐보지만 내 의지만 몸부림을 치고 몸이 자꾸 잔다. 그러고 있는데 기어이 죄 없는 리카르한테서 빵을 뜯어 온 미오 경이 내 어깨를 흔들었다.

"아스, 이게 어제 말한 멍 푸는 약이다. 물에 개어서……."

"물에 개어?"

"……그래, 물에 개어서 천이나 붕대에 얇게 발라서……."

"얇게 발라?"

"……됐다, 내가 해서 갖다주겠다."

뭐야? 뭐래. 뭐라는 거였어. 머리가 멍해서 미오 경이 뭘 말한 것 같은데 알아들은 게 없다. 난 되게 상냥하게 대답한 것 같은데. 정신이 조금 맑아진 것 같아서 세야에게 다시금 인사했다.

"선생님, 안녕하세요."

"네, 아스 양. 좋은 새벽입니다."

"그 인사가 좋은 아침이나 좋은 점심이 되는 날이 오면 좋겠어요."

"스사한테 건의해 주세요, 제발. 저는 무서워서 못 하겠어요."

"사촌인 선생님이 무서우면 저는 어떻겠어요."

"그렇게 말하는 걸 보니 잠이 이제야 좀 깼나 보군요. 그런데 목에…… 뭔가요?"

대답할 말이 궁해서 목을 긁었다. 목의 멍은 어젯밤보다 크고 시커메져서 눈에 안 띄려야 안 뜨일 수가 없는 상태가 되어 있었고 성대도 부어 말하기가 힘들었다. 원래는 목깃이 좀 올라오는 옷을 입어서 가리는 시늉이라도 하려고 했었는데 아침에 일어나서 씻지도 않고 거울을 본 순간 시늉이고 뭐고 다 포기했다. 가린다고 가려질 색과 크기가 아니었다. 그러니 이걸 뭐라고 에둘러 말할 것도 없다는 게 문제다.

"어제 도서관에 갔다가 처음 보는 변태한테 목을 졸렸어요."

너무 안 돌리고 말했다. 세야가 자리에서 일어나 내 앞에 몸을 숙여 앉았다. 나보다 눈높이가 낮은 곳에서 똑바로 눈을 마주하며 내 손등 위에 그의 손을 겹쳤다. 타인의 체온이었다.

"많이 무서웠죠? 밤에 잠은 잘 잤습니까? 그 사람은 잡혔고요?"

"잠은 못 잤는데 그 변태 때문은 아니고요. 잡히지는 않았어요."

"왕궁에서 일어난 일이니까 곧 잡힐 겁니다. 이미 잡혔는데 아스 양에게 아직 안 알려졌을지도 모르고요. 지금은 이른 새벽이니까요."

"그랬으면 좋겠네요. 감사합니다."

하지만 그 변태가 진짜 대마법사 시엘 커퍼필드라면 당연히 안 잡힐 거고, 그렇지 않고 진짜 단순한 변태라도 내가 신고를 안 했으니 안 잡힐 거다. 잠들기 전에 그 변태가 진짜 변태라 다른 사람들도 위험해지는 게 아닐까 걱정이 되었지만 어쩐지 대마법사가 맞을 것 같다는 직감이 계속 들었다.

"그러면 아스 양, 오늘부터 이 책을 같이 읽어보도록 하겠습니다. 대출 기한은 보름간이니 그동안 이걸 두 번 읽는 걸 목표로 하죠."

새싹처럼 여여쁜 세야지만 수업에는 엄격하다. 공무원을 할 게 아니라 어디 족집게 과외 선생님을 했으면 잘나갔을 텐데.

나는 길게 하품을 하고 의자를 당겨 세야와 나란히 앉았다. 소리 내어 읽는 건 나였지만 친절한 세야가 책장을 넘겨줬다.


오늘 다시 오겠다고 했던 클라인은 왕비 궁의 업무 시간에 거의 맞춰서 하얀 달맞이꽃을 들고 찾아왔다. 그의 '그녀'가 어디 여자 만날 때마다 꽃을 들고 가야 한다고 교육이라도 시켰나? 올 때마다 온갖 종류의 하얀 꽃을 들고 찾아온다. 물론 꽃도 선물이니 꽃 선물받으면 좋지. 꽃 좋아, 예쁘고. 하지만 왕자가 아직 어려서 꽃에 잘못 노출되면 꽃가루 알레르기 같은 게 생기는 게 아닐까 걱정되고 그렇다. 여기는 그렇게까지 건강 의학이 발달한 건 아니라서 알레르기나 아토피 같은 게 왕자한테 생기면 엄청 고생할 것 같단 말이지.

복귀 후 클라인은 어디 기사단을 맡게 되었다고 들었다. 〈탈출기〉에서 클라인은 주로 공작님으로 호칭되었는데 어느 시점에서 작위가 올라가는지 모르겠다. 작위 올리기에는 전쟁이 끝나자마자가 가장 좋은 타이밍이었을 것 같은데 그는 아직 백작이고 대신 업무만 늘었다. 별로 하는 일은 없다고 말하는데 글쎄. 우리 다 알지 않는가. 원래 남의 돈 벌어먹는 게 제일 힘들고 이유 없이 월급을 주지 않는다는 거.

나를 보자마자 클라인은 인상을 쓰며 내 목덜미 쪽으로 손을 내밀었다. 미오 경이 뭐 이상한 약을 바른 붕대로 감아주긴 했는데 워낙에 멍 색이 뚜렷하고 크기가 커서 제대로 가려지지가 않았다.

"아스, 누가 당신을 괴롭힙니까?"

그러면서 왠지 미오 경을 돌아본다. 나 모르는 사이에 둘이 싸웠나 보다. 아니다. 어제 얘기할 때 보니까 미오 경은 별 감정 없어 보였으 니까 클라인이 그냥 미오 경이 맘에 안 드는가 보다. 안됐다, 미오 경. 그쪽 업계에서 최고봉은 클라인 아닌가? 그의 승진이 날아가는 게 보 이는 것 같다. 애초에 〈탈출기〉 후반에도 그는 그다지 높은 지위는 아니었던 것 같긴 하다. 호봉은 올랐으려나.

"저 괴롭히는 사람이 있으면 혼내주실 거예요?"

"당신을 위해서라면."

엘리와 안나가 작게 '어머' 하는 소리를 냈지만, 그 순간 내 머릿속 에 처음 든 생각은 '아스'에 대한 질투나 부러움이 아니었다. 그는 날 위해 얼마만큼 도움을 주고 희생을 해줄 수 있을까, 하는 거였다.

나는 조금 비겁하지만 선량하고 열심히 살아온 사람이었는데, 이 세계에 온 후로는 왜 내가 힘들고 고통스럽다는 것이 타인을 향해 칼 을 휘둘러도 되는 변명처럼 느껴지는지 모르겠다.

"누가 당신을 다치게 했는지 말해주십시오."

나는 웃으며 클라인의 손을 잡았다.

"저랑 산책 가요. 단둘이."

당신은 얼마나 진심일까. 당신의 맹세가 되지 못한 약속은 얼마만 큼의 무게를 지녔을까. 노력 없이 얻은 당신의 호의를 나는 얼마나 믿 으면 될까. 고민은 많았다. 이 세계는 나의 세계가 아니니 누구도 믿 지 않는 게 가장 안전할 거라는 걸 안다. 기반 없는 믿음은 덧없다. 그 는 '아스'를 아낀다. 나는 '아스'가 아니다. 나를 향한 것도 아닌 감정을 내가 책임질 이유는 없다.

하지만 나도 사람이다. 저번에 유르겔과 만났던 곳과 반대되는 한

적하고 발 디딜 곳 별로 없는 숲에서 나는 클라인을 마주 보고 섰다. 그는 내가 하는 일 어떠한 것에도 의문을 표하지 않는다. 내가 그의 심장에 칼을 꽂아도 살려고 날 밀쳐내지 않을 것 같다. 뭐, 왜냐고 물어볼 수는 있겠다.

"비밀이 있는데, 지켜주실 건가요?"

"예, 아스."

"백작님께만 하는 말이에요."

"듣고서 잊어버리도록 하겠습니다."

"아녜요. 꼭 기억해 주세요."

가장 냉정한 검, 전장의 피만큼이나 붉은 머리카락을 가진 클라인은 보는 사람의 숨을 멎게 할 만큼 부드럽게 웃었다.

"그럼 저만 알고 있겠습니다."

푸른빛이 도는 청회색의 눈은 색채만으로는 차갑게 보일 수 있는 색인데도 나를 내려다보는 클라인의 눈은 여름 바다처럼 따뜻하고 잔잔했다. 저 바다에는 빠져도 구조선이 바로 올 것 같다.

"저번에 제가 거짓말을 했어요. 용서해 주세요."

하지만 살아가는 데 있어서 확신할 수 있는 게 뭐가 있겠는가. 이것 역시 모험이고 이 세계에 온 후로 조심스러웠던 모든 걸음 중에서 이것이 단연 가장 위험한 한 걸음이다. 이걸로 내가 얻을 수 있는 것은 아무것도 없고 잃을 것은 많다. 모르는 척 고개 돌리고 장단 맞추고 변명하면 시간은 지나가고 내가 원하는 어느 정도까지의 정보는 얻을 수 있을 거다. 가장 안전한 길이 그것이다. 하지만 나도 사람이다. 호의에는 호의를, 믿음에는 믿음을 주고 싶다.

클라인은 아직도 나를 보고 있었다. 눈 안에서 다시는 나를 놓치지 않을 것처럼. 그에게 '아스'가 유일하듯이, 그는 이 세계에서 내가 무슨 짓을 해도 화내지 않을 유일한 사람처럼 나를 보고 있었다. 그럼에도 이 자리에서 서서 나는 아직도 고민하고 있다. 아직은 되돌릴 수 있으므로.

"저 사실은 기억상실중이에요. 저는 백작님을 몰라요."

그러니 불안한 길을 갈 때는 생각을 하지 말고 발을 내디뎌야 한다. 생각이 많으면 일을 저지를 수가 없으니까.

나는 나와 가깝던, 의미 있는 사람을 영원히 잃어본 적이 없어서 '아스'에게 쏟는 클라인의 감정이 어떠한 것인지 모른다. 짐작할 뿐이다. 이를테면 단둘이 파는 마이너 장르의 단 하나뿐인 덕친쯤 되지 않을까? 많이 소중하겠다. 긴장하고 클라인을 살핀다. 그는 어떻게 반응할까? 그래도 〈탈출기〉의 스토리 진행과 가장 거리가 먼 클라인이 나를 죽이지 않으리라는 것 하나만은 믿을 수 있다.

그의 반응을 기다리는 동안 나는 아름다운 후원을 보았다. 그와는 왜 항상 이런 후원이나 숲속에서 만나게 되는 걸까. 클라인의 붉은 머리카락은 이런 곳에서 가장 이질적인 존재로 보이는데.

"왜…… 어쩌다 그렇게 되셨습니까?"

오랜 기다림 끝에 그가 말했다. 내 기억이 어디부터 사라졌고, 어디까지 남아 있는지 물을 줄 알았는데 의외였다. 대답할 말이 없어서 곤란하다. 클라인은 항상 내가 알고 싶은 것을 물어본다.

그러게. 왜 이렇게 되었을까? 차원의 틈새가 벌어진 것도 아니고, 천사나 악마나 저승사자가 일을 잘못해서 내 남은 수명을 땜빵하기 위해 보내준 것도 아니었고, 울분에 찬 '아스'가 나를 소환한 것도 아니다. 난 왜 여기에 있고 왜 기억이 없을까. 라면 끓이느라고 가스를 너무 많이 마셔서?

"어느 날 갑자기 기억에 공백이 생겼어요. 어쩌면 이 부분도 제가 잊은 건지도 모르고요."

"얼마나 잃으셨습니까?"

"부분, 부분 사라졌다는 것만 알고 구체적인 건 저도 모르겠어요.

다만 제 기억에 백작님과 백작님의 그분은 없었어요."

클라인에게 '아스'는 '그녀'를 알고 있어서 소중한 존재다. 그러니 꽤 실망이 클 줄 알았는데 생각보다 그는 별 동요 없이 상식적인 반박을 했다.

"하지만 당신은 왕궁에 있습니다. 왕자님의 유모이기도 하고요."

"일하는 데 필요한 일상적 기억은 남아 있습니다. 그 외 평소에 사용하지 않는 기억이 문제일 뿐."

이렇게 말하니 치매 증상과 비슷한 것 같다. 그냥 무난하게 계단에서 굴렀다고 할 걸 그랬다.

"그러나 당신은 절 알고 있었습니다."

"그때 제가 솔직하게 백작님을 모른다고 하면 큰일이 날 것 같았어요."

이제 어떻게 될까. 클라인은 장르 환승한 덕친은 버리는 타입일까, 아니면 계속 영업을 하며 애정이 돌아오길 기다리는 유형일까. 그에게 기억이 없는 '아스'는 아무런 가치가 없을 것인가, 아니면 기억이 돌아오길 바라며 내 손을 잡고 기다릴까.

클라인은 천천히 내게로 다가왔다. 머리 위로 그림자가 졌다. 키가 큰 그를 보려면 고개를 많이 들어 올려야 했다. 그는 혹시라도 내가 겁을 먹지 않게 조심하면서 매우 천천히 손을 들어 올리더니 아주 오래되고 귀한 것을 만지듯이 내 뺨을 만졌다. 내 머리카락을 쓸어 넘겨준 미오 경을 제외하면, 내가 이 세계에 온 이후로 나를 이렇게 친밀히 만진 건 클라인뿐이다.

"당신이 그녀를 기억하지 못한다고 해도 제게 당신이 소중한 것은 변하지 않습니다."

"백작님과 함께 그분에 대해 이야기하지 못한다고 해도요?"

"제 레이디는 황혼과 함께 저물었고 저는 지금 여기에 있는 당신을 통해 제 레이디를 만납니다. 당신이 기억하지 못한다고 해서 저희 셋이 함께한 시간이 사라지는 것은 아닙니다."

나에게는 반갑고 기쁜 말이었다. 얼핏 달콤하기도 했다. 내 존재 그 자체만으로도 소중하다는 말은 달콤했지만 나의 존재를 통해 다른 사람을 보겠다는 말을 이렇게 대놓고 하는 건 좀 당황스러웠다.

만약에 내가 '아스'였다면 좀 상처받았을까? 하지만 다행히도 여기에 있는 건 그녀가 아니다. '아스'를 동정하지는 않지만, 부디 그녀가 잔인한 말을 달콤하게 하는 이 남자를 사랑하지 않았기를 바란다.

"다음에 제게도 그분의 이야기를 해주세요. 저도 그분을 사랑했다고 하니까 백작님의 이야기 속에서 다시 그분을 사랑하도록 할게요."

립 서비스였지만 클라인은 진심으로 기뻐했다. 잘생기긴 했지만 워낙에 내 타입은 아니라서 별 감흥이 없었는데 내 말을 듣고 웃는 얼굴만큼은 찬란한 미남이었다.

"예, 아스. 당신도 예전처럼 그분을 저와 함께 사랑할 겁니다."

내가 한때 모 아이돌을 라이트하게 파다 탈덕을 하고 N년 후에 다시 관심을 갖고 기웃거렸을 때 친한 언니도 저거랑 비슷한 말을 하며 내게 자료를 퍼부었었다. 씹지도 못할 떡밥들을 하도 들이붓는 통에 다시 탈덕하긴 했지만, 덕친은 늘 소중하다.

"그럼 백작님, 제게 대마법사님에 대해 말해주세요. 전쟁 때 같이 계셨죠?"

난 전공을 잘못 선택한 것 같다. 요새 기가 막힌 사업 아이템이 떠오르고 있는데 가장 중요한 재료가 조달이 안 된다. 안타까운 일이다. 재료 조달만 가능했으면 유니크한 아이템이라 대박 쳐서 떼부자가 되었을 텐데. 아, 왜 난 상담 심리학을 전공하지 않았을까.

초대박 아이템이다. 왕비가 저렇게 매일같이 우울한 걸 봐서는 이

나라에 산후 우울증 센터 같은 게 없는 모양이니 임산부 대상으로 브리핑 쫙 넣고, 대마법사 커퍼필드 잡아서 PTSD 상담을 잘한 다음에 훌륭한 치료 예시로 광고를 전국적으로 쫙 돌리면, 크으. 전쟁이 그렇게 대규모였던 동네이니 PTSD에 시달리는 병사가 어디 대마법사뿐이겠어. 거기다 이후로도 전쟁이 꽤 자주 있었던 걸로 기억한다.

전공을 잘못 선택했다. 그래도 언제나 항상 판타지 세계로 넘어올 준비를 하며 인생을 살아왔다고 여겼거늘 전공을 너무 안일하게 생각하고 잡았던 것 같다. 반성한다. 하지만 나도 이 나이에 판타지 세계로 넘어올 줄은 몰랐단 말이다.

솔직히 말해 대마법사 시엘 커퍼필드가 아직 왕궁에 있는 이유를 모르겠다. 왕자에게 저주인지 축복인지 애매한 그 뭐시기를 걸어주는 걸로 탈영병이 되어 전국에서 쫓길 위험을 벗어났으면 그냥 한적하고 물 좋고 공기 좋다는 자기 영지인지 마탑인지로 돌아가서 잘 먹고 잘 살면 되는 거 아닌가. 마탑을 때려 부수고 나와서 살기 좀 살벌한 여건이긴 할 테지만 그는 전형적으로 가늘고 길게 자기 하고 싶은 연구만 하고 살면 되는 서생 스타일이라서 사는 데 큰 지장은 없을 텐데.

이때는 아직 유르겔에게 반하지도 않았을 테니 자기 갈 길 알아서 가면 될 텐데도 그는 아직도 왕궁에서 미적대고 있었다. 그에게 유르겔의 마성의 매력이 발휘되기 전에 어떻게든 설득해서 왕궁에서 내보내 버리고 말겠다. 내 명이 사라지기 전에 어떻게든 그를 잡아서, 피해자의 권리로 협박해서라도! 내가 준귀족이라 다행이다. 일단은 귀족 나부랭이기도 해서 무려 대마법사씩이나 되는 사람에게 따져볼 여지가 있다.

나는 조심히 도서관 안으로 발을 디뎠다. 당첨이길 바라는 건지 아니길 바라는 건지 나도 잘 모르겠는데, 그런 말이 있다. 범인은 반드시 범행 현장에 돌아온다.

클라인에게 부탁해서 그의 기사단을 왕궁에 풀까 싶었지만 아직은 남들 눈에 띄어서 좋을 일이 없을 것 같았다. 그래도 여기서 그를 찾아내지 못한다면 다음은 짤 없이 사람 풀 거지만. 잔뜩 경계하면서 발끝으로만 걸어 대마법사가 노숙자처럼 졸고 있던 곳으로 가봤는데 여전히 사람은 없었으며 있던 대마법사까지 없었다.

뭐야. 자기도 모르게 사람 목 조른 게 충격이라서 다른 데로 자는 자리를 옮긴 거냐, 아니면 내가 진짜 노숙하던 사람을 건드려 놓고 대마법사라고 착각하고 있던 거냐. 힘이 쫙 빠진다. 난 무얼 위해 오늘도 모래시계를 세워놓고 전력 질주를 하였는가. 그래도 뭔가 적극적으로 움직여 볼 만한 건수를 찾아낸 것 같아서 혹시나 싶었는데…… 수능 예비 1번에서 떨어진 절망적인 기분이다. 혹시 대마법사의 출현 빈도가 랜덤이었을까? 대마법사씩이나 되면 칸트처럼 규칙적으로 움직이는 게 아니라 무규칙 속의 규칙을 사랑하게 되나? 나 지금 혹시 아무 말을 하고 있니?

나는 어쩌지 못하고 꼬리 물고 노는 개처럼 제자리를 빙빙 돌았다. 사서가 구두 소리가 시끄럽다고 지적하러 오기 전까지 계속. 어쩔 수 없이 나는 그곳을 떠났지만 도서관을 나가지는 못했다. 그런 경우도 있다질 않은가. 아이돌이 스케줄을 끝내고 밴 타고서 손을 흔들며 떠났지만 정말 의외로 길 건너편 카페에서 음료를 주문하고 있더라는 그런 간증처럼, 혹시라도 제정신으로 도서관 안을 걸어 다니고 있는 시엘 커퍼필드를 만날 수 있을지도 모르잖아. 과연 그럴까? 퍽이나.

왕궁 도서관이라는 거창한 이름이 붙었지만 정작 고위 관료나 왕족들은 이곳을 이용하지 않는다고 했다. 정말 귀하고 전문적인 책들은 본궁 내부에 있고 이곳은 나 같은 어중이떠중이인 귀족이나, 나같이 근본 없는 귀족이거나, 나 같은 말단 시녀나 관리들이 많이 이용한다고 했다. 이렇게 설명하니 내가 너무 조무래기 같군. 그래서 그런가? 이 도서관은 확실히 사람이 정말 없긴 하다. 현장학습 기간이 아닌 평일 오전 시간대의 전쟁 박물관 같다.

나는 돌아가야 할 시간이 되었다는 걸 뻔히 알면서 미련을 못 버리고 도서관 곳곳을 산책하며 온갖 서가 사이와 책상 위를 다 훑고 다녔다. 그러다가 내 노력은 결실을 맺었다.

사방을 다 둘러보고 있었는데 한곳이 유난히 반짝이고 있었다. 누가 거울을 세워뒀나 싶어 인상을 찡그리고 보니까 거울이 아니라 사람의 머리카락이었다. 휘황찬란한 백금발이 햇빛을 반사하고 있었다. 난 햇빛 아래 서 있으면 머리카락이 햇빛을 흡수해 뜨거워지기만 하는데, 머리카락이 저렇게 거울급 광채로 빛을 반사할 수 있다는 건 또 처음 알았다.

나는 대마법사의 얼굴은 잘 모른다. 하지만 저 정도까지 화려한 백금발을 자랑스레 늘어뜨린 게 대마법사 시엘 커퍼필드가 아니면 그것도 그것 나름대로 곤란할 것 같다. 아니더라도 저건 최소 유르겔 관계자다.

조심스레 그의 근처에서 어슬렁거렸다. 괜히 접근했다가 저번처럼 또 목을 졸리면…… 멍 위에 멍이 또 들면 정말 아플 것 같았다. 그렇게 목이 졸려본 건 처음이다. 눈앞이 노랗게 변하다 어두워지고 시야가 블랙홀에 빨려 들어가는 것처럼 한 점에 휘말려 새까매지는 광경은 많이 무서웠다. 난 나름 귀하게 자랐다. 어쩔까 한참을 고민했다. 왕자 방 모래시계의 모래는 계속 떨어지고 있겠지? 고민 끝에 근처에 있는 책장에서 책을 한 권 슬쩍 꺼내 들었다. 이 책이 귀한 책이 아니길 바랐다. 하지만 귀하고 비싼 책은 본궁에 따로 둔다고 했었고 대마법사는 돈이 많지 않을까? 책 한 권 정도 물어낼 돈은 있겠지?

로또 방송이 생각난다. 준비하시고, 쏘세요~!

나는 잘 조준해서 평화롭게 쌔근쌔근 자고 있는 현란한 백금발 남자의 뒤통수로 책을 던졌다. 그러곤 몸을 틀어서, 상대가 대마법사가 아닐 경우에 바로 튈 준비를 했다. 그와 나 사이에는 전철 반 칸 정도의 거리가 있었다. 그에게 닿을 정도로 충분히 힘을 담아서 던졌나?

책은 무사히 포물선을 그리며 그의 뒤통수 근처로 접근하고 있었다. 책을 책등 쪽으로 던졌어야 했는데, 책장 쪽으로 던지고 말았다. 책이 날아가며 파라라락 하고 페이지 넘어가는 소리가 요란하게 들렸다. 나는 몸을 조금 더 돌려서 바로 전력 질주를 할 준비를 갖췄다.

책이 거의 그의 머리 위로 접근했을 때, 소리도 없이 그가 눈을 번쩍 떴다. 당연하다. 원래 사람이 눈을 뜨는 소리는 안 나니까. 하지만 긴장하고 그를 보고 있던 나는 흐억 소리를 낼 정도로 놀랐다. 그가 눈을 뜨는 것과 동시에 책은 허공에서 산산이 빛 가루가 되어 흩어졌다. 미안, 사서 오빠. 내가 진짜 그러려고 작정한 건 아니었어요. 장서를 보상하려고 해도 내가 던진 책이 뭔지 몰라서 보상을 못 하게 되어버렸다.

"뭡니까?"

음, 지나가던 시녀 1? 왕자님의 유모? 차세대 권력자? 일단 댁이 또 때리면 안 될 사람이요.

그렇게 나는 또 대마법사 시엘 커퍼필드를 찾아냈다.

"안녕하세요."

나는 지금 아무 생각이 없다. 왜냐면 아무 생각이 없기 때문이다. 일단 지르고 봤는데 이후 상황에 대해 아무런 플랜이 없다.

"무슨 일이냐고 물었습니다."

그는 엄청나게 화가 난 것 같아 보인다. 나 같아도 곤히 잘 자고 있는데 누가 깨우면 기분이 좋지 않을 거다. 심지어 그 잠이 그냥 깬 게 아니라 누가 던진 책에 맞아서 깰 뻔한 거라면 빡칠 만하다. 그리고 그는 정말 많이 빡쳐 보인다.

"도서관에서 자면 안 돼요."

"사람을 향해 책을 던지는 것도 안 되고요."

이런, 들켰는걸?

물론 내가 생각 없이 일을 저지르는 편이긴 하지만 이번은 좀 많이 대책이 없다. 그를 발견한 순간 대마법사 시엘 커퍼필드가 맞는지, 내 목을 졸랐던 그놈이 맞는지 확인해야겠다는 생각만 머릿속에 가득해서 그가 깨어난 후를 대비하지 않았다. 튈 준비는 했었지. 백 미터 달리기 28초의 빛나는 내 실력으로는 망상에 가까운 준비였지만.

"저번에도 육아 서적 쪽에서 자고 있었죠?"

CCTV도 없는 세계에서 나는 피해 수당을 뜯어내기 위해 자백을 유도해 봤다.

"이보시죠, 아가씨. 지금 이 도서관에서 자고 있는 사람은 나 말고도 백 명은 될 겁니다."

"그럴 리가. 이 도서관 일일 이용객이 서른 명도 안 될 텐데요."

내 말은 입에서 필터를 거치지 않고 나가는 경향이 좀 있었다. 그의 빡침 지수가 올라간다. 쪄죽을 것 같은 여름에 해가 쨍쨍한 콘크리트를 걸어 도보 10분 거리의 카페로 피신했는데 그 카페의 에어컨이 고장 나 있으면 저 정도로 빡칠 것 같다.

"어쨌든! 저번에는 육아 서적 쪽에서 자고 있었고 오늘은 여기서 잤잖아요."

"그래서 사람의 머리를 향해 책을 집어 던졌다는 겁니까?"

노 부정은 예스 긍정이랬다. 나는 목을 칭칭 감고 있던 붕대를 풀어 멍이 시커멓게 낙인처럼 남은 목을 그에게 들이댔다. 물론 그와 나의 거리는 아직 전철 반 칸 정도의 거리를 유지하고 있었다. 수틀리면 튀어야 하거든.

"저번에 당신이 갑자기 목을 졸랐던 사람입니다. 이런 흉한 멍이 남았으니까 손해배상을 청구하겠어요. 이 정도면 완치 한 달 반은 되는 상해예요."

그의 얼굴에 빼곡히 들어차 있던 짜증스러운 감정들이 한순간에 사라졌다. 그리고 솔직히 말해서 이쪽이 더 무서웠다. 화가 머리끝까지 나 있을 때는 사서가 있던 방향이 어디였나 계속 생각하면서 튈 준비를 하면 됐는데 이제는 어떤 감정 상태인지 모르게 되니까 더럭 겁이 났다.

"그랬던 것 같기도 하군요."

그랬던 것 같기도 하다는 말은 바꿔 말하면 안 그랬던 것 같기도 하다는 말인가.

"대낮에 사람 목을 조른 분이 하실 말은 그게 아닌 것 같아요."

그가 한숨을 쉰다. 그 한숨에 긴 백금발이 허공에서 나풀나풀 흔들렸다. 어딜 봐도 사람 목을 조른 것 같지 않아 보이는 고상한 얼굴을 한 그는 손바닥으로 자기 얼굴을 쓸어내리더니 나를 향해 걸어오기 시작했다. 뚜벅뚜벅 분명히 발소리가 울리는 건데 어제 그의 손아귀에 잡혔던 내 목덜미에서 혈관이 튀어 오르는 소리처럼 들렸다.

뒷목이 뻣뻣해지고 손발에서 핏기가 가시기 시작했다. 한 트라우마 환자가 지나가던 멀쩡한 사람의 목을 조르니 멀쩡하던 사람도 트라우마 환자가 되는가 보다. 트라우마가 무슨 전염병이냐. 그냥 튀고 싶다. 괜히 나섰나 보다. 좋게좋게 넘어갈걸. 멍 같은 거야 시간이 지나면 사라질 거고 나는 사지 멀쩡하게 다친 곳 하나 없이 살아남아 있는데.

어제와 달리 그는 몹시 제정신처럼 보이니까 또 목이 졸리진 않겠지만 대신 한 대 얻어맞을 수는 있을 것 같다. 그는 귀족이니까 나 같은 거 하나 손찌검한다고 누가 뭐라고 하지도 않을 거다. 잠깐, 나도 귀족인데? 준귀족이지만.

그가 걸어오는 소리는 악몽이 되어 나올 것만 같았는데 몇 번 눈깜빡하기도 전에 그는 바로 내 앞에 있었다.

내 앞에 선 그가 천천히 손을 들어 올린다. 바로 저 손이 내 목을 졸랐다. 반사적으로 움찔하니까 그가 잠깐 손을 멈추더니 더 천천히 손을 내밀어 내 목을 짚었다.

그의 손가락에 약한 빛이 서리더니 내 목 주변을 전부 감쌌다가 사라졌다. 이 세계의 마법은 주문도 없고 영창도 없는 것 같다. 아니면 그가 대마법사씩이나 되어서 그것들이 필요가 없거나. 아주 많이 신경을 써야 겨우 보이는 희미한 빛으로 나는 그가 마법을 펼친 것을 알 수가 있었다. 아마 목의 멍을 치료해 주나 보다. 멋지게 병 주고 약을 주고 있다.

"본의는 아니었지만 아가씨께 피해를 줘 죄송합니다."

"……말 한마디로 다 되는 게 아니에요."

"제가 아가씨께 허리 숙여 사과하기를 바라십니까?"

병 주고 약을 주더니 덤으로 협박도 준다. 마음은 Yes라고 말하고 있었다. 말에 진심이 안 담겼는데 허리를 숙여 사과한다고 해서 그 사과에 진심이 담겨 있을 리도 없다. 하지만 그만큼의 진심 대신에 그 정도의 체면 손상과 그쯤 되는 모욕을 교환할 수는 있다. 내게 허리를 숙일 만큼 미안하지 않다면 내게 허리를 숙인 만큼 기분이라도 나빴으면 좋겠다.

하지만 그는 귀족이고, 정말정말 대단하다는 대마법사고, 나는 그 앞에서 한 줌도 안 되는 사람이다. 요구한다고 들어줄 리도 없고 요구해서도 안 된다. 마음은 Yes라도 No라고 말해야 하는 상황은 신분제도 없는 내 세계에서도 참 많았다.

"전 정말 많이 아프고 많이 무서웠어요. 그대로 죽는 줄 알았단 말이에요. 죽을 수도 있었잖아요. 죽일 작정이셨어요?"

다다다 내뱉은 내 말에 처음으로 그의 얼굴에 균열이 생겼다. 어제 사라지기 직전의 그의 얼굴이랑 비슷해 보이기도 했다. 큰 잘못을 저지르고 어찌할 바를 모르는 울기 직전의 아이 같은 얼굴을 한 손으로 가리고 그가 비척비척 뒤로 물러났다.

"아니, 전, 절대…… 그럴 생각이…….."

큰 잘못을 저지르고 어찌할 바를 모르는 울기 직전의 아이 같은 얼굴이라……. 나는 원래 어린아이들을 싫어했다. 울기 직전의 아이 같아서 동정할 거면 진짜 울고 있는 갓난아기인 왕자를 먼저 동정했을 거다.

"제 목을 치료해 주신 건 고마워요. 이렇게 만드신 장본인이시라 고맙다고 해야 하는진 잘 모르겠지만요. 그렇다고 제 피해가 없던 일이 되는 건 아니거든요?"

"나는, 사람을, 해치지 않…… 않아야, 하는데……."

아. 사람을 해쳤구나. 시엘 커퍼필드가 PTSD로 고통받고 있다는 건 알았지만 그곳에서 무슨 일이 있었는지는 알 수가 없었다. 전쟁터에서 그에게 무슨 일이 있었는지는 같은 곳에 있던 클라인도 제대로 모르고 있던데 아무래도 그는 그곳에서 사람을 해친 모양이다. 하지만 그가 마탑을 부수고 나올 때도 그 안에 있던 마법사들은 다 죽었을 텐데, 그건 충격이 아니고 전쟁터에서 사람 죽인 건 충격이고? 둘이 뭐가 다르지? 따지자면 마탑 쪽은 간접 살인이긴 한데 그래서 그런가?

〈탈출기〉의 작가도 참 냉정한 게, 유르겔과 에반스의 사랑이 아닌 부분에서는 쓸데없는 묘사나 서사를 다 쳐내 버렸다. 대마법사씩이나 되는 캐릭터를 유르겔 매력 발휘의 수단으로 쓰는 데 뭘 더 바라겠냐마는.

내 앞에서 그는 벌벌 떨리는 손으로 얼굴을 가렸다가 그 손에 뭔가 더러운 게 묻은 것처럼 거칠게 떼어내고 다시 손톱으로 얼굴을 긁어내려는 것 같은 동작을 반복하기 시작했다. 뭔가 계속 중얼거리며 말하는데 잘 들리지가 않는다. 되게 상태가 안 좋아 보인다. 길 가다가 저런 사람을 만나면 절대 시선 안 마주치고 크게 길을 돌아갈 것 같다.

손대면 공격할 것 같고…… 이럴 때 미국 드라마에서 보면 큰 소리를 치거나 뺨을 후려쳐서 정신을 일깨우던 게 생각나서 살짝 손 스윙의 시뮬레이션을 굴려봤는데, 내 손이 저 뺨을 후려갈기기 전에 아까 그 책 꼴이 날 것 같았다. 아깝다. 나 진짜 찰지게 잘 때릴 수 있는데.

"저기…… 저기…… 저기요!"

내 딴에는 크게 그를 불러보았지만 도통 귀에 닿는 것 같지도 않아서 나중엔 록페스티벌 가서 마룬5 기타 반주에 맞춰 떼창하는 것처럼 소리를 질렀다. 이번에는 닿았나 보다. 한참 뭔가를 중얼거리던 걸 멈추고 어느새 땀에 젖은 그가 멍하니 나를 바라본다.

"사과하시는 분이 이름도 안 알려주셨어요."

물론 난 그의 이름을 안다. 알지만 이건 마치 그런 거다. SNS에서 친구랑 또 다른 친구가 서로 연락처를 교환하는 현장을 목격해서 나도 연락처를 알고는 있지만 직접 받은 게 아니기에 그 연락처로 연락할 수 없는 그런 거 말이다.

"제 이름은 시엘 커퍼필드입니다. 아가씨에게 있었던 일은 정말 미안하게 생각합니다. 하지만 제가 지금은 좀 몸이 좋지 않아서…… 나중에 꼭 아가씨에게 보상하도록 하겠습니다."

그는 말을 교묘하게 하는 사람이었다. 나에게 있었던 일을 미안하게 생각한다고 한다. 그의 말을 들으면 그는 완벽하게 내게 있었던 일과 무관한 사람으로 내게 아무 짓도 하지 않은 것처럼 들린다. 그는 내게 한 짓을 미안해해야 한다. 그러나 지독하게 창백한 얼굴을 한 그는 그대로 도망치듯이 다시 도서관을 빠져나갔다. 보상한다라.

"내 이름도 모르면서 뭘 보상을 해."

도서관에 뭐 '검은 머리카락의 시녀를 찾습니다' 대자보라도 붙이려고 그러나. 그 조건이면 한 백 명쯤 찾아오겠네. 당장 우리 예쁜 안나도 검은 머리카락인데.

주어진 시간보다 훨씬 많은 시간을 써버렸다. 나는 서둘러서, 일을 안 하는 게 분명한 사서를 지나 왕비 궁으로 뛰어갔다. 내 생각에 누가누가 더 월급 날로 먹나 콘테스트를 열면 본궁 정원사랑 왕궁 도서관의 사서가 세기의 대결을 펼칠 것 같다.

엘리는 세상이 떠나가라 울고 있는 왕자를 안고서 나를 반겨주었다. 손을 타는 건가? 안아주기는 엘리가 나보다 더 많이 안아줄 텐데 요새 유독 나만 찾는다. 왕자는 무게가 많이 늘어서 안고 나면 팔이 아프고 어깨도 아프고 어째서인지 모르겠는데 목도 많이 아프다. 아직 백일도 안 됐는데 이 정도면 돌이 될 즈음엔 어떻게 될까 생각하면 무섭다.

다음 날도 나는 도서관을 향해 뛰었다. 시엘 커퍼필드는 내게 이름을 남겼지만 내 이름을 알아 가지 않았으니 찾아가는 보상 수령 서비스로 내가 그를 찾아야만 한다. 그런데 이 사람 새끼가? 내가 시엘에게 책을 던진 그날부터 시엘을 도서관에서 찾아볼 수가 없었다. 튀었냐?!

며칠째 도서관에 출입했지만 시엘의 흔적은 다시 찾을 수가 없었다. 월급 도둑계의 금수저 오브 금수저일 사서에게도 물어봤지만 잘 모른다는 대답뿐이었다. 사실 그 사서한테는 다른 걸 물어봐도 변변한 대답이 돌아올 것 같지 않았다. 분명 왕궁 안에 있을 거다. 대마법사는 왕궁 안에서 유르겔을 만났다. 아 씨, 그 부분 잘 좀 읽어둘걸. 유르겔의 추종자 수가 늘어나는 루트라고 짐작한 순간부터 날로 읽었더니 디테일이 기억이 나질 않는다.

나는 분노를 담아 왕자의 다리에 폭풍 같은 쭉쭉이를 해주었다. 놀아주고 있다는 건 아는지 왕자가 뭔가 기분 좋게 들리는 소리를 낸다. 내 인생은 슬프고 모든 것이 너무 슬퍼서 이젠 이런 소리를 알아듣고 있는 것도 슬프다.

"아스, 그거 왜 하는 거야?"

"다리가 길어진대."

"근거는 있는 말이야?"

"음…… 일단 롱다리 왕자를 위해 모든 걸 다 시도는 해보는 게 좋지 않을까?"

"롱다리면…… 뭐가 좋아?"

판도라의 상자에 제일 마지막까지 남아 있던 것이 희망이라면 내 상자에 제일 마지막까지 남아 있을 것은 로망이다.

"안나, 생각해 봐. 왕자님이라고. 예복을 쫙 빼입고 칼까지 찬 왕자님이 무도회에 나왔는데 다리가 짧아. 허리가 더 길어. 그거 너무 슬프지 않겠니?"

"아, 뭐 그럴 수도 있겠지만 어차피 우리랑은 아무 상관이 없는걸."

"우리랑은 상관이 없지만 우리의 딸이나 손녀는 좀, 꿈을 꿀 수는 있는 거잖아."

"넌 귀족이랑 결혼할 거니까 그런 말을 하는 거야."

"꼭 결혼 대상자가 아니더라도 꿈과 로망은 있는걸."

내가 원빈이나 강동원이랑 결혼할 거는 아니지만 원빈과 강동원이랑 사돈이 되는 꿈 정도는 꿀 수 있는 거고, 안 되더라도 내가 열광한 스타의 손주에게 내 손주들이 열광할 수도 있는 거니까.

"그러니까 왕자님, 롱다리로 자라주세요. 왕자님의 어머니 되시는 왕비님은 왕자님을 유진이라고 부르고 싶으셨대요. 제가 아는 유진은 모두 키도 크고 아주 잘생겼답니다. 왕비님도 그런 마음을 담아서 왕자님을 유진이라고 부르고 싶으셨던 걸 거예요. 국왕 전하는 아니겠지만요. 그분 나쁜 분이에요."

아마 그런 이유는 아닐 테지만 그래도 왕비는 자신이 낳은 아이를 어떤 이름으로 부르고 싶은지 정도는 생각하고 있었다. 많이 우울하고 많이 불행해 보이지만 자기가 낳은 아이에게 진짜 아무런 생각이 없는 것은 아닐 거다.

오늘 치의 쭉쭉이 놀이를 끝내고 딸랑이를 흔들어주니까 왕자가 까르륵 웃는다. 돌 굴러가는 것만 봐도 웃는 시기가 있듯이 뭐가 좋은지 모르겠지만 딸랑이 흔드는 소리만 듣고도 웃는 시기가 있기는 한가 보다.

똑똑 하고 누가 노크를 하더니 방문이 열렸다.

"카직 백작 부인 오셨습니다."

오늘 방문이 예정된 사람은 유르겔밖에 없었는데 이렇게 사전에 예고도 없이 찾아와서 그냥 막 들어오셔도 되는 걸까요?

하지만 안나와 엘리가 이미 뒤로 물러서 고개를 숙였기 때문에 나도 요람 옆으로 반걸음 물러섰다. 졸지에 딸랑이를 못 보게 된 왕자만이 아우! 아우! 하는 짜증 섞인 소리를 냈다.

"왕자님의 얼굴을 뵈러 왔을 뿐입니다. 금방 돌아갈 거니까 편히 있어요."

윤기 나는 밤색 머리카락을 틀어 올린 아나운서처럼 생긴 언니가 말했다. 참 착해 보이는 인상인데, 이 언니도 물에 젖은 꽃처럼 그다지 행복해 보이는 인상이 아니다. 카직 백작 부인은 이제 엄지손가락을 쭉쭉 빨고 있는 왕자를 물끄러미 보다 말했다.

"어느 쪽도 닮지는 않았네요."

헐, 이 언니 아무도 하지 않는 말을 이렇게 기습적으로 하다니. 국왕과 왕비 모두 검은 머리에 검은 눈을 가지고 있는데 왕자는 금발에 호박색 눈을 가진 동글동글 귀엽게 생긴 아기였다. 물론 모든 아기는 다 포동포동하고 동글동글하지만, 왕비나 국왕이나 눈이 동그랗고 귀여운 인상은 아니라서 말이다.

백작 부인이 손가락을 쭉쭉 빨고 있는 왕자의 볼을 건드렸다. 왕자는 입에 넣었던 손가락을 빼내 부인의 손가락을 꼬옥 잡았다. 그녀의 볼에 은은한 미소가 번지는 것 같았다.

"유르겔 님이 오셨습니다."

목소리를 들으니 오늘 접객 담당은 페페였나 보다. 유르겔이라는 이름이 묘하게 뭉그러져 들렸다. 늘 예쁜 유르겔은 오늘도 예뻤다. 방으로 들어오던 그는 백작 부인을 보더니 고개를 갸웃거렸다.

이곳이 언제부터 왕궁 핫 플레이스가 되었다고 자꾸 이 방에서 유르겔과 마주치는 사람이 늘어나는지 모르겠다. 그래도 이번에는 저번 왕비와의 대치보다 훨씬 빠르게 백작 부인이 유르겔에게 인사를 했다.

"건강해 보이십니다, 유르겔 님. 저는 이만 가보겠습니다."

"제가 방해한 건 아닌지 모르겠네요."

유르겔은 순한 얼굴로 그렇게 말했지만, 한 번 잡지도 않는 저놈도 난놈이라고 생각한다.

백작 부인은 말없이 유르겔에게 무릎을 굽혀 예를 표한 뒤 몸을 돌렸다. 그 뒤에다 대고 유르겔이 말했다.

"왕자님도 이모님을 봐서 기쁘실 거예요. 자주 보러 와주세요."

저기, 남의 직장에 함부로 마치 라이크 네가 집주인인 것처럼 놀러 오라고 하지 말아줄래? 여긴 내 직장인데 누가 보면 유르겔의 궁전인 줄 알겠다.

백작 부인은 유르겔을 잠깐 돌아보았다. 하지만 유르겔은 이미 콧노래를 부르며 왕자를 들여다보고 있었고 백작 부인은 오래 그를 보지 않고 나갔다. 다시 방은 평화로워졌는데 왜인지 모르게 가슴이 좀 따끔따끔하다. 이모님이라니. 그럼 저 백작 부인이 왕비의 언니나 여동생인 셈인가? 대체 친정이 어떤 꼴이 나면 왕비가 아기를 낳고 석 달이 다 된 쯤에야 친정 식구가 찾아오냐.

내가 왕자의 방에만 있어서 왕비의 방문객을 몰랐다고 생각하고 싶은데, 때마침 백작 부인을 태운 마차가 출발하는 소리가 들려왔다. 내 귀가 너무나 정상적이라 방문객들이 오가는 소리가 다 들린단 말이다.

왕비의 불행하고 우울해 보이는 얼굴에는 어쩌면 친정과 소원한 부분도 영향이 있는지 모르겠다. 난 결혼할 예정이 없지만 만약에 내가 결혼해서 아이를 낳는데 내 손을 잡아줄 남편도 없고 병실 밖에서 날 기다려 줄 친정어머니도 없을 거라 상상하면 그렇게 울적할 수가 없다.

"아스."

왕자랑 손가락 장난을 치며 혼자 알아서 놀고 있던 유르겔이 나를 불러서 반사적으로 웃었다. 평소엔 왕자를 안고 자장가를 자장자장 불러주고 잘 놀았는데 요새 왕자는 낮잠 시간이 확 줄어서 유르겔이 자장가를 잘 못 불러주고 있다.

"내가 왕자한테 우유를 먹여주고 싶은데, 괜찮을까?"

엘리랑 안나가 그야말로 극혐의 얼굴을 했다. 다행이다. 이번만큼은 나도 거절할 말이 있다.

"방금 우유를 다 드셔서요. 왕자님도 배가 부르실 거예요."

"그래. 그럼 다음에 올 때를 기약할게."

유르겔은 그렇게까지 막 나가는 사람이 아니었기 때문에 나름대로 납득을 하고 고개를 끄덕였다. 설마 다음에는 언제 올지 모르는 유르겔을 위해 왕자를 굶기고 있어야 하나, 아님 왕자가 우유를 먹는 시간대를 대충 알려줘야 하는 건가. 모르겠다.

요람에 집어넣은 손을 왕자가 잡고 꺄르륵 웃었다. 그걸 보는 유르겔도 곱게 웃는다. 이 자리에 미오 경이 없는 게 다행인지 안타까운지 나도 잘 모르겠다. 그러면 유르겔의 모든 순간이 다 기쁨이고 즐거움일 테지만 그는 요즘 낮 동안 새 호위 기사 셋을 돌아가며 훈련시키거나 그 자신의 단련을 하느라 밤이 아니고서는 보기가 힘들다.

유르겔이 돌아가고 난 후 나는 다시 신발 끈을 꽉 졸라맸다. 백작부인과 유르겔의 방문 때문에 평소보다 많이 늦었다. 아니, 차라리 이게 나은지도 모르겠다. 내 패턴을 파악한 시엘이 내가 없는 시간에 도서관에 있을 수 있으니까. 그가 도서관에 반드시 있으리라는 확신은 없다. 다른 곳에 있을 수도 있지만 나는 그가 두 번 도서관에 출현했다는 걸 믿어보기로 했다.

사실 무섭다. 두 번째 만났을 때 그는 멀쩡한 사람처럼 보였었다. 그래서 더 무서웠다. 처음처럼 시종일관 난폭한 사람이라면 안전거리를 유지하면 될 텐데, 두 번째 만났을 때의 그가 너무 멀쩡해서 돌이켜 생각할수록 더 무서워졌다. PTSD가 어떤 양상과 증상으로 진행되는지 모르겠는데, 그게 고작 며칠 지났다고 자다 깨서 반사적으로 사람 목을 조르던 사람이 그렇게 멀쩡해 보이게 호전될 것 같지는 않거든.

안나가 모래시계를 엎는 것과 동시에 뛰기 시작했다. 이제 내가 우당탕 소리를 내며 달려 내려오면 시녀들이 알아서 자리를 피한다. 나는 평소대로 거의 직선코스에 가까운 길을 내달렸다. 유르겔을 응대하느라 평소에 도서관에 가던 시간보다 좀 많이 늦어졌다. 만약에 시엘이 내가 가는 시간을 피해서 가고 있는 거라면 오늘 잘하면 그를 만날 수 있을지도 모르겠다.

언제 난폭해질지 모르고, 목을 조르는 것에서 끝나지 않고 책을 사라지게 했던 것처럼 나도 사라지게 할지도 모르는 대마법사에게 왜 이렇게 집착을 하는지는 나도 잘 모르겠다. 상관을 안 하는 게 가장 안전한 일인데도 그를 찾아내고 싶어진다.

첫눈에 반했나? 그럴 리가. 어쩌면 그가 나의 가능성이어서 이럴지도 모른다. 모든 것이 확정된 이 세계에서, 어쩌면 그는 작지만 확실한 증거가 될 수도 있다. 〈탈출기〉에서 너무나 작고 단순했던 역할이었던 그니까 바꿀 수 있을지도 모른다. 그가 왕궁에서 떠나게 한다면, 유르겔을 만나지 않는다면, 그가 유르겔을 사랑하지 않는다면. 뭐가 변할까?

도서관으로 내려가는 얕은 언덕배기를 달리다 말고 걸음을 멈췄다. 해가 비치는 곳에 무언가가 있었다. 나는 치맛자락을 한껏 걷어 올리고 조심스레 그쪽으로 다가가 보았다. 치렁치렁하고 찬란한 백금발을 풀 위에 아무렇게나 흐트러뜨린 시엘이 얼굴 위에 모자를 덮어놓고 누워 있었다. 얼굴이 안 보여도 저 백금발은 시엘이다.

나는 주변을 두리번거려서 손가락 두께에 두 마디 길이 정도 되는 작은 돌을 찾아내 들었다. 이번에도 돌을 사라지게 할 수 있을까? 되게 기대가 된다. 맞으면 아플 것 같은데. 손바닥 위에서 몇 번 돌을 던졌다가 받은 후 그의 허벅지 쪽으로 잘 조준해서 던졌다. 투수의 손에서 던져진 것 같은 내 돌은 잘 날아가, 그의 허벅지에 꽂혔다!

"아악!"

이럴수가. 설마 다른 사람이었냐. 돌에 맞은 사람은 벌떡 일어났고, 도망칠 타이밍을 놓친 나는 바로 주저앉아 토끼풀을 뜯어 꽃다발을 만드는 척을 했다. 힐끔힐끔 돌아보니까 얼굴에 쓰고 있던 모자가 흘러내려서 허리까지 닿는 백금발이 찰랑찰랑하는 예쁜 얼굴이 보였다. 뭐야, 대마법사 맞잖아.

그는 나를 발견하고 꽤 화가 난 얼굴을 했다.

"또 당신입니까?"

"안녕하셨어요."

"도서관에서 자면 안 된다고 하셨죠. 이번엔 도서관이 아닌데 제게 대체 왜 이러시는 겁니까?"

그는 연신 돌에 맞은 허벅지를 비비고 있었다. 거의 빠악 하는 소리가 났던 탓에 나도 좀 많이 미안한 감이 있다. 그리고 나도 이제 조금 헷갈리기 시작했다. 보상하겠다는 그 말은 역시 다음에 차 한잔하자는 그런 의미였던가? 그래도 사람 목을 조른 일을 그렇게 말로 때우면 안 되는 거다.

"담에 보상하겠다고 하시더니 소식이 없으셔서요."

"하아, 그래요. 보상하겠습니다. 얼마면 돼? 얼마면 되냐고요."

"얼마나 줄 수 있어요? 저 돈 필요해요. 나 얼마에 팔면 돼요?"

시엘의 표정이 별로 안 좋아졌다.

"농담이었어요."

더 안 좋은 것 같다.

병원에서 의사들이 서로서로 연애하는 미국 드라마에서 외과 과장도 PTSD에 시달렸다. 잠잘 때, 예고 없이 접근할 때 정도가 제일 위험해 보였었으니까 적당히 떨어져 있으면 괜찮을 것 같다. 그와 나 사이는 다섯 걸음 정도. 나는 풀 위에 그대로 앉아버렸다.

"보상으로 마법사님께 부탁드리고 싶은 게 있어요."

"말하세요. 최대한 들어드리겠습니다. 그 후로는 제게 상관하지 마시죠."

굳이 따지자면 저런 말을 할 건 내 쪽인 것 같은데 별로 내게 해를 입은 게 없는 시엘이 저런 말을 하니 심사가 좀 꼬인다. 누군 뭐 자기가 좋아서 쫓아다니는 줄 아나.

"왕궁을 떠나셨으면 좋겠어요."

그는 대답하지 않았다. 사실 나도 안다. 그가 만약에 왕궁을 떠날 수 있다면 바로 떠났을 거다. 그럼에도 이곳에 남아 있는 건 그도 어쩔 수 없는 이유가 있는 거겠지. 그가 도서관 근처를 맴돌고 있는 것과 비슷한 이유인지도 모르겠다.

"왜 왕궁에 계시는 거예요? 영지로 돌아가셔도 되잖아요."

"이곳이 제일 안전합니다."

"이 세상에 진짜 심각하게 마법사님을 위협하는 건 없잖아요."

"이곳에는 다른 마법사들도 있고 기사도 있고 카펠라 백작도 있어서 제가 있어도 안전합니다."

다행히 그는 오늘은 도망갈 생각이 없는지 내 옆에 얌전히 앉았다. 전쟁에서 무슨 일이 있었을까. 무슨 일이 있었기에 무려 대마법사인 시엘이 이렇게 불안해하면서 왕궁을 떠나지 못하는 걸까. 이 세계관에서의 마법사들은 어딘가에 얽매이는 것을 싫어해서 마탑이 아니면 영지를 잘 떠나지 않는 설정인데.

"마법사님이랑 카펠라 백작님이 싸우면 누가 이겨요?"

문득 궁금해져서 강아지풀 하나를 뜯어 돌리며 그에게 물었다. 클라인에게도 물어봤었는데 그의 생각과 시엘의 생각이 같을지 꽤 궁금하다.

"제가 제정신인 이상은 저죠."

꽤 재수 없게 들리는 말이지만 그 말을 이해했다. 클라인이 이긴다는 거로군. 그는 지금 제정신이 아니다. 마법사가 자신을 통제할 수 없는 건 학위논문 쓰는 대학원생이 글자를 읽을 수 없게 되었을 때의 재앙과 엇비슷한 것 같았다.

"어쨌든 마법사님, 제 요구 조건은 그거예요. 왕궁에서 나가주세요. 영지를 가든 어디 시골에 가시든 상관없어요. 절 죽이시려고 한 보상으로 제가 받고 싶은 건 그거예요."

"들어드릴 수 없으니 타협을 요구합니다."

개구리랑 뱀이 조리 방식 협상하는 소리 하고 앉았네. 그가 하도 당당해서 누가 보면 목을 조른 게 나인 줄 알겠다.

"대부분의 마법사님은 왕궁에 있는 걸 답답해하신다고 들었는데요?"

나는 잘 모르지만 왕궁은 대대로 내려오는 고대 마법이 걸려 있어서 마법사들이 마법을 사용하고 느끼는 데 많은 방해가 있다고 들었다. 내 말에 옅은 미풍에 찬란한 백금발을 나풀거리던 시엘이 웃었다.

"전 대마법사입니다. 정신이 흐려지지 않는 한 어떤 곳도 제게 장애가 될 수 없지요."

그 어마어마한 대마법사도 어마어마하게 처맞으면 정신이 흐려질 거라는 말은 굳이 하지 않았다.

"어쨌든 그래요. 전 적당히 벌 만큼 벌고 있으니 돈으로 보상하실

수는 없고, 마법사님이 떠나셨으면 좋겠어요."

벌 만큼 번다는 건 나의 희망 사항이다. 사생활 없이 일하고 있는데 돈이라도 많이 받아야지.

"굳이 제가 떠나야만 하는 이유가 아가씨께 있습니까?"

"네, 지나가다가 또 목 졸리는 건 싫거든요."

"그런 일이 절대 다시 있지 않도록 아가씨께 제가 보호 마법을 걸어 드리겠습니다. 그걸로 봐주실 수는 없는지요."

나는 잠시 그를 바라보았다. 눈 밑이 시커멓긴 했지만 제비꽃 같은 눈동자를 가진 대마법사는 정말 정상처럼 보였고, 그날 그렇게 괴물처럼 내 목을 졸랐던 사람처럼 보이지도 않았다. '사람이 살다 보면 실수도 할 수 있죠, 하하' 하고 웃고 넘어가고 싶어질 만큼 그는 이성적이고 선량한 얼굴을 하고 있었다.

하지만 지금 저토록 멀쩡해 보이는 얼굴이라도 만약 누군가가 시엘의 등 뒤로 접근해 그의 어깨를 잡는다면 또 그때의 짐승 같은 얼굴로 사람 하나쯤은 간편하게 죽여 버릴 수 있을 거다. PTSD라는 게 그런 거 아닌가. 그도 통제할 수 없는 거. 그가 어떠한 조건에서 그 전쟁의 한복판에 있는 것처럼 느낄지 누가 알 수 있을까.

"왜 왕궁이 안전하시다는 거예요?"

"카펠라 백작은 절 막을 수 있을 겁니다."

"마법사님이 제정신이면 마법사님이 이기신다면서요."

"제가 제정신이 아니잖아요."

아는구나. 모르거나 최소한 부정은 할 줄 알았는데.

나는 그가 벌써 유르겔과 만난 것은 아닌지 의심하고 있었다. 아, 유르겔과 만나기는 했었지. 그날, 연회에서. 불 꺼진 연회장에서도 그의 백금발은 달빛을 만나 물 아래에서 헤엄치는 물고기의 비늘처럼 찬란하게 빛나고 있었다. 그런 걸 보면 유르겔이 다른 남자들을 정복하는 게 단순하게 그 예쁜 얼굴 덕분만은 아닌 것도 같은데 말이다.

"왜 자꾸 도서관 근처를 맴도시는 거예요?"

"아가씨는 제게 왜 이렇게 관심이 많으신 겁니까?"

댁이 왕궁을 떠나기를 바라니까. 유르젤의 가장 강력한 추종자면서 〈탈출기〉에 가장 영향이 적은 인물이라 당신만큼은 이 소설에서 퇴장하는 게 가능해 보이니까.

"전 왕자님 유모라서 도서관에 자주 와야 하는데 마법사님이 계시면 불안해요."

그는 깊게 한숨을 쉬었다.

"아가씨께는 역시 제가 직접 마법을 걸어드리겠습니다."

"저 말고 다른 사람이 건드려도 마법사님은 그렇게 발작하실 거잖아요. 그러다 뭐 어디 고위 귀족의 목을 조르시면 도서관은 조사 대상이 되어 폐쇄되겠지요. 그럼 저는 도서관에 오지 못하겠고 왕자님은 보육 지식이 없는 유모 때문에 삐뚤게 자라나서 이 나라는 망하게 되겠네요. 어머, 슬퍼라."

"저라고 모든 사람의 목을 조르는 것은 아닙니다. 그동안 계속 도서관에 있었는데 아가씨와 또 하녀 한 분과 사서 두 분과……."

"와, 상습범이네, 이거."

아. 또 내 입이 필터기를 거치지 않고 말을 해버렸다.

시엘은 조금 상처 입은 표정으로 고개를 숙인 채 나를 따라서 강아지풀을 뜯어 돌리기 시작했다. 불쌍해 보이기는 했지만 그에게 목이 졸리고도 따지지도 못했을 하녀와 사서들이 더 가여웠다.

"솔직히 말씀드리면 도서관은 잠이 잘 옵니다."

그건 그렇지. 바람이 좋은 날에 창가에 앉아 책을 펼치면 보드라운 바람이 좋은 꿈을 꾸라는 듯이 나를 어루만지고 지나간다. 깊게 숨을 들이마시면 오래된 책 특유의 냄새에 마음이 따뜻하게 가라앉고, 한껏 발소리를 죽인 사람들의 가벼운 발걸음 소리만 조용히 울리면 나도 모르는 사이에 솔솔 잠이 온다는 건 인정한다. 하지만 도서관은 원래 그러라고 있는 데가 아닐 텐데?

"그날 이후로 저는 잠을 잘 수가 없습니다. 자리에 누우면 전쟁터의 풍경과 죽은 사람들의 모습이 보입니다. 그 모든 것이 그때보다 끔찍하게 다시 반복되는데 저는 아무것도 할 수가 없더군요. 그러나 악몽은 중요한 것이 아닙니다. 저는 잘 수가 없으니까요. 하지만 도서관은……."

"잠이 잘 오시는 거군요."

"푹 잘 수 있는 것은 아닙니다. 하지만 짧게는 잠들 수 있으니까."

시엘의 PTSD 증상 중의 하나가 불면증이었나 보다. 나는 한숨을 쉬었다. 유르겔도 대단하다. 저런 신경증적인 증상을 어떻게 완화시켰는지 모르겠다. 목에 깔때기를 끼워 넣고 수면제를 들이부은 것도 아닐 텐데.

그만 자리에서 일어나 치마를 털고 도로 왕비 궁으로 몸을 돌렸다. 왕궁 도서관과 비슷한 상태인데 왕궁 아닌 다른 곳을 찾아보라고 해볼까? 거기에 클라인 카펠라 정도로 강한 사람이 있을까? 지금처럼 쪽잠도 못 자면 그는 죽겠지? 죽을 거다.

나는 꽤 건강해서 불면증 같은 것에 걸려본 일은 없었다. 보던 드라마가 재미있어서 그거 쭉 보느라고 잠을 줄여서 졸렸던 적은 있어도 잠이 안 와 미친 적은 없었다. 불면증에 좋은 게 뭐가 있더라? 라벤더 향과 백색소음과 향초랑……. 왕비 궁으로 가던 발걸음을 멈추고 아직 그곳에 있는 대마법사를 돌아보았다. 하늘은 파랗고 다시 잠들려는지 그가 덮어쓴 밀짚모자는 노랬다. 내가 좋은 생각을 하고 있는지는 모르겠다. 하지만 나는 내가 할 수 있는 일을 모르는 체할 수 있을 정도로 모진 사람도 아니었다. 사실 나는 나의 이런 어중간함이 싫다.

나는 그를 불렀다.

"저기요."

⊰❖⊱

미오 경은 별로 좋은 얼굴이 아니었다.

"아스, 이런 식으로 말하고 싶진 않지만 여긴 숙박업소가 아니다."

"아, 그럼요. 그랬으면 돈이라도 받았죠."

시엘이 왕자를 안고 있었다. 방긋방긋 잘도 웃는 왕자는 안나에게 하던 것과 달리 낯가림도 없이 시엘의 품 안에서도 잘 웃고 건강한 팔다리를 퍼덕거리며 그의 손가락을 잡았다.

어린 시절에 마탑에 들어가 온갖 마법사에게 사사하며 대마법사가 되기 위해 길러진 사람이 시엘이다. 이렇게 어린 영유아를 안아보는 건 처음인지 손이 뭐라 말할 수 없이 서툴러 보였지만 우리 왕자는 참 순해서 서툰 대마법사의 응대에도 점잖게 안겨 있었다.

"소문이라도 났다가는 네 평판은 끝장일 텐데."

"그러니까 이건 우리만의 비밀로 하기로 해요."

"다시 말하지만 이건 현명한 생각은 아닌 것 같다."

"음, 그러면 미오 경이 같이 주무실래요? 그쪽이 나을 수도 있을 것 같은데."

미오 경이 한 손으로 얼굴을 가리고 작은 소리로 뭐라고 하는데 들리지가 않았다. 그에게는 미안한 마음이 한가득이다. 어쨌든 같이 사는 룸메이트 처지에 그에게 아무런 말도 없이 일방적으로 손님을 데려와 버렸으니, 아직도 안나나 엘리랑은 내외하는 내성적인 미오 경의 성격에 스트레스를 안 받을 리가 없다.

나와 미오 경이 심심하게 입씨름하는 것을 시엘은 침대 위에 왕자와 앉아서 꽤 흥미롭게 지켜보고 있었다. 내가 데려온 거긴 한데 좀 얄미워 보인다.

"그러니까, 마법사님은 전쟁을 다녀오신 후로 신경쇠약에 걸려 계신데요, 잘 때 반응이 가장 격해질 수가 있거든요? 그래서 왕자님을 바로 옆에 눕히는 건 위험할 수가 있어요. 저나 왕자님은 자다가 목을 졸릴 수가 있으니까요. 그러니까 저랑 왕자님은 이쪽에서 자고 마법사님과 미오 경이 저쪽에서 주무시는 게 제일 좋지 않을까요? 아니다, 미오 경도 밤에 무방비시라면 저랑 같이 자요. 제 침대가 더 커서 셋이 누워도 무리는 없으니까요."

미오 경은 살짝 결벽증 기미가 있던데 그런 그가 침대 위에 다른 사람을 재워야 한다는 게 꽤 큰 스트레스일 거라 되게 미안해진다.

"나는 어느 쪽이라도 상관없습니다만."

내 침대 위에서 왕자를 안고 달랑달랑 다리를 흔들고 있는 시엘이 말했다. 적어도 이 문제에 한해서는 그는 발언권이 없다는 걸 좀 알아 줬으면 좋겠다.

나는 아직도 손으로 눈을 가리고 한숨을 푹푹 쉬고 있는 미오 경 앞에서 최대한 불쌍한 표정을 지어 보였다. 원래 나는 이렇게 예의 없는 사람이 아니다. 인터넷에서 재미있게 읽던 테마 중의 하나가 룸메이트랑의 갈등인데, 룸메이트를 죽여 버리고 싶은 행위 톱 스리 안에 드는 외부인을 데려와서 재우는 일을 내가 이렇게 하게 되어서 나도 유감이다. 심지어 미오 경이 이렇게 낯을 가리고 있는데!

"왜 꼭 그를 여기서……."

"그게, 불면증이시라는데요. 사람이 원래 잠을 못 자면 미쳐요. 우리 함께 안전하고 바르고 고운 세상을 건설하는 데는 많은 것도 필요 없고 작은 관심 하나면……."

"아니, 그러니까 왜 하필 그게 이곳이냔 말이지."

"제가 봤을 때 마법사님은 혼자 계시면 잠을 못 자는 거예요. 미오 경께도 그런 날이 있었나 모르겠지만, 잘 때 나 아닌 다른 사람의 숨소리가 필요한 날이 있거든요."

잡아보지 못할 꿈이 아파 잠들지 못하는 밤이나 유독 힘든 낮을 보낸 밤에는 혼자 잠들기 버거울 때도 있다. 너무 힘들고 외로워서 다가오는 날들의 잠자리를 나 혼자 버텨내지 못할 것 같은 밤에 나는 엄마 옆으로 파고들곤 했었다. 침대 끝에서, 혹은 바닥에 내려가 자면서도 나는 방 안에 들리는 나 아닌 다른 사람의 숨소리에 많은 위안을 받고 그때서야 잠들 수 있었다. 혼자 잠드는 밤마다 만나는 버거운 꿈도 엄마 옆에서 잠들 때는 찾아들지 않았다.

그때 시엘이 말했다.

"뭣하면 그 기사 혼자 자고 아가씨가 제 옆에서 자도 괜찮습니다. 혹여 제가 목을 조를까 봐 불안하시다면 제 손을 묶어두면 되지 않겠습니까?"

"기각!"

다행이다. 시엘의 말이 끝나기도 전에 미오 경이 외쳤다. 내 생각도 같았다. 상대는 마법사인데, 그것도 무려 대마법사다. 뭐로 어떻게 하든 마법사가 묶인 걸 풀려고 한다면 뭐가 방해가 될 수 있을까.

"차라리! 제가 대마법사님의 옆에서 자도록 하겠습니다. 만약 제 목을 조르신다면 제가 검집으로 대마법사님의 머리를 후려칠 테니 부디 양해를 해주시길 바랍니다."

"기꺼이."

내 의견을 말한다면, 미오 경은 시엘이 그의 목을 조르지 않더라도 시엘의 머리통을 검집으로 후려칠 것 같아 보였다.

미오 경이 임시로 들고 와 그대로 사용하게 된 침대는 정말 작았다. 결벽증 있는 미오 경은 본인의 침대를 지키고 싶었겠지만 성인 남자 둘이 미오 경의 침대에 눕기에는 터무니없이 작아서 우리는 침대를 바꿔서 눕게 되었다. 내 침대에는 시엘과 미오 경이, 원래 미오 경이 자던 곳에는 나와 왕자가.

잠들기 직전까지도 시엘은 왕자를 안고 작고 따스하고 어린 생명체의 숨을 느꼈다. 자신의 손안에서 가만히 숨을 쉬고 눈을 마주쳐 오는 작지만 묵직한 생명체를 느끼고, 그 작은 숨소리를 들으며 그는 웃고 있었다. 자기 혼자서는 아무것도 못 하는 어린 생명을 안고 가만히 고개를 숙여 숨을 맡으면 알 수 없는 평화를 느낄 수 있다. 그건 가끔 행복인 것 같기도 하고 서글픔 같기도 하다.

나는 침대에 누워 내 가슴 앞에 왕자를 눕혀 끌어안았다. 맞은편에서는 만에 하나 시엘이 왕자에게 달려드는 것을 막기 위해 미오 경이 먼저 내 쪽을 바라보며 누웠고 그 뒤에 시엘이 누웠다. 왕자랑 한참 노닥거린 후라 그도 많이 안정되어 보인다. 애착 인형이라도 하나 마련해 주면 좀 나아지려나.

방 안의 불이 꺼졌고, 세 명의 숨소리와 옹알거리는 왕자의 목소리가 들렸다. 나는 가만가만 왕자의 가슴을 토닥이다 색색거리는 평화로운 왕자의 숨소리에 나른해져서 천천히 잠이 들었다. 어느 순간 미오 경과 시엘의 숨소리가 지워졌는지는 모르겠다.

그것이 우리의 묘한 동거 첫날 밤이었다.

## 7장
## 유령들의 산책

"왕비 궁에 유령이 나온대."

마치 자기는 왕비 궁에 살지 않는 사람처럼 안나가 말했다. 폐폐한 테 떠밀려 다리가 부러졌던 세브가 깁스 없이 걸을 수 있게 되자마자 폐폐를 찾아가 주먹을 날린 오후였다. 세브와 달리 폐폐는 다리나 팔이 부러지지는 않았다고 했다.

그걸 호위 기사 중의 한 명인 휴가 봤는데 세브의 주먹질이 그렇게 멋있고 우아할 수가 없더라는 말을 황홀하게 해서 나를 심란하게 만들었다. 휴는 아직도 모르지만 폐폐가 그를 마음에 들어 하며 집중적으로 공략 중인데 만약 그의 마음이 세브에게 있다면 폐폐가 다음엔 세브를 어디서 밀어버릴지 별로 상상하고 싶지가 않다. 저번에는 사귀던 남자가 세브에게 간 것이고 이번에는 폐폐 혼자 썸을 타던 거라 사항이 좀 다를까?

왕자는 이제 곧 뒤집기를 할 요량인지 우유 먹는 양이 늘어났고 오전 내내 이상한 소리를 내며 혼자 애를 쓰다 짜증을 내며 울어대고 있

었다. 그래그래, 인생이 원래 힘들어서 자기 몸 뒤집기 한 번 하기도
힘든 세상이다.

"그렇구나. 유령이 나오는구나."

"아스, 좀 성의 있게 들어봐!"

"아니, 하지만 그동안 유령 같은 걸 본 적이 없는데 갑자기 유령이
나온다고 하니 뜬금없잖아."

무엇보다 나는 인공의 불빛이 한밤의 어둠을 멸종시킨 현대에 살던
사람이다. 그런 내가 귀신 같은 괴이 현상을 믿을 수 있을 리가 없다.
근데 믿진 않아도 무섭다. 혼자 화장실 가면 볼일만 얼른 보고 후다
닥 뛰어나오는 게 나인데, 유령이라니!

"좀 들어봐 봐. 자정을 넘긴 밤이 되면 여기에 하얀 옷을 입은 여자
유령이 나타난대."

내 세계와 이 세계 모두 귀신은 하얀 옷을 입고 나온다는 공통점이
있는 걸 보니 되게 반갑고 정겹다.

"그냥 나타만 난대?"

"복도를 왔다 갔다 하면서 '어디에 있을까, 어디에 있을까' 하면서 뭔
가를 찾아다닌다고 하더라고. 그런 유령이 뭘 찾고 있겠어?"

"뭐, 뭘…… 찾고 있을까?"

"당연히 자길 죽인 사람을 찾고 있겠지! 찾아내면 분명 손톱으로
그 목을 졸라서 복도 끝까지 질질 끌고 가서는…….'"

어느새 안나의 이야기에 빨려 들어가고 있었다. 안나에게 이렇게 이
야기하는 재능이 있었는지 몰랐다. 글은 안나가 배웠어야 했다. 안나가
배워서 왕자에게 실감 나는 동화 구연을 해줬어야 하는데. 안나의 이
야기가 슬슬 클라이맥스로 향해 가며 나나 엘리가 숨도 제대로 못 쉬
고 꼴딱꼴딱 이야기를 듣고 있는데 갑자기 저만치 벽에서 큼큼, 하고
목을 가다듬는 소리가 들렸다. 솔직히 말해서 이야기에 워낙 몰입해

있던 터라 그 소리에도 깜짝 놀라서 몸을 움츠렸다.

돌아보니 크리스였다. 벽에 기대선 그의 표정이 창백한 것이 별로 좋아 보이지가 않았다.

"숙녀분들이 하기에 좋은 이야기가 아닌 것 같습니다."

숙녀들이 하기 좋은 이야기란 대체 뭐지? 한참 재미있는 이야기의 맥을 끊어먹은 사람을 어느 무덤에 파묻을까 의논하는 것? 아니면 좋은 실버타운 정보를 공유하는 건가?

하지만 미오 경과 알렉스 경을 포함한 모든 기사 중에 가장 체력과 체격이 좋고 건강해 보이는 크리스의 얼굴이 엄청나게 창백했다. 어딘가 시선 처리도 어색하고 동공이 열심히 떨리고 있었다.

엘리와 안나, 나는 잠시 서로의 눈치를 보았다. 저거 아무래도 그거 맞는 거지? 그치? 세상에. 우리 중에 가장 가차 없는 엘리가 물었다.

"크리스 경…… 혹시 유령 무서워해요?"

"아니! 절대 그러지 않습니다!"

많이 무서워하는 것 같다. 이 험한 세상 어떻게 살아가려고.

"크리스 경, 이런 이야기는 차라리 끝까지 듣는 게 나아요. 중간에 끊기면 결말을 몰라서 더 무서워진다고요?"

"결말을 아는 쪽이 더 무서워질 것 같습니다만?"

"제 말 들어요, 크리스 경. 결말을 모르면 크리스 경의 무한한 상상력이 어디까지 갈 수 있는지 알게 될 수 있답니다. 차라리 듣는 편이 나아요."

겨우 달래서 안나를 재촉했지만 안타깝게도 안나의 흥이 먼저 식어버려 이야기는 이어지지 않았다.


"……라는데 어떻게 생각하세요?"

가만히 보고 있으면 시엘의 백금발과 제비꽃색 눈동자는 가히 신의 조합이 아닌가 싶다. 눈만 커다랗게 떠도 예쁘다. 침대에 엎드려 있던 시엘은 그 보라색 눈동자를 동그랗게 뜨고 한 손으로 자기 얼굴을 가리켰다. 네, 댁한테 물은 거 맞아요. 나는 고개를 끄덕였고 그는 내키지 않는 목소리를 냈다.

"그걸 왜 저한테 물으시는 겁니까?"

"유령과 관련된 일이니까 마법사님이 제일 잘 아실 것 같잖아요."

그는 한숨을 쉬며 몸을 일으켜 침대에 앉았다. 시엘의 옆에 달라붙어 뒤집기를 시도하던 왕자가 아우우 하는 소리를 내며 손을 내밀자 그 손을 잡고 잼잼 하듯이 흔들어준다.

처음엔 그에게 왕자를 맡기는 게 되게 불안했는데 그는 무방비 상태일 때 건드리지 않는 한 대체로 제정신인 것 같았고 왕자를 아주 많이 좋아했다.

왕자는 이렇게 클라인 외에도 비공식적인 후견인을 얻는가 보다. 지금 내 방 내 침에서 굴러다니고 있어서 그렇지 원래 대마법사 시엘 커퍼필드라고 하면 신비의 환상종이라 국왕이라고 해도 맘대로 만날 수 없는 존재라고 한다. 난 좀 나가줬으면 좋겠는데. 처음 내 방에 들일 때만 해도 그가 이렇게 악덕 세입자처럼 안 나가게 될 줄은 예상을 못 했다.

"유령이라고 단정 짓기 전에 논리적으로 생각해 보죠. 이곳에 상주하는 남성이 몇 명이나 되죠?"

"알렉스 경과 미오 경, 그리고 마법사님까지 해서 2.5명이요."

"……왜 2.5명인가요?"

"마법사님은 불법체류자니까요."

시엘은 할 말이 되게 많은 느낌으로 입을 다무는 재주가 있었다. 억울하면 나가라고 하고 싶다. 나는 그를 내 방에서 재웠던 그다음 날부터 그에게 끊임없이 왕궁을 나가라고 강권하고 있었고 그는 전혀 들어먹지를 않고 있었다.

"넘어가도록 하죠. 어쨌든 왕비 궁의 성별 구성이 거의 여성이니 이 경우 밤에 잠옷을 입은 시녀를 보고 유령이라고 착각했다고 보는 쪽이 더 자연스럽지 않겠습니까."

"하지만 '어디에 있을까' 하고 뭔가를 찾아다닌대요!"

"혹시 만나거든 잘 찾아보라고 응원해 주세요. 그럼 되겠네요."

"전 무서운데 마법사님은 괜찮으신가 보네요."

시엘은 침대에 누워 왕자를 들어 비행기를 태워주며 심드렁하게 말했다.

"유령이 없다고 말하기는 힘들지만 적어도 이 왕비 궁에서 그런 수상적은 힘을 느껴보지 못했으니까 안심해도 좋습니다."

시엘은 나를 안심시킬 의도였을 거라 믿는다. 분명 나를 안심시키려 그런 말을 했던 거겠지. 하지만 나는 진심으로 놀랐다.

"유령이 있다고요?!"

내 외침에 마침 방으로 들어오던 미오 경이 문고리를 잡고 흠칫거렸다. 나는 그에게 시엘과 대화 중이었다고 대충 손짓을 해주었고 씻고 돌아온 미오 경도 긴 머리를 땋아 내리며 침대에 앉았다.

"왕비 궁엔 없다고 했잖습니까. 그리고 미오 경, 설마 오늘도 저랑 한 침대에서 잘 작정입니까?"

"그 침대는 원래 제 침대였다고 말씀드리겠습니다, 대마법사."

나와 미오 경과 대마법사의 동거는 이제 일주일을 넘겼다. 그리고 둘은 매일 싸워대고 있다. 솔직히 뭐가 문제인지 난 잘 모르겠는데, 둘이 싸우고 있는 저 침대는 원래 내 침대다.

나라고 미오 경이 갖다 둔 보조 침대에서 왕자 토닥이나 잠드는 게 편하지는 않은데 저 둘이 매일 저러고 싸워대니 어쩐지 눈치가 보인다. 이 방 내 방인데.

"미오 경과 제가 나란히 자기엔 너무 작아요. 다른 방법을 생각해

봐야 합니다."

"이 방에서 대마법사께서 저 아닌 다른 사람과 침대를 함께 쓰실 수는 없습니다만."

"저속하군요. 전 침대를 하나 더 들여놓는 걸 원했습니다."

"방 주인인 제게 좋은 의견이 있습니다."

이상하게 미오 경과 시엘은 서로 사이가 안 좋다. 계급상으로나 능력상으로나 미오 경이 시엘에게 시비를 걸어봐야 좋을 일 없는 걸로 아는데 미오 경이 일방적으로 시엘에게 신경질적으로 구는 통에 가끔 옆에서 지켜보기 아슬아슬하다. 아니지. 둘이 사이가 좋은 것도 이상한 일이다. 둘의 관계는 굳이 말하자면 때리는 남편과 매 맞는 아내라고나 할까…….

시엘의 상태는 많이 나아졌다. 자기 전에 왕자를 안고 한참을 왕자의 숨소리와 우유 냄새를 맡고 침대에 누우면 그는 곧 소리도 내지 않고 잠이 들었다. 다만 가끔씩, 밤에 외마디 비명을 지르며 깨어나 그때마다 가장 가까이에 있는 미오 경을 공격하곤 했다. 가장 다행인 건 그때 마법을 쓰지는 않는다는 거고 미오 경이 엔간한 육체적 공격은 막아낼 수 있는 기사라는 점이다.

그런 밤이 지나 아침이 와서 시엘이 미오 경의 상처에 치유 마법을 걸어주는 걸 보고 있으면 가정 폭력 피해 여성 쉼터에 맨발로 아내를 찾아와 무릎 꿇고 비는 남편의 억지 눈물을 보는 사회복지사의 마음이 된다고나 할까.

"마법사님이 낙향하시는 거예요. 이제 그만 영지로 돌아가서서 하던 연구를 마저 하시는 게……."

창문을 열고 시엘을 환기시켜 버리고 싶은데 말하던 도중 그의 얼굴에 표정이 사라져서 말을 하다 말았다. 일부러 저러는 건지 아닌지 잘 모르겠는데 그가 한 번씩 저렇게 멀쩡할 때도 정색할 때가 있는데 그때마다 무서워죽겠다. 거기다 지금은 그의 팔 안에 왕자가 안겨 있다. 설마 기분 나쁘다고 저 어린 아기를 던져 버리지는 않겠지만, 과연 꼭 그럴까?

"……좋겠지만, 아직 불면증이 안 나으셨죠. 왕국의 보물이신 마법사님이 건강해지시는 게 저희 모두의 기쁨입니다. 네, 그렇고말고요."

괜찮다. 난 원래 비굴했다. 내 주둥아리 하나 희생해서 평화가 올 수 있다면, 뭐. 언제는 내가 안 비굴했던 적이 있나.

"그럼 왕자님, 오늘은 이만 자고 내일 다시 만날까요?"

왕자는 시엘을 좋아했다. 시엘도 왕자를 좋아했다. 잠들기 전에 왕자를 안고 왕자의 웃음소리를 듣는 시엘의 표정에는 세상의 행복이 깃들어 있다. 어쩌면 유르겔의 표정과도 닮았다. 가끔 그걸 지켜보는 묘한 얼굴의 미오 경과 눈이 마주치기도 한다. 아마 내 표정도 미오 경과 비슷할 것이다.

왕자를 사랑해야 마땅한 이들은 왕자를 사랑하지 않는데 왕자와 무관한 이들은 왕자를 이토록이나 사랑하는 것이 왕자의 불행인지 행복인지 나는 잘 모르겠다. 사랑해야만 하는 이들이 아니더라도 모든 사랑은 가치 있는가?

어지러운 밤이 있다. 저절로 눈이 떠졌을 때 밤은 그렇게 깊지 않았다. 꿈을 꾸지도 않았지만 오래 잠든 것 같지도 않았다. 눈을 감고 눈 안의 어둠을 응시하며 다시 잠들려고 했지만 머리카락 한 가닥을 누가 당기고 있는 것처럼, 잠이 오지 않았다. 이런다고 내일의 일상이 늦게 시작되는 것도 아닌데.

나는 오지 않는 잠을 포기하고 왕자가 깨지 않게 조심하며 침대에서 몸을 일으켰다. 왕자는 요새 자고 있을 때가 제일 예쁘다. 엘리나 안나는 왕자가 눈을 마주치면 웃는다고 그게 천사 같다느니 어쩐다느니 이야길 하지만 나는 왕자가 말없이 잘 때가 그나마 제일 낫다.

원래는 미오 경의 침대였으나 이제는 내 침대가 된 침대 맞은편에
는 원래 내 침대였지만 이제 미오 경과 시엘의 침대가 된 침대가 있었
다. 미오 경은 나와 왕자 쪽을 향해 누워 있었고 그 뒤로 시엘이 등을
돌리고 누워 자고 있었다. 오늘도 그의 잠은 편안하고 무난하기를. 왕
자 재우다가 나도 같이 잠든 경험을 생각해서 데려오긴 했지만 그가
너무 적응을 잘해서 나도 당황스럽다.

"역시 심신 안정에는 백색소음이지."

자는 사람 숨소리를 듣고 있으면 같이 잠이 오는 것처럼 누군가 타
인이 있으면 안심하지 않을까 했는데 그거랑 백색소음이 시엘에게 효
과 있는 것 같다.

나는 그쯤에서 톡톡, 내 뺨을 손가락으로 찔러보았다. 잠이 올 것
같지가 않다. 요새 운동이 좀 부족했나. 시엘을 잡겠다고 도서관으로
매일 그렇게 전력 질주를 해대다가 관뒀더니 운동량이 부족해서 잠이
안 오는 건가?

별로 내키지는 않지만 한동안은 잠이 올 것 같지 않아 불 밝힌 초
를 들고 산책 삼아 방을 나섰다. 잠옷 위에 숄이라도 걸칠까 하다 귀
찮아서 관뒀다. 소리 안 나게 조심한다고는 했지만 조용한 복도에서
는 타박타박 조그맣게 내 발소리가 울려 퍼졌다.

"왕비 궁에 유령이 나온대."
"잠옷을 입은 시녀를 보고 유령이라고 착각했다고 보는 쪽이 더 자연스럽
지 않겠습니까."

생각해 보면 명백한 일이었다. 당직인 시녀와 일부 상주 인원을 제
외하고 다 처소로 물러나기 때문에 한밤의 왕비 궁에 남는 인원은 몇

되지 않는다. 슬픈 예감은 늘 빗나가는 법이 없으니 그 몇 안 되는 인원 중에서 내가 유령의 발견자가 되는 것도 당연하다면 당연한 일이었고, 유령이 될 만한 사람도 거기서 거기인 게 당연한 일이었다.

나는 복도 앞쪽에 서 있는 하얀 그림자를 향해 인사를 건넸다.

"안녕하세요, 왕비님. 잠이 잘 안 오는 밤이네요."

지금이 달빛이 쏟아져서 새파란 바닷속에서 헤엄치고 있는 것 같은 그런 달 밝은 밤이었다면 어땠을까. 왕비의 어두운 눈동자도 그런 달 아래에서라면 궁지에 몰린 짐승처럼 빛나고 있었을지도 모른다.

하지만 달이 가려진 어두운 복도는 왕비의 검은 눈동자조차 제대로 반사해 내지 못해서, 치렁치렁하게 풀어 내린 검은 머리카락이 그려놓는 그녀의 모든 윤곽은 검게 흩어지는 연기처럼 보였다. 이 왕궁과 이 나라에서 그녀의 위치처럼.

"누구지."

"아스 토케인입니다, 왕비님."

왕자의 유모라고 덧붙이려다가 말았다. 그녀는 속삭이듯이 아스 토케인, 이라고 내 이름을 한번 불렀다. 나조차도 잠들다 일어난 늦은 밤이었다. 왕비가 꿈속을 걸어 이곳에 있을 가능성도 생각해 봤는데 속삭임에 가까울지라도 내 이름을 부르는 음성은 꿈속에서 나를 부르는 느낌은 아니었다.

왕비 궁의 복도는 너무 어두워서 왕비의 모습이 잘 보이지 않았다. 나는 촛대 위의 양초가 넘어지지 않게 조심하며 한 걸음 앞으로 걸어 나갔다.

왕비도 잠들지 못해 나왔는지 하얀 잠옷 차림이었지만 누운 적이 없는 사람처럼 길고 검은 머리카락은 흐트러짐 없이 곧기만 했다. 왕비가 무언가를 끌어안고 있는 것 같아서 신경이 쓰였는데 성기게 짠 레이스 숄을 앞에서 움켜쥐고 있는 모양이었다. 왕비 궁의 거의 모든 사람이 잠들어 있을 텐데 지금 이곳에 왕비와 나만이 깨어 궁을 걸어다니고 있다. 조금 이상한 기분이다.

"제가 침실까지 모실까요, 왕비님?"

왕비의 침실이 지척에 있었다. 모두가 잠든 시간에 이 복도를 왕비 혼자서 거닐고 있었거나 밖으로 나온 지 얼마 안 된 모양이었다. 오늘 왕비의 곁을 지켜야 하는 당직 시녀들은 무얼 하고 있는지 모르겠다. 내 제안에 그녀는 고개를 저었다.

"찾는 게 있는데."

허공을 보며 왕비가 말했다.

"찾는 게 있는데 어디에 있는지 모르겠어."

왕비는 우울해 보이지도 않았고 불행해 보이지도 않았다. 그저 왕비는 잠에서 이제 막 깨어난 사람처럼 보이기도 했고 오랫동안 잠들지 못한 사람처럼 보이기도 했다. 문득 왕비의 눈에는 내가 어떻게 비칠지 궁금해졌다.

"뭘 찾고 계셨는데요?"

"그것도 모르겠어."

그렇게 대답하며 왕비가 살짝 웃었다. 왕비가 웃는 것은 처음 본 것 같았다.

이 밤중에 아무도 없는 곳에서 왕비는 뭘 찾고 있었을까. 찾는 것이 무엇인지 모르겠다는 왕비의 대답이 그녀의 본심인지 무의식인지 나도 모르겠다. 나는 굳이 그녀에게 왕자를 찾느냐고 물어보지는 않았다.

"그러면 기억나실 때까지 저랑 산책하실래요?"

유르겔이 왕비를 쫓아냈던 본래의 왕비 궁만큼은 아니더라도 이곳의 정원도 충분히 걸을 만큼 넓었고 찾아보면 마음에 드는 곳 한 곳 정도는 있을 것이다. 나도 왕자를 돌보며 거의 감금 상태에 가까운 생활을 하기는 했지만 왕비도 그에 만만치가 않았다. 그녀가 궁 밖으로 산책이라도 하러 나가는 모습을 본 일이 없었다. 사람이 그렇게 살면 없던 우울증도 생기겠다. 아무리 봐도 왕비는 산후 우울증이거나 그냥 우울증이거나 어쨌든 우울증이긴 할 거다.

숄에 온몸을 의지하듯이 쥐고 있던 한 손을 풀고 왕비는 내게 손을 내밀었다. 예법 교육을 받은 지가 오래되어서 머리에 잠시 렉이 걸렸지만 나는 금방 왕비가 내민 손의 의미를 불러오는 데 성공해서 그녀의 손을 부축하듯이 잡았다. 귀부인은 이런 상황에서 절대 혼자 걷지 않는다.

"알렉스 경."

그대로 한 발을 떼어놓으려는데 왕비가 얼음장 같은 목소리로 그녀의 기사를 불렀다. 그전까지 조금은 몽롱했던 정신이 한 번에 깨어날 정도로 싸늘하고 또렷한 목소리였다.

나는 조금 고개를 틀어 복도의 그늘에 숨듯이 서 있는 알렉스 경을 발견할 수 있었다. 미오 경이 왕자의 곁을 떠나지 않듯이 그도 왕비의 곁을 떠날 수 없는 호위 기사였다. 왕비의 곁에 그가 있는 게 당연한데도 당장 기척이 느껴지지 않아 잠시 존재를 잊었다.

왕비는 그를 쳐다보지도 않고 말했다.

"당신이 따라오는 건 원치 않습니다."

"위험할 수 있습니다."

"내가 정말 위험할 때 경이 진정으로 내 도움이 될 것 같지 않군요."

괜히 보고 있었다. 나는 얼른 고개를 돌려 그를 외면했지만 때를 맞추지 못해 상처 입고 괴로워하는 얼굴을 보고야 말았다. 그가 유르겔을 사랑하게 된 이후로 왕비는 절대 그에게 마음을 열지 않았다. 〈탈출기〉에서 봤던 문장을 나는 지금 직접 눈으로 본 것이다.

나는 왕비의 팔을 부축하고 천천히 걸었다. 이 시간의 왕비 궁은 처음 걸어본다. 밖은 아직 새카맣게 어두웠고 달이 벌써 저물기 시작한 건지 왕비 궁 안도 어디든지 다 캄캄하고 어두웠다.

"밤의 왕비 궁은 이런 느낌이네요."

"어떤 느낌이지?"

"조금 춥고 어둡고 또 고요하고…… 적막합니다. 저는 이런 느낌이 싫지는 않아요."

"네가 정말로 그렇게 생각한다면 이곳에서 무사할 수 있겠구나."

뭔가 뼈가 있었지만 나는 의미를 알 수가 없는 말이었다.

계단을 계속 내려가려 했지만 왕비가 3층에서 계단과 가장 가까운 방의 문을 열었다. 좀처럼 사용하지 않던 방인지 끼이이익 하고 기름칠이 덜 된 거슬리는 소리와 함께 문이 열리고 복도보다 더 새카만 어둠이 몰려왔다.

"이곳에 뭐가 있나요?"

"글쎄. 어디에 있을까. 어딘가엔 있을 텐데 어디에 있을까."

그 순간 구름이 달을 비껴가서 창백한 왕비의 얼굴이 내 눈 안에 가득 들어왔다. 늘 왕비가 불행해 보인다고 생각했는데 이때만큼 그녀가 불행해 보인 적이 없었다. 잃어버린 것을 찾는 왕비의 얼굴은 멍하고 참혹하며 우울하고 아득했다.

"잠을, 주무시고 일어나면 기억이 나지 않을까요?"

"오늘은 어쩐지 찾을 수 있을 것 같구나. 조금만 더 찾아보자."

왕비는 이제 내 손을 놓고 먼저 앞으로 걸어 나갔다. 나는 잠시 뒤를 돌아 어둠 속을 보다가 왕비의 하얀 잠옷 자락이 어둠 속으로 완전히 사라지기 전에 그녀의 뒤를 따랐다. 왕비가 따라오지 말라고 했다고 알렉스 경은 정말로 왕비를 나와 단둘이 이 어둠 속으로 보냈을까? 왕비는 몽유병은 아닌 것 같지만 그렇다고 평상시 같아 보이지도 않았다.

"왕비님! 같이 가요."

아주 잠깐 왕비가 걸음을 멈췄다. 아직 나라는 사람이 곁에 있는 걸 잊은 건 아닌 모양이다.

왕비는 창고처럼 보이는 방 하나를 열었다. 본래라면 서재 용도였을 곳이었는데 왕비 궁은 왕비가 급하게 궁을 옮기느라 당장 생활에 필요한 방이 아니라면 여전히 버려져 있는 곳이 많았다. 그곳에서 왕비는 꽤 익숙한 손길로 길을 터서 위로 향하는 계단을 만들어냈다.

침착하자. 이런 데서 촌뜨기처럼 놀라서는 안 된다. 예전에 어떤 책에서 이런 식으로 왕과 정부의 방을 연결해 놨었다는 글을 읽은 적이 있었다. 그런 장치겠지.

쫓겨나듯이 별궁으로 밀려 나온 왕비가 이런 장치를 알고 있는 게 의외기는 한데 그럴 수도 있는 일이겠거니 싶었다. 그러나 그 계단은 위층에 있는 왕비의 침실이나 그 어떤 침실과도 연결되어 있지 않았다. 불빛도 없지만 삐걱대는 뒤틀림도 없는 계단을 왕비는 익숙한 듯이 걸어 올라갔다.

왕비가 머무르는 이 궁은 지금은 왕비 궁이라 불리지만 원래는 별궁이었던 곳이었다. 한적한 곳에 지어져서 굳이 말하자면 고아한 맛이 있는 궁전이지만 솔직히 말해 채광이 좋지는 않은 곳이었다. 주변에 채광을 막을 만한 건물이 없음에도 남향이 아니라 어디 서향이나 북향으로 지어진 것처럼 빛이 영 잘 들지 않는 곳이었는데, 계단 끝에 다다른 방 안은 달빛이 가득해서 마치 초저녁처럼 방이 밝았다. 해가 비치는 한낮의 바닷속에 들어온 것 같았다. 왕비 궁에서 가장 높은 곳. 일반적인 방법으로는 찾아올 수 없는 비밀의 방이었다.

비밀의 방이 왕비의 침실보다 더 높은 곳에 위치해 있다고 확신할 수 있는 이유는 간단했다. 이곳은 다락방이었다. 어린 시설에 본 빨강 머리 앤 이후로 다락방을 동경하고 살았는데, 내내 아파트에서만 살아서 들어가 보지도 못한 다락방을 이곳에서 뜻하지 않은 순간에 만나게 되었다. 상상 속의 다락방은 이것저것 많은 것이 쌓여 있는 보물

창고 같은 곳이었지만 왕비 궁의 다락방이자 비밀 방인 이곳은 당장 누군가가 살아도 될 만큼 깨끗하게 비어 있었다. 물론 구석구석에 낡고 먼지 쓴 상자 같은 것들이 쌓여 있기는 했지만 창고를 연상하게 할 만큼 엉망인 곳이 아니었다.

나는 왕비가 왜 이곳으로 온 것인지 알 수가 없어서 그녀를 돌아보았다. 레이스 숄의 한끝이 바닥에 끌리고 있었다. '아스'의 머리카락도 허리 근처까지 와서 내 기준으로 많이 긴 편인데 왕비의 머리카락은 엉덩이 밑으로 내려오는 길이였다. 하얀 잠옷 위로 레이스 숄이, 그리고 그 위로 검은 머리카락. 어디 화보에나 나올 것 같은 아름다운 모습으로 주저앉은 왕비가 상자 하나를 열어 그 안에 있는 종이 더미를 하나하나 넘겨보고 있었다.

"제가 뭘 찾아드리면 될까요?"

왕비 궁이 이렇게 빛이 잘 드는 곳이었을까. 지상이 아니라 어딘가 물속이나 달 위에 서 있는 것 같았다. 숨을 쉬는 공기마저 연한 푸른빛인 공간이었다.

"나는 이제 아무것도 모르겠어."

왕비는 우울하다. 우울해서 생각할 힘도 없는 거다. 〈탈출기〉를 읽은 많은 사람 중에 왕비를 동정한 사람이 나만은 아니었을 테니 그 많은 사람 중에서 나보다 더 쓸모가 있는 사람이 이곳에 왔어야 했다. 왕비의 우울에 대해 이야기할 수 있는 사람. 하다못해 아기를 낳은 적 있는 사람이라도 지금 이 자리에서 왕비의 손을 잡고 왕비에게 필요한 말을 해주어야 한다. 한때 나를 구했던 말이 왕비를 구할 것 같지도 않다. 나는 그녀에게 필요한 말이 무엇인지 모르겠다.

"그러면 왕비님, 저랑 보물찾기를 할까요?"

"보물찾기?"

"네, 여기를 뒤져서 뭔가 재미있어 보이는 걸 찾는 거예요. 그 안에 왕비님이 찾으시는 게 있을지도 모르고 찾는 동안에 왕비님이 뭘 찾으시는 건지 생각날 수도 있잖아요."

내가 지금 혹시 일부러 밝은 목소리를 내고 있을까? 잘 모르겠다. 나도 자다 일어나 모든 것이 얼떨떨한 상태고, 잘 시간이 지난 왕비 역시 그럴 거다. 조금쯤은 낮의 평범한 상태가 아닌 사람들이 평소라면 들어와 볼 일이 없었을 방에서 보물찾기를 하는 것이 나쁜 일은 아닌 것으로 느껴졌다. 적어도 우리가 누군가를 해칠 일을 하는 건 아니니까.

"그래. 그것도 좋겠구나."

한결 편해진 얼굴로 왕비가 대답했다. 그때부터 나와 왕비는 바닥에 주저앉아 비밀의 방을 뒤지기 시작했다. 물건이나 상자 같은 게 많은 방은 아니었다. 오래 비어 있었는지 먼지가 더 많은 방이었다.

별궁에도 누군가가 머물기는 했었는지 어떤 상자에는 유행이 한참 지난 옷 더미가 담겨 있기도 했다. 나는 그중에 가장 우스꽝스러워 보이는 옷을 꺼내 들고 왕비 앞에서 한 바퀴 빙그르르 돌아보았다. 러시아 인형 같은 물건도 있었다. 별로 대단한 게 나올 것 같지는 않지만 나는 오기를 갖고 여섯 단계나 되는 인형을 열었고 그 안에서 말라비틀어진 씨앗 하나를 건졌다.

나는 오지랖 넓은 사람이 아닌데도 불구하고 우울한 사람 옆에 있으니 같이 우울해지거나 어떻게든 도와주고 싶어지게 되는 모양인데, 왕비는 딱히 웃지도 않았다. 이 밤중에 내가 뭐 하는 짓인지 모르겠다. 하지만 내 세계에 있을 때 친구들과 모여 파자마 파티를 하던 느낌이 났다. 아이를 잃은 왕비와 집으로 돌아가는 길을 모르는 왕자의 유모는 친구 같은 게 아니었어도 말이다.

이 별궁에 예전에 아이가 머무르기도 했던 모양인지, 작은 상자를 열면 꼭 처키처럼 생긴 인형이 튀어나와 깜짝 놀라게 하는 종류의 장난감도 있었다. 생긴 게 진짜 사탄의 인형 처키처럼 생겨서 하마터면 집어 던지며 욕할 뻔했다.

왕비는 내가 엉겁결에 집어 던진 장난감 상자를 우아한 손으로 잡아 인형을 밀어 넣고 상자를 덮었다. 우아하긴 정말 우아한 사람이다. 이런 사람도 상대가 유르젤을 사랑하는 국왕이 아니었더라면 누군가에게 사랑받으며 행복하게 살아갔을 텐데.

"아직도 뭘 찾고 계시던 건지 기억이 안 나세요?"

"응. 뭘 찾고 있는 건 확실한데……."

난 왕비에게 당신이 찾던 것이 혹시 당신이 낳은 아이가 아닌지 묻지 못했다.

"그럼 보물은 찾으셨어요?"

방 안은 그렇게 넓지 않았고 쌓여 있는 상자들은 대충 누군가가 살았던 흔적이 남아 있는 옷 더미와 어린아이들의 장난감, 그리고 누군가가 휘갈겨 쓰다시피 한 노트 더미 셋 정도로 나눌 수 있었다. 나도 글을 배우기는 했지만 그 정도로 갈겨쓴 악필을 바로 읽어낼 수 있을 정도로 능숙하지는 않아서 노트 더미는 주로 왕비가 확인했다.

나도 가끔 확인하기는 했는데 뭐 대단한 게 있지는 않았다. 어린아이가 받아쓰기를 한 것 같은 시험지가 꼬깃꼬깃 접혀서 숨겨져 있는 게 있기에 보고 상자 안으로 다시 던져 넣었다. 배우는 수준은 나랑 비슷한 것 같은데 나보다 점수가 좋았다. 아냐, 나도 잘하는 편이거든?!

거의 모든 상자가 열렸고 이 안에 있을 법한 거의 모든 것을 다 확인한 후였다.

"잡동사니밖에 없는 것 같구나."

이곳에 남아 있는 것들은 주인이 버리고 갔거나 주인이 두고 간 후 잊힌 물건들뿐이라 왕비의 눈은 고사하고 내 눈에 차는 것도 없었다.

"사실은 이곳에 오면 지하실로 가는 길을 찾을 수 있을 줄 알았단다."

"지하실은 부엌이랑 식재 창고밖에 없는데요."

"그 아래에, 그보다 더 아래에 지하실이 있어."

그랬나? 가끔 부엌 쪽에 배치돼서 가보았지만 그 아래에 뭐가 있을 것 같지도 않고 내려갈 문이나 계단 같은 것도 안 보이던데. 부엌에 내려가 본 적이 없었을 왕비가 어떻게 시녀인 나도 모르는 공간을 아는지 모르겠다.

"그럼 부엌 쪽으로 가보실래요? 왕비님이 가시기엔 많이 지저분하긴 하지만."

"지하실은 그쪽으로 이어져 있지 않아."

그러면 어떻게 그 방의 존재를 확신하고 있는지 물으려다 말았다. 지금 내가 이 방 안에 있는 것이 그 증명이긴 할 거다. 이곳은 본래 왕비 궁이 아니었고 별궁이었으니까. 아마 왕비 외에 누군가 이 별궁에 대해 잘 아는 사람이 있다면 지하실로 들어가는 방법을 알고 있을지도 모른다.

"지하실로 가는 방법을 찾고 계셨던 건가요? 계속?"

"아니, 내가 찾던 게 그건 아니야."

복잡하다.

어느새 날이 밝고 있었다. 숨결마저 옅은 푸른색일 것 같던 공기가 한결 투명해졌고 한밤에도 밝았던 방 안이 달빛과는 다른 빛으로 밝아오기 시작했다. 동은 천천히 터오지만 밝아지는 건 순식간이었다. 어쩐지 서늘해서 어깨를 문질렀다. 밤보다 이 아침이 더 추운 것 같았다.

"아침이구나."

왕비의 얼굴은 절망에 가까웠다. 빛이 가장 잘 드는 방 안에서는 새벽의 빛도 찬란해서 왕비의 절망도 여과 없이 보였다. 한참 회사 화장실에서 울고 지하철 1호선의 사연녀가 되어 퇴근하던 그 시절의 나도 아침에 저 정도로 절망스러운 얼굴을 하고 있었으려나……

왕비는 홀로 일어나 나를 쳐다보았다. 내가 문지르던 어깨를 놓고 자리에서 일어나자 왕비가 앞장서서 방을 나섰다. 돌아가는 길은 이곳으로 오던 순간만큼이나 말이 없었다. 우리는 3층으로 도로 나와 다시 한 층을 올라섰다. 알렉스 경은 마지막으로 봤던 그 자리에 그대로 서 있었다. 하룻밤 내내 저러고 서 있었다면 그는 가히 기사의 귀감이다.

왕비는 한번 돌아보지 않고 다시 침실로 돌아갔고 나는 왕비의 그림자가 모두 사라질 때까지 고개를 숙이고 있다가 내 방으로 들어갔다. 엘리와 안나, 그리고 다른 호위 기사가 있을 때는 북적북적하지만 지금은 을씨년스럽기까지 한 왕자의 방을 지나 문마저 작은 곁방으로 들어가니 그제야 사람의 기척과 숨소리가 들렸다.

왕자는 다행히 별일 없이 잠들어 있었다. 괜히 몇 번 토닥거리며 왕자의 얼굴을 들여다보았다. 왕비가 찾던 게 왕자였으면 좋겠다고 생각했다. 그로 인해 그녀가 우울할지라도 그녀가 찾던 것이 왕자였으면. 그러면 누구에게 좋은 걸까? 어차피 빼앗길 아기에게 정을 붙인 왕비? 아니면 사실 친모에게 사랑받고 있다는 걸 모르고 자라게 될 왕자?

나는 한 침대에서 서로 등 돌리고 잠들어 있는 시엘과 미오 경을 보았다. 내 쪽에서는 시엘의 백금발과 잠들었어도 단정한 미오 경의 얼굴만 보였다. 둘도 지금은 평화로워 보인다.

가만히 누워서 쌔액쌔액 어른들보다 큰 소리를 내는 왕자의 숨소리를 듣고 있으니 밤새 뜨고 있던 눈이 무겁게 느껴진다. 나는 몸에 힘을 빼고 눈을 감고서 왕자와 사람들의 숨소리를 들었다. 때로는 무언가를 알고 있는 것이 좋은 일만은 아닌 것 같다.


똑똑.

잠들 것 같지 않았는데 깜빡 잠이 들었었나 보다. 노크 소리에 놀라 퍼뜩 고개를 들었다. 밖에서 다시 조심스러운 노크 소리와 목소리가 들렸다.

"아스 양, 아직 안 일어나셨나요?"

"일어났어요! 나갈게요."

세야였다. 닭의 목을 비틀어도 새벽은 온다더니 밤새 보물찾기를 해도 수업 시간은 미뤄지지가 않는다. 이 와중에 미오 경이랑 시엘이 깨어나질 않으니 이유 없고 근거도 없는 짜증이 나려고 한다. 밤중에 애가 울어도 남편들은 절대 깨지 않고 아침에 닦달하면 못 들었다면서 아침밥이나 먹는다던 고3 때 화학 선생님 말이 생각나네. 선생님 잘 지내시겠지.

시엘과 미오 경이 아직 이 방에 있어서 옷을 갈아입고 나갈 수가 없는데 아무리 찾아도 위에 걸칠 숄이 없다. 분명 어딘가에 잘 뒀을 텐데 대체 어디에 잘 둔 거지? 아앗, 맞아. 어제 왕자가 거기다 토를 해놔서 빨아달라고 세탁실에 보내놨어!

끙끙거리며 방 안을 둘러보았지만 어떻게 할 방법이 없었다. 방 안에는 시엘과 미오 경, 방 밖에는 세야. 그나마 위에 걸칠 만한 건 미오 경의 제복 상의인데 그걸 걸치고 나가는 건 미오 경이랑 무슨 사이라고 광고하는 꼴만 될 것 같고 이대로 잠옷 차림으로 나가기엔 내게도 최소한의 부끄러움이라는 게 존재한다. 세야가 잠옷 차림으로 얼굴 맞댈 만큼 격의 없이 친하고 편한 남자 사람 친구도 아니고. 절대 아니지. 난 모든 가능성에 최선을 다할 거야. 세야 정도면 내가 노려볼 수 있는 데다가 공기 청정제 같은 남자란 말이다.

"선생님. 밖에 계세요?"

"네, 아스 양."

이미 책상 쪽으로 가 있었는지 조금 먼 곳에서 세야의 목소리가 들렸다. 난 조심스레 문을 열고 고개만 내밀어 그에게 확인을 받았다.

"제가 지금 꼴이 좀 엉망인데……."

"괜찮습니다. 아스 양 한창때에 비하면 어떤 모습인들."

가끔 세야가 저렇게 상냥하게 하는 말이 독설 같은 감이 들 때가 있다. 나는 일단 세야의 말을 믿고 슬쩍 문밖으로 몸을 내밀고 나왔다. 세야는 미소 짓긴 했지만 이불을 뒤집어쓰고 나온 내 모습에 좀 당황했다.

"아스 양?"

"그게, 사정이 있어서 옷을 갈아입을 수가 없는데요. 솔도 없어서요."

"좀 당황스럽긴 하군요."

"잠옷만이었으면 더 당황스러우시겠죠?"

"네."

그렇구나. 그럼 난 옳은 선택을 했어. 그런 걸 거야.

"아스 양, 잘 때도 그 리본을 묶고 자나요?"

세야의 시선이 내 손목에 향해 있었다. 나는 그가 축제 때 내 손목에 묶어주었던 리본을 흔들어 보이면서 고개를 끄덕였다. 깨어나자마자 보기 위해 묶어둔 건데 당연한 거 아닌가?

"다른 걸 드릴 걸 그랬어요."

"괜찮은데요."

"리본이 길잖아요."

"생각해 본 적은 없는데 성가시면 그때 한 번 더 묶든가 하죠, 뭐."

수업을 하는 내내 방 안은 조용했다. 미오 경이나 시엘이나 아직도 자는 모양이었다. 미오 경은 한창때는 옆에서 조는 한이 있어도 내가 일어나는 시간에 같이 일어났었는데 시엘과 한 침대를 쓰게 되니까 그 영향이 없지는 않은가 보다.

하긴, 불면증이 있는 시엘도 재우는 게 바로 옆에서 들려오는 잠든 사람의 숨소리인데 불면증도 없던 미오 경은 오죽이나 잘 자겠어. 점심

시간 이후 5교시 수업에 학생들이 정신을 못 차리는 이유가 그거니까.

우리는 나란히 앉아 책을 읽었다. 졸리니까 눈도 뻑뻑하고 발음도 더 꼬이는 것 같다. 자다 깨서 갈라지는 내 목소리 위로 세야의 부드러운 목소리가 날개처럼 덮인다.

"선생님, 혹시 왕비 궁의 설계도 같은 게 있을까요?"

"찾아보면 없지는 않을 테지만 아스 양이 이곳의 설계도가 왜 필요하신 겁니까?"

"혹시 불나거나 지진 나면 도망갈 루트가 필요해서요."

"주변에 있는 기사분들을 좀 더 믿으셔도 될 것 같은데."

나는 새삼스러운 눈으로 온화한 말을 하는 세야를 보았다.

"선생님, 인생은 원래 자력구제예요."

재난 상황을 든 건 예시였지만, 어쨌든 다급한 상황에서 오로지 타인만 믿고 있으라니. 난 인생 그렇게 안일하게 살지 않는다.

"원하신다면 설계도를 찾아보긴 하겠습니다만, 왕비님의 안전과 연결된 부분이라 제 손에까지 들어올 수 있는 정보인지는 모르겠군요."

"일단 부탁드릴게요, 선생님."

어쩌면 시녀장 언니도 이곳의 평면도 정도는 갖고 있을 것 같지만 그녀한테는 내 목숨 구하려고 그런다는 핑계가 안 통할 것 같다. 오늘 치의 수업이 끝나고 세야가 문을 나서자마자 내 방 쪽 문이 열렸다. 이른 새벽부터도 백금발이 휘황찬란한 시엘이었다.

"매일 아침 수업이 있는 건 알겠는데, 대체 언제까지입니까?"

"제가 글을 다 배울 때까지요."

"차라리 내가 가르쳐 줄 테니 당장 관둬요."

"어? 왜요?"

"자는 데 방해가 됩니다. 거기다 밖에 나오려고 하니 미오 경이 말리더군요."

나는 요새 부쩍 늙어 보이는 미오 경에게 감사 인사를 보냈다. 안쪽이 내내 조용하기에 자는 줄 알았는데 내가 모르는 동안 미오 경이 튀어나오려는 시엘을 필사적으로 말려주고 있었던 거구나.

"마법사님도 가만 보면 인생 참 편하게 사시는 것 같아요."

"방금 뭐라고 하셨습니까?"

"아무 말도 안 했는데요? 그나저나 마법사님, 불편하시면 슬슬 마법사님의 영지로 돌아가시는 게 좋지 않을까요? 마법사님은 귀하고 또 바쁘신 몸이시라고……."

말이 끝나기도 전에 시엘이 또 날 무섭게 노려보기 시작한다. 주변이 조금 스산하게 느껴지기도 하는데 이게 기분 탓인지, 진짜 물리적으로 추워지고 있는 건지 잘 모르겠다. 왕자를 안고 나온 미오 경이 간신히 눈에 보일 정도로 작게 고개를 흔드는 게 눈에 들어온다. 내 눈에만 시엘이 기분 나빠 보이는 게 아닌 모양이다.

"……들었으니 제가 더 편하게 모시도록 노력할게요. 그럼요. 대마법사님이 여기 계셔서 제가 얼마나 기뻐하는지는 마법사님도 아시잖아요."

나는 재빨리 미오 경에게서 왕자를 받아 안았다. 시엘은 왕자를 정말 많이 좋아했다. 꼭 자기 자식처럼 아꼈다. 그러니 왕자를 안고 있으면 적어도 나를 때리지는 않을 것 같다. 예상대로 그는 뚱한 얼굴로 고개를 돌렸다.

자꾸 손가락을 입에 물려고 드는 왕자의 입에서 손가락을 빼내주며 나는 시엘에게도 세야에게 물었던 것과 같은 질문을 해봤다.

"마법사님, 혹시 왕비 궁 설계 도면 같은 거 구할 수 있으세요?"

"그게 왜 필요합니까?"

"지하실의 위치를 알고 싶어요."

세야에게 했던 것처럼 그에게도 동일한 거짓말을 할 수 있었지만 나는 솔직하게 대답했다. 뒤쪽에 서 있는 미오 경과 눈이 마주쳤다. 그가 시선을 피하지 않아서 나도 굳이 눈을 돌리지 않고 시엘에게 설명을 계속했다.

"왕비 궁에 나온다는 유령이 지하실에 있는 것 같아요."

왕비는 자신이 뭘 찾고 있는지 모르고 있었고 나도 역시 모르지만, 왕비는 지하실에 가고 싶어 했다. 그러니 왕비가 찾고 싶은 건 지하실에 있을 것 같다. 지하실을 찾아내서 그녀가 찾던 것을 발견한다면 그녀는 조금 편해질 수 있을까? 잘 모르겠다. 내가 강한 사람이라면 좋겠다. 내 눈에 닿는 주변 사람들의 불행에도 마음이 흔들리지 않을 수 있는 사람이라면 좋을 것 같다.

시간이 가고 어른이 되고 눈높이가 올라가면 마음이 단단하고 강한 어른이 될 줄 알았다. 하지만 시간은 흘러가도 나는 아직도 어른이 되지 못한 것 같다. 아는 사람이 불행하면 슬프고, 주변에 있는 사람이 슬프면 나도 불편해진다. 아무것도 할 수 있는 게 없는데도 세상 온갖 슬픔과 불행에 동정과 연민이 생긴다. 나는 늘 내가 관여할 수 없는 것들에는 눈 돌리고 동정하지 않는 그런 강한 사람이고 싶었다.

"지하라. 당신이 거기까지 갈 수 있을 것 같지는 않으니 안심하시죠."

"설계도 보신 적 있어요?"

솔깃했다. 어디 무협소설에 나오는 기관 장치라도 설계되어 있나. 정말 그러면 진짜 설계도 한번 얻어보고 싶다.

"그건 아니고 지하 쪽에 마력의 흐름이 느껴집니다. 당신이 말하는 지하가 하인들이 드나드는 그곳이 아니라 더 아래쪽을 말하는 거라면 그곳에 출입하기 위해서는 마법적 수단이 필요할 겁니다."

나는 잠깐 시엘을 유심히 바라보았다. 왕비가 찾는 지하실에 가기 위해 마법이 필요한 거라면, 어쩌면 시엘이 그곳을 찾아줄 수도 있지 않을까? 비밀의 방처럼 단순히 방이 숨겨져 있는 게 아니라 마법이 필요하다면 왕비와 나는 영영 지하실을 찾아내지 못할지도 모른다.

"지하실로 가는 방법을 알려주실 수 있어요?"

"당신은 유령을 피하고 싶은 게 아니었나요?"

"그러니까요. 대낮에 가서 창문이라도 열어서 유령을 환기시키고 싶네요."

그리고 너도요. 내 방에서 너란 존재를 미세먼지처럼 환기시켜 버리고 싶어요. 이렇게 장기 거주자가 되어서 왕궁을 나갈 생각도 안 하게 될 줄 알았으면 아무리 불쌍해 보여도 방에 데리고 오지 않는 건데.

"전 그렇게 사사로운 일은 하지 않습니다."

"전 대마법사님을 정말 존경하고 대마법사님을 모시게 되어 영광이긴 한데요. 그래도 숙박비는 해주셨으면 참 좋겠어요."

조심스레 내 본심을 이야기했다. 일하지 않는 자 먹지도 말라. 나는 월급 이상으로 일을 하고 있는 것 같고 미오 경도 열심히 일하는데, 시엘은 일을 하는지 잘 모르겠다. 아니다. 일할 수는 있겠지. 그렇다고 시엘이 하는 일이 내 인생에 보탬이 되지를 않으니 문제다.

"자기의 일은 자기가 하는 거고, 자신의 두려움은 자신이 극복해야 하는 겁니다."

가슴이 조금 뜨끔거린 것 같다. 그리고 그 말을 한 시엘의 얼굴도 밝지는 않았다. 그는 아직도 잘 때 소리를 지르기도 하고 미오 경을 공격하기도 한다. 그도 두려움에 떠는 사람이고 나 역시 그렇다.

"그럼 혹시 제게 마법적 재능이 있을까요, 마법사님?"

이 세계의 마법사가 어떻게 정해지더라? 일단 마력이 있고 그 마력을 세계를 이루는 법칙과 반응시킬 능력이 있으면 마법사로 쳐주던가? 뭔가 설정이랑 세계관이 있던 것 같은데 내 알 바가 아니었다. 어쨌든 내가 마법을 쓸 수 있다면 지하실을 찾아낼 수 있지 않을까?

시엘은 천천히 내 머리끝부터 발끝까지를 훑어보았다. 그리고 다시 발끝에서부터 머리끝까지. 그가 내게 말을 하려고 입을 열었지만 그 전에 내가 먼저 말했다.

"……네. 감사합니다. 괜찮아요. 네, 말 안 하셔도 알겠어요. 어차피 기대도 안 했어요."

표정만 봐도 내게 마법의 ㅁ만큼도 재능이 없다는 걸 알겠다. 그렇게까지 '표정으로 말해요'를 시전할 거는 없잖아. 어차피 기대도 안 했다. 혹시나 하기는 했지만 이제 와서 새삼 내가 마법을 쓸 수 있는 버프 같은 게 있다고 진지하게 기대를 할 정도로 그렇게 바보는 아니야! 물론 실망은 했어! 미련도 있고! 하지만 그래도 진지하게 기대하지도 않았다. 이딴 세계에서.

낮에는 유르겔이 찾아와서 또 왕자에게 노래를 불러주었다. 왕자는 제법 청력이 발달했는지 소리에 반응했고 유르겔이 자장가를 불러주는 동안 얌전히 듣고 있었다.

전에는 흘려듣다가 오늘은 멍 때리면서 좀 집중해서 들었더니 예전에 한밤중에 미오 경이 왕자에게 불러주었던 자장가가 유르겔의 자장가였다는 걸 깨달았다. 그가 어른이 되고 난 후에 들어본 자장가라고 해봐야 그것뿐이니 어쩔 수 없는 것이겠지만, 가슴 한구석이 서늘해서 그를 돌아볼 수가 없었다.

유르겔의 방문 외에는 낮 동안은 별문제가 없었다. 낮이 되면 시엘은 어디로 가는지 사라졌다가 밤이 되면 다시 돌아와 내 침대에 누웠다. 와, 이렇게 말하니까 좀 에로틱하게 들리네. 에로틱할 게 1그램도 없는데.

"마법사님은 낮에 뭘 하세요?"

"출근합니다만."

"일을 하세요?"

네가 일을 해? <탈출기>에 딱히 시엘이 일을 한다는 표현은 없었던 것 같은데.

"고대 마법 연구 학회 회장이 접니다."

어디 연구소 이름보다는 동아리 이름에 가까운 느낌이지만 월급을 받고 하는 일이냐고 묻지는 않았다. 월급을 받는다고 해서 내게 하숙비를 낼 것 같지 않으니까. 알아서 하겠지.

시엘은 이제 미오 경이 눕는 자리에 자신이 눕고 싶어 한다. 왕자를 마주 보고 잠드는 자리 말이다. 하지만 나나 미오 경이나 아직 그가 위험한 상태라 뜯어말렸다. 그도 강경하게 요구하기엔 자신이 정상이 아니라는 것을 알기는 할 거다. 아침마다 그가 미오 경의 목에 든 멍을 치유하는 걸 보는 게 점점 불편해지고 있었다. 미안, 미오 경. 그는 죄가 없는데 내가 시엘을 방에 들인 죗값을 그가 받고 있다.

나는 반듯하게 누운 미오 경의 옆얼굴을 보며 왕자의 통통한 배를 토닥였다. 잘생긴 남자는 눈을 감고 있어도 잘생겼네.

"아스, 그만 보고 자라."

"미오 경은 눈을 감고 있으면서 어떻게 제가 보는지 알아요?"

그는 한쪽 눈만 떠서 나를 보며 말했다.

"남이 자길 보는 거는 알 수밖에 없지 않나."

유르겔은 모르는 것 같던데.

"시선에 온도가 있는 것도 아니고 촉각이 있는 것도 아니니까 모를 수도 있죠."

"온도와 촉각은 없지만 감정은 있지. 못 믿겠으면 눈을 감고 누워서 내 시선이 느껴지는지 아닌지 시험해 봐라."

듣고 보니 그럴듯했다. 회사에서 사고 쳐서 혼나고 있을 때 고개를 숙이고 있어도 따가운 시선이 느껴지긴 했었다. 나는 왕자의 배를 통통 치던 것을 멈추고 자리에 똑바로 몸을 뉘고 눈을 감았다. 크게 별다른 느낌은 들지 않았다. 하루 종일 노동에 시달려 뻐근했던 허리가 먼저였고 그동안 쌓인 굉장한 피로감이 몰려온 게 그다음이었다. 하지만 온몸의 근육이 이완된 다음부터 나는 불편해지기 시작했다.

내가 평생 볼 수 없는 얼굴이 내가 잠든 얼굴인데, 지금 내 얼굴 멀쩡한가? 옆에서 봤을 때 광대뼈랑 턱살이 막 튀어나와 있는 건 아니겠지? 미오 경 쪽 얼굴에 뾰루지는 안 나 있던가? 시간이 지날수록 점점 더 신경이 쓰이고 미오 경 쪽을 향한 볼이 간지러워지기 시작했다. 이게 시선이 닿았다는 느낌일까? 손가락 끄트머리로 약하게 뺨과 등의 솜털을 동시에 간질이는 것처럼 감각이 이상했다.

결국 나는 참지 못하고 눈을 뜨고 벌떡 몸을 일으켰다.

"미오 경!"

그런데 그가 눈을 감고 있었다!!

"시험해 보라면서요! 시험해 보라고 해놓고는!!"

"자라, 아스."

눈을 뜰 기색도 없이 미오 경이 말했다. 기분 탓인가 입꼬리가 조금 올라간 것도 같았고. 대신 미오 경의 옆에 누운 시엘이 크켈켈 그 비슷한 이상한 소리로 웃었다.

꽤 한참을 미오 경을 노려보았다. 하지만 그는 정말 미동도 없었다. 시선이 안 느껴지나 보지? 그렇다는 건 아까 전 상황은 우연이었다는 거고 누군가의 시선이 느껴지는 건 진짜 기분 탓인 건가 보다.

난 다시 자리에 누웠다. 그러다 잠이 들었을 거다. 깨어났을 때는 여전히 한밤이었다. 한낮에 잠시 낮잠을 자다 일어난 것처럼 정신이 너무 멀쩡했고 좀 이상했다. 나는 누가 나를 부르는 것처럼 맨발에 잠옷 차림으로 방문을 열고 바깥 복도로 나갔다.

그곳에서 나는 또다시 왕비를 만났다. 어깨에 숄을 걸치고 손에 또다른 숄을 들고 나온 왕비는 나를 보자 다가와 내 어깨 위로 숄을 걸쳐주었다. 나는 왕비가 둘러준 숄을 어깨와 팔 위로 쓸어보았다. 꽃이 내 등 뒤에 피어난 것만 같았다.

"저 때문에 가져오신 거예요?"

왕비가 고개를 끄덕였다. 그녀의 어깨 위로도 나와 비슷한 숄이 걸쳐져 있었다. 왕비가 평소에 쓰던 물건일까? 왕비의 물건이라면 비싸고 귀한 걸 텐데. 나는 조심스럽게 손끝으로 숄을 만져보았다. 왕자가 토해서 빨러 보낸 내 숄과는 비교도 할 수 없는 보드라운 감촉이고 아름다운 무늬였다.

"제가 안 나올 수도 있었잖아요. 괜한 짐만 되셨을 텐데."

"오늘 밤에도 네가 같이 있었으면 좋겠다고 생각했어. 그 생각만 했지."

살면서 이런 말을 내가 좋아하는 남자나 나를 좋아하는 남자한테 들어봤어야 했는데 이 먼 남의 세계에서 결혼해서 애까지 둔 여자한테 듣고 있다. 내가 듣고 싶던 말은 내 세계에서는 아무도 해주지 않았다.

달이 밝았다. 어젯밤 왕비 궁의 복도에는 아무런 빛이 들지 않았는데 오늘이 어제보다 달이 밝은지 아니면 어제와 시간이 다른지 복도에는 아스라이 빛이 감돌고 있었다. 어제는 어두워 눈을 마주할 수 없던 왕비의 눈동자도 보였다.

"오늘도 보물찾기를 해볼까요?"

"오늘은 다른 곳을 가볼까?"

"어제 거기는 다 뒤졌으니까요. 또 다른 아시는 곳 있어요?"

밤의 왕비는 낮 동안에 내가 봐왔던 그녀와 같으면서도 약간 달랐다. 밤이기 때문일 거다. 밤이라서, 태양이 없고 남들이 보는 시간이 아니라서 왕비도 나도 낮과는 다른 사람이 될 수 있는 것이리라.

아무도 없는 밤의 왕비 궁을 걷는 것도 이상하게 설렜고 모두가 잠든 시간에 깨어 있는 것도 설렜다. 왕비는 조금 멍한 듯이 옅게 웃으며 내 어깨 너머를 보았다. 알렉스 경이 그곳에 한쪽 무릎을 꿇어 예를 표하고 있었다.

"왕비님."

절절한 음성이었다. 그는 왕비를 걱정한다. 그의 기억 끝에는 모두 왕비가 있다.

어린 왕비가 뒤뚱뒤뚱 걸어와 그의 다리를 끌어안고 배시시 웃던 것을 기억하고 있는 알렉스 경은 왕비가 혹여 바람에라도 몸을 상할까, 꽃을 만지다 가시에라도 찔릴까 노심초사하며 왕비를 보살폈다. 비바람이 몰아치는 곳이라면 왕비 앞을 몸으로라도 막아서서 지켜낼 만큼 왕비를 걱정하고 진짜 혈육처럼 사랑하는 왕비의 기사가 알렉스 경이었다.

〈탈출기〉에 그런 묘사가 있었다. 읽는 것과 실제로 보는 것은 비슷하기도 하고 더 기묘한 느낌이기도 했다. 그는 정말로 왕비를 걱정한다. 오며 가며 몇 달간 얼굴을 익혀 과묵한 그의 성정 기준으로 꽤 친해진 것에 속하는 나조차도 이 밤에 혹여라도 그가 없는 곳에서 왕비를 해칠까 봐 경계할 정도로 말이다.

그렇게 왕비를 진심으로 걱정하고 사랑하면서 어떻게 유르겔을 사랑할 수 있는지 나는 모르겠다. 밤은 깊고 달은 밝고 이해할 수 없는 일은 너무 많다.

"경은 이곳에서 나를 기다리세요."

"하지만 위험합니다."

"위험이 무엇인지 경이 판단하나요? 진짜 위험 앞에서 경이 무엇을 할 수 있죠?"

저렇게까지 말을 하면 나라도 대답할 말이 없을 텐데 안 그래도 말이 없는 알렉스 경은 뭐라고 대답하지 못하고 고개만 숙였다.

저 언니가 미오 경이 처음 인사 왔을 때 이름보다 기사를 먼저 주다니 국왕에게 차암 고맙다고 말할 때부터 생각한 거긴 한데, 생각보다 성격이 좀 있긴 한 것 같다.

"이곳에서 나를 기다리세요."

그렇게 말하며 왕비는 몸을 돌렸다.

알렉스 경은 왕비를 걱정하고 왕비는 알렉스 경을 믿지 못한다. 아마도 이 관계에서의 비극은 알렉스 경이 최후의 최후에는 유르겔을 선택할지라도 가장 마지막까지 왕비를 보호할 유일한 사람이 그일 거라는 거다. 믿지 못할 사람이 가장 자신의 안위를 신경 쓰는 사람이라니.

시녀들은 각자의 처소에서 잠들어 있을 테고 왕비 궁은 4층을 제외한 모든 곳이 비어 있었다. 3층으로 내려온 후 들어간 첫 번째 방에서 비어 있는 촛대를 발견하고 힘겹게 불을 켰다. 어제는 촛대를 내 방에서 들고 나왔지만 오늘은 맨발로 나오느라고 촛대를 잊었다.

"발이 차갑지 않느냐?"

"제가 몸에 열이 많아서 괜찮습니다."

"다음 방에서 네가 신을 만한 것을 찾아보자꾸나. 이 근처에 드레스 룸이……."

왕비와 나는 비어 있는 복도를 걸어 다니며 가끔 한 방씩 열고 안을 들여다보았다. 왕비는 생각보다 왕비 궁의 구조를 잘 파악하고 있었고 왕비 궁은 내 예상보다 훨씬, 설렁설렁 유지되고 있었다.

왕비가 손님을 맞는 접견실이라고 말해준 방의 상태가 제일 심각했다. 인력이 부족한 탓에 왕비 궁은 필수적인 곳만 우선으로 관리가 되는데 이곳은 이주해 온 이후로 단 한 번도 열어보지 않은 것같이 먼지가 엄청나게 쌓여 있었다. 이 정도면 폐허다. 어쨌든 시녀라는 신분상 어디 2차 세계대전 이후 60년간 폐쇄되어 있다가 발견된 호텔 같은 꼴을 하고 있는 방을 왕비의 눈앞에 보여주게 될 때마다 내가 다 부끄럽고 죽을 것 같아졌다.

내 탓은 아닌데 내 탓인 것 같잖아.

"왕비님, 여쭤보고 싶은 게 있는데요."

"말해보렴."

몇 번째인가 만에 왕비가 문을 연 곳은 아쉽게도 드레스 룸이 아니라 서재였다. 하지만 긴 카우치 뒤에서 푹신한 실내화를 찾아낸 왕비가 내 발 앞으로 실내화를 밀어주어서 더 이상 차가운 대리석을 밟고 있지 않았다.

서재에는 책이 많았고, 무척 많아서, 당장 여기에 책이 있었는데 왜 내가 도서관까지 매일 전력 질주를 해야 했는지 허무해졌다. 아침에 일단 여기로 와서 내게 필요한 육아 책이 있는지부터 살펴봐야겠다. 왕비는 휙휙 책들 제목이랑 목차를 확인하고 넘기는데, 나는 그 정도로 글을 빨리 읽을 수 있는 게 아니라서 그냥 조신하게 인간 랜턴이 되어드렸다.

"결혼 안 무서우셨어요?"

가늘고 우아한 손으로 책을 뽑던 왕비가 아직 펼치지도 않은 책을 다시 책장으로 밀어 넣었다.

"남들이 묻지 않는 걸 묻는구나."

"여기에 둘밖에 없으니까 비밀로 할게요. 그럴 리도 없지만 혹시 소문나면 증인 데려오라고 화내세요."

소설이나 만화에서, 대답하기 싫으면 안 해도 된다고들 많이 하던데 나는 그만큼 성숙한 인간은 아니다.

왕비에게 불행하냐고 묻는 것은 의미 없어 보인다. 누가 봐도 그녀는 불행해 보이는 얼굴로 낮의 왕비 궁에 서 있다. 하지만 그녀도 그 불행이 다가올 때는 무섭지 않았을까?

"전하와 혼약이 결정된 건 내가 열일곱 살 때였지. 나는 아무것도 몰랐고 그 귀하고 높은 자리에 내 언니도 아닌 내가 간다고 하길래 얼떨떨했을 뿐이란다. 나는 어리고 아무것도 없었으니까."

기억난다. 왕비의 언니는 왕비의 혼약이 결정되고 얼마 되지 않아 급하게 타국으로 시집보내졌다. 사실 나이로 보면 왕비보다 왕비의 언니가 국왕과 결혼하는 게 맞긴 할 텐데 〈탈출기〉에 의하면 왕비의 언니는 성깔이 좀 있는 분이셨다. 왕비가 된 게 그녀였다면 최소 한 번은 유르겔 멍석말이를 했을 것이다.

내 손에 들고 있는 불빛이 희미해서 왕비의 가느다란 손가락에 흐릿하게 그림자 잔상이 남았다. 왕비는 이제 책을 빼어 들지는 않고 책등을 손으로 쓸어내리며 가만가만 작은 목소리로 내게 말을 걸었다.

"내 나이 스물하나에 온 나라에서 전하의 사랑을 모르는 사람이 없게 되었고, 스물넷에는 왕궁에 들어 왕비라 불리게 되었지."

"입궁까지 삼 년 동안 많은 생각을 하셨을 것 같아요."

"글쎄. 생각이 많았던가. 동생…… 카직 백작 부인은 국혼을 무르게 될지도 모른다고 말했었지만 난 그렇지 않을 거라는 건 알고 있었지."

내 남편이 될 사람이 나 아닌 사람과 펼치는 로맨스를 온 나라가 다 알고 응원하는 판국에 그 남자와 결혼해야 할 처지에 처해 있다면? 상상하기도 싫다. 일단 해외로 튈까. 못 튀게 조치를 다 해놨겠지? 그럼 주변의 다른 남자와 어떻게든 스캔들이라도 일으켜야 했을까.

"정말 무서운 건 아무것도 모르는 거야. 아는 것은 무섭지 않아. 아무것도 모를 때, 그때부터 무서워지지."

바로 눈앞에 왕비의 검은 눈동자가 있었다. 흑요석처럼 반짝인다고 말하고 싶지만, 무광 톱코트를 바른 손톱처럼 건조한 눈동자였다.

"그럼 다행이에요, 왕비님. 결혼은 무섭지 않으셨다는 거죠?"

한 나라의 왕비라면 성대한 결혼식과 함께 입성하는 것이 정석일 텐데 왕비는 그런 결혼식도 없이 궁으로 들어왔고 이내 별궁으로 내쫓겼다. 인생에 단 한 번일 결혼식을 그런 식으로 생략하게 된 것이 그녀의 불행인지 행운인지 잘 모르겠다.

나라의 모든 사람이 국왕 에반스와 유르겔의 사랑을 응원하고 열광한다. 그 뒤에 있는 왕비에 대해 생각하는 사람이 있기나 할까. 차라리 결혼식을 성대히 치렀다면 그녀의 존재에 의문을 갖는 사람이라도

310 시녀로 살아남기 1

있었을 것 같은데 그 모든 것이 생략된 탓에 사람들은 의식적으로든 무의식적으로든 왕비의 존재를 잘도 잊었다.

"이곳엔 지하실이 없는 걸까……."

왕비는 하얗고 가느다란 손으로 우리가 보던 책장의 책등들을 크게 한 바퀴 쓸어내렸다. 그리고 먼저 등을 돌려 방을 나갔다. 왕비는 지하실을 찾고 있다고 했었다. 지하실에 뭐가 있을까.

내가 아는 지하실은 부엌과 식자재 창고가 다였다. 혹시나 해서 낮에 그곳으로 내려가 쿵쿵거리며 걸어보았지만 바닥이 비어 있다는 느낌은 받지 못했었다. 그만큼 깊은 곳에 지하실이 있다면, 왜 그런 곳에 지하실이 있어야 했던 걸까.

나는 서둘러 왕비를 따라잡으며 말했다.

"지하실이 있긴 있는데 그곳에 들어가려면 마법이 필요하다고 했어요."

그 순간 왕비의 눈동자가 변했다. 뭐라 말로 표현하기 어려운 변화였다. 빛을 빨아들이기 시작한 것처럼, 혹은 저 안쪽 깊은 곳에서 불이 켜진 것처럼. 그것도 아니면 비로소 잠에서 깨어난 사람처럼 보였다.

"아, 그렇구나. 마법. 그래, 유모가 마법사였지."

"왕비님?"

왕비는 허공을 향해 말하다 내가 부르는 소리에 나를 똑바로 쳐다보았다. 눈 깊은 곳에서 횃불처럼 빛나던 빛이 나를 보고 조금 더 또렷하게 가라앉기 시작했다. 내가 모르는 곳에서 내가 알 수 없던 퍼즐이 맞춰진 것 같았다. 다시 낮의 왕비처럼 차분해진 그녀가 조용한 목소리로 내게 말했다.

"넌 날 지하실로 데려가 줄 수 없겠구나. 너도, 나도."

그 순간 나는 내가 해야 할 일을 깨달았다.

일하지 않는 자, 먹지도 말라.

시엘이 밥값을 해야 할 때가 되었다. 생각해 보니 나는 벌써 이틀이나 밤에 잠을 자지 못하고 있었다. 회사에서 철야 이틀이면 아무리 에너지 음료를 식수처럼 들이켰어도 좀비가 되어 골골거리고 있었을 텐데 눈이 좀 뻑뻑하고 허리가 부서질 것 같기 해도 버틸 만한 것을 보면 '아스'가 나보다 몇 살 어린 것 같다. 얼굴이 하도 똑같아서 나랑 나이가 같을 거라 어렴풋이 생각했는데 '아스' 쪽이 신체 나이는 더 어릴 것 같다.

나는 잠든 미오 경의 잘생긴 얼굴을 물끄러미 보며 그 너머로 살짝씩 보이는 시엘의 백금색 뒤통수도 바라보았다.

*"아, 그렇구나. 마법. 그래, 유모가 마법사였지."*

왕비가 그렇게 말할 때까지 내 눈앞에서 국왕 에반스의 검에 찔려 피 흘리며 끌려간 유모님의 존재를 잊고 있었다. 생전 처음 남의 피를 뒤집어쓰고 달달 떨던 게 언젠데, 당장 사는 것이 힘들고 두려우니까 눈앞에서 남이 참혹하게 당한 공포 정도는 잊게 되는 모양이었다.

에반스는 그 사람 좋아 보이던 유모님이 흑마법사와 내통했다고 끌고 갔었는데, 그 본인이 마법사였던가 보다. 에반스는 기이할 정도로 왕비에게만 박해서 그렇지 폭군은 아니었고 적당히 공명정대한 왕이라서 없는 죄를 만들어 유모님을 검으로 찌르고 끌고 갈 인물은 아니라고 그때도 생각하긴 했었다. 하지만 그 호호 아줌마같이 푸근해 보이던 노부인이 재야의 마법사였다니, 세상에나. 역시 그냥 볼 게 아니다. 엄청 허름한 상가 구석에 손님이 절대 안 오는 문구점을 운영하는 노부부의 노후를 걱정하며 지나다녔는데 사실 그 노부부가 그 상가 건물주라는 얘길 들은 기분이다.

"아스."

"네."

"얼굴이 뚫어질 것 같다."

"그럼 그만 일어나세요."

미오 경은 한숨을 쉬고 일어나며 자는 동안 조금 흐트러진 머리카락을 쓸어 넘겼다. 아침마다 하는 똑같은 생각이 지금마저 든다. 저 남자는 왜 자다 일어난 얼굴도 잘생겼을까. 나는 얼굴에 개기름이 흐르는데. 내 옆자리로 건너온 미오 경은 습관처럼 미카엘 왕자의 통통한 배를 토닥이다가 내 시선이 향하는 방향을 확인한 다음부터는 나랑 같이 시엘의 뒤통수를 노려봐 주었다.

기사와 마법사의 차이일까. 미오 경이라면 진작에 깨어났을 텐데 시엘은 두 쌍이나 되는 눈이 자기 뒤통수를 뚫어져라 보는 데도 별 반응이 없다. 역시 시선은 힘이 없다. 요새 부쩍 얼굴 살이 빠진 미오 경이 한숨을 쉬며 말했다.

"깨울까?"

"깨울 수 있어요?"

그러니까 내 말은, 깨울 때 반격을 당하거나 보복을 당하지 않는 방향으로 그를 깨울 수 있느냐는 말이었다. 미오 경은 앞으로 조금 당겨 앉더니 양팔을 최대한 앞으로 뻗었다. 얇고 넉넉한 소매 안에서 미오 경의 팔 근육이 불끈 움직이는 것을 보았다. 그는 그대로 크고 세게, 박수를 쳤다.

예의상으로라도 짝, 같은 귀여운 소리라고 표현할 수 없는 엄청난 소리가 났다. 그 순간 시엘이, 그 오만하고 방자한 대마법사 시엘이 기겁을 하고 공포에 숨이 막힌 채로 침대에서 벌떡 일어났다. 그 짧은 순간에 그는 내가 보는 앞에서 식은땀에 얼굴이 젖어들었고 눈동자는 풀려서 이곳이 아닌 다른 곳을 보며 숨 막혀 했다. 유모님이 칼에 찔리는 걸 보던 순간의 내가 저랬을까? 저 정도는 아니었을 것 같다.

그때 미오 경이 다시 한번 박수를 치자 흐릿했던 시엘의 보라색 눈동자에 빛이 어렸다. 뭐랄까, 군에서 제대한 지 얼마 안 된 남자 형제를 깨운다고 군대 기상나팔 같은 음원을 구해서 틀어보고 엄청난 죄책감을 얻었다는 여동생의 일화가 생각나는 얼굴이었다.

"너, 네놈……."

정신이 들자마자 미오 경을 찾아서 노려보는 품새가 아무래도 이렇게 깨운 게 이번이 처음이 아닌 것 같다. 손이 꿈틀대는 게 당장에라도 보복을 할 낌샌데 솔직히 말해서, 그가 미오 경의 목을 조르는 것보다 훨씬 평화로운 기상이라고 본다.

"잠깐만요. 제가 깨워달라고 부탁드렸거든요."

내 말에 당장에라도 미오 경을 공격할 것 같던 손의 움직임은 멈췄다. 하지만 시엘은 대단히 기분이 안 좋아 보이는 얼굴로 자신의 백금발을 등 뒤로 쓸어 넘겼다.

"제가 생각을 좀 해봤는데요."

그렇지. 많이 생각을 해보고 또 해봤는데 역시 댁이 밥값을 해야 할 것 같아서요.

"역시 전 지하실에 가봐야겠어요."

"제가 도와드리길 바라십니까?"

"마법사님의 도움 없이는 제가 갈 수 없잖아요."

"당신께 신세를 지고 있긴 합니다만 과한 부탁입니다."

호의를 반복해서 권리로 만든 사람이 참 잘도 하는 말이지만, 나는 가만히 잠들어 있는 왕자를 깨지 않도록 조심히 안아 들고 말했다.

"부탁이 아니에요. 거래지."

나는 시엘이 준 작은 보석을 만지며 미오 경에게 물었다.

"제가 나쁘다고 생각하세요?"

"아니, 유모는 너니까."

하긴, 이 상황에서 왕자의 양육에 동참하지도 않던 미오 경이 나를 비난하는 것도 이상한 노릇이다. 미오 경은 호위 기사고 유모는 나니까.

"요새 카직 백작 부인이 자주 오시네."

창밖을 보던 안나가 말했다. 예전에 본 적 있는 마차가 왕비 궁을 떠나고 있었다. 처음에 왕자를 보고 간 후로 그분은 왕비만 만나고 갈 뿐 다시는 왕자를 보러 오지 않는다. 그때도 얼굴만 보려고 들렀다는 식으로 말하더니만 왕비랑 자매는 자매인지 빈말을 하지 않는다.

"왕비님도 동생이 자주 찾아오시니 좀 기운이 나시겠어."

"웅. 나도 그런 줄 알았는데 세브 말이 두 분이 그렇게 친해 보이지는 않는대."

"왜? 자주 찾아오는 거 보면 친한 거 아냐?"

"차 따라 두고 한마디도 없이 우울한 얼굴로 앉아 있다가 간다는데?"

"와, 숨 막혀."

"그나마 한마디 할 때는 '아기를 갖게 해주세요'라고 한다는데 우리 왕비님이 그걸 어떻게 해."

쌍으로 우울한 얼굴이 마주 보고 앉아 있을 걸 생각하니 내 숨이 다 막힌다. 생모는 우울해도 왕자는 오늘도 천진난만하게 웃으며 내 손가락을 잡아온다. 나는 안나랑 엘리가 나를 안 보는 틈을 타서 왕자에게 고개를 숙이고 작게 속삭였다.

"왕자님, 미안해요. 왕자님의 어머님을 위한 거니까 이해해 주세요. 그래도 제가 왕자님을 팔아넘긴 건 아녜요."

원래 거래라는 건 상대방이 거절할 수 없을 만한 걸 제안하는 거다.

나는 시엘에게 제안할 만한 것이 왕자밖에 없었다. 그는 오래 고민하지도 않았다.

나는 얼핏 가넷처럼 보이는 새끼손톱 반만 한 보석을 손바닥 위에서 굴렸다. 이거 갖다 팔면 비쌀까? 잘못해서 떨어뜨리면 찾기도 힘들겠다. 줄 거면 뭐 보기 좋게 반지나 펜던트 형식으로 해서 줬으면 좋았을 텐데…… 내가 바랄 걸 바라야지.

이 보석을 주며 시엘이 말했었다.

"이걸로 두 번 이동이 가능하니까 신중하게 써야 할 겁니다."

"횟수를 더 늘릴 수는 없는 건가요?"

"당신에게 마력이 조금이라도 있다면 좋았겠지만 타고난 마법적 소양이 제로에 가까워서요."

혹시 왕비라면 더 수월히 사용할 수 있지 않을까 생각해 보다가 관뒀다. 왕비가 지하실에 드나든 것은 유모님이 있었을 때의 일일 거다. 내가 말을 하기 전까지 왕비는 유모님이 마법사였다는 것도 채 인식하지 못하고 있었으니 왕비가 주도적으로 지하실에 드나든 건 아니었던 것 같다.

"한데 어제부터 왜 자꾸 지하실에 집착하는 겁니까?"

"아, 맞다. 다녀오셨죠. 어땠나요?"

"묘한 구석이 있지만 당신이 호기심을 가질 만한 곳은 아니었습니다."

"그 묘한 구석이 궁금한 거라서요."

정확히는 내가 궁금한 것이 아니라 왕비가 궁금해하는 것이지만, 〈탈출기〉의 주요 인물이기도 한 왕비가 〈탈출기〉에 언급되지 않은 부분에서 〈탈출기〉에 언급되지 않은 호기심을 드러낸다면 그건 나도 궁금해해야 하는 부분이라고 생각된다. 내가 희망을 걸 수 있는 것은 언급되지 않은 부분에 한할 테니까.

내가 시엘이 준 보석을 이리저리 돌려 보며 광택과 강도를 확인하고 있는 동안 시엘은 내 곁에서 가만히 날 지켜보고 있다가, 내가 보석을 이로 물어보려고 할 때야 내 팔을 잡고 말렸다.

"흑마법의 흔적이 있었습니다."

이 나라는 철저하게 흑마법사를 배격하고 있어서 아마 저 이야기를 하면 내가 지하실에 대한 흥미를 끊을 거라 생각하고 한 말이었을 것 같다. 하지만 난 그 말을 듣고 유모님이 진짜로 흑마법사였구나 하는 묘한 안도감과 감동을 받았다. 그 평범하고 성격 좋아 보이던 아주머니가 흑마법사라는 게 감동이었고 내 눈앞에서 죄 없이 다치고 끌려간 건 아니라는 게 안도였다.

"마법사님은 흑마법사에 대해 잘 알고 계시죠?"

사실 이 나라는 흑마법사를 정말로 싫어하기 때문에 이런 이야기를 하는 것조차 위험한 일이었다. 하지만 시엘이 마법사니까 흑마법사에 대해 이야기하는 것이 그렇게 나쁜 일처럼 여겨지지는 않았다.

흑마법사라고 하면 뭐 어린아이들을 죽여 제사를 지내거나 세계 멸망을 위해 으헤헤헤 하는 이미지인데, 이 세계관에서의 흑마법사는 인간이길 포기한 자들이라고 불렸던 것 같다. 처우가 대단히 좋지 않았다는 건 기억에 남아 있다.

"대부분의 마법사는 흑마법사를 제대로 된 마법사로 여기지 않습니다만 저는 그들에게 제 나름대로의 경의를 품고 있습니다."

이건 또 생각지도 못한 말이었다.

"마법사는 세상에 존재하는 법칙을 다루는 이로 태어날 때부터 자질과 능력, 다룰 수 있는 마법의 수준이 이미 정해져 있습니다. 마법사로 태어나지 않은 이가 마법사가 될 수는 없지만 흑마법사는 예외입니다. 본래라면 마법을 행할 수 없는 이가 절박함 하나로 존재할 수 없는 것을 존재하게 하고 일어날 수 없는 일을 일어나게 하기에, 대마법사로서 저는 그들에게 경의를 바칩니다."

이 무슨 신라 육두품들 단체로 역성혁명 일으키는 소리야? 아니, 물론 노력이 모두 좋은 결과를 내는 것도 아니고 재능이 중요한 분야라는 게 있는 것도 맞다. 하지만 저런 식으로 다룰 수 있는 마법의 수준까지 정해져 있는 수준이면…… 내가 낮은 등급의 마법사로 태어났음 난 마법사 안 할 것 같다. 아닌가? 급여와 복지가 다르면 잠깐 생각 좀. 아냐, 역시 아냐. 영원히 승진 없는 인턴 당첨일 수도 있을 것 같은걸.

"제가 능력이 작은 마법사라면 되게 싫을 것 같은 인생이네요."

"그래서 많은 마법사가 연구를 하고 노력을 하는 것이죠."

"방금 자질과 재능이 다 정해져 있다고 하지 않으셨어요?"

"재능을 커버할 만큼의 보조적 수단이 없지는 않습니다."

하긴, 아이템빨과 현질이 최고긴 하다.

"아, 그럼 저도 마법사가 될 수 있는 건가요? 흑마법사라면?"

시엘은 날 길게 쳐다보았다. 제비꽃 같은 눈동자가 연해졌다 진해지는 것 같았다.

"당신은 흑마법사가 될 수 없는 사람입니다."

어린 시절 부모님께 천진난만하게 '난 커서 허준 같은 한의사가 될래요!'를 외쳤는데 '네가?' 같은 응답을 들으면 이런 기분일까.

이직의 꿈을 한번 꿔봤다. 이세계씩이나 되는 곳에 와 있으면 정령 한번 불러보고 마법사가 되어 파이어볼 한번 쏴보고 싶은 게 인지상정 아니겠는가.

"마법사와 흑마법사는 힘의 근원이 달라요. 마법사는 세상에 존재하는 법칙들이 근원이라면 흑마법사들은 그들의 갈망과 욕망을 바탕으로 힘을 쓰게 됩니다."

"저도 한 욕망 하는데요, 마법사님."

"욕망은 결국 한계가 있기 때문에, 그들은 새로운 욕망을 위해 양심과 인성을 희생합니다. 사람들이 흑마법사가 영혼을 갈아낸다고 말하는 게 그런 부분이지요. 그래서 대부분의 마법사와 사람들은 흑마법사를 제대로 된 사람으로 여기지 않습니다."

"그럼 어린아이의 심장으로 제사를 지낸다는 건 그냥 속설인가요?"

"솔직히 그건 저도 지금 당신께 처음 듣는 소리입니다만 그런 말은 어디서 들으셨습니까?"

아마 또 다른 판타지 소설에서? 나는 일반 마법사와 흑마법사의 대우 차이가 연예계 공채와 특채 출신 사이에서 알게 모르게 있었다는 차별 대우랑 비슷한가 했는데 그거랑은 다른가 보다. 어렵다.

이 세계 사람들에게는 내가 알 수 없는 어떠한 종류의 자긍심이 있는 것 같은데 나는 잘 모르겠다. 눈에 보이지 않는 것은 눈에 보이지 않는 것이고, 욕망과 영혼 사이의 우열을 어떻게 가려야 하는지 모르기 때문이다. 내 욕망은 내 집에, 엄마 옆에 다시 눕는 거고 내 영혼은 그 바람보다 고귀하지 않다.

"그래서, 정말 저 흑마법사가 못 될까요?"

"당신에게는 그 정도로 절박한 원한과 욕망이 없지 않습니까."

나는 웃었다. 내 욕망이 절박하지 않다면 유모님은 얼마나 절박한 원한과 욕망이 있었던 걸까. 유모님이 원래부터 마법사라고 가정하는 것보다 흑마법사가 되었다는 게 맞는 추측일 것 같은데 얼마만큼의 욕망과 원한이 쌓이면 인간이길 포기하게 되는 걸까.

시엘은 내게 다가와서 내 품에 안긴 왕자의 가슴에 얼굴을 묻고 깊게 숨을 들이마셨다. 우유 냄새와 섞인 아기 내음은 따뜻하고 보드랍고 평화롭다. 그 평화로움이 옮겨진 시엘의 얼굴도 온화하고 편해 보인다.

"왜 지하실에 그토록 가고 싶어 하시는지 모르겠지만 두 번입니다, 아스. 그 보석은 두 번만 사용 가능하니 신중하세요."

"편도요, 왕복이요?"

"당연히 왕복이죠."

난 되게 중요한 걸 물었는데 시엘은 대답도 하기 싫다는 얼굴로 말했다. 괜찮다, 우리 대리님이 항상 저런 얼굴로 날 봐서 상처를 받지도 않는다. 그보다 항상 나를 '당신'이라고만 불러서 기대도 하지 않았는데 이름을 알고 있긴 했구나. 묘한 감동이 들었다.

"아스, 그 소문 들었어?"

"또 무슨 소문?"

"왕비 궁에 나타나는 유령 있잖아. 그게 두 명이래."

보석을 만지작거리던 손을 멈췄다. 그 소문 참 빠르기도 하다. 내가 왕비와 함께 왕비 궁을 헤매고 다닌 지는 이틀밖에 되지 않았다. 그 사이에 벌써 누가 보고 소문까지 냈다니 시녀들도 정말 할 일이 없거나 누가 왕비 궁을 감시라도 하나 보다. 하긴, 여긴 퇴근하고 나면 정말 할 일이 없긴 하다. 좋은 직장이다. 이런 데를 다녀야 했던 건데. 나는 보석을 손바닥 위에서 굴렸다. 하도 작아서 잘못 보관하면 잃어버리겠다. 몸에 지니고 있긴 해야 하는데 어디다 두지?

왕자를 목욕시킬 준비를 하러 나갔던 엘리가 급하게 방으로 뛰어들어왔다.

"아스!"

"왜, 무슨 일이야?"

꼭 저렇게 누가 뛰어 들어오면 무슨 일이 생긴다. 뛰어 들어온 엘리가 내 팔을 움켜잡고는 왕자의 곁방으로 나를 끌고 가기 시작했다. 내 방으로.

안 돼, 이제 저 방에는 숨길 수 없는 외간 남자들의 흔적이……!

"잠깐, 엘리! 무슨 일인데?"

"너 빨리 단장해야 해. 카펠라 백작님이 오고 계셔."

"뭐라고? 엘리, 빗, 빗부터 찾아! 아스 머리부터 어떻게 해줘야 해!"

"옷 갈아입을 시간 있을까?"

"갈아입을 옷이 없잖아. 머리! 잠깐, 입술에 화장이라도 어떻게 해!"

왜인지는 모르겠지만 생각보다 클라인의 인기가 많은 것 같다. 하긴 레전드급 영웅이긴 했다.

"잠깐, 내 방은 안 돼!!"

당장 날 어떻게든 개조시킬 생각으로 분주하던 엘리와 안나가 내 저지에 정색하고 물었다.

"왜?"

"저 방을 열었을 때 백작님이 들어오시기라도 하면 그 뒤는 무서워서 상상하고 싶지도 않아."

급한데 둘러댈 변명이 없어서 입에서 나오는 대로 말했을 뿐인데 엘리와 안나가 납득을 해버렸다.

"맞아. 아스, 너 방 더럽게 쓴댔지."

"뭐?! 누가 그런 중상모략을!"

"미나가."

"아. 미나면 어쩔 수 없지."

전 룸메이트가 내가 방을 더럽게 쓴다고 했다 하니 어떻게 부정할 방법이 없군.

어쨌든 내 방은 사수했다. 다행이다. 미오 경은 그래도 침대 외에는 내 방에 본인의 존재감을 남기지 않으려 노력해 주는 편이지만 시엘은 마치 그 방이 자기 방인 양 살고 있었다. 진짜 환기해 버려야 하는데.

"아스."

내가 머리를 다시 빗거나 입술에 뭔가를 더 바르기도 전에 클라인이 하얀 글라디올러스 한 다발을 안고 방에 들어왔다. 그와 조금만 더 친해지고 난 다음에 내가 사실 꽃을 안 좋아한다는 걸 꼭 말해줘야겠다. 아니, 싫어하는 건 아닌데 그렇다고 매번 만날 때마다 받고 싶은 물건은 아니었다.

오늘 당번인 크리스의 얼굴이 살아 있는 레전드를 영접한 팬의 그것으로 바뀌고 있었고, 엘리와 안나는 은근히 내 등을 밀었다. 클라인이 찾아왔을 때 몇 번인가 밖으로 나갔더니 이제는 아예 밖에서 만나라고 대놓고 밀어댄다.

나는 엘리와 안나에게 어색하게 웃어주고 클라인과 함께 이제 낯선 곳도 없는 정원을 걸었다. 내가 아무리 엘리와 안나에게 어색하게 웃어준다고 해도 클라인과 함께 있는 시간만큼 어색하지는 않을 거다. 그와 보내는 시간은 내 생각과 많이 달랐다.

"머리를 이제 묶으시는군요."

사실 매일 아침 묶지만 오후가 될수록 산발이 되어서 안 묶은 것처럼 보일 뿐이다. 아침에 날 만난 적이 없어서 풀고 있는 줄 알았나 보다. 아니면 예전의 '아스'와 비교한 걸까? 머리카락에도 촉각이 생기는 것 같다. 뒤통수에 눈이 달린 것처럼 나는 그의 손이 다가오는 것을 느낄 수가 있었다. 그의 손은 내게 닿기 직전에 멈췄다.

"유모니까요."

"전에는 늘 풀고 계셨습니다. 그게 보기 좋다고 생각했던 것 같습니다."

역시 '아스'랑 비교한 거였군. 나는 몸을 조금 틀어 그를 바라보았다. 그는 내가 늘 보는 그리운 눈으로 내 머리카락을 보고 있었다. 그와 보내는 시간은 내가 그에게 기억이 없음을 고백했을 때 생각한 것과 다르게 흘러갔다. 아무리 물어보아도 그는 그의 레이디에 대해 내게 이야기해 주지 않았다. 내가 스스로 기억해 내기를 바라는 것인지, 그의 단편적인 이야기를 통해 나는 그의 레이디와 그가 보았던 '아스'를 재현해 내고 있었다. 나는 아직도 그의 레이디가 누구이고 나와 무슨 관계인지를 모른다.

쇠막대기 같은 걸로 뒤통수를 후려쳐서 기절을 시킨 다음 의자에 박스테이프로 칭칭 묶어두고서 살고 싶으면 아는 걸 다 불라고 협박해 보고 싶은 욕구가 없는 것은 아닌데, 상대가 무려 전쟁 영웅이시라 포기한다.

"백작님, 저 이전의 유모님에 대해 들으신 게 있으세요?"

"국가 보안과 관련된 일이라……."

"살아는 계세요?"

"처형당했습니다."

이 나라는 흑마법사를 두려워하고 배척하며 존재를 남기고 싶어 하지 않는다. 흑마법사는 발견 즉시 즉결 처형이 가능한 존재이니 유모님이 정말 흑마법사라면 진작에 죽었을 것이다.

유모님을 생각하는 동안 우리 사이에 침묵이 흘렀다. 퍼뜩 그가 생각나 고개를 드니까 클라인은 나를 보고 있었다. 시선이 내 얼굴보다 아래쪽에 있어서 따라가 봤는데 모으고 있는 내 손밖에 없다. 설마 내 전신을 다 관찰하는 건 아니겠지. 내가 자기를 보는 걸 알았는지 클라인이 시선을 들어 나를 보며 웃었다.

나는 그에게 물어볼 것이 많고 그도 나에게 말하고 싶어 하는 것이 많다. 그럼에도 우리는 아직 대화하는 방법을 알지 못해 나눌 수 있는 이야기가 없다. 그는 그저 나를 볼 수 있다는 것에 만족하는 사람처럼 보이기도 한다. 하지만 가끔 나는 그에게 묻고 싶을 때가 있다. '아스'가 갖고 있는 만년필은 당신의 것이 맞나요? 그 만년필은 당신이 '아스'에게 준 것인지요?

마음이 다른 곳에 가 있으니 산책은 일찍 끝났고 해가 지고 다시 밤이 돌아왔다. 낮 동안에 대체 뭘 하고 돌아다니는지 알 수 없는 시엘은 해가 지고 엘리랑 안나가 퇴근하고 나면 꼬박꼬박 내 방으로 돌아왔다. 오늘은 평소보다 조금 더 일찍 돌아온 그가 기쁜 얼굴로 왕자를 안고 비행기를 태워주고 있었다.

"거래는 오늘부터 맞죠?"

"네, 맞는데 왕자님한테 해를 끼치면 그 즉시 중지라는 것도 명심해 주세요."

나는 물론 왕자를 사랑하지 않는다. 나는 원래 어린애들을 좋아하지 않았고, 아이를 낳아보지 않아서 아이를 사랑하는 것이 습관이 되어 있지도 않았다. 그럼에도 왕자에게 내가 할 수 있는 것을 다한 것은 책임감 때문이었다. 그러니 아직 정상이 아닌 시엘에게 왕자를 넘기는 데에 죄책감이 없는 것은 아니었다.

미오 경은 그가 말한 대로 유모는 나뿐이니 내가 하는 일에 가타부타 훈수를 두지는 않았지만 시엘이 왕자를 안고 있는 방 안에 들어온 이후로 나와 눈을 마주치지를 않았다. 하지만 어쩌겠는가. 간절한 거래라는 건 애원하고 비는 것이 아니라 상대방이 거절할 수 없는 조건을 내밀어야 하는데 내가 거래 가능한 것은 왕자뿐이었다.

시엘의 불면증이 나아진 정확한 원인과 과정은 모르겠지만 전혀 전쟁을 연상할 수 없는 평화로운 타인의 기척과 나른한 숨소리가 도움된 게 아닐까 짐작하고 있다. 특히나 왕자의 따뜻한 체온과 달콤한 우유 냄새, 행복하고 피를 모르며 고민도 없는 어린애의 따뜻한 숨소리가 그에게 평화를 주지 않았을까 하고.

하지만 그는 아직 불안정하기 때문에 정신이 좀 느슨해질 즈음에 절대 그의 가까이에 왕자를 두진 않았다. 그래서 내가 제시한 거래가 그거였다. 시엘이 잠들 때까지 미카엘 왕자를 그 옆에서 재운다. 시엘이 깊이 잠들면 왕자는 다시 내 옆에서 재운다. 단, 그가 왕자에게 해를 끼치는 순간 거래는 중단.

"절대 손대지 마세요. 침대 끝에서 주무세요."

"너무 엄격한 거 아닌가요?"

"왕자님 들어 올리다가 제가 마법사님께 또 목이 졸리는 건 사양이에요."

시엘은 백금발을 길게 늘어뜨리며 자리에 누웠고 그 옆으로 조금 많이 떨어진 곳에 왕자를 눕혔다. 기분 탓인지 어리둥절해 보이는 얼굴로 왕자는 팔다리를 뻗으며 버둥거렸다.

나는 침대 바닥에 주저앉아 작게 자장가를 부르며 왕자의 배를 토닥였다. 왕자는 순한 아기라 몇 번 토닥거리기도 전에 발가락을 까닥이며 잠이 들었다.

왕자 덕분인지 느리게 눈을 깜빡이던 시엘도 빠르게 잠이 들었다. 그의 잠든 얼굴은 미카엘 왕자 못지않게 평화로웠다. 이 얼굴로 가끔 그렇게 험악한 짓을 한다는 게 믿기지가 않는다. 매일 아침 난폭하게 일어나는 건 아닌데, 그래도 여전히 그가 방심하고 있을 때 가까이 접근하면 공격당할 각오를 해야 하는 게 문제다. 점점 나아지고는 있다. 나아지고 있기는 한 게 분명하긴 하다만.

어쩌면 그도 왕자의 후견인이 될지도 모르겠다. 〈탈출기〉에 왕자의 후견인이 클라인 카펠라 단 한 명이라는 말은 없었다.

"미오 경, 제가 늘 미안해요."

"미안하면 여기서 더 늘리지는 말아다오."

절대 그럴 생각이 없는데 그렇게 말을 하니까 말이 씨가 될까 봐 불안해지잖아.

"그리고 조금 다른 안전조치가 더 필요할 것 같다."

"어떤 거요?"

"왕자님의 안전을 위한 어떤 아티팩트가 있어야 할 것 같아."

나는 잠든 시엘의 옆에서 같이 색색거리며 잠든 왕자를 고민하다 조심스레 안아 들었다. 아무리 조심을 해도 잠든 지 얼마 안 된 왕자는 깊이 잠들어 있지 않아서 내 품에서 눈을 뜨고 손발을 꼼지락거렸다.

"우리 착한 왕자님, 제가 잠깐 흔들었지요? 이제 다시 잘 거지요? 이제 안 깰 거지요?"

조용조용 속삭이면서 왕자를 내 옆에 뉘고 침대에 누웠다. 왕자를 안아 올린 자리에 미오 경도 잘 준비를 하며 앉아 있었다. 앉아서 계속 쳐다보는 게 어쩐지 할 말이 있어 보여서 그에게 먼저 물어주었다.

"무슨 할 말 있으세요?"

그는 입을 벌려 뭔가를 말하려 하다가 다시 입을 다물었다.

"아니다. 좋은…… 밤이 되기를."

"미오 경도요. 좋은 꿈 꾸세요."

나는 누워 왕자의 통통한 손을 만지고 가슴을 토닥였다. 미오 경이 방 안에 남아 있던 마지막 불을 끈 후 자리에 눕는 기척이 느껴졌다.

잠이 오지 않는 밤이었다. 나는 이전 밤들 어느쯤에 일어나 밤을 달려갔는지를 알지 못했다. 왕비는 언제부터 사람 하나 없는 복도를 떠돌고 있었을까.

바로 옆에 있는 왕자의 숨소리와 평화로운 시엘의 숨소리가 섞였고 머지않아 미오 경의 규칙적인 숨소리가 섞여들어 왔다. 나는 누워서 온갖 생각을 다 했고, 어떤 생각도 하지 않으려 노력하며 내 숨소리와 다른 사람들의 숨소리를 들었다.

노래를 부르고 싶다. 왜 나의 많고도 많은 취미 중에 노래 감상이 없었나 모르겠다. 나 혼자 한두 노래 흥얼거리다 보면 시간이 지나 있을 것 같은데 지하철에서 이어폰을 안 꽂아도 잘 자고 잘 일어났던 나는 아는 노래도, 생각나는 노래도 없었다.

한참을 누워 있었던 것 같다. 나는 소리 나지 않게 조심히 침대에서 일어나 근처에 있는 촛대를 들고 숄을 걸친 후 방 밖으로 나갔다. 유독 어두운 왕비 궁은 오늘은 더욱 캄캄해서 촛불을 든 내 그림자가 정어리 떼에 둘러싸인 해파리 같았다.

오늘은 왕비가 밖에 없으려나? 삼 일 연속 밤을 떠도는 건 노동을 안 하는 왕비라도 힘들 것 같다. 하지만 나는 복도 한 귀퉁이에서 알렉스 경을 발견해 내고야 말았다. 점점 처음 왕비 궁에 올 즈음의 미오 경의 눈빛과 닮아가고 있는 알렉스 경은 나를 보고 살짝 손을 들어 복도 한편을 가리켰다.

문이 열려 있었고 시폰처럼 얇고 하늘거리는 커튼이 바람에 흔들리고 있었다. 테라스였다.

오늘이 세 번째 밤. 왜인지 모르게 귀신의 세 번의 부름에 응답하지 말라는 괴담이 생각났다. 아주 잠깐. 유령을 만나기에 좋은 장소라는 우스운 생각도 했던 것 같다.

잠시 망설이다가 알렉스 경을 두고 테라스 쪽으로 걸어가, 문을 열었다. 어쩌면 이게 운명의 분기점인지도 모르겠다. 하지만 거창하게 선택 창이 나타난다거나 웅장한 배경음이 들리고 있지도 않아서 문을 여는 것이 옳은지 아닌지 판단할 수 있는 기준은 내 기분밖에 없다는 게 문제다.

테라스 끝 난간 위에 난초 같은 왕비가 앉아서 어두운 달을 올려다보고 있었다. 밖은 하늘과 땅이 구분 없이 새카맣고 오직 왕비와 달만이 하얗게 빛나고 있었다.

"매번 밤이 오길 기다리는 마음을 너도 아니?"

"낮을 밤으로 만들고 아침을 지워 버리고 싶은 날을 알고 있어요."

왕비는 고개를 돌려 나를 보며 웃었다. 나도 아마 그랬던 것 같다. 나와 달리 왕비는 오늘은 잠옷 차림이 아니었다. 어깨와 팔을 모두 드러내고 가슴을 꽉 졸라맨 이브닝드레스 차림이었는데, 그녀의 고요한 아름다움과 잘 어울리는 모습이긴 하지만 이 한밤중에는 싸늘해 보이는 차림이었다.

테라스로 조금 더 나아가서 내 어깨 위에 걸치고 있던 숄을 벗어 왕비의 어깨 위에 덮어주었다. 나는 잠옷 차림이긴 했지만 적어도 왕비처럼 어깨랑 팔이 다 드러나는 드레스 차림은 아니었다.

"왕비님이 빌려주셨던 숄이에요. 추우실까 봐."

"넌 참 착하구나."

왕비는 숄을 여미면서 그렇게 말했다. 내가 착한가? 아니다. 내가 정말로 착하고 선량한 사람이었다면 내가 맡은 왕자를 사랑하게 되었을 것이다.

왕자를 사랑하고 가엾은 왕비를 위해 무언가를 하거나 클라인에게 기억을 잃었다고 거짓말을 하는 대신에 내가 먼 곳에서 온 다른 사람이라는 말을 했을 거다. 동정은 간편하고 하찮다.

나는 선량하고픈 사람일 수는 있어도 착한 사람은 아니다. 홍익인간의 정신을 떠받들어 늘 선량하기를 바라긴 했다.

"왕비님, 이렇게 밤마다 잠을 못 주무신 지 얼마나 되셨어요?"

"유모가 사라진 다음부터."

꽤 오래되었는데? 왕비는 유모님이 죽은 것을 알까? 왕비가 이토록 우울해서 왕비 궁을 휘젓고 다니는 동안 모두가 유령으로만 여기고 왕비라고 생각을 안 했다니 되게 의외다. 다른 사람이라면 몰라도 시녀장 언니 정도는 알아채고 있을 줄 알았는데. 왜냐면 시녀장 언니야말로 마지막의 마지막까지 왕비의 곁에 남아 있던 사람이니까.

시녀장 언니는 왕비가 죽은 다음에 어떻게 되었을까. 〈탈출기〉를 읽을 때의 나는 왕비만 신경 써서 책을 읽었는데 이 세계에 오고 세야를 알게 되면서 그의 사촌이라는 시녀장 언니까지도 신경이 쓰이기 시작했다. 난 왜 이렇게 나약하고 유약할까.

"왕비님, 제가 지하실로 가는 방법을 찾아냈어요."

난간에 앉아 있는 왕비를 함부로 잡을 수가 없어서 대신 그녀에게 손을 내밀었다. 왕비는 낮처럼 무기력하고 표정 없는 얼굴로 내 얼굴과 손을 번갈아 보다 꽃망울이 터진 난초처럼 웃었다.

"그럼 오늘은 보물을 찾을 수 있겠구나."

아직도 장갑을 끼고 있는 왕비의 손이 내 손 위에 얹혔다. 드디어 오늘 찾아낼 그 보물이 왕비에게 기쁘고 반가운 것이었으면 좋겠다. 내 손을 의지해 난간을 내려온 왕비의 손을 잡아 어설프게 에스코트를 했다. 다시 새카만 왕비 궁 안으로 내가 먼저 발을 디디며 왕비에게 말했다.

"발밑을 조심하세요. 어두운 곳이랍니다."

"비밀을 하나 말해줄까?"

빛 한 점 들어오지 않는 왕비 궁은 너무 어두워서 내가 바닥을 밟고 있는지도 확신할 수가 없었다.

"난 오래전부터 발밑을 볼 수 없는 암흑 속에서 살고 있었단다."

왕비는 불행하다. 저 어두운 곳에서 몸을 숨기고 이쪽을 살피고 있는 알렉스 경도 불행하고, 대마법사라는 이름을 위해 억지로 전쟁터에 내보내진 시엘도 불행하며, 이루어지지 않을 사랑을 위해 자신의 긍지를 꺾게 될 미오 경도 불행하다. 친모의 얼굴을 모르고 자라게 될 미카엘 왕자도 불행할 것이고, 엘리도, 안나도, 미나도, 나도 각자 제 삶의 몫만큼 불행하다. 이 궁 안에서 행복한 잠을 자고 있을 사람은 영원히 헤어지지 않을 축복 속의 사랑을 하는 에반스와 유르겔뿐이다.

나는 늘 궁금하다. 사랑은 지구를 구할 정도로 아름다운 것이라고 수많은 노래와 이야기가 외치는데 어째서 지금 이곳에 있는 내 눈에는 온통 그 사랑이라는 이름 때문에 불행한 사람들만 보이는 걸까.

"저번에 같이 들어갔던 비밀의 방 기억나세요? 제일 꼭대기 층 거기요."

"그곳이었니?"

"네, 그곳을 통해서 지하실로 간다고 하더라고요."

테라스를 넘어온 후 왕비는 내 손을 꼬옥 잡아왔다. 말 그대로 한 치 앞도 보이지 않는 어둠이었다. 어디가 길의 끝일까. 왕비 궁을 자주 돌아다녀 보지 않은 나는 앞을 헤아릴 수가 없어서 반 발자국씩 조금씩 걸어 나갈 정도로 어두운 곳이었다.

이렇게 손을 마주 잡고 있으니까 이상하게도, 고등학교 때 야자 시간 직전 저녁을 사 먹으러 나가던 길이 떠올랐다. 그 시절은 때려죽인 다고 해도 그립지 않은데, 그때 보았던 그 황금빛 석양만큼은 찬란하게 기억난다. 왕비와 내가 그런 친구는 아니지만.

"요새 카직 백작 부인이 자주 찾아오신다는데…… 무슨 문제가 있으신 건 아니시죠?"

"그 아인 내 여동생이야. 여동생이 언니를 찾아오는 데 무슨 문제가 있어야 하는 거니?"

"그건 아니지만, 어, 오실 때마다 그분 표정이 밝지 않으셔서요."

아니, 사실 워낙에 보이는 게 없고 어둡고 무서워서 우리 사이에 뭔가 대화가 있으면 조금 더 낫지 않을까 싶었는데 생각나는 화제가 그거뿐이라서 그랬어요.

그렇기도 하고, 왕비가 무려 후계자가 될 왕자를 낳고도 한 번도 찾지 않던 친정 식구가 갑자기 찾아오기 시작하니 좀 이상하기도 했다. 물론 왕비가 친정에서부터 데리고 왔던 유모님이 갑자기 흑마법사와 내통을 했다는 혐의로 끌려갔으니 왕비님의 친정에서도 몸을 낮추고 숨을 죽여야 하는 타이밍인 것이 맞긴 하지만 너무 조용해서 이상하던 참이었다.

내가 정치 알못이긴 하지만 무려 흑마법사와 연관된 사안이었고 전쟁이 끝난 지 얼마 안 된 시기였다. 예민한 시기에 예민한 문제가 터져 약점을 잡혔으면 오히려 그걸 숨기기 위해 대대적으로 왕자의 탄생을 홍보하고 금가루 뿌리며 호외를 던져야 하는 거 아닌가?

왕비는 아마 나를 쳐다본 것 같았다. 왕비의 긴 머리카락이 맞잡고 있는 손등 위를 부드럽게 쓸고 지나갔다.

"그 아이도 결혼한 지 삼 년이 지났지. 고민도 많고 걱정도 많고 불안도 많을 거다."

아, 결혼 3년 차. 권태기 무섭지.

3층을 통해 우리는 왕비 궁 제일 위에 숨겨져 있는 방에 도착했다. 왕비 궁에 있어야 하는 모든 밤의 빛들이 모인 것처럼, 여전히 이곳은 밝았다.

여기서 어떻게 하라고 했더라……? 나는 슬쩍 왕비의 눈치를 보다 가슴 사이에 끼워놨던 보석을 꺼내 들었다. 이곳과 지하실은 연결되어 있고 마력으로 반응한다고 했었다. 나는 왕비의 어깨를 끌어안다시피 해서 방의 중앙으로 걸어갔다.

*"그래서 이거 어떻게 쓰는 거예요? 뭐, 주문 같은 거 외워야 해요?"*

*"대체 어디서 그런 이상한 걸……. 마법은 의지와 법칙의 발현입니다. 방의 중앙에서 지하실의 이미지를 열심히 떠올려 보세요."*

지하실의 이미지라. 포터 집안 해리가 갇혀 있었을 것 같은 곳, 불쌍한 코제트가 몸을 웅크리고 잠들어 있었을 것 같은 곳. 그런 게 내가 갖고 있는 지하실의 이미지라 나는 해리와 도비와 코제트를 번갈아가며 생각했다.

"지하실, 지하실, 지하실이, 지하실……."

아악, 머릿속에서 도비가 코제트의 머리카락을 잡아당기면서 해리를 밟고 있어! 해리가 지팡이로 코제트의 발바닥을 때려! 코제트가 내 몸값보다 비쌀 구관절 인형으로 도비 뒤통수를 후려치고 있어! 내게 지하실은 학대의 현장이었나.

갑자기 몸이 한 70도 정도로 기울어지는 느낌이 나더니 공기의 느낌이 달라졌다. 폐쇄된 공기, 오랫동안 닫혀 있던 골방의 갑갑한 먼지 냄새. 그리고 손에 쥐고 있는 보석이 뜨거웠다.

"지하실……."

해리와 코제트와 도비는 없었지만 지하실이었다. 직전까지는 비밀의 방 한가운데에 서 있었는데 지금은 아마도 지하실의 구석 쪽에 나와 왕비가 서 있었다.

눈앞에 보이는 풍경이 달라져서 지하실이라고 직감했지만 사실 지하실이라고 보기에는 좀 의아했던 것이, 방 안이 밝았다.

시엘은 이곳이 비밀의 방과 한 세트라고 했었다. 그렇게 말했다는 건 이미 이곳에 다녀왔다는 의미일 테니 좀 더 자세히 설명해 줬으면 참 좋았을 텐데. 대체적으로 그는 날 좀 많이 귀찮아한다. 시엘도 뭔가 무기력과 관련된 상담이 필요하다. 어떻게 된 게 이 동네 사람들은 다 상담이 필요해!

전공을 잘못 선택했다. 내가 17살이 되었을 때 마법 학교의 부엉이가 날아와서 이 나이에 이세계로 갑자기 떨어지게 될 거라고 예언이라도 해줬다면 전공 선택에 신중을 기했을 텐데.

지하실은 비밀의 방처럼 환했다. 창문도 없는 지하실인데도 비밀의 방을 밝히고 있는 달빛이 이곳에도 들어오고 있는 것처럼 푸른빛의 달이 이곳에 떠 있는 것 같았다. 그리고 발 앞에, 방 안을 거의 다 채우다시피 한 검붉은 마법진이 있었다. 나는 조심스레 왕비를 안고 있던 팔을 풀고 마법진 안으로 한 걸음을 내디뎠다.

우웅, 하는 작은 소리와 더불어 내 발 크기만큼 마법진에 붉은빛이 들어왔다.

뭐, 이거 작동하고 있는 마법진이었냐. 식겁해서 발을 빼니까 다시 마법진의 불빛이 꺼지고 검붉은 도형과 선만 남았다. 커다란, 정말 커다란 마법진이었다. 초등학교 교실 두 개 정도 크기의 방이었는데 귀퉁이 쪽 약간을 제외하고 거의 꽉 차게 그려진 마법진이었다. 그 마법진의 중앙에 작은 침대가 놓여 있었다.

내가 이 세계에 온 후로 본 풍경 중에서 유모님이 국왕 에반스의 검에 찔리고 끌려 나가던 것, 그리고 생판 초면인 사람의 출산 장면에 이어 세 번째로 비현실적인 풍경이라 할 만했다. 쓸 만한 육감을 가지고 있지 않은 나인데도 불구하고 바닥에 있는 마법진이 왠지 피로 그려진 것 같다는 되게 확실하고 확고하며 틀림없고 유감스러운 직감이 들고 있었다. 존재하지 않는 육감이 로커처럼 샤우팅을 한다. 저게 몽땅 피라고.

나는 한 발자국 뒤로 물러서 거대한 마법진을 최대한 한눈에 담으며 감상을 해보았다. 정말 크고 거대하다. 그러다 보니 궁금해지는 게 있다. 이 큰 공간을 다 채울 정도로 크고, 복잡한 저 마법진을 피로 다 그리려면 대체 얼마만큼의 피가 필요했을까.

어머니 전 상서.

세상에서 가장 사랑하고 그리워서 죽어버리고 싶을 정도로 보고 싶은 내 어머니 잘 계신지요. 제가 이세계로 온 지 어언 백일이 지났습니다. 저는 이세계에서 잘 못 지내는 줄 알았는데요, 이렇게 피로 만든 저 거대한 마법진을 보고 있자니 이세계에 와서도 잘 먹고 잘 놀고 잘 자면서 탱자탱자 팔자 편히 잘 지내고 있었던 것 같습니다. 엄마 보고 싶어요.

저거 그린 게 유모님일까? 유모님이려나? 유모님이겠지? 유모님스러운데 유모님이 아닐 수도 있지만 거의 유모님일 것 같은 유모님의 느낌이야. 마법진이 온몸으로 나 흑마법사가 그렸어! 난 피로 이루어져 있지! 를 외치고 있다.

유모님 대단한 사람이었네. 난 유모님이 하도 동네 꼬마들한테 쿠키 나눠 주고 있을 것처럼 사람 좋고 푸근하게 생겨서서 죄질이 어디

골목에 노상 방뇨급인 경범죄였던 걸 에반스가 국보에 노상 방뇨한 급으로 후려친 건 줄 알았는데, 대단한 사람이었다.

"왕비님, 이곳에 들어와 본 적 있으세요?"

"그래. 이곳에…… 있었지. 맞아. 여기였어."

내가 흉내 낼 수도 없는 우아한 걸음으로 내 등 뒤에서 걸어 나온 왕비가 마법진 앞에서 몸을 숙였다.

바닥에 웅크리고 앉은 왕비가 우아한 손가락으로 마법진을 건드리자 마법진은 내가 발을 내디뎠을 때와는 비교도 할 수 없게 불 위에 기름 붓고 탭댄스를 추는 기세로 반응했다.

마법진의 가장 테두리인 원 전체가 전부 선명한 붉은색을 뿜어내며 장벽처럼 천장까지 치솟았다. 마치 왕비에게 반응하는 것처럼. 갑자기 불안해진다.

"설마 이 마법진 왕비님이 그리신 건 아니겠죠?"

물론 아닐 테지만 되게 불길했다. 마법진은 이제 거의 사람의 심장 박동과 비슷한 주기로 엄청나게 진해졌다가 살짝 연해졌다가 엄청 진해지기를 반복해 대고 있었다.

시엘을 어떻게 죽일까? 그는 밥은 안 먹었으니 밥값을 할 거는 없지만 방값은 해야 하는데. 아니, 여기 들어와 봤으면 지하실의 상태를 알 텐데 어떻게 나한테 말을 안 할 수가 있지? 별거 없다고? 어머, 세상에. 대마법사씩이나 되면 여기 광경은 별게 아닌가 보다. 극한 직업 일세, 그거.

"아니. 이 마법진은 내가 아니라 그가 그렸어."

"그요? 그게 누군데요?"

마법진이 반사된 왕비의 창백한 얼굴이 불 앞에 선 사람처럼 음영 지고 있었다. 낮과는 다르게 조금은 멍하고 활발해 보였던 왕비의 얼굴이 다시 꽉 조여진 퍼즐처럼 단단해지고 있었다.

"내가 이곳에 있었고, 그리고 그가 저곳에……."

내가 보고 있는 것과 왕비가 보고 있는 광경이 다른 것 같다. 왕비가 먼 곳을 보는 시선으로 하얗고 우아한 손가락을 뻗어 한곳을 가리켰지만 내 눈에 보이는 것은 버려진 침대 하나뿐이었다.

"그리고 저곳에 유모와 그가 있었어."

다른 손으로 왕비가 우리가 서 있는 곳을 가로지른 구석을 가리켰다. 왕비는 지금도 무언가를 보는 것 같았지만 내 눈에는 오랫동안 방치되어, 깨끗하게 청소를 해내려면 많은 시녀의 고된 노고와 긴 노동 시간이 필요할 것 같은 먼지 구석만 보였다.

이곳에 왕비와 유모님, 그리고 왕비가 그라고 부를 만한 남자 두 명이 있었다. 그 넷이 한꺼번에 이곳에 있었는지 아닌지는 모르겠으나 이곳에 출입한 사람은 최소 넷. 그중에 마법진을 그린 건…… 역시 유모님 같다. 아니, 잠깐 아까 그라고 하지 않았나? 잘못 들었나?

"이 마법진은 무슨 마법진인가요, 왕비님?"

일단 인체에 무해한 거냐고 묻고 싶네요, 언니. 전 사지 멀쩡히 몸 성하게 집에 돌아가야 하는데요. 이거 시뻘겋게 빛이 나는 것이 전멸해 가는 제 육감에게 자꾸 튀라고 경고하는 것 같거든요.

"이 마법진은 그와 유모가 그렸어. 처음에 그가, 나중에는 유모가 그 위에 덧그려 변형했지."

"무슨 용도인지는 아시고요?"

"유모는 내가 결혼하고 몇 년 동안이나 수태를 하지 못하는 걸 걱정했어. 난 대관식도 치르지 않고 왕비가 되었고 친정은 나를 도와줄 힘이 하나도 없었으니까. 힘없는 왕비가 후계조차 낳지 못한다면 미래가 없다며 늘, 늘 슬퍼했지."

그야 그렇다. 어느 세계든 군주가 통치하는 곳에서라면 왕비의 제1 의무는 적통의 후계 생산이고 내정은 그다음의 문제다. 더욱이 왕비는 에반스와 유르겔의 로맨스를 전 국민이 알고 응원하는 상황 속에 있었다. 난처하고 애매하게도.

"하지만 내가 무얼 어떻게 할 수 있었겠니?"

돌연 왕비가 나를 돌아보며 말했다. 붉은 마법진이 아직도 맥박처럼 요동을 치고 닿지 않은 푸른 달빛이 가득 찬 지하실에서 왕비의 눈동자는 한쪽은 붉고 한쪽은 푸르게 빛을 반사하고 있었다.

"말해보련? 내가 이런 세계에서 무엇을 해야 했는지."

나는 왕비의 인생을 모른다. 〈탈출기〉 안에 언급된 몇 줄만으로 왕비를 동정했지만 그렇다고 내가 그녀의 모든 인생을 알 리가 없다. 내가 본 그녀는 그저 불행하게 열심히 살았다. 지겨운 이야기다. 모두가 열심히 살고 있는 곳에서 열심히 사는 또 다른 한 명의 이야기. 하지만 인생에서 탈출할 수가 없으니 열심히 사는 것 외에 다른 길이 없는 것 같다.

다 맞춰진 퍼즐 같던 왕비의 얼굴이 조금 느슨하게 풀렸다.

"난 열심히 살고 있단다."

"알아요, 왕비님. 알고 있어요."

내가 열심히 살고 있듯이. 이 세계에서도 내 세계에서도 내가 아는 많은 사람이 각자의 인생을 나름대로 열심히 살아가고 있다.

왕비는 조금 흘러내린 숄을 다시 추켜 어깨 위로 잡아당기듯이 움켜잡았다.

"그래. 그러니 유모는 내가 수태하기를 바랐단다. 에반스와 유르겔을 많이 미워했지. 날 박대한 대가를 꼭 치르게 해주겠다고, 복수하겠다고 했었어."

"왕비님을 많이 사랑하셨군요, 유모님이."

나는 여전히 붉게 박동하고 있는 마법진을 바라보았다. 이렇게 보니, 뭐 프로이트 같은 사람이 여기를 보고 어머니의 자궁 어쩌고 하는 소리를 할 수 있을 것 같은 광경이기도 했다.

"그리고 그도."

"그가 누군가요?"

왕비의 이야기에 나오는 그는 두 명이었다. 어느 쪽의 그인지, 그리고 그들이 누군지 알아야 할 것 같았다. 왕비는 일 년에 한 번 꽃을 피운다는 난초처럼 웃었다.

"에반스는 유르겔을 사랑했지만 후계자가 필요했고, 내가 무슨 생각을 하는지 중요하지 않은 내 친정도 내가 후계자를 낳길 바랐지."

왕비는 나를 두고 붉은 마법진의 중앙으로 걸어 들어갔다. 마법진은 그녀에게 반응해 더 붉고 밝게 빛나기 시작했다. 그곳에서 그녀는 나를 돌아보았다.

"겁먹지 말렴. 이곳에 있는 마법진은 모두 수태를 위한 마법진이니까."

"저기, 전 미혼인데 제가 수태를 하게 되는 마법진이면 그거 겁나지 않을까요? 전 혼자 아이를 낳아 기를 준비가 안 되어 있거든요?"

그러고 보니 아까 마법진에 닿긴 했는데 아이를 가지게 되면 어쩌지? 나는 아이를 낳고 싶은 마음이 1도 없는데 예정에 없는 임신?? 클라인에게 애 혼자 키워야 하니까 재정적 지원 좀 해달라고 하면 도와줄까? 세야는 이미 빌린 돈이 많아서 양육비까지 도와달라고 하기엔 내 양심이 아프다. 미오 경과 시엘은 도움이 안 될 것 같고. 아, 근데 나는 애들 안 좋아한다고. 내가 낳은 애라고 좋아할 것 같지도 않은데.

"아무나 아이를 수태하게 해주는 마법진이 아니야."

"하하, 그렇죠. 엄선된 기준이 있겠죠?"

"마법진은 부모가 될 이의 피로 그려야 해."

더 무서워졌다. 이 큰 마법진이 단 두 사람의 피라고?

의학에 대해 몰라도 단 두 명의 피로 저 마법진을 그리려면 압축기로 사람을 눌러서 피를 쪽쪽 모세혈관 말단부터 짜내야 가능할 것 같은데.

내 표정이 정말 믿음 한 톨도 없었던지 왕비가 설명을 조금 더 붙였다.

"마법진에 피를 넣은 이들이 진의 중심에서 의식을 치르면 수태를 할 수 있어."

아, 그래요? 그거 참 획기적인 불임 치료법이네요. 제 세계에서도 그게 가능하면 빌딩 몇 개 정도 사서 염원하던 건물주의 삶을 살 수 있을 것 같은데, 언니 저랑 동업 한번 안 해보실래요?

그래도 마법진에 접근하고 싶지 않아서 나는 벽에 붙다시피 뒤로 물러났다. 마법진의 중앙까지 다다른 왕비는 진짜 한참 동안 아무도 사용하지 않았을 것 같은 커다란 침대 위에 걸터앉아 양손으로 침대를 만졌다.

"그래. 나는 한동안 꿈이라고 생각했단다. 꿈속에서 있던 일이라 생각했는데…… 진짜였구나."

"무슨 일이 있었는데요?"

왕비는 대답하지 않고 내가 걸쳐준 그녀의 레이스 숄로 몸을 감추듯이 어깨를 감쌌다.

"그럼 왕비님의 보물을 찾은 건가요?"

사실 이 광경을 보면서 보물을 언급하면 최소 눈치 없는 새끼거나 머저리라고 생각은 하지만 어둡고 무거워지는 분위기를 견딜 수가 없어서 최대한 밝은 목소리로 왕비에게 말을 건넸다.

사회생활을 하며 가장 많이 배운 것은 욕이었지만 그거 외에도 배운 것이 있기는 했다. 원래 사회생활은 눈치가 없을수록 편해진다. 승진은 모르겠지만.

"전에 네가 무섭지 않았냐고 물었었지?"

"네?"

"결혼할 때 무섭지 않았냐고."

"네, 왕비님. 전 국민이 전하의 로맨스를 알고 있었으니까요."

"난 그를 사랑하지 않았어. 단 한 순간도. 그러니 조금 화는 났지만 괜찮았단다"

나는 대답하기 전에 아주 잠깐, 내 침대에서 잠들어 있을 미카엘 왕자를 생각했다.

내가 침대를 떠나온 지 얼마가 지났더라? 왕자는 잠에서 깨지 않았을까? 바로 옆에서 잠들었던 숨소리가 사라졌는데 외로워하지 않을까? 내 온기가 사라져서 추워지지는 않을까?

그래도 괜찮다. 사랑으로 태어났다면 좋았겠지만 모든 아이가 다 사랑으로 태어나는 것은 아니다. 어떤 아이는 태어나자마자 돌려 눕혀져 숨을 빼앗기기도 하고 어떤 아이는 세상에 나오자마자 버려져 차갑게 죽어간다. 어떤 아이는 비탄 속에서 태어나고, 어떤 아이는 증오 속에서 태어나고, 어떤 아이는 무관심 속에서 태어나기도 한다. 서로 사랑하지 않는 부모 사이에서 태어나는 것은 즐거운 일은 아니지만 유난한 일도 아니고 특별한 일도 아니다.

나의 왕자는 평범하게 태어나 자라날 아이 중의 하나일 뿐이다.

"다행이네요."

정말로.

붉은 불빛 아래의 침대에 앉은 왕비가 살짝 웃었다.

그때 내 눈에 침대와 침대의 천개에 가려 잘 보이지 않던 반대쪽 벽이 보였다. 마법진과 침대만 있다고 생각한 방이었는데 침대 뒤쪽으로 비밀의 방처럼 몇 개의 상자와 뭔가 자질구레해 보이는 것들이 쌓여 있었다.

나는 게걸음으로 벽에 등을 딱 붙인 채 마법진을 피해 걸어가 잡동사니가 그득한 그 앞에 도착했다. 여기에 그다지 멀쩡한 게 있을 것 같지도 않았지만 상자들을 하나하나 열어 안을 살폈다.

진짜 잡동사니들만이 담겨 있던 비밀의 방과 달리 이곳에는 조금 더 쓸모가 있었을 것들이 담겨 있었다.

예를 들어 끝에 피가 묻어 있는 칼이라든가, 분명 사람 피가 담겼던 것처럼 검붉은 것이 말라붙어 있는 그릇이랑 병이라거나…….

와, 씨. 왜 인생 장르가 갑자기 호러가 되세요?

나는 최대한 피 같은 게 말라붙은 것들을 건드리지 않도록 노력하며 상자 안을 헤쳐보았다.

거기엔 마법진에 관련된 그림 같은 것들도 있었고, 용도를 알 수 없는 천이랑 옷 같은 것들도 있었다.

어느새 다가온 왕비가 마지막 상자 제일 밑에 있던 로켓 목걸이를 집어 들었다. 좋게 말해 고풍스럽고 솔직히 말해 되게 낡은 골동품처럼 보이는 물건이었다. 그래도 앤티크한 매력이 있다고는 말할 수 있는 목걸이의 뚜껑을 왕비가 열었다.

오르골처럼 단순한 미디 음악이 흘러나왔다. 원리는 알 수 없지만 뚜껑을 열면 음악이 나오는 목걸이인 것 같았다. 그리고 그 뚜껑 안쪽에 초상화가 하나 들어 있었다. 아직 어린 아이의 얼굴이었다. 오래된 그림인 탓에 색이 약간 바래 있어서 머리 색과 눈이 금색인지 갈색인지 분간할 수 없는 그림이었지만 미카엘 왕자를 보고 그린 것 같은 그림이었다.

"안쪽에 글씨가 쓰여 있는 것 같아요, 왕비님. 퀴…… 디치?"

이 동네에서 절대 그 단어가 나올 것 같진 않지만 글자가 워낙에 희미한 데다가 내 읽기 능력 수준이 미달인지라 잘 모르겠다.

왕비는 나보다 더 유심히 글자를 보다가 로켓을 덮었다. 왕자를 닮은 초상화가 사라졌다.

"왕비님, 보물을 찾지 못하셨다면 이걸 보물로 하시겠어요?"

왕비는 자신이 낳은 아이에게 별 관심이 없어 보였고 그걸 꼭 잘못된 일이라고 말하고 싶지는 않았다. 그렇지만 그래도 자기 아들은 아닐지라도 자기 아들을 닮은 그림을 갖고 있으면 뭔가가 변하지 않을까 하는 그런 생각이었다.

왕비는 그 새카만 눈으로 나를 잠시 바라보았다. 무슨 의미인지 알 수 없는 잠깐의 응시 끝에 그녀는 로켓을 내게 내밀었다.

"나는 원하는 것을 찾았으니 이건 네가 가지거나 처분을 하려무나."

"그래도, 그게 왕비님."

"난 그 아이를 원하지 않았어."

고백하자면 난 왕비가 미쳤다고 생각하지는 않았다. 사람이 좀 우울하고 불행하면 생각하고 싶지 않은 건 잊을 수 있다고 생각했을 뿐이다.

그래도 왕비가 찾고 있던 것이 그녀가 낳은 왕자일 수도 있고, 왕자이기를 바라는 마음이 있었다. 그러나 왕비는 내 생각보다 훨씬 멀쩡했다.

"원하시던 것은 찾았어요?"

"그래. 꿈인 줄 알았던 것이 꿈이 아니었더구나."

"꿈을 꾸시다 깨어난 것일 수도 있어요."

"하지만 지금은 밤이고 다시 잠들어야겠지."

"저희 삼 일째 이렇게 돌아다녔으니까 꿈 없이 푹 잠들 수 있을 것 같지 않으세요?"

왕비가 마법진을 벗어나자 마법진은 빛을 잃고 어둠 속에서 시커멓게 보이는 궤적만을 남겨놓았다. 마법진의 빛이 사라지자 존재하지 않는 푸른 달빛이 더 짙어져서 로켓을 내미는 왕비의 손끝이 창백하게 빛나고 있었다.

손을 내밀어 로켓을 받았다. 왕비는 마치 버리듯이 내 손 위에 은으로 만든 로켓을 올려놓고 손을 숄 아래로 감췄다.

"그래, 이제 다시 잠들 시간이지."

돌아가는 길에 나는 다시 로켓을 열고 희미한 글자를 읽으려 노력했다.

어딘가에 옮겨 적고 아침에 세야에게 확인해 볼 생각이었다. 글자
는 마이켈 퀴디치 내지는 미케른 퀴트렌 그 비슷한 글자로 보였다.

유르겔 퀴테린. 유르겔의 성과 비슷하다.

## 8장
## 절벽 위의 하얀 집

    미카엘 쿼테린이었다. 마이켈 퀴디치 혹은 미케른 퀴트렌이냐는 내 질문을 들은 세야의 그 아연한 표정을 봤어야 했다. 그는 대단히 유감스러운 얼굴로 우리의 수업 시간을 더 늘리든가 강도를 올려야겠다고 조용히 속삭였다. 지하에서 피로 그린 마법진을 발견한 것보다 그게 훨씬 더 무섭더라. 하지만 우리 둘 다 시녀장 언니에게 수업 시간 조절을 건의할 간 크기가 없다는 데 동의했다. 그 언니 무서워. 그냥 존재 자체가 무섭다.

    미카엘 쿼테린. 성이 같으니 유르겔의 선조일 텐데 그 선조의 물건이 왜 왕비 궁의 지하에 있었는지 모르겠다. 처음 초상화를 봤을 때는 미카엘 왕자랑 똑같다고 생각했는데 유르겔의 선조라고 생각하고 보니까 유르겔을 닮은 것도 같고.

    그날 이후로 왕비를 다시 볼 수는 없었다. 지하실에 다녀온 그다음 날도 나는 왕비를 기다리며 복도에 하룻밤 내내 서 있었지만 그녀는 밖으로 나오지 않았다. 그다음 날도, 또 그다음 날도.

그다음 날 밤, 왕비님 대신 알렉스 경이 와서 그 무뚝뚝한 얼굴에 한가득 난처함을 담고서 내게 밤에는 잠을 잘 자는 게 좋겠다는 말을 전했다. 그리고 시엘이 밤에 왕자가 우는데 미오 경이 맨날 제대로 못 달랜다고 하는 말에 내 밤 산책은 끝이 났다. 왕비는 꿈에서 깨어났다고 하는데 나한테는 오히려 꿈과 같은 시간이었다. 왕비는 내가 생각한 사람과 조금 달랐던 것 같고. 그래도 왕비가 국왕 에반스를 사랑하지 않는다고 해서 너무 다행이었다. 〈탈출기〉를 읽는 동안 그녀가 당한 희생과 피해가 혹시라도 국왕을 향한 사랑 때문인가 싶어 너무 슬프고 짜증 났었거든.

그런 생각들을 하며 나는 로켓을 앞뒤로 살뜰히 뒤집어가며 살폈다. 얼마나 오래된 물건일까. 로켓 문양 사이사이로 먼지도 많이 끼었고 감촉도 이상하다. 은도 녹이 스나? 군데군데 변색된 곳도 많고 하여간에 일이십 년 단위로 오래된 물건은 아닌 것 같았다. 못해도 반세기, 추정 백 년.

그날 왕비는 많은 이야기를 하진 않았지만 중요한 이야기를 많이 한 것 같았다. 동시에 함께 있었는지는 모르겠지만 그곳에 왕비, 유모, 남자가 둘이 있었다는데, 말하는 걸로 봐서 그중의 하나는 국왕 에반스다. 그럼 나머지 하나도 99%의 확률로 유르겔일 것 같고 유르겔의 선조가 그려진 로켓이 있던 걸로 봐서 더더욱 유르겔일 것 같은데…….

고민이 하나 더 있다. 둘이 어떻게 지하실로 들어올 수 있었을까. 복수할 거라는 유모의 말을 미루어 보면 유모가 자발적으로 왕비와 에반스를 데리고 들어갔을 것 같지도 않고 유모는 마법진을 손보았지, 원래 처음에 그렸던 거는 아니었다고 하니까 그걸 그린 사람이 따로 있을 건데……. 그리고 그 피는…… 아, 하나도 모르겠다.

"마법사님, 마법사는 같은 마법사를 알아볼 수 있어요?"

"흑마법사는 마법을 쓰지 않는 한 무리지만 같은 마법사끼리라면 얼마든지요."

"우리 국왕 전하 마법사세요?"

"그럴 리가요."

"그럼 유르겔 님은?"

"그날 얼핏 뵙긴 했지만 그분도 마법사가 아니에요."

"그렇구나."

인생 한번 쉬운 길로 찍기 해보려고 했는데 쉽지가 않다. 에반스가 동행해서 들어간 게 유르겔이 아닌가? 둘 중 하나는 마법사야 할 텐데.

"그나저나 마법사님 오늘은 안 나가세요?"

"오늘은 쉴 겁니다."

나는 침대에 누워 미카엘 왕자에게 비행기를 태워주면서 왕자 주변에 금색 빛 가루를 뿌려주고 있는 대마법사 시엘 커퍼필드의 정말 행복해 보이는 얼굴을 보았다.

그러니까 일단은 〈탈출기〉에 그가 쇼타라거나 페도필리아라는 묘사는 없었기도 하고 그는 확실하게 유르겔의 추종자니까, 설마, 혹시, 만에 하나라도 미카엘 왕자에게 흑심을 품은 건 아니겠지만……. 알 품은 닭도 저거보다는 성의가 없을 텐데 어쩜 저렇게 왕자를 아끼고 끼고도는지 모르겠다. 유모인 나보다 더 잘 놀아주네.

"근데 꼭 여기서 놀아야 해요?"

"왕자님 모시고 나가도 됩니까?"

"안 돼요."

"그럴 것 같아서요."

솔직히 말하면, 진짜 말하기 싫지만 솔직히 말해서, 가끔 시엘의 머리 위에서 후광을 볼 때가 있다. 아이가 적당히 자라면 아이에게 장난감을 사 줄 수 있는 재력 있는 삼촌, 이모가 최고지만 아직 아이가 장난감의 맛을 모를 때는 잘 놀아줄 수 있는 체력 좋은 삼촌, 이모가 최고다. 시엘은 애를 잘 봤다. 그 이유라도 없었으면 무슨 수를 써서라도 그를 내 방에서 환기해 버리고 말았을 텐데. 밤에 너~ 무 숙면을 취해서 그렇지 깨어 있는 동안에 시엘은 친엄마, 친아빠처럼 미카엘 왕자를 돌봤다.

소, 솔직히 나도 편하고 싶다! 알아서 기저귀 갈아입히고 우유병 물리고 그래주니까 퇴근한 엘리가 돌아온 것 같고 그래서 좋단 말이지.

사실 방값을 제대로 지불하지 않고 있는 시엘을 족치려면 족칠 게 좀 있긴 한데 내 끗발이 그를 족칠 끗발이 아니라서 저렇게 미카엘 왕자와 헌신적으로 놀아주고 있는 걸 보면 저게 방값이 아닌가 하고 놓아두게 된다.

요새 왕자는 몸무게가 많이 늘어서 내가 안기 많이 힘들고, 그리고 이번에 드디어, 뒤집기에 성공해 버렸다……. 뒤집기를 성공한 아기는 재앙이다. 혹시라도 잘못 뒤집어서 숨이 막히는 건 아닌지도 봐야 하고 손 같은 데가 눌리면 불편하다고 칭얼거리는데 그거 또 내가 빼주겠다고 손을 내밀면 그건 그거대로 칭얼대서 뭘 어떻게 해야 할지를 모르겠다. 육아는 헬이야.

그래서 시엘에게 지하실에 있는 마법진의 용도가 정확히 어떤 건지 물어보겠다는 계획이 자꾸 차일피일 미뤄지고 있다. 사실 별로 알고 싶지 않아서 그런 것도 있는 것 같다. 〈탈출기〉에 언급되지 않은 내용이라 앞으로 왕비의 일상에 영향을 끼칠 부분은…… 적지 않을까?

"아스! 빨리 나와봐!"

오랜만에 듣는 미나의 목소리였다. 안녕, 그리운 내 전 룸메이트. 나는 벌떡 일어났다. 엘리와 안나에게는 심각한 얼굴로 내 방에서 쥐와 바퀴벌레가 발견되었으나 잡지는 못했다고 말해두었다. 내 방문을 열었다가 쥐와 바퀴벌레가 왕자의 방을 나돌아 다니게 되는 사태를 피하기 위해서라도 안나와 엘리는 절대 내 방문을 열지 않겠지만 미나는 모르겠다.

침대를 들키는 것으로도 모자라 시엘을 들킬 수는 없어서, 서둘러 시엘에게서 왕자를 빼앗아 안아 들고 문을 열고 나가자마자 재빨리 닫았다. 순식간에 일어난 일에 왕자는 조금 놀랐는지 약간 늦게 발을 버둥거리며 짜증을 내었지만 나는 왕자를 꼬옥 힘주어 안았다.

"미나~ 오랜만이야~!"

"이럴 때가 아냐! 카펠라 백작님이 오시고 계셔."

오늘 접객 담당이 미나인가 보다. 클라인은 나를 자주 찾아오고 있고 우리 사이엔 더 많은 대화나 약속이 필요할 것 같다.

전쟁 영웅이고 전 국민이 다 아는 대단하신 영웅이라 그런지 그만 왔다 하면 왕비 궁이 난리가 난다. 그가 가끔 오는 인물이라면 모르겠는데 자주 오는데도 올 때마다 난리다.

"뭐, 카펠라 백작님이 오신다고?"

등 뒤에서 안나가 반갑게 외치며 왕자를 받아 안았다. 힐, 설마 내가 모르는 곳에서 안나랑 클라인이랑 눈이 맞았나? 안나 인생 로또 대박 승리?

"나한테 부관을 소개시켜 주시기로 했는데! 우리가 바라는 게 뭔지 알아? 멀쩡하고 괜찮은 남자와의 로맨스란 말이야. 카펠라 백작님의 부관을 하고 있으면 멀쩡한 남자라는 보증 아니겠어?"

"어어? 잠깐? 나한테도 소개해 준다고 그러셨는데?!"

안나에 이어 엘리가 경악에 물들어 외쳤다. 나도 경악했다. 이게 말로만 들은 전설의 더블 부킹! 이 남자가 미쳤나, 왜 이렇게 사방에 부도수표를 남발했어. 조만간 페페 vs 세브 3탄 대신에 엘리 vs 안나를 보게 되는 건가 싶다. 안 돼. 나는, 나는 이런 직장 분위기에서는 일할 수가 없어!

여자 넷이 나란히 경악으로 물들어 있는데 클라인은 거침없이 왕자의 방 안으로 밀고 들어와서 나를 불렀다.

"아스."

부드러운 음성과 함께 내 품 안에는 서늘한 꽃다발이 한가득 안겨졌다. 오늘은 뭐냐. 하얀 페튜니아였다. 처음에는 나팔꽃인 줄 알았다. 나는 꽃에 조예가 있는 사람도 아니고 꽃에 별 관심이 없어서 그 꽃이 그 꽃이구나 싶은 때가 많은데, 이 남자 진짜 하얀 꽃 좋아하고 꽃 자체를 좋아하는 것 같다. 어쨌든 페튜니아는 꽤 귀엽게 생긴 꽃이라 약간 기분이 좋아지긴 했다. 등 뒤가 아수라장이지만.

"백작님, 안녕하세요."

나는 기죽어 인사를 했지만 그는 부드럽게 날 보며 늘 하는 얼굴을 했다. 백작님, 저 말고 제 뒤 좀 봐주시겠어요? 제 직장에 댁이 불화의 사과를 던지시고는 휘발유까지 뿌려서 화려하게 캠프파이어를 하신 것 같은데요.

"엘리, 그리고 안나."

"카펠라 백작님, 인사드립니다."

미나는 진작에 고개를 숙여 예를 표하고 물러났고, 클라인은 엘리와 안나에게도 아는 척을 했다. 대체 오며 가며 눈인사만 했을 사람들 이름은 언제 외운 거고, 어느 틈에 남자까지 소개해 주겠다고 약속을 한 건지 모르겠다.

그는 잠시만, 이라더니 문을 조금 더 활짝 열었고 그 뒤에 가려서 보이지 않던 두 남자를 데리고 들어왔다.

"이쪽은 빈센트, 이쪽은 길버트라 한다. 둘 다 내 부관으로 기사이면서 내 기사단의 행정관이기도 하지."

아, 그렇지. 클라인 정도 되면 부관을 둘은 거느리는구나. 그렇구나.

빈센트와 길버트 둘 다 번듯한 남자였고 페페를 비롯한 다른 시녀 친구들이 열을 올리고 있는 호위 기사들이랑은 비교도 안 될 정도로 관록과 카리스마가 느껴지는 사람들이었다. 그들은 좀 어린 느낌이 있었지. 그래서 안나와 그 철벽 엘리의 뺨도 보기 좋게 달아올랐다. 무려 왕국의 영웅이 해주는 소개팅이다. 부럽다…….

"그럼 엘리, 그리고 안나. 아스는 오늘 제가 빌리도록 하겠습니다."

"네, 카펠라 백작님. 빌려 가세요. 오늘 반납 안 하셔도 돼요."

"내일도 빌려 가셔도 돼요."

"어, 잠깐, 이거 뭐야. 잠깐?"

나는 어 하는 사이에 클라인의 품에 안겼다. 단단한 팔이 허리를 휘감더니 휙 하고 몸이 들리고 내 다리 아래를 또 받쳐 들었다. 그러더니 등 뒤로 엘리와 안나의 작별 소리를 들으며 성큼성큼 걸어가기 시작했다.

클라인의 품에는 내가 있고 내 품에는 클라인이 안겨준 페튜니아 꽃다발이 있고. 아니, 중요한 건 이게 아니라 공주님 안기는 내가 절대 마지막까지 포기하지 않을 로망이긴 했는데 이런 뜬금없고 종잡을 수 없는 상황에서 하고 싶던 게 아냐! 전에도 한 번 그 비슷한 걸 해보긴 했지만 그땐 적어도 서 있는 상태였지. 지금 이렇게 걸으면 내가 더 무겁게 느껴질 거 아냐!

"저, 백작님! 저 좀 내려주시면…….'

"안 됩니다, 아스. 오늘은 제 뜻대로 하기로 하지요. 약속하셨죠? 알려 드리겠다고."

클라인이 어디 이온 음료 광고에 나올 것같이 눈부시게 하얗게 웃으며 말했다. 내 눈이 미쳤나 보다. 저 적발과 청회색 눈동자 어디가 하얗다고 이렇게 눈부시게 보이는지 모르겠다. 저 정도 미소는 반칙이다. 솔직히 그가 뭘 알려주겠다고 약속했는지 1도 기억이 안 나고 있다. 2 정도는 기억하고 있었을지도 모르지만 저 미소 광선을 맞는 순간 뇌세포가 타고 있어요!

그가 성큼성큼 걸어가는 와중에 나는 오늘도 열심히 밥값을 하며 일하고 있던 시녀 친구들이 복도를 지나다 경악하는 눈과 똑똑히 마주치고 있었다.

안녕, 친구들. 내 덕에 신기한 것들 많이 보고 살지? 이 상황에서 제일 놀라고 몸 둘 바를 모르는 건 나일 텐데, 되게 거미줄에 칭칭 감긴 매미의 기분으로 클라인의 팔 위에 올라가 있어서 뭘 어떻게 해야 할지 모르겠다.

클라인은 긴 다리로 빠르게 걸어 왕비 궁을 빠져나갔고, 왕비 궁을 완전히 나가기 전에 나는 뒤뜰에서 수련이라도 하고 돌아오는 것 같은 미오 경과도 눈이 마주쳤다. 손을 흔들어주고 싶지만 품 안에 한가득 꽃다발이 있어서 손을 들지 못하겠다. 안녕, 미오 경. 나 오늘도 이렇게 땡땡이행이지만 제 의지는 아니었어요.

왕비 궁 바로 앞에 클라인의 백마가 앞 굽으로 땅을 긁고 있었다. 하…… 어쩜 말도 꼭 자기 같은 걸 타고 다니지.

그는 먼저 나를 말 위에 올리고 내 뒤에 올라타 내 어깨를 감싸듯이 말고삐를 잡았다. 그는 매너를 지키기 위해 노력하는 것 같았지만 나는 이 정도로 가까운 스킨십은 오랜만이라 어쩐지 부끄럽다.

"어디로 가실 거예요?"

"오늘은 제게 다 맡겨주시겠습니까?"

"아니, 물론 맡기기는 하지만 목적지를 알아야……."

바로 귓가에 클라인의 낮은 웃음소리가 들렸다.

"당신께 보여 드리고 싶은 것이 있습니다."

그 순간 투레질을 하던 말이 달리기 시작했다. 아, 아오오오…… 난 말 처음 타본다! 제주도 놀러 가서도 말 체험을 해본 적이 없는데! 말에 앉아 있는 게 익숙해지기도 전에 달리면 무섭단 말이다!

물론 클라인이 등 뒤에 있고 날 감싸 안다시피 해서 고삐를 잡고 있으니까 낙마할 일은 없겠지만, 그렇지만 난 달리는 차 조수석에도 못

앉는 안전 지향 노스피드 지향자인데.

내 몸은 점점 앞으로 곱아들어 갔고, 클라인이 몇 번 부드럽게 몸을 들고 앞을 봐도 된다고 채근해 왔지만 말갈기를 쥐어뜯을 기세로 몸이 숙여지는 것은 내 몸의 의지지 내 마음의 의지가 아니었다. 몇 번인가 부드러운 목소리로 말을 걸던 클라인은 곧 포기했는지 말에 박차를 가해서 달리는 속도를 높였다. 차라리 빨리 도착하려는 의도인 것 같다. 그러기를 바란다. 기시감이 든다.

기사님, 안녕하세요. 제가 멀미를 해서 그러는데요, 이니셜 D를 찍는 것처럼 그냥 밟아주세요. 아, 요금은 어차피 회사 경비 처리할 거니까 그냥 최대한 빨리…… 밟아만 주세요. 감사합니다. 도착하면 불러주세요.

웅크린 몸이 뻐근해질 즈음에 그가 말을 멈춰 세웠다.

내 상상력이 빈곤했다. 반성한다. 나는 클라인이 나를 말 위에 태우고 달리기 시작할 때 어디 어여쁜 호수 같은 곳에 내려줄 줄 알았다. 클라인의 레이디와 관련된 추억의 장소이자 그만의 비밀 장소라며 아련하게 이야기하면서 요새 기운이 없어 보여 데려왔다는 등등의 말을 할 줄 알았다. 그래서 햇빛이 아름답게 반사되고 마치 요정이 살고 있을 것 같은 아름다운 호수를 내려다보며 와아~ 하게 될 것을 상상하고 마음의 준비를 했었다.

내 상상력이 많이 빈곤했다. 그는 저 푸른 초원이나 요정이 장난치고 있을 것 같은 푸른 호수 대신에 가파른 절벽 위에 그림같이 지어진 저택으로 나를 데리고 왔다. 그림이긴 그림이다. 진짜 한 편의 그림이다. 저택 그림 위에 박쥐 몇 마리 그려 넣으면 아주 완벽하고 훌륭하게 '드라큘라의 별장' 정도의 제목이 붙은 명작으로 길이 남을 것 같다.

"……와아, 절벽이네요."

"네, 절벽입니다."

"대체 이런 절벽 끄트머리에 왜 집이 있는 거죠?!"

"전에도 그런 말씀을 하셨죠. 공기가 좋습니다, 아스."

시간이 가면 갈수록 나는 '아스'에게 되게 동질감을 느낀다. 이 여자는 나랑 성격이 꽤 비슷했고 현대적 감각으로 상식인이었다. 이딴 세상에서 현대적 상식인이라니 세상 살기 힘들었겠다, 생각하게 될 정도로.

눈앞에 보이는 것은 절벽이었다. 천년의 한이 굽이굽이 흐르고 있어 전설의 고향을 찍을 것 같은 깎아지른 절벽인데 침식과 풍화 과정이 어떻게 일어난 건지 상상도 안 될 만큼 구불구불 길이 이어지고 있었다. 내 상상력의 빈곤은 지형 환경의 형성 같은 지리 과학에까지 적용이 되는가 보다. 왠지 아메바나 단세포 생물이 된 것 같은 암담한 기분이 든다.

"손을 잡아드리겠습니다."

"……안 놓으실 거죠?"

"검을 놓는 한이 있어도 절대 당신의 손은 놓지 않겠습니다."

기사가 검을 놓겠다는 말은 죽겠다는 말이니까, 절대 내 손을 놓지는 않겠지.

대체로 클라인의 말들이 다 로맨틱하게 들린다는 게 문제였다. 그런 말을 우리가 타고 온 백마가 격하게 투레질을 하고 고개를 흔들며 진입을 거부한 절벽의 입구에서 하니까 프로 사기꾼 같단 말이다. 그가 내 세상에서 다단계를 했다면 건물을 몇 채는 세웠을 거다.

이렇게 생각하니까 가슴이 아프다. 나는 가끔 뉴스에서, 개그맨이 되어야 했는데 직업을 잘못 선택한 국회의원들을 보면서 대한민국의 공교육과 진로지도에 진한 아쉬움을 느꼈었는데, 이 세계에서 만나게 되는 사람들도 그러한 부분을 자극한다. 세야가 내 세계의 아이돌이었다면 돈은 아예 쓸어 담았을 텐데. 엘리가 보육원을 지었더라면 강남에 건물을 샀을 거고 클라인은 다단계에 투신했더라면 건물을 지을 수 있었을 거다. 그리고 페페. 걔는 진짜 내 세계에서 뭘 하든 대박을 냈을 거다. 걘 난년이니까. 그리고 난 거기에 주식을 투자하겠어. 망하겠지. 나만 망할 거야. 아씨.

클라인이 내게 손을 내밀었다. 나는 그 손을 빤히 보면서 일부러 손을 내밀지 않았다. 그는 아무런 표정 변화도 없이 원래 그의 인생은 나를 기다리기 위해 존재한다는 것처럼 가만히 있었다. 정말로 그라면 한 백 년 정도는 기다릴 수 있을 것 같다.

나는 천천히 그의 손 위에 내 손을 얹었다. 가슴이 알 수 없이 두근거려서 조금 창피한 기분이었다.

알 수 없기는 개뿔. 떨어지면 뼛가루도 못 추리게 생긴 절벽 위를 걸어가고 있는데 불안해서 두근거리는 게 당연하지.

클라인은 여기서 떨어져도 충분히 살아남으실 소드마스터인지 뭔지 이지만 난 대마법사 공인 흑마법사도 못 될 것 같은 일반인 1이라 손을 잡고 있어 봐야 바들바들 떨리고 있다. 한 번에 두 사람이 지나갈 수도 없어서 클라인이 앞서가며 내 손을 잡아주고는 있었지만 한 걸음 한 걸음이 모두 신중했다.

클라인의 손이 내 손을 아래에서 단단히 받쳐주고는 있었지만 이따 위로 손을 잡아줘 봐야 불안하다. 나는 이런 절벽 위에서 매너 손을 하고 있는 그의 손을 꽈악 움켜잡고 절대 혼자 죽지 않을 각오로 절벽 끝을 걸어갔다. 내가 떨어지면 클라인도 떨어지는 거다.

"떨어지면 구해주실 거죠?"

"아스, 제가 있는 한 당신은 절대 저보다 먼저 죽지 않습니다."

"가는 데는 순서가 없다고 하던데요."

"제 온몸이 부서진대도 당신만은 무사히 지킬 겁니다."

그것참, 로맨틱하기도 하네.

온몸으로 '너희가 내 집에 안 왔으면 좋겠어'를 주장하는 저택이 점점 가까워지고는 있었다. 이런 데에 사람 하나 넣어두면 희대의 대문

호나 엄청난 연구자가 탄생할 것 같다. 밖에 나갈 일도 없고 손님이 찾아올 일도 없을 테니까 자기 자신에 대한 탐색을 계속하거나 상상력만을 확장하거나 연구를 하는 것밖에는 시간 보낼 게 없을 테니까. 우리나라 유배 문학처럼 말이지. 아니면 미치거나. 사실 이쪽이 더 확률이 커 보인다.

몇 번 떨어질 뻔했지만 클라인의 도움을 입어 무사히 저택에 도착할 수 있었다.

여기는 희대의 요새 같다. 누군가가 다가오는 게 보이면 돌만 던져도 퇴치할 수 있을 것 같다. 심장이 약한 사람이라면 돌 던지는 거 보면 튈 거고 보통의 사람이라도 돌 맞을까 봐 피하려다가 발 잘못 딛는 순간 바닥으로 휘이잉……. 계속 말하지만 오는 데 순서 있어도 가는 거는 한 큐다.

"여기가 어디예요, 백작님?"

"그녀와 당신이 살았던 곳입니다."

그럴 것 같긴 했는데 이거 좀 세다. 예고도 없이 훅 들어오네.

"제가 여기에서 그분과 같이 살았다고요?"

아하, 그렇구나. 말이 들어오길 거부하는 절벽 위의 외딴집에 클라인의 레이디와 '아스'가 살았었구나. 어쩐지 '아스'가 황궁으로 들어간 마음을 이해할 수도 있을 것 같다. 이런 데 살다 보면 노동강도가 어떻든 간에 황궁같이 좀 사람 많고 북적이는 곳으로 가고 싶었을 것 같다. 근데 그게 왜 하필 왕비 궁이냐.

"저의 레이디는 몸이 약해서 오랜 요양이 필요했습니다."

"아, 네, 공기는 참 좋겠네요."

나는 거실 한쪽에 절벽을 향해 난 창문을 열어 바닥을 내려다보며 그렇게 말했다.

몸이 약했다는 클라인의 레이디는 적어도 심장이 약한 여자는 아닌가 보다. 아무 생각 없이 창문 열었다가 떨어지면 뼈도 못 추릴 것 같은 광경을 보고 방금 심장마비 걸릴 뻔했거든. 바닥이 안 보여. 그리고 어떻게 구름이 집보다 한참 아래에 있지요?

아직도 클라인이 안겨준 하얀 페튜니아를 안고 있던 나는 집 안을 둘러보며 꽃을 꽂아둘 만한 꽃병을 찾았다. 준 꽃을 그렇게 처리하는 건 예의는 아닌 것 같지만 적어도 이 집 안에 꽂아두는 건 클라인도 싫어할 것 같지 않았다. 그는 익숙한 태도로 내게 꽃병을 찾아주었다.

하얀 페튜니아는 연한 녹색의 작은 꽃병 안에 풍성하게 담겨서 거실 한가운데에 있는 우아한 곡선의 탁자 위에 놓였다. 클라인은 꽃병의 익숙한 위치를 찾듯이 손가락 끝으로 꽃병을 툭, 건드려 위치를 조정했다. 그 일상적인 태도에 가슴이 이상하게 울렁였다. 이 집에서 클라인의 레이디와 '아스'가 살았다. 얼마나 그런 시간이 지속되었을까. 드디어 그녀와 '아스'의 관계를 알 수 있는 걸까.

"그동안 백작님의 레이디가 어떤 분인지 말을 안 해주셨는데…… 여기서 해주시려고 비밀로 하신 거예요?"

"뭔가 생각나는 게 있으신지요?"

"글쎄요……."

'아스'는 이런 유배지에서 얼마를 살았을까? 창밖만 안 보면 작고 소박하고 따뜻해 보이는 곳이었다. 사람이 살지 않은 지 꽤 시간이 지났을 텐데도 그동안에 클라인이 관리했는지 사람이 살지 않는 곳 특유의 분위기는 있었지만 살풍경한 느낌과는 또 달랐다. 이곳에 사는 사람들은 행복했을 것 같았다.

하지만 내게는 낯선 곳이었다. 처음 온 곳을 보며 어머니 품속에 안긴 것처럼 포근하고 안온하다고 느끼는 건 불가능한 일이다. 열흘 여행을 떠났다가 돌아와도 그토록 돌아오고 싶던 내 방에서 낯섦을 느끼는 게 나다. 영혼보다 먼저 몸이 반응하는 일은 결단코 일어나지 않을 일인가 보다.

"저의 레이디는 아름다운 사람입니다."

내가 집 안을 둘러보는 동안 클라인이 말했다.

"처음 그녀를 본 순간부터 저는 그녀를 사랑했습니다. 그렇게 아름다운 사람은 제 인생에서 달리 본 적이 없습니다. 태양은 그녀를 만나기위해 뜨고, 꽃은 그녀를 찬양하기 위해 피어나고, 달은 그녀를 위로하기위해 뜨는 것 같았습니다. 저는 어쩔 수 없이 그녀를 사랑했습니다."

나는 집 안을 살피던 것을 멈추고 먼 곳을 그리워하는 클라인의 얼굴을 보았다. 그녀에 대해 말하는 클라인의 얼굴은 행복해 보였다.

"백만 송이의 꽃이 피는 정원에서 가장 아름다운 사람이 그녀입니다."

"굉장히, 아름다운 분이셨나 봐요."

"물론 제 레이디는 외모도 아름다웠지만 외모만 아름다운 분이 아닙니다. 그녀는 그림자 하나, 그 숨결까지도 신이 가장 아끼고 사랑하며 빚은 사람처럼……."

바라옵건대 부디 '아스'가 이 사람을 사랑한 것이 아니기를. 그를 본다고 유난히 뛰거나 두근거리지 않고 그 어떤 익숙함도 느끼지 않는이 심장은 '아스'가 그를 사랑하지 않았기 때문이기를.

"많이 사랑하시는군요."

"당신도 그렇습니다."

잠깐 착각할 뻔했다. 나, 혹은 '아스'를 바라보는 클라인의 시선이 그어떤 때보다 더 부드러웠다. 잠깐 헷갈렸지만 클라인의 말은 '아스'도그녀를 사랑했다는 말이었다. 이미 죽어 없다는 자신의 레이디를 이야기하는 클라인의 모든 언어는 아직 현재형이었다.

그녀는 아름다운 사람이고 그는 그녀를 사랑한다. 그 모든 현재진행형의 말은 아무리 나라고 해도 조금 숙연한 기분을 느끼게 했다. 그녀가 죽은 지 얼마나 지났는지 모르겠지만 얼마나, 어떻게 사랑하면저런 것이 가능할까?

"제가 그분을 많이 사랑했다면, 그분도 저를 사랑하셨을까요?"

"물론입니다, 아스. 그녀는 당신을 친동생처럼, 자신의 몸 반쪽인 것처럼 아끼고 사랑했습니다."

그 말은 혈육은 아니라는 의미로군. 아마도 오늘의 클라인은 이곳에서 내가 묻는, 내가 알고 싶어 하는 모든 것을 다 알려주고 대답해 줄 것 같았다. 그의 레이디는 어떤 사람인지, 나와는 어떤 관계인지에 대해. 그동안 그렇게 내가 물었음에도 웃으며 고개를 저었던 그 모든 것을.

한참을 말을 달려온 외진 곳이었지만 왕궁에서 아침 일찍 출발한 탓에 해는 아직 우리 머리 꼭대기로까지 올라가지 않은 시간이었다. 하지만 곧 정오일 것 같았다. 내가 몇 시까지 왕궁으로 돌아가야 하더라? 몇 시이든 클라인과 함께이니 못 돌아가 쫓겨나니 마니 하며 난리가 날 일은 없을 것 같지만 이상한 스캔들이 나면 그건 또 곤란하다. 나는 시간을 가늠하며 클라인에게 물었다. 이 저택에 들어와 그의 레이디와 '아스'가 살던 곳이라는 것을 알게 된 순간부터 물어보고 싶었던 것이 있었다.

"오늘 왜 이곳에 데리고 와주신 건가요?"

왜 하필 오늘일까.

클라인이 나를 보았다. 물처럼 고요하고 맑은 시선이었다. 전쟁터에서 그는 어떤 얼굴을 할까? 영웅이 될 정도의 전공을 세운 강한 사람이라면 무자비하게 검을 휘둘러 사람들을 학살할 것 같은데, 나를 보는 그의 얼굴에서는 그 어떤 피 냄새도 찾아낼 수가 없었다. 전쟁터에서 제 몫을 하지 못하고 도망쳤다는 대마법사 시엘에게서도 풍기는 피 냄새가 그에게서는 찾아볼 수가 없다. 그가 그의 인생에서 가장 빛나고 편안한 시간을 내게서 보고 있기 때문인지, 아니면 그라는 사람 자체가 전쟁터에서의 그와 전쟁터가 아닌 곳에서의 그로 분리된 사람이기 때문인지는 잘 모르겠다.

그에게도 나에게, '아스'에게 보여주지 않는 얼굴이 있겠지. 그가 자신의 레이디에게서 결사적으로 숨겼을 얼굴도 있었을 테고.

"다시 전쟁에 나가게 되었습니다."

클라인은 저 말조차 부드러운 물처럼 담담하고 나직하게 말했다.

전쟁이 다시 시작된다. 〈탈출기〉는 사망률이 높은 소설이었고 에반스와 유르겔의 티 없이 고귀하게 아름다운 사랑이 진행되는 동안에도 내내 전쟁이 진행되고 있었다.

아까 내가 열어놓은 창문을 통해 바람 소리가 들린 것 같았다. 절벽 위에 지어진 집이니 작은 바람도 이곳에서는 큰 바람이 되어 귀로 들을 수 있다. 그러나 실제로 분 바람인지 아닌지 알 수가 없었다.

그는 이 세계에서 손에 꼽힐 정도로 강한 사람이다. 전쟁은 계속되지만 그 시간들 속에서 그가 죽거나 다칠 일은 없다. 〈탈출기〉 원작이 보장해 주는 대로 그는 계속 살아남을 것이다. 그러니 전쟁에 나가는 게 두렵지도 않겠지.

난 내 나름대로 그를 이해하기로 했다. 오랜만에 세상에 유일한 덕친을 다시 만났는데 덕 토크를 제대로 하기 전에 떠나야 한다. 얼마나 한이 맺히고 통탄스러울까. 심지어 그게 세상에 단 하나뿐인 덕친이라면. 나는 그를 이해한다. 그러니 하필 오늘이어야 했던 이유도 이해할 수 있었다. 떠나기 전에 한시라도 빨리, 정신 나간 덕친의 정신을 돌려놓고 떠나야 멀리서도 덕톡이 가능하리란 심산이겠지.

"이번엔 어디로 가시나요?"

이 나라의 땅은 국경을 제외한다면 전쟁터가 된 적이 없어서 수도에 사는 사람들은 마치 평화가 계속되는 것 같은 환상과 착각이 가능했지만 시대는 요동을 치고 있었고 한동안 전쟁이 그친 적이 없었다. 클라인을 비롯한 몇몇 영웅이 있는 나라들은 국토가 유린되는 것을 면했지만 그렇지 않은 작은 소국들은 전쟁과 화마에 짓밟혀 몇몇 나라는 속국이 되었고 또 몇몇 나라는 멸망의 길을 걸었다.

생각해 보면 그런 나라에 떨어지지 않은 것이 몹시 다행인 것 같다. 이 세계관에도 왕국을 수호하는 수호룡은 있었고 건너편 어느 나라에 뱀파이어 왕국도 있었다. 그런 데 떨어졌음 살아남기는 고사하고 첫날부터 내 생명은 안녕안녕이었을 거다. 그나마 여기가 나은 건가? 왜 불행에 순위를 세우고 그나마 낫군 하고 자위를 하게 되냐. 비참한데?

"나해로 가게 되었습니다."

어딘지 모르겠다.

"무사히 돌아오시길 빌게요."

"그곳은 작은 나라이니 아스가 걱정하실 만한 일은 없을 겁니다."

내 표정을 정확히 알아본 클라인이 살짝 웃으며 그렇게 말했다.

그렇겠지. 그가 전쟁터 나가면서 걱정했던 적이 있기나 할까. 눈먼 화살에 맞아 죽을 수도 있는 게 전쟁터지만 그런 말을 하면 그렇게 죽으라는 말처럼 들릴 것 같아서 말을 참았다.

소드마스터 비슷한 무언가니까 내가 모르는 어떤 능력이 있겠지. 여긴 판타지 세계니까 현실적인 검증이나 과학적 해설 같은 건 포기하자. 당장 내가 서 있는 이 지형부터가 과학으로 설명할 수가 없어 보이는 지형이니까.

"언제 떠나세요?"

"군장이 갖춰지는 대로 곧 떠나게 될 겁니다. 아마 보름…… 한 달 안쪽에."

"바쁘시겠군요."

클라인이 내게 손을 내밀었다. 나는 시녀라 이런 종류의 예법에 익숙하지는 않았지만 이런 거 외국 드라마랑 영화에서 많이 보기는 했다. 서투르게 그가 내민 손 위로 내 손을 얹자 클라인은 그대로 내 손을 끌어당겨 손가락 위에 입을 맞췄다.

잠깐, 이건 진짜 두근거렸어.

"아무리 바쁘더라도 아스와 함께할 시간은 있습니다."

내 조상님이 열일하시나 보다. 전멸해 버린 내 육감을 보태주시지는 않으셨지만 이런 순간에 끄아아아아아악 하고 품위 없이 소리 지르지는 않게 해주셔서 감사합니다.

"그래서 오늘 이곳에 데려와 주신 건가요? 오늘밖에 안 되는 것 같아서?"

그는 천천히 집 안을 둘러보았다. 그의 레이디라면 귀족 아가씨였을 것 같은데 그런 아가씨가 머물렀을 집치고는 소박했고 장식들도 화려하다기보다는 소녀풍이고 심플했다. 오두막과 별장의 중간쯤 되는 느낌이랄까.

그는 천장에 보이는 나무 서까래 등을 눈에 담으며 말했다.

"솔직히 말씀드리자면 이곳에 오면 당신의 기억이 돌아오지 않을까 기대했었습니다."

나는 '아스'가 아니고 어딜 가서 누구를 만나도 기억이 확 하고 떠오른다거나 몸의 기억에 내 영혼의 기억이 반응하지 않는 걸 봐서는 뭘 한다고 해도 뭐가 더 떠오를 것 같지는 않았다.

"죄송해요."

"아닙니다. 제가 섣불리 기대한 것이니까요. 다만……."

그는 보고픈 것을 그리는 눈으로 허공을 부드럽게 쓸었다. 그곳에 그가 사랑했던 레이디가 서 있었을까?

"당신도 이곳을 좋아했기 때문에, 당신이 좋아하는 모습을 보고 싶었던 것도 있습니다."

"요새 제가 힘들어 보여서요?"

"전 언제나 당신이 행복하길 바랍니다. 그리고 그 행복이 저였으면 좋겠군요."

선생님, 옥장판 팔아? 정수기 팔아? 뭐 팔아? 말만 해요. 내가 다단계라도 가입할게.

"이곳에서 제가 행복했나요?"

"제가 보기엔 그랬습니다. 당신과 그녀 모두 이곳에서 가장 행복하고 가장 자연스러워 보였으니까요."

"여기 제 방은 어디였어요? 보여주세요."

그곳에 '아스'의 일기장이든 뭐든 흔적이 더 남아 있었으면 좋겠다. 내가 '아스'에 대해 알 수 있는 것. 그리고 조금의 사심을 더하자면 이런 청교도 옷 같은 거 말고 밝고 화사한 옷이 있었으면 좋겠고, 돈이 있다면 더욱 좋겠군. 뭐든 현물이 좀 있었으면 좋겠다.

여전히 나는 '아스' 급료의 행방을 모른다. 엘리나 안나나 혹은 미나나 누구에게든 자연스럽게 물어봐야 하는데 아직도 기회를 잡질 못하고 있다. 세상에서 제일 힘든 게 자연스럽게 구는 것 같다. 아직까지 돈 쓸 일이 없어서 그나마 다행이긴 한데…… 세야에게 아직도 돈을 갚지 못해서 수업 시간마다 쫄린다.

내 방을 보여달라는 말에 클라인은 살짝 얼굴을 붉혔다. 머리카락이 붉은색이라 그런가, 살짝만 붉어진 건데 티가 많이 난다. 난 딱히 부끄럽거나 창피하지 않아도 얼굴이 자기 멋대로 붉어져서 곤란했는데, 이 사람은 머리색 때문에 얼굴 붉어진 게 이렇게 티가 잘 나서야 사회생활하기 힘들겠다.

"그게, 여성의 방에 함부로 들어가는 것은 실례라서……."

"그럼 그분의 방은요?"

"아무것도 남아 있지 않을 겁니다."

"그래도 보고 싶어요. 그분의 자취는 남아 있겠죠."

클라인의 청회색 눈동자는 흐린 겨울의 저녁 하늘 같을 때도 있고 가장 찬란한 여름에 물결치는 파도 같을 때도 있었다. 주로 나를 볼 때 끊임없이 물결치는 바다 같았는데 방금 그 바다의 물결이 멈춘 것 같아 보였다. 아주 잠시.

"이쪽으로, 아스."

이 남자 제법이로군. 그러니까 여성의 방에 함부로 들어가는 것은 실례라서 내 방의 위치는 모르지만 그 레이디의 방은 안다는 거로군? 묘령의 여인인가, 한참 연상의 여인인가, 아님 정말 의외로 취학아동 연령이었을까 두근댄다. 나를 친동생처럼 아꼈다고 했으니까 나보다는 연상인 묘령의 여인일 가능성이 제일 큰 것 같지만.

클라인은 내 손을 잡고 오두막과 별장의 중간쯤 될 것 같은 저택의 나무 계단을 올랐다. 이곳은 좀 강촌이나 가평 같은 데에 많은 예쁜 오두막 콘셉트의 펜션 같다. 2층은 2층인데 되게 복층 올라온 기분인 그곳에서 클라인은 한쪽 방을 열었다. 그의 말대로 아무것도 남은 것이 없는 방이었다. 침대와 거울 달린 화장대 같은 가구 정도는 남아 있었지만 화장품이나 그림 등 개인적인 물품 같은 것은 하나도 남아 있지 않았다.

나는 방 안으로 들어가서 시험 삼아 작은 서랍장 하나를 열어보았다. 옷 같은 게 들어 있어야 할 것 같은 곳이었는데 아무것도 없이 비어 있었다. 클라인의 눈치를 슬쩍 보다가 그가 다른 것을 보고 있는 사이에 다음 서랍을 열고 손을 넣어 싹싹 훑어보았지만 손가락에 먼지만 가득 묻어 나왔다. 이곳을 비운 지 한참 된 모양이다.

"진짜 아무것도 없네요."

"그녀가 떠났을 때, 그가 다 불태워 버렸으니까요."

나는 클라인을 돌아보았다.

"그가 누군가요?"

그는 대답하지 않았다. 대신에 큰 키만큼이나 길쭉한 팔로 창문을 밀어 열었다. 오래 닫혀 있던 곳 특유의 눅눅하고 갑갑한 공기 대신에 신선한 공기가 방 안으로 밀려 들어왔다. 그의 말대로 정말 공기는 좋은 곳이었다. 하지만 절벽 쪽으로 향한 창문이라 밖을 내다볼 생각은 들지 않는군. 몸이 약하다고는 했지만 확실히 심장이 약한 여자는 아니겠다.

"여기 방들 다 열다 보면 제 방도 나오지 않을까요?"

"나와도⋯⋯ 물건들이 하나도 남아 있지 않아서 아스의 방인지 아닌지 알 수 없을 것 같습니다만."

"여자에게는 직감이라는 게 있어요, 백작님."

난 없는 것 같지만.

혹시 모른다. 어딘가에 동전 하나라도 남아 있으면⋯⋯! 우리는 천천히 다 비어 있는 방들의 문을 하나씩 열기 시작했다.

"그분과 저는 어떤 사이였나요?"

"그녀는 당신을 친동생처럼 아꼈고 당신도 그녀를 친언니처럼 보살폈습니다."

"그렇다고 저희가 진짜 자매였던 건 아닐 테죠."

"그런 말씀은 그녀도 당신도 슬프게 할 말입니다. 두 분은 친자매 이상이었으니까요."

풀 옵션이라고 내놓은 원룸 같은 방들이 몇 개 계속 이어지고 2층은 끝났다. 클라인은 어떻게 해야 하는지 모르겠는 얼굴로 잠시 나를 보더니 3층으로 이어지는 비좁은 계단을 앞서 걸어 올라갔다.

아. 계단 같은 곳에서는 레이디 퍼스트여야 하는 게 맞는데 치마를 입고 있는 나를 앞에 걸어가라고 하지 못한 거겠다. 대신에 그는 계단을 모두 올라간 후 나에게 손을 내밀어 끌어 올리다시피 나를 잡아주었다.

올라서는 순간부터 알았다. 그곳이 '아스'의 방이었다. 뭐, 나도 몰랐던 그리움이 반응했다거나 그런 게 아니라 이 집에서 클라인의 레이디라는 사람의 방 외에 침대가 있는 유일한 방이었다. 그리고 로망의, 다락방이었다. 점점 맘에 든다, 이 여자. 나랑 성격과 로망이 많은 부분 일치하는군. 물론 다락방은 많은 현대인의 로망이고 실제로 사는 사람의 감상은 로망이랑 거리가 멀 수도 있겠지만.

방 안을 모두 둘러본 후에 클라인을 바라보았다. 그는 차분히 나를 기다리고 있었다. 시선이 내 손목 쪽에 닿아 있었다. 세야의 리본이 이상해 보이는 걸까? 오른손을 위에 두니까 잘 보이지도 않을 텐데 기사라 그런가 예리하다. 나는 모으고 있던 손을 풀고 리본이 묶인 왼손을 등 뒤로 가렸다.

"여기가 제 방이었던 모양이네요."

"네, 그런 것 같습니다."

"남아 있는 물건들은 역시…… 없겠죠?"

"네, 그라면 당신의 물건 역시 불태웠을 겁니다."

그러니까 그 '그'가 누군지 말을 좀 해줬으면 좋겠다. 이런 식으로 냄새피우면서 결정적인 건 말을 안 해주는 화법 개인적으로 아주 별론데.

"그분이 혹시 전염병에 걸리셔서…… 떠나신 건가요?"

"아닙니다. 그녀는 태어날 때부터 몸이 약했습니다."

혹시나 싶어서 이 방에서 제일 큰 가구인 옷장의 문을 열어보았지만 스타킹 한쪽도 남아 있는 것이 없었다. 클라인만 뒤에 없었어도 서랍이라는 서랍은 다 꺼내서 탈탈 털어볼 텐데. 여기 어디 뭐 좀 숨겨둘 만한 데가 없을까? 침대 아래? 아냐, 거긴 마의 영역이야. 이사 가기 전까지는 결코 봐서는 안 되는 암흑의 공간이니까 제외하고.

이 집은 얼마나 비어 있었던 걸까. 집 어디에도 묵은 공기 특유의 텁텁함이 가득 남아 있어서 옷장을 노려보다 말고 다락방에 딸린 커다란 창문을 열었다.

와, 씨. 아무 생각 없이 내다봤다가 심장마비 걸릴 뻔했네. 커다란 창문 아래는 절벽이었고 아주 살벌해 보였다. '아스'는 나보다 배포가 있는 여자였던 모양이다. 이런 방에서 잘도 살았다. 나는 창문에 매달리다시피 해서 클라인을 돌아보며 웃었다.

"제가 그분의 하녀였나요?"

솔직히 간호사는 아니라는 확신이 있었다. 어디나 간호사는 고급 인력일 테니 '아스'가 간호사였다면 왕궁 시녀로 취직할 게 아니라 병원을 차렸겠지. 예상한 대로 클라인은 고개를 끄덕였다.

"하녀라고는 하지만 이곳은 당신과 그녀만 사는 집이라 말벗에 가까운 위치였습니다."

이 남자가 큰일 날 소리를 하고 있다. 이런 사람이 생일상 간단하게 잡채랑 갈비찜이나 해서 집에서 차려 먹자는 헛소리를 하지. 이곳이 다락방이니까 2.5층으로 친다고 해도 일단 집이 한 채인데 그 집 한 채의 살림을 '아스'가 도맡아 하고 있었다는 것이다. 청소만 생각해도 내가 다 눈물이 나올 것 같다. 몸이 약한 아가씨가 집안일을 돕거나 같이 해줄 수 있었을 것 같지도 않고 청소부터 빨래, 요리에 그 외 온갖 자질구레한 일까지······.

자취 좀 해본 사람이라면 원룸 살림도 뭐 그렇게 할 일이 많은지 알 텐데 클라인도 고위 귀족이라, 집안일 자기 손으로 해본 적이 없는 사람의 말을 하고 있었다. 집안일에 말벗까지····· 크흡. 아스, 너 급여 대체 어디로 간 거니. 최저 시급 받고 그 일 다 했다고는 하지 말아줄래?

나는 남의 방이랑 다를 바 없는 '아스'의 방 안을 둘러보다 침대 위에 앉았고 그 옆에 있는 의자 비스름한 것을 내 앞으로 끌어와 놓고 말했다.

"이제 그분에 대한 이야기를 해주세요. 떠나실 거잖아요."

조금 사이를 두고 그가 천천히 내 앞에 앉았다.

"그녀를 처음 봤을 때, 저는 제가 시인이기를 바랐습니다. 제가 시인이었다면 그녀를 향한 제 마음을 더 자세히 그녀에게 들려줄 수 있었을 텐데요."

클라인은 그렇게 그의 레이디에 대한 이야기를 시작했다.

그녀는 나보다 두 살 위의 나이였고 그의 표현에 따르자면 가장 맑은 바다의 청록색 눈동자를 가진 연약하지만 상냥한 미녀였던 것 같다. 꽤 진부한 캐릭터 설명인 것 같지만 클라인의 옅은 꽃향기가 날 것 같은, 그리움으로 가득 찬 진지한 얼굴을 빤히 보고 있자니 그런 생각을 한 게 조금 미안해졌다. 이 집 어디에도 그녀의 초상화가 남아 있지 않아서 안타깝다. 초상화로라도 얼굴을 보고 싶었는데. 그렇다고 내가 뭔가를 떠올리거나 할 것 같지는 않지만 그래도.

"백작님은 그분을 뭐라고 부르셨어요?"

"저는 그녀를……."

그는 대답하기 전에 내 귀에 들리지 않게 입안에서 먼저 그녀의 이름을 불렀다. 그도 오랫동안 불러보지 않은 이름인 것이다.

"이티카라고 불렀습니다."

나도 모르게 한쪽 귀뿌리를 손가락으로 난폭하게 쓸어 올렸다. 클라인의 목소리는 평소보다 조금 낮을 뿐인데도 '이티카'라는 세 음절의 단어가 내 귀부터 목덜미까지 누가 간지러운 것으로 비비는 것처럼 몸서리쳐지게 간지럽게 들렸다.

이티카.

내 삶의 빛, 내 몸의 불이여.

나의 죄, 나의 영혼이여.

이- 티- 카.

혀끝이 입천장을 따라 세 걸음 걷다가 세 걸음째에 앞니를 가볍게 건드린다.

롤리타인 줄 알았네. 목감기가 오기 전에 면봉이나 귀이개로 아무리 귀를 긁어도 간지러움이 사라지지 않는 것처럼 이티카라는 이름은 내 귀에 휘감겨 오래 남았다.

이티카 카직이라는 이 아가씨는 태어날 때부터 몸이 약해서 철이 들 무렵부터 이곳에서 '아스'와 요양을 하다 클라인을 만난 모양인데 이 아가씨의 집안도 굉장한 것 같았다. 철이 들 나이라는 게 뭐 개인 차라는 건 있지만 일단 못해도 십 대 초중반일 어린 딸을 이런 절벽에 처박아두다니? 사람이 죽어도 알리러 나가지를 못할 동네인데 이건. 유배지냐고.

"전 유모의 딸이라서 그분이랑 같이 자라다 이곳에 같이 온 케이스예요?"

"아닙니다. 하인 중에 그녀와 나이가 맞는 것이 아스였다고 하더군요."

다행이다. 거기서까지 유모의 딸이나 뭐 그런 거면 너무 진부하고 좀 슬플 것 같았어. 유모가 천직이고 가업인가 하고.

"그녀는 가련한 꽃 같은 사람이지만 연약하기만 한 사람은 아니었습니다. 불의를 참지 않았고, 강한 사람이었지요."

개인적인 내 의견을 말해보라고 한다면, 이런 한적한 절벽 위에 박혀 있는 동안에 만날 수 있는 불의가 뭐가 있을 것이며 머릿속이나 이야기 속에 나오는 불의에 입으로 대항하는 걸 못 할 사람은 거의 없을 것 같다. 하지만 클라인이 그렇게 생각한다는 데 굳이 태클을 걸 이유는 없을 것 같아서 입을 다물고 참았다.

어차피 죽은 사람이고 결국은 죽은 사람의 이야기다. 그에게는 영원히 살아 있을 사람이지만 옆에서 보기에는 추억이란 책장 속에서 압화가 되어 아름다운 화석이 되어갈 사람의 이야기다.

그의 이야기 속의 이티카는 실제의 이티카와 얼마나 같을까? '아스'가 본 이티카와 같은 사람일까? 아름다운 이야기를 하는 사람의 표정은 그 이야기만큼이나 아름답다. 그래서 나는 클라인의 얼굴을 보며 조금 슬퍼졌다. 그는 스테인드글라스 빛이 아름다운 성당처럼 아름다운 얼굴을 하고 있는데 왜 나는 이 모든 이야기를 의심을 거쳐 들어야 하는 것일까.

클라인이 그의 레이디와 만난 것은 기연이라고밖에 할 수가 없었다. 어쩌다 이 근방을 지나가다가 절벽에서 떨어져 정신을 잃은 그를 그의 레이디가 발견하여 '아스'가 그를 간호하게 되었다고 한다.

역시. 소드마스터 썸띵썩이나 되는 인물도 이런 절벽에서는 떨어지는 모양이다. 이런 데에다가 철이 들 무렵의 딸을 갖다 박아났다고? 제정신을 절벽 아래로 살짝 내려놓은 사람들인가 보다. 그리고 나는 다른 의미로도 조금 감탄했다. 이 근방 절벽들은 하나같이 살벌하기 그지없는데 여기서 떨어지고도 사지 멀쩡하게 살아 있다고? 과연 소드마스터 어쩌고 하는 위인답다. 내 생각에 그 경험이 그를 소드마스터 썸띵으로 만든 게 아닐까 하지만.

그런데 몸 약하다는 그 아가씨는 대체 뭐 하다가 저 천년의 한을 품은 전설의 고향처럼 굽이굽이 절벽이 이어지는 가파른 곳을 내려갔는지 모르겠다. 그러니까 기연이라는 거겠지. 이 생각을 나만 하는가 보다. 나만 이상한가, 이게? 레알?

"당신은 처음에는 저를 싫어하셨습니다."

그거야 댁을 발견한 거야 한들한들 산책하던 그의 레이디였을지 몰라도 실제로 댁을 간호하고 돌보고 일을 한 건 '아스'였을 테니까 그랬겠지. 이 넓은 저택 유지하는 일이 쉬운 일도 아니고.

"제가 그랬던가요?"

나는 딴청을 부렸다.

"이런 외딴곳에 살고 계셨기 때문에…… 혹여 제가 그분께 해를 끼치지나 않을까 경계했던 것 같습니다. 단 한 번도 물어보지는 않았습니다만."

"혹은 그분을 백작님께 빼앗긴 것 같아서 질투한 것인지도 모르죠."

"그러셨습니까?"

나는 '아스'가 아니며 '아스'는 내가 아니다. 나는 손목에 묶여 있는 세야의 검은 리본을 보았다. 손목에 휘감긴 리본은 깨어 있는 내내 내게 그 사실을 일깨운다. 나는 '아스'가 아니다. 하지만 '아스'여야 한다는 것.

하지만 내가 '아스'가 아니라도 생애의 기억 대부분을 공유하고 있었을 아가씨이자 친구에게 외간 남자가 접근한다면 질투를 했을 것 같다. 정말 아가씨와 하녀가 친구였을지는 모를 이야기지만. 그렇게 이제는 알 수 없는 이야기를 하며 나도 그도 웃었다.

"그분은 어디가 아프셨던 건가요?"

일단 심장은 아니라는 건 알겠다. 심장은 차라리 그 이티카라는 여자보다 '아스' 쪽이 약할 거다. 아까 창문 열어보고 진짜 심장마비 오는 줄 알았거든.

"태어날 때부터 몸이 약했습니다. 한여름에도 두꺼운 옷을 입고 기침을 했을 정도로 몸이 약한 분입니다. 그녀가 태어났을 때 의사가 스무 살을 넘기지 못할 거라 말했다고 하더군요."

클라인은 그의 레이디가 살았던 집에서 그의 레이디의 이야기를 하며 약간은 슬퍼 보였고 약간은 행복해 보였다. 조금 슬픈 것이, 그는 그녀의 이름도 함부로 부르지 않았다는 거였다. 그렇게 소중하게 아끼는 사람이다. 그에게 이티카란 아가씨는.

이곳에서라면 그는 내가 궁금했던 모든 이야기를 해줄 것 같았다. 그간 그가 피하고 싶었던 이야기, 잊고 싶었던 이야기, 외면하고 싶었던 모든 이야기를.

"그분은 언제 돌아가셨나요?"

나도 남의 아픈 곳을 묻고 싶은 것은 아니고 일부러 무례하고 싶은 사람 역시 아니다마는 지금 이곳이 아니라면 클라인은 두 번 다시 그의 레이디에 대한 이야기를 해줄 것 같지 않았다.

인생에 가끔씩 마법에 걸린 것 같은 날이 찾아온다. 예를 들자면 아침이 되면 다시는 꺼내지 않게 될 밤의 이야기. 서로의 얼굴이 보이지 않는 동안에만 할 수 있는 파자마 파티에서의 진실 게임 같은 것 말이다. 지금은 그것이 낮의 얼굴을 하고 있었다.

이 마법의 시간이 언제까지 지속될까. 꼬리뼈같이 흔적만 남은 내 직감은 노을이 지기 시작하는 시간이라고 말하고 있었다. 노을이 져서 어두워지기 전에, 우리가 각자 행복하고 그리운 것이 전부인 것처럼 위장할 수 있는 동안에 이 모든 이야기를 끝내야 한다. 서로의 얼굴을 통해 들여다볼 수 있는 슬픔을 들키지 않도록.

"삼 년 전에 황혼의 나라로 떠나셨습니다."

클라인이 고개를 숙이고 말했다.

삼 년. 그사이 '아스'는 어떻게 살았을까. '아스'는 유모가 되기 전에 견습 시녀였고 그렇다는 것은 왕궁의 시녀가 된 지 일 년이 되지 않았다는 것이다. 왕궁으로 오기 전 대략 이 년 동안 그녀는 어떻게 살았을까.

"그분은 황혼을 좋아하셨으니까 그곳에서도 잘 계실 거예요."

"기억이 나십니까?"

"글쎄요. 그냥…… 모든 아름다운 것은 그분을 좋아하고 그분도 아름다운 것들을 좋아하셨을 것 같아서요."

그냥 댁이 외로워 보여서 위로해 주고 싶어서요. 눈앞에서 슬퍼하는 사람을 보면 불편해 어쩔 줄 모르는 사람처럼 그렇게 오지랖 한번 부려봤다.

"두 분은 결혼하신 건가요, 아님 약혼하신 건가요?"

내 물음에 그는 이 집에 들어오고 처음으로 괴로운 얼굴을 했다.

레이디라고 하는 그 관계는 이 세계에 속한 사람이 아닌 나는 제대로 모르지만 중세 시대보다 이 〈탈출기〉 내에서 더 로맨틱한 관계를 형성하고 있었다. 대체로 레이디라고 하면 결혼에 준하는 연인 관계거나 아니면 여자 쪽이 이미 결혼을 해서 플라토닉한 관계를 유지하고 있는, 뭐, 그런. 그러는 한편으로 만약 이미 결혼한 레이디와 그 기사의 불륜이 발각되더라도 레이디와 기사 관계라고 하면 어느 정도 정상참작을 해주는 그런, 내 기준으로는 용납할 수 없는 기묘한 관계가 기사와 레이디의 관계였다.

솔직히 몸 약한 딸을 이런 절벽 위의 하얀 집에 처박아두는 집에서 그 딸을 일찌감치 멀쩡한 다른 집으로 시집보냈을 것 같지 않았다. 그렇다면 이티카와 클라인이 약혼이든 결혼이든 하긴 했을 것 같은데, 클라인이 그녀를 군이 레이디라 칭하는 걸 보면 결혼까지는 아니고 약혼 관계이지 않을까 싶었다.

"그녀의 집안에서 저를 싫어했습니다."

이건 또 무슨 소리래? 굉장하다. 소드마스터 썸띵씩이나 되는 백작을 거부할 수 있는 집안이라니. 이티카의 집안이 어디 외국 왕족이나 대공작 정도는 되나?

"……왜요?"

"그녀의 오빠가 저를 많이 싫어했습니다. 이유 없이."

"그 오빠라는 분이 혹시 아까 말씀하신 그분의 물건을 다 불태우셨다는 분인가요?"

"맞습니다."

"혹시 그분도 기사세요?"

"그렇긴 합니다만 가문 때문에 받은 작위로 기사로서의 재능이 출중한 타입은 아닙니다."

아, 난 이제 좀 그 사람이 클라인을 싫어한 이유를 알 것 같은데.

"그는 제가 이곳에서 그녀를 만나는 것도 싫어해서 그녀를 외진 곳으로 보내려고도 했습니다."

"여기보다 더 외진 곳이 있다고요?"

지리의 혁명일세.

"저는 시간이 날 때마다 그녀를 만나러 이곳으로 왔는데 그걸 방해하기 위해 들판에 용병들과 산적들을 풀어놓기도 했었죠. 기사단의 일에 트집을 잡는 건 예사였습니다."

"좀 달래보지 그러셨어요."

그는 이해할 수 없다는 얼굴을 했다. 그래, 일인자는 그 아래에 있는 사람들 마음을 늘 모르지. 우리 반 반장도 내 수학 성적 이해 못했을 거야. 이과에서는 나올 수 없는 숫자였으니까. 죄는 아닌데 되게 죄 같다.

"그, 뭐랄까…… 그분의 오빠 되시는 분이 싫어하셨어도 그분 아버지의 의견은 다를 수 있지 않았을까요?"

만약에 클라인이 그녀의 아버지에게까지 미움을 받았다면 그건 그녀의 오빠만의 문제가 아니라 클라인 자체의 문제다. 다행히 클라인은 고개를 저었다.

"그녀의 아버지는 일찍 돌아가셨습니다."

그럼 열등감 플러스 재산 분할 문제일 것 같은데. 이 세계는 결혼할 때 남자든 여자든 신분에 맞는 재산을 갖고 가야 했다.

클라인도 운이 나쁘다. 어지간해서는 그 같은 사람과 인척이 되길 원할 텐데 케이스가 나빴던 것 같다.

"그는 제가 그녀의 시신을 가져가는 것도 허락하지 않았습니다."

어……?

나 좀 소름이 돋은 것 같은데. 살아서는 갖지 못한 사랑을 죽어서라도 갖겠다는 그런 크리피한 로맨스야? 아니, 백설공주에 나오는 왕자도 아니고 죽은 시신은 가져가서 뭐 하려고?

"……시신은 왜요?"

"비록 식을 올리지 못했다고는 하나 그녀는 제 레이디였습니다. 언젠가 제가 죽었을 때 카펠라 가문의 영지에서 영원히 함께하고 싶었습니다."

아하하, 그러시구나. 같이 묻히고 싶은 로맨스였구나. 원래 로맨틱과 크리피는 종이 한 장 차이다. 하지만 내가 그 오빠라도 좀 싫을 수 있었을 것 같다. 지참금이나 기타 등등의 이유로 반대하는 줄 알았는데 아무래도 그게 아니었을 수도 있을 것 같은데? 그 오빠가 상식인이 었을 수도 있어.

"그럼 그 후에는……."

"계속 전쟁터에 있었습니다. 저는…… 당신께도 죄송합니다."

클라인은 나의 소름 돋은 손을 소중한 듯이 잡아 올렸다. 나는 그의 눈에 소름이 보이지 않도록 몸을 살짝 틀어 손등을 가렸다. 썩 훌륭하지는 않아도 그에게 보이지 않을 각도 정도는 되는 모양이었다.

"정신을 추스른 후 저는 그에게 당신을 제 가문으로 보내달라고 요청을 했습니다만 요청한 그날부터 당신의 행방을 찾을 수가 없었지요. 그래도 저는 그가 당신을 잘 보살펴 줄 거라 생각했었습니다만……."

당신은 '아스'를 얼마 만에 생각해 냈을까. 얼마 동안 '아스'를 찾으려 노력했을까.

"저는 잘 있었어요."

"기억을 잃을 정도로 말입니까?"

"아, 뭐. 제가 기억을 잃은 게 그분 탓은 아니니까요……."

그러면 누구 탓일까. 내가 이 세계에 와서 이런 소름 돋는 로맨스를 듣고 있어야 하는 게 과연 누구 탓일까. 나? 아스? 혹은 어딘가에 존재는 하실 신? 모르겠다. 하지만 나도 가끔은 나 아닌 다른 사람의 탓을 하고 싶다. 그녀의 오빠를 원망하는 클라인처럼.

"그래서 그분을 기억하고 있는 게 이제 저와 백작님뿐이라고 말씀하신 거군요."

"그녀는 어렸을 때부터 이곳에서 당신과 단둘이 자라서 아는 사람이 적습니다. 그녀의 오빠는 그녀를 좋아하지 않았으니까요."

그 오빠의 의견은 다를 수 있을 것 같다. 클라인에게는 미안하지만 그래도 여동생에게 변태가 접근하는 것을 싫어하고 저지하려고 했을 정도면 그 오빠라는 사람에게도 평범한 정도의 애정은 있었던 것 같은데 말이다.

아니다. 클라인의 사랑은 〈탈출기〉 공인의 에반스와 유르겔의 사랑만큼이나 순수하고 순결할 수도 있다. 함께 묻히고 싶다는 합장 로망이 메이저한 로망일 수도 있지. 호적상 끝내 남남이라는 점이 그를 시신에 집착하는 사람으로 만들었나 보다. 내 몸의 소름이 아직 안 가라앉았지만 나는 관대하다. 관대할 수 있다.

"가끔 저는 당신과 그녀의 모습을 가만히 바라보고 있을 때가 있었습니다. 당신들 둘이 있을 때는 저조차도 공유하지 못할 공기가 있으니까요. 가만히 보고만 있어도 당신이 그녀를, 그녀가 당신을 얼마나 사랑하는지 알 수 있을 정도로요. 저조차도 끼어들 수 없는 둘만의 천국이 있었습니다."

"제가 그분인지, 그분이 저인지 모를 정도로 둘이서만 함께한 시간이 길었을 테니까요."

"네, 아스. 그녀가 당신과 똑같은 말을 했었습니다."

나는 클라인의 이야기를 들으며 혹시나 모르는 가정을 하나 하고 있었다. '아스'가 그 정도로 이티카를 사랑했다면 그녀를 잃고 삼 년간 어떻게든 살아보려고 노력을 하다가 그날 내가 라면을 끓이고 있던 그 순간에 자살한 것이 아닐까 하는.

그런 생각을 잠깐 했는데, 나는 왕비가 출산할 때 갑자기 빙의되었잖아? 출산을 돕는다고 물 떠 나르고 있었을 '아스'가 자살했을 리가 없군. 아놔, 진짜 이곳에 떨어진 이유도 원인도 알 수가 없으니 이건 이거 나름대로 되게 답답하다.

내 인생이 가혹하다. 시간은 겹겹이 쌓여만 가는데 그렇게 열심히 살아왔음에도 손안에 쥔 것은 없고 오로지 의문과 궁금증만 쌓여간다. 왕비도, 유르겔과 클라인도, 그리고 '아스'까지. 이거 진짜 너무 가혹하지 않나.

"그래서 아스, 저는 당신이 소중합니다. 그녀의 오빠는 그녀가 떠난 후 그녀의 초상화와 물건은 물론이거니와 그녀를 추억할 만한 단서를 단 하나도 남기지 않았습니다. 당신이 사라졌을 때, 저는 그가 그녀를 저에게서 완전히 감추려는 것을 알 수 있었습니다."

클라인은 몹시 그리운 것을 보는 눈으로 나를 보았다. 나는 처음 보는 눈빛이었지만 이 눈빛을 모르지 않았다.

나 자체를 보지 않는 눈. 나를 통해 그리운 것을 보는 눈. 나를 통과하는 눈. 그는 아직도 그녀를 사랑한다. 살아 있는 사람을 바라보듯이 그녀를 사랑하고 나를 통해 그녀를 바라본다. 삼 년간이나 한 사람을 잊지 않고 계속 생각하는 사랑이란 어떤 것일까.

"당신의 눈빛을 통해 그녀를 다시 만날 수 있습니다."

클라인의 손이 흩어진 내 옆 머리카락을 건드리듯이 쓸어내리고 지나갔다. 가슴이 조금 아프고 조금은 달콤한 그런 기분이었다.

괜찮다. 내 로맨스가 아닌 남의 로맨스라도 달콤할 수는 있다. 조금 소름이 돋기는 하지만.

"그렇게 저를 소중히 여겨주셔서 감사합니다. 아가씨…… 도 기뻐하실 거예요. 제가 그분을 이렇게 부른 게 맞나요?"

그는 고개를 끄덕였다. 내 인생을 미궁으로 빠뜨리려고 온 내 수수께끼 아가씨로군. 나는 그녀를 '아가씨'라고 불렀고 그녀는 사탕을 입에 문 것처럼 '아스'라고 불렀다고 한다. 그리고 클라인은 '클라인'이라고 불렀다고. 물어보지는 않았지만 아스 역시 클라인 님 정도로 그를 부른 것이지 않을까 싶다. 저번에 백작님이라고 불렀을 때 뭐라고 했으니까.

"아스, 지금이라도 제게 오지 않으시겠습니까? 전하께서 당신을 유모에 명했다고는 하지만 제가 방법을 찾아볼 수 있습니다."

"저는…… 지금에 만족합니다. 누군가에게 기대어 살고 싶지 않아요."

"다시는 당신을 잃고 싶지 않습니다. 그가 당신을 감췄을 때 제 절망을 당신은 상상하실 수 없을 겁니다."

그에게 말하지는 않겠지만 솔직히 말해서, 그거 내가 알 바는 아니지 않나. 우리 둘이 만약에라도 사랑하는 사이였다면 나는 클라인에게 부채감을 가졌을 테니 그를 거절하지 못했을 것이다. 그러나 그가 나를 통해 원하는 다른 사람을 보고 있다면 내가 있는 것 자체만으로도 그는 얻는 것이 있으니까 기브 앤 테이크가 맞지 않는다.

클라인에게 가서 클라인의 보호를 받는 인생을 산다면 일생 안온하게 살아남을 수는 있을 것 같다. 왕비 궁의 지하실의 문제나 유르겔, 미카엘 왕자의 인성 문제 등등 내가 신경 끄고 싶은 모든 것을 잊고 나 나름대로 잘 살 수 있을 것 같기는 한데, 대신에 나는 이곳에서 '아스'로 생을 마감하게 될 거다.

내가 이곳에서 '아스'로서 수명을 다한다면 내 세계로 돌아갈 수 있을까? 그렇게 생각하면 잘못된 답을 찍었을 때의 되게 익숙한 아리송함과 불안함이 남는다. 내가 이곳에 온 데는 이유가 없을 수 있다. 아무런 사명도 없이 클라인과 이티카의 기연처럼 나와 '아스' 사이에도 그저 그런 기연이 발생한 건지도 모른다.

하지만 나는 시간이 흐를수록 점점, 왕비 궁에 남아 있어야 한다고 느끼고 있다. 근거 있는 예감인지도 모르고 절박한 강박일지도 모른다. 왜일까? 이제 제법 사람처럼 보이는 미카엘 왕자가 가엾고 귀여워서? 글쎄…….

"저를 보면 슬퍼지지 않으세요?"

"당신은 제게 기쁨이며 행복이고 사는 의미입니다."

난 좀 슬퍼지는데. 저 말이 나를 향한 사랑의 고백이 아니라서.

이 세계로 와서 되게 로맨틱한 소리를 많이 듣고 살고 있는데 그 모든 로맨틱한 발언이 다 영양가가 없는 것이라 그지없이 슬프다. 사방에 미남이 넘치는데 공략 가능한 캐릭터가 안 보인다. 차라리 세야나 저어기 왕비 궁 앞에 경비 서는, 부업으로 감자 농사를 한다는 경비원을 꼬시는 게 훨씬 수확이 있어 보인다.

"전 백작님을 보면 슬퍼요."

못 먹는 감 같은데, 찔러보면 내가 죽을 판이라서요. 난 감정이 있는 ATM기라고 말했을 텐데? 아니지. 난 감정이 있는 유품이라고? 유니크하게 다뤄주시죠?

"전 그 아픔마저 달콤함이지만 당신께 강요할 수는 없겠지요."

나를 보는 그의 얼굴에는 언제나 기쁨과 달콤함이 있다. 이 얼굴 이대로 한 석 달만 연속해서 쳐다보고 있으면 그가 날 사랑하고 있다고 착각하거나 아님 착각이라도 상관없다고 생각될 만치 그 달콤함은 중독성이 강하다. 사람 하나 바보 만들 수 있을 미남이라니. 이것은 해로운 미남이다.

사, 사실 그의 달콤함의 기저에 상실이 있다고 생각하니 가슴이 좀 두근거리고 있었다. 내 취향은 사연 있어 보이는 우울한 미남이란 말이지. 관상용이지만.

"그래도 돌아오신 지 얼마 안 되셨는데 또 전쟁에 나가신다니 너무한 것 같아요."

"금방 돌아올 겁니다."

"그건 알 수 없는 거잖아요."

"아스, 날 보세요. 당신이 어디에 있는지 알게 된 이상, 저는 금방 당신께 돌아옵니다."

아니, 네. 저기, 댁이 5초면 지금 저처럼 사람 하나 넋 나가게 할 수 있는 플러팅의 귀재라는 건 알겠는데요. 그거랑 전쟁은 별개이지 않을는지요.

"그래도 돌아오시고 피곤이 아직 안 풀렸을 텐데……."

"나해는 작은 나라입니다."

그리고 그는 말이 없었다.

작은 나라면 뭐? 식후 운동 삼아 밟아버리기에 좋은 사이즈라고? 왕복으로 턴만 찍고 돌아오면 되는 거라도 됨? 그래도 전쟁은 전쟁일 텐데.

"만약에 그래도 걱정되시는 거라면……."

아무리 나라고 해도, 아는 사람이 전쟁터에 나간다는데 걱정이 안 되면 그건 사람이 아니다.

"걱정돼요! 백작님은 무사히 돌아오시겠지만 그래도요."

그건 예언과도 같은 일이었다. 〈탈출기〉에 클라인 카펠라는 공작이었다. 이번 전쟁에서는 휴전이라 아마 충분한 전공을 세웠다고 판단되지 않아서 국왕 에반스도 무리해서 클라인의 작위를 높이지 못한 거겠지. 아마 다음 전쟁, 혹은 그다음 전쟁에서 클라인은 공작으로 작위가 올라갈 거다. 그때까지 그는 무사할 거다. 늘 전쟁 중이고 사망률이 높은 〈탈출기〉의 원작이 보장해 준 생존이다. 그는 공작이 될 때까지 살아남는다.

"부디 제게 증표를."

나는 잠깐 멀리서 새가 날고 있는 창밖을 바라보았다. 와아. 내려서 쉴 데가 저 까마득한 절벽 아래밖에 없어 보이는데도 새가 나는구나. 극한 직업 새. 실전 삶의 현장 새.

잠깐, 도피하지 말아보자. 클라인이 대단한 걸 요구한 건 아닌 것 같다. 영화 같은 데서 화려한 귀족 아가씨들이 손수건 같은 거 기사들에게 주며 무사를 비는 걸 보기는 했는데 말이다. 나는 이런 거 잘 모르는데, 원래 그런 거는 자기 레이디에게 받는 거 아닌가?

"증표요? 증표…… 증표 드려야죠. 드려야 하는데 제가 지금 가진 게 없는데요."

보통 레이디들이 주는 건 손수건인데…… 지금 내가 갖고 있는 손수건은 왕자가 흘린 침을 닦아낸 손수건뿐이다. 내 로망은 아직 죽지 않았다. 기사에게 주는 무사를 비는 증표의 손수건이 애 침 닦은 손수건인 건 로망 셀프 와장창이잖아. 클라인은 고사하고 내 스스로한테 잔인해서 차마 못 하겠다.

나는 더듬더듬 어딘가에 있을지 모르는 물건을 찾아봤지만 줄 만한 게 전혀 없었다. 클라인이 천천히 입을 열었다.

"그럼 아스, 부디 손목의 리본을 제게."

내 손목에 무슨 리본이 있었…… 네. 있었지. 있었어. 세야가 준, 내가 나이고 아직 '아스'여야 한다는 것을 아침마다 확인시키고 일깨워주는 검은 리본에 클라인의 시선이 향하고 있었다. 나는 반사적으로 다른 손으로 리본이 묶인 손목을 잡았다.

"이건 좀…… 이것 말고 다른 것을 드릴 테니 조만간 왕비 궁에 들러주세요."

어떻게든 클라인에게 줄 만한 것을 연성해 내고 말 테다. 내가 다른 건 몰라도 홈질 하나만큼은 남부럽지 않게 끈기 있게 잘했다. 원래 진정한 대가는 기본기가 탄탄한 법! 박음질이고 공그르기고 하나도 못했지만 홈질만큼은! 시간과 근성만 투자하면 나는 해낼 수 있도다.

클라인의 시선이 내 손목 위 리본에 조금 오래 머물렀다. 세야의 머리 끈이던 이 리본이 백작님인 클라인이 탐낼 만큼 예쁘고 고급이거나 아님 내 손목에서 이걸 벗겨내고 싶었거나 둘 중 하나인 것 같다.

혹시 그는 '아스'가 자기처럼 사랑했다는 그 아가씨를 잃고 자해를 했을 것을 걱정하고 있는 것일까. 나는 웃으며 손을 내밀어 그의 손을 잡았다.

"가시기 전에 꼭 왕비 궁에 들러주시기예요?"

"네, 아스. 떠나기 전에 꼭 당신을 뵙고 떠나도록 하겠습니다."

그는 그렇게 말하며 내 손을 잡고 또다시 내 손가락 위에 입을 맞췄다. 가운뎃손가락과 네 번째 손가락 위에 타인의 건조한 입술이 닿았다가 떨어지는 감촉에 등 뒤로 소름과 닮았지만 다른 묘한 감각이 들었다. 내 전 남친 누구도 내 손에 키스해 준 적이 없었지. 면역이 없어서 그렇다, 면역이.

어디서 두두두두두 하는 이상한 땅울림이 들려왔다. 심지어 가까워져 온다. 이 절벽에서 누가 말을 달리나? 설마. 여긴 군마인 클라인의 말도 진입을 거부한 곳인데 어느 미친 사람과 미친 말이 사람도 두 발로 걸어오기 힘든 데를 달려와. 용비안져에 나오는 용비가 키우는 비룡이라도 그건 불가능하다. 그러나 우리는 알고 있지 않나. 불길한 예감일수록 빗나가는 법이 없다.

두두두 하는 소리는 점점 더 가까워지면서도 작아질 기미를 보이지 않더니 결국 아래쪽에서 문가가 부서지는 빠각 소리가 났다. 집은 약간보다 더 세게 흔들렸다.

어느 미친 자냐. 이 절벽에 세워진 집에 그렇게 다이빙을 했다가는 도매금으로 같이 죽을 것 같은데!!

나는 클라인의 손을 뿌리치다시피 하고 계단을 달려 아래쪽으로 뛰어 내려갔다. 까만 눈과 속눈썹이 차밍하게 어여쁜 말이 부서진 문틈 사이로 머리를 예쁘게 내밀고 있었다. 오늘 참 여러 번 놀란다. 새하얀 햇빛을 등 뒤에 지고 말 위에 앉아 숨을 헐떡거리고 있는 그 남자는 미오 경이었다.

정말 놀라웠다. 클라인의 말이라면 군마일 텐데 그 군마마저도 진입을 거부한 절벽 위를 미오 경은 말을 타고 올라온 것이다!

역시 이 세계도 재능의 낭비가 이루어지고 있다. 클라인의 말은 군마에다 클라인이 미오 경보다 더 잘살 테니 더 비싸고 좋은 말일 텐데, 그 말이 진입을 거부한 절벽으로 미오 경은 말을 몰아 무려 숨을 헐떡일 정도로 달려왔다. 그렇다는 건 그가 기마술의 귀재라는 건데, 이런 인재를 고작 왕자의 호위 기사로 쓰고 있다니! 인력의 낭비로다.

"아스를 데리러 왔습니다."

"그녀는 오늘 휴가다."

"시녀장님께서는 모르는 일이라 하시더군요."

"아스 외에도 왕자님을 돌볼 시녀들은 많을 텐데."

나 오늘 진짜 뒷거래를 통한 땡땡이이자 인신매매였던 거야?

시녀장 언니와 모종의 합의가 있었을 것으로 생각하고 클라인이 시녀장 언니에게도 잘생긴 부관님 하나 선물해 주는 걸 살짝 상상했었는데, 중간 유통사를 끼지 않은 엘리와 안나와의 극적 타결을 통한 땡땡이였다니.

"하지만 유모는 아스 하나입니다."

둘이 뭔가 날 방패이자 핑계로 기 싸움을 하는 것 같다. 남들 서열 싸움에 끼어 있고 싶지도 않고, 이런 식으로 뭔가 불화가 있는 분위기 세상에서 제일 싫은데. 난 평화주의자다. 이런 분쟁은 너무 스트레스가 심해서 나는 숨도 제대로 쉬지 못하고 눈치만 살피고 있었다.

어느새 말에서 내려온 미오 경이 내 팔꿈치 아래를 잡았다.

"아스, 가자. 왕자님이 아까부터 너만을 찾고 있다."

"왕자님이요? 그럴 리가."

내 입이 또 필터링을 잊고 말을 꺼냈다. 엘리가 빈센트인지 길버트인지랑 소개팅하느라고 자리를 비운 거라면 또 모를까. 그런 소리를 했다가 미오 경에게 발등을 밟힐 뻔했다.

이 닝겐을 봐라? 기사가 그 힘으로 연약한 여자의 발등을 밟았다가는 뼈가 부러질 텐데 지금 나랑 해보자고?

"넌 왕자님의 사람이니 왕자님이 찾으시면 항상 곁에 있어드려야 하지 않나?"

밤의 젖은 숲과 같은 눈동자였다. 나는 미오 경을 보다 잠시 클라인을 돌아보았다. 그도 차가운 눈으로 미오 경을 보고 있었는데 한 손이 무려 허리에 찬 검 근처에 가 있었다.

저거 진심인가. 클라인과 미오 경이 붙으면 백 프로 미오 경이 험악하게 진다.

"저는 아무래도 미오 경을 따라가 봐야 할 것 같아요, 백작님. 가시기 전에 왕비 궁 꼭 들러주시고 남은 이야기는 다음에 하거나 저어, 편지해요. 저 글자 읽고 쓸 수 있어요. 백작님, 저희 천천히 이야기를 나눠요."

다행히 그 말에 클라인의 표정이 조금 풀렸다. 달래려고 아무 말이나 했더니 뒷수습이라는 이성이 또 뒤늦게야 쫓아와 머리채를 잡아당긴다.

클라인의 편지를 해독해 내려면 세야와 수업을 또 얼마나 열심히 해야 할까. 저번에 미카엘 쿼테린 이후로 수업 때마다 세야의 표정이 심상치가 않다. 고개를 숙이고 두 손을 기도하는 것처럼 모으고서 뭐라고 중얼거리기에 들어봤는데 앞에는 뭔가, 구원하소서 비슷한 말을 하고 있었다. 주여, 저 새끼를 구원하소서?

"아스."

뭘 또 말하려고? 사지 멀쩡하게 살아남아 있는 거? 사고 안 치고 무사히 숨 쉬고 있는 거? 사실 왕비 궁을 나오라는 것만 빼면 내 욕구와 클라인의 욕망이 크게 다르지 않기는 하다. 나는 사지 멀쩡히 살아남을 거다. 미오 경에게 팔뚝을 잡힌 채로 그를 돌아보았다.

"보름 안에 떠날 겁니다. 그 전에 당신을 보러 갈 테니 증표를."

하하하, 이 오빠 보게. 그사이에 내가 설마 까먹었을까 봐. 뭘 줘야 하는지, 뭘 만들어야 하는지 머리가 터질 것 같지만 주기로 했으니 그건 문제가 될 게 아니다. 역시 손수건에 이름을 수놓아 주는 게 제일 메이저할까?

고개를 끄덕이려고 했지만, 내 팔뚝을 쥐고 있던 미오 경의 손아귀에 순간 힘이 꽉 들어가서 그러지 못했다. 아플 정도는 아니었지만 기분이 나쁠 정도는 되어서 이거 일부러 이러나 싶어 미오 경을 올려다보았다. 그는 썩 기분이 좋아 보이지 않는 얼굴로 클라인을 보고 있었다.

"클라인 경, 원래 그것은 본인의 레이디께 청해야 하는 것 아닙니까?"

"내 레이디는 이 세상에는 안 계시고 아스가 그만큼 내게 소중한 사람이니 그럴 만한 자격은 있다고 보네만."

"아스는 백작님과 아무런 관계가 아니니 굳이 클라인 경께 증표를 드릴 까닭이 없습니다."

시엘을 영입한 후로 무사히 출궁하게 된다면 진짜 게스트 하우스 하나 만들어서 부수입 올리는 걸 진지하게 구상해 봤었는데 미오 경이랑 클라인이랑 싸우는 걸 보니까 관두는 게 나을 것 같다.

"두 분 저 때문에 싸우지 말아주세요."

좋았어. 인생에 한 번쯤 내뱉어봐야 하는 명대사 100선 중의 하나를 오늘 이루었다.

클라인의 표정은 나쁘지 않다. 하지만 미오 경은 내가 밥 잘 먹고 헛소리하고 있는 것처럼 쳐다본다. 왜. 왜, 뭐. 왜. 나 때문에 싸우는 게 맞기는 하잖아. 핑계는 나 맞잖아, 뭐. 왜, 뭐.

"백작님은 우리나라를 위해 싸우러 나가시는 건데 이 나라 국민으로서 기꺼이 백작님의 무사를 빌어드려야죠."

"나해 정도의 소국은 무사를 빌고 말고 할 것이 없다."

"나해 국민의 생각은 다를 거예요."

클라인은 짙어진 눈빛으로 대답이 없었지만 난 무언이야말로 긍정이라는 것을 알고 있었다. 반 호흡을 기다려 준 미오 경은 내 허리를 감싸 쥐고 말 위로 올랐다.

잠깐, 말? 미오 경? 이 절벽을 지금 말을 타고 내려가겠다고요?!

"미오 경! 여길 말 타고 내려가요?"

"그럼 걸어 내려가나?"

"네!! 당연히요!"

"늦어."

순간 그는 말에 박차를 가했다.

"야, 이 미친 자야! 살려주세요오오!!"

"아스, 말 귀에다가 비명을 지르면 위험할 거야. 아마."

놀랍게도 바로 입은 다물어졌다. 브라보, 나의 생존 본능. 저주할 테다, 미오 조디악.

⟨❦⟩

다그닥다그닥 단조로운 소리가 오랫동안 울려 퍼지고 있었던 것 같다. 절벽을 단번에 달려 내려온 미오 경은 절벽 아래에서까지 말을 달리지는 않았지만 내 혼은 이미 내 몸 밖에서 날아다니고 있었다. 안녕, 내 영혼? 우리 오랜만에 만났는데 되게 오래 보고 있다. 그만 내 몸으로 들어와 주지 않으련? 심장이 아직도 벌렁거린다. 미오 경은 나보다 심장이 더 비대한 거야, 뭐야.

나는 절벽이 순식간에 시시각각 다가오는 것을 보고 내 인생 여기서 뭘 더 해보지도 못하고 안녕인가 울 뻔했는데 정신을 차려보니 미오 경의 가슴에 내 온몸을 기대 눕다시피 한 상태였고 이 인간은 심장 소리마저 일정한 상태로 말고삐를 잡고 있다.

"아스, 정신 차렸으면 자세를 좀 바로 해라."

"좀만 더 기대고 있을래요."

"무겁다."

"앞에 앉은 게 제가 아니라 사랑하는 그분이라고 상상해 보세요."

"비교가 된다고 생각하나?"

"비교는 안 되지만 연상은 되지 않을까요? 노오력을 해보세요."

그래도 미오 경은 직접 내 어깨를 잡아 밀지는 않았다.

이래저래 말이 많아도 이 남자도 가만 보면 사람은 참 착한데 어쩌다 그런 빙그레 쌍놈 사랑하게 된 건지 진짜 모르겠다. 클라인의 레이디는 뭐, 일단 병약한 아가씨라고 알게나 되었지, 미오 경이 왜 유르겔을 사랑하는지…… 그래. 언젠가 입에 깔때기 꽂고 술이라도 먹여봐야겠다. 휴랑 페페한테 뇌물을 좀 먹여서 밤교대를 부탁하고. 아니다. 페페한테는 불안해서 안 돼.

"전 어떻게 찾아내신 거예요?"

"대마법사가 말하길 너에게 마법 아티팩트를 준 것이 있다고 하더군."

"네, 작은 거 하나요."

나는 아예 등에서 힘을 빼고 미오 경의 가슴에 완전히 기댔다.

시엘이 줬던 지하실로 들어갈 수 있게 해주는 보석은 너무 작아서 보관이 힘들었다. 자칫하면 어딘가 굴러다니다 잃어버릴 것 같아서 지하실에서 찾아낸 로켓에 넣어 내 목에 걸어서 갖고 다니고 있었다. 그냥 걸을 때는 괜찮은데 뛰거나 좀 안 예쁘게 걸을 때는 로켓 안에서 보석이 굴러다니며 달그락달그락하는 소리가 난다. 오매불망 사랑하는 첫아이 사진을 품고 다니는 새댁이 된 것 같기도 하고, 유르겔의 악성 개인 팬이 된 것 같기도 하고 기분이 아주 좋다. 아주 좋네.

"그것의 고유 파장을 찾아내 대마법사가 이 근처로 이동시켜 줬다. 보니까 사람이 있을 만한 데는 그 하얀 저택밖에 없어서 가보니 네 목소리가 들리더군."

시엘과 미오의 합작이었나 본데 둘이 언제부터 친했다고 나 모르는 사이에 이렇게 내 위치 추적을 의뢰하는 사이가 된 건지 모르겠다.

이 둘, 나 없는 동안에 대화를 하나? 언빌리버블. 내가 들어갈 때마다 둘이 교미가 끝난 후 각자 털을 고르는 문조들처럼 뭔가 어색어색 안 친함 기운이 온 방에 진동하고 있었는데. 한 남자를 사랑하는 두 남자의 공감대인가. 지금 시점에서 시엘은 아직 유르겔을 사랑하지는 않을 테지만.

차라리 내 방에 시엘을 감금해서 유르겔을 못 만나게 하면 시엘의 인생을 구원할 수 있지 않을까? 그래도 시엘은 유르겔을 만나서 인생 망한 케이스가 아니기도 하고 적어도 이대로 유르겔을 못 만나게 한다면 토끼 같은 아내를 만나서 여우 같은 아이들을 낳고 오순도순 잘 살게 될지도 모른다.

그나저나 내가 모르는 사이에, 혹은 내가 자리를 비우고 있을 때 둘이 나눌 이야기가 궁금하다. 같이 왕자의 장난감은 어느 브랜드가 좋은지 대화하고 비교하고 있을까? 외국 드라마 속 평범한 게이 부부의 퇴근 후 풍경 같다.

"절 스토킹하신 거예요?"

내 세계에서는 늘 안전 이별에 성공해서 당해본 일이 없는 스토킹을 이 세계에서 나랑 연애하지 않을 사람들한테 당하다니, 내 팔자도 참 많이 꼬인 것 같다.

"스토킹이 뭐냐?"

"그런 게 있어요. 절 스토킹하셨네요."

"무슨 의미인지 모르겠지만 기분이 나쁜 어감인데."

"당하는 제가 기분이 나쁘니까 당연하죠."

말은 이제 다그닥다그닥보다는 터덜터덜이라는 말이 어울리게 성의 없게 걸어가고 있었다. 클라인은 거의 전력 질주로 달려갔었는데 이러다 언제 왕궁에 닿으려나 모르겠다.

"전부터 물으려던 건데 넌 클라인 경과 무슨 사이냐?"

"복잡한 관계요."

"아스, 여기서 밀면 너 떨어진다."

놀랍게도 미오 경은 날 정말로 밀어서 떨어뜨릴 수 있는 남자였다. 무슨 기사가 이래. 〈탈출기〉의 그는 언급이 짧아서 잘 알 수 없었지만 의외로 대단히 쪼잔한 남자가 그였다. 나는 그가 날 정말로 떨어뜨리기 전에 자세를 바로 하…… 지는 않고 서둘러 대답했다.

"카펠라 백작님의 레이디가 제가 모시던 아가씨였어요."

"클라인 경은 레이디가 없을 텐데?"

"세상에 대고 내 레이디가 이분이다, 이분이 내 레이디다 외치는 관계는 아니었던 것 같아요. 카펠라 백작님의 성격 자체가 그렇잖아요."

"글쎄. 그분의 레이디가 있다면 그 가문에서 숨기지 않으려 했을 것이다. 영광일 테니까."

그건 아마도 클라인이 아주 살짝 변태라서가 아닐까. 아니, 그래도 그 아가씨가 죽기 전까지는 클라인이 아주 살짝 변태인 게 티가 나지는 않았을 테니 역시 오빠 되는 사람의 열등감이 문제였을 거다.

"인간관계는 복잡한 거예요, 미오 경."

미오 경의 가슴에 좀 더 몸을 기대며, 틀어 올린 머리를 풀어 내렸다. 머리카락이 눌려서 불편했고 왕궁까지 돌아가려면 아직 갈 길이 멀었다. '아스'도 머리 풀고 있었다던데 아무래도 나랑 취향이 많이 비슷한 것 같다.

"그런데 정말로 왕자님이 엘리가 달래도 울음을 안 멈추고 있어요?"

"내가 나올 때까지만 해도 그랬다."

"그럼 지금쯤 멈췄겠네요."

"그렇겠지."

그렇다면 그는 왜 굳이 이곳까지 시엘을 다그쳐서 내 위치를 알아내서 왔을까. 클라인 카펠라라는, 왕국과 전 대륙이 보장하는 안전한 사람과 내가 함께 있는데 뭐가 걱정되어서?

이런 부분이 헷갈리는 것이다. 그는 유르겔을 사랑한다. 더없이 기사다운 사람이 어린 왕자의 귀에 '당신의 어머니는 당신을 사랑하지 않습니다'라고 말하는 불공평하고 부도덕한 짓을 할 정도로 유르겔을 사랑한다. 그러나 내가 본 그는 조금 쪼잔하고 조금 치졸하고 조금 친절하면서 조금 이렇게 알 수 없는 사람이다. 착각해서는 안 된다. 하지만.

"그래도 미오 경이 데리러 와주셔서 좋네요."

미오 경의 가슴 안에 금붕어가 하나 살고 있는 것 같다.

참방, 하고 금붕어가 꼬리로 어항을 치는 소릴 들은 것 같다. 금붕어는 잠잠해졌고 말은 터덜터덜 천천히 왕궁을 향해 걸어갔다.

"클라인 카펠라 백작님을 어떻게 생각하세요?"

"대단한 분이시죠."

등 뒤에서 흥 비슷한 소리가 났지만 난 신경 쓰지 않았다. 등 뒤에 있는 건 어차피 창가에 의자를 갖다 두고 창틀에 두 발을 올리고 앉은 미오 경이니까.

난 한참을 기다렸지만 세야는 그 뒤 말이 없었다.

"그게 다예요?"

"어, 다른 대답이 필요한 게 있으시면……"

"아뇨. 보통 더 길게 말하지 않나 하고요."

"이 나라의 영웅이긴 하시지만 저는 문관이라 많이 와 닿지는 않는 부분이 있나 봅니다. 저보다는 미오 경께 물어보시는 편이 나으실 것 같은데."

"아, 네. 미오 경이요."

잠시 내 어깨 너머에서 몹시 방만한 자세의 미오 경을 본 세야도 난

처하게 하하 웃었다. 이젠 저 기사님이 진짜 자는 건지, 자는 척하는 건지도 잘 모르겠다.

"클라인 카펠라. 스펠링이 이게 맞나요?"

나는 고민했고 진짜 고민 많이 했는데 역시 이름을 수놓은 손수건만큼 만만한 게 없다. 나는 홈질의 달인이니까 내 집념의 힘을 보여주겠어.

내가 쓴 클라인의 스펠링을 본 세야가 길게 한숨을 내쉬었다. 그리고 세 군데 빨간 펜으로 체크를 하고 그 밑에 제대로 된 스펠링을 써주었다.

"아스 양은 틀린 부분을 계속 틀리는 경향이 있어요. 한번 맞다고 생각한 것을 고치지 않는 것 같습니다."

"그건 수업 시간이 지나치게 이른 아침이기 때문에 그런 게 아닐까요?"

"수업 시간이랑 편견을 고치지 않는 것의 상관관계가 있습니까?"

"네! 이른 아침이라 머리가 돌아가지 않아요."

세야는 다시 긴 한숨을 쉬었다. 오늘따라 그가 한숨을 많이 쉰다. 그러더니 눈을 반짝하곤 결연한 어조로 말했다.

"알겠습니다. 스사한테는 제가 말을 해보도록 하지요."

"시녀장님께요? 선생님 진짜 괜찮으시겠어요?"

"하하하하, 괜찮습니다. 저도 더는 못 하겠으니까요. 하하하하하하, 설마 절 죽이기야 하겠어요. 하하하하, 어디서 저 같은 무보수 노예를 구하려고. 핫핫핫, 저도 잘 시간이 필요합니다!"

세야는 화통하게 웃었지만 난 좀 무섭다. 사람 하나 망가지는 거 금방인 것 같다. 생각해 보면 이 수업이 진행된 지 좀 한참 되기는 했다. 나는 낮에 엘리와 안나가 와서 요령껏 졸기도 하고, 자기도 하고, 일을 안 하기도 하지만 세야는 본업이 따로 있어서 낮에도 열심히 근무해야 하는 몸이라 부담이 많이 컸을 거다.

"그럼 저희 수업은 여기서 끝인가요?"

"무슨 말씀을. 아스 양은 아직 공부가 많이 부족합니다. 제가 어떻게 해서든 낮때로 수업 시간을 옮기도록 하겠습니다."

살아 돌아오겠지? 사촌이라니까 죽이진 않을 거다. 그 시녀장 언니가 허락해 줄지 모르겠지만, 파이팅! 세야 선생님, 도와드리기에는 그 언니 존재 자체가 너무 무섭네요.

세야가 돌아간 후 나는 세야가 고쳐준 클라인의 스펠링을 무릎 위에 올려놓고 보았다. 클라인 카펠라. 뭔가 깊이 생각을 하면 또 다른 생각이 들 것 같은데 요즘 들어 생각이라는 거 자체가 하고 싶지가 않다.

왕비나 지하실의 일도 그렇고 생각을 하면 뭔가 건드려서는 안 되는 남극의 얼음덩어리를 하나 건드려 무너뜨리게 될 것 같다고나 할까. 내가 감당할 수 없는 일이 될 것 같다. 그렇다고 무시를 하자니 뒤통수를 누가 잡아당기는 것 같은 기분이 든다는 것도 문제지만.

세야의 필체는 우아하고 아름다웠다. 이 글씨체 그대로 본을 떠서 이름을 수놓으면 될 것 같다. 본을 뜨려면…… 얇은 천으로 해야 하나? 솔직히 고전물들 보면서 레이디들이 얇은 수건을 증표라고 주는 건 몇 번 보기는 했는데 그 정도로 얇은 시폰급의 손수건을 줘봐야 기사들이 쓸 일이 있나 모르겠다. 이걸로 땀 닦을 것도 아닌데. 무릇 선물이란 내 돈으로는 안 살 쓸모 있는 거나 쓸모없지만 예쁜 걸 줘야 하는 거잖아. 이건 쓸모가 없는데 예쁘지도 않은 것을.

시간은 빠르게 지나갔다. 클라인은 보름을 말했지만 언제 찾아올지 알 수가 없어서 손을 쉴 수가 없었다. 이름자 수놓는 정도야 금방 끝낼 것 같았는데 간단하지가 않았다. 한번씩 엘리와 안나가 날 들여다보고 의뭉스럽게 웃으며 엄지를 들어 올렸다.

그런 거 아냐. 진짜로 그런 거 아냐. 솔직히 나도 그런 거면 좋겠는데 그거 아닌 것 같아. 그래도 내 손이 느리지는 않아서 금방 손수건의 수가 완성되어 가고 있었다. 완성된 다음에 조금만 더 예쁘게 다

듣거나 아니면 아예 새것을 다시 만들어봐도 될 것 같다. 엘리와 안나가 퇴근하고 난 후 내 방에서 실을 가위로 자르면서 그런 생각을 했다.

어슬렁어슬렁 돌아온 시엘은 내가 수를 놓고 있는 걸 보고 내 어깨 뒤까지 쫓아와 손수건을 보더니 '클라인 카펠라?'라며 눈살을 찌푸렸다.

"그 재수 없는 작자한테 왜 이런 걸? 둘이 무슨 사이길래요?"

"마법사님과 제 사이랑 비슷한 것 같아요."

집주인과 하숙인, 그리고 집주인이 되고 싶은 사람과 하숙인?

어떻게 받아들인 건지 모르겠지만 시엘은 꽤 만족스러운 얼굴로 고개를 끄덕였다. 그러더니 곧 기분 나빠 하는 얼굴로 변하더니 다시 만족한 얼굴로 고개를 끄덕인다. 뭘 생각한 걸까. 물어보려고 했는데 시엘이 엄지손가락을 들어 올려서 관뒀다. 무슨 의미일까.

전쟁터에 클라인과 시엘이 같이 있었을 때 무슨 일이 있었는지 시엘은 그다지 클라인을 좋아하는 기색은 아니었다. 클라인한테 한번 시엘에 대해 슬쩍 물어봤을 때 그도 그랬으니까, 전쟁터에서 둘이 한번 붙을 뻔한 건 아닌가 모르겠다.

밤은 깊어 시엘은 왕자의 옆에서 새근거리는 숨소리를 내며 잠들었다. 그의 잠을 확인한 후에야 나는 왕자를 내 옆으로 옮겼고, 미오 경과 얼굴을 마주하고 짧게 한숨을 쉬었다. 그와는 생존 공동체이긴 했는데 요즘 들어서 큰 아들과 늦둥이를 키우는 노부부가 된 것 같다.

불을 끄고 눕자 잠은 금방이었다. 사람은 잠을 잘 자야 한다. 시엘이 미친 것까지는 아니지만 미친 것처럼 굴었던 이유가 무엇인가. 잠을 못 잤기 때문이다. 요새도 완전히 정상은 아니지만 그래도 그나마 사람 같은 이유는 잠을 잘 자기 때문이다. 그러니 잠을 잘 자야 하는데…….

그렇지만 얼마 되지 않아 나는 누군가의 컥컥 숨이 막히는 소리를 듣고 소스라치며 일어나야 했다. 나는 정말 잘 자고 싶었다. 무슨 일인지 파악이 되지 않아 스탠드 불빛을 켜니까 눈이 부신 듯 왕자가 짜

중스럽게 투정을 부리며 손발을 휘저었다.

나는 왕자를 안아 들고 침대 뒤로 물러서 베개 위에 왕자를 내려놓고 시엘의 목을 조르고 있는 미오 경을 다급히 불렀다.

"미오 경? 미오 경!"

자다 일어나서 이게 웬 횡액이야. 외상 후 스트레스 증후군이 전염도 되는 거였어? 부정기적으로 목을 졸리던 미오 경의 반격이야 뭐야. 얼마나 목을 조르고 있었던 건지 시엘의 얼굴은 창백해지는 것과 터질 것처럼 시뻘겋게 달아오르는 것을 반복하고 있었다.

"미오 경! 그러다 죽겠어요!"

대마법사 살해 혐의로 왕자의 호위 기사 조모 씨 체포 같은 기사는 읽고 싶지 않다고!

나는 미오 경의 등에 매달려 빌다시피 했다. 이 와중에도 미오 경의 눈동자는 짙은 숲의 색깔로, 번들거리지도 않고 흐리지도 않은 평소 그대로의 모습이었다. 처음 도서관에서 날 공격했을 때의 시엘 같은 광기도 보이지 않았다. 완벽한 제정신으로 보여서 그게 더 무서웠다.

그의 등 뒤에 달라붙어 시엘의 목을 조르고 있는 손목을 잡아당겼지만 그의 손은 꿈쩍도 하지 않았다. 나는 손톱까지 세워 그의 손목을 긁었다. 이런 데서 여자와 남자의 완력 차이를 느낀다. 내가 아무리 힘을 주고 아등바등해도 그에게 영향을 줄 수 없었고 손톱으로 피부 위를 긁어내는 게 고작이었다.

잠시 후 미오 경의 팔뚝에 솟았던 힘줄이 가라앉고 시엘의 목을 조르던 손에서 힘이 풀렸다. 시엘이 캑캑거리며 기침을 하기에 나는 서둘러서 미오 경에게서 떨어져 시엘을 부축해 일으켰다. 내 몸으로 그 둘 사이를 가렸다. 묘하게도, 미오 경이 나를 공격하지 않으리라는 믿음이 있었다.

"대마법사 시엘."

밤처럼 깊은 목소리로 미오 경이 자기 목을 쓰다듬으며 시엘을 불렀다.

"기억하십시오. 그게 목이 졸리는 감각입니다."

역시 그간 목이 졸린 걸 복수하는 거였냐!

그러고는 미오 경은 내 베개 위에서 울음을 터뜨린 왕자를 안아 들고 가만가만 달래주기 시작했다. 나는 시엘의 백금발을 걷어내고 그의 목덜미를 들여다보았다. 미오 경이 얼마나 이성적으로 목을 졸랐는지 새빨간 손바닥 자국이 번지지도 않고 또렷하게 남아 있었다. 망설임도 없이 졸랐다는 게 손바닥 자국을 통해 확실히 보였다.

저 남자가 간이 배 밖으로 나왔나. 저러다 반격이라도 당하면 어쩌려고? 시엘은 마법사 중에서도 대자가 붙은 대마법사란 말이다.

"미오 경! 이러다 죽으면 어쩌려고 이런 짓을 하셨어요. 마법사님은 금치산자란 말이에요."

"대마법사는 응석을 부리는 거야."

"정신적인 부분은 그렇게 쉽게 말을 해서는 안 되는 문제라고 생각합니다. 그건 본인이 어쩔 수 없는 거예요."

"어쩌려는 의지도 없는 걸 응석이라고 부르는 거지."

"힘들 때는 뭘 어떻게 하겠다는 의지도 안 생기는 거예요. 그건 노력 탓이 아니라 힘든 시기라서 그런 거예요."

"아스, 넌 의사가 아니다."

난 이 세계를 미개하다고 생각하지는 않지만 이렇게 사람의 정신에 대해 함부로 여길 때 그놈의 노오력 타령이 떠올라서 화병이 치솟았다.

"하지만 네 말도 맞는 말이지."

다시 한번 잔소리를 장전하려는데 미오 경이 작게 말했다.

"대마법사. 수호부가 있는 걸로 알고 있습니다. 늦었지만 그걸 저와 아스에게 지급해 주시죠."

"내가 왜?"

미오 경에게 한참을 목을 졸린 시엘은 목이 있는 대로 쉬어서 쉿소리가 나고 있었다. 솔직히 자업자득이라는 생각이 안 드는 건 아닌데 저렇게 형편없이 쉬어버린 목소리를 들으니까 또 안됐고 그렇다. 머릿속의 인과관계와는 상관없이 당장 눈앞에 가엾은 사람이 있으면 줏대 없게도 나는 그 사람이 가엾다.

"대마법사께서 방금 제게 반격을 하셨다면 저는 죽었겠지요."

"하지만 안 했잖습니까?"

"정신이 있으니 그러셨겠지만 조금만 덜 제정신이신 날이면 저나 아스는 물론 왕자님께도 해가 될 수 있습니다."

"저는 결코 왕자님을 해하지 않습니다!"

"제정신일 때는 그렇겠죠."

시엘은 자다 말고 목이 졸린 사람치고는 빠르게 진정하고 있었다. 사실 나도 자다가 일어난 것이라 이 일의 진상을 잘 모르겠다. 미오 경이 잘 자다 말고 너도 당해보라는 의미에서 시엘의 목을 졸랐나? 아님 시엘이 목을 조르려던 걸 반격을 한 걸까?

흐트러진 백금발을 쓸어 넘긴 시엘은 한숨을 푹 쉬고는 우리가 보는 앞에서 손바닥을 펼쳤다. 손바닥은 시엘이 펼쳤는데 신비하게도 나와 미오 경의 앞에 작은 병이 떠올랐다. 새끼손가락 한 마디 정도나 될까? 손을 내밀어 그것을 잡자마자 시엘이 말했다.

"그곳에 피를 채워주십시오."

"이걸 다 채워야 해요?"

"그러시는 쪽이 좋겠죠."

며칠 전에 지하실에서 본 피로 그린 마법진이 생각나 질색이 되어버렸다.

"왜 하필 피를……."

"특정인의 개별 패턴을 인식시키는 데 피만큼 효율적인 게 없으니까요. 싫으시면 안 하셔도 됩니다."

싫다고 안 했다가 시엘이 내 목을 조르면 그거는 그거대로 곤란하다. 그는 도서관 이후로는 내게 공격성을 보인 적이 없지만 병원에서 의사들이 연애하는 모 미국 드라마의 군의관 출신 외과 과장만 봐도 멀쩡하다가 애인을 공격했었다.

확률이라는 건 신비해서, 나한테 안 걸릴 때야 몇 퍼센트의 확률이지만 내게 걸리면 그건 백 프로의 확률 아니던가.

"근데 왕자님은요? 왕자님도 이만큼 피를 빼야 해요?"

미오 경은 먼저 단도로 손가락 끝을 그어서 병에 피를 담고는 방을 나가 버렸다. 나는 그의 등 뒤를 눈으로 좇다가 그가 겨우 달래서 재워놓은 왕자에게 생각이 미쳐 물어보았다. 가장 중요한 건 사실 왕자의 안전이었다. 왕자나 나나 거기서 거기긴 하지만, 나는 손톱이라도 세워볼 수 있지 왕자는 시엘의 공격에 속수무책이다.

"왕자님은 저에게만은 무조건 안전하게 되어 있습니다."

"저희도 그런 거 걸어주시면 되잖아요!"

"제가 여러분의 뭘 믿고요?"

이 싸가지를 봤나. 자기 때문에 우리 잠자리를 양보하고 있건만 고마움이라고는 하나도 모르네. 내가 워낙 고까운 눈으로 봤던지 시엘이 긴 머리카락을 쓸어내리면서 어쩐지 변명 같은 소리를 했다.

"만약의 일이라는 것이 있지 않습니까. 무조건 수호의 주문을 걸어두었다가 여러분이 저를 공격하면 저는 꼼짝없이 해를 당하게 되는 것입니다. 저는 일반 마법사가 아니라 대마법사이기 때문에 감당할 수 없는 재앙이 될 수 있습니다."

"저희가 마법사님을 공격할 일이 있을까요?"

"세상일이란 뜻하는 대로 되지 않으니까요."

그는 되게 쓸쓸해 보이는 얼굴을 했다. 어쩌면 그가 전쟁터에서 죽인 사람이 그것과 관련된 사람일 것 같았다. 이 온실 속의 화초 같은 대마법사는 대체 어떤 상황에서 사람을 죽였을까? 나는 괜히 내가 감당할 수 없는 그의 상처를 건드리지 않기로 했다.

미오 경은 저번에 우리가 바람을 쐬었던 테라스에 있었다. 따라 나가는 내 등 뒤에서 시엘이 말했다.

"아스, 저번에는 미안했습니다."

"저번 언제요?"

"사과로 끝날 문제는 아니라는 것 압니다. 보상하겠다는 말도 진심이고 이 사과도 진심입니다. 미안합니다. 많이 무서우셨죠?"

나는 그때 화가 나고 무서웠다. 하지만 왜 안전한 곳에서 사과를 듣는 지금에야 울 것 같은 기분이 드는 건지 잘 모르겠다. 나는 대답 없이 미오 경을 찾아 나갔다.

"어른들이 말하시길 남자애들은 싸우면서 큰다고 하는데 두 분이 그러시기엔 너무 늦은 나이 아니세요?"

"누가 그런 폭력적인 말을."

"그러니까 어른들이요. 어른들."

지금은 새벽 몇 시 정도나 되었을까.

왕자는 미오 경이 잘 달래놓았고 시엘과 두었으니 걱정은 되지 않는다. 무조건 안전하게 해놨다고? 그럼 일찍 말을 해줬음 그에게 더 빨리 내 육아를 분담했을 것을, 아깝다. 가끔 보면 그가 엘리보다 더 왕자를 잘 돌보는 것 같단 말이다.

테라스로 부는 바람이 시원했다. 왕궁에서 호위를 서는 몇몇 사람을 제외한 모든 사람이 잠들어 있을 것 같았다. 불빛도 드문드문하고 바람은 더할 나위 없이 시원했다.

"미오 경께는 늘 고마워요."

"그렇게 생각하기는 하는 거냐."

"그럼요. 제 억지를 다 들어주셨잖아요."

나는 바람 앞에서 흩날리는 머리카락을 등 뒤로 잡아 넘기며 말했다. 그는 늘 내 억지를 들어주고 있었다. 육아 분담에 동참해 달라는 요구 외에는 전부.

내 방에서 자다 들키면 나 못지않게 그에게도 지울 수 없는 추문이 될 텐데도 그는 같이 살아남기 위해 내 방으로 왔고 시엘을 받아들여 주었다. 그에게는 시엘을 감당해야 하는 의무가 없는데도. 한참이나 그를 인내한 끝에 시엘의 목을 졸랐고, 우리의 안전을 확보받았다. 몇 번을 고맙다고 말해야 이 고마움이 전해질지 모르겠다.

"오늘은 더 참으실 수 없었던 거예요?"

"너는 대마법사를 왜 데리고 온 거지?"

"그냥요."

"그럼 나도 그냥 그러고 싶은 기분이었다."

그는 자기의 목을 쓰다듬으며 대답했다.

나는 어른이 되고 싶다. 이 순간 그에게 정말 고마움만을 느끼고 감사할 수 있는 그런 어른. 하지만 나는 이 순간 이제 더는 아침마다 미오 경의 목에 남은 멍과 그 멍을 치유해 주는 시엘을 보지 않아도 된다는 데 안도하고 있었다.

나는 세상에서 나 자신을 가장 사랑하는데 가끔은 이런 내가 싫어서 검은 봉지에 싸서 안 보이는 곳에 넣어두고 싶을 때가 있다.

"그리고…… 나도 미안하다."

"미오 경이 잘못하신 건 아무것도 없는걸요."

"그게 아니라……."

테라스 구석에 앉은 그는 뭔가 켕기는 게 있는 사람처럼 내 눈을 마주 보지 않았다. 그러다 주섬주섬 내 앞에 하얀 뭔가를 내밀었다.

"일부러 그런 건 아니고 어쩌다 손가락에 감긴 모양인데 보이지가 않아서……."

무엇인지를 확인한 나는 진심으로 소리를 질렀다. 클라인 카펠라의 이름을 수놓은 손수건이 무참하게 찢겨 있었다.

클라인 카펠라. 내가 뭐, 꽃과 나비가 춤추는 들판을 뛰노는 노루와 학을 수놓는 것도 아니고 단순히 이름자만 수놓는 것이었고 결과에 따라서는 한 번 더 깔끔하게 수놓을 생각이었다. 그럼에도 불구하고 그렇게 무참히 뜯겨 나간 모양을 보니까 의욕이 제로로 사라졌다.

미오 경은 나에게 많이 미안해하면서 눈치에 눈치를 더해 보며 슬며시 왕자를 돌보는 제스처를 취했지만 그런다고 그의 죄가 가벼워지지는 않는다. 그가 그러고 있으니까 시엘도 더불어 조용해져 내 눈치를 보는 것 같았지만 알게 뭐냐. 나는 찢긴 손수건의 눈치를 보고 있다. 가엾은 내 손수건.

"아스 양, 불쌍해서 보지를 못하겠는데 그만 용서해 주지 그러십니까?"

"제 자수의 원한은 깊어요."

"어차피 그거 앞만 멀쩡하지 뒤는 엉망이던데."

"지금 제 자수 까셨어요?!"

어차피 찢어진 김에 실용적이지도 않았을 것 같은 증표보다는 더 실용적이고 실제적인 것을 주고 싶었긴 한데 기본적으로 '아스'의 소지품 자체가 많지가 않다.

아침이 되어 왕자의 방으로 출근하고 나서도 고민은 계속되었다. 누구는 선물 고르며 고민하는 게 즐겁다고 하던데 난 줄 게 없어서 즐겁지도 않다. 엘리나 안나한테 물어보려고 둘의 출근을 기다렸는데 정작 둘이 출근하니까 클라인과 내 관계를 이야기할 엄두가 나지 않아서 입을 다물고 말았다.

엘리가 내 얼굴을 보자마자 말했다.

"페페가 세브를 또 계단에서 밀었어."

"또?! 세브 또 다친 거야?"

깜짝 놀랐다. 페페가 공을 들이고 있는 휴가 세브에게 반한 눈치여서 언젠가 한판 붙을 거라고 생각은 했는데, 내 예상보다 빠르다. 과연 페페는 예상을 뛰어넘는 아이다.

"아냐, 계단에서 페페가 밀려는데 세브가 피해서 페페가 계단에서 떨어졌대."

세브는 저만하면 페페의 생사 대적이라고 할 만하다. 어떻게 그걸 피할 생각을 했지? 가장 놀랍고 두려운 건 진짜 그걸 피해냈다는 거다. 대단하다. 페페를 상대하다 보면 레벨이 올라가나 보다.

"그럼 페페가 다친 거야? 시녀장님이 별로 안 좋아하겠다."

"그게, 페페가 계단에서 구르기는 했는데 다친 데는 없어."

"오?"

안나가 그녀랑은 어울리지 않는 감탄사를 냈지만 내 심정도 그거랑 똑같았다. 계단에서 굴렀는데 다친 데가 하나도 없다고? 과연 페페다. 야생성으로는 페페를 이길 사람이 없지.

"시녀장님도 그걸로 좀 화가 나서 페페한테 한 달 동안 마당 청소를 하라고 시키셨대."

내가 보기엔 그런 것보다 페페랑 세브를 격리시키는 게 더 시급한 것 같지만. 둘은 처음부터 원수 관계는 아니었는데 시간이 지날수록 무쌍을 찍으며 원수가 되어가는 것 같다.

나는 낮 동안 엘리에게 몸이 안 좋다고 양해를 구하고서 내 방에 드러누웠다. 늘 나와 미오 경, 시엘, 왕자가 있는 공간에 혼자만 있으니까 기분이 조금 이상하다. 방이 평소보다 넓어 보이는 건 절대 아닌데 이렇게까지 조용하니까 불안하다.

머리를 굴려보자. 클라인에게 무엇을 주어야 할까. 가장 무난한 것이 손수건이라 그걸 하긴 했었는데 그냥 다시 이름을 수놓을까? 한번 이런 식으로 파탄이 나니까 엄청 하기가 싫으네. 레포트 중간 세이브 안 해서 날려본 경험이 없는 사람만이 내게 돌을 던져라.

'아스'의 소지품이라. 나는 침대에서 뒹굴, 굴러 몸을 일으켰다. 처음 이곳에 온 날에 찾아본 '아스'의 물건은 옷 몇 개랑 장신구 몇 개, 그리고 오르골, 만년필 정도.

나는 아직도 세야와의 수업 때마다 사용하는 만년필을 찾아 들었다. 세야의 글씨도 우아하지만 그보다 훨씬 멋과 힘이 들어간 화려한 글씨체로 C.K라는 이니셜이 새겨져 있었다. 역시 이거 클라인의 것일까? 이걸 '아스'가 왜 갖고 있는 건지 모르겠다. 클라인이 줬거나 '아스'가 훔쳤거나 둘 중의 하나일 것 같은데.

1. 제가 훔친 것 같으니 증표로 이걸 드릴게요.
2. 전에 주신 걸 돌려드리는 게 나을 것 같았어요.

어느 쪽이든 망조로고. 내가 지금 이걸 고민하고 있을 때가 아닌 것 같은데 왜 하필 미오 경의 손에 그게 걸려서! 아냐, 덕분에 수호 부적을 얻어 안전을 챙겼으니 감사해야겠지.

'아스'고 나고 소지품이 없었다. 그렇다고 클라인에게 지하실에서 발견한 왕자와 유르겔을 닮은 사람의 초상화가 그려진 로켓을 줄 수도 없고. 그랬다가는 뒷감당이 안 될 것 같다. 〈탈출기〉에서 공식적으로 유르겔에게 반하지 않은 사람이 클라인이지만 유르겔의 마성을 생각하면 괜히 유르겔을 떠올리게 할 구실은 안 만드는 게 나을 거다. 남은 선택지가 그럼 오르골뿐인데……

나는 서랍을 열고 손끝이 닿지 않은 남녀가 손을 내밀고 빙글빙글 돌아가는 오르골과 즐거운 공원 같은 분위기의 오르골 두 개를 다 꺼내봤다.

두 번째 거는 내 세계에서 십만 원 언더 가격에 판다면 꼭 사고 싶은 오르골이고, 첫 번째 것은 평범하다면 평범하고 특이하다면 특이한 건데, 전체적으로 좀 묘하다.

처음 봤을 때부터 생각한 거지만 정말 묘한 오르골이다. 원반 끝에 서서 서로를 바라보며 손을 내밀지만 닿지 않는 둘의 손가락 사이로 내 손가락을 넣어 둘을 연결해 보았다.

뭐가 묘할까. 이런 디자인의 오르골이 많기도 많을 텐데 분명 뭔가 특이하다고 생각되는 구석이 있을 것이다. 둘이 닿지 않는다는 점일까?

나는 손가락을 넣은 채로 엘사 같은 긴 드레스를 입은 여자 쪽으로 한번, 턱시도를 입은 남자 쪽으로 한번 손가락을 살랑살랑 흔들어보았다. 그랬더니 흔들린다. 아무래도 이 인형들이 뽑히도록 장치된 것 같았다.

설마 내가 망가뜨리는 건 아니겠지? 긴장하고 슬쩍 인형을 쥐고 힘을 주어 당기니까 뽁! 하고 인형이 뽑혔다!

나는 당황하지 않고 인형이 뽑힌 바닥을 살피면서 다시 인형을 넣어봤다. 다행이다. 들어간다. 원래 분리되는 디자인인 것 같다. 이것 또한 특이할세. 어쨌든…… 난 고민하면서 인형과 찢어진 손수건을 보았다.

꼭 증표가, 손수건일 필요는 없지 않을까? 이거는 이거대로 특이하고 좋을 것 같은데. 새삼 뭔가를 더 하기가 싫어진 나는 오르골의 인형을 클라인에게 주기로 결심했다.

어쨌든 '아스'에게 의미 있는 물건이기도 했을 테니까 아예 클라인에게 사기를 치는 건 아니다. 그렇게 생각하기로 했다.

일주일 만에 다시 만난 클라인은 기분 탓인지 좀 수척해져 있었다.

"아스, 오랜만에 찾아와서 죄송합니다."

"아녜요. 바쁘셨을 텐데."

"당신을 만나는 것보다 더 중요하고 바쁜 일은 없습니다."

"지금도 제 안전을 지키기 위해 가시는 거니까요."

댁이 나한테 줄 꽃다발 없이 온 것만 봐도 얼마나 바쁜지 알겠으니까.

클라인은 내 손을 잡아 입을 맞추며 웃었다. 이번에는 손바닥이었다. 내 어떤 전 남친도 손바닥은커녕 손등에도 키스해 준 적이 없어서 면역이 없는 터라 소름이 좍 돋았다. 아하하하, 이 오빠 이거, 아하하하하하.

"이제 가실 준비가 다 되어가나 봐요?"

"네, 아스. 삼 일 안에 떠납니다."

열흘도 안 되어서 전쟁을 나갈 준비를 하다니. 나해가 소국이라고는 해도 이대로 정말 괜찮은 걸까.

내 얼굴을 보더니 클라인이 다시금 내 손에 입을 맞추며 걱정 말라고 속삭인다. 네, 걱정 안 할 테니까 그만 내 손 좀 놔줄래? 이렇게 로맨틱해 본 적이 없어서 녹아버릴 것 같거든.

"말씀하신 대로 증표를 준비했어요."

그는 조금 기쁜 얼굴을 했다. 뭐라고 생각하는 걸까. 내용물이 뭔지도 모르면서 저렇게 기쁜 얼굴을 하니까 조금 가슴이 찔린다. 아니, 뭐. 나도 공으로 먹은 건 아니다. 박봉으로 샀을 오르골의 부속품이니까 이거야말로 대출혈 서비스! 거기다가 인형을 뽑아내니까 오르골이 작동을 안 했단 말이다. 어쨌든 인형이 무사히 꽂혀 있어야 정상적으로 작동하는 오르골인 모양이었다.

"사실 백작님의 이름을 수놓은 손수건을 준비했었는데요……."

잘못해서 요단강을 건너서 말이죠. 그래도 찢어진 손수건을 어떻게든 심폐소생술을 해서 오르골의 인형을 감쌀 정도의 천은 건져냈다. 그냥 인형만 딱 하고 주기에는 저렴해 보여서 노력해 봤다. 나는 얇은 수건으로 감싼 여자 인형 쪽을 클라인에게 넘겼다.

"이것은……."

"이게 원래 오르골의 부품인데요, 모든 부품이 완전하지 않으면 오르골이 돌아가지 않거든요. 남자 쪽 인형은 제가 갖고 있을게요. 이건 백작님이 가지고 가셨다가 돌려주세요."

사실 이런 거 사망 플래그라고 해서 좋아하지는 않는데 클라인의 무사는 〈탈출기〉가 보장을 해줬으니 괜찮지 않을까?

"이걸 아스가 갖고 있었군요."

"아는 물건이세요?"

"본 적이 있는 오르골입니다. 이타카의 집 작은방에서 본 적이 있지요."

히이이익. 이거 '아스' 거 아니었어? 하녀인 '아스'가 사기에는 공임비랑 이것저것 생각하면 좀 고가의 물건이 아닐까 생각하긴 했었지만 진짜 아가씨 물건 중간 인터셉트한 거였어? 아냐, 아닐 거야. 아닐 수도 있어. 사람 오해하는 거 아냐.

나는 시시각각 표정이 질려가는데 클라인의 표정은 밝았다. 하긴, 저 남자에게 있어서 저 오르골은 존재하는지도 몰랐던 유품의 출현이라 반갑기도 하겠다.

"제가 훔친 건 아니고 저도 아가씨와의 추억을 간직하고 싶어서요."

저도 잘은 모르지만 '아스'가 그러지 않았을까 하고요. 도벽이 없다고 믿고 싶어요. 믿어주세요.

클라인이 웃었다. 별로 신경이 안 쓰이나 보다. 다행이다. 하긴, 나라도 그럴 것 같다.

"그리고 이거요……."

하지만 나는 조금 불안해하며 그에게 만년필을 내밀었다. 오르골이 '아스'의 물건이 아니라고 하니 만년필도 불안하다.

"제가 갖고 있었는데 백작님 것이 맞다면 돌려드리는 게 맞는 것 같아서요."

클라인은 내가 심폐소생술로 살려낸 다른 쪽 수건으로 감싸 내민 만년필을 받아 들었다.

안녕, 만년필아. 나도 만년필을 많이 써보지는 않았지만 네가 길이 아주 잘 들고 아주 고급인 애라는 건 알겠더라. 그동안 만나서 정다웠고 다시 만났으면 좋겠는데, 그럴 일은 없겠지. 안녕, 안녕히…….

"이것은 제 것이 아닙니다."

"네?"

"그녀가 갖고 있는 것을 본 적이 있습니다만 당신께 선물을 한 모양이군요."

훔쳤다고 생각해 주지 않는 클라인에게 감사해 눈물이라도 흘릴 것 같았다. 나라면 이 상황에서 당연히 훔쳤거니 생각할 텐데. 클라인은 '아스'가 문맹인 걸 모르나? 저번에 봤을 때 글을 배웠다고 내가 말했었는데. 상식적으로 문맹인 여자에게 시중받는 여자가 장신구라면 모를까 만년필을 선물할 거라고 생각하지 않을 것 같은데. 하지만 만년필을 보는 그의 얼굴은 조금 전 오르골의 인형을 볼 때와 같지 않았다. 조금 더 씁쓸하고 조금 더 자조적인…….

"약속해 주십시오, 아스."

"네?"

"부디 무슨 일이 있어도 안전하게 이곳에 있겠다고. 혹은 무슨 일이 생기면 카펠라가에 의탁하겠다고 약속해 주십시오."

그 가문에서 날 좋아할 것 같지 않은데. 대답을 못 하고 우물쭈물

하고 있자니 클라인이 다시 내 손끝을 잡고 말한다.

"저는 왕국의 정복 전쟁에 아무런 관심이 없습니다. 저는 오직 당신의 안전과 풍요만을 생각하고 있습니다. 제 참전이 당신께 득이 되기를. 그러니 부디……."

왕궁에 무슨 일이 있었던가? 이 왕국은 〈탈출기〉 이야기 내내 전쟁 중이지만 본토가 전쟁터로 사용되지 않았고 왕궁도 큰 피해를 입지 않았다. 두어 번 테러 같은 일이 있던 걸 빼면 안전은 했는데…… 데…… 와나, 이게 지금 생각났냐? 그 궁이 어디지? 왕궁이라고만 되어 있는데 뭐 본궁이나 그에 준하는 그런 곳이겠지? 설마 유폐되다시피 한 왕비의 별궁은 아닐 거야. 아니어야 해.

어쨌든 본궁에 별일이 없으니 클라인에게 몸을 의탁할 일이 없을 거라는 것을 아는 나는 순순히 그에게 고개를 끄덕였다.

클라인은 내 손을 끌어 그의 손을 만지게 하며 내 손끝에 입을 맞추더니 말했다.

"제가 어디에 있든, 어느 곳으로 가든, 전 언제나 당신 곁으로 돌아오겠습니다."

저 말은 그가 그의 레이디에게 했던 말이 아니었을까. 차이가 있다면 병약해서 요양이 필요했던 그의 레이디는 그를 기다리지 못하고 죽었고 나는 몸을 몹시 잘 사리면 살아남아서 그를 기다릴 수도 있지 않을까 하는 정도? 일단 난 건강하다. 외부적 요인이 없으면 살아남을 수 있겠지.

……그렇겠지?

"제가 사는 유일한 의미가 당신이니까요."

차라리 내가 그의 레이디에 대해 몰랐다면 이 모든 말이 조금은 달콤하게 들렸을까.

모든 로맨스는 달콤한 것이지만 클라인의 로맨스는 카카오 함유량이 너무 높은 것 같다. 달콤함이 다 끝나기 전에 벌써부터 쌉싸름하다.

"나해는 작은 나라라고 하니까 별일은 없겠죠. 편지 보내주세요, 백작님. 전 이제 답장을 보낼 수 있답니다."

이틀 후 원정군이 떠나는 것을 나는 왕비 궁의 테라스 위에서 지켜보았다. 붉은 깃발이 나부끼고 있었다.

# 시엘 커퍼필드

아스 토케인이라는 아기 왕자의 유모는 시엘이 보기에 아주 이상한 여자였다. 마탑에서 나온 지 이제 삼 년이 채 되지 않아 아직 많은 것을 모르는 시엘의 눈으로 봐도 그녀는 특이하고 이상한 여자였다. 그런 존재는 본 적이 없었다. 그리고 어떻게 자기를 공격한 사람을 이렇게 쉽게 용서할 수 있을까? 그가 그녀를 공격했을 때 그녀는 죽을 수도 있었다.

시엘이 그녀를 빤히 바라보자 잠자리를 준비하고 있던 아스 토케인은 진지한 얼굴로 베개를 자신의 옆구리 쪽으로 숨겼다. 그러곤 담요를 들어 올리며 말했다.

"베개는 못 드리지만 담요는 하나 더 드릴 수 있어요. 이것도 둘둘 말면 베개로 괜찮거든요?"

"그거 때문에 본 것은 아닙니다만."

"그래요. 맞아요. 사실 제 이불이 두 분 것보다 더 커요. 전 잘 때 이불을 돌돌 감고 자야 해서 어쩔 수가 없었어요."

"어떻게 절 용서하실 수 있죠?"

왜 전쟁에 나갔을까. 어쩌다 보니 그렇게 되었다고밖에 말할 수가 없었다. 원래라면 대마법사에 대한 불온한 접근을 다 차단했을 마탑이 그때는 없었다. 시엘 그의 손으로 부수었기 때문이다.

어쩌다 보니 전쟁에 나가게 되었고 어쩌다 보니 피와 불꽃, 비명이 가득한 전쟁터 한복판에 서 있었다. 마탑의 붕괴는 오히려 평화로웠다. 전쟁터는 원초적인 야만과 폭력의 장소였다. 그가 살려준 이가 다음 날은 그를 향해 칼을 휘두르는 곳이었다. 등을 맞댄 이도 믿을 수 없는 곳에서 평화로운 왕궁으로 돌아온 지 며칠이 지났는데도 시엘은 아직 그때의 환영을 보고 있었다.

지나가다 재수 없이 그에게 공격을 받은 피해자인 그녀는 그의 사과를 받아내겠답시고 며칠을 여기저기를 들쑤시고 다니더니 결국은 그를 찾아냈다. 하지만 혼자서는 잠들지 못한다는 그의 말에 몹시 동정 어린 얼굴을 하더니 자기 방으로 그를 초대했다. 여성에게 이렇게 긴장감 없는 유혹을 받아보기는 처음이었다. 원래라면 당연히 거절했을 것을 아스 토케인의 싫으면 말라는 말에 욱하듯이 찾아간 그 방은, 여인숙이었다.

"아, 그러고 보니 침대가 부족하네. 마법사님은 저기 미오 경이랑 같이 주무세요."

"아스. 나는 이런 일에 동의한 바가 없다."

"미안하게 생각하고 있어요. 하루만 참아주세요. 딱 하루만."

몸을 섞은 사람들 특유의 분위기는 없었지만 그 나름의 또 다른 친밀함은 있는 대화였다. 무슨 사이인지 종잡을 수 없는 분위기의 두 사람은 잠시 옥신각신하는 것 같더니 미오 경이라고 했던 남자 쪽에서

408 시녀로 살아남기 1

싸움을 포기하고 물러섰다.

　침대의 절반을 시엘에게 양보한 미오 경이 먼저 아스의 침대 쪽과 가까운 곳에 누웠다.

　*"그럼, 잘 자요. 내일 만나요."*

　불을 끄고 누운 아스는 왕자의 가슴팍을 몇 번 토닥여 재우는 것 같더니 그 손이 다섯 번을 넘기기도 전에 아기보다 먼저 잠들어 버렸다. 쌔액쌔액 들리는 숨소리에 시엘은 어쩐지 어이가 없어져 버렸다. 하지만 타인의 숨소리였다. 불꽃에 무언가가 타는 소리도 아니고, 살과 뼈를 가르는 소리도 아니고, 살려달라 죽이겠다 외치는 비명도 아니었다. 평화로운 왕궁에서 평화에 젖은 젊은 여자와 어린아이가 평화롭고 아름다운 숨소리를 내며 곁에 잠들어 있었다. 미오 조디악은 바싹 경계를 세우고 잠들지 않고 있었지만 시엘은 그것만으로도 마음이 편해지는 것을 느꼈다. 살아 있고 건강한 사람이 곁에 있었다. 시엘은 그날 오랜만에 마음을 놓고 편안한 잠이 들었다.

　"제가요? 용서요?"
　전혀 모르겠다는 아스 토케인의 목소리에 정신이 들었다. 그녀의 방에서 잠든 첫날, 그 평안했던 잠을 생각하는 시간은 길지 않았지만 벌써 그날의 나른한 기운이 손끝에 몰리고 있었다. 어쩌면 오늘도 편안히 꿈 없는 잠을 잘 수 있을 것 같았다.
　"무슨 소리예요, 전 용서 안 했어요."
　"하지만 절 이곳에 재워주고 있잖습니까."
　"음, 좀 나아지셨으면 왕궁에서, 특히 제 방에서 좀 나가셨으면 하는 게 제 바람이지만요."

시엘이 이 방에서 잔 첫날 이후로 그녀는 간간이 그에게 그만 나가 달라는 요지의 의사를 전달하고 있었지만 그가 무시했다. 겨우 기절 하듯이 잠들 수 있던 도서관보다 이곳이 훨씬, 편안하게 잠들 수 있었다. 어딘가 느슨하고 어딘가 안심할 수 있는 곳.

아스 토케인이 잠자리를 정돈하는 동안 얌전히 누워 발가락을 빨고 있던 아기 왕자가 시엘을 향해 방긋 웃었다. 시엘도 왕자를 향해 마주 웃어주었다.

"아직도 제가 용서가 안 됩니까?"

"뭐 일단 마법사님은 제게 사과를 하신 적이 없고요, 그건 용서가 되고 말고 할 문제가 아닌 것 같아요. 그걸 어떻게 용서해요."

아스 토케인은 그의 눈에 이상해 보이는 얼굴로 그렇게 말했다. 용서를 구한 적이 없던가? 아니, 도서관에서 분명 사과했던 것 같은데. 하지만 시엘이 더 말을 붙이기 전에 미오 조디악이 젖은 머리카락을 털며 침대에 털썩 앉았다.

첫날 자신의 뒤에 누운 시엘이 무슨 짓을 할지 몰라 잠들지 못하고 내내 경계하며 누워 있던 이 기사도 이제 처음 같지 않았다. 몇 번이나 어설프게 잠든 시엘이 악몽 속에 발작하며 목을 졸랐는데도 그는 여전히 시엘의 옆에서 잠이 든다. 아스 토케인은 시엘을 쫓아내지 않았다. 어떻게 그럴 수가 있을까.

"그만 불 끌게요."

그러고 다시 어둠이 찾아왔다.


불꽃이 타오르고 있었다. 스승들이 그에게 가르치고 주입시킨 지혜의 불꽃, 마력의 불꽃. 그 불꽃은 이내 시엘을 삼킬 듯이 커져 피부가 베인 것처럼 뜨거워졌다. 이미 삼켜졌던 건지도 모른다. 시엘은 아무 생각 없이 불꽃을 향해 손을 내밀었다. 그러나 그 손이 닿기 직전에 주변에서 처절한 비명들이 터지기 시작했다.

지혜와 마력의 불꽃이 아니었다. 이곳은 그가 도망친 전쟁터였다. 칼과 창에 꿰뚫린 사람들이 자신의 몸을 가르고 들어간 창칼로 다른 사람을 또다시 꿰뚫었다. 안기듯이 달려들어 꼬치처럼 꿰어져 함께 죽어간다. 살려달라는 외침과 죽으라는 외침이 공존하는 지옥도의 한가운데에서 불꽃에 휩싸인 사람들은 새카맣게 변해 타들어갔다.

대마법사인 시엘 커퍼필드가 저것을 꺼야 한다. 사방에서 외치는 살려달라는 비명과 죽으라는 외침 사이로 시엘의 이름이 섞여들어 가기 시작했다.

대마법사인 시엘 커퍼필드가 사람들을 구원해야 한다. 그러기 위해 그는 전쟁터로 왔다. 하지만 누구를 구원하지? 당장 옆에서 불꽃에 휘말려 들어가 처절한 비명을 지르며 한 줌 재가 되어가는 병사는 누구의 백성일까. 점차로 외침과 비명들이 서로 섞여 의미가 사라지고 한 덩어리가 되었다가 '대마법사'를 부르기 시작했다.

*"대마법사!"*

*"시엘 커퍼필드!"*

*"대마법사! 우리를 구원해 줘."*

죽어가는 사람들 사이로 살고자 하는 사람들의 의지가 뒤엉켜 모든 것이 엉망이었다. 모순되게도 시엘은 그 순간에 생의 열기를 느꼈다. 그 불꽃과 악다구니, 비명들 사이로 현기증이 날 정도로 생생한 생명력들이 흐르고 있었다. 그곳에서 그는 죽은 스승들을 생각했다. 무너진 마탑에서 채 빠져나오지 못한 스승들의, 그러나 그가 보지 못한 최후가 떠올랐다.

이런 식으로 고통스러웠을까? 그들도 이런 식으로 시엘의 이름을 부르짖다 그 안에서 굶어 죽었을까? 수많은 스승이 몸에 창칼을 박고 불꽃을 피해 몸부림치는 병사들의 모습 위로 겹쳐졌다.

"아니, 난…… 그런 것이……!"

*"대마법사!"*
*"감히 스승을 해치다니!"*
*"감히 우리를!"*

"나는 죽음이 이런 것인 줄 몰랐어."

분개한 스승들이 피 흘리며 그를 닦달했다. 전쟁터와 무너진 마탑이 뒤섞이며 시엘은 정신을 차릴 수가 없었다. 그때 갑자기 손으로 얼굴을 가리고 주춤주춤 뒤로 물러서는 그의 팔을 누군가가 억세게 잡아당겼다.

*"대마법…… 사."*

눈이 마주쳤다. 시엘은 화염과 비명 속에서 이름도 모르는 병사의 눈이 빠르게 식어가는 것을 바로 눈앞에서 보았다. 언제부터 손에 쥐고 있었는지 새파랗게 날이 선 장검이 시엘의 팔뚝을 움켜쥔 병사의 배를 관통하고 있었다. 무의식중에 휘두른 칼이었다.

"안 돼!"

비명과 함께 시엘은 잠에서 깨어났다. 외마디 비명을 지르려는 그의 입을 무언가가 짓누르듯이 막았다. 몸에 무언가가 닿았다. 사람이다. 그 전쟁터에서 죽어가는 사람의 손이다. 반사적으로 발악하려는 그의 손목을 누군가가 잡아 누르며 입을 틀어막았다.

"조용히 해. 깨우지 마라."

미오 조디악의 목소리였다. 그 순간 어딘가에 빨려가듯이 정신이 완전히 돌아왔다. 시엘이 온몸에서 힘을 빼고 축 늘어지니까 미오도 양손목을 누르고 있던 손을 풀어주고 틀어막은 입에서도 손을 치웠다.

"무슨 꿈을 꾸는지 모르겠지만 힘들어 보이면 깨워줄 테니 다시 자라."

그 말은 안 자고 지켜보겠다는 의미일까? 하지만 미오 조디악은 그의 옆으로 다시 누웠다. 아직 잠들지는 않았지만 숨소리가 제법 고르고 규칙적이었다. 왠지 긴장이 풀리고 다시 잠이 오기 시작했다. 이곳은 그런 지옥도 속이 아니었다. 평온한, 사람이 있는 곳.

시엘은 다시 잠에 빠져들었다.


일어났을 때는 아무도 없었다. 아스 토케인도 미오 조디악도 어린 아기 왕자도 없이 그만 덜렁 좁은 방 안에 남아 있었다. 시엘은 이유도 모르는 초조함에 벌떡 일어나 방문을 열었다. 그렇게 그가 방문을 그야말로 박차고 나가기 직전에, 들어본 적이 없는 목소리가 들려와 손을 멈췄다.

"저 둘 사귀는 거 맞지?"

"아스랑 미오 경? 당연한 거 아냐?"

"이거 사실 비밀인데…… 너도 알지 모르겠지만 일단 비밀인데."

"둘이 같은 방에서 자는 거?"

"너도 알고 있었어?!"

젊은 여자 둘의 목소리 사이로 아앙아앙 하는 어린 아기의 투정 어린 목소리가 섞여 있었다. 시엘에게 유일하게 의미가 있는 어린 아기의 목소리였다.

"아니, 나도 모르는 척하고 싶은데. 가끔 아스가 미오 경 옷을 입고 있을 때가 있잖아."

"너도 봤구나! 걔는 왜 그런대니 진짜. 사이즈 자체가 다른데 왜 그걸 주워 입어. 티를 내려고 발악하는 것도 아니고."

"걔는 그런 쪽으로는 이상하게 무신경하더라고."

아스와 미오 그 둘이? 몸을 섞은 자들 특유의 말랑말랑하고 끈적한 분위기가 전혀 없었는데 그 둘이 사귀는 사이라고?

"우리니까 망정이지, 다른 사람이었으면 아스는 큰일 냈을 거야."

"맞아. 저번에 뭐 찾으러 저 방 들어갔다가 침대 두 개 나란히 있는 거 보고 얼마나 놀랐는지……."

"그치그치! 문단속이라도 좀 잘하고 살아야 할 거 아냐."

"너도 봤어?"

"그래! 그때도 문이 저렇게 빠끔히 열려 있어서…… 어?"

문 쪽으로 삿대질하던 새파란 눈동자를 가진 여자와 시엘의 눈이 정통으로 마주쳤다. 그리고 침묵하는 그녀를 보고 의아해하던 다른 여자도 상대방 시선을 따라 고개를 돌렸다가 시엘을 발견하고 침묵했다. 서서히 여자들의 입이 벌어지고 있었다. 그 입에서 나올 게 비명 외에 다른 것일 수가 없다. 시엘은 한숨을 쉬고 손가락을 살짝 튕겼다.

"이런 일들이 내키는 건 아닙니다만……."

역시나 비명을 지르려고 했던 것인지 두 여자는 자신의 목을 붙들고 표정으로 비명을 질러댔다.

"어쩔 수가 없죠. 전 이곳이 마음에 드니까요."

전쟁터에서 돌아온 이후로 가장 안전하고 평화로운 왕궁에서 알맞은 잠자리를 찾기 위해 많이 헤매고 다녔다. 도서관, 기사단들의 뒤뜰, 본궁의 지붕까지 안 가본 곳이 없었지만 그중에서 그에게 가장 편안하고 긴 잠을 준 곳은 이곳이었다. 그러니 어쩔 수가 없었다. 잠을 얻기 위해서라도 쓸데없는 가십은 피해야 한다.

"자, 이제부터 당신들은 저 방의 존재를 잊는 겁니다. 방 주인이 직접 문을 열 때만 빼고 늘, 저 방은 보면서도 인식하지 못하고 기억하지 못하는 겁니다. 그리고 나도."

시엘을 바라보는 두 사람의 눈빛이 잠시 멍해졌다 빛이 돌아왔다. 그녀들은 몇 번 눈을 깜빡이더니 눈앞에 있는 시엘이 보이지 않는 것처럼 다른 곳을 향해 걸어갔다. 그것을 보며 시엘은 한숨을 쉬었다.

"그래서 마법사님은 언제까지 여기에 계실 건데요?"

"내가 내킬 때까지요."

며칠인가 지나도록 시엘이 방에서 떠나지 않자 아스가 물었다. 몇 번인가 눈치를 주고 혼잣말인 것처럼 나가라는 의사를 전하더니 시엘이 꾸준히 무시하자 드디어 직접적으로 물어보았다. 조금 놀랐다. 이렇게 직접 물어보는 대신에 계속 눈치를 주면서 속만 끓일 줄 알았는데.

며칠간 비규칙적으로 꾸준히 시엘이 사고를 친 덕분이었다. 몇 번인가를 소리 지르며 깨어난 탓에 미오 조디악과 아스를 깨웠고 왕자도 울며 일어났었다. 또 두 번인가 세 번인가 네 번인가 미오 조디악의 목을 졸랐던 것 같다.

"그럼 숙박비는 내셔야죠. 자고로 일하지 않은 자는 먹지도 말라고 했습니다?"

"이 방에서 먹지는 않습니다만."

"자기는 하잖아요. 숙박비만큼의 일은 하셔야죠."

"전 충분히 당신께 도움이 될 일을 했습니다."

허술한 아스의 뒤처리를 해놓았지. 하지만 일일이 말을 할 만한 일은 아니었다. 어쨌든 동료들의 정신을 조작했다는 것을 달갑게 받아들일 타입은 아닌 것으로 보였다. 아니더라도, 대부분의 사람은 그가 정신계 마법도 쓸 줄 안다는 사실을 알면 경계했다. 우스운 일이다. 그는 대마법사. 세상의 법칙을 다루는 이들의 정점에 선 자로서 법칙을 만드는 대마법사였다. 그런 그가 정신계 마법을 못 쓸 리가 없지 않은가.

"서로 충분히 동의할 만한 일을 해줘 보세요."

"나중에 알면 제게 고마워하실 만한 일입니다."

"이 좁은 방은 마법사님의 품위와 품격에 어울리지 않지 않나요? 좀 더 넓고 편한 곳으로 가시면 더 잘 주무실 수 있을 것 같은데."

시엘은 대답 없이 웃기만 했다. 잠은 더 길고 깊어져 갔다. 그에게 이만한 곳은 또 없었다. 하지만…….

내일 아침도 그에게 목이 졸릴 미오 조디악을 시선 끝에 담았다. 그는 가타부타 말없이 그들의 논쟁을 듣고만 있었지만 사실 시엘이 나가 주기를 가장 바라는 사람은 그일 거다. 하지만 아스 토케인은 그를 강경하게 쫓아내지 못할 것이고 미오 조디악은 매일 목이 졸리더라도 시엘의 옆에서 잠을 자며 악몽이 찾아온 그를 깨워줄 것이다. 둘은 그럴 것이다. 그런 둘이 사귄다고? 시엘은 웃었다. 안 어울리는 커플인 것 같다.

2권에서 계속…